SILVIA Y BRUNO

Lewis Carroll

SILVIA
Y
BRUNO

edhasa

Consulte nuestra página web: www.edhasa.es
En ella encontrará el catálogo completo de Edhasa comentado.

Título original:
Sylvie and Bruno
and Sylvie and Bruno Concluded

Diseño de la sobrecubierta: Sabat

Primera edición: noviembre de 2002

.

© de la presente edición: Edhasa, 2002
© de la traducción: Leonardo Domingo, 2002
Avda. Diagonal, 519-521. 08029 Barcelona
Tel. 93 494 97 20
E-mail: info@edhasa.es
http://www.edhasa.es

ISBN: 84-350-4010-0

Fotomecánica Cover (BCN)

Impreso en Hurope

Depósito legal: B-38.273-2002

Impreso en España

SILVIA Y BRUNO
(1889)

PREFACIO

Las descripciones en el último capítulo del Domingo de unos niños de hoy en día las he tomado *verbatim* de la narración que me contaron unos niños amigos míos y de una carta que recibí de una dama amiga mía.

Los capítulos titulados «El hada Silvia» y «La venganza de Bruno» son, con ligeras alteraciones, un breve cuento de hadas que escribí en 1867, en respuesta al requerimiento de la difunta señora Gatty para *Aunt Judy Magazine*, de la que por aquel entonces era editora.

Alrededor de 1874 se me ocurrió escribir una narración más larga a partir de este material, y a medida que pasaban los años fui anotando, en momentos extravagantes toda clase de ocurrencias y fragmentos de diálogo que me venían a la mente —¿a saber cómo?—, sometido a una urgencia que no me dejaba otra alternativa que apuntarlos en cualquier sitio u olvidarlos para siempre. En algunos casos podría localizar su origen en esos fogonazos azarosos del pensamiento —sugeridos por el libro que estaba leyendo, o surgidos del «pedernal» de la propia mente por el «acero» de una observación oportuna—, pero también los había que nacían, *à propos* de nada (ejemplos de este fenómeno ilógico: «un efecto sin causa»). Como ya he relatado en *The Theatre*, número de abril de 1887, el último verso de *La caza del Snark* surgió de repente totalmente imprevisible, durante un solitario paseo, y ha habido otros pasajes que se me han ocurrido en sueños y de los que soy incapaz de hallar ninguna causa. Existen por lo menos *dos* casos de este tipo de intervenciones del sueño en este libro: uno, la observación de la dama «sucede con frecuencia en las familias, como con la afición a los pasteles», en el séptimo capítulo; el otro, el *bandinage* de Eric Lindon sobre su experiencia en el servicio doméstico, en el capítulo veintidós.

Así pues, al final tenía en mis manos una inmensa e interminable masa de literatura —si el lector me permite expresarme en estos términos—, que sólo esperaba uno que las engarzase para convertirse en una narración consecutiva, en el libro que quería escribir. ¡Sólo! Al principio la tarea parecía absolutamente insensata y me dio una idea mucho más clara de lo que nunca la había tenido del significado de la palabra «caos»; creo que deben de haber pasado diez años, o incluso más, antes de que haya conseguido clasificar suficientemente todos esos fragmentos para ver en qué clase de narración se convertirían, pues la narración había progresado a partir de los incidentes, y no los incidentes a partir de la narración.

Cuento todo esto no por vanidad, sino porque creo que algunos de mis lectores estarán interesados en estos detalles del nacimiento de un libro, que parece un asunto tan simple y tan lineal, una vez terminado, que podría pensarse que ha sido escrito de un tirón, página a página, del mismo modo en que se escribe una carta, empezando por el principio y terminando por el final.

Sin duda es *posible* escribir una narración de ese modo; y, si no fuese vanidad el decirlo, creo que yo mismo sería perfectamente capaz —si me viera en la infortunada situación (pues lo considero una verdadera desgracia) de tener que producir una determinada cantidad de ficción en un tiempo establecido de antemano— de «cumplir mi tarea» y producir mi «historia de ladrillos» como lo han hecho otros esclavos. Podría garantizar, en tal caso, que la narración creada de tal modo estaría repleta de lugares comunes, no aportaría ninguna idea nueva y sería bien engorrosa de leer.

Esta clase de literatura ha sido llamada, con propiedad, «lo que cualquiera es capaz de escribir y nadie es capaz de leer». Que este volumen *esté libre* de semejante literatura no puedo afirmarlo: en algunos casos, para situar un descripción de modo adecuado, he debido añadir dos o tres líneas para paliar las deficiencias de una página, pero puedo decir, honradamente, que no he añadido más de lo estrictamente necesario.

Tal vez mis lectores se diviertan buscando, en un pasaje determinado, el fragmento de «relleno» que contiene. Cuando convertí mis anotaciones en páginas, descubrí que el pasaje que ocupa el principio de la página hasta la mitad de la página eran dos líneas demasiado cortas. Suplí tal deficiencia, no interpolando una palabra aquí y otra allá, sino escribiendo dos líneas más. ¿Son capaces mis lectores de adivinar *cuáles* son?

Una adivinanza más difícil sería determinar, como en la Canción del Jardinero, en qué casos, de haberlos, la estrofa se ha adaptado al texto circundante, y en cuáles, si los hay, se ha adaptado el texto a la canción.

Y lo más difícil quizá de toda literatura, al menos así me lo ha parecido a mí porque soy incapaz de realizarla mediante ningún tipo de esfuerzo, tengo que tomarlo como viene, es escribir algo *original*. Quizá lo más sencillo sea, cuando se ha creado una frase original, seguirla, y escribir muchas otras en el mismo tono. No sé si *Alicia en el país de las maravillas* era una narración *original* (al menos, yo no imitaba *conscientemente* cuando la escribí), pero me consta que desde que se editó se han publicado una docena de libros cortados por el mismo patrón. El sendero que tímidamente exploré (convencido de que era «el primero en sumergirme en ese silencioso mar») es ahora un camino muy concurrido: hace tiempo que han sido pisoteadas y cubiertas de polvo todas las flores de las cunetas, y me asomaría al abismo si intentase de nuevo ese estilo.

Debido a ello, en *Silvia y Bruno* me he esforzado (ignoro con qué éxito) por abrir otra nueva senda: sea buena o mala, es lo mejor que soy capaz de hacer. Está escrito no buscando dinero ni fama, sino con la esperanza de ofrecer a los niños que amo algunas ideas adecuadas a esas horas de inocente alegría que son la auténtica vida de la niñez; y también con la esperanza de proporcionar, pero no sólo a ellos, algunas ideas que espero y deseo no estén totalmente en discordancia con las más graves cadencias de la vida.

Si se me permite abusar de la paciencia de mis lectores, querría aprovechar esta oportunidad (quizá la última que tendré de dirigirme a tantísimos amigos a un mismo tiempo) para consignar algunas ideas que se me han ocurrido sobre libros que desearía que alguien escribiera (me hubiese gustado mucho *intentarlo*, pero no he tenido tiempo o capacidad para hacerlo), en la esperanza de que, si no consiguiese (y los años corren *muy* deprisa) terminar la tarea que me he impuesto, otras manos la lleven a cabo.

En primer lugar, una Biblia destinada a los niños. Lo único realmente *esencial* de ella serían unos pasajes cuidadosamente seleccionados, adaptados al modo de leer de los niños, y unas ilustraciones. El principio de selección que yo adoptaría consistiría en que la religión se presentara al niño como una revelación de *amor*: no hay ninguna necesidad de hacer sufrir ni de turbar la mente infantil con la historia del crimen y del castigo. (Tal principio llevaría, por ejemplo, a suprimir la historia del diluvio.) Las ilustraciones no serían un gran problema: no sería preciso hacerlas nuevas, pues existen ya centenares de pinturas excelentes, cuyos derechos de reproducción están libres y pueden reproducirse adecuadamente mediante la zincfotografía o cualquier otro procedimiento similar. El volumen debería tener un formato que lo hiciera manejable (con una cubierta atractiva), con un tipo de letra claramente legible y, sobre todo, ¡con abundancia de dibujos, dibujos, dibujos!

En segundo lugar, un libro de fragmentos escogidos de la Biblia (no textos sueltos, sino pasajes de diez a veinte versículos cada uno) para ser memorizados. Tales pasajes serían útiles para repetírselos uno a sí mismo y para meditar sobre ellos, en las numerosas ocasiones en que resulta difícil leer: por ejemplo, cuando de noche no podemos dormir, en un viaje en ferrocarril, cuando damos un paseo en solitario, en la vejez, cuando la visión empieza a fallarnos o la hemos perdido por completo, y mejor que en ninguna otra circunstancia, cuando la enfermedad, incapacitándonos para la lectura o cualquier otra ocupación, nos condena a permanecer en vela durante muchísimas y fastidiosas horas de silencio; en tales circunstancias, ¡cómo se advierte la verdad del grito apasionado de David!: «¡Oh, qué dulces fluyen las palabras a mis labios; sí, más dulces que la miel son para mis labios!».

Propongo «pasajes» en lugar de textos íntegros, porque no es posible recordar textos completos; la memoria precisa *puntos de apoyo*, y en este caso no los hay; podemos poseer un centenar de textos acumulados en la memoria y no ser capaces de recordar, a voluntad, más que media docena de ellos (y aun ésos, por simple azar); en cambio, una vez aprendida una parte del *capítulo* que ha sido confiada a la memoria, todo el conjunto podrá recordarse: todo sale engarzado.

En tercer lugar, una selección de pasajes, tanto en prosa como en verso, de libros que no procedan de la Biblia. Quizá no haya mucho, en lo que llamamos literatura «no inspirada» (un nombre erróneo, en mi opinión: si Shakespeare no fuese inspirado, se puede dudar que alguien lo ha sido alguna vez), que supere la prueba de meditar sobre ello cien veces: pero *existen pasajes* (bastantes, en mi opinión) para aprovisionar suficientemente a la memoria.

Estos dos libros (de pasajes sagrados y de seculares, para memorizar) servirán para otros buenos propósitos, además de ocupar las horas vacías: contribuirían a mantener en jaque muchos pensamientos de ansiedad, de preocupación, no caritativos, no santos. Permítanme que lo exprese, con palabras mejores que las mías, transcribiendo un fragmento de un libro interesantísimo, las *Lecturas* de Robertson, sobre las Epístolas a los Corintios, Lectura XLIX:

Si un hombre está obsesionado por malos deseos e imágenes no santas, que generalmente le asaltarán periódicamente, que confíe a su memoria pasajes de la Escritura, o pasajes de los mejores escritores en verso o en prosa. Que haga acopio en su mente de ellos, como salvaguardas para repetirlos cuando permanezca despierto en una noche intranquila, o cuando pensamientos de desesperación, o sombríos, pensamientos suicidas, le acosen. Que sean para él la espada, que gira en todas direcciones para mantener despejado el camino del Jardín de la Vida de la intrusión de pasos profanos.

En cuarto lugar, un «Shakespeare» para niñas; es decir, una edición en la que todo lo que no conviene que lean las niñas de (pongamos) diez a diecisiete años fuese omitido. Pocas niñas de menos de diez años podrían comprender o disfrutar del mayor de los poetas; y a las que han dejado atrás la niñez se les puede permitir leer a Shakespeare sin ninguna preocupación, en la edición, «expurgada» o no, que prefieran; pero es una lástima que tantísimas niñas, de edad intermedia, se vean privadas de un gran placer porque carecen de una edición apta para ellas. Ni las ediciones de Shakespeare de Bowdler, Chamber Barndam o el *boudoir* de Cundell me parecen que cubran esa laguna: no están suficientemente «expurgadas». La de Bowdler es la más extraordinaria de todas: observándola, me maravilla profundamente, considerando lo que ha dejado, que haya debido suprimir algo. Además de eliminar todo lo indeseable con respecto a la conveniencia o a la decencia, soy partidario de omitir también todo lo que parece demasiado difícil, o apenas interesante, para lo jóvenes. Tal libro podría resultar un tanto fragmentario, pero sería un verdadero tesoro para todas las niñas británicas que se sienten atraídas por la poesía.

Si alguien cree necesario que me disculpe por el nuevo rumbo que ha tomado en mi argumentación –presentando de la mano algunos de los más profundos pensamientos humanos y la amenidad–, ese alguien debe de ser quien ha aprendido el «arte» de mantener tales pensamientos al margen durante las horas de alegría y despreocupación. Para esas personas, esta combinación parecerá sin duda inconveniente y censurable. Y no voy a discutir que *exista* tal «arte»: con juventud, buena salud y dinero suficiente, parece completamente posible llevar una vida de alegría pura durante años (con la excepción de un hecho solemne, con el que podemos tener que enfrentarnos en *cualquier* momento, incluso junto a la más brillante compañía o en un momento alegre). Un hombre puede decidir los momentos en que está dispuesto a admitir el pensamiento serio, para asistir al culto público, para rezar, para leer la Biblia: todos esos asuntos los puede dejar para «el momento oportuno», que es posible que nunca llegue; pero no puede contener ni por un solo instante la necesidad de atender al mensaje que puede recibir antes de que termine la lectura de esta página: «Esta noche tu alma te será requerida».

El sentimiento siempre presente de esta horrorosa posibilidad ha sido, siempre[1], una pesadilla que los hombres han intentado apartar. Pocos temas de investigación más interesantes podría intentar un historiador, que las diversas armas que se han empleado contra este oscuro enemigo. Los pensamientos más lúgubres de todos deben de haber sido los de quienes vieron que verdaderamente existía una vida más allá de la tumba, pero una vida muchísimo más horrible que la nada: una existencia tan borrosa, tan impalpable, ¡todos espectros invisibles, a la deriva, a través de edades interminables, en un mundo de sombras, sin nada que hacer, nada que esperar, nada que amar! Entre los alegres versos de ese genial *bon vivant* que fue Horacio, aparece una palabra cuya suma tristeza nos conmueve. Es la palabra *exilium* en el conocido pasaje:

> *Omnes eodem cogimur, omniun*
> *Versatur urna serius ocius*
> *Sors exitura et nos in aeternum*
> *Exilium impositura cymbae.*

Sí, para él esta vida —aun con todo su aburrimiento y toda su tristeza— era la única vida que tiene valor: ¡Todo lo demás era «exilio»! ¿No parece imposible que alguien, con tales convicciones, haya podido sonreír alguna vez?

Y son muchos en esta época, me temo, incluso entre los que creen en una existencia más allá de la muerte muchísimo más real que la que Horacio llegó nunca a soñar, los que sin embargo la consideran poco menos que un «exilio» de todas las alegrías de la vida, y adoptan por ello la teoría de Horacio y dicen: «Comamos y bebamos, que mañana moriremos».

Acudimos a diversiones, como el teatro, por ejemplo —digo «acudimos» porque *yo* también acudo a ver una obra, cuando hay la posibilidad de que sea realmente buena—, y, si es posible, mantenemos a distancia el pensamiento de que podemos no regresar vivos. ¿Y cómo puedes saber —querido amigo, cuya paciencia te ha traído hasta este punto de un prefacio engorroso— que no es a ti a quien va a tocar,

---

1 Mientras escribía estas palabras, han llamado a la puerta y me han entregado un telegrama, en el que se me informa de la repentina muerte de un buen amigo mío.

cuando la alegría es más intensa y más grande, sentir la terrible angustia, o el mortal desmayo que anuncian la crisis final (ver, con ligero asombro, inclinarse sobre ti a los amigos inquietos, oír sus asombrados susurros, quizás hacer tú mismo la pregunta, con labios temblorosos: «¿Es serio?» y te contesten: «Sí: el fin se acerca». ¡Y cuán diferente parece toda la vida cuando se han oído esas palabras!) ¿Cómo sabes, digo, que esto no puede sucederte *a ti* esta noche?

Y *atrévete*, sabiendo esto, a decirte: «Bueno, tal vez *sea* una obra inmoral: tal vez las situaciones sean en exceso "escabrosas", el diálogo un tanto fuerte, la trama demasiado sugerente. No digo que la conciencia esté *totalmente* cómoda, pero la obra es tan inteligente... ¡Debo verla! Mañana ya iniciaré una vida más estricta. *¡Mañana y mañana y mañana!*».

> Quien peca con la esperanza, quien pecando dice:
> «Del pecado el juicio de Dios absuelve»,
> Contradice al espíritu de Dios; detiene
> La misericordia con su insulto; se atreve y cae
> Como una mosca abrasada, que gira en vano
> Sobre el eje de su dolor,
> Y halla así su ruina, al tropezar y arrastrarse,
> Ciego y olvidado, de caída en caída.

Permitidme una pausa para exponer mi opinión acerca de este pensamiento —el de la posibilidad de la muerte—, que, si se verifica tranquilamente y se le hace frente con determinación, podría ser una de las mejores pruebas para determinar si nuestra asistencia a una diversión es correcta o equivocada. Si el pensamiento de la muerte repentina adquiere, a nuestros ojos, un horror especial cuando pensamos en él en un teatro, entonces podemos estar bien seguros de que el teatro nos es nocivo, por inocuo que pueda ser para otros; y que estamos incurriendo en un peligro mortal al asistir a tales representaciones. La regla más segura es que no deberíamos atrevernos a vivir en un lugar en el que no nos atreviésemos a morir.

Pero, una vez nos demos cuenta de que el verdadero objeto *está* en la vida (y no en el placer, ni el conocimiento, ni siquiera en la misma fama, «la última enfermedad de las mentes nobles»), sino que *es* el desarrollo del *carácter*, el alzarse a una medida más alta, noble y pura, la construcción del hombre perfecto, y entonces, en tanto que sintamos que estamos consiguiendo esto, y deseemos y confiemos en seguir

con ello para siempre, la muerte ya no será terrorífica; no será sombra, sino luz; y no un final, sino un principio.

Hay otro asunto del cual quizá también deba disculparme: tratar con absoluta falta de simpatía la pasión británica por el «deporte», que sin duda en días pasados ha sido, y aún lo es hoy, en algunas de sus formas, una excelente escuela de endurecimiento y de impasibilidad ante momentos de peligro. Ahora bien, no es que yo esté enteramente desprovisto de simpatía por el *genuino* «deporte»: puedo admirar el valor del hombre que, con grandes esfuerzos físicos y a riesgo de su propia vida, caza a un tigre «comedor de hombres»; y puedo simpatizar con él cuando exulta en la maravillosa excitación de la caza y de la lucha mano a mano con el monstruo al que logra derrotar. Pero miro con profundo asombro y tristeza al cazador que, cómodamente y a salvo, encuentra placer en algo que, para alguna criatura indefensa, supone sólo un terror salvaje y una muerte de agonía; más todavía, si el cazador fuese una persona que ha consagrado su vida a predicar a los hombres la religión del amor universal; y mucho más todavía, si fuese uno de esos seres «tiernos y delicados», cuyos nombres sirven como símbolos del amor («su amor por mí era maravilloso, superior al amor de las mujeres»), cuya misión aquí es ciertamente ayudar y confortar a quienes sienten pena o tristeza.

> ¡Adiós, adiós! Te lo digo a ti,
> Invitado a la boda,
> Rezó bien quien bien amó
> Al hombre y al ave y a la bestia
> Rezó mejor quien más amó
> Todas las cosas grandes y pequeñas:
> Pues el caro Dios que nos ama
> Nos hizo y nos amó a todos.

Capítulo I

¡Menos pan! ¡Más impuestos!

Y entonces todos dieron vivas de nuevo, y un hombre, más entusiasmado que los demás, lanzó su sombrero al aire y gritó (según soy capaz de transcribirlo): «¿Quién está a favor del Sub-Alcaide?». Todos respondieron, pero es difícil saber si a favor del Sub-Alcaide. Unos gritaban: «¡Pan!», y otros: «¡Impuestos!», pero ninguno parecía saber qué querían de veras.

Yo estaba viendo todo esto desde el salón del Alcaide, a través de la ventana abierta mirando por encima del hombro de Lord Canciller, que había saltado al empezar el griterío, como si estuviese esperando ese momento, y luego había corrido hacia la ventana desde donde mejor se veía la plaza del mercado.

«¿Qué *puede* significar todo esto? —se decía a sí mismo, mientras, con manos a la espalda y la toga al aire, recorría la habitación—. Nunca había oído un griterío como éste. (¡Y a estas horas de la mañana!) ¡Y con qué unanimidad! ¿No le parece a *usted* muy notable?»

Me atreví a observar, con tacto sumo, que por lo que yo oía estaban gritando por cosas diferentes, pero el Canciller no quiso atender mi sugerencia. «Todos gritan lo mismo. ¡No hay duda!», dijo. Entonces, asomándose a la ventana, susurró a un hombre que estaba al pie de ella: «Manténgales unidos. El Alcaide está al caer. ¡Deles la señal de marcha!». Todo esto, por supuesto, no tenía para mí ningún sentido, pero apenas pude oírlo, pues mi barbilla estaba casi encima del hombro del Canciller.

La «marcha» fue un espectáculo realmente singular: un cortejo informe de hombres empezó a marchar de dos en dos al otro lado de la plaza, y avanzó en un zig-zag irregular hacia Palacio, bamboleándose violentamente de un lado al otro, cual navío navegando contra el viento, de modo que la cabeza del cortejo a menudo estaba en el extremo opuesto a nosotros, a popa, habiendo estado un momento antes a nuestro lado, a proa.

Aunque era evidente que todo se hacía de acuerdo con unas instrucciones, todas las miradas estaban fijas en el hombre que se encontraba al pie de nuestra ventana, y al que el Canciller susurraba continuamente. El hombre tenía su sombrero en una mano y en la otra una pequeña bandera verde: cuando alzaba la banderola, el cortejo se adelantaba un poco; cuando la bajaba, se alejaban un poco, y cuando agitaba el sombrero, todos gritaban: «¡Hu-rra! ¡Noo! ¡Consti! ¡Tución! ¡Menos! ¡Pan! ¡Más! ¡Im-Pues-Tos!».

—¡Siga, siga! —susurró el Canciller—. Siga así hasta que le dé la señal. Aún no ha llegado.

Justo en ese momento se abrieron de par en par las grandes hojas de la puerta del salón, y él se volvió con un respingo culpable para recibir a Su Excelencia. Pero era Bruno, y el Canciller suspiró aliviado.

—¡Ya es de día! —dijo el muchachito, dirigiéndose al Canciller y a los criados—. ¿Saben dónde está Silvia? Busco a Silvia.

—Creo que está con el Alcaide, Sueal —replicó el Canciller, con una leve inclinación. Era un poco absurdo aplicar tal título (que, ni que decir tiene que era el de Su Alteza Real, condensado en una sílaba) a una criatura cuyo padre era simplemente Alcaide de Tierrafuera, aunque puede excusarse en un hombre que ha pasado varios años en la Corte de la Tierra de las Hadas y que poseía el casi imposible arte de pronunciar cuatro sílabas como una.

La reverencia no fue advertida por Bruno, que había salido a toda prisa de la Habitación, en el mismo instante en que se cumplía la gran hazaña del Monosílabo Impronunciable.

Se oyó entonces una voz que gritaba a lo lejos:

—¡Que hable el Canciller!

—Desde luego, amigos míos —respondió el Canciller con extraordinaria prontitud—. Hablaré.

Uno de los criados, que llevaba un buen rato mezclando huevo y jerez, lo presentó respetuosamente ante el Canciller en una gran bandeja de plata. El Canciller cogió con arrogancia la copa, bebió cuidadosamente, sonrió con benevolencia al feliz camarero cuando dejó la copa vacía, y comenzó. Si la memoria no me engaña, dijo:

—¡Ajem! ¡Ajem! ¡Ajem! Compañeros que sufrís, o, mejor, compañeros de sufrimientos.

—¡No emplees motes! —dijo entre dientes el hombre bajo la ventana.

—No he dicho majaderos, sino compañeros —replicó el Canciller—. Podéis estar seguros de que yo siempre simpa...

—¡Escuchad, escuchad! —gritó la multitud, tan fuerte que ahogó la tenue y chirriante voz del orador.

—Que yo siempre simpa... –repitió.

—No sonría de ese modo –dijo el hombre bajo la ventana–. Le hace parecer idiota.

Y todos los «¡Escuchad, escuchad!» retumbaron como truenos por la plaza del mercado.

—Que yo siempre *simpatizo* –aulló el Canciller, aprovechando un instante en que se hizo el silencio–. Pero vuestro *verdadero* amigo es el Sub-Alcaide. Día y noche vela por vuestros deberes, quiero decir, vuestros *derechos*, es decir vuestros *deberes*, no, quiero decir vuestros *derechos*.

—¡No hables más! –gruñó el hombre al pie de la ventana–. Se está armando un lío.

En ese momento entró el Sub-Alcaide en el salón. Era un hombre flaco, de rostro mezquino y taimado, y de tez entre verdosa y amarillenta. Atravesó lentamente la sala, mirando suspicazmente en torno de él, como si temiese que hubiera escondido en alguna parte un perro rabioso.

—¡Bravo! –exclamó, dando una palmadita en el hombro al Canciller–. Ha hecho un discurso verdaderamente bueno. ¡Es un orador nato!

—¡Oh, no es nada! –respondió modestamente el Canciller–. La mayoría de los oradores son natos.

El Sub-Alcaide se rascó con elegancia la papada.

—Claro, claro, eso es cierto –admitió–. Nunca había considerado el asunto de ese modo. Pero usted lo ha hecho muy bien. Le voy a decir una cosa, confidencialmente.

El resto de su conversación se desarrolló en susurros, y puesto que no podía oír nada más, decidí irme y buscar a Bruno.

Hallé al muchacho en el pasillo, mientras uno de los hombres de librea, que permanecía ante él casi doblado por la mitad, lleno de extremo respeto hablaba de esta guisa:

—Su Excelencia –decía al respetuoso hombre– está en su despacho, Sueal –en realidad, no lo pronunciaba tan bien como el Canciller.

Bruno trotó para allá, y pensé que debía seguirle.

El Alcaide, un hombre alto y digno, de rostro grave pero agradable, estaba sentado ante un escritorio cubierto de papeles, con una de las muchachas más dulces y encantadoras que he tenido la fortuna de ver jamás sobre las rodillas. Parecía cuatro o cinco años mayor que Bruno, pero tenía las mismas mejillas rosadas, los mismos ojos chispeantes y el mismo pelo ensortijado castaño. Su rostro sonriente miraba al de su padre, y resultaba encantador ver el mutuo amor con que los dos rostros (uno en la primavera de la vida, el otro al final de su otoño) se contemplaban mutuamente.

—No, no le has visto nunca —decía el anciano—: no podías, pues ha estado muy lejos; viajando por países lejanos, para curarse, antes de que tú nacieras, Silvia.

Bruno trepó a las rodillas de su padre, y un sentido beso, después de una maniobra más bien complicada, fue el resultado de todo ello.

—Llegó anoche —dijo el Alcaide cuando terminó el beso—. Ha recorrido las últimas mil millas a toda prisa para poder estar aquí el día del cumpleaños de Silvia. Pero es muy madrugador, y me atrevo a aventurar que ya debe de estar en la Biblioteca. Vayamos a verle. Es muy amable con los niños. Verás cómo te gusta.

—¿Ha venido también el Otro Profesor? —preguntó Bruno temeroso.

—Sí, llegaron juntos. El Otro Profesor es… Bueno, quizá no os guste tanto. Es un poco más soñador, ¿sabéis?

—Me gustaría que *Silvia* fuese un poco más soñadora —dijo Bruno.

—¿Qué quieres decir, Bruno? —preguntó Silvia.

Bruno se dirigió entonces a su padre:

—Dice que no puede, pero yo creo que no es que en realidad *no puede* sino que *no quiere*.

—¿Dice que *no puede* soñar? —repitió el asombrado Alcaide.

—Sí, eso dice —insistió Bruno—. Cuando le digo: «Vamos a dejar ya de estudiar», siempre me responde: «Ni soñarlo. No puedo».

—Es que él siempre quiere dejar de estudiar —se quejó Silvia— a los cinco minutos de haber empezado.

—¡Cinco minutos de estudio al día! —exclamó escandalizado el Alcaide—. No vas a aprender mucho *a ese* ritmo.

—Eso dice Silvia —respondió Bruno—. Dice que no me aprenderé las lecciones. Le he dicho mil veces que *no puedo* aprendérmelas. ¿Y sabes qué me dice?: «No es que no puedas, es que no quieres».

—Vayamos a ver al Profesor —propuso el Alcaide, evitando prudentemente más discusiones. Los niños se bajaron de sus rodillas, se cogió cada uno a una de sus manos, y el feliz trío salió en dirección a la Biblioteca, seguido por mí. (Para entonces, ya había llegado a la conclusión de que nadie, excepto, durante unos instantes, el Lord Canciller, podía verme.)

—¿Qué tiene? —preguntó Silvia, que caminaba con mucha formalidad, un poco más de la acostumbrada, para dar ejemplo a Bruno, que nunca dejaba de brincar.

—Lo que *tenía,* pero espero que ya esté recuperado, era un poco de lumbago, reumatismo, y ese tipo de cosas. Se ha estado curando él mismo, ¿sabéis? Es un doctor muy sabio. ¡Como que ha *inventado* tres nuevas enfermedades, además de una nueva forma de romper los huesos del cuello!

—¿Es una forma bonita? —preguntó Bruno.

—Bueno, jem, no mucho —respondió el Alcaide, cuando ya entraba en la Biblioteca—. Aquí está el Profesor. ¡Buenos días, Profesor! Espero que haya descansado a gusto después del viaje.

Un hombrecito grueso, de aspecto divertido, con una toga floreada y un gran libro bajo cada brazo, se acercó trotando desde el otro extremo de la sala, y pasó por delante de los niños sin advertir su presencia.

—Ando buscando el Volumen Tercero —dijo—. ¿No lo habrá visto usted por casualidad?

—¿No ve a mis hijos, Profesor? —exclamó el Alcaide, cogiéndole por los hombros y haciéndole darse media vuelta hasta situarlo frente a ellos.

El Profesor rió con nerviosismo; luego les miró fijamente a través de sus grandes gafas, durante un minuto o dos, sin decir nada.

Finalmente, se dirigió a Bruno:

—Espero que hayas pasado buena noche, hijo.

Bruno le miró asombrado.

—He pasado la misma noche que usted —replicó—. Sólo ha habido una noche desde ayer.

Entonces le tocó extrañarse al Profesor. Se quitó las gafas y las frotó con su pañuelo. Luego les miró fijamente de nuevo, y se dirigió al Alcaide:

—¿No están juntos? —preguntó.

—No, no lo estamos —dijo Bruno, que pensó que podía contestar perfectamente por sí mismo a *esa* pregunta.

El Profesor movió la cabeza con pesar.

—¿Y ni siquiera están siempre en la Biblioteca?

—¿Por qué íbamos a estar siempre aquí? —preguntó Bruno—. ¡No somos presos!

Pero para entonces el Profesor ya se había olvidado por completo de ellos, y se dirigía de nuevo al Alcaide:

—Le alegrará saber que el barómetro está empezando a moverse.

—¡Ah, bien! ¿Y hacia dónde? —preguntó el Alcaide, añadiendo para los niños—: No es que me preocupe, ya lo sabéis. Pero *él* piensa que el tiempo le influye. Es un hombre maravillosamente inteligente, ¿sabéis? A veces dice cosas que sólo es capaz de entender el Otro Profesor. ¡Y, a veces, cosas que *nadie* puede entender! ¿Hacia dónde se mueve, Profesor? ¿Hacia arriba o hacia abajo?

—Hacia ninguno de los dos sitios —respondió el Profesor, palmoteando suavemente—. Se está moviendo de lado, si puedo decirlo así.

—¿Y qué clase de tiempo produce *ese* movimiento? —preguntó el Alcaide—. ¡Escuchad, niños! ¡Vais a oír algo que merece la pena saber!

—Tiempo horizontal —dijo el Profesor, y se dirigió a zancadas hacia la puerta; estuvo a punto de pisar a Bruno, que apenas tuvo el tiempo justo de apartarse de su camino.

—¿No os parece sabio? —preguntó el Alcaide, mirándole con admiración—. Atropella con sus conocimientos.

—¡Pero no tenía por qué atropellarme *a mí*! —se quejó Bruno.

El Profesor regresó enseguida: había sustituido la toga por una levita y se había calzado un par de extravagantes botas extrañísimas, cuyas punteras eran paraguas abiertos.

—Pensé que les gustaría verlas —dijo—. Son las botas apropiadas cuando hace tiempo horizontal.

—Pero ¿para qué sirven los paraguas alrededor de las rodillas?

—Con lluvia *normal* —explicó el Profesor— no sirven para gran cosa. Pero si lloviese *horizontalmente*, no tendrían precio; sencillamente, ¡no tendrían precio!

—Acompañad al Profesor al comedor, niños —dijo el Alcaide—. Y que no me esperen. He desayunado temprano, porque tengo asuntos que resolver. —Los niños cogieron las manos del Profesor con tanta familiaridad como si le conociesen de toda la vida, y salieron apresuradamente con él. Yo fui respetuosamente tras ellos.

Capítulo II

L'amie inconnue

Cuando entramos en el comedor, el Profesor iba diciendo:

–...y ya ha desayunado antes, por lo que le ruega que no le espere, señora. Por aquí, señora –añadió–. ¡Por aquí! –Y luego, con lo que a mí se me antojó una cortesía impropia, abrió de golpe la puerta de mi departamento y la acomodó.

«¡Una joven y bella dama! –murmuré para mí con amargura–. Y es, claro está, la escena que abre el Volumen Primero. *Ella* es la heroína. ¡Y *yo* soy sólo uno de esos personajes secundarios que aparecen en función del destino de ella, y cuya aparición final tiene por escenario el exterior de la iglesia, donde todos están a punto para vitorear a la feliz pareja!»

–Sí, señora, debe trasbordar en Fayfield –fue lo siguiente que escuché (¡Ese revisor tan atento!)–, faltan dos estaciones. –Se cerró la portezuela y la bella dama se acomodó en su rincón; la monótona vibración de la máquina (que hacía que el tren nos pareciera un gigantesco monstruo, cuya circulación pudiésemos notar) proclamaba que de nuevo recorríamos velozmente nuestra ruta.

«La dama tiene una nariz perfecta –me sorprendí diciéndome a mí mismo–, bellos ojos y labios.» Y entonces se me ocurrió ir a ver por mí mismo cómo era realmente la bella dama, lo cual sería mucho más satisfactorio que cualquier especulación.

Miré disimuladamente a mi alrededor; y mis esperanzas se vieron totalmente defraudadas. El velo que cubría todo su rostro era demasiado espeso para que pudiera ver otra cosa que el brillo de unos ojos resplandecientes y el borroso perfil de lo que *debía de* ser un precioso rostro ovalado, pero que también podría ser espantoso. Cerré otra vez los ojos, diciéndome: «¡A lo mejor tengo más suerte si pruebo por telepatía! Voy a *pensar* en su rostro y luego comparo la imagen con el original».

Al principio, ningún resultado premiaba mis esfuerzos, aunque «dividía mi viva mente», ora aquí, ora acullá, de un modo que no dudo que hubiera hecho palidecer de envidia a Eneas. Pero el óvalo vagamente entrevisto seguía estando tan provocadoramente vacío como antes: una simple elipse, como en un diagrama matemático, sin ni siquiera los focos que habrían podido hacer de nariz y de boca. Sin embargo, gradualmente, llegué a la convicción de que podría, con un determinado grado de concentración mental, lograr *pensar que el velo desaparecía*, y echar así una ojeada al misterioso rostro, acerca del cual las dos preguntas: «¿es bonito?» y «¿es feo?», aún estaban, en mi mente, en un bello equilibrio.

El éxito fue parcial —y caprichoso—, aunque *hubo* cierto resultado: cada poco rato, el velo parecía desvanecerse, en un repentino relampagueo; pero, antes de que pudiese advertir por entero el rostro, se hacía la oscuridad de nuevo. A cada ojeada que podía dar, el rostro parecía hacerse más infantil y más inocente; y cuando, por fin, *pensé* que el velo había desaparecido del todo, ¡se trataba, sin lugar a dudas, del dulce rostro de la pequeña Silvia!

«Así pues, he estado soñando con Silvia —me dije a mí mismo—, y ésta es la realidad. O bien he estado de veras con Silvia, y esto es un sueño. Me pregunto si no es la misma vida un sueño.»

Para pasar el rato, saqué la carta que había ocasionado mi repentino viaje en tren desde mi hogar de Londres a una extraña ciudad pesquera de la costa norte, y la leí de nuevo:

QUERIDO Y VIEJO AMIGO:

Estoy convencido de que será un gran placer para mí, y posiblemente también para usted, encontrarnos una vez más después de tantos años; y, naturalmente, estoy dispuesto a proporcionarle todos los beneficios del arte médica que pueda. Sólo que, como bien sabe, no se pueden violar las reglas profesionales. Y ahora está en manos de un doctor de Londres de primera categoría, con el cual sería pretencioso pretender competir. (No dudo de que acierta cuando dice padecer del corazón: todos los síntomas apuntan a ello.) Una cosa más: de todos modos, ya he dado muestras de mi capacidad médica al asegurarle una habitación en el piso bajo, así no tendrá ninguna necesidad de subir escaleras.

Le espero en el último tren del viernes, según me dice en su carta. Hasta entonces, diré como en la antigua canción: «¡Oh, hasta la noche del Viernes! ¡Ya tarda en llegar el Viernes!»

Siempre suyo,
ARTHUR FORESTER

P. D.: ¿Cree usted en el destino?

La posdata me entristeció. «Es un hombre demasiado sensible —pensé— para haberse vuelto fatalista.» Pero, ¿qué otra cosa puede significar? Y, conforme doblaba la carta y me volvía a guardarla, repetía inadvertidamente en voz alta esas palabras: «¿Cree usted en el destino?».

La hermosa «incógnita» volvió rápidamente la cabeza ante tan repentina pregunta.

—No. ¡No creo! —dijo con una sonrisa—. ¿Y usted?

—Yo… yo no quería hacer esa pregunta —dije atropelladamente, tomando de improviso por haber comenzado una conversación de modo tan poco convencional.

La sonrisa de la bella dama se convirtió en risas; no una risa de burla, sino la de un niño feliz que está totalmente a gusto.

—¿No? —dijo—. ¿Entonces era un caso de eso que ustedes, los doctores, llaman «cerebración inconsciente»?

—No soy doctor —repliqué—. ¿Parezco doctor? ¿Qué le hace pensar eso?

Señaló el libro que yo había estado leyendo, cuyo título, *Enfermedades del corazón*, era bien visible.

—No hace falta ser *doctor* para estar interesado en libros de medicina —expliqué—. Hay otra clase de lectores que también están muy interesados.

—¿Quiere decir usted los *pacientes*? —me interrumpió, al tiempo que una mirada de tierna piedad daba nueva dulzura a su rostro—. Sin embargo —dijo con un deseo evidente de evitar un tema posiblemente molesto—, no es preciso ser ninguna de las dos cosas para interesarse por libros *científicos*. ¿Qué tiene más ciencia, en su opinión, los libros o las mentes?

«¡Una pregunta bien profunda, viniendo de una dama!», me dije a mí mismo, estimando, con ese concepto tan arraigado en el hombre, de que el intelecto de la mujer es esencialmente superficial. Reflexioné un instante antes de responder:

—Si se refiere a mentes *vivas*, no creo que sea posible decirlo. Hay muchísima ciencia *escrita* que ninguna persona viva ha *leído* nunca; y también hay muchísima ciencia *pensada* que aún no ha sido *escrita*. Pero si se refiere usted a toda la raza humana, creo que son las mentes las que más tienen: todo, registrado en *libros*, debe de haber estado alguna vez en alguna *mente*, ¿no cree?

—¿Como una de las reglas del álgebra? —preguntó la Dama. «¡También *álgebra*!», pensé con creciente asombro—. Quiero decir: si consideramos los pensamientos como *factores*, ¿no podemos decir que el mínimo común múltiplo de todas las *mentes* contiene el de todos los libros, pero no a la inversa.

—¡Claro que podemos! —repliqué, encantado con el ejemplo—. Y qué gran cosa sería —seguí soñadoramente, pensando en voz alta más que hablando— si pudiésemos *aplicar* esa regla a los libros. Al hallar el mínimo común múltiplo, tachamos una cantidad allí donde aparezca, excepto en el límite, en que se eleva a su máxima potencia. De igual modo, tendríamos que borrar todo pensamiento registrado, excepto en la frase en que se exprese con la máxima intensidad.

Mi Dama rió alegremente:

—Me temo que en tal caso *algunos* libros se reducirían a hojas en blanco —dijo.

—¡Claro! La mayor parte de las bibliotecas se reducirían en *volumen*. Pero creo que ganarían mucho en *calidad*.

—¿Cuándo sucederá eso? —preguntó ávidamente—. Si hay alguna posibilidad de que ocurra en *mis* tiempos, creo que voy a dejar de leer y esperar a que suceda.

—Bueno, quizá dentro de mil años, más o menos.

—Entonces no vale la pena que espere —sentenció la Dama—. Sentémonos. Ven, Uggug, querido, y siéntate conmigo.

—En cualquier sitio menos *conmigo* —gruñó el Sub-Alcaide—. El bribonzuelo se las arregla siempre para volcar el café.

Conjeturé de inmediato (como tal vez lo haya hecho también el lector, si, como yo, es *muy* inteligente sacando conclusiones) que la Dama era la mujer del Sub-Alcaide, y que Uggug (un repugnante niño gordinflón, de aproximadamente la misma edad que Silvia, con la expresión de un cerdo de feria) era su hijo. Silvia y Bruno, con el Lord Canciller, componían una reunión de siete personas.

—¿Realmente se zambulle usted todas las mañanas? —preguntó el Sub-Alcaide, al parecer reemprendiendo una conversación con el Profesor—. ¿Incluso en los pequeños albergues del camino?

31

—¡Oh, desde luego, desde luego! —replicó el Profesor, con una sonrisa en su alegre rostro—. Permítame que le explique: en realidad, es un simple problema de hidrodinámica (lo cual significa una combinación de agua y vigor). Si tomamos un baño para zambullidas y un hombre de gran vigor (como yo mismo) para que se zambulla en él, tenemos un perfecto ejemplo de tal ciencia. Debo admitir —continuó el Profesor, en tono más bajo y con los ojos alicaídos— que ha de ser un hombre de *notable* vigor. Debe ser capaz de elevarse del suelo hasta casi dos veces su estatura, girando gradualmente conforme se eleva, para que al caer lo haga de cabeza.

—¡Entonces necesita usted una *pulga*, no un *hombre*! —exclamó el Sub-Alcaide.

—Discúlpeme —dijo el Profesor—. Pero este tipo de baño *no* es apropiado para una pulga. Supongamos —continuó, doblando su servilleta en un gracioso festón— que esto es lo que quizás constituya la necesidad de esta época: el Baño Portátil del Turista Activo. Puede describirlo brevemente, si quiere —dijo mirando al Canciller— con las letras: B.P.T.A.

El Canciller, desconcertado al ver que todos le miraban, sólo acertó a murmurar con un esquivo susurro:

—¡Justamente así!

—Una gran ventaja de este baño para zambullidas —continuó el Profesor— es que sólo precisa medio galón de agua.

—Yo no lo llamaría un *baño de zambullida* —intervino su Sub-Excelencia—, a menos que su Turista Activo se meta *justamente debajo*.

—¡Pues claro que llega hasta abajo! —replicó con dulzura el anciano—. El T.A. cuelga el B.P. de un clavo; *así*. Luego vacía la jarra de agua en él, coloca la jarra vacía debajo de la bolsa, da el salto, desciende cabeza abajo a la bolsa, el agua se eleva en torno de él hasta el borde de la bolsa, ¡y ya está! —concluyó triunfante—. El T.A. está tan rodeado de agua como si se hubiese sumergido una o dos millas en el Atlántico.

—Y se ahogará en, pongamos por caso, unos cuatro minutos.

—¡De ninguna manera! —respondió el Profesor, sonriendo—. Pasado aproximadamente un minuto, hace girar tranquilamente una tapa del fondo del B.P., toda el agua cae en la jarra y ya está.

—¿Y cómo sale de la bolsa?

—*Ésa*, en mi opinión —dio el Profesor—, es la parte más bella de todo el invento. Toda la parte superior del interior del B.P. consiste en lazadas para los dedos pulgares; así que la salida es como subir escaleras, sólo que quizás algo menos confortable; y, cuando el T.A. ha salido de la bolsa, ya por entero excepto su cabeza, está seguro de poder salir (la ley de la gravedad *lo* asegura). ¡Y ya está de nuevo en el suelo!

—¿Un poco maltrecho, tal vez?

—Bueno, sí, quizás un poco maltrecho, pero *habiendo tomado su baño de zambullida*; y de eso es de lo que se trata.

—¡Fantástico! ¡Es casi increíble! —murmuró el Sub-Alcaide. El Profesor lo tomó como un elogio, y se inclinó con una sonrisa de gratitud.

—¡Completamente increíble! —añadió mi dama, lo cual significaba sin duda algo más elogioso aún. El Profesor se inclinó, pero *esta* vez no sonrió.

—Puedo asegurarles —explicó seriamente— que *si el baño estuviese hecho*, lo utilizaría todas las mañanas. Por supuesto *encargué* que me lo hicieran (de *eso* estoy completamente seguro), pero lo que no sé es si el hombre acabó por hacerlo o no. Es difícil recordarlo, después de tantos años.

En ese momento, muy lenta y sonoramente, la puerta empezó a abrirse, y Silvia y Bruno saltaron y corrieron al encuentro del tan bien conocido rumor de pasos.

Capítulo III

Regalos de cumpleaños

—¡Mi hermano! —exclamó el Sub-Alcaide, con un susurro de advertencia—: ¡Hable claro y rápido sobre el asunto!

La petición iba dirigida evidentemente a Lord Canciller, que inmediatamente replicó, con un grito monótono, como un chiquillo que repite el alfabeto:

—Como iba diciendo, Sub-Excelencia, este portentoso movimiento...

—Ha empezado demasiado pronto —le interrumpió el otro, incapaz de limitarse a susurrar, pues su excitación era incontenible—. No puede haberle oído. ¡Empiece de nuevo!

—Como iba diciendo —repitió el obediente Lord Canciller—, este portentoso movimiento ¡ha asumido ya las dimensiones de una revolución!

—¿Y cuáles son las dimensiones de una revolución? —la voz era afable y dulce, y el rostro del gran y honorable anciano, que acababa de entrar en la habitación, llevando a Silvia de la mano y con Bruno cabalgando triunfalmente en sus hombros, era demasiado noble y apacible para haber sobresaltado a un hombre menos culpable: pero el Lord Canciller se puso pálido, y apenas pudo articular las palabras:

—¿Las dimensiones... Su... Excelencia? Yo... yo... apenas comprendo.

—Bien, la longitud, altura y anchura, si así lo prefiere. —El anciano sonrió un poco despectivamente.

El Lord Canciller consiguió recobrarse con un gran esfuerzo, y señaló la ventana abierta.

—Si Su Excelencia oyese por un momento los gritos del populacho exaltado...

—¡Del populacho exasperado! —repitió el Sub-Alcaide en tono más alto, mientras el Lord Canciller, en un estado de terror abyecto, había caído casi en un murmullo:

–...comprendería qué es lo que quieren.

En ese momento invadió la habitación un ronco y confuso griterío, del que las únicas palabras claramente audibles eran: «¡Menos - Pan - Más - Impuestos!». El anciano sonrió afable.

–¿Pero cómo...? –comenzó a decir, pero el Canciller no le oyó–. ¡Algún error! –murmuró, corriendo hacia la ventana, de donde enseguida regresó con aire de alivio–. ¡Escuche *ahora*! –exclamó, levantando teatralmente las manos. Y entonces llegaron claramente las palabras, con la regularidad del péndulo de un reloj: «¡Más - Pan - Menos - Impuestos!».

–¡Más pan! –repitió con asombro el Alcaide– ¿Pero cómo? ¡La nueva tahona del Gobierno se inauguró la semana pasada, y di órdenes de que se vendiese el pan al precio de coste durante la escasez! ¿Qué más *pueden* esperar?

–La tahona ha cerrado, Sueal –dijo el Canciller, en voz más alta y más clara que antes. Estaba envalentonado por la conciencia de que, al menos en eso, tenía pruebas que mostrar, y puso en manos del Alcaide unos pocos panfletos que había entre algunos libros de cuentas abiertos en una mesita auxiliar.

–¡Sí, sí, ya veo! –murmuró el Alcaide, echándoles una rápida pero cuidadosa ojeada–. Orden revocada por mi hermano, y que se supone que es obra mía. ¡Una práctica un tanto sutil! ¡Está bien! –añadió en tono más alto–. Mi nombre figura aquí, en la firma; así que me hago responsable de ello. Pero ¿qué significa eso de «menos impuestos»? ¿Cómo *pueden* ser menos? ¡Hace ya un mes que abolí el último!

–¡Se han vuelto a poner en vigor, Sueal, y siguiendo órdenes de Sueal! –Nuevos avisos impresos fueron sometidos a su atención.

El Alcaide, mientras los ojeaba, miró fijamente un par de veces al Sub-Alcaide, que se había sentado ante uno de los libros de cuentas, y totalmente absorto en sumar las columnas; sin embargo, sólo repitió:

–Está bien, está bien. Asumo mi responsabilidad.

–Y dicen –añadió tímidamente el Canciller, que parecía mucho más un ladrón convicto que un funcionario del Estado– que un cambio de Gobierno, mediante la supresión del Sub-Alcaide, quiero decir –añadió rápidamente, al ver la cara de alarma del Alcaide–, la supresión del *cargo* de Sub-Alcaide, y que el actual tenga derecho a actuar como *Vice*-Alcaide, siempre que el Alcaide se ausente, apaciguaría su incipiente descontento. Quiero decir –añadió, echando una ojeada a un papel que sostenía entre las manos–, su *hirviente* descontento.

—Durante quince años —intervino la Dama, con voz profunda pero con vehemencia—, mi marido ha estado actuando como Sub-Alcaide. ¡Es demasiado tiempo! ¡Es muchísimo tiempo! —La Dama era una enorme criatura en cualquier ocasión; pero cuando, como entonces, fruncía el entrecejo y cruzaba los brazos, parecía más gigantesca que nunca; me hizo pensar en un alminar de mal genio—. ¡Se honraría como Vice! —siguió la Dama, demasiado estúpida para ver el doble significado de sus palabras—. No ha habido Vice en Tierrafuera durante más de un año, como él sería.

—¿Qué sugerirías tú, hermana? —preguntó amablemente el Alcaide.

La Dama pataleó, lo cual no era muy digno; y bufó, lo cual fue muy poco elegante.

—¡No es cosa de broma! —exclamó.

—Consultaré con mi hermano —dijo el Alcaide—. ¡Hermano!

—...y siete hacen ciento noventa y cuatro, que son dieciséis y dos peniques —replicó el Sub-Alcaide—. Pongo dos y me llevo dieciséis.

El Canciller alzó las manos y las cejas, lleno de admiración.

—¡Menudo hombre de negocios! —murmuró.

—Hermano, ¿podríamos hablar en mi despacho? —dijo el Alcaide en tono más alto. El Sub-Alcaide se alzó con celeridad, y ambos abandonaron la habitación.

La Dama se volvió hacia el Profesor, que había destapado la cafetera y estaba tomando la temperatura con un termómetro de bolsillo.

—Profesor —comenzó a decir, en voz tan alta y tan inesperadamente que Uggug, que se había dormido en la silla, dejó de roncar y entreabrió un ojo. El Profesor guardó rápidamente el termómetro, juntó las manos y ladeó la cabeza con una mansa sonrisa.

—Ha estado impartiendo clase a mi hijo antes del desayuno, ¿no es así? —señaló altivamente la Dama—. Supongo que le habrá impresionado su talento...

—¡Oh, sí, muchísimo, es cierto, señora! —replicó el Profesor, frotándose inconscientemente el oído, mientras que algún doloroso recuerdo parecía asaltar su mente—. ¡Me ha impresionado fuerte de veras, su magnificencia, puede estar segura de ello!

—¡Es un niño encantador! —exclamó la Dama—. ¡Incluso sus ronquidos son más musicales que los de los otros muchachos!

Si así fuese, parecía pensar el Profesor, los ronquidos de los demás chiquillos deben de ser algo terrible de soportar, pero era un hombre cauteloso y no dijo nada.

—¡Y tan inteligente! —continuó la Dama—. Nadie gozará más con su conferencia; por cierto, ¿ya ha decidido la fecha? Nunca ha dado ninguna y nos lo prometió hace años, antes de que usted...

—¡Sí, sí, señora, lo sé! Quizás el próximo martes, o el martes de la semana siguiente.

—Estará muy bien —dijo gentilmente la Dama—. Naturalmente, el Otro Profesor también pronunciará una conferencia, ¿no?

—Creo que no, señora —respondió el Profesor, dudando un poco—. Sucede que, ¿sabe?, siempre se pone de espaldas al público. Eso va muy bien para *recitar*, pero para dar una conferencia...

—Tiene usted toda la razón —convino la Dama—. Y, ahora que lo pienso, apenas habrá tiempo para más de *una* conferencia. Y sería mucho mejor si comenzásemos por dar un banquete y un baile de disfraces.

—¡Justo! —exclamó, con entusiasmo, el Profesor.

—Yo iré de saltamontes —siguió tranquilamente la Dama—. ¿De qué se disfrazará usted, Profesor?

El Profesor sonrió débilmente.

—Yo iré tan pronto como pueda, señora.

—No le aconsejo venir antes de que abran las puertas —replicó la Dama.

—No puedo —dijo el Profesor—. Perdóneme un momento. Como hoy es el cumpleaños de Silvia, quisiera... —y salió precipitadamente.

Bruno comenzó a sentirse mortificado, adoptando un aspecto cada vez más melancólico; se metió el pulgar en la boca, y, después de reflexionar durante un momento, salió en silencio de la habitación.

Apenas lo había hecho cuando regresó el Profesor, sin aliento.

—Con mis deseos de que tengas un feliz provecho de este día, querida niña —dijo dirigiéndose a la sonriente niñita, que había corrido a su encuentro—, permíteme que te dé un regalo de cumpleaños. Es un alfiletero de segunda mano, querida. ¡Y sólo cuesta cuatro peniques y medio!

—¡Gracias, es muy bonito! —y Silvia lo agradeció al anciano con un cariñoso beso.

—¡Y los alfileres me los dieron gratis! —añadió el Profesor, lleno de júbilo—. ¡Quince, y sólo uno de ellos torcido!

—¡Con el torcido haré un *gancho*! —dijo Silvia—. ¡Para agarrar a Bruno cuando huya de clase!

—¿A que no adivinas cuál es mi regalo? —intervino Uggug, que había cogido la mantequillera de la mesa y se había puesto detrás de Silvia, con una mueca malvada en el rostro.

—No, no lo adivino —respondió Silvia sin volverse. Miraba aún el alfiletero del Profesor.

—*¡Esto!* —gritó el malvado niño, alegremente, al tiempo que vaciaba la mantequillera encima de ella, y luego, con una sonrisa de complacencia por su propia astucia, miró alrededor buscando aprobación.

Silvia se puso de color morado, mientras se quitaba la mantequilla del traje; pero mantuvo cerrados los labios, y se acercó a la ventana, donde se puso a mirar afuera mientras trataba de calmarse.

El triunfo de Uggug fue breve: el Sub-Alcaide había regresado justo a tiempo de ser testigo de la diversión de su querido hijo, y en un momento el cachete que le aplicó en la oreja había cambiado su sonrisa de gozo por un grito de dolor.

—¡Querido! —exclamó su madre, acogiéndole en sus enormes brazos—. ¿Te han tirado de las orejas por nada? ¡Mi precioso niño!

—¡No ha sido por *nada*! —gruñó el airado padre—. ¿Se da cuenta, madame, de que yo pago las cuentas de la casa, además de una suma fijada anualmente? ¡La pérdida de toda esa mantequilla recae sobre *mí*! ¿Me escucha, madame?

—¡Contenga su lengua, señor! —la Dama hablaba muy calmadamente, casi en un susurro. Pero había algo en su *aspecto* que hizo callar al Sub-Alcaide—. ¿No ve que sólo era una *broma*? ¡Y en vez de gustarle, a la niñita ésa, va y se marcha enfadada!

El Sub-Alcaide tenía mucha mano para cambiar de tema de conversación. Se acercó a la ventana.

—Querida —dijo—, ¿es un *cerdo* lo que veo abajo, hozando entre tus arriates?

—¡Un cerdo! —gritó la Dama, lanzándose alocadamente hacia la ventana, y tirando casi por ella a su marido, en su ansiedad por verlo por sí misma—. ¿De quién es ese cerdo? ¿Cómo ha conseguido entrar? ¿Dónde está el loco del Jardinero?

En ese instante volvió a entrar en la habitación Bruno, pasando de largo ante Uggug (que gimoteaba lo más alto que podía), con la esperanza de que le hiciesen caso, y como si estuviese totalmente habituado a esa clase de escenas se dirigió a Silvia corriendo y puso los brazos en torno de ella.

—He ido al armario de mis juguetes —explicó con una cara muy triste— para ver si había algo que regalarte. ¡Y no hay nada! ¡Está todo roto, todo! ¡Y no tengo dinero para comprarte un regalo de cumpleaños! ¡No puedo darte nada más que esto!

«Esto» fue un abrazo muy serio y un beso.

—¡Oh, muchas gracias, querido! —exclamó Silvia—. ¡Tu regalo me gusta más que ninguno!

Pero, si era verdad, ¿por qué lo devolvió tan pronto?

Su Sub-Excelencia se volvió y acarició a ambos niños en la cabeza con sus largas y huesudas manos.

—¡Marchaos, queridos! —dijo—. Tenemos que hablar de negocios.

Silvia y Bruno salieron cogidos de la mano, pero, al llegar a la puerta, Silvia se volvió y se dirigió tímidamente a Uggug.

—No me importa lo de la mantequilla —dijo—, y lamento que te pegaran.

Trató de estrechar la mano del pequeño rufián, pero Uggug se puso a gimotear más fuerte; no deseaba su amistad. Silvia se fue de la habitación con un suspiro.

El Sub-Alcaide miró a su gimoteante hijo.

—Vete de aquí, miserable —dijo, tan alto como se atrevió. Su mujer estaba aún asomada a la ventana, y seguía repitiendo:

—¡No veo al cerdo! ¿Dónde *está*?

—Se ha ido hacia la derecha..., ahora un poco a la izquierda —decía el Sub-Alcaide; pero estaba de espaldas a la ventana y hacía señales a Lord Canciller, señalando a Uggug y a la puerta, haciendo disimuladamente señales con la cabeza y guiñando los ojos.

El Canciller acabó por comprenderlo, y cruzando la habitación cogió al curioso niño por la oreja, y al momento él y Uggug estaban fuera de la habitación y la puerta cerrada a sus espaldas, pero no sin que antes un aullido estremecedor atravesara la habitación y llegara a oídos de la cariñosa madre.

—¿Qué ha sido ese horrible ruido? —preguntó con altivez, volviéndose a su asustado esposo.

—Alguna hiena, o algo así —respondió el Sub-Alcaide, mirando vagamente el techo, como si fuese allí donde tales animales suelen encontrarse—. Vamos a ocuparnos de los negocios, querida. Aquí llega el Alcaide. —Y recogió del suelo un papel en el que apenas pude ver las palabras «después de que la Elección haya sido debidamente controlada, el mencionado Sibimet y Tabikat, su mujer, pueden asumir a su gusto el Imperial», antes de que, con aspecto culpable, lo arrugase.

Capítulo IV

Una conspiración a hurtadillas

El Alcaide entraba en ese momento, y casi inmediatamente detrás de él llegó el Lord Canciller, un poco enrojecido y sin aliento, ajustándose sin mucho éxito la peluca.

—¿Dónde está mi precioso niño? —preguntó la Dama, cuando los cuatro tomaron asiento en la pequeña mesa auxiliar llena de libros de cuentas, documentos y facturas.

—Ha salido hace un momento, con el Lord Canciller —explicó brevemente el Sub-Alcaide.

—¡Ah! —dijo gentilmente la Dama, sonriendo al alto funcionario—. Su Señoría siente una gran inclinación por los niños. ¡Dudo de que nadie pueda *llegar* a mi querido Uggug tan rápidamente como *usted*! —Para ser una mujer del todo estúpida, las observaciones de la Dama estaban curiosamente llenas de sentido; algo de lo que ella era enteramente inconsciente.

El Canciller se inclinó, pero con aire un poco incomodado.

—Creo que el Alcaide iba a decir algo —observó, evidentemente ansioso de cambiar de tema.

Pero no había modo de detener a la Dama.

—Es un muchacho muy inteligente —continuó con entusiasmo—, ¡pero necesita un hombre como Su Señoría que le *guíe*!

El Canciller se mordió el labio, y permaneció en silencio. Evidentemente, temía que, por estúpida que pareciese, *esta* vez comprendiese lo que había dicho y se estuviese divirtiendo a sus expensas. Podría haberse ahorrado toda precaución: fueran cuales fuesen los significados accidentales que pudiesen tener sus *palabras*, ella nunca quería decir nada en absoluto.

—¡Todo está listo! —anunció el Alcaide, sin perder tiempo en preliminares—. El cargo de Sub-Alcaide ha sido abolido, y mi hermano actuará como Vice-Alcaide cuando yo esté ausente. Así, como me voy a ir fuera por una temporada, desde ahora se encargará de sus nuevos deberes.

—Entonces, ¿después de todo, va a haber un Vice? —preguntó la Dama.

—¡Espero que sí! —replicó sonriendo el Alcaide.

La Dama parecía muy complacida, y trató de cruzar las manos; pero uno podría creer que había vareado dos colchones de plumas, por el ruido que hizo.

—Cuando mi esposo sea Vice —dijo— será como si tuviésemos *mil* Vices.

—¡Escuchen, escuchen! —exclamó el Sub-Alcaide.

—Pareces pensar que es muy notable —dijo con cierta severidad la Dama— que tu esposa diga la verdad.

—¡No, no, nada de notable! —explicó ansiosamente su marido—. ¡No hay nada *notable* en lo que *tú* dices, querida!

La Dama sonrió en señal de aprobación por el cumplido, y prosiguió:

—¿Y yo soy la Vice-Alcaidesa?

—Si desea usar ese título... —dijo el Alcaide—, pero «Su Excelencia» sería el modo apropiado de tratamiento. Y confío en que «Sus Excelencias» observarán el convenio que he establecido. La norma que *más* me preocupa es ésta. —Desenrolló un voluminoso rollo de pergamino, y leyó en voz alta las palabras—: «*Item*, que seremos amables con los pobres». El Canciller lo redactó para mí —añadió, echando una ojeada a ese gran funcionario—. Me imagino que la palabra *«item»* tiene algún profundo significado legal.

—¡Indudablemente! —replicó el Canciller, todo lo articuladamente que fue capaz con una pluma entre los labios. Estaba enrollando y desenrollando nerviosamente otros pergaminos, y haciendo lugar entre ellos al que el Alcaide acababa de entregarle—. Éstos son sólo los borradores —explicó—, y en cuanto haya hecho las últimas correcciones —organizando un gran lío entre los diferentes pergaminos—, un punto y coma o dos que he omitido inadvertidamente —se lanzó, pluma en ristre, de una a otra parte del rollo, desparramando hojas de papel secante sobre sus correcciones—, todo estará listo para la firma.

—¿No habría que leerlo primero? —inquirió la Dama.

—No es preciso, no es preciso —exclamaron al unísono el Sub-Alcaide y el Canciller, con febril vehemencia.

—No es necesario —asintió amablemente el Alcaide—. Su marido y yo lo hemos redactado al alimón. Dispone que él ejercerá la plena autoridad de Alcaide y dispondrá de la renta anual correspondiente a tal cargo hasta mi regreso, o, si eso no sucede, hasta que Bruno sea mayor de edad, y que, si llegado el caso, entregará a mí mismo o a Bruno el cargo de Alcaide, las rentas ahorradas y el contenido del Tesoro, que deben ser conservados, intactos, bajo su custodia.

Durante todo este tiempo, con la ayuda del Canciller, el Sub-Alcaide estaba ocupado cambiando los papeles de un lugar para otro y señalando al Alcaide dónde debía firmar. Luego firmó él mismo, y la Dama y el Canciller añadieron sus nombres como testigos.

—Las despedidas breves son las mejores —sentenció el Alcaide—. Todo está a punto para mi viaje. Mis hijos me esperan abajo para despedirse. —Besó ceremoniosamente a la Dama, estrechó la mano de su hermano entre las suyas, así como la del Canciller, y abandonó la habitación.

Los tres esperaron en silencio hasta que el sonido de las ruedas anunció que el Alcaide estaba fuera al alcance del oído; entonces, para mi sorpresa, estallaron en incontenibles carcajadas.

—¡Qué jugada, oh, qué jugada! —exclamó el Canciller. Él y el Vice-Alcaide se cogieron de las manos y brincaron por toda la estancia. La Dama era demasiado digna para ponerse a dar saltos, pero rió como cuando relincha un caballo y agitó su pañuelo por encima de la cabeza. Era evidente para su muy limitada inteligencia que *algo* muy inteligente había sido realizado, pero ignoraba aún de qué se trataba.

—Dijiste que me enteraría de todo cuando el Alcaide se hubiese marchado —dijo tan pronto como pudo hacerse oír.

—Y te enterarás, charlatana —replicó amablemente su esposo, al tiempo que buscaba entre los papeles llenos de tachones y mostraba dos pergaminos que estaban uno junto a otro—. Mira: éste es el que ha leído pero no ha firmado, y este otro es el que firmó pero no leyó. ¿Ves?, está todo tapado, excepto el sitio para poner las firmas.

—¡Ah, sí, sí! —le interrumpió la Dama, y se puso a comparar los dos convenios—. «*Item*, que ejercerá la autoridad de Alcaide en ausencia del Alcaide». ¡Pero si en vez de esto pone: «Que será gobernante absoluto de por vida, con el título de Emperador, si es elegido para tal cargo por el pueblo»! ¿Cómo? ¿Eres, pues, Emperador, querido?

—Aún no, querida —replicó el Vice-Alcaide—. No hasta que no haga leer este documento, como ahora. Cada cosa a su debido tiempo.

La Dama asintió, y continuó leyendo: «*Item*, que seremos amables con los pobres».

—¡Pero si esto no está!

—¡Naturalmente! —exclamó su marido—. ¡No vamos a molestarnos por esos desgraciados!

—Bien —dijo con énfasis la Dama, y siguió su lectura—: «*Item*, que el contenido del Tesoro será conservado intacto». ¡Y en éste pone que estará a la absoluta disposición del Vice-Alcaide! ¡Bueno, maridito, éste sí que ha sido un truco inteligente! ¡*Todas* las joyas! ¿Puedo ir a ponérmelas?

—Bueno, aún no, amor —replicó incomodado su esposo—. La opinión pública no está aún madura para la carroza. Tomaré el título de Emperador en cuanto pueda manejar con seguridad la elección. Pero no les gustaría vernos utilizar las joyas mientras sepan que el Alcaide sigue vivo. Debemos difundir la noticia de su muerte. Una pequeña conspiración.

—¡Una conspiración! —exclamó ilusionada la Dama, aplaudiendo—. Es la cosa que más me gusta en el mundo. ¡Es tan interesante!

El Vice-Alcaide y el Canciller intercambiaron un guiño o dos.

—¡Déjela que conspire a su gusto! —susurró a hurtadillas el Canciller—. ¡No hará ningún daño!

—Y cuando la conspiración…

—¡Chist! —le interrumpió su esposa, al ver que se abría la puerta y entraba Silvia y Bruno, tiernamente enlazados, sollozando Bruno convulsivamente, con el rostro oculto en el hombro de su hermana, y Silvia más seria y tranquila, pero con lágrimas corriéndole por las mejillas.

—¡No hay que llorar así! —dijo desabridamente el Vice-Canciller, sin conseguir ningún resultado—. ¡Consuélales un poco! —sugirió a la Dama.

—¡Tarta! —murmuró entre dientes la Dama con aire decidido, atravesando la habitación y abriendo un armario, de donde regresó al instante con dos pedazos de tarta de ciruelas—. ¡Comed, y no lloréis más! —fueron sus sencillas y breves órdenes; y los pobres niños se sentaron juntos, pero no parecían tener apetito.

La puerta se abrió de nuevo, o, más bien, esta vez fue abierta de un empujón, cuando entró en la habitación Uggug, gritando:

—¡Ha venido otra vez el viejo Mendigo!

—Aquí no hay comida para… —comenzó a decir el Vice-Alcaide, pero el Canciller le interrumpió.

—Está bien —dijo en voz baja—, los criados tienen instrucciones.

—Está aquí abajo —continuó Uggug, que se había acercado a la ventana, y estaba mirando abajo, al patio.

—¿Dónde, cariño? —preguntó la mimosa madre, rodeando con sus brazos el cuello de su pequeño monstruo. Todos nosotros (excepto Silvia y Bruno, que no advirtieron lo que estaba pasando) la seguimos a la ventana. El viejo Mendigo nos miraba con ojos hambrientos.

—Sólo un mendrugo de pan, Alteza —suplicó. Era un digno anciano, pero parecía tristemente enfermo y agotado—. ¡Un mendrugo de pan es todo lo que pido! —repitió—. ¡Un solo mendrugo y un poco de agua!

—¡Aquí hay un poco de agua, toma, bébela! —bramó Uggug, vaciándole encima una jarra de agua.

—¡Bien hecho, hijo mío! —exclamó el Vice-Alcaide—. ¡Así hay que tratar a esa gente!

—¡Qué niño tan listo! —exclamó a su vez la Alcaidesa—. ¿No es cierto que tiene unas ideas estupendas?

—¡Apaléenle! —gritó el Vice-Alcaide, cuando el anciano Mendigo se sacudió el agua de su harapiento traje y volvió a mirar dócilmente hacia arriba.

—¡Denle con un atizador al rojo vivo! —añadió la Dama.

Posiblemente, no había ningún atizador al rojo vivo a mano, pero en un momento varios palos aparecieron, y rostros amenazadores rodearon al pobre anciano vagabundo, que los apartó dignamente con un gesto de las manos.

—No es preciso quebrar mis viejos huesos —dijo—. Ya me voy. ¡Ni siquiera un mendrugo!

—¡Pobre, pobre viejo! —exclamó una vocecilla a mi lado, medio ahogada por los sollozos. Bruno estaba en la ventana, tratando de echar por ella su trozo de tarta, pero Silvia se lo impidió.

—¡Quiero darle mi tarta! —gritó Bruno, intentando desasirse de los brazos de Silvia.

—¡Sí, sí, querido! —le suplicó dulcemente Silvia—. ¡Pero no lo tires por la ventana! Ya se ha ido, ¿no lo ves? Vayamos a buscarle. —Y salieron de la habitación sin que lo advirtiesen los demás, enfrascados mirando al anciano Mendigo.

Los conspiradores volvieron a sus asientos, y continuaron su conversación en tono bajo para no ser oídos por Uggug, que seguía asomado a la ventana.

—Por cierto, había algo sobre el derecho de Bruno a heredar el cargo de Alcaide —dijo la Dama—. ¿Qué ha pasado con ello en el nuevo convenio?

El Canciller rió entre dientes.

—Está exactamente igual, palabra por palabra —dijo—, con *una* sola excepción, señora. En lugar de «Bruno», me he tomado la libertad de escribir —bajó su voz hasta ser un susurro—: Uggug.

—¡Uggug! —exclamé yo, indignado. Ya no podía contenerme. Incluso pronunciar esa palabra parecía un esfuerzo gigantesco, pero una vez lanzado mi grito, desapareció de golpe toda la tensión. Una súbita ráfaga de viento se llevó toda la escena, y me hallé sentado, mirando fijamente a la joven dama que estaba en el extremo opuesto del compartimento del tren, y que, habiéndose quitado el velo, me miraba con expresión de divertida sorpresa.

Capítulo V

El palacio de un mendigo

De que en el momento de despertarme había dicho algo, estaba completamente convencido: el ronco grito ahogado resonaba aún en mis oídos, por si el gesto alarmado de mi compañera de viaje no fuese prueba suficiente: Pero ¿qué podía decir para disculparme?

—Espero no haberla asustado —balbucí—. No tengo ni idea de qué he dicho. Estaba soñando.

—Dijo: ¡Uggug! —explicó la joven señora, cuyos labios palpitaban y se curvaban en una graciosa sonrisa, a pesar de sus esfuerzos por parecer seria—. Bueno, no lo dijo, ¡lo gritó!

—Lo siento muchísimo —fue todo lo que pude decir, sintiéndome muy culpable e indefenso. «¡Tiene los ojos de Silvia!», pensé, aún dudando de si estaba completamente despierto o no. «Y ese dulce aspecto de inocente asombro es también el de Silvia. Pero Silvia no tenía esa expresión de aplomo, ni ese vago aspecto de soñadora tristeza, como de alguien que ha experimentado una enorme tristeza en un pasado ya lejano. Mis fantasías casi me impidieron oír las siguientes palabras de la dama.

—Si tuviese usted entre las manos un horror a un chelín —continuó—, algo sobre fantasmas, o dinamita, o el asesino de la medianoche, podría entenderlo: esas cosas no merecen ni un chelín, a menos que le produzcan a uno una pesadilla. Pero, verdaderamente, teniendo un tratado médico… —y echó un vistazo, encogiendo graciosamente los hombros en señal de incomprensión, al libro sobre el que me había quedado dormido.

Su cordialidad y su completa ausencia de circunspección me pillaron desprevenido, pero no había ni el menor asomo de descaro o de atrevimiento en la niña

—pues de una niña, casi, parecía tratarse: le calculé apenas veinte años–, poseía toda la inocente franqueza de un visitante angelical, ajena a los modales de la tierra y a los convencionalismos –o, si prefería, barbarismos– de la sociedad. «Así será el aspecto y así hablará Silvia dentro de diez años», dije para mis adentros.

—¿No le importan los fantasmas –me atreví a preguntar–, a menos que sean realmente terroríficos?

—Eso es –respondió la dama–. Los fantasmas corrientes de los ferrocarriles, quiero decir los fantasmas de los libros que aparecen en los trenes, son verdaderamente sosos. Me siento inclinada a decir, con Alexander Selkirk: «Su mansedumbre me asombra». Y nunca cometen ningún asesinato a medianoche. ¡Serían incapaces de «empaparse de sangre» para salvar la vida!

—Empaparse de sangre es una frase muy elocuente, ciertamente. ¿Puede hacerse con cualquier fluido?

—Creo que no –replicó la dama, como si expresara una idea formulada ya hacía mucho tiempo–. Tiene que ser con algo *espeso*. Por ejemplo, podría empaparse de papilla. Que, siendo blanca, sería más adecuada para un fantasma, ¡suponiendo que quisiera empaparse!

—¿Aparece un fantasma realmente terrorífico en ese libro? –le pregunté.

—¿Cómo lo ha adivinado? –exclamó con la más simpática franqueza, y puso el volumen en mis manos. Lo abrí inmediatamente, con un agradable estremecimiento (como el que sólo produce una buena narración de fantasmas) ante la «pavorosa» coincidencia de haber adivinado tan inesperadamente el tema de sus estudios.

Era un libro de cocina, abierto en el capítulo de las «Papillas».

Le devolví el libro con lo que, supongo, pareció un mohín de decepción, pues la dama rió alegremente ante mi desconcierto.

—¡Es mucho más apasionante que cualquier fantasma moderno, se lo aseguro! Pero había un fantasma el mes pasado, no un verdadero fantasma, en la sobrenaturaleza, sino en una revista. Era un fantasma totalmente insípido. ¡No habría asustado ni a un ratón! ¡No era un fantasma al que uno ofrecería el asiento!

«¡Después de todo, tener setenta años, ser calvo y usar gafas tiene sus ventajas! —me dije a mí mismo–. En lugar de un tímido joven y una muchacha, pronunciando monosílabos tras horribles intervalos, henos aquí un anciano y una niña, completamente a gusto, hablando como si nos conociésemos desde hace años.»

—¿Entonces usted piensa –continué en voz alta– que hay ocasiones en que deberíamos ofrecer asiento a un fantasma? Pero ¿tenemos alguna autoridad para hacerlo? En Shakespeare, por ejemplo, aparecen muchísimos fantasmas, ¿ha hablado Shakespeare alguna vez de «ofrecer una silla al fantasma»?

La dama me miró asombrada y pensativa durante un momento; luego casi aplaudió.

—¡Sí, sí que habla de ello! —exclamó—. Hace decir a Hamlet: descansa, descansa, espíritu perturbado.

—¿Y debo suponer que se refiere a una butaca?

—Un balancín, creo.

—¡Empalme de Fayfield, señora, trasbordo para Elveston! —anunció el revisor, manteniendo abierta la puerta del departamento; al momento estuvimos, con todas nuestras pertenencias portátiles en torno nuestro, en el apeadero.

El servicio previsto para los pasajeros que tenían que aguardar esa combinación era claramente inadecuado: un tosco banco de madera, aparentemente destinado a sólo tres personas: y ya estaba parcialmente ocupado por un hombre muy anciano, con una levita suelta, que estaba sentado, con los hombros inclinados, la cabeza caída y las manos aferradas al mango de su bastón como formando una especie de almohada para su rostro arrugado con aspecto de paciente fugitiva.

—¡Venga, lárguese! —gritó el jefe de estación al pobre anciano—. ¡Lárguese y deje sitio a sus superiores! ¡Por aquí, señora! —añadió en un tono muy distinto—. Si Su Señoría quiere tomar asiento, el tren llegará dentro de pocos minutos. —El rastrero servilismo que ponía de manifiesto se debía, sin duda, a la dirección que se podía leer en el montón de maletas, que anunciaban que su propietario era LADY MURIEL ORME, pasajera con destino a Elveston, vía Fayfield.

Mirando al anciano que se ponía lentamente en pie, y se dirigía cojeando hacia el andén, acudieron a mis labios los versos:

> De su lecho de tela el Monje se alzó,
> con fatiga levantó sus entumecidos miembros;
> cien años habían arrojado sus nieves
> sobre sus finas guardejas y su barba al viento...

La dama, sin embargo, apenas había advertido el pequeño incidente. Después de echar un vistazo al «desterrado», que permanecía en pie apoyándose trémulamente en el bastón, se dirigió a mí.

—¡Desde luego, no es un balancín! Aunque puedo decir —cambiando levemente de lugar, para hacerme sitio junto a ella—, puedo decir, con las palabras de Hamlet: descansa, descansa —se interrumpió con una risa cristalina.

—Espíritu perturbado —completé yo la frase por ella—. Sí, eso describe exactamente a un viajero en ferrocarril. Y aquí tenemos un buen ejemplo —añadí al tiempo que el minúsculo tren local se deslizaba junto al andén, y los mozos se apresuraban, abriendo puertas, ayudando uno de ellos al pobre anciano a subir a un vagón de tercera clase, mientras que otro nos conducía obsequiosamente a la dama y a mí a uno de primera clase.

La dama se detuvo, antes de seguirle, para mirar al otro pasajero.

—¡Pobre anciano! —exclamó—. ¡Qué enfermo y débil parece! Fue una vergüenza dejar que le echasen de ese modo. ¡Oh! Lo siento de veras.

Advertí que esas palabras no se dirigían a mí, sino que estaba pensando en voz alta. Di unos pasos y esperé para seguirla al vagón, donde reanudé la conversación:

—Shakespeare debió de viajar en tren, aunque sólo fuese en sueños: «Espíritu perturbado» es una expresión muy acertada.

—Perturbado alude sin duda —replicó— a los libritos sensacionalistas, típicos del ferrocarril. Si no otra cosa, Steam por lo menos ha añadido toda una nueva especie a la literatura inglesa.

—Por supuesto —asentí—, el verdadero origen de todos nuestros libros de medicina y de cocina.

—¡No, no! —me interrumpió alegremente—. ¡No me refería a nuestra literatura! Nosotros somos del todo anormales. Pero los libritos, las pequeñas novelas emocionantes, en que el asesino aparece en la página quince y la boda en la página cuarenta, ¿se las debemos a Steam?

—Cuando viajemos mediante electricidad, si puedo aventurarme a desarrollar su teoría, tendremos panfletos en lugar de folletos, y el asesinato y la boda aparecerán en la misma página.

—¡Un valioso desarrollo de Darwin! —exclamó con entusiasmo la dama—. Pero invierte la teoría. En lugar de desarrollar un ratón hasta que sea un elefante, usted convertiría a un elefante en ratón.

Entonces entramos en un túnel, y yo me recliné y cerré durante un instante los ojos, tratando de recordar algunas escenas de mi reciente sueño.

—Pensé ver —murmuré soñoliento; pero la frase insistió en conjugarse por sí misma, y se convirtió en «tú pensaste ver», «él pensó ver», y de pronto era una canción:

Pensó ver a un elefante,
Que tocaba la flauta:
Miró de nuevo, y vio que era
De su mujer una carta.
A lo lejos veo, dijo,
La amargura de la vida.

¡Qué ser más salvaje cantaba tan lúgubres palabras! Parecía un jardinero; aunque seguramente loco, por la manera de blandir el rastrillo, más loco, por la manera de lanzarse al poco rato a danzar furiosamente, absolutamente loco por el grito con que pronunció el final de la estrofa.

Era su propia descripción en que tenía los pies de un elefante: pero el resto era todo piel y huesos, y los montones de paja desparramados en torno suyo sugerían que antes había estado relleno de paja, y que casi todo el relleno se había salido.

Silvia y Bruno esperaban pacientemente hasta el final del primer verso. Luego Silvia se adelantó sola (Bruno se mostraba huraño de repente) y tímidamente se presentó de esta guisa:

—¡Por favor, soy Silvia!

—¿Y quién es la otra cosa? —preguntó el Jardinero.

—¿Qué cosa? —dijo Silvia, mirando alrededor—. ¡Oh, ése es Bruno!, mi hermano.

—¿Era tu hermano ayer? —inquirió el Jardinero.

—¡Claro que sí! —exclamó Bruno, que se había ido acercando, y no podía consentir que hablasen de él sin intervenir.

—¡Ah, bueno! —repuso el Jardinero con poco menos que un gruñido—. ¡Cambian tanto las cosas por aquí! ¡Dondequiera que miro es seguro que algo ha cambiado! Pero cumplo con mi obligación. Me pongo en pie como los gusanos, temprano, a las cinco.

—Si yo fuese usted —dijo Bruno—, no me levantaría tan temprano. ¡Es tan malo como ser gusano! —añadió en voz baja dirigiéndose a Silvia.

—Pero, Bruno, no hay que ser perezoso por las mañanas —replicó Silvia—. Recuerda que el pájaro madrugador coge el gusano.

—Que lo haga, si le gustan —dijo Bruno, bostezando—. No me gusta comer gusanos. Siempre me quedo en la cama hasta que el pájaro madrugador los ha cogido a todos.

—¡Me sorprende que tengas la cara de venirme con tales cuentos! —exclamó el Jardinero.

A lo cual, Bruno respondió con muy buen tino:

—No hace falta una cara para contar cuentos, ¡basta con la boca!

Silvia cambió discretamente de tema:

—¿Ha plantado usted todas estas flores? —preguntó—. ¡Qué hermoso jardín ha hecho! ¿Sabe? ¡Me gustaría poder vivir siempre aquí!

—En las noches de invierno... —comenzó a decir el Jardinero.

—¡Casi me olvidaba de lo que hemos venido a hacer! —le interrumpió Silvia—. Por favor, ¿puede dejarnos pasar a la carretera? Acaba de marcharse un pobre viejo mendigo que tiene mucha hambre, y Bruno quiere ofrecerle su tarta.

—¡Esto podría costarme el puesto! —murmuró el Jardinero, sacando una llave del bolsillo, y abriendo una puerta en la tapia del jardín.

—¿Cuánto cuesta? —preguntó inocentemente Bruno.

El Jardinero sonrió.

—¡Es un secreto! —exclamó—. ¡Regresad enseguida! —les dijo a los niños cuando salían al camino. Yo tuve el tiempo justo de seguirles, antes de que la puerta se cerrara de nuevo.

Corrimos carretera adelante, y casi enseguida pudimos ver al viejo Mendigo, un cuarto de milla delante de nosotros, y los niños se apresuraron para alcanzarle. Se deslizaban suave y ligeramente por el camino, y yo era incapaz de comprender cómo podía seguir su marcha con tanta facilidad. Pero el irresuelto problema no me preocupó tanto como lo habría hecho en otros tiempos, pues había otras muchísimas cosas a las que atender.

El anciano mendigo debía de estar muy sordo, pues no atendía a los gritos de Bruno, y siguió caminando fatigosamente, sin detenerse hasta que el muchachito llegó frente a él y se detuvo a su lado con el trozo de tarta. El pobre niño estaba sin aliento, y sólo pudo pronunciar la palabra: «¡Tarta!», no con la firmeza con que la había pronunciado hacía poco Su Excelencia, sino con una dulce timidez infantil, mirando al rostro del anciano con ojos que amaban «todas las cosas, tanto las grandes como las pequeñas».

El anciano se la arrebató y la devoró glotonamente, como lo haría un animal salvaje hambriento, pero ni siquiera tuvo una palabra de agradecimiento para su benefactor; sólo gruñó: «¡Más! ¡Más!», y miró fijamente a los medio aterrados niños.

—¡No hay más! —exclamó Silvia, con lágrimas en los ojos—. Me he comido el mío. Era una vergüenza dejar que le echasen así. Lo siento muchísimo.

No pude oír el resto de la frase, pues mi mente había vuelto, con gran sorpresa por mi parte, a Lady Muriel Orme, que hacía tan poco tiempo había utilizado las mismas palabras de Silvia. ¡Sí, y con la misma voz que Silvia, y con los mismos tiernos ojos suplicantes de Silvia!

«¡Venid conmigo!», fueron las siguientes palabras que oí, mientras el anciano agitaba la mano, con una honorable dignidad que contrastaba con sus harapos, en dirección a unos matorrales, en la cuneta, que casi de inmediato se hundieron en la tierra. En otros tiempos, hubiese dudado de la evidencia que me mostraban los ojos, o al menos me habría asombrado; en esta extraña escena, todo mi ser parecía absorto en una enorme curiosidad por lo que sucedería a continuación.

Cuando el arbusto hubo desaparecido por completo de nuestra vista, aparecieron unos escalones de mármol que penetraban en el interior y se perdían en la oscuridad. El anciano abrió la marcha, y le seguimos.

Al principio la escalera era tan oscura que sólo podía ver las siluetas de los niños, que, cogidos de la mano, andaban a tientas detrás de su guía; pero cada vez iba haciéndose más claro, con una extraña luz plateada que parecía flotar en el aire, pues no se veían lámparas; cuando, finalmente, llegamos al nivel del suelo, la sala en que nos encontrábamos estaba casi tan iluminada como a pleno sol.

Tenía ocho lados, y en cada ángulo había una delgada pilastra a cuyo alrededor se enroscaban tapices de seda. La pared entre las pilastras estaba enteramente recubierta, hasta una altura de seis o siete pies, de enredaderas, de las que colgaban grandes cantidades de frutas maduras y de flores brillantes que casi cubrían las hojas.

En otro lugar, quizá, me habría maravillado de ver crecer juntos frutos y flores; allí, mi principal asombro lo provocaba el hecho de que ni las frutas ni las flores eran como las que yo había visto anteriormente. Más arriba, cada pared tenía una ventana circular de cristal de colores, y encima de todo había un techo abovedado que parecía recubierto por entero de joyas.

Miré para todos lados con poco menos asombro, tratando de comprender cómo habíamos podido llegar allí, pues no había ninguna puerta y todas las paredes estaban cubiertas con yedras encantadoras.

—¡Aquí estamos a salvo, queridos! —exclamó el anciano, poniendo una mano en el hombro de Silvia e inclinándose para darle un beso. Silvia dio un respingo, con gesto ofendido; pero enseguida, al grito de: «¡Pero si es papá!», se echó en sus brazos.

«¡Papá! ¡Papá!», repetía Bruno, y mientras los felices niños eran abrazados y besados, yo sólo podía frotarme los ojos y preguntarme: «Pero, ¿dónde han ido a parar los harapos?», pues el anciano vestía trajes regios que centelleaban de joyas y de bordados en oro, y cubría su cabeza un círculo de oro.

Capítulo VI

El medallón mágico

—¿Dónde estamos, papá? —susurró Silvia, rodeando fuertemente con los brazos el cuello del anciano.

—En la Tierra de los Duendes, querida, una de las provincias de la Tierra de las Hadas.

—¡Yo creía que la Tierra de los Duendes estaba muy lejos de Tierrafuera... y hemos llegado enseguida!

—Habéis venido por el Camino Real, preciosa. Sólo quienes son de sangre real pueden viajar por él, y vosotros sois reales desde que hace casi un mes me hicieron Rey de la Tierra de los Duendes. Enviaron a dos embajadores para estar seguros de que recibiera su invitación a ser su nuevo Rey. Uno era un Príncipe, así que pudo venir por el Camino Real y hacerse invisible a todos menos a mí, el otro era Barón, así que tuvo que emplear el camino normal, y temo que aún esté en camino.

—¿Estamos muy lejos? —preguntó Silvia.

—A unas mil millas, preciosa, de donde el Jardinero os abrió la puerta.

—¡Mil millas! —repitió Bruno—. ¿Puedo comerme una?

—¿Comerte una milla, pillo?

—No —dijo Bruno—. Quiero decir que si puedo comerme una de estas frutas.

—Sí, hijo —respondió el padre—. Y entonces sabrás a qué se parece el placer, el placer que todos buscamos tan alocadamente, y que tan tristemente gozamos.

Bruno corrió hacia la pared, y cogió una fruta que tenía forma de plátano, pero color de fresa. La comió con los ojos radiantes, pero fueron apagándose gradualmente y estaban totalmente sin luz cuando terminó.

—¡No sabe a nada! —se quejó—. ¡No sentí nada en la boca! Es un... ¿cómo es esa palabra tan rara, Silvia?

—Espejismo —replicó Silvia—. ¿Son todos así, papá?

—Son todos así para vosotros, querida, porque aún no pertenecéis a la Tierra de los Duendes. Pero para mí son bien reales.

Bruno miró asombrado.

—¡Probaré otra clase de frutas! —dijo y se bajó de las rodillas del Rey—. He visto unas con rayas muy bonitas que parecen arco iris.

Y salió corriendo de nuevo, y el Rey de las Hadas y Silvia se pusieron a hablar, pero en voz tan baja que yo no podía oírles; así que seguí a Bruno, que estaba cogiendo y probando otras clases de frutas, con la vana esperanza de encontrar alguna que tuviese sabor. Yo mismo intenté también coger alguna, pero era como agarrar aire, y enseguida abandoné el intento y volví adonde Silvia.

—Míralo bien, querida —estaba diciendo el anciano—, y dime qué te parece.

—¡Es precioso! —exclamó ilusionada Silvia—. ¡Bruno, ven aquí, mira! —Y, para que pudiese ver a su través la luz, levantó un medallón en forma de corazón aparentemente hecho de una sola piedra preciosa, de un bello color azul, con una cadenita de oro.

—Bien bonito —observó Bruno, más sobriamente, y se puso a deletrear unas palabras que tenía grabadas—. TODOS-AMAN-A-SILVIA —dijo—. ¡Claro que sí! —exclamó echándole los brazos al cuello—. Todo el mundo quiere a Silvia.

—Pero nosotros la queremos más, ¿no es así, Bruno? —preguntó el anciano Rey, mientras recobraba el medallón—. Ahora, Silvia, mira éste —y le mostró, en la palma de la mano, un medallón de color carmesí vivo, de la misma forma que el azul, y, como aquél, con una fina cadena de oro.

—¡Precioso y requeteprecioso! —exclamó Silvia, aplaudiendo de contento—. ¡Mira, Bruno!

—También hay palabras en éste —observó Bruno—: SILVIA-AMA-A-TODOS.

—Ahora ves la diferencia —dijo el anciano—, diferentes colores y diferentes palabras. Elige uno de los dos, querida. Te daré el que más te guste.

Silvia susurró las palabras varias veces, con una sonrisa pensativa, y finalmente se decidió.

—Es estupendo ser querida —dijo—, pero es mucho mejor querer a los demás. ¿Puedo quedarme con el rojo, papá?

El anciano no respondió: pero pude ver sus ojos anegados en lágrimas, al tiempo que inclinaba la cabeza mientras apretaba sus labios sobre la frente de su hija en un largo y amoroso beso. Luego soltó la cadena, y le enseñó cómo ponérsela alrededor del cuello, y cómo ocultarla bajo el vestido.

—Es para que lo tengas tú —dijo en voz baja—, no para que lo vean los demás. ¿Recordarás cómo usarlo?

—Sí, lo recordaré —contestó Silvia.

—Y ahora, queridos, ya es hora de que regreséis, o pensarán que os habéis perdido y el pobre Jardinero tendrá problemas.

Una vez más, me pregunté admirado cómo íbamos a regresar —pues daba por supuesto que por donde fueran los niños, iría yo—, pero ellos no parecían tener la menor duda cuando le abrazaron y le besaron, murmurando incansablemente «¡Adiós, querido padre!». Y luego, repentina y rápidamente, la oscuridad de medianoche cayó sobre nosotros, y a través de la oscuridad, sonando profunda se oyó una ruda canción:

> Pensó que veía a un búfalo
> sobre la chimenea:
> Miró de nuevo, y vio que era
> La sobrina del marido de su hermana.
> «Si no sale de esta casa —dijo él—
> Haré que venga la policía.»

—¡Era yo! —exclamó, mirándonos, a través de la puerta semientornada, cuando ya estábamos en el camino—. Y eso es lo que habría hecho, tan seguro como que las patatas no son nabos, si no se hubiese ido ella misma. Ya podéis pasar, si lo deseáis.

Mantuvo la puerta abierta mientras hablaba, y entramos, un poco deslumbrados y sorprendidos (al menos, yo me sentía así) por la repentina transición de la semioscuridad del vagón a la brillante luz del andén del apeadero de Elveston.

Un criado, que llevaba una bella librea, se adelantó y se quitó respetuosamente el sombrero.

—El carruaje está a punto, señora —dijo, cogiéndole las mantas y los pequeños bultos que llevaba; y Lady Mauriel, tras estrecharme la mano y desearme buenas noches con una agradable sonrisa, le acompañó.

Sintiéndome algo turbado y solo, me aparté del carruaje del que estaba sacando mi equipaje: y, después de haber dado instrucciones para que me lo enviasen, me dirigí a pie al alojamiento de Arthur y pronto perdí mi soledad con la cordial acogida que me dedicó mi viejo amigo, y a la vista de la confortable, cálida y alegre luz del pequeño salón a que me llevó.

—Pequeño, como ve, pero suficiente para nosotros dos. Ahora, siéntese en la butaca, viejo amigo, y deje que le eche otra mirada. ¡Bien! Parece un poco abatido —y adoptó un solemne aire profesional—. Prescribo Ozono, *quant, suff.* Disipación social, *fian pilulae quam plurimae;* deben tomarse, comiendo opíparamente, tres veces al día.

—¡Pero, doctor! —objeté—. La sociedad no recibe tres veces al día.

—¡Eso es lo que usted se cree! —replicó alegremente el joven doctor—. En casa, partida de tenis a las 3. En casa, té a las 5. En casa, música (Elveston no ofrece cenas) a las 8. Despedida a las 10. ¿Qué le parece?

Parecía muy halagüeño, hay que admitirlo.

—Ya conozco a alguna de las damas de la sociedad —añadí—. Una de ellas vino en el mismo vagón que yo.

—¿Cómo era? ¿Pudo identificarlo, quizá?

—Su nombre era Lady Muriel Orme. En cuanto a cómo era, bueno, me pareció muy bella. ¿La conoce usted?

—Sí, la conozco. —Y el serio doctor se ruborizó un poco al añadir—: Sí, estoy de acuerdo con usted. Es bella.

—Perdí el corazón por ella —seguí maliciosamente—. Hablamos...

—Vayamos a cenar —me interrumpió Arthur, con aire aliviado al ver entrar a la doncella con una bandeja.

Esquivó tenazmente todos mis intentos de volver sobre el tema de Lady Muriel hasta que la velada llegaba a su fin. Entonces, estando sentados ante la chimenea, y cuando ya decaía la conversación, me hizo una aropellada confesión.

—No quería hablarle de ella —dijo sin mencionarla, como si sólo hubiese una «ella» en el mundo— hasta que usted se hubiese formado su propia opinión: pero me ha pillado por sorpresa. Y no he dicho ni una palabra de esto a nadie más. ¡Pero a usted, viejo amigo, puedo confiarle un secreto! ¡Sí! ¡Para mí es cierto lo que supongo que dijo usted en broma!

—Por supuesto, era una broma, créame —me apresuré a responder—. ¡Pero, hombre, si soy tres veces mayor que ella! Sin embargo si la ha elegido usted, estoy seguro de que es todo lo bondadosa y...

—...y dulce —añadió Arthur— y pura, y sincera, y... —Se interrumpió precipitadamente, como si no pudiese confiar en sí mismo para decir más sobre un tema tan sagrado y tan precioso.

Se produjo un silencio, y me recliné soñolientamente en la butaca, lleno de imágenes vivas y bellas de Arthur y de su amada, y de toda la paz y felicidad que les aguardaba. Me los imaginé paseando juntos, despaciosa y tiernamente, bajo árboles inclinados, en un grato jardín de su propiedad, y recibidos alegremente por su fiel jardinero, de regreso de alguna excursión por los alrededores.

Parecía completamente natural que el jardinero se mostrara exuberantemente alegre por la vuelta de unos amos tan encantadores. ¡Y qué extrañamente infantiles parecían! Podrían haberles tomado por Silvia y Bruno; aunque menos natural parecía el que mostrase su jubilo con unos bailes tan salvajes, con unas canciones tan disparatadas:

Pensó que veía a una serpiente de cascabel.
Que le preguntaba en griego:
Miró de nuevo, y vio que era

La mitad de la semana próxima.
«Lo único que siento –dijo–,
es que no pueda hablar.»

y menos natural que nada que el Vice-Alcaide y la Dama estuviesen junto a mí, comentando una carta abierta, que acababa de serles entregada por el Profesor, quien permanecía esperando sumisamente, un poco más allá.

–Si no fuese por estos dos niñatos –le oír murmurar al Vice-Alcaide, mirando con desagrado a Silvia y Bruno, que escuchaban cortésmente la canción del jardinero– no habría ningún problema.

–Léame de nuevo ese fragmento de la carta –dijo la Dama.

Y el Vice-Alcaide leyó en voz alta:

–«…y por lo tanto le rogamos que tenga la bondad de aceptar graciosamente la corona, para la que ha sido elegido por unanimidad por el Consejo de la Tierra de los Duendes: y que consienta en que su hijo Bruno (de cuya bondad, inteligencia y belleza nos han llegado noticias) sea considerado como su heredero.»

–Pero ¿cuál es el problema? –preguntó la Dama.

–¿Cómo? ¿No lo entiendes? El Embajador que la ha traído está esperando: y seguramente querrá conocer a Silvia y Bruno; y luego, cuando conozca a Uggug y recuerde todo esto de «bondad, inteligencia y belleza», comprenderá que…

–¿Y dónde hallarás un niño mejor que Uggug? –replicó con indignación la Dama–. ¿O más listo, o más guapo?

El Vice-Alcaide se limitó a replicar:

–¡No hace más que decir memeces! Nuestra única posibilidad es quitar de la vista a esos dos niños. Si puedes conseguirlo, el resto puedes dejarlo en mis manos. Le haré creer que Uggug es un modelo de inteligencia y de todo lo demás.

–Tendremos que cambiarle su nombre por el de Bruno, claro –apostilló la Dama.

El Vice-Alcaide se acarició la barbilla.

–¡Hum! ¡No! –dijo, pensativo–. Mejor que no. Es tan lerdo que nunca será capaz de responder cuando le llamen por ese nombre.

–¡Lerdo! –exclamó la Dama–. ¡No es más lerdo que yo!

–¡Oh, por supuesto, querida! –replicó inmediatamente el Vice-Alcaide–. ¡No lo es!

La Dama se apaciguó.

—Recibamos, pues, al Embajador —dijo, y le preguntó haciéndole señas al Profesor—: ¿En qué habitación nos espera?

—En la Biblioteca, madame.

—¿Y cómo ha dicho que se llama? —preguntó el Vice-Alcaide.

El Profesor miró una tarjeta que sostenía en la mano:

—Su Adiposidad el Barón Dopplegeist.

—¿Y cómo se presenta con un nombre tan divertido? —dijo la Dama.

—No podía cambiarlo durante el viaje —explicó el Profesor—, porque ya traía puestas las etiquetas en el equipaje.

—Ve tú a recibirle —dijo la Dama al Vice-Alcaide—. Yo me ocuparé de los niños.

Capítulo VII

La embajada del Barón

Me disponía a seguir al Vice-Alcaide, pero, pensándolo mejor, me volví y fui tras la Dama, pues tenía curiosidad por saber cómo se las apañaría para mantener a los niños alejados.

La encontré cogida de la mano de Silvia y acariciando el cabello de Bruno del modo más tierno y maternal; ambos niños la miraban perplejos y un poco asustados.

—¡Queridos míos! —les decía—. ¡He estado planeando un pequeño festejo para vosotros! El Profesor os llevará de excursión por el bosque, aprovechando el buen tiempo; os llevaréis una canasta con comida y podréis merendar junto al río.

Bruno saltó, dando aplausos.

—¡Estupendo! —exclamó—. ¿No te parece, Silvia?

Silvia, que no había perdido su aire de sorpresa, le besó.

—Muchísimas gracias —dijo con toda formalidad.

La Dama volvió la cabeza para disimular la amplia sonrisa de triunfo que llenaba su rostro, como las olas en un lago.

«¡Simplones!», murmuró para sí, de regreso a la mansión. Yo la seguí.

—Completamente, Su Excelencia —iba diciendo el Barón cuando ella entró en la Biblioteca—. Toda la infantería estaba a mis órdenes. —Se volvió y fue presentado a la Dama.

—¿Un héroe militar? —preguntó la Dama. El rechoncho hombrecito sonrió bobamente.

—Bueno, sí —repuso, bajando modestamente la mirada—. Mis antepasados fueron todos famosos por su ardor guerrero.

La Dama sonrió gentilmente.

–Sucede con frecuencia en las familias, como con la afición a los pasteles –observó aún sonriente.

El Barón pareció levemente ofendido, y el Vice-Alcaide cambió discretamente de tema.

–La comida pronto estará lista –dijo–. ¿Me hará el honor de permitir que acompañe a Su Adiposidad a la habitación de los huéspedes?

–¡Desde luego, desde luego! –asintió con vehemencia el Barón–. ¡No hay que hacer nunca esperar para el almuerzo! –Y salió trotando de la estancia detrás del Vice-Alcaide.

Estuvo de vuelta tan pronto que el Vice-Alcaide apenas tuvo tiempo de explicar a su esposa que su observación sobre «la afición a los pasteles» había sido inoportuna.

–Ya podías haberte dado cuenta de que se trata de su familia –añadió–. ¡Ardor guerrero!

–¿Está ya lista la comida? –preguntó el Barón, entrando a toda velocidad en la estancia.

–Estará en unos minutos –replicó el Vice-Alcaide–. Entretanto, demos una vuelta por el jardín. Me estaba usted diciendo –continuó mientras salían los tres de la mansión– algo sobre una batalla en la que usted mandaba a la infantería.

–Así es –dijo el Barón–, el enemigo, como iba diciendo, era muchísimo más numeroso que nosotros, pero hice avanzar a mis hombres derechos hacia el centro de… ¿qué es eso? –exclamó el héroe militar, en tono alarmado y ocultándose tras el Vice-Alcaide, al ver que una extraña criatura se abalanzaba violentamente hacia ellos, con una azada en la mano.

–¡Es el Jardinero! –le tranquilizó el Vice-Alcaide–. Completamente inofensivo, se lo aseguro. ¡Escuche, está cantando! Es su diversión preferida.

Y una vez más, sonaron los discordantes gritos:

> Creyó ver a un empleado de banca
> Bajando del autobús:
> Miró de nuevo y vio que era
> Un hipopótamo:
> «Si se quedase a comer –dijo–
> No nos quedaría mucho a los demás.»

Arrojando la azada, se puso a bailar violentamente, chasqueando los dedos y repitiendo una y otra vez:

¡No nos quedaría mucho a los demás!
¡No nos quedaría mucho a los demás!

De nuevo, el Barón pareció levemente ofendido, pero el Vice-Alcaide se apresuró a explicarle que la canción no se refería en absoluto a él, y que carecía de sentido.

—¿A que usted no quería decir nada? —preguntó al Jardinero, que había acabado de cantar y se estaba columpiando sobre una pierna, mientras les miraba con la boca abierta.

—Nunca quiero decir nada —respondió el Jardinero; en ese momento apareció Uggug, que dio a la conversación un nuevo giro.

—Permítame presentarle a mi hijo —dijo el Vice-Alcaide; añadiendo, en un susurro—: ¡uno de los chicos más inteligentes y buenos que haya habido nunca! Trataré de mostrarle algo de su ingenio. Sabe todo lo que los demás chicos ignoran; y disparando el arco, pescando, pintando, tocando música, su habilidad es... pero podrá usted juzgar por sí mismo. ¿Ve el blanco que hay allá lejos? Va a lanzarle un dardo. Querido —dijo en voz alta—, a Su Adiposidad le gustaría verte disparar. ¡Traigan el arco y las flechas de Su Alteza!

Uggug pareció recibir el arco y las flechas y disponerse a tirar de mala gana. En el momento en que la flecha abandonó el arco, el Vice-Alcaide pisó fuertemente el dedo meñique del pie del Barón, quien gritó de dolor.

—¡Oh, mil perdones! —exclamó el Vice-Alcaide—. He saltado de la emoción. ¡Mire! ¡Ha dado justo en el blanco!

El Barón lo contempló asombrado.

—Tomaba el arco con tal torpeza que parecía imposible —murmuró. Pero no había ninguna duda: allí estaba la flecha, en el centro del blanco.

—El lago está aquí cerca —prosiguió el Vice-Alcaide—. ¡Traigan la caña de pescar de Su Alteza! —y Uggug, de mucha peor gana, agarró la caña y bamboleó la mosca sobre el agua.

—¡Tiene un escarabajo en el hombro! —exclamó la Dama, pellizcando al pobre Barón con más saña que diez langostas—. Y venenosa —explicó—. ¡Pero qué lástima! ¡No ha visto cómo cogía el pez!

Un enorme bacalao muerto yacía en la orilla, con el anzuelo aún en la boca.

—Siempre había creído —titubeó el Barón— que los bacalaos eran peces de agua salada.

—En este país, no —dijo el Vice-Alcaide—. ¿Quiere que sigamos? Haga alguna pregunta a mi hijo, sobre lo que quiera. —Y el huraño niño fue empujado hacia adelante para que caminase al lado del Barón.

—¿Podría decirme Su Alteza —comenzó precavidamente el Barón— cuánto es siete por nueve?

—¡Gire a la izquierda! —exclamó el Vice-Alcaide, adelantándose rápidamente para mostrar el camino, tan rápidamente que fue a parar contra su infortunado huésped, que cayó de bruces al suelo.

—¡Oh, perdón, perdón! —exclamó la Dama, y ella y su esposo le ayudaron a ponerse de nuevo en pie—. Mi hijo estaba a punto de decir «sesenta y tres» cuando usted se cayó.

El Barón no dijo nada; estaba todo cubierto de polvo, y parecía muy lastimado, tanto en el cuerpo como en el espíritu. Pero cuando volvieron a la mansión, y le hubieron dado un cepillado a fondo, las cosas parecieron volver a la normalidad.

La comida fue servida como es debido, y cada nuevo plato parecía aumentar un poco el buen humor del Barón; sin embargo, todos los esfuerzos por hacerle expresar su opinión sobre la inteligencia de Uggug fueron en vano hasta que el muchacho salió de la estancia y fue visto a través de la ventana abierta merodeando por el césped con una cestilla, que iba llenando de ranas.

—Hay que ver lo aficionado que es a las ciencias naturales mi querido niño —exclamó su ilusionada madre—. Ahora díganos, Barón, ¿qué piensa de él?

—Antes de emitir una opinión —dijo el precavido Barón—, me gustaría alguna prueba más. Creo que mencionaron ustedes su habilidad para…

—¿La música? —dijo el Vice-Alcaide—. ¡Oh, es, simplemente, un prodigio! Le va a oír tocar el piano —y se acercó a la ventana—. ¡Ug… quiero decir, hijo! ¡Ven un momento, y tráete al profesor de música! Para que le vaya pasando la partitura —añadió como explicación.

Uggug, habiendo llenado ya su cesta de ranas, no tenía ninguna objeción que hacer a tales órdenes, y apareció enseguida en la estancia, seguido de un hombrecito de aspecto torvo que preguntó al Vice-Alcaide:

—¿Qué música quierre?

—La sonata esa que Su Alteza toca tan encantadoramente —propuso el Vice-Alcaide.

—Su Jaltetza no… —empezó a decir el profesor de música, pero pronto fue interrumpido por el Vice-Alcaide:

—¡Cállese! Usted limítese a pasar la partitura por Su Alteza. Querida —refiriéndose a la Alcaidesa—, ¿quieres mostrarle lo que tiene que hacer? Y entretanto, Barón, le mostraré un mapa interesantísimo que tenemos aquí, de Tierrafuera, y de la Tierra de las Hadas y todo eso.

Cuando la Dama volvió de dar instrucciones al profesor de música, el mapa ya había sido colgado y el Barón se desconcertaba ante la costumbre del Vice-Alcaide de señalar un lugar mientras decía el nombre de otro.

La Dama se unió a ellos, señalando otros lugares, y diciendo otros nombres, con lo que sólo consiguió empeorar las cosas; al final, el Barón, desesperado, se puso a señalar él mismo los lugares, y preguntó:

—¿Esa gran mancha amarilla es la Tierra de las Hadas?

—Sí, es la Tierra de las Hadas —respondió el Vice-Alcaide—. ¡Podrías lanzarle una indirecta —susurró a su esposa— para que se vaya mañana! ¡Come como un tiburón! ¡Y no sé cómo decírselo!

Su mujer comprendió la idea, y al instante comenzó a lanzar indirectas del modo más delicado y sutil.

—¡Ya ve a qué distancia está la Tierra de las Hadas! ¡Si saliese usted mañana por la mañana, estaría allí en poco menos de una semana!

El Barón la miró con incredulidad.

—He tardado un mes en venir —dijo.

—¡Ah, pero es mucho más corto de regreso!

El Barón miró pidiendo su opinión al Vice-Alcaide, quien asintió prontamente:

—Puede regresar cinco veces en el tiempo que ha tardado para llegar hasta aquí, ¡si sale mañana por la mañana!

Durante todo ese tiempo, la sonata resonaba en la estancia. El Barón no se atrevía a admitir que estaba siendo tocada admirablemente; en vano trató de dar un vistazo al joven intérprete, cada vez que había estado a punto de conseguir echarle una ojeada, el Vice-Alcaide o su esposa se lo impedían, señalándole algún nuevo lugar en el mapa y aturdiéndole con un nuevo nombre. Acabó por rendirse, dio unas rápidas buenas noches y abandonó la estancia mientras sus anfitriones intercambiaban miradas de triunfo.

—¡Qué astucia! —exclamó el Vice-Alcaide—. ¡Qué astutamente tramado todo! Pero ¿qué son todas esas huellas en la escalera? —Entreabrió la puerta, miró fuera y añadió consternado—: ¡Están bajando las maletas del Barón!

—¿Y ese estruendo como de ruedas? —exclamó la Dama. Miró a través de los visillos—. ¡Se marcha el coche del Barón! —gimió.

En ese momento se abrió la puerta y un rostro grueso y furioso apareció por ella: una voz, ronca de indignación, escupió las palabras: «Mi habitación está llena de ranas. ¡Les dejo!», y la puerta volvió a cerrarse.

La noble sonata continuaba resonando por la habitación, pero era la magistral técnica de Arthur la que alzaba los ecos, y estremecía mi corazón con la tierna música de la inmortal *Sonata Pathétique*; y hasta que desapareció la última nota el cansado pero feliz viajero no pudo conseguir decir las palabras «¡buenas noches!» y dirigirse a su lecho, que tanto añoraba.

Capítulo VIII

Un paseo en león

El día siguiente transcurrió bastante agradablemente, en parte mientras me acomodaba en mi nueva morada, y en parte vagando por la vecindad, guiado por Arthur y tratando de formarme una idea general de Elveston y de sus habitantes. A las cinco, Arthur propuso —esta vez sin ninguna turbación— llevarme a La Casona para que conociese al Conde de Ainskie, que se alojaba allí durante la temporada, y pudiese volver a saludar a su hija, Lady Muriel.

Mis primeras impresiones del distinguido y honorable (y sin embargo campechano) anciano fueron enteramente favorables, y la verdadera satisfacción que apareció en el rostro de su hija, cuando me recibió con las palabras: «Es un inesperado placer», fue verdaderamente consoladora para cuanto de vanidad personal (tras los fracasos y sinsabores de tantísimos años, y tras haber topado tantas veces con un mundo hostil) quedaba en mí.

Advertí, y me alegré de ello, muestras de un sentimiento mucho más profundo que la mera cortesía amistosa en su encuentro con Arthur —aunque se trataba, deduje, de un suceso casi cotidiano—, y la conversación entre ellos, en la que el Conde y yo éramos participantes ocasionales, mostraba una espontaneidad; ambos parecían hallarse tan a gusto como sólo sucede entre viejos amigos y, como supe que no se conocían más que desde comienzos de ese verano, que ahora estaba convirtiéndose en otoño, sentí que, ciertamente, el «amor», y sólo el amor, podía explicar el fenómeno.

—¡Qué conveniente sería —observó riendo Lady Muriel, *á propos* de mi insistencia en ahorrarle las molestias de llevar una taza de té al otro lado de la habitación al Conde— si las tazas de té no tuviesen peso! ¡A lo mejor entonces se podría dejar a las señoras llevarlas a distancias cortas!

—Podemos imaginar fácilmente una situación —intervino Arthur— en que las cosas no tuviesen que tener necesariamente peso, unas respecto de otras, aunque cada una tendría su peso propio, con respecto a sí misma.

—¡Una paradoja imposible! —exclamó el Conde—. Díganos cómo podría ser eso. No acierto a adivinarlo.

—Bien, supongamos esta casa, tal como es, situada unos cuantos billones de millas por encima de un planeta, y sin nada entre ellos. ¿Cae sobre el planeta?

El Conde asintió.

—Desde luego, aunque podría tardar varios siglos en hacerlo.

—Y ¿existiría la hora del té durante todo ese tiempo? —preguntó Lady Muriel.

—Eso y otras cosas —respondió Arthur—. Los moradores vivirían normalmente, crecerían y morirían, y la casa seguiría cayendo, cayendo, cayendo... Pero vamos con el peso relativo de las cosas. Nada puede pesar, ya lo saben, a menos que intente caer y se le impida hacerlo. ¿De acuerdo?

Todos asentimos.

—Bien, entonces, si tomo este libro y lo sujeto en el extremo de mi brazo, naturalmente que siento su peso. Intenta caer, y yo se lo impido. Y si lo suelto, cae al suelo. Pero si estuviésemos cayendo todos juntos, no podría intentar caer más deprisa, ¿no es así?; pues si lo suelto, ¿qué otra cosa puede hacer más que caer? Y como mi mano estaría cayendo también (y a la misma velocidad), no podría dejarlo nunca, pues eso significaría que se pondría en el primer puesto de la carrera. ¡Y no podría superar al suelo, que también caería!

—Ya entiendo —dijo Lady Muriel—. Pero se marea una al pensar en esas cosas. ¿Cómo puede hacerlo usted?

—Existe una idea más curiosa aún —me aventuré a decir—. Imagínese una cuerda amarrada a la casa, por debajo, y que tire alguien de ella desde el centro del planeta. Entonces, naturalmente, la casa va más deprisa que a su velocidad normal de caída; pero los muebles (y nuestras personas) seguirán cayendo a su antigua velocidad, y por lo tanto se quedarían atrás.

—En la práctica, subiríamos hasta el techo —intervino el Conde—. La consecuencia inevitable de ello sería una conmoción cerebral.

—Para evitarlo —continuó Arthur—, clavaríamos los muebles al suelo y nos ataríamos a las sillas. Así podríamos tomar el té tranquilamente.

—¡Pero hay un pequeño inconveniente! —le interrumpió Lady Muriel—. Tendríamos que tener bien sujetas las tazas, pero ¿qué haríamos con el té?

—Había olvidado el té —confesó Arthur—. ¡Sin duda, subiría al techo, a menos que lo bebiésemos por el camino!

—Lo cual me parece suficientemente absurdo —dijo el Conde—. ¿Qué noticias nos trae usted del gran mundo de Londres?

Con eso llevó la conversación hacia mí, y ésta tomó un tono más convencional. Al cabo de un rato, Arthur dio la señal de nuestra partida, y en el frío de la tarde nos fuimos paseando hacia la playa, gozando del silencio, sólo roto por el murmullo del mar y la lejana música de alguna canción de pescador, casi tanto como de la agradable conversación que acabábamos de tener.

Nos sentamos sobre unas rocas, junto a un pequeño estanque tan rico en vida animal, vegetal y zoofítica —o comoquiera que se diga— que me extasié contemplándolo, y cuando Arthur propuso que regresáramos a nuestros aposentos le rogué que me dejase allí un rato para mirar y meditar a solas.

La canción del pescador se fue haciendo más audible y se fue acercando, según se aproximaba su barca para atracar en la playa, y me habría vuelto para verle descargar si no hubiese sido porque el microcosmos que yacía a mis pies atraía más intensamente mi atención.

Un viejo cangrejo que no dejaba de arrastrarse violentamente de un lado a otro del estanque me había fascinado especialmente, pues había tal vacuidad en su conducta que me recordó irresistiblemente al Jardinero que tan amistoso se había mostrado con Silvia y Bruno, y según le estaba mirando, oí las notas finales de su loca canción.

El silencio que siguió fue roto por la dulce voz de Silvia.

—Por favor, ¿podría dejarme salir al camino?

—¿Qué? ¿Otra vez tras ese viejo mendigo? —gritó el Jardinero, y empezó a cantar:

> Creyó ver a un canguro
> Que moliendo café estaba,
> Miró otra vez y vio que era
> Una píldora vegetal.
> «Si me la tragase —dijo—,
> Me pondría muy maldito.»

—No queremos que trague nada —explicó Silvia—. No está hambriento. Pero queremos verle. Así que, por favor, si gusta…

—¡Por supuesto! —replicó de inmediato el Jardinero—. Yo siempre gusto. Nunca disgusto a nadie. ¡Listos! —y abrió la puerta, dejándoles salir al polvoriento camino.

Enseguida encontramos el camino hacia los matorrales que se habían hundido tan misteriosamente en la tierra, y entonces Silvia sacó el medallón mágico de su escondite, lo giró con aire pensativo y, finalmente, preguntó a Bruno con aire de ingenuidad:

—¿Qué teníamos que hacer con él, Bruno? ¡Se me ha olvidado por completo!

—Bésalo —era el consejo de Bruno ante casos de duda y dificultad.

Silvia lo besó, pero no pasó nada.

—¡Frótalo al revés! —fue la siguiente sugerencia de Bruno.

—¿Y cuál es el revés? —inquirió mucho más razonablemente Silvia. Evidentemente, lo mejor era intentarlo al derecho y al revés.

Habiendo frotado de izquierda a derecha, tampoco ocurrió nada.

De derecha a izquierda.

—¡Oh! ¡Para ya, Silvia! —exclamó Bruno, alarmado—. ¿Qué está pasando?

En la ladera de una colina cercana, unos árboles estaban moviéndose lentamente hacia adelante, formando una solemne procesión, al tiempo que un manso arroyuelo, que había estado murmurando a nuestros pies un momento antes, comenzaba a dilatarse, a hincharse, a silbar y burbujear de modo verdaderamente insólito.

—Frótalo del otro modo —exclamó Bruno—. ¡Inténtalo de arriba a abajo! ¡Rápido!

Fue una buena idea. Lo frotó de arriba a abajo, y el paisaje que había estado mostrando signos de aberración mental en distintos sentidos volvió a su condición normal de sobriedad, a no ser por un pequeño ratón amarillo-castaño que continuaba corriendo con aspecto fiero por el camino, moviendo su cola como un pequeño león.

—Sigámosle —propuso Silvia, y también ésta fue una buena idea. El ratón emprendió un trote semejante al de alguien muy atareado, que casi no podíamos mantener nosotros. Lo único que hacía sentirme algo incómodo era el rápido crecimiento de tamaño de la pequeña criatura que estábamos siguiendo, pues cada vez se parecía más a un verdadero león. Su transformación no tardó en ser completa, y un digno león se puso pacientemente a esperar que llegásemos a su altura. Ni un solo pensamiento de temor parecía ocurrírsele a los niños, que le acariciaban y abrazaban como si de un poni se tratase.

—¡Ayúdenos a subir! —exclamó Bruno, y en un momento Silvia le había encaramado al ancho lomo del amable animal y se había sentado tras él. Bruno agarró un buen trozo de melena con cada mano y se puso a guiar a su nueva montura—. ¡Arre! —le pareció totalmente suficiente como instrucción verbal; el león emprendió un suave medio galope, y pronto nos hallamos en lo profundo del bosque. Digo que «nos» hallamos porque estoy seguro de que les acompañé, aunque soy totalmente incapaz de explicar cómo conseguí ir a la altura de un león que galopaba. Pero, desde luego, yo estaba allí cuando llegamos junto a un viejo mendigo que estaba cortando ramas, a cuyos pies el león hizo una profunda reverencia, al tiempo que desmontaban Silvia y Bruno, y caían en brazos de su padre.

—¡De mal en peor! —se dijo pensativamente el anciano, cuando los niños acabaron su confuso relato de la visita del Embajador, sacada sin duda de los rumores oídos, pues ellos no le habían visto—. ¡De mal en peor! ¡Es su destino! Pero yo no puedo cambiarlo. El egoísmo de un hombre mediocre y estúpido, el egoísmo de una mujer ambiciosa y estúpida, el egoísmo de un niño maligno y perverso... ¡todo esto no conduce más que a una sola cosa: ¡a ir de mal en peor! Y vosotros, queridos, deberéis aguantarlo aún durante un tiempo, me temo. Aunque si las cosas empeoran aún más, siempre podéis venir a verme. Aunque yo muy poco puedo hacer.

Cogiendo un puñado de tierra y echándolo al aire, pronunció lenta y solemnemente unas palabras que sonaron como un encanto, mientras los niños le miraban en un silencio respetuoso:

> Que la astucia, la ambición y el rencor
> Se extingan en la noche de la razón,
> Hasta que la debilidad se convierta en poder,
> Hasta que la oscuridad sea luz,
> Hasta que lo erróneo sea correcto.

La nube de polvo se expandió por el aire, como si estuviese viva, formando curiosas figuras que cambiaban sin cesar.

—¡Letras! ¡Forma letras! —dijo Bruno, tembloroso, medio aterrado, al oído de Silvia—. ¡Pero no puedo juntarlas! ¡Léelas, Silvia!

—Lo intentaré —replicó Silvia concentrándose—. Espera, un momento… Si pudiese ver esa palabra…

—Me pondría muy enfermo —gritó una desagradable voz en sus oídos.

> Si me la tragase —dijo—,
> Me pondría muy malito.

Capítulo IX

Un bufón y un oso

Sí, estábamos una vez más en el jardín, y para escapar a la horrible voz nos precipitamos al interior de la mansión, y nos encontramos en la Biblioteca: Uggug sollozaba; el Profesor, en pie, con aire aturdido, y la Dama, con los brazos en torno al cuello de su hijo, repitiendo una y otra vez:

—¿Y le encomendaron aprenderse todas esas desagradables lecciones? ¡Mi pobrecito encanto!

—¿Qué es todo este ruido? —preguntó airado el Vice-Canciller, irrumpiendo en la habitación—. ¿Quién ha puesto aquí el perchero? —y puso su sombrero encima de Bruno, que estaba de pie en el centro de la habitación, demasiado aturdido por el repentino cambio de escenario como para atreverse a quitárselo, aunque le llegaba hasta los hombros y le hacía parecer un pequeño candelabro con un gran apagafuegos encima.

El Profesor explicó con calma que Su Alteza se había complacido en advertir que no pensaba estudiar las lecciones.

—¡Ponte a estudiar las lecciones inmediatamente, mentecato! —le gritó el Vice-Alcaide—. ¡Y toma! —una sonora bofetada en la oreja hizo que el infortunado Profesor empezara a dar tumbos por la habitación.

—¡Ayuda! —balbuceó el pobre anciano, antes de caer medio desmayado a los pies de la Dama.

—¿Estás en ayunas? Ahora lo arreglo —replicó la Dama; y le sentó en una butaca, con un tapete alrededor del cuello—. ¿Dónde está la bandeja?

El Vice-Alcaide, entretanto, había agarrado a Uggug y le estaba golpeando con el paraguas.

—¿Quién ha levantado este clavo del suelo? —gritó—. ¡Clávalo! ¡Clávalo, te digo!

Golpe tras golpe fue alcanzando a Uggug, que se retorcía, hasta que cayó berreando al suelo. Luego, su padre se volvió hacia la escena de «alimentar» que estaba comenzando, y gritó entre carcajadas:

—Excúseme, querido. ¡No puedo ayudarle! ¡Parece talmente un asno! ¡Deme un beso, gatito!

Y echó los brazos al cuello del aterrorizado Profesor, quien lanzó un grito salvaje; si recibió o no el beso anunciado es algo que no pude ver, pues Bruno, que ya se había desembarazado de su apagafuegos, salió a todo correr de la habitación, seguido de Silvia, y yo tenía tanto miedo a quedarme solo entre aquellas disparatadas criaturas, que me apresuré tras ellos.

—¡Debemos ir con papá! —jadeó Silvia, corriendo por el jardín—. Estoy segura de que las cosas sólo pueden ir a peor. Vamos a decirle al Jardinero que nos deje salir otra vez.

—¡Pero no podemos ir andando siempre! —protestó Bruno—. ¡Cómo me gustaría tener un carruaje, como el tío!

La familiar voz llegó a través del aire:

> Creyó ver un carruaje
> Que estaba a los pies de la cama.
> Miró de nuevo y vio que era
> Un oso sin cabeza.
> «Pobre tipo —dijo—. Pobre tipo bobo.
> Está esperando a que le den de comer.»

—No, no puedo dejaros salir otra vez —dijo antes de que los niños hablaran—. ¡El Vice-Alcaide me golpeó por haberos permitido salir la última vez! ¡Así que largaos! —y apartándose de ellos, comenzó a bailar desenfrenadamente en medio de un camino enlosado, cantando una y otra vez:

> «¡Pobre tipo! —dijo—. Pobre tipo bobo.
> Está esperando a que le den de comer.»

Pero en un tono más musical que el chillido demencial en que había empezado. La música se fue haciendo más plena y más rica a cada instante; otras muchas voces se le unieron en el estribillo, y enseguida oí el golpe seco que anunciaba que el bote había tocado tierra y el áspero roce del esquife cuando los hombres lo arrastraban por la arena.

Me levanté y, después de echarles una mano para levantar el bote, permanecí allí aún un rato para verles desembarcar una buena muestra de los duramente conseguidos «tesoros de las profundidades».

Cuando finalmente llegué a nuestra morada, estaba cansado, tenía sueño, pero estaba bastante contento aún como para volverme a arrellanar en la butaca, mientras que Arthur, muy solícito, iba a su alacena para ofrecerme un poco de pastel y una copa de vino, sin los cuales, según dijo, no podía, como doctor, permitir que me acostara.

¡Y cómo crujía la puerta de la alacena! No podía ser Arthur quien estaba venga abrirla y cerrarla, agitándose sin descanso, y murmurando como en el soliloquio de reina de tragedia. No, era una voz femenina. Como la figura, medio oculta por la puerta de la alacena, enorme y con el vestido al aire. ¿Sería la patrona? Se abrió la puerta y entró en la habitación un extraño hombre. «¿Qué está haciendo esa asna?», se dijo, deteniéndose atónito en el umbral. La Dama a quien tan poco cortésmente se había referido era su esposa. Había abierto uno de los armarios y estaba vuelta de espaldas, alisando una hoja de papel marrón sobre uno de los estantes, mientras murmuraba: «¡Así! ¡Así! ¡Qué astucia! ¡Astutamente tramado!». Su amante esposo se escurrió de puntillas hasta ella, y le dio un golpecito en la cabeza.

—¡Bú! —le gritó juguetonamente al oído—. ¡No me digas nunca más que no puedo decir «Bú» a una gansa!

La Dama se retorció las manos.

—¡Descubierta! —gimió—. ¡Ah, no… es uno de los nuestros! ¡No lo reveles! ¡Guárdalo por esta vez!

—¿Que no revele el qué? —replicó su esposo con impaciencia, tomando la hoja de papel marrón—. ¿Qué estabas escondiendo aquí? ¡Insisto en saberlo!

La Dama bajó la vista y habló con un hilo de voz:

—¡No juegues con eso, Benjamín! —le rogó—. Es... es... ¿entiendes? ¡Un PUÑAL!

—¿Y para qué lo quieres? —se burló Su Excelencia—. ¡Sólo vamos a hacer creer al pueblo que ha muerto! ¡No vamos a matarle! ¡Y de hojalata, nada menos! —gruñó, doblando despectivamente la hoja con el pulgar—. Ahora, Madame, explícame esto. Lo primero: por qué me has llamado Benjamín.

—¡Forma parte de la conspiración, mi amor. Hay que tener un apodo, ya sabes...

—¡Oh, un apodo! ¿Se trata de eso? ¡Bien! Y ahora, ¿por qué guardas este puñal? ¡Venga, sin evasivas!

—Pues lo tengo... por... —la conspiradora descubierta tartamudeó, tratando de poner la mejor expresión de asesina que pudo, tras haber estado ensayando en el espejo—. Por...

—¿Por qué, Madame…?

—Me ha costado ocho peniques, si quieres saberlo, queridísimo. ¡Por eso lo he tenido, por mi…!

—¡No me dirás que por mi honor ni te doy mi palabra! —gruñó el otro conspirador—. ¡Juntos no valen ni la mitad de ese dinero!

—Por mi cumpleaños —concluyó la Dama en un dulce susurro—. Hay que tener un puñal, ya sabes. Forma parte de…

—¡Oh, no hables más de conspiraciones! —la interrumpió violentamente su marido, volviendo a guardar el puñal en el armario—. Sabes tanto de planear una conspiración como un pollo. Lo primero de todo es tener un disfraz. ¡Ahora, observa con atención! —Y, con disculpable orgullo, se ciñó el gorro, los cascabeles y el resto del traje de tonto, le guiñó un ojo y le puso la lengua en la mejilla—. ¿Qué te parece? —le preguntó.

Los ojos de la Dama brillaron con todo el entusiasmo propio de una conspiradora.

—¡Espléndido! —exclamó, aplaudiendo—. ¡Oh, un tonto perfecto!

El tonto esbozó una sonrisa. No estaba claro si se trataba de un elogio o no, por la forma en que había sido dicho.

—¿Quieres decir un bufón?

—Sí, eso quería decir.

—¿Pues de qué te crees que es tu disfraz?

—Y él se puso a desenvolver un paquete, mientras la dama le miraba embelesada.

—¡Oh, precioso! —exclamó, cuando por fin estuvo desenvuelto el traje—. ¡Qué espléndido disfraz! ¡De campesina esquimal!

—¡De campesina esquimal! —gruñó el otro—. ¡Anda, póntelo y mírate en el espejo! ¡Es de oso! ¿De qué te sirven los ojos? —Se detuvo al oír de pronto una voz que gritaba en la habitación:

> Miró de nuevo y vio que era
> Un oso sin cabeza.

Pero se trataba únicamente del Jardinero, que cantaba al pie de la ventana abierta. El Vice-Alcaide se deslizó de puntillas hasta la ventana y la cerró sin hacer ruido, antes de aventurarse a continuar:

—Sí, encanto, un oso; no sin cabeza, espero. Tú eres el Oso y yo el Guardián. ¡Y si alguien nos reconoce, será que tiene la vista penetrante!

—Tendré que practicar un poco los andares —dijo la Dama, mirando a través de la boca del Oso—. Como comprenderás, una no puede dejar de ser un poco humana, al principio. Y naturalmente, tú dirás: «¡Venga, Oso! ¡Venga, te digo!», ¿no?

—Sí, por supuesto —respondió el Guardián, agarrando la cadena que colgaba del collar del Oso con una mano, mientras con la otra hacía restallar un pequeño látigo—. Ahora vamos a dar una vuelta por la habitación en una actitud danzarina. Muy bien, querida, muy bien. ¡Venga, Oso! ¡Venga, te digo!

Bramó las últimas palabras, en beneficio de Uggug, que acababa de entrar en la habitación, y ahora estaba con las manos extendidas y los ojos y la boca completamente abiertos: el vivo retrato del más estúpido pasmo.

—¡Oh, es! —fue todo lo que pudo jadear.

El Guardián hizo como si colocase bien el collar del Oso, lo que le dio la oportunidad de susurrar, sin que le oyese Uggug:

—Es culpa mía, me temo. Se me olvidó por completo cerrar la puerta. ¡La conspiración peligra si él lo descubre! ¡Aguanta un minuto o dos más! ¡Muéstrate fiera!

Luego, mientras hacía como si se tratase de echarle hacia atrás con todas sus fuerzas, le hizo avanzar hacia el espantado muchacho. La Dama, con admirable presencia de ánimo, soltó lo que sin duda pretendía ser un fiero rugido, aunque más bien fue como el ronroneo de un gato, y Uggug salió disparado de la habitación, con tal premura que resbaló en la alfombra y se le oyó darse un buen golpe afuera (un accidente al que ni siquiera su cariñosa madre prestó atención, en la excitación del momento).

El Vice-Alcaide cerró la puerta y echó el pestillo.

—¡Quitémonos los disfraces! —resolló—. No hay que perder un momento. Seguro que va a buscar al Profesor y con él no podríamos. —Al punto estaban guardados en el armario los disfraces, la puerta estaba abierta y los dos conspiradores sentados cariñosamente juntos en el sofá, discutiendo apasionadamente sobre un libro que el Vice-Alcaide había cogido apresuradamente de la mesa, y que resultó ser la *Guía de la capital de Tierrafuera*.

Se abrió la puerta muy lenta y cuidadosamente y se asomó por ella el Profesor. El rostro estúpido de Uggug era apenas visible tras él.

—¡Una combinación preciosa! —estaba diciendo con entusiasmo el Vice-Alcaide—. Mira, mi amor, existen quince casas en la calle Verde, antes de llegar a la calle Oeste.

—¡Quince casas! ¿Será posible? —replicó la Dama—. ¡Creía que eran catorce! —Y tan enfrascados estaban en tan interesante cuestión que ninguno de los dos levantó la vista hasta que el Profesor, que llevaba de la mano a Uggug, estuvo junto a ellos.

La Dama fue la primera en advertirlo.

—¡Si está aquí el Profesor! —exclamó con uno de sus tonos más dulces—. ¡Y mi querido niño con él! ¿Ya han terminado la clase?

—Ha sucedido alto extraño —comenzó atropelladamente a decir el Profesor—. Su Exaltada Gordura —éste era uno de los muchos títulos de Uggug— me dice que acaba de ver en esta habitación a un Oso bailarín y un Bufón.

El Vice-Alcaide y su esposa se miraron con bien patente alborozo.

—En esta habitación no, querido —dijo la cariñosa madre—. Hemos estado sentados aquí desde hace una hora o más, leyendo… —señaló el libro que tenía en el regazo— …leyendo el…, la…, la Guía de la Ciudad.

—¡Déjame que te tome el pulso, hijito! —dijo el preocupado padre—. Saca la lengua. ¡Oh, lo que me imaginaba! Un poco de fiebre, Profesor, y ha tenido una pesadilla. Llévele ya a la cama, y adminístrele algo que le baje la fiebre.

—No he estado con pesadillas —protestó Su Exaltada Gordura cuando el Profesor se lo llevaba.

—¡Mala gramática! —le censuró su padre—. Por favor, ocúpese de ese pequeño asunto, Profesor, tan pronto como le baje la fiebre. Y, por cierto, Profesor —el Profesor dejó a su distinguido alumno a la puerta y volvió dócilmente—, corre el rumor de que quieren elegir un… en realidad un… ya comprende usted qué quiero decir, un…

—¡No será otro Profesor! —exclamó el pobre anciano, aterrado.

—¡No! ¡Desde luego que no! —replicó enseguida el Vice-Alcaide—. Simplemente un Emperador, ¿entiende?

—¡Un Emperador! —exclamó el asombrado Profesor, cogiéndose la cabeza con ambas manos, como si temiese que se le explotara de la impresión—. ¿Qué va a ser del Alcaide…?

—¿Cómo? ¡El Alcaide será lo más probable el nuevo Emperador! —explicó la Dama—. ¿Dónde podríamos hallar uno mejor? A menos, quizá… —miró a su esposo.

—¡Sí! ¿Dónde? —respondió el Profesor, sin coger ni por lo más mínimo la indirecta.

El Vice-Alcaide retomó el hilo de su discurso:

—La razón por la que lo he mencionado, Profesor, es porque quería pedirle que fuese tan amable de presidir la elección. Comprenderá que eso hará las cosas respetables, no podrá haber sospechas de manejos ocultos...

—¡Me temo que no podré, Su Excelencia! —balbució el anciano—. El Alcaide...

—¡Cierto, cierto! —le interrumpió el Vice-Alcaide—. Su posición, como Profesor de la Corte, le hace inapropiado, lo admito. ¡Bueno, bueno! Entonces, la elección tendrá que hacerse sin su intervención.

—Lo prefiero así —murmuró el Profesor con azoramiento, como si apenas supiese lo que estaba diciendo—. Acostarle, dijo Su Alteza, y una medicina, es eso ¿no? —y se dirigió con la mirada perdida hacia donde le esperaba Uggug.

Les seguí fuera de la habitación, y por el pasillo el Profesor iba murmurándose a sí mismo, todo el tiempo, para ayudar a su débil memoria: «A. B. C.: Acostarle, Beber la medicina y Corregir la gramática», hasta que al doblar una esquina se topó con Silvia y Bruno, tan repentinamente, que el sobresaltado Profesor soltó a su gordo pupilo, y éste aprovechó la ocasión que se le ofrecía de huir.

Capítulo X

El Otro Profesor

—¡Estábamos buscándole! —exclamó Silvia, con un tono de enorme alivio—. ¡Le necesitamos tanto...! ¡No puede imaginarse cuánto!

—¿Qué pasa, niños? —les preguntó el Profesor, mirándoles de modo muy distinto a como solía mirar a Uggug.

—¡Queremos que hable al Jardinero! —exclamó Silvia, y ella y Bruno cogieron las manos del Profesor y le llevaron hasta el vestíbulo.

—¡Es siempre tan poco amable! —añadió tristemente Bruno—. Todos son poco amables con nosotros ahora que padre se ha ido. ¡El león era mucho mejor!

—Tendréis que explicarme —dijo el Profesor mirándoles preocupado—, quién es el león y quién es el jardinero. Es muy importante no confundir a los dos animales. Y en este caso es muy fácil hacerlo, pues ambos tienen boca.

—¿Siempre confunde usted a los animales? —preguntó Bruno.

—Sí, muy a menudo, me temo —confesó ingenuamente el Profesor—. Aquí, por ejemplo, están la jaula del conejo y el reloj de la pared. —El Profesor los señaló—. Y a veces los confundo porque ambos tienen puertas. Ayer mismo, ¿podéis creerlo?, puse un poco de lechuga en el reloj y traté de dar cuerda al conejo.

—¿Y anduvo el conejo cuando usted le dio cuerda? —preguntó Bruno.

El Profesor se echó las manos a la cabeza y gimió:

—¿Andar? ¡Debería haber pensado que iba a hacerlo! ¡Se marchó corriendo! ¡Y no he conseguido saber adónde se fue! He hecho todo lo que he podido. He leído todo el artículo «Conejo» en la enciclopedia. ¡Adelante!

—Es el sastre, señor, trae la factura —anunció una voz sumisa al otro lado de la puerta.

—¡Ah, bien! Enseguida lo arreglo —dijo el Profesor a los niños—, esperad sólo un momento. ¿A cuánto asciende este año, buen hombre? —El sastre había entrado en la habitación mientras él seguía hablando.

—Bueno, ha estado doblándose durante tantos años, que ya ve usted —replicó el sastre, con cierta aspereza—; creo que me gustaría cobrar ahora. Son dos mil libras.

—¡Oh, no es nada! —exclamó impertérrito el Profesor, rebuscando en los bolsillos como si llevase siempre consigo esa cantidad—. ¿Y no le gustaría esperar otro año más y que fuesen cuatro mil? ¡Fíjese lo rico que sería! ¡Podría ser rey, si quisiese!

—No creo que me importe ser rey —dijo pensativo el hombre—. Pero será una buena cantidad de dinero. Bien, creo que esperaré…

—¡Espléndido! —exclamó el Profesor—. Veo que tiene usted mucho sentido común. ¡Adiós, pues, buen hombre!

—¿Cuándo le pagará esas cuatro mil libras? —preguntó Silvia, cuando se cerró la puerta.

—¡Nunca! —replicó con énfasis el Profesor—. Las irá doblando hasta que se muera. ¡Merece la pena, por esperar un año más, conseguir el doble de dinero! Y ahora, ¿qué os parece que hagamos, amiguitos? ¿Vamos a ver al Otro Profesor? Es una excelente oportunidad para visitarle —se dijo, mirando el reloj—; generalmente, a esta hora se toma un pequeño descanso de catorce minutos y medio.

Bruno corrió hacia Silvia, que estaba al otro lado del Profesor, y la cogió de las manos.

—Creo que deberíamos ir —dijo pensativo—. Pero vayamos todos juntos, por favor. Es mejor estar en un sitio seguro.

—¡Hablas como si fueses Silvia! —exclamó el Profesor.

—Ya me he dado cuenta —replicó Bruno, con toda humildad—. Se me había olvidado del todo que no era Silvia. ¡Es que creo que es muy fiero!

El Profesor soltó una alegre carcajada.

—¡Oh, es completamente manso! —dijo—. Nunca muerde. Sólo es un poco…, un poco *soñador* —cogió la otra mano de Bruno y condujo a los niños por un largo pasillo. No me había fijado antes en él. No es que hubiese nada de notable en eso: constantemente entraba en nuevas habitaciones y nuevos pasillos en ese misterioso Palacio, y muy rara vez conseguía volver a encontrar los que ya conocía. Casi al final del pasillo, el Profesor se detuvo.

—Ésta es su habitación —dijo, señalando la maciza pared.

—¡Pero no podemos entrar por aquí! —exclamó Bruno.

Silvia no dijo nada hasta que hubo examinado cuidadosamente si la pared se abría por alguna parte. Luego rió alegremente.

—Nos está gastando una broma —dijo—. ¡No hay ninguna puerta!

—No hay ninguna puerta en la habitación —convino el Profesor—. Tendremos que trepar a la ventana.

Bajamos al jardín, y enseguida hallamos la ventana de la habitación del Otro Profesor. Era una ventana de la planta baja y permanecía acogedoramente abierta: el Profesor subió primero a los dos niños, y luego él y yo subimos tras ellos.

El Otro Profesor estaba sentado ante la mesa, con un grueso libro abierto ante él, y la frente apoyada encima; sus brazos rodeaban el libro y sus ronquidos eran bien audibles.

—Normalmente lee así —observó el Profesor— cuando el libro es muy interesante; a veces resulta muy difícil conseguir que preste atención a otra cosa.

Ésa parecía ser una de esa veces difíciles: el Profesor le levantó una o dos veces y le agitó violentamente, pero de inmediato volvía al libro que había dejado y mostraba con su pesada respiración que encontraba el libro más interesante que ninguno.

—¡Qué soñador es! —exclamó el Profesor—. ¡Debe de haber llegado a una parte muy interesante del libro! —Le propinó unos buenos puñetazos en la espalda gritándole—: ¡Venga! ¡Venga! —al tiempo que decía—: ¿No es maravilloso que sea tan soñador?

—Si es siempre tan dormilón como ahora —observó Bruno— ¡desde luego que es soñador!

—¿Y qué haremos ahora? —dijo el Profesor—. ¡Ya veis que está completamente ensimismado en el libro!

—¿Y si le quitamos el libro? —sugirió Bruno.

—¡Eso es! —exclamó encantado el Profesor—. ¡Naturalmente, eso es lo que voy a hacer! —Y le quitó el libro tan rápidamente que al cerrarse éste pilló la nariz del Otro Profesor con las hojas, y le dio un buen pellizco.

El Otro Profesor se puso instantáneamente en pie y se llevó el libro al otro extremo de la habitación, poniéndolo en su sitio en la estantería.

—He estado leyendo durante dieciocho horas y tres cuartos —dijo—, y ahora voy a descansar durante catorce minutos y medio. ¿Ya está lista la conferencia?

—Dentro de muy poco —replicó humildemente el Profesor—. Tendré que rogarle que me haga un par de sugerencias. Habrá algunas pequeñas dificultades.

—Y un banquete, me parece que dijo, ¿no es así?

—¡Oh, sí! El banquete será antes, desde luego. La gente no goza nunca de la ciencia abstracta si tiene hambre. Y luego habrá un baile de disfraces. ¡Oh, habrá momentos de diversión!

—¿Cuándo será el baile? —preguntó el Otro Profesor.

—Creo que lo mejor sería al comienzo del banquete. Une tanto a la gente..., ¿no le parece?

—Sí, ése es el orden correcto. Primero la reunión, luego la comida y luego el tratado. Porque estoy seguro de que cualquier conferencia que nos dé usted será todo un tratado —dijo el Otro Profesor, que había permanecido todo el tiempo dándonos la espalda, ocupado en sacar los libros uno por uno y volverlos a poner cabeza abajo. Un caballete, sosteniendo una pizarra, estaba a su lado, y cada vez que ponía un libro cabeza abajo, hacía una señal en la pizarra con un trozo de tiza.

—Y por lo que se refiere al «Cuento del Cerdo», que tan amablemente ha prometido usted narrarnos —siguió el Profesor, acariciándose meditabundo la barbilla—, creo que lo mejor es que fuese al final del banquete; así la gente podría escucharlo con tranquilidad.

—¿Podré cantarlo? —preguntó el Otro Profesor con una sonrisa de placer.

—Si puede... —replicó precavido el Profesor.

—Déjeme probar —dijo el Otro Profesor, sentándose al piano—. A tenor del argumento, vamos a suponer que comienza con un bemol. —E hizo sonar la nota en cuestión—. ¡La, la, la! Creo que está aproximadamente a una octava. —Volvió a hacer sonar la nota, y preguntó a Bruno, que estaba a su lado—: ¿Lo he cantado así, niño?

—No, no lo hizo —respondió Bruno—. Sonaba como un pato.

—Las notas sueltas tienden a causar ese efecto —dijo el Otro Profesor con un suspiro—. Permítanme que lo intente con unos pocos versos.

> Había una vez un Cerdo sentado solo,
> al lado de una bomba en ruinas.
> Día y noche se quejaba;
> habría conmovido a un corazón de piedra
> verle retorcerse las pezuñas y gruñir,
> porque no podía saltar.

—¿Suena bien, Profesor? —preguntó cuando hubo terminado.

El Profesor meditó un instante.

—Bueno —dijo finalmente—, algunas notas eran iguales y otras eran distintas, pero no podría decir que sonase muy bien.

—Déjeme probar un poco —insistió el Otro Profesor. Y comenzó a tocar las notas de acá para allá, canturreando para sí como un zumbido de moscas.

—¿Qué os ha parecido la canción? —preguntó el Profesor a los niños en voz baja.

—No es muy buena —dijo, dudando un poco, Silvia.

—¡Es muy mala! —exclamó Bruno sin dudar en absoluto.

—Debemos evitar los extremos —dijo el Profesor con toda seriedad—. Por ejemplo, la sobriedad es una cosa muy buena cuando se practica con moderación; pero incluso la sobriedad, llevada al extremo, tiene sus desventajas.

«¿Qué desventajas?» fue la pregunta que se me ocurrió, y como de costumbre, Bruno la planteó por mí:

—¿Qué tres rebajas?

—Bueno, ésta es una de ellas —respondió el Profesor—: cuando un hombre está ebrio (y ése es un extremo), ve una cosa como si fuesen dos. Pero cuando está extremadamente sobrio (ése es el otro extremo), ve dos cosas como si fuesen una sola. Es igualmente inconveniente, en uno y en otro caso.

—¿Qué significa inconveniente? —susurró Bruno a Silvia.

—La diferencia entre «conveniente» e «inconveniente» se explica mejor mediante un ejemplo —intervino el Otro Profesor, que por casualidad había oído la pregunta—. Si os acordáis de un poema que contenga las dos palabras como…

El Profesor se tapó los oídos, con aspecto consternado.

—Si permites que empiece otra vez con un poema —dijo a Silvia— no lo terminará nunca. ¡Siempre pasa lo mismo con él!

—¿Ha empezado alguna vez un poema sin terminarlo? —inquirió Silvia.

—Tres veces —respondió el Profesor.

Bruno se puso de puntillas hasta que sus labios rozaron el oído de Silvia.

—¿Qué pasó con los tres poemas? —murmuró—. ¿Va a recitarlos todos ahora?

—¡Cállate! —dijo Silvia—. ¡Está hablando el Otro Profesor!

—Lo recitaré muy deprisa —murmuró el Otro Profesor, con los ojos bajos y un tono melancólico que contrastaban enormemente con su rostro, pues se había olvidado de dejar de sonreír. («No se trataba exactamente de una sonrisa», como dijo más tarde Silvia: «Parecía como si su boca tuviese esa forma».)

—Venga, pues —dijo el Profesor—. Lo que debe ser, debe ser.

—¡Recuérdalo! —susurró Silvia a Bruno—. Es una regla buenísima para cuando te hagas alguna herida.

—Y también es una regla estupenda para cuando armo jaleo —dijo el respondón chiquillo—. ¡Recuérdelo usted también, señorita!

—¿Qué quieres decir? —preguntó Silvia, tratando de fruncir el entrecejo, algo que nunca le había salido excesivamente bien.

—A menudo —dijo Bruno—, me has dicho: «No tiene que haber tanto ruido, Bruno», cuando yo te he dicho: «Debe haberlo»; como si hubiera reglas sobre todos esos: «Debe haber». ¡Pero tú nunca me has hecho caso!

—¡Cómo si se pudiese hacerte caso! —Las palabras eran muy severas, pero yo soy de la opinión de que, cuando uno está verdaderamente deseoso de hacer sentir a un criminal un remordimiento culpable, no debe pronunciar la frase con los labios junto a su mejilla, pues un beso al final de ella, por accidental que sea, disminuye notablemente su efecto.

Capítulo XI

Pedro y Pablo

—Como iba diciendo —retomó el hilo el Otro Profesor—, si os acordáis de un poema que contenga las palabras… como:

«Pobre es Pedro —dijo el noble Pablo—.
Y yo he sido siempre su amigo.
Y aunque mis medios para dar son pequeños,
puesto al menos *prestar.*
¡Cuán pocos en esta fría época codiciosa
hacen el bien, excepto en beneficio propio!
Pero yo puedo condolerme de la penuria de Pedro
Y LE PRESTARÉ CINCUENTA LIBRAS.

¡Cuán grande fue la alegría de Pedro
al hallar a su amigo de tan cordial talante!
¡Qué alegremente firmó el documento
para devolverle luego el dinero!
«No podemos —dijo Pablo—, ser muy precisos:
Fijando el día exacto:
Por consejo de un amigo sabio,
he puesto a mediodía, el cuatro de mayo.»

«¡Pero estamos en abril! —exclamó Pedro—.
El primero de abril, me parece.

Cinco semanitas pronto habrán pasado:
¡Apenas tendré tiempo de guiñar los ojos!
Dame un año para especular…
Para comprar y vender, para hacer negocios.»
Pablo dijo: «No puedo cambiar la fecha.
Deberás pagarme el cuatro de mayo».

«Bueno, bueno —dijo Pedro, con un suspiro—.
Dame el dinero y ya veré.
Formaré una sociedad anónima

y obtendré una honrada libra o poco más.»
«Lamento —dijo Pablo—, pareces antipático.
El dinero, desde luego, te será prestado:
Pero durante una semana o dos,
creo que no será conveniente.»

Así, semana tras semana, el pobre Pedro fue y volvió
        con las manos vacías;
pues la respuesta era siempre la misma.
«No puedo ocuparme de eso hoy.»
Y las lluvias de abril se habían secado…
Las cinco breves semanas estaban a punto de llegar
        a su término…
Y seguía obteniendo la misma respuesta:
«No es conveniente».

El día cuatro llegó, y Pablo llegó puntual,
a mediodía con su consejero legal.
«Creo que sería mejor —dijo— llamar:
No se pueden saldar las cuentas antes de tiempo.»
El pobre Pedro se estremeció de temor:
Sus bellos bucles con furia se arrancó:
Y bien pronto sus cabellos rubios yacían todos por el suelo.

El consejero legal estaba de pie a su lado,
por la súbita pena casi desarmado:
Una lágrima tremolaba a punto de nacer.
El contrato firmado lo tenía en las manos:
Pero, por fin, el alma legal
recobró su acostumbrada fuerza.
«La ley —dijo—, no podemos controlarla:
Pague, o la ley seguirá su curso».

Pablo dijo: «¡Cuán amargamente lamento
la fatal mañana en que he llamado!

¡Considera, Pedro, lo que haces!
¡No serás más rico por estar calvo!
¿Piensas que arrancándote los rizos
serán menores tus problemas?
Abandona esa violencia, te lo ruego:
¡Con eso sólo aumentas mi angustia!».

«No quisiera jamás infligir
—replicó Pedro— a tan noble corazón
una congoja innecesaria. Pero ¿por qué tan severo?

¿Es así como obran los amigos?
Por muy legal que pueda ser
pagar lo que nunca se prestó,
esta clase de negocios me parecen
extremadamente inconvenientes.»

«No tengo la nobleza de alma
de que gozan algunos en esta época.»
(Se ruborizó Pablo, lleno de humildad,
y bajó la vista al suelo.)
«Esta deuda va a tragárselo todo,
y convertirá mi vida en un valle de lágrimas.»
«¡No, no, Pedro amigo! —respondió Pablo—.
¡No debes injuriar así a la fortuna!»

«Tienes bastante para comer y beber:
Eres respetado por la gente:
Y a la barbería, creo,
con frecuencia vas a arreglarte las patillas.
Aunque la nobleza no puedas alcanzar…
En una grandísima medida…
El sendero de la honradez es llano,
aunque sea inconveniente.»

«Cierto es —dijo Pedro—, estoy vivo,
Tengo mi puesto en el mundo,
Una vez a la semana me las arreglo
para que me perfumen y me cuiden las patillas.
Pero mis bienes son bien escasos,
Mis pequeños ingresos están más que agotados:
Gastar el capital, bien lo sabes,
es siempre inconveniente.»

«¡Pero paga tus deudas! —exclamó el honrado Pablo—.
¡Mi querido Pedro, paga tus deudas!

¿Qué importa si se come todo
lo que describes como tus "bienes"?
Ya te has retrasado una hora:
Pero la generosidad es mejor.
Me privo de ello, ¡pero no importa!
NO TE COBRARÉ INTERESES.»

«¡Qué bueno! ¡Qué espléndido! —replicó el pobre Pedro—.
¡Aunque deba vender mi peluca de los domingos…
El imperdible de la bufanda, que ha sido mi orgullo…

Mi gran piano... Incluso mi cerdo!»
Bien pronto sus propiedades se fueron esfumando,
Y cada día, conforme menguaban sus tesoros,
suspiraba viendo que la situación
se hacía cada vez menos conveniente.

Las semanas se hicieron meses, y los meses años.
Pedro se vio reducido a piel y huesos:
Y una vez dijo, incluso llorando:
«¡Acuérdate, Pablo, del préstamo prometido!».
Pablo dijo: «Te prestaré, cuando pueda,
todo el escaso dinero que he reunido...
¡Ah, Pedro, eres un hombre feliz!
¡La tuya es una suerte envidiable!».

«Yo he engordado, como puedes ver;
Sólo raramente me encuentro bien;
Carezco de mi antigua alegría,
al oír la señal de la comida;
pero tú, tú retozas como un niño,
tu figura es tan enjuta y ligera...
¡La señal de la comida es una nota alegre
para un apetito tan voraz!»

Pedro dijo: «Advierto claramente
que el mío es un estado de felicidad,
¡Pero alegremente prescindiría
de algo del bienestar de que gozo!
Lo que llamas apetito voraz,
creo que es hambre canina.
¡Y cuando no hay ninguna comida en perspectiva,
la señal del almuerzo es un sonido despiadado!».

«Ni un espantapájaros aceptaría este abrigo:
Botas como éstas rara vez se ven.

¡Ah, Pablo, un simple billete de cinco libras
haría otro hombre de mí!»
Pablo dijo: «Me sorprende en gran medida
oírte hablar en este tono:
Temo que apenas adviertas
qué bendición tienes en tu condición.

»Estás a salvo de la sobrealimentación:
Con tus harapos estás deliciosamente pintoresco.
No conoces los dolores de cabeza
que traen las bolsas de dinero:
Y tienes tiempo para cultivar
la mejor de las cualidades, la resignación…
Por eso hallo que tu presente situación
es sumamente conveniente.»

Pedro dijo: «Aunque no puedo atisbar
las profundidades de un hombre como tú,
en tu carácter he encontrado
una inconsistencia o dos.
Pareces tener largos años por delante
cuando una promesa hay que cumplir,
y sin embargo, eres bien puntual
cuando apareces con esa facturita».

«No se puede ser demasiado lento
—dijo Pablo—, tratándose de la propia pasta.
Con las facturas, como tú bien afirmas,
soy la misma puntualidad.
Un hombre puede, ciertamente, reclamar sus derechos:

Pero cuando hay dinero para prestar,
se le debe dejar escoger
las ocasiones que crea convenientes.»
Sucedió un día, estando Pedro sentado

royendo un mendrugo —su comida habitual—
que Páblo se le acercó en busca de conversación,
y le estrechó la mano con amigable gesto.
«Sabía —dijo— de tus maneras frugales:
Por eso, no queriendo herir tu orgullo,
haciendo que te viesen extraños
he dejado a mi consejero legal fuera.»

«Recordarás, no lo dudo,
que cuando tu riqueza empezó a perderse
y la gente se reía al verte tan pobre
yo te traté de tal modo.
Y que cuando perdiste tus pocas pertenencias
y te hallabas al borde de la desesperación,
no necesito pedirte que recuerdes
cómo me mostré solícito contigo.»

«Luego, el consejo que te di,
tan lleno de prudencia y de virtud:
Todo gratis, aunque bien
podría habértelo cobrado.
Pero no refreno y no menciono
tantísimos hechos que podría evocar…
Pues la jactancia es una cosa
que odio en especial.»

«¡Cuán enorme parece la suma total
de toda la ternura que te he regalado
desde los casi olvidados tiempos de la niñez
hasta aquel préstamo del primero de abril!
¡Las cincuenta libras! Poco adivinabas
cuánto menguaban mis agotados recursos;
Pero en este pecho anida un corazón,
Y TE PRESTARÉ CINCUENTA MÁS.»

«No —fue la tajante réplica de Pedro,
inundadas sus mejillas de lágrimas de gratitud—;
Nadie recuerda como yo
tus servicios en los años pasados:
Y esta nueva oferta, lo admito,
se hace de muy buena intención…
Por eso, aprovecharme de ella
no sería nada conveniente.»

—¿Veis la diferencia entre «conveniente» e «inconveniente»? Ahora lo comprendéis, ¿no? —añadió, mirando amablemente a Bruno, que estaba sentado al lado de Silvia, en el suelo.

—Sí —respondió Bruno, muy pensativo. Una frase tan breve era completamente desacostumbrada en él; parecía, me imaginé, un poco cansado. A decir verdad, trepó al regazo de Silvia mientras lo dijo, y apoyó la cabeza en su hombro—. ¡Cuántos versos! —le susurró.

Capítulo XII

Un Jardinero sonoro

El Otro Profesor le miró sin ocultar cierta preocupación.

—Ya es hora de que el animalito se vaya a la cama de una vez —sentenció con aire autoritario.

—¿Por qué de una vez? —preguntó el Profesor.

—Porque no puede irse de dos —replicó el Otro Profesor.

El Profesor aplaudió alborozado.

—¿No es maravilloso? —dijo a Silvia—. Nadie podría haber pensado el motivo tan deprisa. ¡Claro, naturalmente que no puede irse de dos veces! Habría que dividirlo por la mitad.

Este comentario despertó a Bruno.

—No quiero que me dividan —protestó decididamente.

—Se hace muy bien sobre un diagrama —dijo el Otro Profesor—. Se lo mostraré en un segundo; aunque la tiza está un poco despuntada.

—¡Tenga cuidado! —exclamó asustada Silvia, cuando, torpemente, empezó a sacarle punta—. ¡Se va a cortar un dedo si sujeta así la navaja!

—Si se lo corta, ¿será tan amable de regalármelo? —añadió pensativo Bruno.

—Es así —dijo el Otro Profesor, dibujando rápidamente una larga línea en la pizarra, y marcando las letras A y B en los dos extremos, y C en el centro—: Me explicaré. Si AB fuese dividido en dos partes por C.

—Se ahogaría —bromeó Bruno.

El Otro Profesor suspiró:

—¿Quién se ahogaría?

—¡El pájaro, naturalmente, el ave ésa! —insistió Bruno—. ¡Y los dos trozos se hundirían en el mar!

El Profesor tomó la palabra, pues el Otro Profesor estaba evidentemente demasiado atónito para seguir con su diagrama.

—Cuando dije que habría que dividirlo, me refería sólo a la acción mental.

El Otro Profesor se animó de pronto.

—La acción mental —comenzó de inmediato a decir— es curiosamente lenta en algunas personas. Hace ya tiempo tuve un amigo que si se le quemase con un encendedor tardaría años y años en darse cuenta.

—¿Y si sólo se le pellizcase? —preguntó Silvia.

—Entonces tardaría muchísimo más. En realidad, dudo mucho que él llegase a sentirlo. Quizá sus nietos.

—No me gustaría ser el nieto de un abuelo pellizcado. ¿Y a usted? —susurró Bruno—. ¡Podría suceder justo cuando quisiera estar contento!

—Sería embarazoso —admití, tomando como una cosa perfectamente natural el hecho de que el niño hubiese advertido mi presencia—. Pero no querrás estar contento siempre, ¿no, Bruno?

—No siempre —dijo Bruno pensativo—. A veces, cuando estoy demasiado contento, me apetece ser un poco desdichado. Entonces voy y se lo digo a Silvia, y Silvia me pone algunas lecciones. Y enseguida se arregla todo.

—Lamento que no te gusten las lecciones —dije—. Deberías imitar a Silvia. ¡Ella está siempre tan ocupada como largo es el día!

—¡También yo!

—¡No, no! —le corrigió Silvia—. ¡Tú estás tan ocupado como corto es el día!

—¿Y qué diferencia hay? —preguntó Bruno—. Señor Usted, ¿no es el día tan corto como largo? Es decir, ¿no tiene la misma extensión?

No habiendo considerado nunca la cuestión de ese modo, le sugerí que lo preguntase al Profesor, y ambos corrieron a consultar a su viejo amigo. El Profesor dejó de limpiar sus lentes para considerar el asunto.

—Queridos —dijo al cabo de un minuto—, el día tiene la misma extensión que cualquier cosa que tenga la misma longitud que él. —Y continuó su inacabable tarea de limpieza.

Los niños volvieron, lenta y meditativamente con la respuesta.

—¿No es sabio? —preguntó Silvia con un susurro respetuoso—. Si yo fuese tan sabia, ¡seguro que tendría dolor de cabeza durante todo el día!

—Parece que habléis a alguien que no está aquí —dijo el Profesor, volviéndose hacia los niños—. ¿Quién es?

Bruno se asombró.

—Yo nunca hablo a alguien que no está aquí —replicó—. No es de buena educación. ¡Hay que esperar siempre hasta que llegue, antes de empezar a hablarle!

El Profesor miró preocupado en mi dirección, y pareció mirar a través de mí sin verme.

—Entonces, ¿a quién habláis? —dijo—. Aquí no hay nadie más, excepto el Otro Profesor. ¡Y no está aquí! —añadió de pronto, poniéndose a dar vueltas como una peonza—. ¡Niños! ¡Ayudadme a buscarle! ¡Rápido! ¡Se ha vuelto a perder!

—¿Por dónde miramos? —preguntó Silvia.

—¡Por todas partes! —gritó el Profesor—. ¡Pero daos prisa! —Se puso a correr por toda la habitación, levantando las sillas y zarandeándolas.

Bruno cogió un librito de la estantería, lo abrió y lo zarandeó imitando al Profesor.

—No está aquí —dijo.

—¡No puede estar ahí, Bruno! —exclamó enfadada Silvia.

—¡Claro que no puede! —replicó Bruno—. ¡Le habría sacado si estuviese!

—¿No es la primera vez que se pierde? —preguntó Silvia, levantando una esquina de la alfombrilla de la chimenea y mirando debajo.

—En una ocasión se perdió en un bosque —explicó el Profesor.

—¿Y no se podía encontrar? —preguntó Bruno—. ¿Por qué no gritaba? Seguro que se habría oído, porque no podía andar muy lejos.

—Buena idea —dijo el Profesor—. ¡Vamos a gritarle!

—¿Qué le gritamos? —preguntó Silvia.

—Pensándolo mejor, no gritemos —contestó el Profesor—. Podría oírnos el Vice-Alcaide. ¡Se está volviendo terriblemente severo!

Esto recordó a los pobres niños todos los problemas por los que habían acudido a su viejo amigo. Bruno se sentó en el suelo y comenzó a llorar.

—¡Es tan malvado! —sollozó—. ¡Y le permite a Uggug coger todos mis juguetes! ¡Y nos dan unas comidas tan horribles!

—¿Qué habéis almorzado hoy? —preguntó el Profesor.

—Un trocito de cuervo muerto —fue la desconsolada respuesta de Bruno.

—Empanada de pichón —apostilló Silvia.

—Era cuervo muerto —insistió Bruno—. Y con puré de manzana, y Ugugg se lo comió todo, ¡y yo sólo pude coger un poquito! ¡Y pedí una naranja y no me la dieron...!

El pobre chiquillo enterró el rostro en el regazo de Silvia, que le acarició dulcemente los cabellos mientras decía:

—¡Es cierto, Profesor! ¡Tratan muy mal a mi probrecito Bruno! Y tampoco son cariñosos conmigo —añadió en tono más bajo, como si fuese algo de mucha menos importancia.

El Profesor sacó un ancho pañuelo de seda roja, y se secó los ojos.

—Me gustaría poder ayudaros, queridos niños —dijo—. Pero ¿qué puedo hacer yo?

—Sabemos cómo ir a la Tierra de las Hadas, adonde ha ido padre —dijo Silvia—: ¡Si el Jardinero nos permitiese salir!

—¿No quiere abriros la puerta? —preguntó el Profesor.

—A nosotros, no —respondió Silvia—, pero estoy segura de que a usted sí. ¡Venga con nosotros y pídaselo, querido Profesor!

—¡Ahora mismo! —dijo el Profesor.

Bruno se alzó y se enjugó los ojos.

—¿No es amable, señor Usted?

—Ciertamente —respondí. Pero el Profesor no advirtió mi observación. Se había puesto un bello sombrero con una larga borla y estaba eligiendo uno de los bastones de paseo del Otro Profesor de un paragüero que había en el extremo de la habitación.

—Si uno lleva un bastón de éstos parece respetable —estaba diciéndose a sí mismo—. ¡Vamos, niños!

Salimos todos juntos al jardín.

—Antes que nada, me dirigiré a él con unas pocas observaciones amables sobre el tiempo —explicó el Profesor conforme andábamos—. Luego le preguntaré por el Otro Profesor. Esto tendrá una doble ventaja. Primero: abrirá la conversación (no se puede beber una botella de vino sin abrirla primero); y en segundo lugar, si ha visto al Otro Profesor, podremos encontrarle; y si no, pues no.

Pasamos junto al blanco al que había disparado Uggug durante la visita del Embajador.

—¡Mirad! —exclamó el Profesor señalando un agujero en el centro del blanco—. Su Gordura Imperial disparó una vez, y entró justo aquí.

Bruno examinó cuidadosamente el agujero.

—No pudo entrar por aquí —me susurró—. Está demasiado gordo.

No tuvimos ninguna dificultad para hallar al Jardinero. Aunque nos lo ocultaban unos árboles, su bronca voz nos orientó, y, según nos íbamos aproximando, la letra de su canción se fue haciendo cada vez más audible:

> Creyó ver un albatros
> Agitándose en torno a la lámpara;
> Miró de nuevo y vio que era
> Un sello de un penique;
> «Deberías marcharte a casa —dijo—:
> Las noches son muy húmedas».

—¿Temería resfriarse? —preguntó Bruno.

—Si hiciese mucha humedad —sugirió Silvia—, podría quedarse pegado a algo.

—¡Claro, y ese algo tendría que ir por correo! —exclamó Bruno—. ¡Imagínate que fuese una vaca! ¡Sería horrible para las demás cosas!

—Y todas esas cosas le han ocurrido a él —observó el Profesor—. Eso es lo que hace tan interesantes sus canciones.

—Debe de haber tenido una vida curiosísima —dijo Silvia.

—¡Seguro que sí! —convino el Profesor.

—¡Seguro! —exclamó Bruno.

Llegamos entonces junto al Jardinero, que estaba de pie sobre una sola pierna, como de costumbre, muy ocupado en regar un arriate de flores con una regadera vacía.

—¡No tiene agua! —le explicó Bruno, tirándole de la manga para atraer su atención.

—Así pesa menos —dijo el Jardinero—. Si se le pone agua, acaba por dolerme el brazo. —Y siguió con su trabajo, cantando en voz baja—: «Las noches son muy húmedas...».

—Mientras estaba cavando, lo cual probablemente hace usted a menudo —comenzó a decir el Profesor—; mientras ha estado haciendo montones, lo cual sin duda hace usted con frecuencia, y mientras coceaba sobre un solo talón, lo que parece que usted hace constantemente, ¿no habrá visto por casualidad a Otro Profesor, un poco parecido a mí pero distinto?

—¡Jamás! —gritó el Jardinero, tan fuerte y con tanta violencia que dimos todos un salto, asustados—. ¡Jamás!

—Intentaremos un tema menos delicado —propuso suavemente el Profesor a los niños—. Habíais dicho...

—Le habíamos pedido que nos permitiera salir —dijo Silvia—, pero no quiso: ¡A lo mejor a usted...!

El Profesor hizo la petición, muy humilde y cortésmente.

—No me importaría dejarle salir a usted —dijo el Jardinero—. Pero no debo abrirles la puerta a los niños. ¿Cree usted que voy a desobedecer las reglas? ¡No, ni por un chelín y medio!

El Profesor sacó cuidadosamente dos chelines.

—¡Bueno, de acuerdo! —gritó el Jardinero, tirando la regadera sobre el arriate, y sacando un manojo de llaves, una grande y muchas pequeñas.

—¡Profesor! —le susurró Silvia—. No es necesario que nos abra a nosotros. Podemos salir con usted.

—¡Es cierto, hija! —le respondió agradecido el Profesor, y se volvió a guardar las monedas en el bolsillo—. ¡Me ahorro dos chelines! —Y cogió a los niños de las manos para que pudiesen salir con él en cuanto se abriese la puerta. Pero no parecía que fuese a ocurrir pronto, aunque el Jardinero probaba pacientemente con todas las llaves pequeñas, una y otra vez.

Finalmente, el Profesor se aventuró a hacer una amable sugerencia:

—¿Y si lo intenta con la grande? He observado muchas veces que las puertas se abren mucho mejor con sus propias llaves.

A la primera prueba, dio resultado la llave grande; el Jardinero abrió la puerta y extendió la mano para recibir el dinero.

El Profesor meneó la cabeza.

—Está actuando usted según la regla al abrirme la puerta a mí —le explicó—. Y ahora que está abierta, salimos por la regla, la regla de tres.

El Jardinero se quedó asombrado y nos permitió salir; pero, según cerraba la puerta a nuestras espaldas, le oímos cantar meditabundo:

> Creyó ver una puerta del jardín
> que abrió con una llave.
> Miró de nuevo y vio que era
> Una doble regla de tres.
> «Y todo este misterio —dijo—
> Es tan claro como el día.»

—Ahora debo regresar —anunció el Profesor cuando llevábamos andadas unas pocas yardas—. Me es imposible leer aquí, porque todos mis libros están en casa.

Pero los niños le asieron más fuertemente de las manos.

—¡Venga con nosotros! —le suplicó Silvia con lágrimas en los ojos.

—¡Bueno, bueno! —repuso el bondadoso hombre—. Quizá vaya a buscaros dentro de un par de días. Pero ahora debo regresar. ¡Me he parado en una coma, y es tan frustrante no saber cómo termina la frase! Además, primero tenéis que atravesar la Tierra de los Perros, y a mí me ponen un poco nervioso los perros. Pero no tardaré, iré tan pronto como haya completado mi nuevo invento. Para transportarse a uno mismo, ya sabéis. Aún requiere un poquitín de trabajo.

—¿No resultará muy cansado llevarse a uno mismo? —preguntó Silvia.

—No, hija. Mira: toda la fatiga que uno experimente por llevarse a sí mismo se la ahorra al ser llevado. ¡Adiós, niños! ¡Adiós, señor! —añadió con gran sorpresa mía, dándome un afectuoso apretón de manos.

—¡Adiós, Profesor! —repliqué, pero mi voz sonaba extraña y lejana, y los niños ni siquiera se dieron cuenta de que nos despedíamos. Evidentemente, no me veían ni me oían, pues, abrazados, marchaban con paso seguro.

Capítulo XIII

Una visita a la Tierra de los Perros

—Hay una casa, allí delante, a la izquierda —anunció Silvia cuando llevábamos andados cerca de cincuenta millas—. A ver si nos dejan pasar la noche allí.

—Parece una casa muy confortable —dijo Bruno, cuando tomamos el camino que llevaba a ella—. ¡Espero que los Perros sean amables con nosotros; estoy tan cansado y tan hambriento!

Un mastín vestido con un collar color escarlata, y llevando un mosquete, estaba paseando, como un centinela, ante la entrada. Dio un respingo al ver a los niños y salió a su encuentro y apuntó con el mosquete a Bruno, que se quedó totalmente quieto, aunque se puso pálido y apretó fuertemente la mano de Silvia, mientras que el Centinela daba solemnemente vueltas en torno suyo, mirándoles desde todos los puntos de vista.

—¡Uubuuu, huu buuya! —ladró finalmente—. ¡Guubah yahguah uubuhh! ¿Buou wahbah woobuuyah? ¿Bou guou? —preguntó, de muy malas pulgas, a Bruno.

Naturalmente, Bruno lo entendió todo. Todos los seres encantados conocen el pérrico, es decir, el lenguaje de los Perros. Pero como os puede parecer un poco difícil, de momento os lo voy a traducir. «¡Humanos! ¡No puedo creerlo! ¡Una pareja de humanos perdidos! ¿De qué perro sois? ¿Qué deseáis?»

—¡No somos de ningún perro! —explicó Bruno, en pérrico—. ¡Las personas no son de los perros! —dijo en voz baja a Silvia.

Pero Silvia le hizo callar inmediatamente, por miedo a herir los sentimientos del Mastín.

—Por favor, quisiéramos un poco de comida y pasar aquí la noche, si hay alguna habitación disponible en la casa —añadió tímidamente. Silvia hablaba un pérrico precioso, pero creo que es mejor poner la conversación en humano.

—¿Cómo que la casa? —gruñó el Centinela—. ¿No habéis visto un Palacio en toda vuestra vida? ¡Venid conmigo! Su Majestad decidirá qué hay que hacer con vosotros.

Le siguieron a través de la entrada, por un largo pasillo, y llegaron a un espléndido salón en el que había perros de todos los tipos y tamaños. Dos magníficos Sabuesos estaban en pie, uno a cada lado del encargado de llevar la corona. Dos o tres Bulldogs (que adiviné que eran la Guardia Personal del Rey) permanecían atentos en un torvo silencio: de hecho, las únicas voces plenamente audibles eran las de dos perrillos que se habían subido a un canapé, y estaban enfrascados en una viva discusión que parecía verdaderamente una pendencia.

—Caballeros y Damas de Compañía, y miembros diversos de la Corte —nos indicó con aspereza nuestro guía, mientras nos conducía. Los Cortesanos no me vieron, pero Silvia y Bruno fueron el tema de muchas miradas inquisitivas y de muchas observaciones susurradas, de las que sólo pude entender una (dicha por una Alana a su amigo, en tono insidioso): Baguou guayah hubah Uubuuh ¿hah bah?, es decir: «Qué mal aspecto tiene la humana, ¿verdad?».

114

Dejando a los recién llegados en el centro del salón, el Centinela se acercó a una puerta, al extremo de la estancia, encima de la cual había una inscripción en pérrico: PERRERA REGIA-ARAÑAR Y AULLAR.

Antes de hacerlo, el Centinela se volvió a los niños y les ordenó:

—Dadme vuestros nombres.

—¡Ni hablar! —exclamó Bruno, empujando a Silvia hacia la salida—. Nos los quedamos para nosotros. ¡Vámonos, Silvia! ¡Marchémonos de aquí!

—¡Qué disparate! —dijo Silvia, y dio sus nombres en pérrico.

El Centinela arañó violentamente la puerta y dio un aullido que hizo estremecer a Bruno de pies a cabeza.

—¡Uuyah guau! —dijo una voz profunda en el interior. (Es como se dice en pérrico: «¡Adelante!».)

—¡Es el mismísimo Rey! —susurró el Mastín con voz respetuosa—. Quitaos las pelucas y depositadlas humildemente a sus patas —lo que nosotros diríamos «a sus pies».

Silvia iba a explicar, con toda cortesía, que en realidad no podía llevar a cabo esa ceremonia porque sus pelucas no podían quitarse, cuando se abrió la puerta de la Perrera Regia, y un enorme Perro de Aguas asomó la cabeza.

—¿Bou guou? —fue su primera pregunta.

—¡Cuando Su Majestad os hable, debéis afinar las orejas! —susurró rápidamente el Centinela a Bruno.

Bruno miró dudando a Silvia:

—¡No, por favor! —exclamó—. Me dolería.

—¡No duele lo más mínimo! —dijo con indignación el Centinela—. ¡Mirad! ¡Se hace así! —y levantó tiesas sus dos orejas como dos señales de ferrocarril.

Silvia explicó suavemente el asunto.

—Me temo que no podemos hacerlo —dijo en voz baja—. Lo siento muchísimo, pero nuestras orejas no tiene el apropiado... —quería decir «mecanismo» en pérrico, pero no se acordaba de la palabra, y sólo pudo decir «motor de vapor».

El Centinela repitió la explicación de Silvia al Rey.

—¡Que no pueden alzar las orejas sin un motor de vapor! —exclamó Su Majestad—. ¡Curiosas criaturas! ¡Tengo que echarles una ojeada! —Y salió de su perrera, para dirigirse solemnemente a los niños.

Cuál no sería el asombro —por no decir el horror— de toda la asamblea, cuando Silvia acarició la cabeza de Su Majestad, mientras que Bruno le agarraba las enormes orejas y pretendía juntárselas por debajo de la barbilla.

116

El Centinela ladró fuerte y una hermosa Galba (al parecer, una de las Damas de Compañía) se desmayó, y todos los demás Cortesanos se echaron hacia atrás, para permitir que el tremendo Perro de Aguas saltase sobre los audaces extranjeros y les hiciese trizas. Pero éste no lo hizo. Su Majestad sonrió, todo lo que puede sonreír un perro, y los otros Perros no pudieron dar crédito a lo que vieron a continuación: ¡Su Majestad meneó la cola!

—¡Yah!, ¡huub Hahguou! —es decir: «¡Oh!, ¡yo, nunca!», fue la exclamación general. Su Majestad miró severamente en torno suyo, y dio un pequeño ladrido que produjo un silencio instantáneo—. ¡Conduzcan a mis amigos al Salón de los Banquetes! —dijo, subrayando con tanto énfasis «mis amigos» que algunos de los perros se pusieron a lamer los pies de Bruno.

Se formó el cortejo, pero yo sólo me aventuré a seguirle hasta la puerta del Salón de los Banquetes, por lo horrible que sonaban los ladridos de los perros dentro de la estancia. Me senté junto al Rey, que parecía haberse adormilado, y esperé hasta que volvieron los niños a decirle buenas noches. Entonces Su Majestad se alzó y se sacudió durante un instante.

—¡Hora de ir a la cama! —dijo con un bostezo soñoliento—. Los criados os mostrarán vuestra habitación —añadió, aparte, a Silvia y Bruno—. ¡Traigan luces! —Y con un gesto solemne levantó la pata para que se la besasen.

Sin embargo, los niños no estaban muy al corriente de la etiqueta de la Corte. Silvia se limitó a estrecharle la pata y Bruno la acarició. El Maestro de Ceremonias parecía muy desconcertado. Durante todo este tiempo, Perros-criados con espléndidas libreas aparecían trayendo velas encendidas; pero, tan rápidamente como las ponían sobre la mesa, se las llevaban otros criados, de modo que no parecía haber nunca una a mi disposición, aunque el Maestro me daba codazos mientras me repetía:

—¡No puedo dejarle dormir aquí! ¡No está en la cama!

Hice un gran esfuerzo, y conseguí pronunciar las palabras:

—Ya sé que no estoy en una cama. Estoy en un sillón.

—Bueno, un sueñecillo no le vendrá mal —dijo el Maestro, y me dejó solo. Apenas pude oír sus palabras, y no es extraño: estaba asomado a la cubierta de un barco, a millas de distancia del embarcadero donde yo me quedaba. El navío se perdió en el horizonte, y yo me arrellané en el sillón.

Lo siguiente que recuerdo es que ya era por la mañana. El desayuno acababa de terminar, Silvia estaba bajando a Bruno de una alta silla y diciendo a un Spaniel que la miraba con la más benevolente de las sonrisas:

—Sí, gracias, hemos desayunado muy bien. ¿Verdad, Bruno?

—Demasiados huesos para mi gusto —empezó a decir Bruno, pero Silvia le miró y se llevó el dedo a los labios, pues en ese mismo momento llegaba un nobilísimo funcionario, el Ladrador en Jefe, cuyos deberes incluían conducirles ante el Rey para que se despidiesen y escoltarles hasta la frontera de la Tierra de los Perros. El gran Perro de Aguas les recibió muy afablemente, pero en lugar de decirles «adiós» sobresaltó al Ladrador en Jefe dando tres enormes ladridos y anunciando que les escoltaría él mismo.

—¡Es un proceder absolutamente desacostumbrado, Su Majestad! —exclamó el Ladrador en Jefe, desilusionado, pues se había puesto sus mejores galas, un traje de pieles de gato, para cumplir su cometido.

—¡Les escoltaré yo mismo! —repitió, suave pero firmemente, Su Majestad, quitándose las vestiduras regias y cambiando la corona por una pequeña aureola—; usted puede quedarse aquí.

—¡Me alegro! —susurró Bruno a Silvia, cuando ya no se les podía oír—. ¡Parecía tan arisco! —Y no sólo acarició a su regia escolta, sino que llegó a abrazársele en torno al cuello lleno de contento.

Su Majestad meneó el real rabo.

—Es un alivio salir del Palacio de vez en cuando —dijo—. Los Perros Reales tienen una vida verdaderamente aburrida, os lo aseguro. ¿Te importaría —preguntó a Silvia en voz baja y con aspecto de sentir un poco de vergüenza— lanzar ese palo para que yo vaya a buscarlo?

Silvia se quedó demasiado asombrada para poder reaccionar durante un instante: parecía una monstruosa imposibilidad que un Rey quisiese correr detrás de un palo. Pero Bruno se mostró a la altura de las circunstancias, y, con un alegre grito de: «¡A por él! ¡Cógelo, Perrito!», lo arrojó por encima de un grupo de matorrales. El Monarca de la Tierra de los Perros saltó al momento sobre los arbustos y recogió el palo, regresó a todo correr hacia los niños trayéndolo en la boca. Bruno se lo quitó con gran decisión. «¡Pídelo!» insistió; y Su Majestad le ofreció la pata. En resumen, la solemne ceremonia de escoltar a los viajeros hasta las fronteras de la Tierra de los Perros se convirtió en un animado juego.

—¡Los negocios son los negocios! —dijo el Rey Perro finalmente—. Y debo volver a los míos. No puedo acompañaros más —añadió, consultando un reloj de perro que llevaba en una cadena en torno al cuello—. Ni aunque hubiese un gato a la vista.

Se despidieron cariñosamente de Su Majestad y siguieron su camino.

—¡Un perro estupendo! —exclamó Bruno—. ¿Tenemos que ir muy lejos, Silvia? ¡Estoy muy cansado!

—No, ya no falta mucho —respondió dulcemente Silvia.— ¿Ves aquel resplandor, detrás de esos árboles? ¡Estoy casi segura de que es la puerta de la Tierra de las Hadas! Es toda de oro, según contó papá, y muy, muy brillante —dijo con la mirada perdida.

—¡Deslumbra! —exclamó Bruno, cubriéndose los ojos con una mano, mientras con la otra se cogía con fuerza a Silvia, como si se sintiese algo asustado de su extraño comportamiento.

La niña, ciertamente, avanzaba como si estuviese caminando en sueños, con los ojos fijos en la lejanía y respirando agitadamente, suspirando de contento. Por alguna misteriosa iluminación mental, yo sabía que a mi querida amiguita (pues así me gustaba considerarla) estaba experimentando un gran cambio y que estaba pasando de ser un mero Duende de Tierra fuera a tener la verdadera naturaleza de las Hadas.

Bruno tardó más en experimentar esa transformación, pero en ambos se completó antes de que llegasen a la puerta dorada, a través de la cual supuse que me sería imposible seguirles. Sólo pude permanecer fuera y echar una ojeada a los niños, antes de que desapareciesen tras la puerta dorada, que se cerró de golpe.

¡Y menudo golpe!

—No hay modo de que no haga ruido como cualquier otra alacena —explicó Arthur—. Tiene estropeadas las bisagras. Pero bueno, aquí está el vino y el pastel. Y usted se ha echado su sueñecito. ¡Así que puede acostarse, anciano! No sirve para otra cosa. Y de ello doy testimonio, yo, Arthur Forester, Doctor en Medicina.

Yo me había desvelado ya por entero.

—¡No, por favor! —le rogué—. En realidad, ahora no tengo sueño. Y aún no son las doce.

—Bien, quería hablar con usted —replicó Arthur, ablandándose, al tiempo que me ofrecía el vino y el pastel prescritos—, pero pensé que tenía mucho sueño.

Tomamos nuestra cena casi en silencio, pues un desacostumbrado nerviosismo parecía haberse apoderado de mi viejo amigo.

—¿Qué noche hace? —preguntó, levantándose y levantando los visillos, aparentemente para cambiar de tema por un rato. Le seguí a la ventana, y ambos miramos en silencio al exterior.

—Cuando le hablé por primera vez —comenzó a decir Arthur, tras un largo y embarazoso silencio—, quiero decir, cuando le hablé de ella, aunque me parece que fue usted quien sacó el tema a colación, mi propia situación en la vida me prohibía hacer otra cosa que adorarla a distancia y estaba haciendo planes para irme por fin de esta ciudad, marcharme a algún sitio donde no hubiera ninguna posibilidad de volver a encontrarme con ella. Eso me parecía lo único sensato.

—¿Habría sido acertado? —le pregunté—. ¿Quedarte sin ninguna esperanza?

—No había ya ninguna esperanza —replicó con firmeza Arthur, aunque sus ojos brillaban por las lágrimas al contemplar el cielo de la noche, en el que una estrella solitaria, la brillante Vega, resplandecía entre las nubes que arrastraba el viento—. ¡Para mí era como esa estrella: brillante, hermosa y pura, pero fuera de mi alcance!

Soltó los visillos, y regresamos a nuestros puestos junto a la chimenea.

—Lo que quería decirle era esto —continuó—: esta tarde he estado con mi abogado. No puedo explicarle con detalles el asunto, pero el resultado es que mis bienes son mucho mayores de lo que yo creía, y estoy, o estaré en un futuro inmediato, en disposición de pedir en matrimonio, sin mostrarme aventurado, a cualquier dama; incluso si ella no tuviera nada. Dudo que por su lado haya algo: el Conde es pobre, según tengo entendido. Pero yo tendría suficiente para los dos, incluso si me fallase la salud.

—¡Te deseo toda la felicidad del mundo en tu vida de casado! —exclamé—. ¿Hablarás mañana con el Conde?

—No, durante un tiempo no —respondió Arthur—. Se muestra muy amistoso conmigo, pero no creo que, por ahora, sea nada más que eso. Y en cuanto a Lady Muriel, por más que lo intento no acierto a descubrir sus sentimientos hacia mí. ¡Si es amor, lo oculta! ¡Debo esperar, debo esperar!

No quise presionar con ninguna opinión a mi amigo, cuyo juicio, comprendí, era mucho más sereno y meditado que el mío propio. Nos despedimos sin hablar más del tema que había absorbido sus pensamientos, no, mejor, su vida entera.

A la mañana siguiente me llegó una carta de mi abogado, rogándome que regresara a la capital para hacerme cargo de unos asuntos importantes.

Capítulo XIV

El hada Silvia

Los negocios por los que había regresado a Londres me retuvieron allí durante todo un mes. Incluso entonces, fue sólo la apremiante opinión de mi médico lo que me indujo a dejarlos sin concluir y a realizar otra visita a Elverston.

Arthur me había escrito una o dos veces durante ese mes, pero en ninguna de sus cartas mencionaba a Lady Muriel. Sin embargo, yo no consideré su silencio un mal augurio: me parecía una forma de actuar natural en un enamorado, que, incluso cuando su corazón canta jubiloso: «Es mía», teme describir su felicidad en las frías frases de una carta y prefiere esperar a poder contarla de palabra. «Sí —pensaba yo—. ¡Ya estoy oyendo su canto triunfal!»

La noche que llegué tuvimos mucho que hablar de otros asuntos, y, cansado por el viaje, me acosté pronto, dejando aún sin revelar el feliz secreto. Al día siguiente, mientras charlábamos en la sobremesa del desayuno, me aventuré a plantear la grave cuestión:

—Bueno, amigo mío, aún no me ha dicho nada de Lady Muriel, ni de cuándo será el feliz día.

—El feliz día —repuso Arthur, inesperadamente serio— aún pertenece al inescrutable futuro. Necesitamos conocer, o, mejor dicho, ella necesita conocerme mejor. Yo ya conozco su dulce carácter. Pero no me atrevo a hablar hasta estar seguro de que mi amor es correspondido.

—¡No espere tanto! —le dije alegremente—. «Un corazón pusilánime no consigue nunca una bella dama.»

—Quizá sea un «corazón pusilánime». Pero el caso es que aún no me atrevo a hablarle.

—Está corriendo un riesgo que quizás no ha tenido en cuenta —argüí—: otro hombre.

—No —dijo con firmeza Arthur—. No está enamorada de nadie, de eso estoy seguro. ¡Pero si quiere a alguien más que a mí, que así sea! No estropearé su felicidad. El secreto morirá conmigo. ¡Aunque ella es mi primer y único amor!

—Un bellísimo sentimiento —dije—, pero no es práctico. No es propio de usted.

> O teme demasiado su destino,
> O bien poco merece,
> Quien no se atreve
> A ganarlo o a perderlo todo.

—No me atrevo a preguntar si existe otro —confesó apasionadamente—. ¡Me rompería el corazón si así fuera!

—Pero ¿sería correcto quedarse sin preguntarlo? ¡No puede malgastar la vida por un «sí»!

—¡Le repito que no me atrevo!

—¿Quiere que lo haga yo por usted? —me ofrecí con la libertad propia de un viejo amigo.

—¡No, no! —replicó con un gesto de dolor—. ¡Le ruego que no diga nada! Olvide el asunto.

—Como quiera —dije; y juzgué mejor no seguir hablando.

«Esta tarde —pensé—, iré a hablar con el Conde. Puedo ver cómo están las cosas sin tener que decir una sola palabra.»

Hacía un calor excesivo esa tarde para dar un paseo o hacer cualquier otra cosa; de otro modo, en mi opinión, no habría sucedido.

En primer lugar, quiero saber —¡Querido Niño que lees esto!— por qué las Hadas siempre deben estar mostrándonos nuestro deber y sermoneándonos cuando obramos mal y por qué no podríamos nosotros enseñarles a ellas. Y no me vengas con que las Hadas no son nunca glotonas, o vanidosas, ni están de mal humor ni dicen mentiras, porque sería absurdo, bien lo sabes. Entonces, ¿no crees que podrían ser las víctimas más apropiadas de un pequeño sermón y un castigo de vez en cuando?

No veo por qué no debería intentarse, y estoy casi seguro de que, si se pudiese agarrar a un Hada y castigarla a un rincón y tenerla allí a pan y agua durante un día o dos, veríamos cómo mejoraría enseguida su carácter; se le pasarían un poco las ínfulas, ya lo creo. La siguiente pregunta es: ¿cuál es el mejor momento para ver a las Hadas? Creo que lo sé todo sobre ese asunto.

Debe ser un día muy caluroso, lo cual podemos considerar como algo establecido, y hay que estar un poco adormecido, pero no tan adormecidos que no se pueda conseguir tener los ojos abiertos, ¿eh? Bien; además, hay que sentirse un poco, podríamos decir, «encantado», los escoceses dirían *eerie*, y quizá sea una palabra más bonita. Si no sabes lo que significa, me temo que difícilmente pueda explicártelo: hay que esperar hasta que uno se encuentre con un Hada para saberlo.

La última condición consiste en que los grillos no deben chirriar. No puedo explicarlo ahora con detalle. De momento, es suficiente con saber que es así.

De modo que, si todas esas cosas se dan juntas, hay grandes probabilidades de ver a un Hada o, al menos, mucho mayores que si no concurren estas circunstancias.

Lo primero que advertí, mientras pasaba perezosamente por un claro del bosque, fue un gran Escarabajo que luchaba por volver a ponerse en pie. Me arrodillé para ayudar al pobre bichito a colocarse bien. En algunas ocasiones, ya se sabe, es difícil estar seguro por completo de lo que desea un insecto. Por ejemplo, yo nunca afirmaría con toda seguridad, suponiendo que fuese una polilla, si prefería que me apartasen de la vela o si desearía que me dejasen seguir volando alrededor hasta que me quemase –o, suponiendo que fuese una araña, no estoy seguro de que me gustara que me tirasen la tela y se pudiese escapar la mosca–, aunque estoy totalmente seguro de que, si fuese un escarabajo y me hubiese caído de espaldas, me alegraría mucho que me ayudasen.

Así pues, como iba diciendo, me arrodillé, y estaba buscando alguna ramita para darle la vuelta al Escarabajo, cuando vi una escena que me hizo echarme rápidamente hacia atrás y contener la respiración, por miedo a hacer ruido y ahuyentar a la pequeña criatura.

No es que tuviese aspecto de asustarse con facilidad: parecía tan buena y dulce que estoy seguro de que nunca se le había pasado por la imaginación que alguien pudiese desear hacerle daño. Tenía sólo unas pocas pulgadas de estatura e iba vestida de verde, de forma que era difícil advertir su presencia entre las altas hierbas, y era tan delicada y graciosa que parecía totalmente formar parte del lugar, como si fuese una de las flores que allí había. Puedo aseguraros que no tenía alas (nunca he creído en las Hadas con alas), que llevaba una gran melena de pelo castaño y que tenía unos profundos ojos castaños. Tenéis todos los datos para haceros una idea de cómo era realmente.

Silvia (más tarde supe cómo se llamaba) se había arrodillado, igual que yo, para ayudar al Escarabajo; pero no le bastaba con coger una ramita y ponerle en pie. Con mucha delicadeza, le dio la vuelta con ambas manos, y mientras le hablaba, medio regañándole medio consolándole, como podría hacerlo una niñera con un niño que se ha caído.

−¡Vamos, vamos! No llores. No te has matado, porque si estuvieras muerto no podrías llorar, ya lo sabes, y ése es un buen motivo para dejar de llorar. ¡Vamos, precioso! ¿Cómo te caíste? No, ya lo veo, no tengo que preguntártelo. Tropezaste con algún hueco del suelo, yendo con la barbilla al aire, como siempre. Desde luego, si vas siempre así por entre los huecos del suelo, es normal que te resbales. Deberías ser más precavido.

El Escarabajo murmuró algo que parecía algo así como:

−¡Si yo iba mirando!

−¡Estoy segura de que no! −replicó Silvia−. ¡Nunca te fijas! Vas siempre con tu barbilla al aire. ¡Eres tan presuntuoso! Bueno, vamos a ver cuántas patas te has roto esta vez. ¿Ves? Ninguna. ¿Y para qué sirve tener seis patas si sólo puedes agitarlas cuando te caes? Las patas sirven para caminar. Y no despliegues aún las alas, no he terminado. Haz el favor de visitar a la rana que vive detrás de aquellas hortensias, la saludas de mi parte: «Saludos de Silvia», ¿sabes decir «saludos»? −El Escarabajo probó y, supongo, consiguió decirlo−. Sí, está bien. −Dile que te dé un poco del ungüento que le dejé ayer. Y harías muy bien dejándote frotar un poco por ella. Tiene las ancas más bien frías, pero eso no debe preocuparte. −Creo que el Escarabajo debió de estremecerse ante esa idea, porque Silvia continuó en tono más serio−: Ahora no me vengas con remilgos, como si fueses demasiado grande como para ser frotado por una rana. En realidad, tendrías que estarle muy agradecido. Imagínate que sólo pudieses encontrar a una salamandra para que te lo hiciese. ¿Lo preferirías? −Hubo una pequeña pausa, y luego añadió Silvia−: Ya puedes irte. Sé un buen escarabajo y no lleves la barbilla al aire. −Comenzó entonces una de esas funciones compuestas de murmullos y zumbidos y de darse incansablemente golpes por todas partes que organizan los escarabajos cuando se deciden a despegar, hasta que se deciden a tomar una dirección. Por fin, en uno de sus torpes zig-zags consiguió volar recto hasta mi cara, y, cuando me recuperé del susto, la pequeña Hada ya se había ido. Miré a todas partes, buscando a la pequeña criatura, pero no había ni rastro de ella (y mi sentimiento *eerie* había desaparecido, y los grillos volvieron a chirriar alegremente), así que me di cuenta de que había desaparecido realmente.

Ha llegado el momento de contaros la norma con respecto a los grillos. Los grillos siempre dejan de chirriar cuando llega un Hada –porque un Hada es una especie de reina para ellos, supongo– y, en todos los sentidos, es mucho mayor que un grillo, de modo que cuando uno está paseando y advierte que los grillos se callan de repente, puede tener la seguridad de que han visto un Hada.

Seguí andando bastante triste, pero me consolaba pensando que hacía una tarde estupenda. Caminaba tranquilamente sumido en mis pensamientos, y no me extrañaría haberme cruzado con alguna otra Hada. Yendo de ese modo, advertí de pronto una planta con hojas redondeadas que tenían unos extraños agujeros en el centro. «¡Ah, las marcas que dejan las abejas!», pensé: ya sabéis que conozco muchísimas ciencias naturales (por ejemplo, sé distinguir a primera vista los gatos de los pollos), y ya iba a seguir mi camino cuando un súbito pensamiento me hizo volverme y examinar más detenidamente las hojas. Me sentí algo emocionado, pues advertí que los agujeros estaban dispuestos de tal modo que formaban letras. Había tres hojas, una junto a otra, con B, R y U marcadas en cada una de ellas, y, después de buscar un poco, encontré otras dos que tenían N y O.

Un relámpago de luz interior pareció iluminar una parte de mi vida que no había llegado nunca a olvidar: las extrañas visiones que había tenido durante mi viaje a Elveston. Pensé: «¡Esas visiones están destinadas a tener relación con mi vida, fuera de los sueños!».

Para entonces, el sentimiento *eerie* había vuelto a embargarme, y observé que los grillos habían dejado repentinamente de chirriar, de modo que me sentí completamente seguro de que Bruno andaba por ahí.

Era cierto, y estaba tan cerca que estuve a punto de pisarle sin darme cuenta, lo cual habría sido terrible, suponiendo que los seres encantados puedan ser pisados; mi opinión al respecto es que participan en algo de la naturaleza de los fuegos fatuos: nadie puede pisarlos. Pensad en algún niñito que conozcáis, guapo, con las mejillas sonrosadas, grandes ojos oscuros y el cabello castaño y rizado, y luego imagináoslo lo bastante pequeño como para caber perfectamente en una taza de café, y os podréis hacer una idea de él.

—¿Cómo te llamas, pequeño? —comencé a decir, tan dulcemente como pude. Y, por cierto, ¿por qué siempre empezamos por preguntarles a los niños el nombre? ¿Acaso creemos que un nombre le ayudará a ser un poco más grande? Nunca se nos ocurre preguntarle el nombre a un hombre mayor, ¿verdad? Pero, en fin, sea como sea, sentí que me era absolutamente preciso conocer su nombre; y como no respondió a mi pregunta, se la hice de nuevo en voz más alta—: ¿Cómo te llamas, hombrecito?

—¿Y tú? —me contestó sin mirarme.

Le dije con toda corrección mi nombre, pues era demasiado pequeño para mostrarme enfadado con él.

—¿Es duque de algo? —me preguntó, mirándome durante un instante, y volviendo enseguida a su tarea.

—No, no soy duque de nada —respondí, un poco avergonzado de tener que admitirlo.

—Pues es bastante grande para ser dos duques —dijo la pequeña criatura—, supongo que será sir algo por lo menos, ¿no?

—No —respondí, sintiéndome cada vez más avergonzado—. No tengo ningún título.

El Duende pareció pensar que en tal caso no merecía la pena molestarse en hablar conmigo, pues siguió tranquilamente cavando y cortando en trozos las flores. Al cabo de unos minutos, volví a intentarlo:

—Por favor, ¿no podrías decirme cómo te llamas?

—Bruno —respondió el muchachito inmediatamente—. ¿Por qué no dijo antes «por favor»?

«Eso es como lo que me decían en el jardín de la infancia», pensé, remontándome a través de los años (unos cien, ya que lo preguntáis), hasta la época en que yo era un niñito. Y entonces se me ocurrió una idea, y le pregunté:

—¿Acaso eres uno de los seres encantados que enseñan a los niños a ser buenos?

—Bueno, a veces tenemos que hacer eso —dijo Bruno—, y es un aburrimiento terrible. —Al decir eso rompió ferozmente un diente de dragón en dos pedazos y luego pisó los trozos resultantes.

—¿Qué estás haciendo, Bruno? —le pregunté.

—Estropeando el jardín de Silvia —fue la respuesta que Bruno dio al principio; pero según iba pisando más flores, murmuró para sí mismo—: ¡La muy sabandija! ¡No quería permitirme ir a jugar esta mañana! ¡Decía que primero tenía que aprenderme las lecciones! ¡Lecciones! ¡Pues la voy a fastidiar, vaya que sí!

—¡Oh, Bruno, no digas eso! —exclamé—. ¿No sabes que eso es venganza? ¿Y que la venganza es algo malvado, cruel y peligroso?

—¿Ten-panza? —dijo Bruno—. ¡Menuda palabreja graciosa! Supongo que dice que es peligrosa porque se le va a caer la tripa o porque le puede estallar.

—No, no ten-panza —le expliqué—, «venganza» —pronuncié muy lentamente la palabra.

—¡Oh! —dijo Bruno, abriendo enormemente los ojos, pero sin tratar de repetir la palabra.

—¡Vamos!, ¡intenta pronunciarla, Bruno! —propuse alegremente—: «Ven-gan-za».

Bruno movió la cabeza y dijo que no podía, que su boca no tenía la forma apropiada para esa clase de palabras. Y cuanto más me reía yo más se negaba el niño a intentarlo.

—¡Bueno, no te preocupes, hombrecito! —exclamé finalmente—. ¿Puedo ayudarte en lo que estás haciendo?

—Sí, por favor —respondió tranquilamente, Bruno—. Me gustaría pensar algo que la fastidiase mucho más. ¡No sabe lo difícil que es conseguir que se enoje!

—Bien, escúchame, Bruno, y te enseñaré una forma estupenda de venganza.

—¿Algo que la va a molestar de verdad?

—Sí, algo que la va a hacer rabiar mucho. Mira, primero vamos a arrancar todas las malas hierbas que hay en su jardín. Aquí hay muchas, en este rincón que tapan las flores.

—¡Pero eso no la va a hacer rabiar!

—Después de eso —continué—, regaremos este arriate de más arriba. Está casi seco y lleno de polvo.

Bruno me miró inquisitivamente, pero no dijo nada.

—Luego, después de eso —seguí—, los caminos necesitan un barrido, y me parece que deberíamos cortar todas esas ortigas… están tan cerca del jardín que es…

—Pero, ¿qué está usted diciendo? —me interrumpió impaciente Bruno—. ¡Nada de eso la va a hacer rabiar!

—¿No? —pregunté inocentemente—. Imagínate que ponemos algunas de esas piedras de colores, para señalar las distintas clases de flores. Hará un efecto bien bonito.

Bruno se volvió y se me quedó mirando fijamente durante un rato. Finalmente, le brillaron los ojos y dijo, con un tono nuevo en su voz:

—Vamos a ponerlas en filas. Todas las rojas juntas, y luego todas las azules.

—Así quedarán estupendamente —convine—, y luego, ¿qué flores le gustan más a Silvia?

Bruno se llevó el pulgar a la boca y estuvo meditando un rato antes de responder.

—Las violetas —dijo finalmente.

—Hay muchas violetas allá abajo, al lado del arroyo.

—¡Vayamos a cogerlas! —propuso Bruno, dando un salto—. ¡Venga! Cójase a mi mano y le ayudo a pasar. La hierba está resbaladiza por aquí.

Me sonreí al ver que había olvidado por completo que estaba hablando con una persona mayor.

—No, no, Bruno, aún no —le dije—, debemos ver qué es mejor hacer primero. Es un asunto muy serio.

—Bueno, vamos a meditarlo —dijo Bruno, metiéndose otra vez el pulgar en la boca y sentándose sobre un ratón muerto.

—¿Para qué tienes ese ratón? —le pregunté—. ¿Vas a enterrarlo o vas a echarlo al arroyo?

—¡Es para medir con él! —exclamó Bruno—. ¡No se puede tener un jardín sin medirlo! Cada arriate lo hacemos de tres ratones y medio de largo por dos de ancho.

Le detuve cuando lo cogía por la cola para enseñarme cómo utilizarlo, porque temí que desapareciese el sentimiento *eerie* antes de que hubiésemos terminado con el jardín, y en ese caso, ya no habría vuelto a verles ni a él ni a Silvia.

—Creo que lo mejor es que tú arranques las malas hierbas, mientras yo busco las piedras para hacer las vallas.

—¡De acuerdo! —exclamó Bruno—. Y mientras trabajamos le hablaré de las orugas.

—¡Ah, oigamos lo de las orugas! —dije y me puse a reunir piedras en un montón y a distribuirlas por colores.

Bruno empezó a contarme en voz baja y rápida, como si estuviese hablando para sí mismo:

—Ayer, cuando estaba sentado al lado del arroyo, vi dos pequeñas orugas justo cuando usted fue al bosque. Eran completamente verdes, y tenían unos ojos amarillos que no me vieron. Una llevaba un ala de polilla, una gran ala marrón, toda seca, con plumas. Si no la quería para comérsela, pensé que a lo mejor era para hacerse un manto para el invierno.

—Es posible —dije, pues Bruno había pronunciado la última palabra como si fuese una especie de pregunta, y me estaba mirando, en espera de una confirmación.

Bastó con esas dos palabras para que el muchacho siguiera hablando alegremente.

—Bien, y no quería que la otra oruga viese el ala de polilla, de manera que tenía que llevarla sólo con las patas izquierdas, y con las del otro lado intentaba caminar. Naturalmente, acabó por caerse de lado.

—¿De lado? —le pregunté, repitiendo la última palabra, pues, a decir verdad, no había estado atendiendo a lo que decía.

—Se cayó hacia un lado —repitió Bruno con mucha seriedad—, y si usted ha visto alguna vez a una oruga caerse de lado, sabrá que es un asunto muy serio; y no se sonría así, ¡o no le sigo contando!

—No, Bruno, no pretendía reírme. Mira, ya estoy otra vez serio.

Pero Bruno se cruzó de brazos y me dijo:

—No diga eso. Veo una lucecita en uno de sus ojos, igual que la luna.

—¿Por qué crees que soy como la luna, Bruno? —le pregunté.

—Su cara es ancha y redonda, como la luna —respondió Bruno, mirándome pensativo—. No brilla tanto, pero está mucho más limpia.

No pude dejar de sonreír al oírle.

—Ya sabes que a veces me lavo la cara, y la luna no lo hace nunca, Bruno.

—¡Claro que se lava! —exclamó Bruno, y se me acercó y añadió con un solemne susurro—: la cara de la luna se va ensuciando y ensuciando todas las noches, hasta que se pone toda negra. Y luego, sólo cuando está toda sucia, así —se pasó las manos por las rosadas mejillas— se la lava.

—Y entonces se queda toda limpia, ¿no?

—Toda, no —dijo Bruno—. ¡Hay que ver todo lo que hay que enseñarle a usted! Se la lava poco a poco, y empieza por el otro lado, ¿sabe?

Durante todo este tiempo estaba sentado sobre el ratón muerto, con los brazos cruzados, y la tarea de arrancar las malas hierbas no avanzaba ni un ápice, de modo que tuve que decir:

—Primero, el trabajo, y luego la diversión; no hablaremos más hasta que terminemos con el arriate.

Capítulo XV

La venganza de Bruno

Permanecimos en silencio mientras yo separaba las piedras y me divertía mirando el proyecto de jardinería de Bruno. Era un proyecto totalmente nuevo para mí: medía cada arriate antes de desyerbarlo, como si temiese que al quitar las hierbas malas fuese a encoger, y una vez, cuando descubrió que era más largo de lo que deseaba, se puso a dar golpes con el puño al ratón gritando:

—¡Ahora está todo mal! ¿Por qué no encoges la cola cuando te lo digo? Le diré lo que voy a hacer —me dijo Bruno, medio susurrando, mientras seguía trabajando—. A usted le gustan los Duendes ¿no?

—Sí, claro que sí —respondí—; si no, no habría venido aquí. Me habría ido a un sitio donde no hubiese Duendes.

Bruno se rió alegremente.

—Podría haber dicho que se iría a un sitio donde no hubiese aire, si no le gustase el aire.

Era una idea más bien difícil de comprender, de modo que intenté cambiar de tema.

—Creo que eres el primer Duende que veo. ¿Has visto más gente, antes que a mí?

—¡Muchísima! —dijo Bruno—. La vemos cuando vamos por el camino.

—Pero ellos no pueden verte a ti. ¿Cómo es que nunca os pisan?

—No pueden pisarnos —explicó Bruno, divirtiéndose con mi ignorancia—. Mire: suponga que usted va andando por aquí, así, haciendo unas pequeñas señales en el suelo; y suponga que aquí hay un Duende, yo, caminando así. Pues bueno, usted pone un pie aquí y no pisa el Duende.

Estaba muy bien como explicación, pero no me convenció.

—¿Por qué no pisaría al Duende? —insistí.

—No lo sé —respondió el chiquillo en tono meditativo—. Pero sé que no podría. Nadie ha pisado nunca a un Duende. Le voy a conseguir una invitación para la cena del Rey de la Tierra de los Duendes. Conozco a uno de los jefes de los camareros.

No pude dejar de reírme al oírle.

—¿Son los camareros quienes cursan las invitaciones? —le pregunté.

—¡Oh, no a sentarse! —explicó Bruno—. Sino a servir a la mesa. Le gustaría, supongo, llevar las bandejas y todo eso.

—Bueno, pero no está tan bien como sentarse a la mesa, ¿no?

—¡Naturalmente que no! —dijo Bruno, con un tono como si se apiadase de mi ignorancia—. Pero si no es usted sir algo, no pensará que le van a permitir sentarse, ¿no?

Dije lo más humildemente que pude que no albergaba esa esperanza, pero que era la única forma de ir a una cena que realmente me gustara. Bruno movió la cabeza y dijo, con tono más bien ofendido, que podía hacer lo que me pareciera mejor; él conocía a muchos a quienes les gustaría ser invitados.

—¿Has asistido tú alguna vez, Bruno?

—Me invitaron una vez, la semana pasada —dijo Bruno—. Era para lavar las soperas, no, los platos de queso, quiero decir, que eran muy grandes. Serví a la mesa y no me equivoqué más que apenas una vez.

—¿Qué hiciste? —pregunté—, no te preocupes, a mí puedes contármelo.

—Sólo que saqué unas tijeras para cortar la carne —dijo Bruno sin darle importancia al asunto—. Pero lo mejor de todo fue que le serví al Rey un vaso de sidra.

—¡Qué estupendo! —exclamé, mordiéndome el labio para no reírme.

—¿Verdad? —dijo Bruno contento—. Ya sabe usted que no todo el mundo goza de un honor así.

Esto me hizo pensar en las distintas cosas extrañas a que llamamos «un honor» en este mundo, y que, al fin y al cabo, no tienen mucho más de honrosas que lo que hizo Bruno cuando, orgullosísimo, sirvió un vaso de sidra al Rey. No sé cuánto tiempo habría seguido divagando de ese modo si de pronto Bruno no me hubiese llamado la atención.

—¡Venga aquí, rápido! —gritó muy excitado—. ¡Cójalo de este otro cuerno! ¡No puedo sujetarlo más!

Estaba luchando desesperadamente con un gran caracol, que colgaba de uno de sus cuernos, y casi a punto de romperse la espalda en sus esfuerzos por arrastrarse sobre una brizna de hierba.

Vi que no terminaríamos nunca nuestro trabajo de jardinería si nos dedicábamos al animalillo, de modo que cogí tranquilamente al caracol y lo puse sobre un banco de donde no pudiese escaparse.

—Luego le cogeremos, Bruno —dije—, si es que quieres cazarle. Pero ¿para qué lo quieres?

—¿Para qué quieren ustedes los zorros cuando los cazan? —replicó Bruno—. Me consta que ustedes los mayores cazan zorros.

Traté de pensar alguna buena razón por la que las personas mayores deban cazar zorros, pero no se me ocurrió ninguna, así que acabé por decir:

—Bueno, me imagino que tan buena es una cosa como la otra. Cualquier día de éstos saldré a cazar caracoles.

—No creí que fuese tan tonto como para ponerse a cazar caracoles usted solo —dijo Bruno—. ¡No conseguirá nunca ni uno, si no lleva a alguien que lo sujete del otro cuerno!

—Desde luego, no iré solo —dije, con toda seriedad—. Por cierto, ¿es ése el mejor tipo o me recomiendas los que no tienen concha?

—¡Oh, no, nunca cazamos los que no tienen concha! —exclamó Bruno, que tuvo un pequeño escalofrío al pensar en ellos—. Se ponen de muy mal humor, y luego, si uno los pisa, resultan pegajosos.

Para entonces ya casi habíamos terminado con el jardín. Yo había traído unas violetas, y Bruno me estaba ayudando a terminar de ponerlas, cuando se detuvo de pronto y me dijo:

—Estoy cansado.

—Descansa un rato, yo puedo seguir perfectamente sin ti.

No le hizo falta a Bruno una segunda invitación, se puso inmediatamente a colocar el ratón muerto como si de un sofá se tratase.

—Le voy a cantar una canción —propuso, echándose encima.

—Estupendo —le dije—, me gusta mucho la música.

—¿Qué canción prefiere? —me preguntó Bruno, y arrastró el ratón hasta un lugar desde el que podía verme a sus anchas—: *Tin, ting, ting* es la más bonita, en mi opinión.

No había modo de resistirse a una indirecta semejante, pero finjí meditar durante un momento y luego dije:

—Bien, pues me gustaría que cantases *Ting, ting, ting*.

—Eso indica que tiene usted un buen juicio musical —dijo Bruno, contento—. ¿Con cuántas campanillas quiere? —Y se metió el pulgar en la boca para ayudarme a reflexionar.

Como sólo había un ramo de campanillas a la vista, le dije que con un solo ramo bastaría para la ocasión, y lo cogí y se lo di. Bruno pasó la mano una o dos veces por las flores, como un músico que afina su instrumento, produciendo un campanilleo delicadísimo al hacerlo. Yo nunca había escuchado antes música floral (no creo que se pueda, a no ser en estado *eerie*, y no sé bien cómo explicarlo con palabras, excepto diciendo que sonaba como un repiqueteo de campanas a mil millas de distancia). Cuando se sintió satisfecho del tono de las flores, se sentó sobre el ratón muerto (no parecía hallarse verdaderamente a gusto en ningún sitio), y mirándome con un alegre centelleo en los ojos comenzó. Por cierto, la tonada era muy curiosa y podéis interpretarla, así que reproduzco la partitura:

¡Arriba, venga arriba! La luz del día se acaba:
Los búhos andan hululando: Ting, ting ting.
¡Levanta, venga, levanta! Al lado del lago
Se agitan los duendes: Ting, ting, ting.
Cantamos, cantamos, cantamos.

Cantó los primeros cuatro versos vigorosa y alegremente, haciendo que las campanillas sonasen con la melodía, pero los dos últimos los cantó muy lenta y dulcemente, y se limitó a mover apenas las flores. Luego se detuvo para explicar:

—El Rey de los Duendes es Oberón, que vive al otro lado del lago, y a veces viene en una pequeña barca, y salimos a su encuentro y le cantamos esta canción, ¿sabe?

—¿Y luego os vais a comer con él? —pregunté.

—Debería mantenerse en silencio —se quejó Bruno enojado—: interrumpe la canción.

Prometí no volver a hacerlo.

—Yo nunca hablo conmigo cuando estoy cantando —me dijo aún con seriedad—. De modo que usted tampoco debe hacerlo. —Luego volvió a afinar las campanillas y cantó:

¡Escuchad, escuchad! De lejos y de cerca
llega la música: Ting, ting, ting.
Campanas encantadas en los valles
Alegremente repiquetean: Ting, ting, ting.
Dando la bienvenida a nuestro Rey
Cantamos, cantamos, cantamos.
¡Mirad, mirad! En cada árbol
Qué luces están brillando: Ting, ting, ting,
Hay ojos de ardientes moscas
Para alumbrar nuestra cena: Ting, ting, ting.
Dando la bienvenida a nuestro Rey
Aletean, aletean, aletean…

¡Deprisa, venga, deprisa: Coged y probad
Las golosinas que esperan: Ting, ting, ting!
El dulce rocío está almacenado…

—¡Detente, Bruno! —le interrumpí susurrándole—. ¡Ahí llega!

Bruno dejó de cantar y cuando ella se abría camino despacio entre las altas hierbas, se le echó de improviso encima, como un novillo, gritándole:

—¡Mira a otro sitio! ¡Mira a otro sitio!

—¿A qué sitio? —preguntó Silvia, un poco asustada, al tiempo que se volvía a todas partes, tratando de descubrir el peligro.

—¡A ese sitio! —dijo Bruno, volviéndole con cuidado el rostro hacia el bosque—. Ahora, camina de espaldas, camina despacio, no tengas miedo, no tropezarás.

Silvia tropezó de todas maneras, porque Bruno, en su prisa, la llevaba por encima de tantas ramitas y piedras que era verdaderamente asombroso que la pobre niña pudiese mantenerse en pie. Bruno estaba demasiado entusiasmado para pensar en lo que hacía. Señalé en silencio a Bruno el mejor sitio adonde podía llevarla para que viese todo el jardín al primer vistazo: era un pequeño montículo del terreno, del tamaño de una patata, y cuando subieron a él me oculté en la sombra para que Silvia no pudiese verme. Oí a Bruno gritar triunfalmente: «¡Ahora ya puedes mirar!», y luego se oyó un aplauso, pero fue el mismo Bruno el que lo hizo. Silvia estaba en silencio, mirándolo todo fijamente y con las manos juntas, y temí que no le gustase. Bruno también la miraba preocupado, y cuando Silvia bajó del montículo y comenzó a recorrer los pequeños paseos, la siguió en silencio, preocupado evidentemente de que se formase su propia opinión sin que él le pudiese hacer la más mínima sugerencia. Finalmente Silvia suspiró profundamente y dio su veredicto, en un apresurado susurro y sin la más ligera consideración hacia la gramática:

—Es la cosa más bella que nunca haya visto jamás en toda mi vida antes.

Bruno pareció tan contento como si se lo hubiesen dicho todos los jueces y jurados de Inglaterra juntos.

—¿Y lo has hecho todo tú solo, Bruno? —continuó Silvia—. ¿Y todo para mí?

—Me han ayudado un poco —confesó Bruno, riéndose alegremente, al ver su sorpresa—. Hemos estado aquí toda la tarde. Pensé que te gustaría —y entonces la voz del pobre niñito comenzó a temblar, y en un momento había comenzado a sollozar y había echado los brazos en torno del cuello y apoyado la cabeza en su hombro. También a Silvia le temblaba un poco la voz cuando dijo:

—Pero, ¿qué pasa? ¿Qué te ocurre, querido? —Trató de levantarle la cabeza y de darle un beso.

Pero Bruno sólo sabía agarrase a ella, sollozando, y no quería ser consolado hasta que confesó:

—Quería…, quería estropearte el jardín…, al principio…, pero yo nunca…, nunca… —y hubo otra explosión de llanto, que ahogó el resto de la frase. Finalmente, pudo decir—: Me gustaba arreglar las flores para ti, Silvia, y no había estado nunca tan contento. —Y la rosada cara, toda mojada de lágrimas, se alzó por fin para que le diesen un beso.

Silvia estaba también llorando por entonces, y no decía nada más que: «¡Bruno! ¡Mi querido Bruno!» y «Nunca he estado más contenta», aunque para mí era un misterio por qué esos dos niños, que nunca habían estado tan contentos, no dejaban de llorar.

Yo me sentía también muy contento, pero, naturalmente, no derramé ni una lágrima: las «personas mayores» no lo hacen nunca, ya lo sabéis, dejamos todo eso a los Duendes. Pero me parece que debió de llover un poco, porque me encontré luego una o dos gotitas en las mejillas.

Después de eso recorrieron todo el jardín otra vez, flor a flor, como si estuviesen deletreando una larga frase, con besos por comas, y un gran abrazo a modo de punto final cuando terminaron.

—¿Sabes, Silvia, que ésa debía ser mi ten-panza? —confesó solemnemente Bruno.

Silvia se rió alegremente.

—¿Cómo dices? —le preguntó, y le revolvió el cabello con las manos, mirándole con los ojos brillantes, en los que aún titilaban unos grandes lagrimones.

Bruno dio un gran suspiro y tragó aire, abriendo la boca para realizar un gran esfuerzo.

—Quiero decir mi ven-gan-za —dijo—, ¿lo entiendes ahora? —Y la miró tan contento y orgulloso de haber dicho por fin correctamente la palabra que sentí envidia de él. Creo que Silvia no debió de entenderlo, pero le dio un par de besos en las mejillas que fue como si lo hubiese entendido todo.

Siguieron paseando entre las flores, cogidos del brazo, susurrando y riendo como antes y sin fijarse lo más mínimo en el pobre de mí. O sí, una vez, antes de perderles de vista, Bruno medio volvió la cabeza y me hizo un pequeño gesto de despedida por encima del hombro. Ése fue todo el agradecimiento que obtuve por mis molestias. Lo último que vi de ellos fue esto: Silvia estaba detrás de Bruno, con los brazos alrededor de su cuello y le decía mimosa al oído: «Bruno, ya no recuerdo la palabra. Dila otra vez. ¡Vamos! Sólo una vez más, querido».

Pero Bruno no quería volver a intentarlo siquiera.

Capítulo XVI

Un Cocodrilo cambiado

Lo maravilloso —el misterio— había desaparecido por completo de mi vida por el momento: de nuevo el lugar común reinaba sobre ella. Regresé a la mansión del Conde, pues eran las cinco de la tarde —fascinante hora—, y sabía que les encontraría dispuestos para tomar una taza de té y sostener una distendida charla.

Lady Muriel y su padre me dieron una bienvenida extraordinariamente cordial. No eran de esa clase de personas que uno se encuentra en los salones de moda, que ocultan cualquier sentimiento que puedan tener tras una impenetrable máscara de la convencional placidez. El Hombre de la Máscara de Hierro era sin duda una rareza y una maravilla en su época: en el moderno Londres nadie volvería la cabeza para mirarlo. No, eran personas de carne y hueso. Cuando parecían contentos, es que estaban contentos, y cuando Lady Muriel dijo, con una amplia sonrisa: «Me alegra mucho volver a verle», supe que era absolutamente cierto.

No me atreví a desobedecer las indicaciones (aun cuando me parecían absurdas) del joven doctor enfermo de amor más que aludiendo a su existencia, y fue sólo cuando me contaron los detalles de una excursión que proyectaban, y Lady Muriel exclamó casi como reflexionando:

—¡Y si puede traiga al doctor Forester con usted! Estoy segura de que un día en el campo le sentará bien. Me temo que pasa demasiado tiempo estudiando...

Estuve a punto de citar la frase: «Sus únicos libros son las miradas de una mujer», pero me contuve justo a tiempo, sintiéndome casi como quien acaba de cruzar una calle y se ha salvado por los pelos de ser atropellado por una berlina.

—...y creo que lleva una vida muy solitaria —continuó, con tal gentileza que no dejaba el menor resquicio para que se sospechase que sus palabras tenían un doble significado–: ¡Consiga que venga! Y no se olviden del día: el martes próximo. Iremos los cuatro en el coche, sería una lástima ir en tren, ¡es tan bonito el paisaje por carretera! Y en nuestro coche caben justamente cuatro personas.

–¡Oh, no se preocupe, la convenceré para que venga! –dije con seguridad, pensando: «¡Tendré que usar todos mis poderes de persuasión para lograrlo!».

Faltaban sólo diez días, y aunque Arthur aceptó inmediatamente la invitación que le transmití, nada de lo que dije consiguió que visitara –ni conmigo ni sin mí– al Conde ni a su hija. Temía «gastar su bienvenida», me dijo, «ya le habían visto bastante durante una temporada», y cuando llegó por fin el día, yo me sentía tan infantilmente nervioso y desasosegado que pensé que mejor sería que fuésemos por separado a la mansión. Mi intención era llegar un poco después que él, para darle tiempo a reponerse del encuentro. Con este objeto, di un considerable rodeo pensando que: «Con que consiguiese perderme por un rato, el asunto resultaría perfecto».

Lo logré más y antes de lo que me había atrevido a esperar. El sendero que cruzaba el bosque ya me era conocido, por los muchos paseos solitarios que había dado en mi anterior visita a Elveston, y cómo pude perderme tan de repente y tan por completo –aunque iba muy preocupado pensando en Arthur y en su amada y apenas reparaba en otra cosa–, fue un completo misterio que no acerté a explicarme. «Este claro –me dije– parece que me recuerda algo de lo que no consigo hacer memoria del todo; seguramente es el lugar donde encontré a los niños encantados. ¡Pero espero que no haya culebras!» Me senté sobre un tocón de árbol y murmuré:

–Desde luego, no me gustan las culebras, y supongo que a Bruno tampoco.

–¡No, no le gustan! –dijo una voz vacilante a mi lado–. No les tiene miedo, por supuesto, pero no le gustan. ¡Dice que culebrean demasiado!

Me faltan palabras para describir la belleza del pequeño grupo, echado sobre un sendero de musgo, sobre el tronco de un árbol caído, que vi al volverme de inmediato cuando oí esas palabras: Silvia estaba reclinada con el codo semienterrado en el musgo, y sus rosadas mejillas en la palma de la mano, mientras que Bruno estaba tendido a sus pies, con la cabeza apoyada en su regazo.

–¿Qué culebrean demasiado? –fue todo lo que mi sorpresa me permitió decir.

–No soy un maniático –me explicó Bruno–, pero prefiero los animales que caminan erguidos...

–Pero te gustan los perros cuando mueven la cola –le interrumpió Silvia–. ¡Seguro que te gustan, Bruno!

—Pero un perro tiene algo más, ¿verdad, Señor Usted? —me preguntó Bruno—. ¿Le gustaría un perro que sólo tuviese cabeza y cola?

Admití que un perro de esa clase estaría completamente desprovisto de interés.

—No hay perros así —observó Silvia.

—Pero lo habría —exclamó Bruno—, si el Profesor nos acortase uno.

—¿Lo acortase? —pregunté aún más asombrado—. Eso es algo nuevo. ¿Cómo lo hace?

—Tiene una máquina rara… —empezó a explicar Silvia.

—Una máquina muy rara —le interrumpió Bruno, a quien no le apetecía lo más mínimo perder el privilegio de contar la historia—, y si uno mete dentro cualquier cosa, en un extremo, y él mueve la manivela, entonces sale por el otro lado. ¡Y mucho más corta!

—¡Muchísimo más corta! —confirmó Silvia.

—Y un día, cuando estábamos en Tierrafuera, ¿sabe?, antes de que viniésemos a la Tierra de los Duendes, Silvia y yo le llevamos un enorme Cocodrilo. Y nos lo acortó. ¡Quedó muy divertido! Y se puso a mirar a todas partes, diciendo: «¿Dónde ha ido a parar mi resto?», y entonces se puso triste. Y tenía lágrimas en los ojos…

—En los dos ojos, no —le interrumpió Silvia.

—¡Claro que no! —dijo el niño—. Sólo en el ojo que no podía ver adonde había ido a parar su resto. Pero el ojo que podía ver a todas partes…

—¿Y cómo era de pequeño el Cocodrilo? —pregunté, pues la historia estaba empezando a complicarse un poco.

—La mitad de corto… así —me indicó Bruno, extendiendo lo más que pudo los brazos.

Intenté calcular cuánto sería, pero era demasiado difícil para mí. ¡Por favor, inténtalo por mí, querido Niño que lees estas páginas!

—Pero no dejaríais al pobre animalito así de corto, espero.

—Bueno, no. Silvia y yo le volvimos a llevar a la máquina, y le alargamos hasta…, hasta…, ¿hasta cuánto, Silvia?

—Dos veces y media y un poquito más —respondió Silvia.

—Me temo que no le gustaría mucho más que de la otra forma, ¿no?

—¡Claro que le gustó! —exclamó triunfalmente Bruno—. ¡Estaba orgulloso de su nueva cola! ¡Nunca habrá visto un cocodrilo más orgulloso! Podría darse la vuelta y andar sobre la punta de su cola, y por encima de su espalda, todo seguido hasta la cabeza.

—Todo seguido, no —le corrigió Silvia—. No podía llegar hasta el final.

—¡Ah, pero lo hizo una vez! —exclamó gozoso Bruno—. Tú no lo viste, pero yo sí. Y andaba de puntillas, como si no quisiera despertarse, porque creía que estaba dormido. Y llevaba las dos patas encima de la cola. Y se puso a andar y recorrió toda la espalda. Y subió hasta la frente. ¡Y bajó un poquitito por la nariz! ¡Ya lo creo!

Esto era mucho peor aún que el anterior galimatías. ¡Por favor, Niño, ayúdame de nuevo!

—¡No creo que ningún cocodrilo no haya subido nunca a su propia frente! —respondió Silvia, demasiado excitada con la controversia para poder limitar el número de sus negativas.

—¡No sabes por qué lo hizo! —replicó despectivamente Bruno—. Tenía una buena razón para hacerlo. Le oí que decía: «¿Y por qué no voy a poder subirme a la frente?». ¡Así que, claro, se subió enseguida!

—Si ésa es una buena razón, Bruno —intervine—, ¿por qué no te subes a ese árbol?

—Enseguida —se apresuró a responder Bruno—. En cuanto terminemos de hablar. ¡Dos personas no pueden hablar confablemente si una está subiéndose a un árbol y la otra no!

Me pareció que sería escasamente «confable» una conversación si había que estar trepando a un árbol mientras se hablaba, pero evidentemente era peligroso oponer cualquier teoría a las de Bruno, así que pensé que era mejor no mencionar el asunto, y les pedí que me explicasen cómo era la máquina que hace crecer las cosas.

Esta vez, Bruno no sabía cómo hacerlo, y le cedió la palabra a Silvia.

—Es como unos rodillos para secar la ropa —empezó a contar ella—; si se pasan las cosas por medio, se apretujan…

—¡Estrujan! —la corrigió Bruno.

—Sí —aceptó Silvia, pero no intentó repetir la palabra, que claramente era nueva para ella—. Se apr, bueno, eso, y se estiran y estiran.

—Una vez —comenzó Bruno de nuevo—, Silvia y yo escribamos…

—Escribimos —susurró Silvia.

—Bueno, escribimos una canción de cuna, y el Profesor nos la alargó. Decía: *Había un hombrecito, y tenía una pistola, y las balas…*

—Ya, ya sé cómo sigue —le interrumpí—. ¿Podríais decirla larga, quiero decir de la forma como la estiró?

—Haremos que el Profesor se la cante —propuso Silvia—. Se echaría a perder si se la cantamos nosotros.

—Me gustaría ver al Profesor —dije—. Y también me gustaría llevaros a todos a ver a unos amigos míos que viven cerca de aquí. ¿Os gustaría venir?

—No creo que al Profesor le gustase ir —dijo Silvia—. Es muy huraño. Pero a nosotros nos gustaría muchísimo. Aunque, claro, sería mejor que no fuésemos de este tamaño.

Ya había pensado en ese problema, y había deducido que quizás fuese un poco peliagudo presentar en sociedad a semejantes minúsculos amigos.

—¿Qué tamaño tendréis? —pregunté.

—Iremos mejor como... como niños corrientes —respondió pensativa Silvia—. Es el tamaño más cómodo de conseguir.

—¿Podríais venir hoy? —dije, pensando—: ¡Podríais venir a la excursión!

Silvia lo meditó un poco.

—Hoy no —replicó—. No estamos a punto. Iremos el martes próximo, si le parece. Y ahora, Bruno, ahora tienes que venir de verdad a estudiar las lecciones.

—Me gustaría que no dijeses eso —se quejó el niño, haciendo un mohín que le hizo parecer más guapo que nunca—. Siempre que dices «Bruno» con ese tono es que va a pasar algo horrible. ¡Y no te besaré si eres tan poco amable conmigo!

—¡Ah, pero ya me has besado! —exclamó Silvia con tono de alegre triunfo.

—Bueno, pues entonces, ¡ahora ya no te beso! —y rodeó con sus brazos el cuello de ella para llevar a cabo esa nueva, pero aparentemente indolora, operación.

—¡Es igual que un beso! —observó Silvia, en cuanto sus labios estuvieron otra vez libres para poder hablar.

—¡No sabes nada! ¡Era sólo para engañarte! —replicó Bruno con toda severidad, al tiempo que se iba.

Silvia volvió su cara sonriente a mí.

—¿Vamos entonces el martes? —me preguntó.

—Muy bien —dije—, el martes próximo. ¿Pero dónde está el Profesor? ¿Ha ido con vosotros a la Tierra de los Duendes?

—No —dijo Silvia—, pero prometió que vendría a vernos algún día. Está preparando su conferencia, así que tiene que quedarse en casa.

—¿En casa? —dije, dudando haber oído bien.

—Sí, señor. El Conde y Lady Muriel están en casa. Pase por aquí, por favor.

Capítulo XVII

Los tres tejones

De pronto, me hallé siguiendo como en sueños a la imperiosa voz hasta una habitación donde encontramos al Conde, su hija y Arthur sentados.

—¡Por fin llega usted! —me saludó Lady Muriel, con tono de alegre reproche.

—Me he retrasado —balbucí a modo de disculpa. ¡Cuánto me hubiese costado explicar por qué me había retrasado! Afortunadamente, nadie me lo preguntó.

Ordenaron preparar el carruaje, pusieron en él la cesta que contenía nuestra contribución a la excursión y así partimos sin más dilación.

No tuve ninguna necesidad de mantener la conversación. Lady Muriel y Arthur se hallaban enfrascados en esa agradable situación en que no se siente uno en la obligación de meditar en las propias ideas, antes de expresarlas, con el miedo de que «esto no le va a gustar», «esto le va a molestar», «esto le va a parecer demasiado serio», «esto puede sonarle estúpido»; se trataban como verdaderos viejos amigos, con total simpatía, y su charla era incesante.

—¿Podríamos dejar lo de la excursión y marchar a otra parte? —sugirió Lady Muriel de pronto—. Cuatro personas se bastan para una reunión, ¿no? Y en cuanto a la comida, nuestra cesta…

—¿Por qué no íbamos a poder? ¡Ése es un buen argumento propio de mujer! —rió Arthur—. Una mujer nunca sabe en qué lado se apoya el *onus probandi*, el peso de la prueba.

—¿Acaso lo saben siempre los hombres? —preguntó ella, adoptando una deliciosa postura de sumisión.

—Con una sola excepción, que yo recuerde, el doctor Watts, que ha planteado esta absurda pregunta: «¿Por qué debería privar yo a mi prójimo de sus bienes contra su deseo?».

»¡Singular argumento a favor de la honradez! Su postura parece ser la de: «Soy muy honrado porque no veo motivos para robar».Y la respuesta del ladrón es, claro está, aplastante: «Privo a mi prójimo de sus bienes porque los quiero para mí. ¡Y lo hago contra su voluntad porque no hay ninguna posibilidad de que obtenga su consentimiento!».

—Puedo mostrarles otra excepción —intervine yo—: una argumentación que he escuchado hoy, y no de labios de una mujer. ¿Por qué no voy a poder subirme a mi frente?

—¡Qué tema de reflexión más curioso! —dijo Lady Muriel, volviéndose hacia mí, los ojos cabrilleando de alegría—. ¿Podemos saber quién planteó esa pregunta? ¿Se subió a la frente?

—No recuerdo quién lo dijo —me disculpé—. Ni dónde lo he oído.

—¡Quienquiera que sea, me gustaría encontrármelo en la excursión! —dijo Lady Muriel—. Es una pregunta muchísimo más interesante que la de: «¿Verdad que son pintorescas estas ruinas?» o que: «¿No son maravillosos estos matices del otoño?». ¡Tendré que contestar afirmativamente a tales preguntas por lo menos diez veces durante esta tarde!

—Es uno de los inconvenientes de la sociedad —dijo Arthur—. ¿Por qué no podrá la gente dejar que uno goce de las bellezas de la naturaleza sin tener que decir cosas de ese tipo a cada momento? ¿Por qué convierten la vida en un largo catecismo?

—Es tan malo como ir a una exposición de pinturas —terció el Conde—. En mayo pasado fui a la academia con un presuntuoso joven artista que me estuvo atormentando todo el tiempo. No me habría importado escuchar sus críticas. ¡Pero lo malo era que tenía que mostrarme de acuerdo con él; pues discutir sus puntos de vista era mucho peor!

—Sus críticas serían peyorativas, supongo —dijo Arthur.

—No necesariamente.

—¿Ha conocido alguna vez a un presuntuoso que alabase una pintura? Lo que más teme (casi tanto como que no le hagan caso) es mostrarse falible. Si uno alaba una pintura, su carácter de infalibilidad está pendiente de un hilo. Suponga que se trata de una pintura con personajes, y que el presuntuoso se aventura a decir: «Dibuja bien». Luego va alguien y los mide, y encuentra que una de las proporciones está equivocada en un octavo de pulgada. ¡El presuntuoso se hallaría de inmediato depuesto de su categoría de crítico! «¿No dijiste que dibujaba bien?», le preguntarán sarcásticos sus amigos, y el presuntuoso deberá inclinar la cabeza y ruborizarse.

No. El único medio seguro, si alguien dice: «Pinta bien», es encogerse de hombros. «¿Dibuja bien?», repetirlo con aire ausente. «¿Dibuja bien? ¡Hum!» Ése es el modo de convertirse en un crítico respetado.

Charlando así, ligeramente, tras un agradable paseo en el coche durante unas pocas millas de bello paisaje, llegamos al *rendez-vous* (un castillo en ruinas), donde ya nos esperaban las demás personas que iban a acompañarnos en la merienda campestre. Pasamos una hora o dos vagando por las ruinas y nos reunimos al fin, de común acuerdo, en unos pocos grupos que se distribuyeron por un montículo desde el que se divisaba una bella vista del castillo y de sus alrededores.

El silencio que se produjo fue tomado como posesión (o, más correctamente, retenido en custodia) por una voz; una voz tan monocorde, tan monótona, tan sonora, que se creería, con un escalofrío de temor, que cualquier otra conversación había finalizado y que, a menos que se adoptase un remedio desesperado, íbamos a vernos obligados a escuchar una conferencia, de la que nadie podría prever el final.

El orador era un hombre alto, cuyo amplio rostro, soso y pálido, limitaba al norte con una franja de pelo, al este y al oeste con una franja de patillas y al sur con una franja de perilla; en definitiva, el conjunto un halo uniforme de cabellos híspidos como rastrojos blanquecino-castaños. Sus rasgos estaban tan enteramente desprovistos de expresión que no pude dejar de decirme —totalmente desesperanzado, como si estuviese atrapado en una pesadilla—. «Sólo están pintados: ¡aún no le han dado los últimos retoques!». Y tenía una manera de terminar las frases, con una repentina sonrisa que se extendía como una ola sobre esa vasta superficie blanca y desaparecía en un instante, dejando tras de sí una solemnidad tan absoluta, que me sentí impulsado a murmurar: «No era él; ha sido otro el que ha sonreído».

—¿Observan ustedes? —ésa era la frase con que el miserable empezaba siempre—. ¿Observan ustedes el modo como ese arco partido, en la cima de las ruinas, se delinea contra el cielo? Está colocado exactamente como tiene que estarlo; y queda justamente lo que debe quedar de él. Un poco más, o un poco menos, y todo el conjunto se echaría a perder.

—¡Maravilloso arquitecto! —murmuró Arthur, sin ser oído por nadie más que por Lady Muriel y por mí—. Previó el efecto justo que causaría su obra, en ruinas, siglos después de su muerte.

—¿Y observan ustedes allí donde aquellos árboles descienden por la colina —señalándoles con un giro de la mano, y con todo el aire de dueño del hombre que ha dispuesto él mismo el paisaje—, cómo llenan justamente las neblinas que ascienden

del río los intervalos en que necesitamos que el efecto artístico esté constituido por veladuras? Aquí, en el primer plano, no son impropios unos pocos toques claros, pero un fondo sin neblina ¡es sencillamente extraordinario! ¡Sí, son precisas las veladuras!

El orador me miró tan de hito a mí cuando pronunció estas palabras, que me sentí obligado a responderle, murmurando algo con respecto a que yo difícilmente compartía su necesidad y de que me gustaba mucho más contemplar una cosa si podía verla.

—¡Justamente! —exclamó inmediatamente el hombre—. Desde su punto de vista, está bien dicho. Pero para quien tenga cierta sensibilidad artística, semejante actitud es descabellada. La naturaleza es una cosa y el arte otra. La naturaleza nos muestra el mundo tal como es. Pero el arte, como dijo un autor italiano, el arte..., he olvidado el final de la frase.

—*Ars est celare Naturam* —intervino Arthur, con encantadora elegancia.

—¡Justamente! —replicó el orador con aire de alivio—. Muchas gracias. *Ars est celare Naturam*, pero eso no significa... —Y durante unos pacíficos momentos el orador se entretuvo meditando, con el ceño fruncido, en la cita. La oportunidad fue recogida al instante, y otra voz rompió el silencio:

—¡Unas ruinas encantadoras! —exclamó una joven dama con gafas, la propia encarnación del progreso de la mente, dirigiéndose a Lady Muriel como a la más apropiada receptora de todas las observaciones realmente originales—. ¿No admira usted esos tintes otoñales de los árboles? ¡Yo soy incapaz de sustraerme a su encanto!

Lady Muriel me lanzó una mirada de complicidad, y replicó con admirable seriedad:

—¡Sí, sí, por supuesto!

—¿Y no es extraño —dijo la joven dama, pasando repentinamente del sentimiento a la ciencia— que el simple impacto de ciertos rayos coloreados sobre la retina proporcione un placer tan intenso?

—¿Ha estudiado usted fisiología? —se atrevió a preguntar cortésmente un joven doctor.

—¡Oh, sí! Preciosa ciencia.

Arthur sonrió.

—Parece una paradoja —continuó— que la imagen en la retina se halle invertida, ¿verdad?

—Es extraño —admitió ella con toda candidez—. ¿Y cómo no vemos las cosas boca abajo?

—Entonces ¿no ha oído usted hablar de la teoría según la cual también el cerebro está invertido?

—¡No, nunca! ¡Qué cosa más bella! ¿Cómo se ha comprobado?

—Así —replicó Arthur, con la seriedad de diez profesores juntos en uno solo—. Lo que denominamos el *vertex* del cerebro es en realidad su *basis:* y lo que consideramos su *basis* es en realidad su *vertex*: se trata sencillamente de una cuestión de nomenclatura.

Este último polisílabo zanjó definitivamente la cuestión.

—¡Qué maravilla! —exclamó la bella científica entusiasmada—. Tengo que preguntar a nuestro conferenciante de fisiología por qué no nos ha hablado nunca de una teoría tan exquisita.

—¡Daría algo por estar allí cuando se lo pregunte! —me susurró Arthur, cuando, a una señal de Lady Muriel, nos dirigimos adonde estaban juntas todas las cestas para entregarnos al asunto más jugoso de la jornada.

Nos «servimos» a nosotros mismos, pues el moderno atentado contra las buenas costumbres (que combina dos buenas cosas de tal modo que asegura la incomodidad de ambas y las ventajas de ninguna) de merendar en el campo con criados que sirvan la comida aún no había llegado a esa región apartada, y, naturalmente, los caballeros no ocuparon su lugares hasta que las damas no estuvieron provistas de todas las comodidades imaginables. Entonces me serví a mí mismo un plato de algo sólido y un vaso de algo fluido y hallé un sitio cerca de Lady Muriel. Había sido dejado vacío, al parecer, para Arthur, como huésped distinguido; pero Arthur se mostraba de nuevo huraño, y se había colocado junto a la joven de gafas, cuya ronca voz ya había hecho restallar sobre la sociedad frases tan ominosas como «¡el hombre es un conjunto de cualidades!» o «lo objetivo sólo puede alcanzarse a través de lo subjetivo». Arthur lo estaba soportando estoicamente, pero varios rostros mostraban una mirada de alarma, y pensé que ya era hora de introducir algún tema menos complejo.

—Durante mi infancia —comencé—, cuando el tiempo no era apropiado para merendar fuera, nos dejaban organizar unas meriendas que a mí me gustaban mucho. Poníamos el mantel debajo de la mesa en vez de encima, nos sentábamos alrededor de él sobre el suelo, y creo que nos gustaba mucho más esa forma tan incómoda de merendar que la manera ortodoxa de hacerlo.

—No lo dudo —replicó Lady Muriel—. No hay nada que odie tanto un niño bien atendido como la regularidad. Creo que un niño verdaderamente sano gozaría con la gramática griega, ¡con tal que pudiese ponerse boca abajo para aprenderla! Y su merienda en la alfombra les ahorraba un rasgo de meriendas campestres, que para mí es su principal inconveniente.

—¿La posibilidad de un chaparrón? —sugerí yo.

—No. La posibilidad, o más bien la certeza, de que se introduzcan animalitos en la comida. Los mosquitos son para mí una verdadera plaga. Aunque mi padre no comparte ese sentimiento, ¿verdad, padre? —preguntó, pues el Conde había escuchado sus palabras y se había vuelto para oír mejor.

—A cada cual sus tristezas, todos somos iguales —replicó el Conde en el más dulce de los tristes tonos que tan naturales parecían en él—: cada uno tiene su aversión específica.

—¡Pero usted nunca adivinaría cuál es la suya! —dijo Lady Muriel, con esa delicada risa argentina que a mí me sonaba a música de baile.

Renuncié a intentar lo imposible.

—Detesta las culebras —dijo Lady Muriel en un susurro—. ¿No es una aversión irrazonable? ¿Se imagina, no gustarle unas criaturas tan bonitas, mimosas y tan cariñosas como las culebras?

—¡Que detesta las culebras! —exclamé—. ¿Será posible...?

—No, no le gustan —repitió con una encantadora seriedad fingida—. No les tiene miedo, por supuesto. Pero, no le gustan. ¡Dice que culebrean demasiado!

Estaba yo más asustado de lo que quería aparentar. Había algo tan pavoroso en ese eco de las palabras que hacía poco había oído en boca del pequeño Duende del bosque que sólo con gran esfuerzo conseguí sobreponerme y decir, sin dar importancia a mis palabras:

—Dejemos un tema tan poco agradable. ¿Por qué no nos canta algo, Lady Muriel? Sé que usted es capaz de cantar sin acompañamiento musical.

—Me temo que las únicas canciones que conozco, sin música, son desesperadamente sentimentales. ¿Tienen a punto sus lágrimas?

—¡A punto! ¡A punto! —dijeron de todas partes, y Lady Muriel, que no era de esas cantantes que estiman *de riguer* negarse a cantar hasta que se lo han pedido tres o cuatro veces, y han argüido que no se acuerdan, que han perdido la voz, o cualquier otra razón para permanecer en silencio, comenzó:

> Había tres Tejones en una piedra con musgo,
> junto a un oscuro y umbrío camino:
> Cada uno se cree un monarca en su trono
> Y así permanecen y permanecen,
> mientras su anciano padre se consume solo,
> siguen y siguen allí.
>
> Había tres Arenques vagando alrededor,
> anhelantes de alcanzar el musgoso asiento:
> Cada Arenque trata de cantar lo que ha hallado
> que hace parecer tan dulce a la vida.
> Así con un ronco y confuso sonido
> balan, balan y balan.

Madre Arenque, en su salada ola marina,
buscaba en vano a sus ausentes:
Padre Tejón, retorciéndose en una cueva,
gritaba: «¡Regresad, hijos míos!
Os daré bollos –gritaba–, si regresáis.
Sí, bollos, bollos y bollos».

«Temo –dijo ella– que tus hijos se hayan extraviado,
mis hijas me dejaron mientras estaba durmiendo.»
«Sí –le respondió el Tejón–, es como aseguras.
Habrían estado mejor sujetos».
Así los pobres padres hablaron mientras pasaba el tiempo,
y lloraron, lloraron, lloraron…

Bruno se detuvo en ese verso.

—La *Canción de los Tejones* es en otro tono, Silvia —dijo—. Y no puedo cantarla sin música.

Inmediatamente, Silvia se sentó sobre una menuda seta, ante una margarita, y como si fuese el instrumento musical más corriente del mundo, se puso a hacer sonar los pétalos como si de las teclas de un órgano se tratase. ¡Y qué deliciosa y menuda música era! ¡Qué música tan y tan tintineante!

Bruno inclinó la cabeza a un lado, y escuchó con toda seriedad durante unos pocos minutos hasta que cogió la melodía. Luego volvió a manar la dulce voz infantil:

> ¡Oh, más preciado que nuestros más preciados sueños,
> más bello que todo lo que parece ser más bello!
> ¡Festejar las dulces horas,

entregado a una cancioncilla!
¡Qué estúpida sería
una vida tan libre…
Comer pastel de Ipwergis,
y beber el fino Azzigum!

Y si, en otros días y horas otras,
entre otras pelusas y flores otras,
me diesen a escoger cómo merendar.
«Di lo que deseas: ¡tuyo será!»
¡Oh, entonces yo vería
la vida entera para mí…
Pastel de Ipwergis comer,
y el fino Azzigum beber!

—Ya puedes dejar de tocar, Silvia. Puedo hacer el tono más alto sin cumplimiento.

—Quiere decir «sin acompañamiento» —susurró Silvia, sonriendo al ver mi cara de asombro: y fingió cerrar los tubos del órgano.

Los Tejones no se cuidaban de hablar en Pez:
No les agradaban demasiado los cantos de los Arenques:
No habían probado nunca el plato
al que tal nombre conviene:
¡Y, oh, agarrar sus colas (tal era su deseo)
con pinzas, sí, pinzas y pinzas!

Debí mencionar antes que Bruno señalaba los paréntesis, en el aire, con el dedo. Me pareció una buena idea. Es sabido que no hay ningún sonido para representarlos, como tampoco lo hay para indicar las preguntas. Imaginad que habéis dicho a un amigo: «Estás mejor hoy» y que queréis hacerle comprender que le estáis haciendo una pregunta. ¿Qué hay más sencillo para eso que hacer un «¿» en el aire con el dedo? ¡Os comprendería enseguida!

«¿No son esos los Peces —suspiró el Mayor—,
cuya madre habita bajo la espuma?»

«Son los Peces —replicó el segundo—.
¡Y han abandonado su hogar!»
«¡Oh, Peces traviesos —exclamó el Tejón menor—,
que vagabundean, sí, vagabundean y vagabundean!»

Dulcemente marcharon los Tejones a la orilla,
La orilla arenosa que bordeaba la bahía:
Cada cual llevaba en la boca un Arenque vivo,
Los mayores crecían alegres,
Sus voces sonaban claras sobre el estruendo del mar.
«¡Hurra, hurra, hurra!»

—Y así regresaron todos sanos y salvos a su casa —concluyó Bruno, después de esperar un momento para ver si yo tenía algo que decir; evidentemente, consideraba que alguna observación debería hacerse al respecto. Y yo no podía dejar de desear que hubiese alguna regla de ese tipo entre la sociedad, a la conclusión de una canción, que la propia cantante debería decir el término apropiado en vez de otorgar tal responsabilidad a la audiencia. Supongamos que una joven dama ha estado gorjeando («con un sonido ronco y confuso») la exquisita canción de Shelley, *Surjo de tus sueños*. Sería mucho mejor que en lugar de que los oyentes tengan que decir: «¡Oh, gracias, gracias!», hiciese la observación la propia joven al tiempo que se quita los guantes, mientras que las apasionadas palabras: «¡Oh, apriétalo junto a ti / o acabará por quebrarse» resuenan aún en sus oídos, pero ella no querría hacerlo. De modo que acabó por quebrarse.

—¡Estaba segura de que pasaría eso! —añadió ella con calma, al dar yo un respingo al oír el repentino ruido de cristal roto—. Lo ha estado manteniendo ladeado durante el último minuto, y dejando que se vertiese todo el champán. ¿Se había dormido? ¡No saben cuánto lamento que mi canto tenga un efecto tan sedante!

Capítulo XVIII

Calle de la Extravagancia, núm. 40

Era Lady Muriel quien me hablaba. Por el instante, fue el único hecho que pude advertir con claridad. Pero cómo había llegado hasta allí —y cómo había llegado yo mismo—, e incluso cómo se había caído la copa de champán, eran preguntas que lo mejor que podía hacer era meditarlas en silencio, y no me aventuré a hacer ninguna afirmación sin antes entender un poco qué pasaba.

«Primero, reunir un conjunto de hechos, y luego, construir una teoría.» Ése, creo, es el verdadero método científico. Me puse en pie, me restregué los ojos, y comencé a reunir hechos. Una pendiente con césped limitada en lo alto por unas venerables semienterradas ruinas en hiedra; en la parte inferior, por una corriente que se veía entre unos árboles arqueados, una docena de personas alegremente vestidas, sentadas en pequeños grupos aquí y allá, algunas cestas abiertas (los *débris* de una merienda campestre); tales eran los hechos reunidos por el investigador científico. Ahora bien, ¿qué teoría profunda, de largo alcance, iba a edificar a partir de ellos? El investigador se encontró cogido en falta. ¡Quieto! Un hecho había escapado a su observación. Mientras que todo el resto de las personas estaban agrupadas de dos en dos y de tres en tres, Arthur estaba solo; mientras que todas las lenguas hablaban, la suya estaba silenciosa; mientras que todos los rostros se mostraban alegres, el suyo aparecía triste y abatido. ¡Ése sí era un hecho digno de tenerse en cuenta! El investigador advirtió que debía ponerse a formular una teoría!

Lady Muriel acababa de alzarse y abandonaba la reunión. ¿Sería ésa la causa del desánimo? La teoría se elevó penosamente a la dignidad de una hipótesis de trabajo. Evidentemente, eran precisos más hechos. El investigador miró una vez más en torno suyo, y los hechos se acumularon con una profusión tan desconcertante que la teoría se diluyó entre ellos. Lady Muriel había salido al encuentro de un desconocido caballero, apenas visible en la lejanía: y ahora regresaba con él, hablando ambos con animación y alegremente, como viejos amigos que hace mucho tiempo que no se han visto; iba de grupo en grupo, presentando al nuevo héroe; mientras él, joven, alto y guapo, se movía elegantemente a su lado, en la actitud erguida y con los firmes rasgos de un soldado. ¡La teoría parecía descorazonadora para Arthur! Su mirada se cruzó con la mía, y me traspasó.

—Es muy guapo —me limité a decir.

—¡Odiosamente guapo! —balbució Arthur; luego sonrió ante sus amargas palabras—. ¡Menos mal que sólo me ha oído usted!

—Doctor Forester —dijo Lady Muriel, que acababa de llegar junto a nosotros—, permítame presentarle a mi primo Eric Lindon, al capitán Lindon, debería decir.

El malhumor de Arthur había desaparecido por completo cuando se levantó y estrechó la mano al joven oficial.

—He oído hablar de usted —dijo—. Me alegra mucho conocer al primo de Lady Muriel.

—Sí, de momento es mi mejor cualidad —bromeó Eric (así pudimos llamarle enseguida), con una sonrisa encantadora—. Y no estoy seguro —dijo mirando a Lady Muriel— de si eso vale por una medalla de buena conducta. Pero ya es algo, para empezar.

—Debes saludar a mi padre, Eric —dijo Lady Muriel—. Creo que anda entre las ruinas. —Y la pareja se dirigió hacia ellas.

El aspecto de desolación volvió al rostro de Arthur, y pude observar que era sólo para distraerse de sus pensamientos, para lo que tomó asiento junto a la joven metafísica, reanudando su interrumpida conversación.

—Hablando de Spencer —empezó a decir—, ¿no encuentra usted verdaderamente ninguna dificultad *lógica* para considerar a la naturaleza como un proceso de involución, que pasa de una homogeneidad coherente definida a una heterogeneidad incoherente indefinida?

Me estaba divirtiendo de lo lindo con el ingenioso revoltijo que mi amigo había hecho de las palabras de Spencer, y puse la expresión más seria que me fue posible.

—No hallo ninguna dificultad *física* —le replicó ella, confiada—, pero no he estudiado mucha lógica. ¿Cuál es la dificultad?

—Bueno —dijo Arthur—, ¿lo cree usted evidente por sí mismo? ¿Es tan obvio, por ejemplo, como que «las cosas que son mayores que una misma son mayores que otra cualquiera»?

—En mi opinión —replicó ella modestamente—, parece igualmente obvio. Yo aprendo ambas verdades por intuición. Pero otras mentes pueden necesitar algún, algún... argumento lógico; siempre me olvido de los términos técnicos.

—Para tener un argumento lógico completo —le ayudó Arthur con admirable seriedad— necesitamos dos prime misas.

—¡Exacto! —le interrumpió ella—. Ahora recuerdo la palabra. Y ambas producen...

—Una confusión —dijo Arthur.

—S...í —dijo ella, dudando—. No recuerdo eso tan bien. Y ¿cómo se llama toda la argumentación?

—Un giligismo.

—¡Ah, sí! Ahora lo recuerdo. Pero no precisamos de un giligismo para probar el axioma matemático que ha mencionado usted.

—Ni tampoco para probar que «todos los ángulos son iguales», ¿no?

—¡Desde luego que no! ¡Una verdad semejante se sostiene por sí misma!

En ese momento me atreví a intervenir, y le ofrecí una bandeja de fresas con nata. Me sentía realmente incómodo al pensar que pudiese descubrir la burla; y aproveché para, sin ser visto por ella, mover mi cabeza en señal de desaprobación al pseudofilósofo. Sin que tampoco le viese a él, Arthur encogió ligeramente los hombros y me hizo un gesto con las manos, como diciendo: «¿Y qué otra cosa puedo decirle?», y se levantó, dejándola para que discutiese sobre sus fresas mediante la «involución» o del modo que más le gustase.

Para entonces, los carruajes que iban a devolver a los excursionistas a sus respectivos hogares habían comenzado a reunirse frente al castillo, y, ahora que Lady Muriel se había unido a nuestro grupo, surgió el problema de cómo llevar a cinco personas hasta Elveston, en un coche de cuatro plazas.

El honorable Eric Lindon, que paseaba con Lady Muriel, podría haberlo resuelto anunciando su intención de regresar andando. Pero no parecía existir ni la más mínima probabilidad de que tal cosa sucediese.

La siguiente solución, que a mí me pareció mejor, fue que yo regresara a casa andando, y eso fue lo que sugerí.

—¿Seguro que no le importa? —me preguntó el Conde—. Me temo que el coche no pueda llevarnos a todos nosotros, y no me gustaría tener que sugerir a Eric que dejase a su prima tan pronto.

—¡No me importa lo más mínimo! —respondí—. Al contrario, lo prefiero. Así tendré tiempo de dibujar estas bellas ruinas antiguas.

—Le haré compañía —dijo de pronto Arthur. Y, en respuesta a lo que me imagino que era el aspecto asombrado de mi rostro, me dijo en voz baja—: Quisiera hacerlo. ¡Estaría *de trop* en el coche!

—Creo que yo también voy a caminar —se animó el Conde—. Estarás contenta de tener a Eric como escolta —añadió a Lady Muriel, que se nos había unido mientras él terminaba de hablar.

—Tienes que ser tan entretenido como Cerberus («tres caballeros en uno») —dijo Lady Muriel a su acompañante—. ¡Será una hazaña militar memorable!

—¿Una especie de ataque a la desesperada?

—¡Pues sí que sabes hacer bonitos cumplidos! —rió su bella prima—. Hasta luego, caballeros; o, mejor, ¡desertores! —Y los dos jóvenes subieron al coche y se alejaron.

—¿Cuánto tardará en dibujar las ruinas? —me preguntó Arthur.

—Bueno —dije—, me gustaría estar una hora más o menos. ¿No sería mejor que se fuesen sin mí? Puedo regresar en tren. Creo que hay uno dentro de una hora, aproximadamente.

—Sí, quizá sea lo mejor —convino el Conde—. La estación está cerca.

Así pues, me dejaron solo, y pronto hallé un asiento confortable, al pie de un árbol, desde donde tenía un buen panorama de las ruinas.

—Me está entrando una modorra… —me dije, volviendo perezosamente las hojas del cuaderno de dibujo en busca de una página en blanco, y luego exclamé—: ¿Cómo? ¡Creí que ya estarían a una milla de aquí! —Pues, para sorpresa mía, los dos caminantes estaban de nuevo ante mí.

—Hemos vuelto para recordarle —dijo Arthur— que los trenes salen cada diez minutos.

—¡Absurdo! —repliqué—. ¡Esto no es el Ferrocarril Suburbano!

—Sí, es el Ferrocarril Suburbano —insistió el Conde—. Esto forma parte de Kensington.

—¿Por qué habla con los ojos cerrados? —preguntó alarmado Arthur—. ¡Despierte!

—Debe de ser el calor, me ha entrado sopor... —respondí, deseando, pero sin ninguna seguridad, hablar sin decir ninguna bobada—. ¿Ahora ya estoy despierto?

—Creo que no —respondió juiciosamente el Conde—. ¿Qué piensa usted, Doctor? ¡Sólo tiene abierto un ojo!

—¡Y no deja de roncar! —exclamó Bruno—. ¡Despierte! ¡Eh, Señor Mayor, despierte! —Y él y Silvia se pusieron a su tarea, haciendo dar vueltas a sus ligeras cabezas, como si su conexión con los hombros fuese un asunto banal.

El Profesor abrió los ojos y se incorporó, mirándonos mientras pestañeaba con aspecto de estar profundamente aturdido.

—¿Sería usted tan gentil de mencionar —dijo, dirigiéndose a mí, con sus acostumbradas buenas y anticuadas maneras— dónde estamos en este momento, y quiénes somos, empezando por mí, si no tiene inconveniente?

Pensé que era mejor empezar por los niños.

—Ésta es Silvia, señor, y éste es Bruno.

—¡Ah, sí! ¡Les conozco! —murmuró el anciano—. Sin embargo, quien más me preocupa soy yo mismo. ¿Sería usted tan amable de mencionar, al mismo tiempo que me dice quién soy, cómo he llegado hasta aquí?

—Se me ocurre un problema más difícil —me aventuré a decir—, y es cómo va a salir de aquí.

—¡Ciertamente, ciertamente! —convino el Profesor—. Ése es el problema. Sin duda. Visto como problema, fuera de uno mismo, es interesantísimo. ¡Pero visto como parte de la biografía de uno, debo admitirlo, es angustioso! —Gimió levemente, pero al instante añadió, con una risita—: Y en cuanto a mí, creo que ha mencionado usted que soy...

—¡Usted es el Profesor! —le gritó Bruno junto al oído—. ¿No sabe eso? ¡Ha venido de Tierrafuera! ¡Y está muy lejos de aquí!

El Profesor se puso en pie con la agilidad de un muchacho.

—¡Entonces, no hay tiempo que perder! —exclamó preocupado—. Preguntaré a ese sencillo campesino que va con su pareja de cubos que, aparentemente, contienen agua, si es tan amable de indicarnos el camino. ¡Sencillo campesino! —dijo en voz más alta—. ¿Podría decirnos el camino para ir a Tierrafuera?

El sencillo campesino se volvió con una expresión de timidez.

—¿Cómo? —fue su única respuesta.

—El camino para Tierrafuera —insistió el Profesor.

El sencillo campesino puso en el suelo sus cubos y meditó un rato:

—Ah, pues no lo sé.

—Es mi obligación recordarle —añadió rápidamente el Profesor— que todo lo que usted diga puede ser utilizado como prueba en su contra.

El sencillo campesino recogió inmediatamente sus cubos.

—¡Entonces me callo! —respondió desafiante, y se marchó.

Los niños miraron desolados al hombre que desaparecía tan rápidamente.

—¡Camina muy deprisa! —dijo el Profesor—, pero estoy convencido de haberlo dicho del modo correcto. He estudiado las leyes inglesas. En fin, preguntemos a ese hombre que se acerca. No es sencillo ni campesino, pero ninguna de esas características es en realidad de importancia vital.

Se trataba del honorable Eric Lindon, que aparentemente había cumplido su tarea de escoltar a Lady Muriel hasta su hogar, y ahora paseaba tranquilamente por el camino que había fuera de la casona, mientras fumaba tranquilamente un cigarro.

—¿Le importaría, señor, indicarnos el camino más corto para ir a Tierrafuera? —Por extraño que pudiese parecer a primera vista, el Profesor era, en su naturaleza esencial que ningún disfraz era capaz de ocultar, un perfecto caballero.

Como tal le trató Eric Lindon. Se quitó el cigarro de la boca y arrojó delicadamente la ceniza mientras consideraba la pregunta.

—No me suena de nada ese nombre —respondió—, mucho me temo que no le seré de ninguna ayuda.

—No puede estar muy lejos de la Tierra de los Duendes —insistió el Profesor.

Las cejas de Eric Lindon se alzaron un poco ante estas palabras, y una sonrisa, que cortésmente trató de reprimir, cruzó su bello rostro.

—¡Menudo chiflado! —murmuró para sí—. ¡Pero qué aspecto tan divertido de patriarca tiene! —Luego se dirigió a los niños—: ¿No podéis ayudarle vosotros, chicos? —dijo con una dulzura en la voz que pareció conquistar inmediatamente sus corazones—. Seguro que vosotros lo sabéis todo sobre esos países.

—¿Cuántas millas quedan hasta Babilonia?

—Sesenta y diez más aún.

—¿Puedo llegar con la luz de las velas?

—Sí, por supuesto. ¡Y regresar luego!

Para sorpresa mía, Bruno se dirigió a él como si fuesen viejos amigos, le agarró la mano que tenía libre y se colgó de ella con las dos suyas; y ahí teníamos a ese honorable oficial en medio del camino, balanceando con toda seriedad a un niñi-

to, mientras Silvia le empujaba, exactamente igual que si les hubiese regalado un verdadero columpio para que se divirtieran.

—¡No queremos ir a Babilonia! —explicó Bruno mientras se columpiaba.

—Y no hay luz de velas, ahora luce el sol —añadió Silvia, dando al columpio un empujón con más fuerza aún, con lo que casi hizo perder el equilibrio al aparato.

Para entonces, yo ya había advertido que Eric Lindon no se había dado cuenta de mi presencia. Y al parecer, también el Profesor y los niños se habían olvidado de mí. Permanecí en medio del grupo, tan desapercibido como un fantasma, viendo pero sin ser visto.

—¡Qué perfectamente isócrono! —exclamó entusiasmado el Profesor. Tenía el reloj en la mano y estaba midiendo cuidadosamente las oscilaciones de Bruno—. ¡Mide el tiempo tan exactamente como un péndulo!

—Incluso los péndulos —terció el Soldado, mientras desprendía delicadamente su mano del abrazo de Bruno— no son algo que guste todo el tiempo. ¡Vamos, niño, para una vez ya es suficiente! La próxima vez que nos encontremos, te vuelves a montar. Entretanto, lo mejor sería que llevaseis a este anciano caballero a la calle de la Extravagancia, número...

—¡Ya lo encontraremos! —le interrumpió Bruno, llevándose a rastras al Profesor.

—Le estamos muy agradecidos —le dijo el Profesor, mirando por encima del hombro.

—¡No tiene ninguna importancia! —replicó el oficial, alzando el sombrero como saludo de despedida.

—¿Qué número ha dicho? —le preguntó el Profesor a lo lejos.

El oficial formó una trompeta con las manos:

—¡Cuarenta! —gritó en tono estentóreo. Y añadió para sí—: Éste es un mundo de locos, señores, un mundo loco. —Encendió otro cigarro, y siguió en dirección a su hotel.

—¡Una tarde estupenda! —exclamé, uniéndome a él cuando me alcanzó.

—¡Estupenda de verdad! —respondió—. ¿De dónde ha salido usted? ¿Ha caído de las nubes?

—Sigo su mismo camino —respondí, y no pareció necesaria más explicación.

—¿Quiere un cigarro?

—No, gracias. No soy fumador.

—¿Hay algún manicomio por aquí cerca?

—No, que yo sepa.

—Debiera haberlo. Acabo de tropezarme con un lunático. ¡El viejo más chiflado que jamás haya visto!

Y así, en amigable charla, tomamos el camino de nuestras casas, y nos deseamos mutuamente «buenas noches» a la puerta de su hotel.

Ya a solas, noté que el sentimiento *eerie* volvía a embargarme, y ante la puerta del número 40, vi a tres personas que conocía muy bien.

—Entonces ¿no nos hemos equivocado de casa? —estaba preguntando Bruno.

—¡No, no! Es esta casa —replicó alegremente el Profesor—. Pero nos hemos equivocado de calle. ¡Ahí es donde reside el error! Lo mejor que podemos hacer ahora es...

Se acabó. La calle estaba vacía. La vida cotidiana me rodeaba de nuevo y el sentimiento *eerie* se había desvanecido.

Capítulo XIX

Cómo hacer un Flizz

La semana transcurrió sin ninguna otra comunicación con la casona, pues Arthur temía «gastar nuestra bienvenida»; pero el domingo por la mañana, al salir para la iglesia, asentí alegremente a su proposición de dar un paseo e ir a preguntar por el Conde, de quien nos habían dicho que no se encontraba bien.

Eric, que paseaba por el jardín, nos dio buenas noticias del enfermo, que aún permanecía en el lecho, atendido por Lady Muriel.

—¿Quiere venir con nosotros a la iglesia? —le pregunté.

—No, gracias —respondió cortésmente—. Eso no está, no está precisamente, en mi línea, ¿saben? Es una excelente institución para los pobres. Cuando estoy con mi gente, voy sólo para dar ejemplo. Pero aquí no soy conocido; de modo que creo que puedo ahorrarme un sermón. ¡Los predicadores rurales son siempre tan aburridos!

Arthur permaneció en silencio hasta que estuvimos fuera del alcance de su oído. Entonces se dijo a sí mismo, casi inaudiblemente:

—¡Cuando dos o tres personas se reúnen en mi nombre, yo estoy en medio de ellos!

—Así es —asentí—. Ése es el principio gracias al cual aún pervive la iglesia.

—Y cuando va —dijo luego (nuestras mentes están a menudo tan entrelazadas, que muchas veces nuestra conversación se vuelve un poco elíptica)—, me imagino que repite las palabras. Creo en la comunión de los santos.

Habíamos llegado a la pequeña iglesia, a la que afluía una bella corriente de fieles compuesta principalmente de pescadores y de sus familias. El servicio debería haber sido pronunciado por algún esteta religioso moderno —¿o religioso esteta?— para ser tosco y frío; para mí, que llegué imbuido de los avances siempre crecientes

de una iglesia de Londres sometida a un rector *soi-disant* «católico», fue indecible-
mente reconfortante.

No hubo desfile de niños cantores, tratando de no sonreír ante las miradas
admirativas de la congregación; la participación de los fieles en el servicio fue dirigida por ellos mismos, sin ninguna ayuda, exceptuando unas pocas buenas voces,
juiciosamente situadas aquí y allá entre ellos, que evitaban que el canto se desviase
demasiado. No se asesinó la bella música que contienen la Biblia y la Liturgia con
una recitación de soporífera monotonía, sin más expresividad que un autómata. No,
las oraciones fueron *rezadas*, las lecturas fueron *leídas*, y —lo mejor de todo— el sermón fue *dicho*; y al salir de la iglesia me hallé diciéndome a mí mismo las palabras
de Jacob cuando «*despertó de su sueño*»: «¡Ciertamente que el Señor debe de estar
en este lugar! Ésta es la casa de Dios y aquí está la puerta de los cielos».

—Sí —dijo Arthur, aparentemente en respuesta a mis pensamientos—. Estos servicios religiosos «elevados» se están convirtiendo rápidamente en puro formalis-
mo. La gente empieza a considerarlos cada vez más como «representaciones» a las
que *asisten* únicamente en el sentido francés del término. Y esto es algo especialmente perjudicial para los niños. Se dan mucha menos cuenta de todo vestidos como
van de marionetas. ¡Con todos esos trajes, y con las entradas y salidas al escenario,
y estando siempre *en evidence*, no es extraño que se conviertan en unos pequeños
presumidos y que sean víctimmas de la vanidad!

Cuando a nuestro regreso pasamos ante la casona, hallamos al Conde y a Lady
Muriel sentados en el jardín. Eric había salido a dar una vuelta. Nos unimos a ellos,
y pronto la conversación giró en torno al sermón que acabábamos de oír, y cuyo
tema era «el egoísmo».

—¡Qué cambio se ha producido en nuestros púlpitos —observó Arthur—, desde
la época en que Paley daba aquella definición totalmente egoísta de virtud: hacer
bien a la humanidad, en obediencia a la voluntad de Dios, y por la consecución de
la eterna felicidad!

Lady Muriel le miró interrogante, pero parecía haber aprendido por sí misma
lo que a mí me habían enseñado años de experiencia: que el modo de comprender los más profundos pensamientos de Arthur no era ni asentir ni disentir de ellos,
sino *escuchar*.

—Por entonces —continuó—, una gran marea de egoísmo estaba cubriendo el
pensamiento humano. Lo bueno y lo malo se estaban transformando en la ganancia
y la pérdida, y la religión se habían convertido en poco menos que transacción comer-

cial. Podemos estar bien agradecidos a nuestros predicadores por que ahora comience a adoptar un punto de vista más noble acerca de la vida.

—¿Pero eso no se enseña reiteradamente en la Biblia? —me aventuré a preguntar.

—No en la Biblia, como conjunto —respondió Arthur—. En el Antiguo Testamento, sin duda, las recompensas y los castigos aparecen constantemente como motivos de un acto. Esa enseñanza es mejor para los *niños*, y los israelitas parecen haber sido, mentalmente, como niños. Al principio, así guiamos nosotros a nuestros hijos. Pero luego apelamos, en cuanto nos es posible, a su sentido innato de lo bueno y lo malo, y cuando esta etapa ha sido ya superada apelamos al motivo más elevado de todos, al deseo de asemejarse, y de unirse, al bien supremo. Creo que ustedes también hallarán que ésa es la enseñanza de la Biblia, en conjunto, empezando por «que sus días sean largos sobre la tierra» y terminando con «sed perfectos, como vuestro Padre que está en los cielos es perfecto».

Permanecimos en silencio un buen rato, hasta que Arthur retomó las riendas de la conversación.

—Fíjense en la literatura de los himnos. ¡Cuán corrompida está, en todos ellos, por el egoísmo! ¡Pocas composiciones humanas hay más degradadas que algunos himnos modernos!

Yo me atrevía a citar la estrofa

> Todo lo que te prestamos, Señor,
> Devuelto será cien veces mayor,
> Por eso alegremente te daremos,
> A Ti, que todo lo das.

—Sí —dijo Arthur ásperamente—, una estrofa típica. Y el último sermón sobre la caridad que he oído estaba todo impregnado de egoísmo. Después de dar muchísimas razones excelentes en favor de la caridad, el predicador acabó con todas diciendo: «¡Y todo lo que deis se os devolverá aumentado cien veces!». ¡Oh, mostrar la absoluta miseria de semejante motivo a hombres que conocen lo que es el autosacrificio, que puedan apreciar la generosidad y el heroísmo! ¡Hablar del pecado original! —prosiguió con creciente amargura—. ¿Puede existir una prueba mayor de la bondad original que debe de existir en esta nación, que el hecho de que durante un siglo se nos haya predicado la religión como una especulación comercial, y que aún sigamos creyendo en un Dios?

—No habría durado tanto —intervino meditabunda Lady Muriel— si la oposición no hubiese sido prácticamente silenciada, puesta bajo lo que los franceses llaman *la clôture*. Seguramente, en un salón de conferencias, o en una sociedad cultural privada, tales enseñanzas habrían sido abucheadas.

—Estoy de acuerdo —convino Arthur— y, aunque no quisiera ver legalizados «los alborotos en la iglesia», debo decir que nuestros predicadores gozan de un enorme privilegio que aprovechan muy poco dignamente y que usan de muy mala manera. Colocamos a nuestro hombre en un púlpito, y le decimos: «Ahora, quédate aquí y háblanos durante media hora. No te interrumpiremos lo más mínimo. ¡Puedes decir todo lo que quieras y como te parezca!». ¿Y qué nos da a cambio? Bobadas y ligerezas, como si se nos estuviese dirigiendo en la sobremesa, induciéndonos a pensar: ¿Me toma por un bobo?

El regreso de Eric de su paseo puso fin al arrebato de elocuencia de Arthur, y, tras unos minutos de charla sobre temas más convencionales, nos despedimos. Lady Muriel nos acompañó hasta la puerta.

—Me ha hecho usted pensar mucho —dijo animadamente a Arthur, al estrecharle la mano—. ¡Me alegro de que haya venido!

Sus palabras produjeron un verdadero arrebol de placer en el cansado y pálido rostro de mi amigo.

El martes, como Arthur no parecía tener ganas de salir, me fui a dar un largo paseo yo solo, tras haber convenido que no se pasaría todo el día entre sus libros, y que nos encontraríamos en la casona a la hora del té. Al volver, pasé por la estación en el momento en que aparecía el tren de la tarde, y me puse a vagar por el andén para verlo llegar. Pero poco hubo para recompensar mi ociosa curiosidad, y cuando el tren se hubo vaciado y el andén quedó desierto, vi que ya era hora de irme de allí, si pretendía llegar a las cinco a la casona.

A medida que me aproximaba al final del andén, desde el cual unos abruptos escalones irregulares de madera llevaban al mundo superior, vi a dos pasajeros que evidentemente habían llegado en el tren pero que, por alguna razón, habían escapado a mi observación, aunque los viajeros habían sido muy pocos. Se trataba de una mujer joven y una niña; la primera, en tanto que uno puede juzgar por las apariencias, era una niñera, o quizás una gobernanta, al servicio de la niña, cuyo rostro refinado, aún más que su vestido, la caracterizaba como de clase más elevada que su acompañante. El rostro de la niña era refinado, pero también había en él rastros de cansancio y tristeza, y narraba una historia (o por lo menos así lo interpreté yo) de muchos sufrimientos y enfermedades, sobrellevados dulce y pacientemente. Tenía unas pequeñas muletas para ayudarse a andar, y ahora se hallaba de pie, mirando pensativa la alta escalera, y aparentemente esperando hasta reunir el suficiente ánimo para emprender la penosa ascensión.

Hay ciertas cosas en la vida que uno *dice* —igual que cosas que uno *hace*— que suceden instintivamente, por acción refleja, como dicen los fisiólogos (refiriéndose, sin duda, a acción *sin* reflexión, igual que se dice que *lucus* deriva de *a non lucendo*). Cerrar los párpados cuando algo parece que va a entrar en el ojo es una de esas acciones, y decir: «¿Me permite que suba a la niña por las escaleras?» fue otra. No era que se me hubiese ocurrido ningún pensamiento de ofrecimiento de ayuda, y que *luego* hubiese hablado, sino que el primer aviso que tuve de que iba a ofrecerme fue el sonido de mi propia voz haciéndolo y el descubrimiento de que la oferta ya había sido hecha. La sirvienta reflexionó, mirando dubitativamente a la niña que custodiaba y a mí, y luego otra vez a la niña.

—¿Quieres, querida? —le preguntó.

Pero la niña no pareció dudarlo ni un segundo: levantó animosamente los brazos para que la cogiese.

—¡Por favor! —fue todo lo que dijo, mientras que una tenue sonrisa aleteaba en su cansado rostro.

La cogí con sumo cuidado, y su bracito envolvió confiadamente mi cuello.

Pesaba muy poco, tan poco que, de hecho, se me ocurrió la ridícula idea de que casi era más fácil subir con ella en mis brazos que sin llevarla, y cuando alcanzamos el camino superior, con los surcos de las carretas y los adoquines sueltos (todos ellos, obstáculos considerables para una niña tullida), me oí decir:

—Será mejor que la lleve, el camino es muy malo —antes de haber formado ninguna conexión mental entre las asperezas del lugar y mi dulce carga.

—¡Es demasiada molestia para usted, señor! —exclamó la doncella—. Anda muy bien por terreno llano.

Sin embargo, el brazo que rodeaba mi cuello se apretó una pizca más al oír la sugerencia, y me decidió inmediatamente a decir:

—¡Si no pesa nada! La voy a llevar un poco más. Voy por el mismo camino que ustedes.

La niñera no puso ninguna objeción más, y las siguientes palabras se las oía a un niño andrajoso, descalzo, y con una escoba al hombro, que se nos cruzó en el camino, y se puso a hacer como si barriese el camino, perfectamente limpio, por el que avanzábamos.

—¡Un penique, un penique, un penique! —nos pidió el pilluelo, con una amplia sonrisa en su sucio rostro.

—¡No le dé el penique! —dijo la damita que llevaba yo en brazos. Sus palabras sonaron crueles, pero el tono era la dulzura misma—. ¡Es un vago! —Y se rió con una risa tan argentina como yo nunca había escuchado jamás de otros labios que no fuesen los de Silvia. Para asombro mío, el muchacho también se puso a reír, como si entre ambos existiese cierta complicidad, y luego se apartó del camino y desapareció por un hueco entre unos matorrales.

Pero a los pocos minutos estuvo de vuelta; había dejado la escoba y, de alguna forma misteriosa, se había provisto de un exquisito ramo de flores.

—¡Cómpreme un ramillete! ¡Cómpreme un ramillete!, ¡sólo un penique! —entonó, con el soniquete melancólico de un mendigo experto.

—¡No lo compre! —ordenó Su Majestad, al tiempo que miraba hacia abajo, con un altivo menosprecio que parecía curiosamente mezclado con tierno interés, a la harapienta criatura que se desgañitaba a sus pies. Pero esta vez me rebelé, y desobedecí las reales órdenes. Aquellas preciosas flores, de formas tan enteramente nuevas para mí, no debían de ser abandonadas por capricho de una damita, por muy imperiosa que fuese. Compré el ramo, y el muchachito, después de ponerse el penique entre los dientes, se puso cabeza abajo, como para cerciorarse de que la boca humana es realmente apta para servir como ducha.

Cada vez más maravillado, fui mirando una a una las flores: no había ni una sola que recordara haber visto antes. Al cabo, me volví con intención de preguntar a la niñera:

—¿Son flores silvestres de por aquí? No las había visto nunca— pero las palabras murieron en mis labios. ¡La niñera había desaparecido!

—Ahora ya puede dejarme en el suelo, si lo desea —dijo tranquilamente Silvia.

Obedecí en silencio, y sólo pude preguntarme a mí mismo: «¿Es esto un sueño?», al ver a Silvia y a Bruno caminando uno a cada lado mío, y teniéndome de las manos con la alegre confianza de los niños.

—¡Sois más grandes que la última vez que os vi! —dije—. ¡Creo que nos vamos a tener que presentarnos de nuevo! ¡Hay tantas cosas de vosotros que no he visto nunca!

—¡Muy bien! —replicó alegremente Silvia—. Éste es *Bruno*. No lleva mucho tiempo, como ve. ¡Sólo tiene un nombre!

—¡Tengo otro nombre más! —protestó Bruno, mirando con reproche a la maestra de ceremonias—. ¡Caballero!

—¡Oh, sí, por supuesto! Lo había olvidado —dijo Silvia—. El Caballero Bruno.

—¿Habéis venido aquí a buscarme, niños? —les pregunté.

—Dijimos que vendríamos el martes —explicó Silvia—. ¿Tenemos el tamaño de niños corrientes?

—Justamente el tamaño de los niños —repliqué (añadiendo mentalmente: ¡aunque, desde luego, no niños corrientes!)—. ¿Y la niñera?

—¡Ha desaparecido! —respondió solemnemente Bruno.

—Entonces ¿no era tan corpórea como Silvia y tú?

—No, por supuesto que no. Usted no podría tocarla. Si lo hubiese intentado, habría pasado a través de ella.

—¡Temí que lo hiciera! —exclamó Silvia—. Bruno la llevó una vez contra un poste de telégrafos, por error. Y se partió en dos mitades. Pero usted no estaba atento.

Vi que había perdido una oportunidad preciosa: ¡ver a una niñera «partida en dos mitades» no es algo que ocurra dos veces en una vida!

—¿Cuándo descubrió que era Silvia? —me preguntó Bruno.

—No lo descubrí hasta que fue de nuevo Silvia —tuve que admitir—. Pero ¿cómo conseguisteis hacer la niñera?

—Fue Bruno —respondió Silvia—. Se llama un Flizz.

—¿Y cómo se hace un Flizz, Bruno?

—Me enseñó el Profesor. Primero, se coge un montón de aire.

—¡Oh, Bruno! —se interpuso Silvia—. El Profesor dijo que no debías contárselo a nadie!

—¿Y quién hizo su voz? —pregunté.

—¡Es demasiada molestia para usted, señor! Anda muy bien por terreno llano.

Bruno se rió lleno de contento al verme mirar a todas partes buscando a quien había dicho tales palabras.

—¡Era yo! —proclamó jubiloso, empleando de nuevo su propia voz.

—Claro que puede andar muy bien por terreno llano —bromeé yo—. Y me parece que yo era el terreno.

Habíamos llegado cerca de la casona.

—Aquí es donde viven mis amigos —anuncié—. ¿Queréis pasar y tomar una taza de té en su compañía?

Bruno dio un pequeño salto de contento, y Silvia dijo:

—Sí, por favor. Tú quieres un poco de té, ¿verdad, Bruno? Nunca ha probado el té —me explicó— desde que salimos de Tierrafuera.

—¡Y no se trató precisamante de un buen té! —exclamó Bruno—. ¡Estaba más bien aguado!

Capítulo XX

Llegar y marcharse

La sonrisa que nos ofreció Lady Muriel a modo de bienvenida no podía ocultar en absoluto la mirada de sorpresa con que observó a mis acompañantes.

Les presenté en debida forma.

—Ésta es Silvia, Lady Muriel. Y éste es Bruno.

—¿Algún apellido? —inquirió ella, con los ojos chispeantes de alegría.

—No —respondí con toda seriedad—. Ningún apellido.

Ella se rió, pensando, evidentemente, que lo decía en broma, y se agachó para besar a los niños (algo que no agradó mucho a Bruno, pero Silvia le devolvió afectuosamente el gesto).

Mientras que ella y Arthur ofrecían té y tarta a los niños, traté de entablar conversación con el Conde, pero estaba desasosegado y *distrait*, e hicimos pocos progresos. Finalmente, y mediante una inesperada pregunta, reveló sin pretenderlo la causa de su desasosiego:

—¿Podría dejarme ver esas flores que tiene en la mano?

—Con mucho gusto —repuse, entregándole el ramo. La botánica era, y yo lo sabía, un tema de su predilección, y aquellas flores me resultaban tan enteramente nuevas y misteriosas, que sentía verdaderamente curiosidad por saber qué diría un botánico acerca de ellas. Una vez que las tuvo en sus manos, no disminuyó su inquietud. Por el contrario, cada vez se excitaba más según iba observándolas.

—¡Éstas son de la India central! —exclamó, apartando parte del ramo—. Son raras, incluso allí, y nunca las he visto en otro lugar del mundo. Éstas dos son mexicanas. Esta otra —se levantó apresuradamente y la llevó a la ventana, para examinarla con mejor luz, llegando entonces su excitación al paroxismo— es, estoy casi seguro, pero por aquí tengo un libro de botánica hindú –cogió un volumen de las estanterías, y pasó las hojas con dedos temblorosos–. ¡Sí! ¡Compárela con el dibujo! ¡Exacto! ¡Es la flor del árbol Upas, que sólo crece en las profundidades de la selva; y la flor se aja tan pronto después de cortada que apenas es posible ya ver su forma o su color cuando se sale de la selva! ¿Dónde ha obtenido usted estas flores? –añadió, dando muestras de una ansiedad desbordada.

Miré a Silvia, que, seriamente y en silencio, se llevó el dedo a los labios y luego hizo señas a Bruno para que lo siguiera, saliendo a continuación ambos al jardín. Me hallaba en la situación de un reo cuyos dos testigos de descargo más importantes desaparecían repentinamente.

–¡Permítame ofrecerle las flores! –terminé por balbucir, totalmente «agotada mi sabiduría» para salir de una situación semejante–. ¡Usted sabe mucho más sobre ellas que yo!

–¡Se las acepto de todo corazón! Pero aún no me ha dicho usted… –comenzó a decir el Conde, pero por fortuna fuimos interrumpidos por la llegada de Eric Lindon.

Vi con toda claridad que para Arthur el recién llegado era cualquier cosa menos bienvenido. Su rostro se ensombreció, se apartó un poco del círculo y ya no volvió a tomar parte en la conversación, que durante varios minutos fue sostenida por Lady Muriel y su vivaraz primo, quienes se pusieron a discutir sobre unas nuevas partituras que acababan de recibir de Londres.

–¡Prueba sólo con ésta! –le rogó él–. La música parece a primera vista fácil de tocar, y la canción es muy apropiada para una ocasión como la presente.

–Entonces, me imagino que será

¡Las cinco, hora del té!
¡Siempre a ti
Fiel seré,
Las cinco, hora del té…!

Lady Muriel se rió, al tiempo que se sentaba al piano y hacía sonar ligeramente unas pocas notas al azar.

–En absoluto: ¡aunque sí es del tipo de *Siempre seré fiel*! Habla de una pareja de amantes desdichados: él se va a cruzar el profundo mar, y ella se queda lamentándose.

—¡Sí, muy apropiada! —replicó ella burlándose, mientras él le colocaba delante la partitura—. ¿Debo yo lamentarme? ¿Y podría saber por quién?

Tocó la melodía un par de veces, primero con rapidez y finalmente con lentitud; y luego nos cantó toda la tonada con tan encantadora facilidad como si llevara toda la vida practicando:

Él salta tan fácilmente a tierra,
Con todo su viril orgullo.
Besó su mejilla, estrechó su mano,
Cuando aún ella le veía desembarcar.
«Demasiado alegre parece —piensa ella con temor—
¡Demasiado galante y demasiado alegre
Para acordarse de mí (pobre boba de mí)
Cuando está lejos de aquí!»

«Traigo a esta hermosa perla a mi Amor
Cruzando los mares —dijo él—,
¡Una gema para adornar a la chica más guapa
Con la que ningún marinero se ha casado jamás!»
Ella aplaude con todas sus fuerzas, los ojos le brillan
Su palpitante corazón querría decir:
«¡Se acordaba de mí, se acordaba de mí,
Cuando estaba lejos de aquí!».

El navío ha zarpado rumbo al oeste;
Voló el ave mariana de ella;
Una pena mortal embarga su pecho,
Y se siente débil y sola,
Pero hay una sonrisa en su rostro,
Una sonrisa que parece decir:
«¡Se acuerda de mí, se acuerda de mí,
Cuando está lejos de aquí!».

«Aunque extensas aguas entre nosotros se deslizan,
Nuestras vidas son ardientes y están próximas.

No separa la distancia a dos corazones fieles,
Dos corazones que aman tantísimo.
¡Y yo confiaré en que mi joven marino,
Siempre y un día más,
Se acuerda de mí, se acuerda de mí,
Cuando esté lejos de aquí!»

La sombra de disgusto que se había apoderado del rostro de Arthur al oír hablar al joven Capitán tan ligeramente del amor desapareció a medida que sonaba la canción, y la estuvo escuchando con evidente deleite. Pero su rostro se ensombreció de nuevo cuando Eric sugirió modestamente:

—¿No crees que «mi joven soldado» habría encajado igual de bien?

—¡Sí, por supuesto! —replicó alegremente Lady Muriel—. Soldados, marinos, criados, padrinos. ¡Encajan muchas palabras! Creo que «mi joven criado» suena mejor incluso, ¿no te parece?

Para ahorrar más dolor a mi amigo, me levanté para despedirme, precisamente cuando el Conde empezaba a reiterar su comprometedora pregunta acerca de las flores.

—Aún no.

—¡Sí, ya he tomado té, gracias! —le interrumpí apresuradamente—. Tenemos que irnos sin falta. ¡Buenas noches, Lady Muriel! —E hicimos nuestros *adieux*, y salimos a escape, mientras el Conde seguía examinando absorto el misterioso ramo.

Lady Muriel nos acompañó hasta la puerta.

—¡No podía haberle regalado nada mejor a mi padre! —dijo, con agradecimiento—. ¡Siente tal pasión por las flores! Temo que yo no sé nada de teoría, pero mantengo su *Hortus Siccus* en perfectas condiciones. Debo obtener algunas hojas de papel secante y prepararle los nuevos tesoros antes de que se empiecen a ajar.

—¡Eso no ha estado nada bien! —exclamó Bruno, que nos estaba esperando en el jardín.

—¿Por qué no? —pregunté yo—. Tenía que darle las flores para evitar que hiciese más preguntas.

—Sí, no había otro remedio —terció Silvia—. Pero se van a poner muy tristes cuando vean que desaparecen.

—¿Y cómo van a desaparecer?

—No sé cómo. Pero desaparecerán. El ramo no era más que un Flizz. Lo hizo Bruno.

Estas últimas palabras me las susurró, pues evidentemente no quería que Arthur las oyese. Pero, en realidad, el riesgo de que sucediese tal cosa era insignificante, pues no parecía advertir la presencia de los niños, y caminaba en silencio y abstraído. Cuando, ya a la entrada del bosque, se despidieron rápidamente y se marcharon corriendo, pareció despertar de su ensoñación.

El ramo se desvaneció, como había advertido Silvia; y cuando, un día o dos después, Arthur y yo fuimos a visitar de nuevo la casona, hallamos al Conde y a su hija, con la anciana ama de llaves, en el jardín, examinando los cierres del ventanal del salón.

—Estamos llevando a cabo una investigación —nos explicó Lady Muriel, saliendo a nuestro encuentro—, y les instamos a que, como instingadores, declaren todo lo que sepan sobre esas flores.

—Los instigadores declinan responder a cualquier pregunta —repuse seriamente—. Y se reservan su defensa.

—De acuerdo; en tal caso, volvamos a la prueba de cargo. Las flores han desaparecido —siguió dirigiéndose a Arthur—, y estamos convencidos de que nadie de esta casa ha tenido nada que ver en ellas. Alguien debe de haber entrado por la ventana.

—Pero los cierres no han sido forzados —intervino el Conde.

—Debe de haber sido mientras ustedes cenaban, milady —aventuró el ama de llaves.

—Así debió de ser —dijo el Conde—. El ladrón debe de haberle visto a usted trayendo las flores —volviéndose a mí—, y ha advertido que luego no las llevaba. Quizá sabía de su gran valor. ¡Sencillamente, no tienen precio! —exclamó súbitamente excitado.

—¡Y no nos ha dicho usted dónde las obtuvo! —exclamó Lady Muriel.

—Quizás algún día —balbucí— podré decírselo. Hasta entonces, ¿podrán ustedes perdonar mi silencio al respecto?

El Conde pareció un poco contrariado, pero respondió amablemente:

—Muy bien, muy bien, no le haremos más preguntas.

—Pero me temo que le consideraremos una prueba de cargo muy deficiente —añadió en broma Lady Muriel, cuando ya entrábamos en el cenador—. Declaramos que es usted cómplice y le sentenciamos a confinamiento solitario y a alimentarse de pan y mantequilla. ¿Toma azúcar?

»Es ciertamente inquietante –prosiguió, cuando todas las "comodidades humanas" habían sido proporcionadas debidamente– descubrir que la casa ha sido visitada por un ladrón, en este lugar tan apartado. Si al menos las flores hubiesen sido comestibles, podríamos sospechar de un tipo ladrón bien distinto.

–¿Quiere decir esa explicación universal para todas las desapariciones misteriosas, la de «ha debido de ser el gato»? –preguntó Arthur.

–Eso es –replicó ella–. ¡Qué útil sería que todos los ladrones tuviesen la misma forma! ¡Es tan desconcertante que unos sean cuadrúpedos y otros bípedos!

–Se me ha ocurrido –dijo Arthur– como un problema curioso de teleología, la ciencia de las causas finales –añadió, en respuesta a una mirada inquisitiva de Lady Muriel.

–¿Y una causa final es…?

–Bien, podemos decir que la última de una serie de acontecimientos en conexión, siendo cada una de las series la causa de la siguiente, por las cuales causas tiene lugar el primer acontecimiento.

–Pero entonces, el último acontecimiento es casi un efecto del primero, ¿no es así? ¡Y usted dice que es una causa!

Arthur meditó sobre ello un instante.

–Las palabras son lo que confunde el asunto, eso es lo que ocurre –dijo–. A ver si así se entiende mejor: el último acontecimiento es un efecto del primero, pero la necesidad de ese acontecimiento es causa de la necesidad del primero.

–Eso sí parece bastante claro –dijo Lady Muriel–. ¿Y cuál es el problema?

–Simplemente éste: ¿qué objeto tiene el que cada diferente tamaño (hablando aproximadamente) de las criaturas vivientes tenga su forma especial? Por ejemplo, la raza humana tiene un tipo de forma, somos bípedos. Otro conjunto, desde el león hasta el ratón, son cuadrúpedos. Descendiendo un paso o dos más, encontramos los insectos con seis patas, hexápodos, bello nombre, ¿no es así? Pero la belleza, en el sentido que nosotros le damos a esa palabra, parece disminuir según descendemos: las criaturas se van haciendo… no quiero decir «feas» refiriéndome a criaturas de Dios, sino más extrañas. Y cuando utilizamos el microscopio, y descendemos unos pasos más aún, hallamos los *animaculae*, terriblemente extraños, ¡y con un horrible número de patas!

–La otra alternativa –intervino el Conde– sería una serie en *diminuendo* de repeticiones del mismo tipo. No entraré en lo monótono que eso sería, pero veamos cómo resultaría en otros aspectos. Empecemos por la raza humana y las criaturas

que utiliza: caballos, vacas, ovejas y perros; no nos hacen falta ni las ranas ni los mosquitos, ¿verdad, Muriel?

Lady Muriel se estremeció visiblemente: era un tema doloroso para ella.

—Podemos pasar sin ellos —respondió seriamente.

—Entonces habrá una segunda raza de hombres, de medio metro de estatura.

—...que tendrían una fuente de goces exquisitos que no poseen los hombres normales —le interrumpió Arthur.

—¿Qué fuente? —preguntó el Conde.

—¡La grandeza del decorado! La grandeza de una montaña, para mí, depende de su tamaño, en relación con el mío, ¿no es así? Dupliquen el tamaño de la montaña, y, naturalmente, será el doble. Dividan por la mitad mi tamaño, y se producirá el mismo efecto.

—¡Feliz, feliz, feliz pequeño! —musitó entusiasmada Lady Muriel—. ¡Nadie como el bajo, nadie como el bajo, nadie como el bajo gusta del alto!

—Permíteme continuar —dijo el Conde—. Habrá una tercera raza de hombres, de un cuarto de metro de estatura; una cuarta raza, de un octavo...

—¡Seguro que no podrían comer carne normal de ternera ni de cordero! —le interrumpió Lady Muriel.

—Ciertamente, hija. Lo olvidaba. Cada grupo debe tener sus propias vacas y ovejas.

—Y su propia vegetación —tercié yo—. De no ser así, ¿cómo podría una ternera, de doce centímetros de altura, pastar una hierba más alta que ella misma?

—Es cierto. Debemos tener un pasto dentro del pasto, por así decirlo. La hierba normal serviría a nuestras vacas de un octavo de metro como si fuese un plantío de palmeras, y alrededor de las raíces de cada tallo habría una delgada alfombra de hierba microscópica. Sí, creo que nuestro plan podría funcionar a la perfección. Y sería muy interesante ponernos en contacto con las razas menores que la nuestra. ¡Los bulldogs de un octavo de metro serían preciosos! ¡Y Muriel no les tendría miedo!

—¿No creen que también deberíamos tener una serie en *crescendo*? —dijo Lady Muriel—. ¡Sería estupendo tener cien metros de estatura! Podríamos usar los elefantes como pisapapeles y los cocodrilos como tijeras!

—¿Y se comunicarían entre sí las razas de diferentes tamaños? —inquirí yo—. ¿Se harían la guerra unas a otras, por ejemplo, o concertarían tratados?

—La guerra debería desaparecer, en mi opinión. Cuando se puede aplastar a toda una nación de un puñetazo, no es posible hacer la guerra en igualdad de condiciones. Pero algún tipo de lucha entre mentes podría ser posible en nuestro mundo ideal, pues, naturalmente, debemos otorgar poderes mentales a todos, tengan el tamaño que tengan. Quizás una buena regla sería que cuanto más pequeña fuese la raza, mayor debería ser su desarrollo intelectual.

—¿Estás proponiendo que esos muñecos de diez centímetros de alto podrían discutir conmigo? —preguntó Lady Muriel.

—¡Exactamente, exactamente! —replicó el Conde—. Para ser lógica una argumentación no depende, en absoluto, del tamaño de quien la hace.

—¡No pienso debatir con nadie que mida menos de un metro ochenta! —exclamó ella—. ¡Le pondré a trabajar!

—¿En qué? —preguntó Arthur, que había escuchado todos aquellos disparates con una sonrisa de placer.

—Haciendo bordados —replicó inmediatamente ella—. ¡Harían unos bordados preciosos!

—Pero si los hicieran mal —dije yo—, en cualquier caso usted no podría discutir el asunto. No sé por qué, pero estoy convencido de que no podría hacerse.

—Porque no se puede sacrificar tanto la propia dignidad —replicó Lady Muriel.

—¡Por supuesto que no se podría! —asintió Arthur—. Eso nos llevaría a discutir con una patata. ¡Si no, sería, y disculpa el juego de palabras, *infra dig*!

—No estoy de acuerdo —dije—. No me convencen ni con los juegos de palabras.

—Bien, si no es ésa la razón —insistió Lady Muriel—, ¿qué razón daría usted?

Traté de comprender el significado de la pregunta, pero el persistente rumor de las abejas me confundía, y sentía tal modorra que cada pensamiento se detenía y se quedaba adormecido antes de quedar bien aclarado, de modo que todo lo que pude decir fue:

—Eso dependerá del tamaño de la patata.

Sentí que mi observación no era tan convincente como yo pretendía. Pero Lady Muriel pareció aceptarla como algo perfectamente normal.

—En ese caso —empezó a decir, pero de pronto se detuvo, y se volvió para escuchar—. ¿Le oyen? —dijo—. Está llorando. Tenemos que ir a ver qué pasa.

«¡Qué extraño! —me dije—. Creía que era Lady Muriel quien me estaba hablando, ¡y ha sido Silvia todo el rato!» E hice otro gran esfuerzo para decir algo que tuviese algún sentido.

—¿Pasa algo con la patata?

Capítulo XXI

A través de la Puerta de Marfil

—No lo sé —respondió Silvia—. ¡Silencio! Debo pensar. Podría ir yo sola adonde está. Pero me gustaría que usted me acompañara.

—Llévame contigo —le rogué—. Estoy seguro de que puedo caminar tan deprisa como tú.

—¡Qué tontería! —rió Silvia—. ¡No puede usted caminar! ¡Está tumbado de espaldas! No comprende estas cosas.

—Puedo caminar tan bien como tú —insistí. Intenté dar algunos pasos, pero el piso se deslizaba hacia atrás a la misma velocidad que yo caminaba, de modo que no avancé lo más mínimo. Silvia rió de nuevo.

—¡Ya se lo advertí! ¡No sabe usted lo gracioso que resulta, moviendo los pies en el aire, como si caminase! Espere un momentito. Voy a preguntar al Profesor qué podemos hacer. —Y llamó a la puerta de su despacho.

—¿Qué son esos llantos que he oído? —preguntó el Profesor cuando abrió—. ¿Es un ser humano?

—Es un niño —respondió Silvia.

—No le habrás estado molestando, ¿verdad?

—¡No, claro que no! —respondió casi enojada Silvia—. ¡Nunca le molesto!

—Bien, preguntaré al Otro Profesor. —Regresó al despacho, y le oímos susurrar—: Ser humano pequeño (ella dice que no le ha molestado); esa clase se llama Niño.

—Pregúntele qué Niño —dijo una voz.

El Profesor volvió a salir:

—¿A qué Niño no has molestado?

Silvia me miró con los ojos brillantes.

—¡Ah, querido Profesor! —exclamó, poniéndose de puntillas para darle un beso, mientras él se agachaba para recibir la salutación—. ¡Qué preguntas me hace! ¡Hay varios niños a los que no he molestado!

El Profesor regresó junto a su amigo, y esta vez la voz exclamó:

—¡Que los traiga aquí, a todos!

—¡No puedo, y además no me gustaría hacerlo! —exclamó Silvia, en cuanto reapareció el Profesor—. Es Bruno el que está llorando. Es mi hermano, y, por favor, queremos ir los dos; él no puede caminar, ya sabe usted; está soñando —esto último lo dijo en un susurro, por temor a herir mis sentimientos—. ¿Podemos pasar por la Puerta de Marfil?

—Se lo preguntaré —respondió el Profesor, antes de entrar de nuevo. Inmediatamente estuvo de regreso—. Dice que sí. Síganme, y caminen de puntillas.

El problema para mí habría sido no ir de puntillas, pues parecía dificilísimo poder bajar lo suficiente para poder tocar el suelo, cuando Silvia me conducía a través del despacho.

El Profesor iba delante de nosotros para abrir la Puerta de Marfil. Tuve el tiempo justo de echar un vistazo al Otro Profesor, que estaba sentado leyendo, dándonos la espalda, antes de que el Profesor nos mostrase la puerta abierta y la cerrase tras nosotros. Bruno estaba llorando con las manos en el rostro.

—¿Qué te pasa, querido? —preguntó Silvia, rodeándole el cuello con sus brazos.

—¡Me han hecho mucho daño! —se quejó el pobre niñito.

—¡Cuánto lo siento, precioso! ¿Cómo es que siempre consigues hacerte daño?

—¿Que cómo lo he conseguido? —respondió Bruno, riéndose mientras seguía llorando—. ¿Crees que sólo tú puedes hacer cosas?

El asunto empezaba a aclararse, ahora que Bruno se había puesto a discutir.

—¡Anda, cuéntanoslo todo! —le animé.

—La cabeza de mi pie ha resbalado —empezó Bruno.

—¡Los pies no tienen cabeza! —observó Silvia, pero en vano.

—Caí al suelo y tropecé con una piedra. ¡Y la piedra me hizo daño en el pie! ¡Y pisé a una abeja. ¡Y la abeja me picó en el dedo! —El pobre Bruno volvió a sollozar. La enumeración completa de sus calamidades era demasiado grande para poderla soportar—. ¡Y ella sabía que yo no quería pisarla! —añadió, como colofón a su relato.

—¡Esa abeja debería avergonzarse de sí misma! —exclamé en tono severo, y Silvia abrazó y besó al héroe herido hasta que desaparecieron todas sus lágrimas.

—¡Ahora ya no me duele el dedo! —dijo Bruno—. ¿Para qué sirven las piedras? ¿Lo sabes tú, Señor Usted?

—Sirven para algo —le respondí—, aunque nosotros no sepamos para qué. ¿Para qué sirven los dientes de león? ¿Lo sabes tú?

—¿Los dindandón? —preguntó a su vez Bruno—. ¡Oh, son muy bonitos! Y las piedras no son nada bonitas. ¿Le gustaría tener algunos dindandón, Señor Usted?

—¡Bruno! —murmuró Silvia en tono de reproche—. ¡No debes decir «Señor» ni «Usted» al mismo tiempo! ¡Recuerda lo que te dije!

—¡Lo recuerdo! ¡Me dijiste que tenía que decir «Señor» cuando hablase de él, y «Usted» cuando le hablase a él!

—Por eso mismo. Ahora no estás haciendo las dos cosas, ¿no?

—¡Ah, no! ¡Estaba haciendo exactamente las dos cosas, Señorita Quisquillosa! —exclamó con aire triunfal Bruno—. Hablaba del Jemplo, y también al Jemplo. ¡Así que por eso decía «Señor Usted»!

—Está muy bien, Bruno —intervine yo.

—¡Pues, claro! —dijo Bruno—. ¡Silvia no sabe nada de nada!

—¡Jamás he visto niño más impertinente! —se quejó Silvia, frunciendo el ceño hasta que sus brillantes ojos fueron casi invisibles.

—¡Pues yo nunca he visto niña más ignorante! —le replicó Bruno—. Vamos a coger algunos dindandones. *¡Eso es lo único que ella sabe hacer!* —añadió en un susurro casi inaudible, dirigiéndose a mí.

—¿Por qué llamas dindandón al diente de león, Bruno?

—Siempre anda saltando sobre las palabras —dijo riendo Silvia.

—Sí, eso es —asintió Bruno—. Silvia me dice las palabras, y luego, cuando me pongo a dar saltos, se me mezclan en la cabeza, hasta que echan espuma.

Me mostré totalmente satisfecho con esta explicación.

—¿No ibais a coger algunos dindandones?

—¡Sí, es cierto! —exclamó Bruno—. ¡Vente, Silvia!

Los alegres niños salieron corriendo, saltando por encima de la valla con la ligereza y la gracia de los antílopes.

—Entonces, ¿no lograron encontrar el camino de vuelta a Tierrafuera? —pregunté al Profesor.

—¡Oh, sí! ¡Sí que lo encontramos! —replicó—. No conseguimos hallar la calle de la Extravagancia, pero sí otro camino. He ido y vuelto allí varias veces desde entonces. Tenía que estar presente en la elección, ya sabe usted, como autor de la nueva

ley sobre el dinero. El Emperador fue tan gentil que quiso que yo tuviese toda la reputación que se deriva de ella. «Por lo que pueda pasar» (recuerdo las palabras exactas del discurso imperial) «si resultase que el Alcaide aún vive, sois testigos de que el cambio en la acuñación es obra del Profesor, no mía». ¡Nunca me había sentido tan honorado! —Las lágrimas corrieron por sus mejillas, al recordarlo, aun cuando, aparentemente, no debía de ser muy agradable.

—¿Cree pues que el Alcaide ha muerto?

—Bueno, se supone que sí. Pero, escuche, ¡yo no lo creo! Las pruebas son muy débiles, meras habladurías. Un Bufón vagabundo con un Oso bailarín (que llegaron cierto día a Palacio) han ido contando a la gente que vienen de la Tierra de los Duendes y que el Alcaide ha muerto en ella. Quise que el Vice-Alcaide le interrogase, pero, desafortunadamente, él y su Dama habían salido siempre a pasear cuando aparecía el Bufón. ¡Sí, se cree que el Alcaide ha muerto!

—¿Qué es la nueva ley del dinero?

El Profesor volvió a animarse.

—Fue el Emperador quien la propuso —empezó a contar—. Quería que todo el mundo en Tierrafuera fuese el doble de rico que antes, para que el nuevo Gobierno fuese popular. Pero no había bastante dinero en la tesorería. De modo que yo le sugerí que duplicara el valor de las monedas y billetes del país, una cosa sencillísima. ¡Me maravilla que no lo haya pensado antes nadie! Y no se ha visto nunca una alegría tan grande. ¡Las tiendas están repletas mañana y tarde! ¡Todo el mundo compra de todo!

—¿Y dice que lo honoraron?

—Lo hicieron cuando regresé a casa después de la elección —empezó a contar balbuceando—. Lo habían hecho para agradarme, ¡pero no me gustó nada! Agitaron banderas alrededor de mí hasta que ya casi no veía nada, repicaron campanas hasta que me quedé casi sordo del estruendo y cubrieron tanto el camino de flores que me extravié. —El pobre hombre suspiró hondamente.

—¿Está muy lejos Tierrafuera? —pregunté para cambiar de tema.

—A unos cinco días de marcha. Pero debo regresar de vez en cuando. Ya sabe, como profesor de la Corte, tengo que estar siempre al servicio del Príncipe Uggug. La Emperatriz se enfadaría mucho si le dejase solo, aunque fuese durante una hora.

—Pero, cada vez que viene usted aquí, se ausenta por lo menos diez días, ¿no es así?

—¡Oh, e incluso más aún! —exclamó el Profesor—. A veces, hasta quince días. Pero, naturalmente, tomo buena nota de la hora exacta en que me voy, y así puedo regresar al tiempo de la Corte al cabo de un instante.

—Discúlpeme —le dije—, pero no comprendo.

El Profesor se limitó a extraer de su bolsillo un reloj de oro cuadrado, con seis u ocho manecillas, y me lo ofreció para que lo inspeccionara.

—Es un reloj tierrafuerino —dijo.

—Debería habérmelo imaginado.

—Tiene peculiaridad de que, en lugar de marchar con el tiempo, el tiempo marcha con él. ¿Me entiende?

—Apenas —repuse.

—Permítame que se lo explique un poco mejor. Si se le deja solo, lleva su propia marcha. El tiempo no le afecta lo más mínimo.

—Sí, ya he conocido algunos relojes así —observé.

—Marcha, naturalmente, a la velocidad normal. Pero el tiempo tiene que acomodarse a él. Por eso, si muevo las manecillas, cambio el tiempo. Moverlas hacia adelante, para adelantar al verdadero tiempo, es imposible, pero puedo moverlas hasta un mes hacia atrás, ése es el límite. Y entonces vuelve a suceder todo lo que ya ha pasado y se pueden hacer todos los cambios que la experiencia nos recomienda.

«Un reloj así sería una verdadera bendición en la vida real! —pensé—. ¡Poder dejar de decir las frases bobas; dejar de hacer lo que se ha hecho atolondradamente!»

—¿Puedo ver cómo funciona?

—Por supuesto —respondió el bondadoso Profesor—. Cuando muevo esta manecilla hacia atrás, hasta aquí —señaló un punto en la esfera—, la historia retrocede quince minutos.

—¡Me ha hecho mucho daño!

De pronto estas palabras atronaron en mis oídos, y, más sobresaltado de lo que trataba de aparentar, me volví para ver a quien las había pronunciado. ¡Sí! Era Bruno, con las mejillas llenas de lágrimas, igual que le había visto un cuarto de hora antes; ¡y Silvia estaba con los brazos en torno a su cuello! No tuve fuerzas para hacer que el pobre niñito volviese a sufrir todas sus calamidades por segunda vez, y rogué al Profesor que pusiese las manecillas en su posición originaria. Al instante se habían vuelto a marchar Silvia y Bruno, y pude verles alejarse mientras recogían «dindandones».

—¡Es maravilloso! —exclamé.

—Tiene otra propiedad, más maravillosa aún —continuó el Profesor—. ¿Ve esta pequeña clavija? Se llama la «clavija reversiva». Si se la aprieta, los acontecimientos de la hora siguiente suceden en orden inverso. No lo haga ahora. Le voy a prestar el reloj durante unos días, y así se podrá divertir haciendo experimentos con él.

—¡Muchísimas gracias! —le dije, al tiempo que recibía el reloj—. Lo trataré con muchísima precaución, ¡ya están aquí otra vez los niños!

—Sólo hemos encontrado seis dindandones —anunció Bruno, poniéndolos en mis manos—, porque Silvia dijo que ya era hora de volver. ¡Y aquí tiene una mora grande para Usted! ¡Sólo hemos encontrado dos!

—Gracias, es estupenda —dije—. Te habrás comido tú la otra, supongo, ¿verdad, Bruno?

—No —respondió Bruno con naturalidad—. Son unos dindandones muy bonitos, ¿verdad, Señor Usted?

—Sí, mucho. Pero, ¿por qué andas cojeando, hijo?

—¡Me está empezando a doler otra vez el pie! —respondió tristemente Bruno. Y se sentó en el suelo y comenzó a tocárselo.

El Profesor tenía la cabeza entre las manos, una actitud que yo sabía que indicaba que estaba sumido en sus pensamientos.

—Será mejor que descanses un momento —le recomendó—. Luego puedes estar mejor, o puedes estar peor. ¡Si tuviese aquí algunas de mis medicinas! Soy médico de la Corte, ¿sabe usted? —añadió, dirigiéndose a mí.

—¿Quieres que busque algunas moras, querido? —susurró Silvia, y besó una lágrima que se le deslizaba por la mejilla.

Bruno se animó al momento.

—¡Qué buen plan! —exclamó—. Creo que mi pie dejará de dolerme si como una mora; dos o tres moras, seis o siete moras.

—Me voy corriendo —anunció Silvia, alzándose—, antes de que siga aumentando el número.

—Te ayudaré —le propuse—. Puedo llegar más arriba que tú.

—Sí, muchas gracias —respondió Silvia, cogiéndome de la mano; y salimos juntos.

—A Bruno le gustan mucho las moras —me contó, mientras caminábamos lentamente a lo largo de un alto arbusto, que parecía que iba a tener bastantes—, ¡y fue tan gentil por su parte darme la única que tenía!

—Entonces ¿fuiste tú quien se la comió? Bruno no parecía querer decírmelo.

—No, ya lo vi —respondió Silvia—. No le gusta que le alaben. ¡Pero me la dio a mí, de veras! Yo hubiese preferido que él... ¡oh! ¿qué es eso? —dijo, y se agarró fuertemente de mi mano, con miedo, al ver una liebre que estaba tumbada de lado con las piernas encogidas, a la entrada del bosque.

—Es sólo una liebre; quizás está durmiendo.

—No, no está durmiendo —dijo Silvia yendo tímidamente junto a ella para verla mejor—. Tiene los ojos abiertos. Está, está... —su voz bajó de tono, con temor—, está muerta, ¿no?

—Sí, está completamente muerta —dije tras haberme agachado para examinarla—. ¡Pobre animal! Me parece que la han cazado. Sé que los perros de presa anduvieron por aquí ayer. Pero no la han tocado. Quizá se pusieron a perseguir a otra, y ésta murió de miedo y de agotamiento.

—¿Cazado? —repitió para sí misma Silvia, lenta y tristemente—. Pensaba que cazar era algo así como un juego. Bruno y yo cazamos caracoles, ¡pero nunca les hacemos daño!

«¡Ángel mío! —pensé—. ¿Cómo podría hacerte comprender lo que es el deporte?» Y seguimos, cogidos de la mano, mirando hacia atrás, a la liebre muerta. Traté de explicárselo de modo que pudiese comprenderlo:

—¿Tú sabes cómo son de salvajes y fieros los tigres? —Silvia asintió—. Bueno, pues en algunos países los hombres tienen que matarles para salvar sus propias vidas.

—Sí —dijo Silvia—. Si alguien intentase matarme, Bruno le mataría, si pudiese.

—Bueno, pues lo mismo hacen los hombres, los cazadores; les gusta eso, ¿sabes?, con las carreras, y la lucha, y los disparos y el peligro...

—Sí —dijo Silvia—. A Bruno también le gusta el peligro.

—Pues, mira: en este país no hay leones ni tigres, sueltos quiero decir, de modo que se dedican a cazar a otras criaturas. —Esperé, en vano, que con esta explicación se quedara satisfecha y no me hiciera más preguntas.

—Cazan zorros —dijo Silvia, pensativa—. Y creo que los matan, también. Los zorros son muy fieros. Supongo que a los hombres no les gustan. ¿Son feroces las liebres?

—No —repuse—. Una liebre es un animal manso, dulce y tímido, casi tan manso como un cordero.

—Pero, entonces, si a los hombres les gustan las liebres, ¿por qué, por qué...? —su voz se quebró, y sus dulces ojos se anegaron de lágrimas.

—Me temo que no les gustan.

—Pero a todos los niños les gustan —dijo Silvia—. Y a todas las damas.

—Me temo que las damas también van a cazarlas.

Silvia se estremeció.

—¡Oh, no, las damas, no! —sollozó suspirando—. ¡Lady Muriel, no!

—No, ella nunca, de eso estoy seguro, pero éste es un asunto demasiado triste para ti, preciosa. Vamos a ver si encontramos alguna.

Pero Silvia aún no se daba por satisfecha. En tono tranquilo y solemne, la cabeza inclinada y las manos juntas, planteó su última pregunta:

—¿A Dios le gustan las liebres?

—¡Sí! —dije—. ¡Estoy seguro de que las quiere! Quiere a todos los seres vivos. Incluso a los hombres pecadores. ¡Así que, imagínate a los animales, que no pecan!

—No sé qué significa pecar —dijo Silvia, y yo no traté de explicárselo.

—¡Vamos, hija! —exclamé, tratando de sacarla de allí—. Despídete de la pobre liebre, y vamos a buscar moras.

—¡Adiós, pobrecita! —repitió obedientemente Silvia, mirándola por encima del hombro, cuando nos marchábamos. Y luego perdió el dominio de sí misma. Soltándose de mi mano, corrió adonde estaba la liebre muerta, y se echó a su lado con una expresión de pena como yo apenas hubiese creído posible en una niña tan pequeña.

—¡Bonita, bonita! —repitió una y otra vez—. ¡DIOS quería que tu vida fuese tan bella!

A ratos, manteniendo siempre oculto el rostro en el suelo, movía una manecita para acariciar al pobre animal muerto, pero luego volvía a enterrar el rostro entre las manos y sollozaba como si se le hubiese partido el corazón.

Temí que se pusiera realmente mal, pero pensé que lo mejor sería dejarla con su sentimiento de dolor; al cabo de unos pocos minutos, fueron cesando gradualmente los sollozos, y Silvia se incorporó y me miró ya más calmada, aunque con lágrimas corriéndole por las mejillas.

No me atreví a decir ni una sola palabra; me limité a buscar su mano con la mía, para irnos del lugar de triste recuerdo.

—Sí, vayámonos —dijo ella. Con toda seriedad, se arrodilló y dio un beso a la liebre; luego se levantó, me cogió la mano y nos marchamos en silencio.

La pena de un niño es intensa, pero breve; había recuperado el tono habitual cuando dijo:

—¡Deténgase, deténgase! ¡Aquí hay unas moras estupendas!

Nos llenamos las manos del fruto, y regresamos corriendo a toda prisa adonde el Profesor y Bruno permanecían esperándonos.

Un poco antes de que llegásemos adonde nos podían oír, Silvia me rogó:

—¡Por favor, no le diga nada a Bruno de la liebre!

—¡Muy bien! Pero, ¿por qué?

Nuevamente asomaron las lágrimas a sus dulces ojos, y volvió la cabeza, de modo que apenas pude oír su respuesta.

—Le… le gustan mucho los animales, ¿sabe usted? ¡Y… y… le daría tanta pena! ¡No quiero que sienta pena!

«Y ¿es que toda tu tristeza no tiene ninguna importancia, preciosa niña?» pensé para mí mismo. Pero ya no hablamos más hasta que estuvimos con nuestros amigos. Bruno estaba demasiado ocupado con las golosinas que le habíamos llevado como para advertir la desacostumbrada seriedad del rostro de Silvia.

—Me temo que se esté haciendo tarde, Profesor —advertí.

—Sí, es cierto —dijo él—. Tengo que volver a pasarles por la Puerta de Marfil. Se les ha agotado el tiempo.

—¿No podríamos quedarnos un poco más? —rogó Silvia.

—¡Sólo un momento! —añadió Bruno.

Pero el Profesor fue inflexible.

—Ya es gran privilegio poder atravesarla —dijo—. Ahora hay que irse.

Le seguimos obedientes hasta la Puerta de Marfil, que seguía abierta. Me hizo una señal para que pasase primero.

—Vosotros también venís, ¿no? —le pregunté a Silvia.

—Sí —repuso—. Pero en cuanto la haya traspasado usted ya no podrá vernos.

—¿Y si os espero fuera? —pregunté.

—En ese caso —dijo Silvia—, creo que la patata tendría toda la razón si exigiese tener el mismo peso que usted. ¡Me estoy imaginando a una patata del tamaño de un riñón negándose a discutir con quien pese menos de ochenta kilos!

No sin gran esfuerzo, conseguí retomar el hilo de mis pensamientos.

—Caemos rápidamente en el absurdo —sentencié.

Capítulo XXII

Cruzando las vías

—Pues caigamos de nuevo —dijo Lady Muriel—. ¿Otra taza de té? ¡Quizás eso no le parezca absurdo! ¿No?

«¡Y esa extraña aventura no ha ocupado más que el tiempo de una coma de lo que estaba diciendo Lady Muriel! —pensé—. ¡Una simple coma, para saber la duración de la cual los gramáticos nos recomiendan que contemos "uno"!» (Comprendí que el Profesor había tenido la amabilidad de volver atrás el tiempo, al punto exacto en que yo me había dormido.)

Cuando unos minutos más tarde dejamos la mansión, la primera observación de Arthur fue ciertamente extraña:

—Hemos estado justamente veinte minutos y no he hecho otra cosa que escucharles hablar a usted y Lady Muriel —dijo—. ¡Y sin embargo, me siento como si hubiese estado hablando con ella durante una hora por lo menos!

Y así había sido, de eso no tenía yo la menor duda; lo que pasó es que, al volver el tiempo al principio del *tête à tête* a que aludía mi amigo, toda esa conversación entre Lady Muriel y él había pasado al olvido, ¡si no es que a la nada absoluta! Yo valoraba demasiado mi reputación de buena salud mental como para exponerla a la duda contándole lo que había sucedido.

Por algún motivo que de momento yo no podía adivinar, Arthur estuvo desacostumbradamente serio y silencioso durante nuestro paseo. No podía tratarse de nada relacionado con Eric Lindon, supuse, pues éste hacía varios días que había regresado a Londres; de modo que, disponiendo de Lady Muriel casi «toda para él» —pues yo me sentía muy feliz de oírles conversar a los dos, para entrometer mis propias observaciones en su charla—, teóricamente debería sentirse radiante

192

y satisfecho. «¿Habrá tenido malas noticias?», me dije a mí mismo. Y, casi como si hubiese leído mis pensamientos, y como si retomara una conversación truncada, me dijo:

—Llegarán en el último tren.

—¿El Capitán Lindon?

—Sí… el Capitán Lindon —respondió Arthur—. No mencioné su nombre porque supuse que estábamos hablando de él. El Conde me ha dicho que llega esta noche, aunque hasta mañana no sabrá nada del destino que está esperando. Me extraña que no se quede en Londres un día más para enterarse, si está tan preocupado como el Conde cree.

—Le mandarán un telegrama —aventuré—. Pero no es muy propio de un soldado escapar de una noticia que posiblemente sea mala.

—Es muy buen muchacho —dijo Arthur—, pero debo confesar que serían muy buenas noticias para mí el que obtuviese su destino y la orden de marcha al mismo tiempo. Le deseo todo tipo de felicidades, ¡excepto una! ¡Buenas noches! Esta noche no sería muy buena compañía; será mejor que le deje solo.

Al día siguiente, sucedió lo mismo. Arthur dijo que no tenía ganas de estar con nadie, y que por la tarde se iría a dar un paseo solo. Yo cogí el camino de la estación, y, en el punto en que se une con el camino a la casona, me detuve y vi a lo lejos a mis amigos, dirigiéndose al mismo lugar que yo.

—¿Quiere acompañarnos? —me propuso el Conde, tras los saludos de rigor—. Este nervioso joven está aguardando un telegrama, y vamos a la estación a esperar a que llegue.

—También hay una joven nerviosa por el asunto —añadió Lady Muriel.

—¡Eso no hay ni que decirlo, hija! —exclamó su padre—. ¡Las mujeres siempre están nerviosas!

—Para una observación generosa de las mejores cualidades de una mujer —apostilló su hija—, no hay como la opinión de un padre, ¿no es así, Eric?

—Los primos no deben entrometerse en esos asuntos —respondió Eric, y luego la conversación no tardó en convertirse en dos diálogos, yendo delante los dos jóvenes y siguiéndoles los dos ancianos con pasos mucho menos vivos.

—¿Cuándo verá de nuevo a sus dos amiguitos? —me preguntó el Conde—. Son unos niños singularmente atractivos.

—Me encantará volver a llevarlos a su casa —respondí—, pero no sé cuándo volveré a verles.

—No es que quiera interrogarle a usted —dijo el Conde—, pero supongo que no hay ningún mal en decirle que Muriel siente una gran curiosidad. Conocemos a la mayor parte de la gente del lugar, y ha estado intentando, sin éxito, averiguar dónde se alojan.

—Algún día espero saberlo, pero por ahora…

—Gracias. De momento, pues, será una oportunidad excelente para practicar la virtud de la paciencia. Pero a ella le cuesta ver las cosas desde ese punto de vista. ¡Oh! ¡Pero si están ahí los niños!

Efectivamente, allí estaban, al parecer esperándonos, subidos a una valla, a la que tenían que haber trepado unos momentos antes, pues Lady Muriel y su primo habían pasado sin verles. Al advertir nuestra llegada, Bruno se bajó y vino a nuestro encuentro para enseñarnos, lleno de orgullo, el mango de un cortaplumas —la hoja se había roto— que había encontrado en el camino.

—¿Para qué vas a usarlo, Bruno? —le pregunté.

—No sé —repuso ligeramente Bruno—. Aún debo pensarlo.

—La primera impresión de un niño sobre la vida —observó el Conde, con esa dulce y triste sonrisa tan suya— es que es un período que debe de gastarse acumulando propiedades portátiles. Luego, ese punto de vista se va modificando a medida que transcurren los años. —Ofreció su mano a Silvia, que se había colocado junto a mí y parecía sentirse un poco intimidada por su presencia. Pero el gentil anciano no era una persona ante la cual los niños, humanos o encantados, pudiesen sentirse intimidados durante mucho tiempo, y pronto Silvia soltó mi mano para tomar la suya. Sólo Bruno permaneció fiel a su primer amigo. Alcanzamos a la otra pareja cuando llegaban a la estación, y tanto Lady Muriel como Eric saludaron a los niños como a viejos amigos; el último, con las palabras:

—Entonces ¿qué? ¿Fuisteis a Babilonia con luz de velas o no?

—¡Sí, y luego regresamos! —exclamó Bruno.

Lady Muriel les miró a los dos llena de estupor.

—¿Cómo? ¿Le conoces, Eric? —preguntó—. ¡Este misterio se hace mayor cada día que pasa!

—Debemos de haber llegado ya al tercer acto —aventuró Eric—. No esperarás que el misterio se aclare antes del yo quinto acto, ¿no?

—¡Pero es un drama tan largo! —fue la quejumbrosa respuesta de ella—. ¡Ya es hora de que lleguemos al quinto acto!

—No, no. Lo siento, es el tercer acto —dijo implacable el joven soldado—. Lugar: un andén. Luces tenues. Entra el Príncipe, disfrazado, desde luego, y el fiel Pretendiente. Éste es el Príncipe… —continuó cogiendo la mano de Bruno— y aquí está su humilde Servidor. ¿Qué ordena Su Alteza Real? —e hizo una profunda reverencia, de lo más cortesana, a su asombrado amigo.

—¡Tú no eres un Servidor! —exclamó desdeñoso Bruno—. ¡Tú eres un Caballero!

—¡Soy un humilde Servidor, Alteza Real, se lo aseguro! —insistió respetuosamente Eric—. Permítame mencionarle a Su Alteza Real mis diversos empleos pasados, presentes y futuros.

—¿Cómo empezó? —preguntó Bruno, aceptando entrar en el juego—. ¿Cómo?

—¡Más bajo aún, Su Alteza Real! Hace años, me ofrecí como *Esclavo*, como «Esclavo *Confidencial»,* se dice así, ¿no? —preguntó, volviéndose a Lady Muriel.

Pero Lady Muriel no le oyó. Algo le pasaba en el guante que absorbía por entero su atención.

—¿Y conseguiste el puesto? —preguntó Bruno.

—Es triste tener que reconocerlo, Su Alteza Real, pero no. Tuve que ocupar un puesto, como…, como *Attendant*, que llevo ocupando varios años, ¿no es cierto? —miró de nuevo a Lady Muriel.

—¡Silvia, preciosa! ¿Podrías ayudarme a abotonar este guante? —susurró Lady Muriel, agachándose rápidamente, y sin poder escuchar por eso la pregunta.

—¿Y cuál será el próximo? —preguntó Bruno.

—Mi próximo empleo será, así lo espero, el de *Lacayo.* Y después de eso…

—¡No te burles así del niño! —le interrumpió Lady Muriel, molesta—. ¡Cuántas bobadas dices!

—…después de eso —continuó sin embargo Eric—, confío en obtener el cargo de *Mayordomo*, que… ¡Cuarto acto! —proclamó, con un repentino cambio de tono en la voz—. Las luces se mueven. Focos rojos. Focos verdes. Se oye a lo lejos un fuerte rumor. ¡Llega un tren!

Al cabo de un minuto se deslizaba el tren a lo largo del andén, y una corriente de pasajeros empezó a fluir desde la taquilla y las salas de espera.

—¿Ha convertido usted alguna vez la vida real en una obra de teatro? —preguntó el Conde—. Pruébelo. Yo me he entretenido muchas veces con eso. Imagínese que este andén es nuestro escenario. Con grandes entradas y salidas por ambos extremos, como puede ver. Un excelente telón, también: una máquina de verdad que se mueve. ¡Todo ese bullicio y las personas que van y vienen tienen que haberlo ensayado muchísimas veces! Y sin embargo, ¡con qué naturalidad lo hacen! ¡No echan ni una ojeada al público! ¡Y cada agrupamiento resulta por completo nuevo, ya ve que no lo repiten ni una sola vez!

Era verdaderamente admirable, y así me lo pareció tan pronto como empecé a participar de ese punto de vista. Incluso un porteador, con una carretilla repleta de maletas, se movía con tal realismo, que daban ganas de aplaudirle. Iba seguido por una mujer enojada, el rostro todo encendido, que arrastraba a dos niños que gritaban, mientras ella llamaba a alguien que se había rezagado: «¡John! ¡Vamos!». Entra John, dócil, en silencio, y cargado de paquetes, seguido por una doncellita asustada, que lleva a un bebé gordo que también chilla. Todos los niños chillan.

—¡Excelente actuación! —exclamó el anciano—. ¿Se ha fijado usted en el aspecto de terror de la niñera? ¡Era realmente perfecto!

—Ha descubierto usted un nuevo filón —le dije—. Para la mayoría de nosotros, la vida y sus placeres son como una mina apenas explotada.

—¡Explotada dice! —exclamó el Conde—. Para cualquiera con un mínimo de sentido dramático, apenas si acaba de terminar la obertura! La verdadera obra aún no ha empezado. Uno va al teatro y paga diez chelines por su butaca, ¿y qué es lo que obtiene a cambio de su dinero? Quizás, un diálogo entre dos campesinos, artificiales, con su exagerada caricaturización de los trajes de los campesinos, más artificiales aún en sus actitudes y gesticulaciones forzadas, artificiales del todo en sus intentos de estar naturales y hablar de un modo ingenioso. Vaya en cambio y ocupe un asiento de tercera clase en un vagón, y tendrá los mismos diálogos en vivo. ¡Y usted estará sentado frente a los actores, sin nada por medio, y sin tener que pagar nada!

—Eso me recuerda… —empezó Eric—. ¿No hay que pagar nada cuando se recibe un telegrama? Vamos a preguntarlo. —Y él y Lady Muriel se dirigieron a la oficina de telégrafos.

—Me pregunto si Shakespeare tuvo esa misma idea —dije yo—, cuando escribió: «El mundo es un escenario».

El anciano suspiró.

—Así es —replicó—, se mire por donde se mire. La vida es en verdad un drama; ¡un drama con poquísimos *bravos* y sin ramos de flores! —añadió con la mirada perdida—. Nos pasamos media vida lamentándonos de las cosas que hicimos en la otra mitad. Y el secreto de gozar de ella —continuó de nuevo con su tono alegre— es la *intensidad*.

—Supongo que no se refiere usted al sentido estético moderno del término. Como la joven dama, en el *Punch*, que comienza una conversación preguntando: «¿Es usted intenso?».

—¡No, por supuesto! —replicó el Conde—. Me refiero a la intensidad de *pensamiento*, a la atención concentrada. Perdemos la mitad del placer que podríamos obtener de la vida, por no *atender* de verdad a él. Tome el ejemplo que quiera: da lo mismo lo trivial que pueda ser el placer, el principio es siempre el mismo. Imagínese que *A* y *B* están leyendo la misma novela de segunda mano. *A* no se molesta nunca lo más mínimo en dominar las relaciones de los personajes, de las que quizá depende todo el interés de la narración; «se salta» todas las descripciones y todos los pasajes que le parecen aburridos; y en cuanto a los pasajes que lee, no les presta más de la mitad de su atención, se limita a seguir leyendo, simplemente por falta de resolución para hallar otra ocupación, durante horas en que debería haber dejado a un lado el libro, y llega al FINIS en un estado de enorme agotamiento y depresión. *B* pone toda su alma en el asunto, asumiendo en el principio según el cual lo que tiene valor lo tiene si se hace bien, domina las genealogías, evoca las escenas, a medida que va leyendo las descripciones; mejor aún, cierra el libro al terminar cada capítulo, mientras su interés está aún avivado, y se dedica a otros asuntos, de manera que cuando se vuelve a entregar al libro por una hora, es como un hambriento poniéndose a comer, y cuando termina el libro, vuelve a sus ocupaciones cotidianas como «un gigante descansado».

—Pero ¿y si el libro es una verdadera porquería, algo que no merece atención?

—Bueno —dijo el Conde—, mi teoría sirve también en ese caso. *A* no descubre nunca que es una bazofia, sino que va corriendo hasta el final, intentando creer que está disfrutando. *B* cierra tranquilamente el libro cuando ha leído una docena de páginas, va a la Biblioteca y lo cambia por otro mejor. Tengo aún otra teoría que añadir sobre el goce de la vida, es decir, si aún no he agotado su paciencia. Temo que acabe usted por pensar que no soy más que un viejo charlatán.

—No, no —me apresuré a decir. Y, de hecho, me parecía que difícilmente podría cansarse nadie de la dulce tristeza de su voz.

—Pues creo que deberíamos aprender a pasar nuestros placeres rápidamente, y lentamente nuestros dolores.

—¿Cómo? Yo habría dicho lo contrario.

—Pasando el dolor artificial, que puede ser tan poco importante como usted quiera, lentamente, el resultado es que cuando llega el verdadero dolor, por fuerte que sea, lo único que hay que hacer es dejarle que se manifieste a su velocidad normal, y desaparece en un instante.

—Muy cierto —dije—. ¿Y en cuanto al placer?

—Bien, pasándolo deprisa se pueden tener muchos más en la vida. Hacen falta tres horas y media para escuchar y gozar una ópera. Imagínese que se pudiese escucharla y gozarla en sólo media hora. ¡Se podrían gozar siete espléndidas óperas en el mismo tiempo que ahora sólo una!

—Siempre suponiendo que se dispusiera de una orquesta capaz de tocarlas adecuadamente —dije—. ¡Y aún está por encontrar tal orquesta!

—He oído una tonada —dijo el anciano, con una sonrisa—, que no era precisamente corta, tocada por entero, incluso con sus variaciones, en tres segundos.

—¿Cuándo? ¿Y dónde? —le pregunté entusiasmado, medio pensando que quizá volvía a soñar.

—La sonaba en una cajita de música —respondió tranquilamente—. Se había roto el regulador, o algo así, y, como le dije, tocaba todo en tres segundos. ¡Todas las notas!

—¿Y le gustó? —le pregunté, con la severidad propia de un abogado en el tribunal.

—No, la verdad es que no —me confesó ingenuamente—. Pero, claro, usted sabe que no estoy acostumbrado a ese tipo de música.

—Me gustaría mucho intentar poner en práctica sus ideas —dije, y como en ese momento llegaron junto a nosotros Silvia y Bruno, les dejé haciendo compañía al Conde y me puse a pasear por el andén, convirtiendo a cada persona y acontecimiento que veía en partes de un *extempore* drama en exclusivo beneficio mío—. ¿Qué, ya se ha cansado el Conde de vosotros? —les pregunté a los niños al verles pasar junto a mí.

—¡No! —replicó Silvia con mucho énfasis—. Espero el periódico de la tarde, y Bruno va a hacer de niño que reparte los periódicos.

—¡Tened cuidado que no os cobren de más! —les dije cuando se alejaban.

Cuando volví al andén, me encontré a Silvia sola.

—¿Dónde está tu niño de los diarios? —le pregunté—. ¿No encontró ningún periódico?

—Ha ido a buscar uno al quiosco de enfrente —dijo Silvia—, y ya lo trae, viene cruzando las vías. ¡Oh, Bruno, tienes que cruzar por el puente! —pues ya era audible el distante sonido del Expreso entrando en la estación. De pronto, una mirada de espanto apareció en su rostro–. ¡Oh, se ha caído entre los raíles! –gritó, y salió corriendo como una flecha, a una velocidad tal que desafió el rápido intento que hice para detenerla.

Sin embargo, el viejo Jefe de Estación estaba justo tras de mí; no servía ya para gran cosa, el pobre anciano, pero sí para eso, y antes de que pudiese darme cuenta, ya tenía sujeta a la niña, a salvo de la muerte segura a que se estaba abalanzando. Tan absorto estaba yo mirando esa escena, que apenas vi a una figura que corría, con un traje gris claro, y que saltaba desde el extremo posterior del andén y al segundo siguiente ya estaba en las vías. Apenas tenía, según pude juzgar en esos momentos de espanto, diez segundos para escapar al Expreso, cruzar los raíles y levantar a Bruno. Si lo hizo o no, fue algo imposible de ver; lo siguiente que pude observar fue que el Expreso había pasado, y que, fuese la vida o fuese la muerte, todo estaba ya resuelto. Cuando desapareció la nube de polvo y se vislumbraron otra vez los raíles, vimos con alivio que tanto el niño como su salvador se hallaban sanos y a salvo.

–¡Está bien! –nos gritó Eric, volviendo–. Muy asustado, pero no le ha ocurrido nada.

Aupó a los brazos de Lady Muriel al niño, y éste trepó al andén como si no hubiese pasado nada, pero estaba palidísimo y se apoyó en el brazo que me apresuré a ofrecerle temiendo que estuviese a punto de desmayarse.

–Voy a sentarme un momento –dijo con voz temblorosa–… ¿Dónde está Silvia?

Silvia corrió hacia él y echó los brazos al cuello, sollozando como si se le hubiese partido el corazón.

–¡No llores, preciosa! –murmuró Eric, con una extraña mirada en los ojos–. ¡No hay por qué llorar, pero casi te matas por nada!

–¡Por Bruno! –sollozó la muchachita–. Y él lo habría hecho por mí, ¿verdad, Bruno?

–¡Pues, claro! –exclamó Bruno, mirando en torno suyo con aire azorado.

Lady Muriel le dio un beso en silencio, mientras lo dejaba en el suelo. Luego hizo un gesto a Silvia para que le cogiese de la mano e indicó a los niños dónde estaba sentado el Conde.

–Decidle –susurró con la voz aún temblorosa– que no ha pasado nada. –Luego se volvió al héroe del día–. Creí que habías muerto –dijo–. ¡Gracias a Dios, no te ha pasado nada! ¿Viste qué cerca estuviste…?

—Vi que había el tiempo justo —replicó Eric sin darle importancia—. Ya sabes que un soldado aprende a arriesgar la vida. Ya ha pasado todo. ¿Volvemos a la oficina de telégrafos? Supongo que estará a punto de llegar.

Marché a unirme al Conde y a los niños, y esperamos casi en silencio, pues ninguno parecía tener ganas de hablar. Bruno se adormeció en el regazo de Silvia, hasta que los otros vinieron. No había llegado ningún telegrama.

—Daré un paseo con los niños —propuse, advirtiendo que estábamos un poco *de trop*—. Les visitaré más tarde.

—Debemos regresar al bosque —dijo Silvia, en cuanto ya no pudieron oírnos—. No podemos seguir de este tamaño más tiempo.

—Entonces, ¿la próxima vez que nos encontremos volveréis a ser duendecillos?

—Sí —dijo Silvia—, pero volveremos a ser niños otro día, si usted nos lo permite. A Bruno le gustaría mucho volver a ver a Lady Muriel.

—Es muy guapa —dijo Bruno.

—Estaré muy contento de volver a llevaros con ella —dije yo—. No sé si devolveros el reloj del Profesor. Será demasiado grande para que podáis llevarlo cuando seáis duendes, ¿no?

Bruno se rió alegremente. Me sentí contento de que ya se le hubiese pasado la terrible impresión de la escena que acababa de protagonizar.

—¡Oh, no! —exclamó—. ¡Cuando nosotros nos hagamos pequeños, él también empequeñecerá!

—Y luego se irá él solo al Profesor —añadió Silvia—, y usted ya no podrá usarlo más; será mejor que lo use usted ahora todo lo que pueda. Debemos hacernos pequeños cuando se ponga el sol. ¡Adiós!

—¡Adiós! —exclamó Bruno. Pero sus voces sonaron muy lejanas, y cuando miré a mi alrededor, los dos niños habían desaparecido.

«Sólo quedan dos horas hasta la puesta del sol —me dije, mientras seguía paseando—. ¡Tengo que aprovechar el tiempo!»

Capítulo XXIII

Un reloj tierrafuerino

Al llegar al pueblo me topé con dos mujeres de pescadores que intercambiaban esa última palabra «que nunca es la última», y se me ocurrió, para probar el reloj mágico, esperar hasta que acabase la escena, y luego «repetirla».

—¡Buenas, buenas noches! Y no olvide avisarnos cuando escriba su Martha.

—No, no lo olvidaré. Que si no está contenta, bien se puede volver. ¡Buenas noches!

Un testigo poco observador podría haber pensado: ¡Y aquí se acaba el diálogo! Y se habría equivocado.

—¡Ah, puede quererlos, no se lo reprocho! No la tratan mal. Sólo depende de ella. Según se porte, así le irá. ¡Buenas noches!

—¡Sí, así es! ¡Buenas noches!

—¡Buenas noches! ¡Y avísenos si escribe!

—Por supuesto. En cuanto lo haga. ¡Buenas noches!

Y finalmente se separaron. Esperé hasta que se hubieron alejado veinte yardas y entonces retrasé el reloj un minuto. El repentino cambio fue asombroso. Las dos mujeres parecieron saltar a sus anteriores lugares.

«...si no está contenta, bien se puede volver. ¡Buenas noches!», estaba diciendo una de ellas, y así se repitió todo el diálogo, y cuando se hubieron despedido por segunda vez, les dejé seguir sus caminos divergentes, y yo continué paseando por el pueblo.

«Pero la verdadera utilidad de este poder mágico —pensé— sería deshacer algún daño, algún acontecimiento doloroso, un accidente...» No tuve que esperar demasiado tiempo antes de que se presentara la oportunidad de comprobar también esa propiedad del reloj mágico, pues, al mismo tiempo que se me estaba ocurriendo esa idea, tuvo lugar el accidente que estaba imaginando. Había una carreta a la puerta del gran almacén de sombreros de Elvestone, cargada de cajas de cartón rígido, que el conductor estaba entrando, una a una, en la tienda. Una de las cajas había caído en el centro de la calle, pero no parecía que mereciese la pena detenerse a recogerla, pues el hombre iba a regresar enseguida. Sin embargo, en ese instante, apareció como una centella un joven montado en bicicleta, y al intentar evitar aplastar la caja, perdió el control de su máquina y se fue a dar de cabeza contra una de las ruedas de la carreta. El conductor corrió en su ayuda, y él y yo levantamos al infortunado ciclista y le llevamos a la tienda. Tenía arañazos en la cara y sangraba, y parecía haberse hecho una herida bastante profunda en la mejilla, de modo que decidimos mandarle a toda prisa al único cirujano del lugar. Les ayudé a vaciar la carreta, y sólo cuando el conductor había ocupado su lugar y partían ya, recordé el extraño poder que tenía yo de deshacer todo aquel desaguisado.

«¡Ésta es la ocasión!», me dije a mí mismo, al tiempo que retrasaba la manecilla del reloj. Esta vez ya sin ninguna sorpresa, vi como todas las cosas volvían a ocupar los lugares en que estaban en el crítico momento en que había advertido por primera vez la caja que se había caído. Me apresuré a cruzar la calle, recoger la caja y ponerla en la carreta; al momento siguiente, la bicicleta había doblado la esquina, pasaba al lado de la carreta sin detenerse y sin sufrir ningún percance, y pronto se perdía a lo lejos, entre una nube de polvo.

«¡Maravilloso poder mágico! –pensé–. ¡Cuántos sufrimientos humanos no sólo he aliviado, sino que he evitado del todo!» Orgulloso de mi propia capacidad de obrar el bien, permanecí en el lugar, viendo la descarga de la carreta, conservando en la mano el reloj mágico con la tapa levantada, pues sentía curiosidad por ver qué iba a suceder cuando llegáramos otra vez al momento justo en que había retrasado la manecilla.

El resultado, si hubiese pensado detenidamente el asunto, debería de haberlo previsto: cuando la manecilla del reloj llegó al punto anterior, la carreta (que ya había sido descargada y emprendía la marcha) estuvo de nuevo a la puerta y a punto de salir a toda velocidad a buscar al cirujano, mientras que –¡Lástima por el dorado sueño de felicidad universal que había llegado a deslumbrarme!– el joven herido iba una vez más reclinado en unos almohadones, con su pálido rostro mostrando la rigidez de unos rasgos que hablaban de un dolor resueltamente sobrellevado.

«¡Ah, burlón reloj mágico! –me dije, mientras atravesaba el pueblo y tomaba el camino al borde del mar que levaba a mi alojamiento–. El bien que llegué a imaginar que podría hacer se ha desvanecido como un sueño: ¡el mal de este trastornado mundo es la única realidad que persiste!»

Ahora debo recordar una experiencia tan extraña, que pienso que lo honrado, antes de narrarla, es liberar al ya muy paciente lector de cualquier obligación que pueda considerar que tiene de creerse esta parte de mi relato. Yo mismo no la habría creído, lo confieso lealmente, si no la hubiese visto con mis propios ojos, así que, ¿cómo podría esperarlo de mi lector, el cual, con toda probabilidad, no ha visto nunca nada semejante?

Pasaba junto a una bonita casa, más bien un poco apartada del camino, con un jardín propio, grandes arriates en la parte delantera y enredaderas colgando por las paredes y alzándose, formando festones alrededor de las ventanas de ojo de buey; una mecedora olvidada sobre el césped, con un periódico tirado a su lado, un pequeño bulldog *couchant* ante ella, resuelto a guardar el tesoro incluso a costa de su propia vida, y una puerta principal, que medio abierta, invitaba a entrar. «Aquí está mi oportunidad de comprobar la acción reversiva del reloj mágico», pensé. Apreté la clavija reversiva y pasé adentro. En otra casa, la entrada de un extraño podría causar sorpresa, quizás ira, llegándose incluso a expulsar al extraño violentamente, pero allí, estaba seguro de ello, nada de eso podía suceder. El curso ordinario de los acontecimientos –primero, no tener la menor noticia de mi presencia; luego, al oír mis pasos, mirar y verme y, finalmente, preguntarse qué estaba haciendo yo allí– habría sido invertido por la acción de mi reloj. Primero se preguntarían quién era yo, luego me verían, luego mirarían y ya no pensarían en mi presencia. Y en cuanto a ser expulsado violentamente, ese suceso debería producirse en primer lugar, en el caso de que ocurriese. «Así, si puedo entrar –me dije–, ya no habrá riesgo de que me expulsen.»

Como medida de precaución, el bulldog se puso en pie cuando pasé junto a él, pero como yo no presté la más mínima atención al tesoro que custodiaba, me permitió avanzar sin ni siquiera ladrar. «El que la toma con mi vida –parecía estar diciendo, jadeante, casi para sí– la emprende con algo sin importancia. ¡Pero el que se atreva con el *Daily Telegraph*...!» No hice el menor gesto que denotase mi intención de abordar tan arriesgada empresa.

La reunión que se desarrollaba en el salón –como comprenderán, yo había entrado en él sin llamar al timbre y sin ninguna advertencia de mi llegada– estaba compuesta por cuatro niñas sonrientes, de catorce a diez años, que, aparentemente, se dirigían a la puerta (advertí que en realidad estaban caminando hacia atrás), en tanto que su madre, sentada junto a la chimenea con una labor en la falda, estaba diciendo cuando entré en la habitación:

–Ahora, niñas, podéis salir a dar un paseo.

Para mayor asombro mío, pues aún no me había acostumbrado a la acción del reloj, «cesaron todas las sonrisas» (como diría Browning) de los cuatro lindos rostros, y cogieron todas sus respectivas labores, para después sentarse. Ninguna advirtió mi presencia cuando me senté en silencio en un sillón y me puse a observarlas.

Cuando las labores estuvieron desplegadas y ya estaban todas listas para empezar su trabajo, la madre dijo:

–¡Bueno, por fin habéis terminado! Ya podéis guardar las labores, niñas.

Pero las niñas no hicieron el menor gesto que mostrase que habían oído a la mujer; al contrario, inmediatamente se pusieron todas a coser –si es que ésa es una palabra apropiada para describir una operación que yo nunca había visto antes: Cada una de ellas enhebraba su aguja con un corto trozo de hilo pegado a la labor, que al instante era impulsado por una invisible fuerza a través de la tela, arrastrando tras de sí a la aguja; los ágiles dedos de las pequeñas costureras la cogían al otro lado, pero sólo para perderla al instante. Y así, siguieron trabajando, deshaciéndo a toda prisa la labor, y los trajecitos tan limpiamente zurcidos o lo que fuese, iban cayendo en trozos. De vez en cuando, una de las niñas hacía una pausa, cuando el hilo resultaba demasiado largo, lo enrollaba en una bobina y seguía inmediatamente con un hilo más corto.

Finalmente, toda la labor estuvo reducida a trozos, y fue dejada a un lado. Entonces la dama pasó a la habitación de al lado, caminando de espaldas, y haciendo la poco cuerda observación:

—No, aún no, queridas: primero hay que hacer la costura. —Después de lo cual ya no me sorprendí de ver saltar hacia atrás a las niñas, exclamando:

—¡Mami, hace un tiempo espléndido para dar un paseo!

En el comedor, encima de la mesa no había más que platos sucios y fuentes vacías. Pero, a pesar de ello, los presentes (a los que se sumó un caballero tan afable y de tan buen aspecto como las niñas) se sentaron con gran alborozo.

¿Han visto ustedes alguna vez a alguien comiendo una tarta de cerezas que, de vez en cuando y con disimulo, lleva de los labios al plato un hueso de cereza? Pues bien, algo parecido a eso fue lo que ocurrió durante todo aquel horrible —¿O debería decir fantasmal?— banquete. Un tenedor vacío es alzado hasta la boca: allí recibe un trocito de cordero, y lentamente lo baja hasta el plato, donde inmediatamente se une al cordero que ya hay allí. Pronto, uno de los platos, provistos de un trozo completo de cordero y de dos patatas, fue entregado al caballero que presidía la comida, que tranquilamente volvió a colocar la tajada en la fuente y las patatas a su alrededor. Su conversación era, si cabe, más asombrosa aún que su modo de comer. Comenzó cuando la más pequeña de las hijas, de pronto y sin la menor provocación, dijo a su hermana mayor:

—¡Eres una chismosa!

Esperaba oír una airada respuesta de la hermana, pero, en lugar de eso, se volvió alegremente a su padre y exclamó en tono muy alto:

—¡Ser la novia!

El padre, interviniendo por primera vez en una conversación que parecía cosa de lunáticos, replicó:

—Dímelo en voz baja, querida.

Pero ella no lo dijo en voz baja (aquellas niñas nunca obedecían), dijo muy alto:

—¡Claro que no! ¡Todo el mundo sabe lo que quiere Dolly!

La pequeña Dolly se encogió de hombros y dijo despectivamente:

—No te enfades, padre. ¡Ya sabes que no deseo ser dama de honor de la boda de nadie!

—Y Dolly será la cuarta —fue la estúpida respuesta de su padre.

Ahí la cosa se complicó:

—¡Oh, ya está todo decidido, madre, completa y totalmente decidido! Nos lo ha dicho Mary. Será dentro de cuatro semanas a partir del próximo martes, y tres primas suyas van a ser damas de honor y...

—¡No olvidará a Minnie! —replicó riendo la madre—. ¡Espero que hayan decidido ya todo! No me gustan los noviazgos largos.

Y Minnie remató la conversación (si es que a tal caótica serie de observaciones se le puede llamar así) con:

—¡Fijaos! Hemos pasado por Los Cedros esta mañana, justo cuando Mary Davenant estaba a la puerta, despidiéndose del señor, cuyo nombre he olvidado. Naturalmente, nosotras miramos hacia otro lado.

Para entonces, me hallaba yo tan confundido que dejé de escuchar y seguí a la comida hasta la cocina.

A ti, lector hipercrítico, resuelto a no creerte lo más mínimo de esta fantástica aventura, ¿qué necesidad puede haber de contarte cómo fue puesto el cordero en el horno y desasado lentamente, cómo fueron envueltas las patatas en sus pieles y entregadas al jardinero para que las enterrase, cómo, cuando había llegado ya el cordero a estar completamente crudo, el fuego, que había ido cambiando gradualmente del rojo vivo a la simple brasa, se apagó tan repentinamente que el cocinero tuvo justo tiempo sólo para recoger su último relampagueo en el extremo de un fósforo, o cómo la doncella, después de sacar el cordero del horno, lo llevó (de espaldas, naturalmente) al encuentro del carnicero, que venía (también de espaldas) por el camino?

Cuanto más pensaba en esa extraña secuencia de acontecimientos más impenetrable se me hacía su misterio, y fue un verdadero alivio encontrarme a Arthur, y llevármelo conmigo a la casona, a enterarnos de las noticias que había traído el telégrafo. Le conté lo que había sucedido en la estación, pero de mis posteriores aventuras pensé que, por el momento, era mejor no decir una sola palabra.

Cuando entramos el Conde estaba sentado.

—Me alegro de que vengan a hacerme compañía —dijo—. Muriel se ha ido a acostar; aquella terrible escena ha sido demasiado para ella, y Eric se ha marchado al hotel a hacer las maletas, pues tiene que regresar a Londres en el tren de mañana por la mañana.

—¡Entonces ya ha llegado el telegrama! —exclamé.

—¿No se enteró? ¡Oh, lo había olvidado! Llegó después de que usted se marchara de la Estación. Sí, ya está todo en orden. Eric ha obtenido su destino, y ahora que ha arreglado su asunto con Muriel, tiene negocios en la ciudad que debe dejar listos cuanto antes.

—¿Arreglar su asunto? —pregunté abatido, pues sentía cómo desaparecían todas las esperanzas de Arthur—. ¿Quiere decir que están comprometidos?

—Han estado comprometidos, en cierto modo, durante dos años —explicó amablemente el anciano—. Es decir, él tuvo mi promesa de consentir en ello tan pronto como pudiese asegurar una cierta estabilidad. ¡No podría ser feliz si viese a mi hija casada con un hombre que no tuviera un objetivo por el que vivir, ni por el que morir!

—Deseo que sean felices —dijo una extraña voz. Evidentemente, las palabras habían sido pronunciadas en la habitación en que estábamos, pero no había oído abrirse la puerta, y miré en torno mío, asombrado. El Conde parecía compartir mi sorpresa.

—¿Quién ha hablado? —preguntó.

—He sido yo —dijo Arthur, mirándonos con el rostro desencajado, macilento y con unos ojos de los que parecía haber desaparecido todo signo de vida—. Y permítame felicitarle también a usted, amigo mío —añadió mirando tristemente al Conde, y hablando en el mismo tono hueco que tanto nos había sobresaltado.

—Muchas gracias —repuso sencilla y cordialmente el anciano.

Siguió un incómodo silencio. Me levanté, pensando que Arthur desearía estar a solas, y deseé buenas noches a nuestro amable anfitrión. Arthur le estrechó la mano, pero no dijo nada; ni tampoco habló cuando regresamos a casa hasta que ya estuvimos en ella y nos disponíamos a irnos a dormir. Entonces dijo, más para sí que dirigiéndose a mí: «*El corazón conoció su propia amargura*. Hasta ahora, no había comprendido nunca esas palabras».

Los siguientes días pasaron muy lentamente. No me sentía inclinado a acudir yo solo a la casona, y aún menos a proponer a Arthur que me acompañara: me parecía mejor esperar hasta que el tiempo —ese dulce bálsamo de nuestras peores tristezas— le hubiese ayudado a recuperarse de la primera impresión de desilusión que había marchitado su vida.

Al poco tiempo, mis negocios requirieron mi presencia en la ciudad, y tuve que anunciar a Arthur que me veía obligado a dejarle solo durante una temporada.

—Confío en poder regresar dentro de un mes —añadí—. Me gustaría quedarme, si pudiese. No creo que sea bueno que esté usted solo.

—No. Aquí no podría enfrentarme a la soledad durante mucho tiempo —dijo Arthur—. Pero no se preocupe por mí. Tengo intención de aceptar un puesto que me han ofrecido en la India. Supongo que hallaré algo por lo que vivir; ahora no lo encuentro. «Esta vida mía la guardo, como un precioso don de Dios, del dolor y el error. ¡Difícilmente se perderá!»

—Sí —dije—. Aquel que llevó tu mismo nombre soportó también un gran golpe y siguió viviendo después de ello.

—Mucho mayor que el mío —dijo Arthur—. La mujer a la que amaba le traicionó. No hay nada semejante en mi recuerdo de… de… —Dejó sin pronunciar el nombre, y siguió apresuradamente—: Pero volverá, ¿no?

—Sí, y no tardaré.

—Hágalo —me pidió Arthur—, y escríbame contándome cómo les va a nuestros amigos. Les enviaré mi dirección cuando la tenga.

Capítulo XXIV

La fiesta de cumpleaños de las ranas

Una semana después del día en que mis amigos encantados aparecieron como niños, daba yo un paseo de despedida por el bosque, con la esperanza de encontrármelos. No tuve más que tumbarme en el blando césped, y al momento el sentimiento *eerie* se apoderó de mí.

—Baje bien el oído —me susurró Bruno—, y le diré un secreto: ¡hoy es la fiesta de cumpleaños de las ranas… y hemos perdido al Niño!

—¿Qué niño? —pregunté, completamente desconcertado por esos complicados retazos de noticias.

—¡El niño de la Reina, por supuesto! —repuso Bruno—. El niño de Titania. Estamos todos muy preocupados. ¡Silvia está…, está tan preocupada!

—¿Cuánto de preocupada está? —pregunté yo, no sin cierta malicia.

—Tres cuartos de yarda —replicó Bruno, con toda seriedad—. Y debo reconocer que yo también estoy un poco preocupado —añadió cerrando los ojos para no ver que estaba sonriéndose.

—¿Qué haréis con respecto al niño?

—Bueno, los soldados le están buscando, aquí y allá, por todas partes.

—¿Los soldados? —pregunté.

—¡Sí, claro! —exclamó Bruno—. Ya sabe usted que cuando no hay ninguna batalla, los soldados se dedican a hacer toda clase de cosas extrañas.

Me divirtió la idea de que fuese una «cosa extraña» buscar a la Cría Regia.

—¿Y cómo lo perdisteis? —pregunté.

—Le pusimos en una flor —explicó Silvia, que acababa de reunirse con nosotros, con los ojos anegados en lágrimas—. ¡Y ahora no nos acordamos de cuál era!

—Dice que lo pusimos nosotros —la interrumpió Bruno—, porque no quiere que me castiguen a mí. Pero fui yo el que lo puso. Silvia estaba cogiendo dindandones.

—Permitidme que os ayude a buscarlo —propuse. Y así, Silvia y yo realizamos un «viaje de exploración» por entre las flores, pero no conseguimos ver ninguna Cría.

—¿Dónde está Bruno? —pregunté cuando nos dimos por vencidos.

—Allá abajo, en aquella acequia —dijo Silvia—, divirtiendo a un renacuajo.

Me puse sobre las manos y en cuclillas para verle, pues tenía mucha curiosidad por saber cómo se divierte a los renacuajos. Tras un minuto de búsqueda, le hallé sentado a la orilla de la acequia, junto a un renacuajo pequeño y con aspecto de desconsuelo.

—¿Qué tal va, Bruno? —le pregunté, señalando al renacuajo cuando Bruno advirtió mi presencia.

—No hay forma de divertirle —respondió Bruno, muy dolido—. No quiere decirme qué le gusta. ¡Le he enseñado todas las flores que se comen los patos y un gusano vivo…, pero ni se inmuta! ¿Qué te gustaría? —gritó al oído del renacuajo, pero el animalito permaneció totalmente en silencio, sin prestarle la menor atención—. ¡Yo creo que es sordo! —dijo Bruno, volviéndose con un suspiro—. ¡Y ya es hora de ir a preparar el teatro!

—¿Quién será el público?

—Sólo ranas —dijo Bruno—. Pero aún no han llegado. Les gusta llegar juntas, como ovejas.

—Quizás ahorrásemos tiempo —sugerí— si yo me voy con Silvia para reunir a las ranas, mientras tú preparas el teatro.

—¡Es un buen plan! —exclamó Bruno—. ¿Dónde está Silvia?

—Estoy aquí —dijo Silvia, asomando por encima de un terraplén—. Estaba mirando a dos ranas que se peleaban.

—¿Quién ha ganado? —preguntó rápido Bruno.

Silvia no supo qué responder.

—¡Hace unas preguntas tan difíciles! —me confió.

—¿Y qué harán en el teatro? —pregunté yo.

—Primero el banquete de cumpleaños —me explicó Silvia—, y luego, Bruno dirá algunos fragmentos de Shakespeare, y al final les contará una historia.

—Supongo que lo que más les gustará a las ranas será el banquete, ¿no?

—Bueno, en general pocas de ellas comen algo. ¡Les gusta tanto mantener las bocas cerradas! Y eso es lo que hacen —añadió—. A Bruno le gusta cocinar él solo, y cocina de una manera muy extraña. Ahora ya están todas. ¿Hace el favor de ayudarme a colocarles bien las cabezas?

Pronto dimos fin a esa parte del asunto, aunque las ranas sostuvieron un descontento croar durante todo el rato.

—¿Qué dicen? —pregunté a Silvia.

—Dicen: «¡Tenedor! ¡Tenedor!». ¡Son bobas!, ¡no os daré tenedores! —les anunció en tono severo—. Las que quieran participar del festín sólo tienen que abrir la boca, y Bruno les pondrá la comida.

En ese momento apareció Bruno con un pequeño mandil blanco, en prueba de que era cocinero, y con una fuente llena de una sopa de aspecto más que sospechoso. Le observé atentamente caminar entre las ranas, pero no vi que ninguna de ellas abriese la boca para que la alimentaran, excepto una muy pequeña, y estoy seguro de que lo hizo accidentalmente, al bostezar. No obstante, Bruno puso rápidamente una gran cucharada de sopa en su boca, y el pobre animalito estuvo tosiendo o atragantándose durante un buen rato.

De modo que Silvia y yo tuvimos que repartirnos la sopa, y simular que nos gustaba mucho, pues era cierto que estaba cocinada de un modo muy raro. Me atreví a tomar sólo una cucharada («Sopa veraniega de Silvia», nos había anunciado Bruno), y debo confesar que no estaba nada buena, y no me extrañó que tantos invitados mantuviesen bien cerradas sus bocas.

—¿Qué lleva esta sopa, Bruno? —preguntó Silvia, que se había llevado una cucharada a los labios y hacía muecas extrañas.

—Pedazos de cosas —fue la poco alentadora respuesta de Bruno.

La fiesta iba a seguir con «fragmentos de Shakespeare», como había anunciado Silvia, recitados todos por Bruno, pues Silvia estaría todo el rato ocupada en conseguir que las ranas mantuviesen las cabezas en dirección al escenario. Después de eso, Bruno aparecería tal como era y les contaría una historia de su propia invención.

—¿Será una historia con moraleja? —pregunté a Silvia, mientras Bruno desaparecía tras el terraplén, para vestirse para el primer «fragmento».

—Creo que sí —replicó, dudando, Silvia—. Normalmente, hay una moraleja, lo que ocurre es que suele decirla demasiado pronto.

—¿Y recitará todos los fragmentos de Shakespeare?

—No, en realidad sólo actuará —respondió Silvia—. Apenas se sabe alguna de las palabras. Cuando veo cómo está vestido, pregunto a las ranas qué personaje es.

¡Y siempre quieren adivinarlo antes! ¿No las ha oído nunca cómo dicen: «¿Qué? ¿Qué?»? —y así era, pero a mí me había sonado como un croar, hasta que Silvia me lo explicó. Ahora podía oír el «¿Cré? ¿Cré?» con toda claridad.

—¿Y por qué intentan adivinarlo antes de verle?

—No lo sé —respondió Silvia—, pero siempre lo hacen. A veces, empiezan a adivinarlo incluso semanas antes de la representación.

De modo que, a partir de ahora, cuando oigáis croar a una rana en un tono especialmente melancólico, podéis tener la certeza de que está tratando de adivinar el próximo «fragmento» de Shakespeare que interpretará Bruno. Curioso, ¿verdad?

Bruno hizo callar al coro de invitados abalanzándose sobre ellos de pronto, saliendo de detrás del escenario, y se puso a brincar entre ellos, para situarlos adecuadamente. La más vieja y más gorda de las ranas —que nunca había estado bien colocada para ver el escenario y por tanto no tenía ni idea de lo que estaba pasando— no dejaba de moverse, y estaba molestando a varias ranas, al hacer que otras volviesen las cabezas, de modo que sus miradas tampoco se dirigieran al escenario. Y no estaba nada bien, dijo Bruno, hacer un «fragmento» de Shakespeare si nadie te miraba (como veis, a mí no me consideraban alguien). De modo que se puso a la tarea con una vara, agitándolas, igual que si removiese el té de una taza, hasta que la mayoría tuvo, por lo menos, uno de sus grandes y estúpidos ojos dirigidos al escenario.

—Tienes que ir y sentarte entre ellas, Silvia —dijo con tono quejumbroso—. He colocado a esas dos una al lado de otra, con las narices hacia el mismo sitio no sé cuántas veces. ¡Pero no hay forma de que permanezcan quietas!

Silvia ocupó su puesto como «maestra de ceremonias» y Bruno volvió a desaparecer tras el escenario para vestirse para el primer «fragmento».

«¡Hamlet!» fue proclamado de pronto con el tono nítido y dulce que tan conocido me era. Todos los croares cesaron al instante, y miré al escenario, algo curioso por ver qué ideas tenía Bruno de la conducta de uno de los más grandes personajes de Shakespeare. Según este eminente intérprete del drama, Hamlet llevaba una corta capa (que utilizaba sobre todo para embozarse, como si padeciese de un buen dolor de muelas), y arrastraba los pies al caminar. «¡Ser o no ser!», gritó Hamlet alegremente, y luego dio varias volteretas, en una de las cuales perdió el manto. Me sentí un poco decepcionado, pues la concepción brunesca del personaje parecía carecer de dignidad.

—¿No dirá nada más? —susurré a Silvia.

—Creo que no —me susurró Silvia como contestación—. En general, cuando ya no se sabe más palabras se pone a dar volteretas.

Bruno había resuelto la cuestión desapareciendo del escenario, y las ranas se pusieron al instante a preguntar el nombre del siguiente personaje.

—¡Enseguida lo sabréis! —exclamó Silvia, colocando bien a dos o tres ranitas que intentaban subir al escenario—. ¡Macbeth! —añadió al reaparecer Bruno.

Macbeth llevaba algo enrollado en torno suyo, que pasaba por encima de un hombro y luego por debajo del otro brazo, y quería ser, supongo, una manta escocesa. Llevaba en la mano una espina que mantenía lejos del cuerpo a la distancia del brazo, como si tuviese un poco de miedo de ella.

—¿Es una daba? —inquirió Macbeth, con voz de asombro, y al instante un coro de «¡Espina! ¡Espina!» brotó de las ranas (para entonces yo comprendía muy bien el sentido de sus croares).

—¡Es una daga! —proclamó Silvia, en tono perentorio.

—¡Callaos! —y cesó el croar.

No me consta que Shakespeare nos dijera que Macbeth tuviese en su vida privada una costumbre tan excéntrica como dar volteretas, pero, evidentemente, Bruno consideraba que ése era un rasgo esencial del personaje, y abandonó el escenario con una serie de cabriolas. Pero a los pocos segundos estuvo de vuelta, habiéndose puesto bajo la barbilla un largo mechón de lana (dejado probablemente en el abrojo del que había obtenido la espina por una oveja errante), que le formaba una espléndida barba que casi le llegaba hasta los pies.

—¡Shylock! —proclamó Silvia—. No, perdón —se corrigió apresuradamente—. ¡El Rey Lear! No había visto la corona.

Bruno se había provisto de una que le encajaba perfectamente, cortando el centro de un diente de león, para hacer sitio a su cabeza. El Rey Lear cruzó los brazos (con inminente peligro para su barba) y dijo en un tono moderadamente explicativo: «¡Ay, cada palmo un rey!», y luego se detuvo, como si estuviese considerando cómo podría probarse mejor esta afirmación. Con todos mis respetos a las dotes de Bruno como intérprete de Shakespeare, debo expresar mi opinión de que el poeta no quiso nunca decir que sus tres grandes héroes trágicos fuesen tan extrañamente semejantes en sus costumbres particulares, ni tampoco creo aceptara que el dar volteretas fuese una prueba de ascendencia real. Al Rey Lear, tras una profunda meditación, no se le ocurrió otro argumento para probar su realeza, y como era el último de los «fragmentos» de Shakespeare –«No hacemos nunca más de tres», me explicó en un susurro Silvia–, Bruno ofreció al público una larga serie de cabriolas antes de retirarse finalmente, dejando a las embelesadas ranas gritando: «¡Más! ¡Más!». Supongo que ése era su modo de pedir que se repitiese la representación, pero Bruno no apareció hasta el momento de narrar su historia.

Cuando por fin lo hizo, advertí un notable cambio en su conducta. No dio más saltos. Evidentemente, debía de pensar que, por apropiada que pudiese ser la costumbre de dar volteretas para individuos insignificantes, como Hamlet o el Rey Lear, Bruno no llegaría a sacrificar su propia dignidad hasta semejante extremo. Pero también se veía con claridad que no se sentía enteramente a gusto, de pie y solo en el escenario, sin ningún traje con que disfrazarse. Empezó varias veces a decir. «Había un Ratón…», pero se detenía mirando a todas partes, como buscando un sitio más cómodo desde el que contar su historia. En un extremo del escenario, haciéndole en parte sombra, había una flor de digital, que al mecerse por la brisa de la tarde ofrecía el tipo de lugar que deseaba el orador. Bruno sólo necesitó un par de segundos para trepar al tallo como una ardilla, y sentarse a horcajadas en los más alto de todo, donde las campanillas se agrupaban más juntas; y una vez allí, pudo mirar al público desde una altura tal, que desapareció toda la vergüenza y pudo comenzar alegremente su historia.

«Había una vez un Ratón y un Cocodrilo y un Hombre y una Cabra y un León.» Yo nunca había oído enumerar los *dramatis personae* de una historia con tal profusión y tan deprisa, y me dejó sin aliento. Incluso Silvia dio un leve suspiro de aspiración, y permitió que tres ranas, cansadas del espectáculo, se marcharan a la acequia.

–Y el Ratón se encontró un zapatero, y creyó que era una ratonera. Así que se metió dentro y permaneció allí un buen rato.

–¿Y por qué se quedó dentro? –preguntó Silvia. Su función parecía ser muy semejante a la del coro en una tragedia griega, debía animar al orador, instarle a avanzar en su relato mediante inteligentes preguntas.

–¡Porque creía que no podía salir! –explicó Bruno–. Era un ratón inteligente. ¡Sabía que no hay modo de salir de una ratonera!

–Y entonces ¿por qué se metió dentro? –insistió Silvia.

–…y saltaba y saltaba –siguió con su relato Bruno, como si no hubiera oído la pregunta–, y al final, salió. Y miró la marca del zapato. Y vio el nombre del Hombre. Y así supo que el zapato no era suyo.

—¿Es que había pensado que lo era? —preguntó Silvia.

—¿Cómo? ¿No dije ya que había creído que era una ratonera? —replicó indignado el orador—. Por favor, Señor Usted, ¿podría conseguir que Silvia atienda?

Silvia fue reducida al silencio, y fue toda oídos; en realidad, ella y yo éramos lo mejor del público, pues las ranas se habían ido a buscar lúpulo, y ya quedaban muy pocas.

—El Ratón dio el zapato al Hombre, y el Hombre se alegró mucho, porque no había conseguido más que un zapato y andaba buscando el otro. Y el Hombre sacó a la Cabra del saco...

—Hasta ahora no habíamos oído hablar de ese saco —dije.

—Ni volverán a oírlo —replicó Bruno—, y dijo a la Cabra: «Estate aquí dando vueltas hasta que yo regrese». Y fue y se cayó en un agujero muy hondo. Y la Cabra daba vueltas y más vueltas. Y paseaba bajo el árbol. Y meneaba la cola. Y miraba hacia arriba al árbol. Y cantaba una triste cancioncilla. ¡Jamás habrán oído ustedes una canción tan triste como la que cantaba!

—¿Por qué no nos la cantas, Bruno? —propuse.

—No, no puedo —me respondió enseguida Bruno—. Haría llorar a Silvia.

—¡Nada de eso! —le interrumpió Silvia airada—. ¡Y, además, no me creo que la Cabra cantase nada de nada!

—¡Claro que cantaba! —replicó Bruno—. Y cantaba muy bien, la vi cantando con su larga barba…

—No podía cantar con la barba —intervine yo de nuevo, con la intención de poner en un aprieto al niño—: una barba no es una voz.

—Bueno, pues entonces usted no puede pasear con Silvia —me respondió con tono triunfal—. ¡Silvia no es un pie!

Pensé que haría mejor siguiendo el ejemplo de Silvia, permaneciendo en silencio. Bruno era demasiado agudo para nosotros.

—Y cuando terminó de cantar toda la canción, se marchó en busca del Hombre. Y el Cocodrilo salió tras él, para morderle, y el Ratón fue tras el Cocodrilo.

—¿El Cocodrilo corría? —preguntó Silvia, y luego se dirigió a mí—: ¿Los cocodrilos corren?

Sugerí el término «bracear» como más apropiado.

—No corría —explicó Bruno—, ni tampoco braceaba. Avanzaba como un baúl, y con la barbilla bien alzada…

—¿Para qué hacía eso? —preguntó Silvia.

—¡Porque no le dolían las muelas! —contestó Bruno—. ¿Es que no se puede hacer nada sin que yo tenga que dar una explicación de ello? ¡Si le doliesen las muelas, llevaría la cabeza gacha, así, y se habría puesto un montón de frazadas calientes alrededor de la mandíbula!

—¡Si es que tenía frazadas! —insistió Silvia.

—¡Pues claro que las tenía! —replicó su hermano—. ¿Es que te crees que los cocodrilos salen sin llevar frazadas? —Y frunció el entrecejo—. ¡Y la Cabra se asustó mucho al verle las cejas!

—¡Yo nunca me asustaría de unas cejas! —exclamó Silvia.

—¡Pues yo creo que sí te asustarían si tuviesen un Cocodrilo pegado detrás, como aquéllas! Y así, el Hombre saltó y saltó y al final acabó por salir del agujero.

Silvia volvió a suspirar ligeramente; el rápido salto de uno a otro personaje de la historia le había dejado sin aliento.

—Y corrió buscando a la Cabra —continuaba Bruno—. Y oyó gruñir al León…

—Los leones no gruñen —arguyó Silvia.

—Pues éste sí —contestó Bruno—. Y su boca era como un gran armario. Había muchísimo espacio en su boca. Y el León corrió tras el Hombre, para comérselo. Y el Ratón corrió tras el León.

—¡Pero el Ratón estaba corriendo detrás del Cocodrilo —me atreví a decir—, no podía correr detrás de ambos!

Bruno suspiró ante la estupidez de su público, pero reunió paciencia suficiente para explicar:

—Corría detrás de ambos, porque llevaban el mismo camino. Y primero cogió al Cocodrilo, y luego no cogió al León. Y cuando cogió al Cocodrilo, ¿qué creéis que hizo, aprovechando que llevaba unas pinzas en el bolsillo?

—No se me ocurre nada —dijo Silvia.

—¡No puede imaginárselo nadie! —exclamó Bruno muy contento—. ¡Arrancó el diente del Cocodrilo!

—¿Qué diente? —intervine otra vez. Pero a Bruno no había manera de pillarle desprevenido.

—¡El diente con el que estaba a punto de morder a la Cabra, por supuesto!

—Pero no podía estar seguro de cuál era —argumenté yo—, tendría que arrancarle todos los dientes.

Bruno se rió alegremente, y medio balanceándose hacia adelante y hacia atrás, cantó:

–¡Le-arran-có-todos-los-dientes!

–¿Y por qué permitió el Cocodrilo que le arrancasen todos los dientes? –preguntó Silvia.

–Tenía que esperar –contestó Bruno.

–¿Y qué pasó con el hombre que dijo: «Puedes quedarte aquí hasta que regrese»?

–No dijo «puedes» –explicó Bruno–. Dijo: «Estate aquí». Igual que Silvia me dice a mí: «Estate aquí estudiando hasta las doce». ¡Ya me gustaría a mí que Silvia me dijese: Puedes quedarte aquí estudiando –añadió con un suspiro.

Silvia pareció pensar que ése era un tema delicado para ponerse a discutirlo, y volvió a la historia.

–¿Pero qué le pasó al Hombre?

—Bueno, el León acabó por saltar sobre él. Pero iba muy despacio, se pasó tres semanas en el aire…

—¿Y el Hombre esperó durante todo ese tiempo? —pregunté yo incrédulo.

—¡Claro que no! —replicó Bruno, bajando de la flor, pues evidentemente, la historia llegaba a su fin—. Vendió su casa, y luego hizo las maletas. Se marchó a vivir en otra ciudad. Así que el León tuvo que comerse a otro hombre.

Ésa era la moraleja, y Silvia la proclamó a las ranas.

—¡La historia ha terminado! Y lo que debemos aprender de ella —añadió en un aparte a mí— es algo de lo que ni yo misma estoy segura.

Yo tampoco lo veía muy claro, así que no aventuré ninguna suposición, pero las ranas parecían muy satisfechas, con moraleja o sin ella, y se limitaron a alzar un ronco coro de: «¡Fuera! ¡Fuera!», antes de irse.

Capítulo XXV

Mirando a Oriente

—Hace ya una semana —le decía tres días más tarde a Arthur— que supimos del compromiso de Lady Muriel. Creo que debería ir, en cualquier momento, y felicitarla. Yo podría acompañarle, si lo desea.

Una expresión de disgusto asomó a su rostro.

—¿Cuándo va a dejarnos? —me preguntó.

—En el primer tren del lunes.

—Bien. Sí. Iré con usted. Parecería extraño y poco amistoso si no lo hiciera. Pero hoy es viernes. Vayamos el domingo por la tarde, para entonces reuniré fuerza suficiente.

Ocultando sus ojos con una mano, como medio avergonzado de las lágrimas que corrían por sus mejillas, me ofreció la otra mano. Yo me estremecí al estrechársela. Traté de encontrar algunas palabras que expresasen mi simpatía, pero las que hallé me parecieron todas muy pobres y frías, y decidí no pronunciarlas.

—¡Buenas noches! —me limité a decir.

—¡Buenas noches, amigo mío! —dijo él. El tono viril con que lo dijo me convenció de que estaba combatiendo, y venciendo, la enorme tristeza que tan cerca había estado de hacer naufragar su vida.

Me alegré al pensar que no había ninguna posibilidad de que el domingo por la tarde encontramos a Eric en la casona, pues había regresado a la ciudad al día siguiente del anuncio de su compromiso. Su presencia habría turbado la calma (la casi increíble calma) con que Arthur se encontró con la mujer que había vencido a su corazón, y murmuró las pocas palabras de simpatía que la ocasión requería.

Lady Muriel estaba absolutamente radiante de felicidad; ninguna tristeza podía sobrevivir ante una sonrisa como la suya, e incluso Arthur se rindió a ella.

—Pueden ver que estoy regando las flores —dijo Lady Muriel—, aunque hoy es día de Sabbath.

—Los días de Sabbath están permitidas las obras de misericordia —replicó Arthur con un tono de cierta alegría—. Pero hoy no es sábado. El día del Sabbath dejó ya de existir.

—Ya sé que hoy no es sábado —explicó Lady Muriel—. Pero, ¿no se llama el Sabbath cristiano al domingo?

—Sí, le llaman así, según creo, en recuerdo del espíritu de la institución judía de que uno de cada siete días debe ser de descanso. Pero creí que los cristianos están libres de observación literal del Tercer Mandamiento.

—Entonces, ¿en qué se funda nuestra observancia del domingo?

—Tenemos, en primer lugar, el hecho de que el séptimo día fue santificado cuando Dios descansó del trabajo de la Creación. Y eso nos obliga como teístas. En segundo lugar, el Día del Señor es una institución cristiana, y eso nos obliga como cristianos.

—Y sus reglas de actuación, serán entonces…

—Primero, como teístas, santificarlo de algún modo, y hacerlo, siempre que sea posible, con un día de descanso. Y en segundo lugar, como cristianos, debemos asistir al culto público.

—¿Y qué hay de las diversiones?

—Lo que es inocente en un día normal, es inocente el domingo, con tal de que no interfiera en los deberes propios de ese día.

—Entonces, ¿usted permitiría que los niños jugaran los domingos?

—Por supuesto. No hay motivo para convertir esos días en tediosos para sus inquietas naturalezas.

—Tengo por alguna parte una carta de una amiga —dijo Lady Muriel—, en la que me describe cómo pasaban los domingos cuando era niña. Voy a buscársela.

—Tuve una descripción similar, *viva voce*, hace años —me dijo Arthur cuando Lady Muriel nos dejó solos— de una niñita. Era verdaderamente conmovedor oír el tono melancólico con que decía: «¡En domingo no debo jugar con la arena! ¡En domingo no debo escarbar en el jardín!». ¡Pobre niña! ¡Tenía motivos más que suficientes para que el domingo le desagradara!

—Aquí está la carta —dijo Lady Muriel cuando regresó—. Permítanme que les lea un fragmento:

Cuando de niña abría los ojos la mañana del domingo, un sentimiento de triste anticipación, que había comenzado por lo menos el viernes anterior, llegaba a su punto más alto. Sabía lo que me aguardaba, y mi deseo, si no mis palabras, era: «¡Ojalá llegue pronto la noche!». No era un día de descanso, sino de textos, de catecismos (el de Watts), de folletos sobre renegados convertidos, bondadosas asistentas y muertes edificantes de pecadores finalmente se salvaban.

Despertaba con el alba y tenía que aprenderme de memoria himnos y textos de la Escritura hasta las 8, en que rezábamos juntos toda la familia; luego desayunábamos, algo que nunca conseguí que me gustase, en parte por el ayuno ya padecido, y en parte por el aspecto del desayuno.

A las 9 iba a la escuela dominical; y me indignaba ir a la misma clase que los niños del pueblo, aunque no hacía el menor ruido por temor de que, si cometía algún error, me pusieran unos puestos por debajo de ellos.

El servicio en la iglesia era un verdadero desierto del Sinaí. Vagaba por él, con el tabernáculo de mis pensamientos a cuestas entre los límites que marcaban el banco que ocupaba mi familia, los movimientos de mis hermanos pequeños y el espanto de saber que sobre notas tomadas al azar tendría que copiar, de memoria, el inconexo y extemporáneo sermón, que podría tener cualquier texto menos el suyo, y quedar bien o fracasar rotundamente según fuera el resultado.

A continuación venía una comida fría a la 1, los criados no debían trabajar, escuela dominical otra vez, de 2 a 4, y servicio vespertino a las 6. Los intervalos eran quizá la peor prueba de todas, por los esfuerzos que debía hacer para ser menos pecadora que de costumbre, para leer libros y sermones tan estériles como el mar Muerto. Sólo había algo bueno en todo el día, y era la «hora de acostarse», que nunca llegaba demasiado pronto.

—No dudo que tales enseñanzas eran bienintencionadas —dijo Arthur—; pero deben de haber conseguido que muchas de sus víctimas dejen de asistir a los servicios de la iglesia.

—Me temo que esta mañana he dejado de asistir yo —dijo Lady Muriel seriamente—. Tenía que escribir a Eric. ¿Les molesta que les cuente algo que me dijo él sobre la oración? Es algo que yo nunca había pensado de ese modo.

—¿De qué modo? —preguntó Arthur.

—Pues que toda la naturaleza funciona ateniéndose a unas reglas fijas, regulares; lo ha probado la ciencia. De modo que pedir a Dios que haga algo (excepto, naturalmente, rogarle que nos envíe dichas espirituales) es esperar un milagro, y no tenemos derecho a hacer eso. No lo he expresado tan bien como él, pero ésa era la conclusión, y no consigo dejar de pensar en ello. ¿Qué piensa usted de esto?

—No es mi intención discutir los problemas del Capitán Lindon —repuso Arthur—; sobre todo, no estando él presente. Pero si el problema se le plantea a usted —su voz adoptó inconscientemente un tono dulce—, intentaré darle una respuesta.

—Es un problema mío —dijo ella vehementemente.

—En tal caso, debo preguntarme: ¿por qué excepto dichas espirituales? ¿No pertenece su mente a la naturaleza?

—Sí, pero interviene el libre albedrío… Puedo escoger esto o lo otro; y Dios puede influir en mi elección.

—Entonces, ¿no es usted fatalista?

—¡Oh, no! —exclamó ella con decisión.

—¡Gracias a Dios! —se dijo a sí mismo Arthur, pero en un susurro tan bajo que sólo yo le oí—. Entonces usted afirma que yo puedo, por un acto de mi libre voluntad, mover esta taza —la acción siguió a la palabra— para aquí o para el otro lado, ¿no es así?

—Por supuesto.

—Bien, veamos hasta dónde han producido ese acto unas leyes fijas. La taza se mueve porque determinadas fuerzas mecánicas le son imprimidas por mi mano. Mi mano se mueve porque cierta fuerzas (eléctricas, magnéticas, o lo que quiera que la «fuerza nerviosa» sea) le son imprimidas por mi cerebro. Esta fuerza nerviosa, almacenada en el cerebro, podría ser rastreada probablemente, si la ciencia abarcase todo, hasta fuerzas químicas llevadas al cerebro por la sangre, y en último término derivarían de los alimentos y del aire que he comido y respirado.

—Pero ¿eso no sería fatalismo? ¿Y dónde queda el libre albedrío?

—En la elección de los nervios —respondió Arthur—. La fuerza nerviosa existente en el cerebro puede dirigirse igualmente a un nervio o a otro. Necesitamos algo más que una ley de la naturaleza fija para determinar qué nervio cargará con ella. Y ese «algo» es sin duda el libre albedrío.

Los ojos de Lady Muriel brillaron.

—¡Ya veo lo que usted quiere decir! —exclamó alegre—. El libre albedrío humano es una excepción al sistema de leyes fijas. Eric dijo algo similar a eso. Y luego me parece que dijo que Dios sólo puede intervenir en la naturaleza influyendo en las voluntades humanas. De modo que podríamos pedirle razonablemente: «Danos hoy el pan nuestro de cada día», porque muchas de las causas que producen el pan están bajo el control del hombre. Pero rogarle lluvia o buen tiempo sería tan poco sensato como… —se detuvo, como si temiese decir algo irreverente.

En tono bajo, tan serio que imponía respeto, y con la voz temblorosa de emoción, con la solemnidad de quien se halla en presencia de la muerte, Arthur replicó lentamente:

—¿*Discutirá lo que le ha enseñado el Todopoderoso?* ¿Seremos nosotros, «el enjambre nacido con el tibio rayo del mediodía», capaces de creer que tenemos poder para dirigir las fuerzas de la naturaleza, de la que somos una parte tan mínima? ¿Seremos, en nuestra arrogancia sin límites, en nuestra miserable vanidad, capaces de negar ese poder anterior a los días? ¿Osaremos decir a nuestro Creador: «¡Hasta aquí, sí; pero de aquí no pasas! Lo has creado pero no puedes regirlo»?

Lady Muriel había ocultado su rostro entre las manos, y no levantó la vista. Se limitaba a murmurar una y otra vez:

—¡Gracias, gracias…!

—Sólo una cosa más —dijo Arthur cuando nos levantamos—. Si quiere conocer el poder de la oración, en cualquier cosa que pueda necesitar el hombre, inténtelo. «Pedid y se os dará.» Yo lo he probado. ¡Y me consta que Dios responde a la plegaria!

Regresamos a casa en silencio, hasta que ya casi habíamos llegado a ella. Entonces Arthur murmuró —en lo que casi fue un eco de mis propios pensamientos—:

—¿Qué sabes tú, mujer, si serás tú quien salve a tu marido?

No volvimos a tocar el tema. Permanecimos hablando mientras aquella última noche que íbamos a pasar juntos avanzaba, casi sin advertirlo, hora tras hora. Tenía mucho que contarme sobre la India y la nueva vida que iba a emprender, y sobre el trabajo que esperaba llevar a cabo. Su generosa alma parecía tan colmada de noble ambición que no dejaba ningún resquicio para lamentaciones inútiles ni tampoco para el más mínimo atisbo de resentimiento.

—¡Vamos, está a punto de amanecer! —dijo finalmente Arthur, levantándose y dirigiéndose a la escalera—. El sol saldrá dentro de pocos minutos, y, aunque le he robado sus esperanzas de descansar en su última noche aquí, estoy seguro de que sabrá disculparlo, pues no podía decirle: «¡Buenas noches!», sin que supiera si me volverá a ver o si tendrá noticias mías.

—¡Seguro que tendré noticias suyas! —repliqué cálidamente, y cité los versos finales de ese extraño poema titulado «Observando»:

¡Oh, nunca una estrella
Se perdió por aquí, pero surgió a lo lejos!
¡Mira a Oriente, cuántos millares surgen!
En la Tierra de Visnu, ¿qué avatar?

—¡Sí, eso es, mira a Oriente! —replicó animado Arthur, deteniéndose ante la ventana de la escalera, que mostraba un bello panorama del mar y del horizonte al este—. Occidente es la sepultura más apropiada para todas las tristezas y las penas, para todos los errores y equivocaciones del pasado. ¡Y para todas sus marchitas esperanzas y todos sus amores sepultados! ¡De Oriente llega una nueva fuerza, una nueva ambición, una nueva esperanza, nueva vida, nuevo amor! ¡Mira a Oriente! ¡Sí, eso es, mira a Oriente!

Sus últimas palabras resonaban aún en mis oídos, cuando entré en mi habitación y descorrí los visillos, justo a tiempo de ver al sol estallar gloriosamente fuera de su prisión del océano, e inundar el mundo con la luz de un nuevo día.

—¡Sí, es posible para él, y para mí, y para todos nosotros! —dije para mis adentros—. Todo lo malo y muerto, y desesperanzado, que se extinga con la noche que desaparece! ¡Todo lo que es bueno, y vivo, y esperanzado, que estalle con el alba del nuevo día! ¡Que se extingan con la noche las frías nieblas, y los malsanos vapores, y las pesadas sombras, y las quejicosas borrascas, y el melancólico ulular del búho! Que se alcen, con el nuevo día, los veloces rayos de luz, y la salutífera brisa de la mañana, y el calor de la vida que alborea, y el alegre canto de la alondra! ¡Mira a Oriente!

»¡Que se extingan con la noche las nubes de la ignorancia, y la lúgubre corrupción del pecado, y las silenciosas lágrimas de la tristeza! ¡Y que se alcen cada vez a mayor altura, con el nuevo día, la radiante aurora del saber y el fresco aliento de la pureza y el latido de un éxtasis universal! ¡Mira a Oriente!

»¡Que se extingan con la noche el recuerdo de un amor muerto y las hojas marchitas de una esperanza agostada, y los repugnantes resentimientos y tristes lamentaciones que socaban las mejores energías del alma! ¡Y que se alcen, llenándolo todo, avanzando como una ágil corriente, la firme resolución, y la intrépida voluntad, y la celestial mirada de la fe *(¡la esencia de las cosas que se esperan, la evidencia de las cosas que no se ven!)*.

»¡Mira a Oriente! ¡Sí, eso es, mira a Oriente!

SILVIA Y BRUNO
CONCLUSIÓN
(1893)

Sueños que eluden el frenético abrazo de su hacedor…
Manos, desnudas e inmóviles, sobre el pecho de la madre muerta,
Que nunca más devolverá abrazo por abrazo,
Ni consolará hábilmente al niño lloroso para que descanse…
En tales formas intenté exponer
Mi cuento, que aquí acaba. Tú, deliciosa Fay…
Guardiana de un espíritu que vive para atormentarte…
¡Amando con todo el corazón, regañando sólo en juegos
Al alegre y burlón Bruno! ¿Quién, que te vea,
Podría no amarte, cariño, al igual que yo lo hago?
¡Mi dulcísima Silvia, llegado es el momento en que debemos despedirnos!

PREFACIO

Permítanme que deje constancia en estas páginas de mi sincera gratitud a los numerosos críticos que han tenido en cuenta, favorable o desfavorablemente, el anterior libro de esta obra. Es más que probable que sus comentarios desfavorables fueran bien merecidos; por otra parte, es menos evidente que podamos aplicar el mismo criterio a los favorables. Ambos han servido para hacer que el libro sea ampliamente conocido, y han contribuido a que el público lector forme sus propias opiniones acerca de él. Permítanme también asegurarles aquí que no es en absoluto falta de respeto a sus críticas lo que me ha inducido a abstenerme escrupulosamente de leer *ninguna* de ellas. Soy de la firme opinión de que lo mejor, con mucho, que puede hacer un autor es *no* leer ninguna reseña de sus libros: las desfavorables es prácticamente seguro que le molestarán, y las favorables le harán engreído, y *ninguno* de esos dos efectos me parece deseable.

No obstante, han llegado hasta mí críticas procedentes de fuentes privadas, a algunas de las cuales pretendo dar réplica a continuación.

Uno de estos críticos lamenta que las observaciones hechas por Arthur acerca de los sermones y de los predicadores sean excesivamente rigurosas. Permítanme decir, a modo de respuesta, que yo *no* me considero responsable de *ninguna* de las opiniones expresadas por los personajes de mi libro. No son más que opiniones que me pareció que correspondían a las de las personas en cuya boca las puse, y que me parecieron dignas de tener en cuenta.

Otros críticos se han quejado de ciertas innovaciones en la ortografía, como, por ejemplo, «ca'n't», «wo'n't» y «traveler». Sólo puedo alegar al respecto mi firme convicción de que su uso popular es *equivocado*. En lo que se refiere a «ca'n't», está fuera de toda discusión que en todas las *demás* palabras que terminan en «n't», esas letras representan una abreviatura de «not», ¡y en consecuencia es evidentemente absurdo el suponer que tan sólo en este caso, «not» viene representado por «t»! De hecho, «can't» es la abreviatura *correcta* de «can it», al igual que «is't» lo es de «is it». Igualmente, en «wo'n't», el primer apóstrofo es imprescindible, pues la palabra «would» queda aquí abreviada a «wo», pero considero correcto escribir «don't» con tan sólo un *apóstrofo*, y pienso que en este caso la palabra «do» está completa. En cuanto a palabras como «traveler», mantengo que la regla correcta es duplicar la consonante cuando el acento recae en esa sílaba; y mantengo que en caso contrario debe ser *sencilla*. Esta regla se sigue en la mayor parte de los casos (por ejemplo, duplicamos la «r» en «preferred», mientras que la dejamos sencilla en «offered»), de modo que no hago más que aplicar a otros casos una regla ya existente. No obstante, admito que no escribo «parallel» atendiendo a esta regla, pero en este caso nos vemos obligados por su etimología a insertar esa doble «l».

En el prefacio del primer libro había dos enigmas con los que los lectores podían ejercitar su ingenio. Uno de ellos era identificar las dos líneas de «relleno» que había considerado necesario incluir en el pasaje que va desde la página 37 hasta la mitad de la página 38. Son las últimas dos líneas de la página 37. El otro era determinar cuál (en el caso de haber alguna) de las ocho estrofas de la canción del Jardinero (véanse páginas 54, 60, 66, 74, 81, 110 y 112) se habían adaptado a su contexto, y cuáles (si las hubiera) tenían el contexto adaptado a ellas. La última de ellas es la única que fue adaptada al contexto, la «puerta del Jardín que se abría con una llave», que fue sustituida por no sé qué criatura (un cormorán, creo recordar), «que anidaba en un árbol». En las páginas 60, 74 y 110, el contexto fue adaptado a la estrofa. En la página 66, ni la estrofa ni el contexto fueron alterados: la vinculación entre ambos no fue más que cuestión de fortuna.

En las páginas 9 y 10 del prefacio al primer libro, di una explicación acerca de la creación de la historia de «Silvia y Bruno». Quizá mis lectores acepten unos detalles adicionales.

Ahora creo que fue en 1873 cuando se me ocurrió por primera vez la idea de que un pequeño cuento de hadas (escrito en 1867 para la *Aunt Judy's Magazine*, con el título «La venganza de Bruno») podría ser el núcleo de una historia más extensa. He llegado a esta conclusión después de encontrar el borrador del último párrafo del segundo libro, fechado en 1873. De modo que este párrafo ha estado esperando veinte años su oportunidad para aparecer en letra impresa. ¡Más del doble de tiempo que tan cautelosamente recomendaba Horacio que «reprimiéramos» nuestros esfuerzos literarios!

En febrero de 1885 inicié las negociaciones con míster Harry Furniss, para ilustrar el libro. La mayor parte del texto de *ambos* libros existía ya entonces como manuscrito: y mi intención original era publicar la *totalidad* de la historia al mismo tiempo. En septiembre de 1885 recibí de míster Furniss el primer lote de dibujos: los cuatro que ilustran «Pedro y Pablo». En noviembre de 1886 recibí el segundo lote, los tres que ilustran la canción del Profesor acerca del «hombrecillo» que tenía «una escopetuela», y en enero de 1887 recibí el tercer lote, formado por los cuatro que ilustran «El Cuento del Cerdo».

De modo que procedimos de este modo, ilustrando primero una parte de la historia, y después otra, sin ningún tipo de continuidad. Y no fue hasta mazo de 1889 cuando, una vez calculado el número de páginas que ocuparía la historia, decidí dividirla en dos partes y publicarla en dos volúmenes. Esto me obligó a escribir una *especie* de conclusión para el primer libro, y la mayoría parte de mis lectores, me temo, la consideraron la *verdadera* conclusión al aparecer aquel volumen en diciembre de 1889. En cualquier caso, de entre todas las cartas que recibí tan sólo hubo *una* que expresara *cierta* sospecha de que no se trataba del *final*. Tal carta la remitía una niña, y en ella decía: «Nos hizo mucha ilusión, al llegar al final del libro, comprobar que no había una conclusión, pues eso demuestra que escribirá usted una continuación».

Quizás a algunos de mis lectores les interesara *conocer* la *teoría* de la que parte esta historia. Es un intento de visualizar lo que podría suceder si las hadas existieran realmente, y fueran visibles para nosotros de vez en cuando, y nosotros para ellas, y que también de vez en cuando pudieran tomar forma humana, y suponiendo asimismo que los seres humanos pudieran a veces tener conciencia de lo que sucede en el mundo de las hadas por medio de una transferencia de hecho de su esencia inmaterial, como las que se producen en el «budismo esotérico».

He partido del supuesto de que un ser humano es capaz de participar de los siguientes estados psíquicos, con diversos niveles de conciencia:

a) El estado ordinario, en el que no hay conciencia de la presencia de las hadas.

b) El estado «extraño», en el cual, aun habiendo conciencia de nuestro entorno real, hay al mismo tiempo conciencia de la presencia de hadas.

c) Una forma de trance, en la cual, aun *faltando* la conciencia del entorno real y estando en apariencia sumido en el sueño, el hombre (es decir, su esencia inmaterial) migra a otros territorios del mundo real o del mundo de las hadas, siendo consciente de la presencia de éstas.

También he asumido que un hada es capaz de pasar de la tierra de las hadas al mundo real, y de adoptar cuando lo desea forma humana, y también es capaz de participar de los siguientes estados psíquicos:

a) Un estado ordinario en el que no hay conciencia alguna de la presencia de seres humanos.

b) Una especie de estado «raro», en el que mientras está en el mundo real es consciente de la presencia de los seres humanos, y cuando está en la tierra de las Hadas, de la presencia de las esencias inmateriales de los seres humanos.

En la página siguiente hay una tabla que indica los pasajes en los que se dan estados anormales.

En el prefacio al primer libro, en las páginas 9 y 10, ofrecía una explicación acerca del *origen* de algunas de las ideas incorporadas al libro. Quizás algunos detalles más al respecto podrían resultar de interés para mis lectores: I, p. 128. El tan extraño empleo que se hace aquí de un ratón muerto procede de la vida real. En una ocasión me encontré con dos niños muy pequeños, que jugaban en un jardín un microscópico partido de «críquet a dos». Creo recordar que el bate tenía el tamaño de una cuchara sopera, y la máxima distancia alcanzada por la pelota, incluso en sus más audaces vuelos, rondaría las cuatro o cinco yardas. ¡La distancia *exacta* era, por supuesto, un asunto de suma importancia, y era siempre cuidadosamente medida (el bateador y el lanzador compartían amigablemente tal labor) empleando un ratón muerto!

I, p. 158. Los dos axiomas cuasi matemáticos citados por Arthur en la página 158 del primer libro. («Las cosas que son mayores que una misma son mayores que otra cualquiera», y «todos los ángulos son iguales») fueron realmente enunciados con total seriedad por estudiantes a punto de graduarse en una universidad situada a menos de cien millas de Ely.

II, p. 248. El comentario de Bruno («puedo cuando quiero...») lo hizo en realidad un niño pequeño.

II, p. 250. Al igual que éste, otro comentario: «sé (...) lo que *no* pone». Y el comentario «no tuve más que dar la vuelta a los ojos...» lo oí en boca de una pequeña niña que acababa de resolver una adivinanza que le había planteado.

II, p. 274. El soliloquio de Bruno («Por su padre, etcétera») se lo oí a una pequeña niña que estaba mirando por la ventana de un vagón de ferrocarril.

II, p. 317. El comentario, hecho por un invitado a la fiesta, al pedir un plato de fruta («me están apeteciendo, etcétera») es de un gran poeta laureado, cuya pérdida tanto ha conmocionado recientemente a la comunidad de los lectores.

II, p. 330. El discurso de Bruno acerca de la edad de Mein Herr refleja la respuesta de una niña a la pregunta: «¿Tu abuela es una *vieja* dama?» «No sé si es una *vieja* dama —dijo cautelosamente la jovencita—; tiene *ochenta y tres* años.»

VOLUMEN I	*Localización del narrador*	*Estado*	*Otros personajes*
páginas			
19-26	En el tren	c	Canciller (b)
34-48	En el tren	c	
52-60	En el tren	c	
62-71	En casa	c	
74-81	En la playa	c	
81-119	En casa	c	Silvia y Bruno (b)
			Profesor (b)
122-137	En el bosque	b	Bruno (b)
140-143	En el bosque, caminar-dormido	c	Silvia y Bruno (b)
150-155	Entre ruinas	c	Silvia y Bruno (b)
159-160	Entre ruinas, soñando	a	
161-163	Entre ruinas, caminar-dormido	c	Silvia, Bruno
			y el Profesor en forma humana
163...	En la calle	b	
168-177	En la estación	b	Silvia y Bruno (b)
182-191	En el jardín	c	Silvia, Bruno y el Profesor (b)
194-201	En el camino	a	Silvia y Bruno en forma humana
202-207	En la calle	a	
210-221	En el bosque	b	Silvia y Bruno (b)
VOLUMEN II			
páginas			
245-254	En el jardín	b	Silvia y Bruno (b)
268-269	En el camino	b	Silvia y Bruno (b)
270-283	En el camino	b	Silvia y Bruno en forma humana
286-292	En el camino	b	Silvia y Bruno (b)
322-355	En el salón	a	Silvia y Bruno en forma humana
356-374	En el salón	c	Silvia y Bruno (b)
383-388	En la sala de fumar	c	Silvia y Bruno (b)
408-411	En el bosque	b	Silvia y Bruno (a) y Lady Muriel (b)
411-430	En casa	c	
432-462	En casa	c	
465...	En casa	b	

II, p. 352. ¡El discurso acerca de la «Obstrucción» no es producto de mi imaginación! Está copiado *al pie de la letra* del *Standard*, y lo hizo sir William Harcourt, que por aquel entonces era miembro de la «Oposición» en el National Liberal Club, el 16 de julio de 1890.

II, p. 423. El comentario del Profesor acerca del rabo de un perro, al efecto de que «por ese lado no muerde», es obra de un niño, al ser prevenido del riesgo que corría tirando del rabo a un perro.

II, pp. 449-450. El diálogo entre Silvia y Bruno es una repetición al pie de la letra (sustituyendo simplemente «pastel» por «penique») de un diálogo que cierto día oí mantener a dos niños.

Uno de los cuentos de este libro, «El picnic de Bruno» lo recomiendo para ser contado a los niños, ya que ha sido puesto a prueba una y otra vez, y tanto cuando el público al que se dirigía lo han formado una docena de niñas en una escuela rural, como cuando eran treinta o cuarenta en un salón de Londres, o un centenar en un colegio, siempre han manifestado gran atención y un gran aprecio por la diversión que el cuento les ofrecía.

Me gustaría aprovechar esta oportunidad para destacar lo que tengo por un éxito en cuanto a la elección de un nombre, en la página 40 del primer libro. ¿O no es cierto que el nombre «Sibimet» responde adecuadamente al carácter del Sub-Alcaide? ¡Mis amables lectores habrán observado hasta qué punto resulta inútil en una casa una trompeta de bronce si uno se la deja por ahí y no la toca nunca!

Quienes hayan leído el primer libro y han intentado resolver los dos problemas propuestos en la página 10 del Prefacio tal vez deseen ejercitar de nuevo su ingenio descubriendo cuáles (caso de haberlos) de los siguientes paralelismos fueron intencionados y cuáles (caso de haberlos) accidentales.

«Pequeñas avecillas.» Estrofa	Sucesos y Personas.
	1. Banquete.
	2. Canciller.
	3. Emperatriz y espinacas (II, 422).
	4. La vuelta del Alcaide.
	5. La conferencia del Profesor (II, 424).
	6. La canción del Otro Profesor (I, 92).
	7. Los mimos de Uggug.
	8. Barón de Oppelgeist.

9. El oso y el bufón (I, 85). Los pequeños zorros.
10. La campana de la cena de Bruno; Los pequeños zorros.

Publicaré las respuestas a este enigma en el Prefacio de un librito de «Juegos y problemas originales» que estoy preparando.

He reservado para el final un par de temas un poco más serios.

Tenía el propósito de discutir más ampliamente de lo que lo había hecho en el libro anterior la «moralidad del deporte», con especial referencia a una serie de cartas que he recibido de amantes del deporte, en las que indican las numerosas e importantes ventajas que el hombre obtiene de él, intentando demostrar que el sufrimiento que produce a los animales es una cuestión excesivamente menor para ser tomado en cuenta.

Sin embargo, cuando me puse a meditar en ello, ordenando todos los argumentos a favor y en contra, me pareció un asunto excesivamente extenso para tratarlos aquí. Espero poder publicar un ensayo acerca de este tema en alguna otra ocasión. De momento me contentaré con hacer públicas las conclusiones a las que he llegado.

Es cierto que Dios ha dado al hombre el derecho absoluto de quitar la *vida* a los demás animales, *habiendo* causas razonables, como puede ser el proveerse de alimento: pero Él *no* ha otorgado al hombre el derecho a causar *dolor,* excepto cuando sea *imprescindible;* y el simple placer, o las ventajas obtenidas, no constituyen una necesidad, y en consecuencia, ese dolor que se produce bajo el pretexto del *deporte* es cruel y por lo tanto malo. Pero considero que la cuestión es mucho más compleja de lo que en un principio me pareció, y que los argumentos a favor del deportista son mucho más fuertes de lo que inicialmente había creído. De modo que, por el momento, no me extenderé más sobre este asunto.

Han surgido también protestas con relación a la severidad del lenguaje que he puesto en boca de «Arthur», en la página 166, acerca de los «sermones», y en las páginas 164 y 165, acerca de los servicios corales y los «coristas». Ya he rebatido la presunción de que yo esté dispuesto a respaldar las opiniones expuestas por los personajes de mi libro. Sin embargo, en estos dos casos debo admitir que siento una gran simpatía por las de Arthur. Creo que se tiende a exigir un excesivo número de sermones a nuestros predicadores, y como consecuencia, muchos de ellos no valen la pena de ser escuchados, y, como consecuencia de *esto* último, estamos siempre muy predispuestos a *no* escuchar. El lector de este párrafo posiblemente oyera un sermón el domingo pasado por la mañana. Bien, ¡pues que intente recordar el tema y explicar de qué modo lo trató el predicador! Por otra parte, en cuanto a los «coristas» así como a los demás accesorios de música, vestimenta, profesiones, etcétera, que junto con ellos se han puesto de moda, admito que el movimiento «ritual» era muy necesario y que ha mejorado en gran medida en las iglesias, que se habían convertido en algo seco e inerte hasta extremos asombrosos, pero mantengo que, como otros muchos movimientos encomiables, ha ido demasiado lejos en la dirección contraria, introduciendo multitud de nuevos riesgos.

Este nuevo movimiento supone para la congregación el riesgo de terminar por pensar que los servicios se hacen para *ellos*, y que la única contribución necesaria por su parte es la de su presencia *física*. Y el riesgo, tanto para los sacerdotes como para la congregación, es acabar considerando estos complejos servicios como un *fin en sí mismos*, y olvidar que no son más que *medios*, y la más vacua de todas las burlas posibles, si no tienen algún tipo de resultado en nuestra vida.

En cuanto a los «coristas», parece plantear el riesgo del engreimiento, tal y como viene descrito en la página 165, el riesgo de considerar las partes del servicio donde su contribución no es necesaria como no dignas de su presencia; el riesgo de llegar a considerar el servicio como una simple forma externa, una serie de posturas que deben adoptarse y de palabras que deben decirse o cantarse, mientras los *pensamientos* vagan en cualquier otra dirección, con grave riesgo de que la «familiaridad» degenere en «desprecio» hacia las cosas sagradas.

Permítanme que ilustre las dos últimas formas de este riesgo mediante mi propia experiencia. No hace mucho tiempo asistí a un servicio en la catedral y me situé inmediatamente detrás de una fila de miembros del coro. No pude evitar el advertir que consideraban las *lecciones* como una parte del servicio a la que no era necesario que prestaran *ninguna* atención, lo que les suministró la conveniente oportunidad para poner en orden las partituras, etcétera, etcétera. También he visto con frecuencia una fila de pequeños coristas que, después de entrar en procesión hasta sus lugares, y de arrodillarse en actitud de rezar, se levantaban al cabo de un minuto perdido en mirar a su alrededor, resultando totalmente evidente que su actitud no era más que una burla. ¿Acaso no entraña un gran riesgo habituar a estos niños a *fingir* que rezan? Como ejemplo del tratamiento irreverente de las cosas sagradas mencionaré una costumbre, que sin duda muchos de mis lectores también habrán advertido en las iglesias donde los sacerdotes y el coro entran en procesión. A saber, que al final de las devociones privadas, que se desarrollan en la sacristía y que por supuesto resultan inaudibles para la congregación, el «Amén» final *se grita* lo suficientemente fuerte como para que sea oído en toda la iglesia. Esto es una señal para la congregación, que se prepara entonces para levantarse cuando aparezca la procesión; y no hay duda de que ése es el motivo de que se grite.

Si recordamos a quién va dirigido realmente ese «Amén» y consideramos que en ese caso se *utiliza* con el mismo fin que las campanas de la iglesia, ¿acaso no tenemos que admitir que constituye un acto grosero de irreverencia? En *mi* opinión es como utilizar una Biblia como reclinatorio.

Como ejemplo de los riesgos para los sacerdotes formados en este nuevo movimiento, permítaseme mencionar el hecho de que, a tenor de mi experiencia, los sacerdotes de esta escuela son *particularmente* dados a la narración de anécdotas cómicas, en las que los más sagrados nombres y palabras, a veces incluso fragmentos de la Biblia, se emplean como temas de burla. Muchas de estas cosas se citan como si hubieran sido dichas originalmente por *niños*, cuya absoluta ignorancia del mal sin duda *les* excusa, a los ojos de Dios, de toda culpa; pero sin duda ha de ser de otro modo con quienes emplean a *conciencia* esas frases inocentes como material para su profana diversión.

Sin embargo, permítaseme añadir, con la mayor vehemencia, que estoy absolutamente convencido de que, en muchos casos, todo esto es *inconsciente*: el «medio», como intenté explicar en las páginas 308 a 310, crea grandes diferencias entre unos hombres y otros, y me alegra pensar que muchas de estas historias profanas, que me resulta tan doloroso oír y que consideraría un pecado reproducir, no provocan ningún daño a sus oídos, ni ningún conflicto a sus conciencias, y que *ellos* pueden recitar, con no menos sinceridad que yo mismo, las dos oraciones *«Santificado sea Tu Nombre»* y *«Líbranos Buen Dios de la Dureza del Corazón y el Desprecio a Tu Palabra y Tu Voluntad»*. Quisiera añadir, por su bien y por el mío, la hermosísima petición de Keble: *«¡Ayúdanos Hoy y Cada Día a vivir más de acuerdo con lo que rezamos!»*. De hecho, es debido a las consecuencias que tiene, por los graves riesgos que supone tanto para el orador como para su auditorio (más que por lo que es en *sí mismo*), por lo que lamento este hábito clerical de introducir lo profano en las charlas sociales. Para los *creyentes* tiene el riesgo de la pérdida de la reverencia hacia las cosas sagradas, surgido del simple acto de escuchar y disfrutar de tales chanzas, y también por la tentación de repetirlas para entretener a los demás. Para los *no cre-*

yentes supone una bienvenida confirmación de su teoría de que la religión no es más que una farsa: el espectáculo de ver a sus acreditados adalides traicionar de ese modo lo que les ha sido confiado. Y para el propio orador conlleva el riesgo de *la pérdida de la fe.* Porque sin duda tales chanzas, si se hacen sin conciencia de mal, también tienen que ser hechas sin conciencia, en ese momento, de la *realidad* de Dios, como *ser viviente* que oye todo lo que decimos. Y quien se permite la libertad de emplear de tal modo las palabras sagradas, sin pensar en su significado, corre el grave riesgo de encontrarse con que para él Dios se convierta en un mito, y el paraíso, en una fantasía poética; incluso que para él desaparezca la luz de la vida y que en el fondo de su corazón sea un ateo, perdido en *«una palpable oscuridad».*

Me temo que actualmente existe una creciente tendencia a tratar irreverentemente el nombre de Dios y los temas vinculados a la religión. Algunos de nuestros teatros contribuyen a este movimiento descendente mediante groseras caricaturas de sacerdotes sobre el escenario: también algunos de nuestros sacerdotes contribuyen a ello, demostrando que pueden dejar a un lado su espíritu reverente, junto con sus casullas, y que, una vez *fuera* de sus iglesias, pueden considerar como bromas cosas y nombres que veneran con arrobo casi supersticioso cuando están *dentro* de ellas: me temo que el Ejército de Salvación ha conseguido, aun con las mejores intenciones, hacer mucho a favor de esto, debido a la cruda familiaridad con la que tratan las cosas sagradas; y todo aquel que desee *vivir* en el espíritu de la oración *«Santificado Sea Tu Nombre»*, sin duda debería hacer todo lo que esté en su mano, por poco que sea, para detenerlo. De modo que he aceptado encantado esta oportunidad única, por poco adecuado que pueda parecer el tema en el prefacio de un libro como éste, para poner por escrito algunas de las reflexiones que llevo haciendo desde hace ya mucho tiempo. Al escribir el Prefacio al primer libro, no confiaba que fuera leído por un gran número de lectores, pero me alegra decir que, a juzgar por las pruebas que poseo, *ha sido* leído por muchas personas y me alegra también poder confiar en que ocurra lo mismo con este Prefacio. Y supongo que, entre quienes lo lean, habrá lectores que compartan las opiniones que he expuesto y estén dispuestos a colaborar con sus oraciones y su ejemplo al renacimiento en la sociedad del espíritu cada vez más mortecino de la reverencia.

Ch. L. Dogson
Navidad de 1893

Capítulo I

Las lecciones de Bruno

Durante los dos meses siguientes, mi siempre solitaria vida me pareció, por contraste, más gris y tediosa de lo habitual. Añoraba a mis agradables amigos, que permanecían en Elveston, así como el alegre intercambio de ideas y la simpatía que les dotaba de nueva y vívida realidad. Pero sobre todo añoraba la compañía de las dos pequeñas hadas o niños de mis sueños, pues aún no sabía qué eran, cuyos dulces jugueteos habían iluminado mi vida con una luz mágica.

En horas de oficina, que suelen dejar al hombre molido o triturado, el tiempo siguió su curso habitual. Pero en los momentos de descanso que nos depara la vida, durante las horas desoladas en que libros y periódicos satisfacían mis ya colmados apetitos, de vuelta a mis siniestras introspecciones intentaba en vano cubrir la vacía atmósfera que me rodeaba con los queridos rostros de mis amigos ausentes. La amargura de mi soledad se hacía entonces evidente.

Cierta tarde, sintiendo que mi vida resultaba más aburrida que nunca, salí de paseo hacia mi club, no tanto con la esperanza de encontrarme con algún amigo, pues Londres estaba ya «quemado», sino con el deseo de escuchar las «dulces palabras del hombre» y «entrar en contacto con el pensamiento de otras personas». No obstante, la primera cara que vi *fue* la de un amigo. Eric Lindon estaba recostado, con una expresión de aburrimiento, hojeando un periódico, y nos pusimos a charlar con una satisfacción que ninguno de los dos intentó disimular. Al cabo de un rato, me atreví a mencionar lo que en aquel momento ocupaba mis pensamientos.

—Así pues, ¿el Doctor —un nombre que habíamos adoptado por acuerdo tácito, considerándolo una solución intermedia entre la formalidad de «Doctor Forester» y la intimidad, a la que Eric Lindon era ajeno, de «Arthur»— ha salido ya al extranjero? ¿Podría darme sus señas?

—Creo que sigue en Elveston —me respondió—. Pero no he vuelto allí desde que nos vimos.

—¿Me permite que le pregunte, si no le parece indiscreto, cuándo sonarán las campanas de su boda? ¿O acaso han sonado ya?

—No —dijo él con voz firme, que no revelaba ninguna emoción—; ese compromiso concluyó. Aún soy «Benedick, el solterón».

Tras estas palabras me vi invadido por un aluvión de ideas, todas repletas de grandes posibilidades de felicidad para Arthur, que me resultaron demasiado emocionantes para seguir ninguna conversación, y sólo pude alegrarme cuando surgió la primera excusa para retirarme cortésmente.

Al día siguiente escribí a Arthur, con un tono tan cargado de censura por su largo silencio como pude, rogándole que me pusiera al corriente de cómo le iban las cosas. Pasaron tres o cuatro días, quizá más, antes de que recibiera su respuesta, y nunca he visto días que transcurrieran con mayor tedio e indolencia. Para matar el tiempo, una tarde paseaba por los jardines de Kensington Gardens cuando, tomando al azar el primer camino que vi, me di cuenta de que, sin saber cómo, había ido a parar a una zona que era completamente desconocida para mí. Sin embargo, mis experiencias con los elfos parecían haber sido tan totalmente borradas de mi memoria, que nada podía estar más lejos de mi imaginación que la idea de encontrarme de nuevo con mis dos hadas amigas, cuando casualmente advertí la presencia de una pequeña criatura que se movía entre la hierba que crecía en el margen del camino, y que no parecía ser un insecto, ni una rana, ni ningún otro ser viviente que se me ocurriera. Me arrodillé cuidadosamente y, formando una improvisada jaula con mis manos, aprisioné al pequeño vagabundo. ¡Sentí un repentino estremecimiento de sorpresa y de alegría al descubrir que mi prisionero era... ni más ni menos que el mismísimo *Bruno*!

Bruno se lo tomó con *mucha* naturalidad, y, cuando volvía a dejarle en el suelo, en un lugar desde donde pudiera hablar conmigo con facilidad, empezó a hacerlo como si tan sólo hiciera unos momentos que nos hubiéramos visto por última vez.

—¿Sabes cuál es la *regla* —me preguntó— cuando coges un hada sin que te hayan dicho dónde buscar? —Los conocimientos de lenguaje de Bruno, evidentemente, *no* habían mejorado desde la última vez que nos habíamos visto.

—No —respondí aún atónito—. Ni siquiera sabía que existiera una regla acerca de eso.

—Me *parece* que tiene derecho a *comerme* —explicó el pequeñín, mirándome a la cara con una encantadora sonrisa—. Pero no estoy del todo seguro. Será mejor que no lo hagas antes de asegurarte.

Efectivamente, parecía razonable no dar un paso tan irrevocable como *aquél*, sin hacer las debidas averiguaciones.

—Por supuesto, antes de hacer nada lo *preguntaré* —dije—. Además, no estoy muy seguro de que *valga la pena* comerte.

—Yo creo que debo de estar *delicioso* —replicó Bruno, con voz satisfecha, como si aquello fuera algo de lo que hubiera que sentirse orgulloso.

—¿Y qué haces aquí, Bruno?

—¡Yo no me llamo *así*! —respondió airado mi astuto amiguito—. ¿No sabes que mi nombre es «¡Oh, Bruno!»? Así es como me llama siempre Silvia cuando le doy las lecciones.

—De acuerdo, pues, ¿qué haces aquí, Oh, Bruno?

—Estudio mis lecciones, por supuesto —dijo con aquel pícaro brillo que siempre aparecía en sus ojos cuando sabía que decía tonterías.

—¿*Ésa* es la forma que tienes de estudiar tus lecciones? ¿Y luego las recuerdas?

—Siempre recuerdo *mis* lecciones —respondió Bruno—. ¡Son las lecciones de *Silvia* las que son *terriblemente* difíciles de recordar! —Frunció el entrecejo, como si estuviera sumido en la profunda agonía de la meditación, y se golpeó la frente con los nudillos—. ¡*No puedo* pensar lo suficiente como para entenderlas! —exclamó con tono de desesperación—. ¡Hay que poder pensar el *doble*!

—¿Y por dónde anda Silvia?

—¡Eso me gustaría saber a *mí*! —dijo Bruno desconsoladamente—. ¿De qué sirve que me dé lecciones, si no está aquí para explicarme las partes difíciles?

—¡*Yo* iré a buscarla! —me ofrecí, y levantándome, di la vuelta al árbol, bajo cuya sombra había estado recostado, buscando por todas partes a Silvia. Al cabo de un rato vi de nuevo algo extraño moviéndose entre la maleza y, arrodillándome, me vi cara a cara con Silvia, radiante de alegría al verme, y me vi interpelado, con aquella dulce voz que tan bien conocía, con lo que parecía ser el *final* de una frase cuyo principio no había llegado a oír:

—...y supongo que ya debe de haber *terminado*. Así pues, iré a buscarle. ¿Quieres acompañarme? Está aquí cerca, al otro lado del árbol.

Para *mí*, aquello no suponía más que unos pocos pasos, pero, por el contrario, para Silvia era una gran distancia y tuve que poner un gran cuidado en andar despacio para no dejar a la pequeña rezagada, con riesgo de perderla de vista.

Encontrar las *lecciones* de Bruno fue bastante sencillo: parecían estar pulcramente escritas, en grandes y lisas hojas de hiedra dispersas un tanto desordenadamente en un pequeño calvero donde la hierba se había ido agostando, pero el pálido estudiante, que en buena lógica debería de haber estado inclinado sobre ellas estudiándolas, no aparecía por ningún lado. Miramos en todas direcciones durante un buen rato y, finalmente, los agudos ojos de Silvia le descubrieron columpiándose en un zarcillo de hiedra. Le ordenó que regresara inmediatamente a *tierra firme* y a las realidades de la vida. «La devoción antes que la obligación», de parecía ser el lema de aquellos pequeños seres, a la vista de los innumerables besos y abrazos que intercambiaron antes de poder pasar a hablar de ningún otro asunto.

—Y ahora, Bruno —dijo Silvia en tono de reproche—, ¿acaso no te dije que siguieras estudiando tus lecciones hasta que yo te indicara lo contrario?

—¡Pero es que me *indicaron* lo contrario! —replicó Bruno, con un brillo travieso en los ojos.

—¿*Qué* te indicaron, niño malo?

—Oí como una especie de ruido, como un rumor de pelea —explicó Bruno—. ¿*Tú* no lo oíste, Don Señor?

—¡Bueno, en cualquier caso, no tienes por qué *dormirte* así, perezoso, más que perezoso! —le amonestó Silvia, viendo que Bruno se había acurrucado encima de la mayor parte de las «lecciones» y que utilizaba una a modo de almohada.

—¡No *estaba* dormido! —protestó Bruno, en tono muy ofendido—. ¡Cuando cierro los ojos es para demostrar lo *despierto* que estoy!

—Está bien, ¿cuánto has aprendido hoy?

—He aprendido una pizca —respondió Bruno con modestia, evidentemente temiendo sobrevalorar sus logros—. ¡No *puedo* aprender más!

—¡Oh Bruno! Sabes que si quieres *puedes*.

—Claro que puedo cuando *quiero* —replicó el pálido estudiante—; pero no puedo si *no* quiero.

Silvia tenía una extraña habilidad, que yo no consideraba demasiado admirable, para eludir las perplejidades lógicas de Bruno a base de pasar súbitamente de un tema a otro, y ésta fue la estratagema que en esta ocasión adoptó con maestría.

—Bien, hay *una* cosa que debo decirte…

—¿Sabías, Don Señor —preguntó pensativamente Bruno—, que Silvia no sabe
contar? ¡Cada vez que dice «hay *una* cosa que debo decirte», yo *sé* perfectamente
que me va a decir por lo menos *dos*! ¡Y siempre acierto!

—Dos cabezas piensan mejor que una —repliqué no muy seguro de qué demo-
nios quería decir.

—No me importaría tener dos *cabezas* —musitó para sí mismo Bruno—: una para
poder cenar, y la otra para discutir con Silvia… ¿Crees que estaría más guapo con
dos cabezas, Don Señor?

Le respondí que la cuestión no ofrecía ninguna duda.

—El motivo por el que Silvia está tan enfadada… —siguió diciendo Bruno con toda seriedad, casi con pesar.

Los ojos de Silvia se abrieron como platos ante esta nueva línea de pensamiento, mientras que su cara rosada se mantenía perfectamente radiante, de buen humor. Pero se mantuvo en silencio.

—¿No sería mejor que me lo dijeras cuando hubieses acabado con tus lecciones? —sugerí.

—Está bien —dijo Bruno con un gesto de resignación—; sólo que para entonces ya no seguirá estando enfadada.

—No hay más que tres lecciones —intervino Silvia—: ortografía, geografía y canto.

—¿Y *aritmética* no? —pregunté.

—No, no tiene cabeza para la aritmética…

—¡Claro que no! —exclamó Bruno—. La cabeza la tengo para el *pelo*. ¡Yo no tengo un montón de cabezas!

—…Es incapaz de aprenderse la tabla de multiplicar…

—Prefiero la *historia* —dijo Bruno—. Dedicarse a repetir esa tabla de multiplicar…

—Bueno, también hay que repetir…

—¡No es cierto! —me interrumpió Bruno—. ¡La historia se repite ella sola! ¡Me lo dijo el Profesor!

Silvia estaba colocando unas letras sobre un tablero: R-O-M-A.

—Bueno, Bruno —dijo—. ¿Qué *pone aquí*?

Bruno se quedó mirándolo con gran solemnidad durante un minuto.

—¡Lo que sé es lo que *no* pone! —respondió finalmente.

—Eso no es suficiente —replicó Silvia—. ¿Qué *es* lo que pone?

Bruno volvió a mirar las enigmáticas letras.

—¡Claro, pone AMOR al revés! —exclamó (y no pude por menos que admitir que tenía razón).

—¿Cómo has *podido* darte cuenta de eso? —preguntó Silvia.

—No tuve más que dar la vuelta a los ojos —respondió Bruno—, y entonces lo vi sin más. ¿Puedo cantar ya la canción del Rey pescador?

—Ahora geografía —dijo Silvia—. ¿Es que no conoces las reglas?

—Yo creo que no debería haber tantas reglas, Silvia. Yo creo…

—¡Sí, ya lo creo que *debe* haber tantas reglas, malo, más que malo! ¿Cómo te atreves siquiera a pensar semejante cosa? ¡Y cierra la boca inmediatamente!

Como aquella «boca» no parecía estar dispuesta a cerrarse por sí misma, la cerró Silvia con ambas manos, sellándola con un beso; como si cerrara una carta.

—Ahora que Bruno no puede hablar ya —continuó volviéndose hacia mí—, te mostraré el mapa en el que estudia.

Y allí estaba, un gran mapamundi, extendido sobre el suelo. Era tan grande, que Bruno tenía que gatear sobre su superficie para señalar los lugares mencionados en la «lección del Rey pescador».

—Cuando un Rey pescador ve a una mariquita volando, le dice «ven a Venecia», y cuando la alcanza, dice «si viene de Grecia». Y si quieres un bollo, o si tienes sed, te llevaré hasta Bolonia. Cuando la coge en sus garras, dice, Europa, aquí está. Cuando se la lleva al pico, dice «en la India hay micos». Cuando se la traga, dice «Tracia». Eso es todo.

—No está mal —dijo Silvia—. Ahora ya puedes cantar la canción del Rey pescador.

—¿Quieres cantar tú el estribillo? —me preguntó Bruno.

Yo estaba a punto de decir: «Me temo que no conozco la *letra*», cuando Silvia le dio la vuelta al mapa y descubrí que la letra estaba escrita al dorso. En un aspecto, al menos, era una canción *muy* peculiar: el estribillo de cada estrofa venía en *medio*, en lugar de al *final*. No obstante, la melodía era tan fácil que la aprendí inmediatamente, y también conseguí cantar el estribillo todo lo bien que se puede esperar de *uno*. En vano le hice señas a Silvia para que me ayudara, pues ella se limitaba a sonreír dulcemente y a negar con la cabeza.

> El Rey pescador cortejaba a Doña Mariquita…
> ¡Cantad judías, cantad huesos, cantad mariposas!
> «Encontradme una pareja —decía— con tan noble cabeza…
> Con una hermosa barba, blanca como el requesón…
> Con los ojos llenos de expresión!»
>
> «También los alfileres tienen cabeza», dijo Doña Mariquita.
> ¡Cantad ciruelas, cantad gambas, canta colina de rosas tempranas!
> Y allá donde los pinchas,
> Se quedan, de modo que

Son mucho más deseables que una persona que nunca
    está quieta.

«Las ostras tienen barba», dijo Doña Mariquita…
¡Cantad moscas, cantad ranas, cantad cuerdas de violín!
Me gustan porque sé
Que no son nada dadas a la cháchara
No dirán una sola palabra,
Aunque las coronaras a todas reinas.

«Las agujas tienen ojos», dijo Doña Mariquita…
¡Cantad gatos, cantad tapones, cantad flores de manzanilla!
Y son mucho más agudas
Que Su Majestad.
Así que, por favor, váyase de aquí, es demasiado absurdo
    que me corteje usted a mí.

—De modo que se fue —añadió Bruno, a modo de conclusión, cuando se hubo extinguido la última nota de la canción—, igual que hacía siempre.

—¡Oh *querido* Bruno! —exclamó Silvia, tapándose los oídos con las manos—. No se dice «igual», se dice *«como»*.

A lo que Bruno respondió tozudamente:

—Yo sólo digo «¡cómo!» cuando susurras tan bajito que no puedo oírte.

—¿Adónde se fue? —pregunté, con la esperanza de evitar una discusión.

—Se fue más lejos —respondió Bruno— que nunca había estado allí.

—No se dice así —le corrigió Silvia—: se dice *«tan lejos»*.

—Entonces *tú* no deberías decir «más pan» cuando comemos —le respondió Bruno—. Deberías decir «tan pan».

Esta vez Silvia eludió la discusión; le dió la espalda y comenzó a enrollar el mapa.

—¡Se acabaron las clases! —proclamó con su más dulce voz.

—¿Y no ha habido *llanto* por su causa? —pregunté—. Los niños pequeños siempre lloran cuando tienen que dar clase, ¿no es así?

—Yo nunca lloro después de las doce —explicó Bruno—, porque empieza a acercarse ya la hora de comer.

—A veces, por las mañanas —me confesó Silvia en un susurro—, cuando toca geografía y ha sido desobediente.

—¡*Mira* quién fue a hablar, Silvia! —le interrumpió Bruno—. ¿Acaso crees que el mundo fue *hecho* para que tú hablaras?

—¿Y dónde quieres que hable si no? —replicó Silvia, evidentemente dispuesta a discutir.

Pero Bruno zanjó la cuestión:

—No pienso discutir acerca de esto, porque se está haciendo tarde y no daría tiempo... pero ¡estás más equivocada que toda tu vida!

Dicho esto, se frotó los ojos, en los que empezaban a brillar las lágrimas, con el dorso de las manos. También los ojos de Silvia se llenaron de lágrimas.

—¡No lo decía en serio, *querido* Bruno! —murmuró, y el resto de la discusión se perdió «en el ensortijado pelo de Nerea», mientras los dos contendientes se abrazaban y se besaban.

Sin embargo, esta nueva forma de discusión se vio de pronto interrumpida por un relámpago, seguido de cerca por el rugido del trueno y por un raudal de gotas de lluvia que caían murmurando y repiqueteando, casi como si fueran criaturas vivientes, a través de las hojas del árbol que nos cubría.

—¡Caramba, está lloviendo a cántaros! —exclamé.

—¡Y han caído todos los *cántaros* —replicó Bruno—, pues ahora sólo cae agua!

El repiqueteo de las gotas se detuvo tan súbitamente como había empezado. Salí de debajo del árbol, para comprobar que la tormenta había terminado, y al regresar busqué en vano a mis minúsculos compañeros. Habían desaparecido junto con la tormenta, y decidí volver a mi casa.

Sobre la mesa, esperando mi regreso, había un sobre de ese color tan particular que caracteriza a los telegramas, y que para muchos de nosotros debe representar recuerdos de algún gran dolor, algo que lanza una sombra que jamás podrá ser borrada totalmente sobre la luz de la vida. Sin duda, *también* debe de haber significado para otros muchos un emblema de jubilosas noticias; pero esto, en mi opinión, es menos frecuente. En términos generales, la vida parece contener más penas que alegrías. Y aún así, el mundo sigue su camino. ¿Por qué?

Sin embargo, en esta ocasión no tuve que enfrentarme con ninguna desgracia; de hecho, las pocas palabras que contenía —«No conseguí animarme a escribir. Ven pronto. Siempre bienvenido. Sigue una carta. Arthur.»— eran tan del estilo de Arthur, que me produjeron mucha alegría, y empecé inmediatamente a hacer los preparativos para el viaje.

Capítulo II

El toque de queda del amor

«¡Enlace de Fayfield! ¡Trasbordo para Elveston!»

¿Qué sutil recuerdo asociaría yo a palabras tan simples, que produjeron en mí aquella intensa cascada de alegres ideas? Bajé del vagón en un estado de felicidad y excitación que era incapaz de explicarme. Efectivamente, había hecho aquel mismo recorrido, y a la misma hora, hacía seis meses; había llovido mucho desde entonces, y la memoria de un hombre mayor tiene poca fuerza para los hechos recientes; en vano busqué el «eslabón perdido». De pronto, me saltó a la vista un banco, el único que había en aquel sórdido andén, sobre el que estaba sentada una dama, y la totalidad de aquella escena olvidada saltó al primer plano de mi mente, tan vívidamente como si estuviera ocurriendo de nuevo.

«Sí —pensé—. ¡Este sórdido andén está lleno de recuerdos de un viejo amigo! Ella estaba sentada en ese mismo banco, y me invitó a compartirlo citando alguna frase de Shakespeare; no recuerdo muy bien cuál. Tendré que probar el plan del Conde para la dramatización de la vida, e imaginarme que esa figura es Lady Muriel. ¡No pienso desilusionarme antes de que sea imprescindible!»

Así pues, me puse a recorrer el andén, como diría un niño, «haciendo como» si aquel pasajero sentado en el banco fuera la Lady Muriel que tan bien recordaba. Estaba mirando en otra dirección, lo que contribuía un poco al pequeño engaño al que me estaba sometiendo a mí mismo, pero, a pesar del cuidado que tuve al pasar por delante de ella de mirar en otra dirección para poder prolongar así mi agradable quimera, era inevitable que al dar la vuelta viera de quién se trataba. ¡Nada menos que Lady Muriel!

La escena volvió a mi memoria con gran intensidad, y, haciendo aún más extraña aquella repetición, estaba también el mismo viejo que, según yo recordaba, había sido bruscamente levantado del asiento por el Jefe de la Estación para ceder el sitio a tan digna pasajera. Era el mismo, pero «con una diferencia»: ya no se tambaleaba al andar, sino que estaba sentado al lado de Lady Muriel, ¡charlando con ella!

–Sí, póngalo en su billetero –decía ella–, y recuerde que se lo tiene que gastar todo en *Minnie*. ¡Ya puede llevarle algo bueno! ¡Y déle un beso de mi parte! –Tan concentrada estaba en la conversación, que a pesar de que el ruido de mis pasos le había hecho levantar la vista para mirarme, no me había reconocido.

La saludé con mi sombrero mientras me acercaba, y entonces su cara se iluminó con un gesto de verdadera alegría; me recordó tanto la dulce cara de Silvia la última vez que nos habíamos visto en los jardines de Kensington, que me quedé un poco anonadado.

En lugar de molestar al pobre anciano que estaba sentado a su lado, se levantó de su asiento y se me unió en mi paseo a lo largo del andén. Durante un minuto o dos, nuestra charla fue tan absolutamente trivial y vulgar como si no fuéramos más que dos huéspedes fortuitos que nos hubiéramos encontrado en el cuarto de estar de una casa de Londres. Al principio, ambos parecíamos rehuir el hablar de los profundos temas que nuestras vidas tenían en común.

Mientras hablábamos, el tren de Elveston se había detenido ante el andén, y obedeciendo la obsequiosa sugerencia del Jefe de Estación, que dijo: «Por aquí, Milady. ¡Es la hora!», caminábamos hacia el extremo del tren donde estaba el único vagón de primera clase. Estábamos pasando justamente por delante del banco que ahora estaba vacío, cuando Lady Muriel vio sobre él el billetero en el que tan cuidadosamente había sido guardado su regalo y cuyo dueño, sin advertir su pérdida, estaba subiendo, ayudado por los viajeros, a un vagón situado al otro extremo del tren. Lo agarró inmediatamente.

—¡Pobre hombre! —se lamentó—. ¡No debemos permitir que se vaya y que piense que lo ha perdido!

—¡Déjeme a *mí* que se lo lleve; yo puedo correr más deprisa que usted! —me ofrecí, pero ella ya estaba a mitad de camino volando («corriendo» es una palabra demasiado prosaica para referirse a un movimiento tan propio de un hada) a una velocidad que hacía inútil cualquier esfuerzo que *yo* intentara. Antes de que pudiera terminar mi audaz proclama acerca de la velocidad de mi carrera, ya regresaba ella diciéndome, con cierta timidez, cuando entramos al vagón:

—¿De veras cree usted que podría haberlo hecho más deprisa?

—¡Desde luego que no! —repliqué—. ¡Me declaro «culpable» de graves exageraciones y me someto a la clemencia de la corte!

—La corte no lo tendrá en cuenta… ¡Sólo por esta vez! —y entonces su actitud pasó de repente del juego a la preocupación—. ¡Lamento no poder decir que tenga usted muy buen aspecto! —me dijo con una mirada escrutadora—. ¡De hecho, en mi opinión, tiene usted mucho *más* aspecto de inválido que cuando se marchó! No creo que Londres no le siente demasiado bien.

—*Quizá* que sea el aire de Londres —argüí—, o quizás el trabajo, o tal vez mi solitaria vida; en cualquier caso, es cierto que *no* me he sentido muy bien últimamente. Pero en cuanto lleve unos días aquí, en Elveston, me pondré a tono. ¡La prescripción de Arthur, que por cierto es mi doctor y del que esta mañana he tenido noticias, es «ozono abundante, leche fresca y *agradables compañías*»!

—¿Agradables compañías? —preguntó lady Muriel simulando tomarse aquello en serio—. ¡Pues no sé muy bien dónde podríamos encontrar *semejante* cosa! ¡Tenemos tan pocos vecinos! Lo de la leche fresca *sí* lo podremos arreglar. Pídasela usted a mi vieja amiga la señora Hunter, que vive allá, en la ladera de la colina. Puede usted tener la seguridad de que es de buena *calidad*. Y su hijita Bessie viene al colegio, y pasa por delante de su alojamiento todos los días, de modo que sería muy sencillo mandársela a usted.

—Seguiré sus consejos encantado —repliqué—; iré a disponerlo todo mañana. Estoy seguro de que a Arthur le apetecerá dar un paseo.

—Es un paseo bastante agradable, creo que son poco menos de tres millas.

—Bien, ahora que ya hemos resuelto este asunto, permítame que le devuelva a usted su gentileza. Tampoco a mí me parece que *usted* tenga demasiado buen aspecto.

—No, supongo que no —me contestó con voz apagada, y su cara pareció ensombrecerse de repente—. He tenido algunos problemas últimamente. Es algo sobre lo que hacía algún tiempo deseaba consultarle, pero no me resultaba fácil escribir sobre ello. ¡Me alegro *tanto* de que se me presente la oportunidad! ¿Cree usted —siguió diciendo, al cabo de un minuto y con gran embarazo, algo muy poco frecuente en ella— que una promesa, hecha voluntaria y solemnemente, *siempre* ata... excepto, por supuesto, en los casos en los que cumplirla implique cometer un *pecado*?

—En este momento, no se me ocurre ninguna otra excepción —respondí—. Ese aspecto de la casuística, según tengo entendido, normalmente se considera como un problema de verdad o falsedad...

—¿Seguro que es ésa la norma? —me interrumpió con sumo interés—. Siempre había creído que lo que la Biblia dice acerca de ello es algo así como *«no os engañaréis los unos a los otros»*.

—He pensado a menudo en ello —contesté—, y creo que la esencia de la *mentira* es la intención de *engañar*. Si uno hace una promesa con la sincera *intención* de cumplirla, en *ese momento* está actuando con sinceridad, y si posteriormente se falta a esa promesa, ello no supone ningún *engaño*. Yo, al menos, no me atrevería a considerarlo de ese modo.

Mis palabras provocaron una pausa en la conversación. Era difícil saber qué podría estar pensando Lady Muriel. Parecía estar satisfecha con lo que yo había dicho, pero también un poco desconcertada. Me pica la curiosidad de saber si su pregunta tenía, como empezaba yo a sospechar, algo que ver con la ruptura de sus relaciones con el capitán –ahora mayor– Lindon.

–Me ha quitado usted un gran peso de encima –me dijo–, pero, aunque no sé qué es, estoy convencida de que hay algo que está *mal*. ¿Qué textos citaría *usted* para demostrarlo?

–Cualquiera que hable de la obligación de pagar las *deudas*. Si *A* promete algo a *B*, *B* tiene una serie de derechos sobre *A*. Y el pecado de *A*, en caso de romper su promesa, en mi opinión, está más cerca del *robo* que de la *mentira*.

–Ésa es una forma nueva de considerar el asunto, al menos para mí –dijo ella–; pero me da la impresión de que es la *verdadera*. ¡No obstante, prefiero no seguir generalizando ante un viejo amigo como usted! Pues, no sé muy bien por qué, *somos* viejos amigos, ¿sabe? Creo que empezamos ya siendo viejos amigos –dijo con su tono juguetón, que tan poco se correspondía con las lágrimas que brillaban en sus ojos.

–Muchas gracias por decir eso –repliqué–. Me agrada poder considerarla como una *vieja* amiga.

(Aunque no lo parezca, hubiera sido la conclusión lógica de la frase, en caso de haber estado con cualquier otra dama. Pero, por algún extraño motivo, ambos parecíamos haber superado la etapa en la que ese tipo de cortesías resultaban necesarias, así como todas las trivialidades por el estilo.)

En ese momento, el tren se detuvo en una estación, en la que dos o tres pasajeros entraron en nuestro vagón, de modo que no hablamos más hasta el final del trayecto.

Llegados a Elveston, aceptó encantada mi sugerencia de caminar juntos, de modo que en cuanto su equipaje fue puesto a cargo de un sirviente que la esperaba en la estación y el mío fue recogido por los mozos de cuerda, echamos a andar juntos por aquellos caminos tan familiares, que estaban ligados a mis recuerdos de tantos amigos encantadores. Lady Muriel retomó rápidamente la conversación allí donde la habíamos dejado:

–Ya sabía usted que estaba prometida a mi primo Eric. ¿Sabía también…?

–Sí –la interrumpí, deseoso de evitarle el dolor de entrar en detalles–. Tengo entendido que aquello se acabó.

–Me gustaría contarle, si no tiene inconveniente en ello, cómo sucedió todo –dijo ella–; ya que ése es precisamente el punto acerca del cual deseo su consejo. Hacía mucho tiempo que yo me había dado cuenta de que no coincidíamos en nuestras creencias religiosas. Sus ideas acerca del cristianismo son muy difusas, e incluso en cuanto a la existencia de Dios parece vivir en una especie de mundo de ensueño. ¡Pero ello no ha afectado para nada a su vida! En este momento, tengo la absoluta certeza de que incluso el ateo más absoluto *puede* llevar, a pesar de andar a ciegas, una vida pura y noble. Y si usted estuviera al corriente de siquiera la mitad de las buenas obras… —de pronto se interrumpió y volvió la cabeza.

—Estoy completamente de acuerdo con usted —dije—. ¿Acaso no tenemos la promesa de nuestro propio Salvador de que una vida tal ha de llevar necesariamente a la luz?

—Sí, lo sé —admitió con voz quebrada, manteniendo aún su cara vuelta—. Y así se lo dije. Él dijo que creería por *mí*, si pudiera. Y que deseaba, por *mí*, ser capaz de ver las cosas de la misma manera que yo. ¡Pero eso no está bien! —continuó apasionadamente—. ¡Dios no *puede* aprobar unas motivaciones tan bajas como ésas! Y en cualquier caso, no fui *yo* la que rompí. Yo sabía que él me amaba y yo había hecho una *promesa*, y…

—Entonces ¿fue *él* quien rompió el compromiso?

—Me dejó en libertad incondicionalmente —se volvió hacia mí, recobrada ya su calma habitual.

—Entonces, ¿cuál es el problema?

—*Éste:* que no creo que lo hiciera de acuerdo con sus propios deseos. Por lo tanto, suponiendo que lo hubiera hecho en *contra* de sus deseos, con el único propósito de acallar mis escrúpulos, ¿acaso no seguirían vigentes sus derechos sobre mí y con la misma intensidad de siempre? ¿Y acaso me comprometía menos por ello mi promesa? Mi padre responde «no»; pero no puedo dejar de pensar que él está influenciado por su amor hacia mí. Y no me he atrevido a consultar a nadie más. Tengo muchos amigos…, amigos para los buenos momentos, ¡pero no tengo ninguno al que acudir cuando el horizonte se presenta nublado y repleto de las tormentas de la vida; no tengo *viejos* amigos como usted!

—Déjeme pensarlo un momento —dije, y durante algunos minutos seguimos andando en silencio, mientras yo, acongojado al ver la amarga situación en la que se había visto sumida un alma tan pura e inocente, intentaba en vano encontrar un camino a través del enmarañado cúmulo de mis propias motivaciones. «Si de veras le ama —pareció que por fin había encontrado la clave del problema—, ¿acaso no es *eso* para ella la voz de Dios? ¿Acaso no puede ella pensar que ha sido dedicada a él, al igual que Ananías fue enviado a Saúl cuando éste estaba ciego, para que pudiera recuperar la vista?» Una vez más, me pareció oír a Arthur susurrando: «¿Qué sabrás tú, oh esposa, si podrás salvar o no a tu marido?».

Finalmente interrumpí el silencio:

—Si todavía le ama…

—¡Pero *no* es así! —me interrumpió ella—, por lo menos no de *esa* manera. *Creo* que le amaba cuando me prometí a él, pero entonces era aún muy joven, y no es fácil estar segura. Y cualesquiera que fuesen por aquel entonces mis sentimientos, están *ya* muertos. ¡Por *su* parte, su motivación es el amor; por la *mía* es… el deber!

Una vez más se produjo un largo silencio. Mis pensamientos estaban más confusos que nunca, y esta vez fue ella quien rompió el silencio:

—¡No me malinterprete! —exclamó—. ¡Cuando le dije que mi corazón no era de *él*, no pretendí sugerir que fuera de otra persona! Me siento aún ligada a *él*, y hasta que no tenga la seguridad de ser, ante los ojos de Dios, absolutamente libre de amar a cualquiera que no sea él, no tengo intención de *pensar* siquiera en ninguna otra persona… de *esa* manera, quiero decir. ¡Antes la muerte!

Jamás hubiera pensado que mi dulce amiga pudiera ser capaz de pronunciar palabras tan apasionadas. No me atreví a hacer más comentarios hasta que ya casi llegábamos ante la verja de la villa; pero cuanto más reflexionaba, más claro me parecía que ninguna llamada del deber exigía el sacrificio, que podría suponer la infelicidad de toda una vida, que ella parecía estar dispuesta a hacer. Intenté que *ella* también comprendiera esto, añadiendo de paso algunos avisos acerca de los peligros que acechaban a una unión que no se basara en el amor.

—El único argumento que vale la pena —dije a modo de conclusión— parece estar basado en su *desgana* por liberarla a usted de su promesa. He hecho todo lo posible por considerar tal razón con *todo* su peso, y he llegado a la conclusión de que *no* afecta a los derechos inherentes al caso, y que no invalida la libertad que él le ha otorgado a usted. En mi opinión, es usted *enteramente* libre de actuar como considere mejor.

—Se lo agradezco —dijo con gran sinceridad—. ¡Créame, por favor! ¡No tengo palabras para expresarle hasta qué punto!

De acuerdo tácito, abandonamos el asunto. Sólo mucho más tarde supe que nuestra discusión había servido para desechar las dudas que la habían mantenido angustiada durante tanto tiempo.

Nos separamos junto a la verja, y me encontré con Arthur, que esperaba ansiosamente mi llegada. Y antes de despedirnos aquella noche, pude conocer toda la historia: cómo había aplazado su viaje de día en día, sintiendo que no *podría* alejarse de aquel lugar hasta que su destino hubiera quedado irrevocablemente sellado por la boda; cómo los preparativos para la boda y la animación del vecindario habían desaparecido de repente, cómo se había enterado (a través del mayor Lindon, que le hizo una visita para despedirse) de que el compromiso había sido disuelto de mutuo acuerdo, cómo había abandonado al instante todos sus proyectos de viajar al extranjero, expresando su intención de quedarse en Elveston, al menos durante uno o dos años, hasta que sus renacidas esperanzas se convirtieran en realidad o resultaran del todo baldías, y cómo a partir de aquel día memorable había evitado a Lady Muriel por temor a traicionar sus sentimientos antes de tener suficientes pruebas acerca de los de ella.

—Pero hace ya casi seis semanas que pasó todo aquello —dijo a modo de conclusión—, y ya podemos vernos sin temor a caer en comentarios dolorosos. Yo le hubiera escrito para contarle todo esto, pero tenía la esperanza, día tras día, de que podría llegar a contarle algo *más*.

—¿Y cómo iba a tener nada más que contarme, grandísimo bobo —le regañé cariñosamente—, si ni siquiera se acerca a ella? ¿Acaso espera que sea *ella* quien venga a usted?

—No —dijo Arthur sonriendo muy a su pesar—, no creo que pueda esperar tal *cosa*. Pero soy un cobarde impenitente, de eso no cabe duda.

—¿Y qué es lo que sabe acerca de los *motivos* que provocaron la ruptura del compromiso?

—Un montón de cosas —replicó Arthur, empezando a enumerarlas con los dedos—. En primer lugar, se descubrió que *él* estaba a punto de morir de…, de no se sabe qué; de modo que *ella* rompió con *él*. Después se descubrió que era *ella* la que estaba al borde de la muerte por alguna causa, de modo que fue *él* quien rompió el compromiso. Después se verificó que el Mayor era un jugador impenitente, y esta vez fue el *Conde* quien rompió el compromiso. Después el Conde insultó al Mayor, y entonces el *Mayor* rompió el compromiso. ¡No se puede negar que hubo un buen montón de rupturas, dadas las circunstancias!

—No dudo que todos estos datos procederán de fuentes bien informadas, claro.

—¡Oh, por supuesto! ¡Y han sido comunicados en medio del más estricto secreto! ¡Elveston podrá tener los defectos que usted quiera, pero la *carencia de información* no se cuenta entre ellos!

—Ni la *reticencia* tampoco, a juzgar por lo que veo. Pero, en serio, ¿sabe cuál pudo ser la verdadera razón?

—No, en realidad no tengo la menor idea.

No me pareció tener ningún derecho a comunicársela, de modo que cambié de tema, para abordar el menos comprometido de la «leche fresca», y quedamos de acuerdo en que al día siguiente yo iría paseando hasta la granja de Hunter, y Arthur asumiría el papel de servirme de guía durante parte del camino, después de lo cual tendría que volver para ocuparse de una reunión de negocios.

Capítulo III

Los celajes de la aurora

El día siguiente amaneció soleado y caluroso, y salimos a primera hora para disfrutar de una larga charla antes de que Arthur se viera obligado a dejarme.

—Esta vecindad tiene una proporción de *muy* pobres mayor de la debida —comenté mientras pasábamos por delante de un grupo de chabolas, excesivamente derruidas para merecer el nombre de casitas.

—Pero los pocos ricos que hay —replicó Arthur— destinan más de lo habitual a caridad, de modo que se mantiene el equilibrio.

—Supongo que el *Conde* debe dar bastante.

—*Da* con largueza, pero no tiene ni la salud ni la fuerza para hacer más. Lady Muriel, por el contrario, se dedica más a impartir clases y hacer visitas a las chabolas de lo que ella quisiera admitir.

—Así pues, *ella* no es una de esas «bocas ociosas» con las que uno se encuentra tan a menudo entre las clases acomodadas. A veces he pensado que pasarían un mal rato si tuvieran que explicar su *raison d'être* y demostrar que tienen derecho a seguir viviendo.

—Todo este tema —dijo Arthur—, lo que llamamos «bocas ociosas» (es decir, las personas que absorben parte de la *riqueza* material de una comunidad, en forma de comida, ropa y cosas así, sin contribuir su equivalente en *trabajo* productivo), resulta bastante complicado. He intentado encontrarle una explicación, y, en mi opinión, una de las soluciones más simples sería prescindir del *dinero*, crear una sociedad que comprara y vendiera tan sólo por medio del *trueque*; y aún más simple sería suponer que la comida y otros productos pudieran ser *conservados* sin estropearse durante mucho tiempo.

—El suyo es, sin duda, un plan excelente —dije—. ¿Y qué solución le ve al problema?

—El tipo más común de «bocas ociosas» —continuó Arthur— aparece a causa del dinero legado en herencia por los padres a sus propios hijos. De modo que imaginé el caso de un hombre, o bien excepcionalmente inteligente o excepcionalmente fuerte y trabajador, que hubiera contribuido con tal cantidad de trabajo productivo a las necesidades de la comunidad que su equivalente en ropas, etcétera, fuera, por ejemplo, cinco veces más de lo necesario para cubrir todas sus necesidades. No podemos negar que tiene *perfecto* derecho a ceder su riqueza superflua a quien él elija. De modo que si deja *cuatro* hijos a su muerte, pongamos dos hijos y dos hijas, con sus necesidades cubiertas para toda la vida, no me parece que la *comunidad* se vea en ningún aspecto traicionada si ellos deciden no hacer nada más que «comer, beber y disfrutar». Por supuesto, la comunidad no tendría derecho a decirles, en puridad de doctrina, *«el que no trabaja no come»*. Su respuesta sería irrebatible: «El trabajo ya ha sido *realizado* en cantidad equivalente a la comida que consumimos, y ustedes ya se han beneficiado de él. ¿Qué clase de justicia puede llevarles a ustedes a exigirnos *dos* porciones de trabajo a cambio de *una* comida?».

—Y no obstante —dije—, *algo* anda mal cuando esas cuatro personas, aun siendo capaces de realizar un trabajo útil, y siendo ese trabajo *necesario* para la comunidad, deciden mantenerse ociosos.

—Eso *Mismo* pienso yo —convino Arthur—. Pero, en mi opinión, ese algo procede de una ley de Dios según la cual todo el mundo debe hacer todo lo que esté en su mano por ayudar a su prójimo, y no da ningún *derecho* a la comunidad a exigir un trabajo a cambio de la comida si éste ya ha sido realizado.

—Supongo que el *segundo* es que las «bocas ociosas» poseen *dinero* en lugar de riqueza *material*.

—Así es —replicó Arthur—, y en mi opinión el caso más sencillo es el del *papel* de banco. El oro es en sí mismo una forma de riqueza material; pero un billete de banco no es más que la *promesa* de suministrar una riqueza material equivalente cuando ésta sea solicitada. El padre de nuestras cuatro «bocas ociosas» había realizado, pongamos como ejemplo, un trabajo productivo por valor de cinco mil libras para la comunidad. A cambio de esto, la comunidad le habría suministrado lo que en último término equivale a una promesa escrita de suministrarle, en el momento en que él así lo pidiera, cinco mil libras en comida y otras cosas. Entonces, si él tan sólo utiliza *mil* libras para sus propias necesidades y deja el resto de sus billetes a sus hijos, éstos tienen sin duda derecho a *presentar* estas promesas escritas y a decir «suminístrennos la comida cuyo equivalente en trabajo ya sido realizado». En mi opinión, *este* caso es digno de tenerse en cuenta y de ser publicado con toda claridad. Me gustaría convencer a esos socialistas que alborotan a nuestros pobres ignorantes con ideas del tipo: «¡Mirad a esos opulentos aristócratas! ¡No realizan ningún trabajo y viven del sudor de *nuestras* frentes!», me gustaría poderles *obligar* a comprender que el *dinero* que esos «aristócratas» gastan representa su equivalente en trabajo *ya* realizado en bien de la comunidad y cuyo equivalente, en riqueza *material*, es una deuda que la *comunidad tiene con ellos.*

—Sin embargo, los socialistas podrían replicar que «buena parte de ese dinero no ha supuesto un trabajo *honesto* en *absoluto*». Si pudiéramos remontarnos a sus orígenes, de propietario en propietario, y aunque es posible que encontráramos algunas transferencias legítimas, como por ejemplo, regalos, o herencias, o incluso trabajo, no tardaríamos en llegar a un propietario carente de derecho moral sobre sus posesiones, obtenidas por medio del fraude o de algún crimen parecido. Y, por supuesto, sus sucesores no tendrían más derecho a aquella riqueza que su antecesor.

—Claro, claro —replicó Arthur—, pero esto implica, como podrá ver, la falacia lógica de intentar demostrar demasiado. Es *tan* aplicable a la riqueza material como al *dinero*. Si fuéramos un paso más allá del hecho de que el poseedor actual de una cierta propiedad la haya obtenido honradamente, y empezamos a preguntarnos si algún otro propietario anterior la podría haber obtenido por medio del fraude, *¿qué* propiedad quedaría a salvo?

Tras meditarlo durante un minuto, me vi obligado a admitir que aquello era del todo cierto.

—Por lo tanto, a la conclusión a la que yo llego —continuó Arthur—, desde el punto de vista de los *derechos* humanos, hombre frente a hombre, es ésta: si algún «boca ociosa» que haya obtenido su riqueza de forma legal, a pesar de que ni la más mínima parte del trabajo que ésta representa haya sido realizada por él, decide utilizarla en su propio beneficio y no contribuir en nada al trabajo de la comunidad, a la que compra su comida y su ropa, esa comunidad no tiene derecho a reprochárselo. Sin embargo, el asunto cambia mucho si lo analizamos desde el punto de vista de la Ley Divina. Según *esa* escala de valores, una persona como ésta está actuando mal si no es capaz de emplear, para el bien de aquellos que lo necesiten, la habilidad o la fuerza que Dios le ha otorgado. Esa fuerza y esa habilidad *no* pertenecen a la comunidad; la comunidad no puede exigirlas como si le fueran *debidas, tampoco* pertenecen al hombre para ser utilizadas para su *propio* disfrute. *Pertenecen* a Dios, y por lo tanto deben ser utilizadas de acuerdo con su deseo; y en cuanto a la naturaleza de ese deseo, no existe ninguna duda: «Haced el bien, sin esperar a cambio ninguna recompensa».

—No obstante —dije—, no cabe duda de que una «boca ociosa» se dedica a menudo a hacer obras de caridad.

—De *mal llamada* «caridad» —me corrigió Arthur—. Perdone que hable con un tono aparentemente tan poco caritativo. Jamás se me ocurriría *aplicar* semejante término a ningún *individuo*. Pero sí diré que, en términos *generales*, un hombre que satisface todos sus caprichos, sin privarse de *nada*, y se limita a dar a los pobres una parte, o incluso *toda* su riqueza *superflua*, no hace más que engañarse a sí mismo si llama a eso caridad.

—Pero al entregar sus riquezas *superfluas*, podría estarse privando a sí mismo del miserable placer de la acumulación.

—No lo niego, al contrario —dijo Arthur—. En el supuesto de que *de hecho* tenga ese deseo, evidentemente se está haciendo un bien al reprimirlo.

—Pero incluso cuando gastan en sí *mismos* —insistí—, nuestro hombre rico típico a menudo hace el bien, crea puestos de trabajo para gente que en otras circunstancias no lo tendría, y eso suele ser mejor que empobrecerles a base de *regalarles* el dinero.

—¡Me alegra que diga eso! —exclamó Arthur—. ¡No me hubiera gustado terminar la discusión sin exponer las *dos* falacias que esa afirmación contiene, y que desde hace tanto tiempo va de boca en boca sin que nadie la rebata y que la sociedad la acepta como un axioma!

—¿Cuáles son? —pregunté—. Yo no veo ni siquiera *una*.

—La primera es la falacia de la *ambigüedad*, la de asumir que *«hacer el bien»*, es decir, beneficiar a alguien, es necesariamente algo *bueno*, una acción correcta. La otra es asumir que si uno de entre dos actos concretos es *mejor* que otro, el primero es necesariamente *bueno* en sí mismo. A esta falacia me gustaría llamarla la falacia de la *comparación*, con lo que pretendo indicar que con ella se asume que lo que es *comparativamente* bueno, es *positivamente* bueno.

—Entonces, ¿qué considera usted una buena acción?

—Aquello que supone nuestro mayor *esfuerzo* —replicó Arthur con toda confianza—. E incluso *entonces, «somos sirvientes poco eficientes»*. Pero déjeme ilustrarle ambas falacias. Nada viene tan bien para esto como un caso extremo, que en justicia se pueda decir que se ajusta al tema. Supongamos que yo me encuentro con dos niños ahogándose en un estanque. Me lanzo a él y consigo salvar a uno de ellos, e inmediatamente después echo a andar y dejo que el otro se ahogue. Es evidente que he hecho «un bien» al salvar la vida del niño, pero... Otro caso: me encuentro con un desconocido inofensivo, le derribo y sigo mi camino. Sin duda, esto es *mejor* que si hubiera saltado sobre él y le hubiera roto las costillas, pero...

–Esos «peros» son incontestables –dije–. No obstante, me gustaría que pusiera un ejemplo de la vida real.

–De acuerdo; tomemos entonces el caso de una de esas abominaciones de la sociedad moderna, un bazar de caridad. Resulta interesante analizar la cuestión de qué parte del dinero que llega a su destinatario procede *realmente* de la caridad, e incluso si *esa* parte se emplea de la *mejor* manera posible. Pero el tema requiere un cierto orden y un análisis serio para que pueda ser comprendido en toda su complejidad.

–Me gustaría ver cómo lo analiza –dije–, también a mí me ha dado que pensar.

–Espero no defraudarle. Supongamos que nuestro bazar de caridad ha sido organizado para contribuir a los fondos de algún hospital, y que A, B y C se ofrecen a fabricar artículos para la venta y a actuar como vendedores, mientras que X, Y y Z compran los artículos, y que el dinero obtenido de esta forma va a parar al hospital.

»Existen dos tipos claramente diferenciados de bazares: en uno de ellos el dinero obtenido se corresponde con el *valor de mercado* de los bienes suministrados; es decir, está todo al mismo precio que en una tienda. El otro tipo es aquel en el que figuran precios de *fantasía*. Deberemos considerar ambos por separado.

»En primer lugar, está el caso del «valor de mercado». En este caso, A, B y C se encuentran en exactamente la misma situación que un tendero cualquiera, la única diferencia es que regalan sus ganancias al hospital. En la práctica, lo que hacen es *regalar su trabajo especializado* al hospital. En mi opinión, esto es genuinamente caridad, y no veo manera de darle mejor uso. Por su parte, X, Y y Z están exactamente en la misma posición que un comprador cualquiera. Hablar de «caridad» en relación con ellos es absurdo. Y, no obstante, lo más probable es que ellos no lo consideren de esa manera.

»En segundo lugar, tenemos el caso de los «precios de fantasía». Aquí, tal vez la manera más sencilla de abordar el problema consista en dividir el pago en dos partes, el «valor de mercado» y el excedente. En lo referente al «valor de mercado», la situación es la misma que en el primer caso: lo que debemos considerar entonces es el *excedente*. A, B y C no se lo *embolsan*, de modo que podemos olvidarnos de *ellos*. El *regalo* al hospital procede de X, Y y Z. Y, en mi opinión, no es éste el mejor uso que podría dársele, pues sería mucho mejor que compraran lo que quisieran, y regalaran lo que quisieran como cosas *separadas*. En tal caso existe *alguna* posibilidad de que las motivaciones de su regalo correspondan a las de la caridad verdadera, en lugar de ser una motivación producto de una combinación de caridad y autosatisfacción. «El rastro de la serpiente lo cubre todo.» ¡Y *por eso* sostengo que todas estas «caridades» espurias son una absoluta abominación! —concluyó con gran ardor, al tiempo que con su bastón descabezaba brutalmente un alto cardo que había junto al camino, detrás del cual me sorprendió ver aparecer a Silvia y Bruno. Intenté agarrar su brazo, pero fue demasiado tarde. No tengo forma de saber si el bastón les alcanzó o no; en cualquier caso, no hicieron como si nada hubiera pasado y se limitaron a sonreír alegremente y a hacerme señas, con lo que comprendí al instante que sólo *yo* podía verles: la «extraña» influencia no había afectado a *Arthur*.

—¿Por qué intentaste salvarlo? —me preguntó—. ¡No era ningún apestoso secretario de un bazar de caridad! ¡Ojalá lo hubiera sido! —añadió de un modo de lo más siniestro.

—¿Sabes? El bastón pasó a través de mi cabeza —dijo Bruno. Ya se habían acercado hasta mí, cogiéndome cada uno de una mano—. ¡Pasó justo por debajo de mi barbilla! Me alegro *mucho* de no ser un cardo.

—¡Bueno, por lo menos ya hemos agotado *ese* tema! —continuó diciendo Arthur—. Me temo que debo haber hablado demasiado y he puesto a prueba tanto *tu* paciencia como mi vehemencia. Pronto tendré que regresar.

> Coge, oh barquero, el doble de tu paga;
> Tómala, te la ofrezco gustoso;
> Pues, aunque invisibles para ti,
> Dos espíritus han venido a mí.

Recité casi sin darme cuenta.

—Tu habilidad para hacer citas del todo inapropiadas y sin sentido —se rió Arthur— es «igualada por pocos y superada por ninguno» —y seguimos caminando.

Cuando llegamos al cruce que llevaba a la playa, percibí una figura solitaria que se movía lentamente en dirección al mar. Estaba bastante lejos y de espaldas a no-

sotros, pero sin duda era Lady Muriel. Al ver que Arthur no la había visto, pues estaba mirando en dirección opuesta, hacia una nube de lluvia que se aproximaba, no hice ningún comentario, pero intenté encontrar algún pretexto razonable para instarle a regresar por la playa. La oportunidad no tardó en presentarse.

—Empiezo a estar cansado —dijo—. No creo que sea prudente que vaya más lejos. Será mejor dar la vuelta aquí.

Yo le acompañé un corto trecho, y al irnos acercando de nuevo al cruce, le dije como si no le diera importancia:

—No le recomiendo regresar por el camino. Es demasiado caluroso y polvoriento. Por este otro camino, y siguiendo la playa, la distancia es casi igual y podrá disfrutar de la brisa marina.

—Sí, tal vez lo haga así –empezó a decir Arthur, pero en ese momento apareció ante nuestra vista Lady Muriel y él se detuvo–. O no, quizá sea demasiada vuelta, y eso que no cabe duda de que haría más fresco... –se quedó dudando, mirando primero en una dirección y luego en otra: imagen patética de la indecisión.

No sé cuánto tiempo podría haber durado aquella humillante escena si yo hubiera sido la única influencia, pero en aquel momento, Silvia, con una decisión digna del mismísimo Napoleón, tomó la iniciativa:

—Ve tú a por *ella* –le dijo a Bruno–. ¡Yo me encargo de *él*! –y uniendo la acción a la palabra, agarró el bastón de Arthur y empezó a tirar de él en dirección a la playa.

Jamás imaginó de Arthur que fuera alguna otra voluntad, y no la suya, la que movía el bastón, y pareció pensar que había adoptado éste una posición horizontal, porque estaba señalando con él en alguna dirección.

—¿No son aquello orquídeas lo que se ve bajo aquel seto? –preguntó–. Creo que ya me he decidido. Recogeré unas cuantas de camino.

Mientras tanto, Bruno había llegado corriendo hasta donde estaba Lady Muriel, y con grandes saltos y gritos (tan sólo audibles por Silvia y por mí), como si condujera un rebaño de ovejas, consiguió hacerle dar la vuelta y caminar con los ojos fijos en el suelo en nuestra dirección. ¡La victoria era nuestra! Era ya evidente que los dos enamorados, una vez encaminados, se *encontrarían* en cuestión de un minuto. Decidí seguir mi camino, con la esperanza de que Silvia y Bruno seguirían mi ejemplo, pues estaba seguro de que cuantos menos espectadores hubiese, mejor sería; por el bien de Arthur y de su ángel bueno.

«¿Qué clase de encuentro habrá sido?», me preguntaba mientras regresaba.

Capítulo IV

El Rey Perro

—Se dieron la mano —respondió Bruno, que trotaba a mi lado, a una pregunta no formulada.

—¡Y parecían *muy* felices! —añadió Silvia, desde mi otro costado.

—Bien, debemos seguir adelante tan rápido como podamos —dije—. ¡Si supiera cuál es el camino más corto hasta la granja de Hunter!

—Seguro que en esta casita lo saben —dijo Silvia.

—Sí, es lo más probable. Bruno, ¿te importaría entrar a preguntar?

Silvia le retuvo, riéndose cuando el muchacho ya se disponía a salir:

—Espera un minuto —dijo—. Primero tengo que hacerte *visible*, ¿recuerdas?

—Y *audible* también, supongo —intervine, mientras ella desataba de alrededor de su cuello la gema que llevaba colgada, agitándola sobre su cabeza y tocando sus ojos y sus labios con ella.

—Sí, por supuesto —respondió Silvia—. ¿Sabes? ¡*una vez*, le hice *audible* y se me olvidó hacerle visible! Salió a comprar unos dulces a una tienda, ¡y el pobre dependiente se asustó *muchísimo*! Una voz que parecía salir del aire le dijo: «¡Por favor, quiero dos onzas de lágrimas de azúcar!». ¡Y un chelín sonó sobre el mostrador! El hombre dijo: «No puedo *verle*», y Bruno le dijo: «¡Qué importa que no pueda verme a *mí*, mientras pueda ver el *chelín*!», pero el hombre dijo que él jamás vendía lágrimas de azúcar a la gente a la que no podía *ver*. De modo que tuvimos que… Ya está. Bruno, ya puedes ir.

El muchacho salió trotando, y Silvia dedicó el tiempo que permanecimos esperando a que regresara a hacerse también *ella* visible.

—Resulta un poco embarazoso, ¿sabes? —me explicó—, encontrarnos con gente que sólo puede ver a *uno* de nosotros y no puede ver al *otro*.

Al cabo de uno o dos minutos, Bruno volvió, con cara de desconsuelo.

—Estaba con unos amigos, ¡y se *enfadó* muchísimo! —exclamó a modo de explicación—. Preguntó quién era yo, y yo le contesté: «Soy Bruno, ¿quiénes son *estas* gentes?», y él me dijo: «Una es medio hermana mía, y el otro es mi medio hermano, ¡y no quiero más compañía! ¡Fuera!». ¡Y yo le dije que no podría irme *sin*migo!

Y le dije: «¡No debería usted tener *trozos* de gente desperdigada por ahí, resulta muy desordenado!», y él gritó: «¡Oh, no *me* hables!». ¡Me sacó a empujones! ¡Y cerró la puerta a mis espaldas!

—¿Y no le preguntaste dónde estaba la tienda de Hunter? —le interrogó Silvia.

—No había sitio para hacer preguntas —respondió Bruno—. El cuarto estaba completamente atestado.

—¿Con sólo tres personas? No es *posible* —replicó Silvia.

—Pues así *era*, a pesar de todo —insistió Bruno—. Particularmente el que más la llenaba era *él*. Es un hombre muy *grueso*, parece imposible derribarle.

No entendí muy bien adónde quería llegar Bruno.

—Cualquier *persona* puede ser derribada —intervine—, sin importar lo gruesa o lo delgada que sea.

—Él *no* —dijo Bruno—. Es mucho más ancho que alto, de modo que cuando está tumbado resulta más alto que cuando está de pie. ¡No se le puede derribar!

—Aquí hay otra casita —dije—. *Esta* vez entraré yo a preguntar.

No fue necesario entrar, ya que la mujer estaba a la puerta con un niño en brazos, hablando con una hombre vestido con cierta sencilla elegancia, que supuse que sería un granjero de camino a la ciudad.

—...y cuando hay algo que *beber* —estaba diciendo—, él es el peor de todos, su Willie. Al menos, eso es lo que me han dicho. ¡Se pone como loco!

—¡Debería haberles echado en cara sus mentiras hace un año! —dijo la mujer con voz quebrada—. ¡Pero ahora ya no puedo! ¡Ya no puedo!

Se interrumpió al vernos y se metió en la casa a toda prisa, cerrando la puerta a sus espaldas.

—¿Sería usted tan amable de indicarme el camino de la granja de Hunter? —pregunté al hombre cuando éste empezó a alejarse de la casa.

—¡Por supuesto, señor! —exclamó con una sonrisa—. Yo soy John Hunter en persona, a su servicio. Está a media milla de aquí, es la única casa que se ve al dar la vuelta a aquel recodo del camino. Allí encontrará usted a mi buena esposa, si es que tiene usted algún asunto que tratar con ella. O tal vez pueda servirle yo mismo.

—Gracias —le dije—. Me gustaría encargar un poco de leche. Quizá sea mejor que me ponga de acuerdo con su esposa.

—Sí —dijo el hombre—. *Ella* es quien se ocupa de todo eso. Buenos días tenga usted, jefe, y también su preciosa prole —dijo, mientras se alejaba.

—Debería haber dicho *«niña»*, y no *«prole»*. ¡Silvia no es ninguna prole!

—Se refería a nosotros *dos* —replicó Silvia.

—¡No es cierto! —protestó Bruno—. Porque también dijo «preciosa», ¿sabes?

—Bueno, en cualquier caso nos *miró* a ambos —insistió Silvia.

—¡Bueno, pues entonces *tendría* que haber visto que no somos preciosos los dos! —replicó Bruno—. ¡*Por supuesto*, yo soy mucho más feo que *tú*! ¿No es cierto que se refería a *Silvia*, Don Señor? —gritó por encima del hombro mientras salía corriendo.

No hubo ninguna necesidad de contestar, pues ya había desaparecido en el recodo del camino. Cuando llegamos hasta donde estaba, le vimos trepando a una tapia y mirando con gran interés el prado, donde un caballo, una vaca y una cabrita pastaban tranquilamente.

—¡Por su padre, un *Caballo*! —murmuró para sí mismo—. ¡Por su madre, una *Vaca*! ¡Por su querido niño, una *pequeña* Cabra! ¡Es la cosa más curiosa que he visto en todo el mundo!

«¡El Mundo de Bruno! —reflexioné—. Sí, supongo que todos los niños tienen su propio mundo, y si a eso vamos, también todos los hombres. Me pregunto si no será *ésa* la razón de todas las malas interpretaciones que hay en la vida.»

—¡Ésa *debe* de ser la granja de Hunter! —exclamó Silvia, señalando una casita situada en la ladera de la colina, a la que se llegaba a través de un camino de carros—. No se ve ninguna otra granja por *aquí* cerca, y tú *dijiste* que ya debíamos de estar llegando.

Yo lo había *pensado*, mientras Bruno estaba trepando por la verja, pero no recordaba haberlo *dicho*. De todas formas, era evidente que Silvia estaba en lo cierto.

—Bájate de ahí, Bruno —dijo—, y ábrenos la puerta.

—Es bueno que estemos contigo, ¿*no* es verdad, Don Señor? —dijo Bruno cuando entramos al prado—. ¡Si estuvieras solo, aquel perro tan enorme podría haberte mordido! ¡Pero no debes tenerle *miedo*! —me dijo en voz baja, apretando mi mano para darme ánimos—. ¡No es nada fiero!

—¡Fiero! —repitió sarcásticamente Silvia, mientras el perro, un magnífico New-foudland que había venido a todo galope a recibirnos, empezaba a dar saltos a nues-

tro alrededor, con mucha gracia y agilidad, dándonos la bienvenida con cortos y alegres ladridos—. ¿Fiero? ¡Pero si es más manso que un corderito! Es…, Bruno, ¿no te das cuenta? Es…

—¡*Es* cierto! —exclamó Bruno, abalanzándose sobre el perro y abrazándose a su cuello—. ¡Oh, mi querido perro! —y pareció que los niños jamás iban a terminar de abrazarle y acariciarle.

—¿*Cómo* habrá llegado hasta *aquí*? —dijo Bruno—. Pregúntaselo, Silvia; yo no sé cómo hacerlo.

Entonces empezó una animada conversación en perruno, de la que, por supuesto, *yo* no entendí nada y sólo pude *figurarme* en una ocasión, en que aquella preciosa criatura, con una mirada de reojo hacia mí, se puso a hablar en voz baja a Silvia, que *yo* era el tema de conversación. Silvia se volvió hacia mí riéndose.

—Me preguntó quién eres —explicó—. Y yo dije: «*Es nuestro amigo*». Y él preguntó: «¿Cómo se llama?», y yo respondí: «Se llama *Don Señor*». Y él dijo «¡bosh!»

—¿Qué significa «¡bosh!» en perruno? —pregunté.

—Lo mismo que en inglés —dijo Silvia—. Sólo que cuando lo dice un *perro* es como una especie de susurro, que es medio *ladrido* y medio *tos*. Nero, di «*¡bosh!*».

Y Nero, que había empezado a juguetear a nuestro alrededor de nuevo, dijo «*¡bosh!*» varias veces, y descubrí que la descripción que me había hecho Silvia del sonido era totalmente exacta.

—Me pregunto qué habrá detrás de esta larga tapia —dije cuando echamos a andar de nuevo.

—El *huerto* —dijo Silvia tras consultar con Nero—. Mira, hay un niño bajándose de la tapia en aquella esquina de allá. Y ha salido corriendo por el prado. ¡Me jugaría algo que ha estado robando manzanas!

Bruno salió corriendo detrás de él, pero no tardó en regresar a nuestro lado, pues era evidente que no tenía ninguna oportunidad de alcanzar al pilluelo.

—¡No pude alcanzarle! —dijo—. Ojalá hubiera empezado a correr un poco antes. ¡Sus bolsillos *estaban* llenos de manzanas!

El Rey Perro miró a Silvia y dijo algo en perruno.

—¡Anda, pues *claro* que puedes! —exclamó Silvia—. ¡Qué estúpidos hemos sido al no pensar en ello! ¡Nero le alcanzará, Bruno!, pero será mejor que primero le haga invisible.

Cogió la gema mágica y empezó a moverla por encima de la cabeza de Nero, y a lo largo de su lomo.

—¡Con esto será suficiente! —exclamó Bruno con impaciencia—. ¡A por él, perrito bueno!

—¡Oh, Bruno! —exclamó Silvia en tono de reproche—. ¡No deberías haber tenido tanta prisa! ¡Aún no había llegado a la cola!

A todo esto, Nero corría ya como un galgo por el prado, o al menos eso fue lo que pude deducir a partir de lo que de él se veía, su larga y peluda cola, que flotaba como una centella en el aire, y al cabo de pocos segundos alcanzó al pequeño ladrón.

—¡Le ha cogido por un pie! —exclamó Silvia, que observaba excitada la cacería—. ¡Ya no hay prisa, Bruno!

Echamos a andar con bastante calma prado abajo, hacia donde estaba el asustado muchacho. Pocas veces he tenido ocasión de ver una escena tan curiosa, a pesar de todas mis experiencias «extrañas». Todo él se movía violentamente, excepto su pie izquierdo, que parecía estar clavado al suelo. No había nada a la vista que lo sujetara, pero a cierta distancia, la larga y peluda cola se agitaba graciosamente de un lado a otro, poniendo de manifiesto que Nero consideraba todo aquel asunto como un juego de lo más divertido.

—¿Qué te pasa? —pregunté con toda la gravedad de la que soy capaz.

—¡Tengo un calambre en el tobillo! —gimió el ladronzuelo—. ¡Y se me ha dormido el pie! —exclamó entre sollozos.

—¡Escúchame! —dijo Bruno con tono autoritario, plantándose delante de él—. ¡Tienes que devolver las manzanas!

El muchacho me miró, pero no pareció considerar*me* digno de atención. Después miró a Silvia: *ella*, evidentemente, tampoco parecía contar gran cosa. Así que se envalentonó:

—¡Harían falta más agallas de las que ninguno de *vosotros* tiene para quitármelas! —respondió desafiante.

Silvia se inclinó y acarició al invisible Nero.

—¡Un *poquitín* más fuerte! —susurró.

Y un agudo grito del andrajoso muchacho nos hizo ver lo rápidamente que el Rey Perro había comprendido la sugerencia.

—Y *ahora* ¿qué pasa? —pregunté—. ¿Acaso te duele más tu tobillo?

—¡Y te dolerá más y más y más —le aseguró solemnemente Bruno— hasta que devuelvas las manzanas!

El ladronzuelo pareció convencerse finalmente de ello, y empezó a vaciar con desgana sus bolsillos. Los niños le observaban a cierta distancia. Bruno, bai-

lando, encantado con cada alarido que Nero hacía dar a su aterrorizado prisionero.

—Eso es todo —dijo al final el chico.

—¡No *es* cierto! —exclamó Bruno—. ¡Hay tres más en ese bolsillo!

Otra señal de Silvia al Rey Perro, otro agudo alarido del ladronzuelo, que ahora, además, era acusado de mentiroso, y salieron las tres manzanas que faltaban.

—Déjale ir, por favor —dijo Silvia en perruno.

El muchacho se fue cojeando a gran velocidad, inclinándose de vez en cuando para frotarse el dolorido tobillo, como si temiera que le volviera a dar el «calambre».

Bruno salió corriendo con su botín hasta la tapia del huerto y echó por encima todas las manzanas.

—¡Me temo que *algunas* habrán ido a parar debajo de un árbol equivocado! —anunció entre jadeos cuando volvió a alcanzarnos.

—¡Un árbol *equivocado*! —rió Silvia—. ¡Los árboles no *pueden* equivocarse! ¡No es posible!

—¡Entonces tampoco es posible que los árboles *acierten*! —exclamó Bruno.

Silvia no le hizo caso.

—¡Esperad un minuto, por favor! —me dijo—. Tengo que hacer *visible* a Nero.

—¡No, *por favor*, no lo hagas! —pidió Bruno, que se había montado sobre el real lomo y estaba trenzando su real pelo para hacer una brida—. ¡Sería *tan* divertido que siguiera así!

—Bueno, de hecho sí que tiene un aspecto divertido —admitió Silvia, y nos precedió hasta la casa donde estaba la mujer del granjero, evidentemente perpleja ante la extraña procesión que se le aproximaba.

—¡Algo debe de pasarles a mis lentes, me temo! —murmuró, quitándoselas y empezando a limpiarlas con una punta de su delantal.

Mientras, Silvia, descabalgando a toda prisa a Bruno de su montura, tuvo el tiempo justo para volver a hacer visible a Su Majestad antes de que la mujer se volviera a poner las gafas. Ya todo resultaba de lo más natural, pero aquella buena mujer parecía aún algo inquieta por el asunto.

—Cada vez estoy peor de la vista —dijo—, ¡pero ahora *ya* os veo, niños míos! ¿Me daréis un beso?

Inmediatamente, Bruno se escudó detrás de mí. No obstante, Silvia ofreció sus mejillas para que se las besaran, en representación de *ambos*, y entramos todos juntos.

CAPÍTULO V

MATILDA JANE

—Acompáñeme, caballerete —dijo nuestra anfitriona, colocando a Bruno sobre su regazo—, y cuéntamelo todo.

—No puedo —respondió Bruno—. No habría tiempo suficiente. Además, yo no lo sé todo.

La buena mujer pareció desconcertada, y miró a Silvia en busca de una explicación.

—¿Le gusta la *equitación*? —preguntó.

—Sí, creo que sí —replicó, dulce, Silvia—. Acaba de dar una vuelta montado en Nero.

—¡Ah! Nero es un perro espléndido, ¿no os parece? ¿Has montado alguna vez un caballo por el exterior, mi pequeño caballerete?

—*¡Siempre!* —exclamó Bruno con gran decisión—. Jamás estuve en el *interior* de ninguno. ¿Y *usted*?

Llegados a este punto, me pareció oportuno intervenir en la conversación, introduciendo el asunto que nos había llevado hasta allí y librando así a la mujer, al menos durante algunos minutos, de las desconcertantes preguntas de Bruno.

—A estos encantadores muchachitos les apetecería tomar un poco de pastel, ¡estoy segura! —dijo la hospitalaria esposa del granjero cuando hubimos concluido nuestra conversación, abriendo a continuación su alacena y sacando un pastel—. ¡Y no se te ocurra desperdiciar la corteza, caballerete! —añadió ofreciéndole una buena tajada a Bruno—. ¿Sabes lo que dice el libro de poesía acerca del desperdicio?

—No, no lo sé —respondió Bruno—. ¿Qué dice?

—¡Díselo tú, Bessie! —dijo la madre, mirando orgullosa y amorosamente a una pequeña damisela de rosadas mejillas que acababa de entrar tímidamente al cuarto, apoyándose contra su rodilla—. ¿Qué dice tu libro de poesía acerca del desperdicio?

—«El desperdicio produce la dolorosa escasez» —recitó Bessie en un susurro casi inaudible—, y puede llegar el momento en el que tengas que decir: «¡Cómo me gustaría tener ahora la corteza que entonces tiré!».

—¡A ver si *tú* eres capaz de repetirlo! «El desperdicio...»

—«El desprendercio...» lo que quiera que sea... —empezó Bruno con magnífica disposición, e inmediatamente hizo una pausa—. ¡No me acuerdo del resto!

—Bueno, ¿qué es lo que has *aprendido* de ello, entonces? Supongo, por lo menos, que eso sí que nos lo podrás decir.

Bruno comió un poco más de pastel, reflexionando, pero no parecía que la moraleja le resultara excesivamente obvia.

—Siempre... —le sopló Silvia.

—Siempre... —repitió Bruno, y entonces, con súbita inspiración añadió—: ¡Siempre hay que mirar adónde va a parar!

—¿Dónde va a parar *qué*, querido?

—¡La *corteza*, claro! —respondió Bruno—. ¡Así, si llegara el momento en que me viera obligado a decir «cómo me gustaría tener ahora la corteza...» (y todo eso), sabría dónde la había tirado!

Esta sorprendente interpretación dejó casi totalmente desconcertada a la buena mujer. Volvió al tema de Bessie.

—¿Os gustaría ver la muñeca de Bessie? ¡Bessie, querida, acompaña a la damita y al pequeño caballero a ver a Matilda Jane!

La timidez de Bessie desapareció al instante.

—Matilda Jane acaba de despertarse —le explicó confidencialmente a Silvia—. ¿Te importaría ayudarme a ponerle su traje? ¡Es *tan* pesado atar todos esos lazos...!

—Se me da bien hacer *lazos* —oímos que decía la dulce voz de Silvia, mientras las dos pequeñas abandonaban la habitación.

Bruno se desentendió del asunto y se acercó a la ventana con aires de hombre de mundo. Las niñas pequeñas y las muñecas no eran en absoluto de su interés.

La cariñosa madre se dedicó entonces a informarme (¿y qué madre no está más que dispuesta a hacerlo?) de todas las virtudes de Bessie (y si a eso vamos, también de todos sus defectos) y de todas las terribles enfermedades que, a pesar de aquellas rosadas mejillas y aquel rollizo cuerpo, habían estado a punto una y otra vez de llevársela de este mundo.

Cuando todo aquel torrente de amorosos recuerdos quedó prácticamente agotado, le pregunté acerca de los trabajadores de la vecindad, especialmente acerca de aquel «Willie» del que nos habían hablado.

—Un buen chico —dijo mi amable anfitriona—, ¡pero la bebida le ha perdido! No es que yo quiera privarle de ella; para la mayor parte de ellos es buena, pero algunos son demasiado débiles para resistir a la tentación: ¡es una verdadera desgracia para *ellos* que hayan construido El León Dorado tan cerca!

—¿El León Dorado? —repetí.

—Es la nueva taberna —me explicó mi anfitriona—. Está justo a medio camino, muy a mano para los trabajadores, al volver de la fábrica de ladrillos en un día como, por ejemplo, hoy, con el salario de la semana en el bolsillo. Así se desperdicia una gran cantidad de dinero. Algunos incluso se emborrachan.

—Si lo tomaran en sus casas… —medité, casi sin darme cuenta de que había expresado mi opinión en voz alta.

—¡Eso es! —exclamó ella con ardor; era, evidentemente, una solución en la que ella ya había pensado—. ¡Si cada hombre tuviera su propio barrilito en su propia casa no habría un borracho en todo el país!

Le conté la vieja historia acerca de un hombre que se compró un barrilito de cerveza e instaló a su mujer como cantinera, y cómo cada vez que quería tomar una jarra de cerveza pagaba religiosamente por ella, y cómo ella jamás permitía que se achispara, actuando como una cantinera perfectamente inflexible, no dejándole nunca beber más de la cuenta, y cómo cada vez que había que rellenar el barrilito había dinero más que suficiente para hacerlo e incluso sobraba algo para la caja, y cómo al acabar el año no sólo se encontró en perfecto estado de salud y ánimo, con ese indefinible pero inconfundible aspecto que distingue al hombre sobrio del que toma «una copita de más», sino que también tenía la hucha repleta de dinero, ¡todo él ahorrado de sus propios peniques!

—¡Si todos hicieran lo mismo! —exclamó la buena mujer, enjugándose los ojos, que se le habían desbordado de generosa compasión—. La bebida no tendría por qué ser la maldición que es para algunos…

—Sólo es una *maldición* cuando se utiliza mal —sentencié—. Cualquiera de los dones que nos ha dado Dios puede convertirse en una maldición si no lo usamos con sabiduría. Pero debemos irnos ya. ¿Le importaría llamar a las niñas? Supongo que Matilda Jane habrá tenido bastante compañía por *hoy*...

—Enseguida estarán aquí —prometió mi anfitriona, levantándose para salir del cuarto—. Tal vez el joven caballero haya visto adónde han ido.

—¿Sabes dónde están, Bruno? —pregunté.

—No están en el prado —replicó un tanto evasivamente Bruno—, pues allí no hay nada más que *cerdos*, y Silvia no es un cerdo. Y ahora, por favor ¡no vuelvas a interrumpirme, porque le estoy contando un cuento a esta mosca y se niega a atender!

—¡Estarán donde los manzanos, seguro! —dijo la esposa del granjero.

De modo que dejamos atrás a Bruno para que acabara su cuento y salimos al huerto, donde no tardamos en encontrarnos con las niñas, que caminaban juntas apaciblemente, con Silvia a cargo de la muñeca, mientras que la pequeña Bessie se encargaba de hacer sombra para que no le diera el sol en la cara con una gran hoja de col.

En cuanto nos vieron, la pequeña Bessie dejó caer la hoja de col y vino corriendo a nuestro encuentro, mientras Silvia la seguía más despacio, ya que evidentemente su preciosa carga requería mayores cuidados y atención.

—Yo soy su mamá y Silvia es la enfermera-jefe —explicó Bessie—. ¡Y Silvia me ha enseñado una canción preciosa para que se la cante a Matilda Jane!

—Oigámosla, pues, Silvia —propuse, encantado ante la perspectiva de poder oír por fin algo que había deseado oír desde hacía mucho tiempo: la voz de Silvia cantando. Pero a Silvia le dio un ataque de timidez y se asustó mucho.

—¡No, *por favor*! —me dijo en un aparte con gran ansiedad—. ¡Bessie ya se la sabe muy bien, que la cante Bessie!

—¡Sí, sí; que la cante Bessie! —dijo su orgullosa madre—. Bessie también tiene una bonita voz. —Esto también me lo dijo en un aparte—. ¡Aunque tal vez no debería ser yo quien lo dijera!

Bessie aceptó encantada la invitación, de modo que aquella pequeña y rolliza mamá se sentó a nuestros pies con su repulsiva hija rígidamente sentada sobre su regazo —era una de aquellas personas que se niegan a sentarse, sea cual sea el grado de presión—, y con una expresión de gran deleite empezó a cantar la nana con un alarido que hubiera producido un ataque a cualquier niño. La enfermera jefe se acurrucó detrás de ella, manteniéndose a una respetuosa distancia, con las manos apoyadas sobre los hombros de su pequeña señora, para poder actuar de apuntador en caso de que fuera necesario y cubrir así «todas las lagunas que pudiera haber en la traicionera memoria».

El grito con que había empezado resultó ser consecuencia de un esfuerzo momentáneo. Al cabo de muy pocas notas, Bessie se apaciguó y cantó con una pequeña pero dulcísima voz. Al principio sus enormes ojos negros estaban clavados en su madre, pero luego su mirada se dirigió hacia arriba, perdiéndose entre las manzanas, y pareció haber olvidado la presencia de público, además de su niña y su enfermera jefe, que en una o dos ocasiones le apuntó con voz casi inaudible la nota correcta cuando la intérprete empezaba a desafinar.

Matilda Jane, jamás miras
Ningún juguete ni ningún libro de estampas:
Te enseño en vano cosas bonitas…
¡Debes de estar ciega, Matilda Jane!

Te explico adivinanzas, te cuento cuentos,
Pero *todo* intento de conversación fracasa.
Jamás me respondes…
¡Me temo que seas muda, Matilda Jane!

Matilda, cariño, cuando te llamo,
Jamás pareces oírme.
Grito con todas mis fuerzas…
¡Pero estás tan sorda, Matilda Jane!

Matilda Jane, no te preocupes;
Porque a pesar de que seas sorda, muda y ciega,
Es evidente que *alguien* te ama…
¡Y ese alguien soy yo, Matilda Jane!

Cantó tres estrofas con un estilo un tanto descuidado, pero evidentemente la última estrofa la exaltaba. Su voz se alzó cada vez más clara e intensa; tenía una expresión de éxtasis, como si súbitamente se hubiera sentido inspirada, y al cantar los últimos versos apretó contra su pecho a la estólida Matilda Jane.

—¡Ahora, bésala! —le indicó la enfermera jefe.

Y al cabo de un momento la impávida y vacía cara del bebé se vio cubierta por un aluvión de apasionados besos.

—¡Qué bella canción! —exclamó la esposa del granjero—. ¿Quién es el autor de la letra, querida?

—Creo…, creo que iré a buscar a Bruno —dijo Silvia modestamente, y nos dejó a toda prisa.

Aquella extraña criatura parecía tener miedo a que se le alabara, e incluso a que se advirtiera su presencia.

—Es Silvia la autora de la letra —nos informó Bessie, orgullosa de su mayor grado de información—, y Bruno hizo la música, y *yo* la canté. —Este último dato, dicho sea de paso, resultaba perfectamente innecesario.

De modo que seguimos a Silvia y entramos todos juntos al salón. Bruno estaba aún junto a la ventana, con los codos apoyados en el quicio. Aparentemente había ya terminado de contar su cuento a la mosca y parecía haber encontrado algo nuevo en qué ocuparse.

—¡No me interrumpáis! —exclamó cuando entramos—. ¡Estoy contando los cerdos que hay en el prado!

—¿Y cuántos hay? —pregunté.

—Unos mil cuatro —respondió Bruno.

—Quieres decir «unos mil» —le corrigió Silvia—. No tiene ningún sentido decir «*cuatro*»: ¡no *puedes* tener ninguna seguridad acerca de esos cuatro!

—Como siempre, ¡te equivocas! —replicó triunfalmente Bruno—. ¡Precisamente de lo único que *puedo* estar seguro es de los *cuatro*, porque están ahí, hozando bajo la ventana! ¡De lo que no puedo estar seguro es de los otros *mil*!

—Pero algunos de ellos se han ido ya a las porquerizas —dijo Silvia inclinándose por encima de él para observar por la ventana.

—Sí —dijo Bruno—, pero se fueron tan despacio y tan poco a poco, que no me importó *contarlos*.

—Debemos irnos, niños —intervine yo—. Despedíos de Bessie.

Silvia echó sus brazos en torno al cuello de la pequeña damita y la besó, pero Bruno se mantuvo distante, con un aspecto de desusada timidez. («¡Jamás beso a *nadie* que no sea Silvia!», me explicó más tarde.) La esposa del granjero nos acompañó hasta la puerta, y pronto estuvimos en camino a Elveston.

—¿Ésa es la nueva taberna de la que estábamos hablando? —dijo al ver un edificio largo y bajo que tenía colgado sobre la puerta un letrero que decía EL LEÓN DORADO.

—Sí, ésa es —respondió Silvia—. Me pregunto si Willie estará en ella. Bruno, entra y compruébalo.

Yo me interpuse pensando que Bruno estaba en cierto modo bajo *mi* tutela.

—No es un sitio adecuado para un niño —dije, ya que los juerguistas estaban empezando a organizar ruido y una verdadera cacofonía de gritos, canciones y absurdas risas llegaban hasta nosotros a través de las ventanas abiertas.

—Ellos no podrán verle, ¿sabes? —explicó Silvia—. ¡Espera un minuto, Bruno!

Cogió la gema entre las palmas de sus manos y murmuró una serie de palabras para sus adentros. No fui capaz de entender lo que dijo, pero al instante pareció producirse un extraño cambio en nosotros. Me pareció que mis pies ya no tocaban el suelo, y me vi invadido por la onírica sensación de que de pronto tenía el don de flotar en el aire. Aún podía *distinguir* a los niños, pero sus siluetas resultaban confusas e insustanciales, y sus voces parecían llegar a mí desde algún lejano lugar en el espacio y en el tiempo, de tan irreales como me parecían. No obstante, no pude seguir oponiéndome a que Bruno entrara en aquel edificio. Al cabo de unos instantes estuvo ya de vuelta.

—No, no ha llegado todavía —explicó—. Están hablando de él allí dentro, comentando lo borracho que acabó la semana pasada.

Mientras hablaba, uno de los hombres salió por la puerta, con una pipa en una mano y una jarra de cerveza en la otra, cruzó la calle y llegó hasta donde estábamos nosotros para tener una mejor visión del camino. Dos o tres más se asomaron a la ventana, cada uno de ellos con su jarra de cerveza, cara enrojecida y ojos somnolientos.

—¿No le ves? —preguntó uno de ellos.

—No estoy seguro —respondió el hombre, dando un paso hacia adelante, lo que nos dejó prácticamente cara a cara.

Silvia me apartó rápidamente de su camino.

—Gracias, bonita —dije—. Había olvidado de que él no puede vernos. ¿Qué habría pasado si me hubiera quedado donde estaba?

—No lo sé —respondió Silvia con gravedad—. A *nosotros* no nos hubiera pasado nada, pero a lo mejor *tú* eres diferente.

Dijo esto con su voz normal, pero el hombre no se enteró de nada a pesar de que estaba frente a ella y muy cerca, y ella le miraba a la cara mientras hablaba.

—¡Allí viene! —exclamó Bruno, señalando carretera abajo.

—¡Allí viene! —repitió el hombre, como un eco, señalando con el brazo exactamente por encima de la cabeza de Bruno y apuntando con su pipa.

—¡Entonces, adelante con el *coro*! —gritó uno de los congestionados hombres que estaban asombrados a la ventana, y al momento surgieron doce voces chillando una áspera y discordante melodía que decía:

> ¡Estamos él, y tú, y yo,
> Ruidosos muchachos!
> ¡Nos encanta la juerga,
> Ruidosos muchachos somos,
> Ruidosos muchachos,
> Ruidosos muchachos!

El hombre volvió a entrar en el edificio, uniéndose ardorosamente al coro mientras andaba, de modo que los únicos que estaban en el camino cuando llegó Willie éramos los niños y yo.

Capítulo VI

La esposa de Willie

Se encaminó a la puerta de la taberna, pero los niños le detuvieron. Silvia se le colgó de un brazo, mientras que Bruno, desde el lado opuesto, le empujaba con todas sus fuerzas y lanzaba gritos inarticulados de: «¡Aa-úpa! ¡Aa-trás! ¡So!», que había aprendido de los carreteros.

Willie no les hizo el menor caso; sólo advirtió que *algo* le detenía, y a falta de mejor explicación pareció decidir que había sido su propia voluntad la que lo había hecho.

—No pienso entrar —dijo—. Hoy no.

—¡Una jarra de cerveza no te hará daño! —le gritaron sus amigos a coro—. Ni *dos* jarras tampoco… ¡Ni una docena!

—No —replicó Willie—, me voy a casa.

—¿Cómo, sin haber tomado nada, Willie? —gritaron los otros.

Pero Willie no tenía ninguna intención de seguir discutiendo y se volvió con gesto de tozudez, mientras los niños se mantenían a ambos lados de él para evitar que cambiara de opinión.

Durante cierto tiempo su caminar fue resuelto. Llevaba las manos en los bolsillos y silbaba entre dientes una cancioncilla al ritmo de sus pasos. En cuanto a su aspecto de estar perfectamente tranquilo, la cosa resultaba un verdadero éxito, pero un observador cuidadoso podría haber advertido con facilidad que había olvidado la segunda parte de la canción y que cuando llegaba a ella empezaba de nuevo, pues estaba demasiado nervioso para pensar en otra y demasiado inquieto como para poder mantenerse en silencio.

No era su viejo miedo el que le poseía, el viejo miedo que se convirtiera en su siniestro compañero todos los sábados por la noche desde no sabía cuándo, al moverse dando tumbos, sujetándose en las verjas y los barrotes de las puertas de los jardines, y que le atenazaba cuando los agudos reproches de su esposa sonaban en su embrutecido cerebro como el eco de una voz aún más penetrante surgida del intolerable alarido de un angustioso remordimiento; aquél era un miedo totalmen-

te nuevo, la vida había adquirido un colorido completamente nuevo y estaba iluminada con una nueva y deslumbrante brillantez; y todavía no podía imaginarse cómo encajarían su vida familiar, su mujer y su hija en aquel orden de cosas. La propia novedad de todo aquello era para su sencilla mente una fuente de perplejidad y de intenso terror.

En ese momento la melodía murió en sus labios temblorosos, al doblar una esquina y ver su propia casa, donde su mujer, apoyada en el quicio de la puerta con los brazos cruzados, miraba hacia la carretera con el rostro pálido, carente de la más mínima esperanza. Con una expresión de la más profunda desesperación, le esperaba.

—¡Bienvenido, muchacho! ¡Bienvenido! —Aquellas palabras podrían haber sido de bienvenida, a no ser por la amargura del tono en que las dijo—. ¿Qué es lo que te aparta de tus alegres compañías y del jugueteo y el canturreo? ¿No será que te has quedado con los bolsillos vacíos? ¿O acaso has venido a ver morir a tu pequeña hija? La criatura está hambrienta y no tengo aquí ni una migaja de pan que darle, pero ¿acaso a *ti* te importa eso? —Abrió la puerta violentamente, y le recibió con los ojos llameantes de furia.

El hombre permaneció en silencio. Lentamente, y con la mirada baja, entró en la casa mientras que ella, medio aterrorizada por su extraño silencio, le seguía sin decir nada más. Tan sólo cuando él se dejó caer sobre una silla, cruzando los brazos sobre la mesa e inclinando la cabeza, ella volvió a encontrar su voz.

A nosotros nos pareció totalmente natural entrar con ellos. En otra ocasión hubiéramos debido pedir permiso para hacerlo, pero, por algún motivo que no acabo de comprender, consideré que, ya que éramos invisibles, éramos libres de ir y venir como si fuéramos espíritus.

El bebé se despertó en su cuna con un gemido desgarrador que al instante atrajo a los niños a su lado. Bruno mecía la cuna mientras Silvia volvía a poner la cabeza del niño sobre la almohada, de donde se había deslizado. Pero su madre no hizo caso de aquel llanto ni tampoco del «gu» de satisfacción que oímos, cuando Silvia le hubo consolado. Ella miraba fijamente a su marido e intentaba en vano, con labios temblorosos y pálidos (a mí me dio la impresión de que ella creía que se había vuelto loco), hablar en el tono agudo y regañón que él tan bien conocía:

—Te habrás gastado todo tu sueldo… Me apostaría algo… En esa bebida del demonio… y te habrás vuelto a comportar como una bestia salvaje… Como haces siempre…

–¡No es cierto! –murmuró el hombre, con una voz un poco más fuerte que un susurro, vaciando violentamente sus bolsillos sobre la mesa–. Ahí está el sueldo, señora, hasta el último penique.

Ella dio un respingo de asombro y se llevó la mano al corazón, como si hubiera recibido una gran sorpresa.

–Entonces ¿*cómo* te las has apañado para beber?

–*No he* bebido –le contestó, con un tono más de tristeza que ofendido–. No he probado ni una gota en todo el santo día. ¡No! –gritó, golpeando la mesa con el puño y mirando con ojos brillantes–. ¡Con la ayuda de Dios, no volveré a probar otra gota de la maldita bebida hasta que me muera!

Su voz, un ronco alarido, se convirtió de repente en un susurro, y una vez más inclinó la cabeza, hundiendo la cara entre sus brazos cruzados.

La mujer había caído de rodillas junto a la cuna mientras él hablaba. No le miró ni pareció oírle. Con las manos cruzadas por encima de su cabeza, se balanceaba violentamente en todas direcciones.

–¡Oh, Dios mío! ¡Oh, Dios mío! –era lo único que decía, una y otra vez.

Silvia y Bruno le hicieron abrir las manos suavemente y se las bajaron hasta que tuvo un brazo rodeando a cada uno de ellos, aunque por supuesto no se apercibiera de ello, sino que seguía arrodillada, con los ojos fijos en el techo y con los labios moviéndose silenciosamente como en acción de gracias. El hombre mantenía la cara oculta y no hacía mucho ruido, pero se podía *ver* que sollozaba convulsivamente.

Al cabo de un rato él levantó la cabeza, dejándonos ver una cara empapada en lágrimas.

–¡Polly! –dijo suavemente, y después, con voz más fuerte–: ¡Vieja Polly!

Ella se levantó, acercándosele con una mirada de estupefacción, como si estuviera andando dormida.

–¿Quién me ha llamado vieja Polly? –preguntó. Su voz adquirió un tono cariñoso y juguetón, sus ojos brillaban y la rosada luz de la juventud iluminó sus pálidas mejillas, hasta el punto de que parecía más una alegre muchacha de diecisiete años que una ajada mujer de cuarenta–. ¿Sería tal vez mi muchacho, mi Willie, que me espera en el granero?

También la cara de él parecía transformada, iluminada por aquella misma luz mágica, en la de un muchacho vergonzoso. Ambos parecían dos muchachos cuando él la enlazó con un brazo, atrayéndola a su lado, mientras con el otro apartaba de él el montón de monedas como si fuera algo repulsivo al tacto.

—¡Tómalo, muchacha —dijo—; tómalo todo! Y tráenos algo de comer. Pero primero trae algo de leche para la niña.

—¡Mi *pequeña* niña! —murmuró ella recogiendo las monedas—. ¡Mi pequeña y querida niña!

Entonces se dirigió a la puerta, y estaba a punto de salir cuando algo pareció retenerla. Volvió a toda prisa, se arrodilló primero a besar al dormido bebé y después se arrojó en brazos de su marido para que la abrazara contra su pecho. Inmediatamente se puso en camino, llevándose consigo una jarra que había colgada de un clavo junto a la puerta. Decidimos seguirla a corta distancia.

No tardamos en llegar frente a un cartelón colgante sobre el que ponía LECHE-RÍA, y en ella entramos. Allí nos dio la bienvenida un perrito blanco de pelo rizado que, no estando bajo la influencia «extraña», vio a los niños y les recibió con gran afecto y muestras de efusión. Cuando yo entré, el lechero estaba tomando el dinero.

—¿Es para usted, señora, o para la niña? —preguntó una vez que hubo llenado la jarra, deteniéndose con ella en la mano.

—¡Para la *niña*! —respondió ella casi a modo de reproche—. ¿Cree usted que sería capaz de tomar una sola gota para *mí* antes de que *ella* se hubiera hartado?

—Está bien, señora —replicó el hombre, volviéndose con la jarra aún en la mano—. ¡Vamos a asegurarnos de que he medido bien!

Volvió a meterse entre sus estantes de jarras de leche, manteniéndose cuidadosamente vuelto de espaldas a ella mientras echaba una pequeña medida de nata en la jarra, murmurando para sí:

—¡Esto le vendrá bien a la pequeña!

La mujer no llegó a darse cuenta de aquel generoso acto, y tras tomar la jarra, se despidió con un sencillo: «Buenas tardes, señor», y siguió su camino. Los niños habían sido más observadores y, mientras salíamos detrás de ella, Bruno comentó:

—Eso ha sido *muy* bueno por su parte; me gusta ese hombre, y si yo fuera muy rico le daría cien libras… Y un bollo. ¡Y ese perrucho gruñón no sabe cuál es su deber!

Se refería al perrito del lechero, que parecía haber olvidado por completo el afectuoso recibimiento que nos había dispensado y ahora nos seguía a respetuosa distancia, haciendo todo lo posible por «acelerar la partida del invitado» con un verdadero aluvión de pequeños y agudos ladridos.

—¿Cuál *es* el deber de un perro? —se rió Silvia—. Los perros no pueden hacer de dependientes y dar el cambio.

—El deber de las hermanas no *es* reírse de sus hermanos —replicó Bruno con perfecta gravedad—. Y el deber de los perros es *ladrar*, pero no de este modo. Debería dejar acabar un ladrido antes de empezar el siguiente, y debería... ¡Oh, Silvia, ahí hay una rata de dientes de fogón!

Al instante aquellos alegres niños salieron volando a través del prado en dirección al macizo de dientes de león. Mientras les miraba, me invadió una extraña sensación como de sueño: el verde prado pareció verse transformado en un andén, y en lugar de la ligera silueta de Silvia, corriendo a todo correr, me pareció ver la de Lady Muriel. Fui incapaz de advertir si Bruno había sufrido también la transformación, convirtiéndose en el viejo al que Lady Muriel intentaba alcanzar; tan breve fue la sensación.

Cuando volví a entrar en el pequeño cuarto de estar que compartía con Arthur, él estaba de espaldas a mí, mirando por la ventana, y era evidente que no me había oído llegar. Sobre la mesa había una taza de té que había sido probada y dejada aparte. Al otro lado de la mesa había una carta recién empezada, con la pluma sobre ella; sobre el sofá, un libro abierto, y sobre la poltrona, un periódico de Londres, y sobre la mesita que había junto a ella percibí un cigarro sin encender y una caja de cerillas abierta. ¡Todo revelaba que el doctor, habitualmente tan metódico y tan introvertido, había estado intentando hacer de todo sin poder concentrarse en nada!

—¡Esto es algo muy poco habitual en usted, doctor! —empecé a decir, pero me interrumpí, pues al oírme se volvió y me quedé absolutamente estupefacto ante el maravilloso cambio que se había operado en su aspecto. Jamás había podido yo ver una cara tan radiante de felicidad ni unos ojos que brillaran con una luz tan ultraterrena. «Así —pensé— debía de ser el ángel que comunicó los pastores que cuidaban sus rebaños en la noche aquel dulce mensaje de: «Paz a los hombres de buena voluntad».

—¡Sí, mi querido amigo! —exclamó en respuesta a la pregunta que supongo que debió de leer en mi rostro—. ¡Es cierto! ¡Es cierto!

No había ninguna necesidad de preguntar *qué* era cierto.

—¡Que Dios los bendiga a ambos! —dije, sintiendo que lágrimas de alegría desbordaban mis ojos—. ¡Habían sido hechos el uno para el otro!

—Sí —asintió—. Eso creo yo también. ¡Y *qué* cambio supone en la vida de uno! ¡Este mundo no es el mismo! ¡Ése no es el cielo que vi ayer! Aquellas nubes... ¡Jamás había visto unas nubes como aquéllas en toda mi vida! ¡Parece un ejército de ángeles voladores!

A mí me parecían unas nubes de lo más vulgar, pero, al fin y al cabo, yo no había probado «la miel del rocío y bebido la leche del Paraíso».

—Desea verle inmediatamente —continuó diciendo, volviendo repentinamente a posar sus pies sobre la tierra—. Ella dice que *ésa* es la gota que falta para llenar la copa de su felicidad.

—Iré inmediatamente —dije, volviéndome con intención de abandonar enseguida la habitación—. ¿No viene usted conmigo?

—¡No, señor! —respondió el doctor, con un repentino esfuerzo, que resultó un completo fracaso, de volver a adoptar su tono profesional—. ¿Acaso *parecía* que había pensado ir con usted? ¿Acaso nunca ha oído decir que dos es compañía y…?

—Sí —respondí—, lo *he* oído decir. ¡Y soy dolorosamente consciente de que *yo* soy el *número tres!* Pero, ¿cuándo volveremos a vernos los tres?

—*¡Cuando el ajetreo haya terminado!* —me contestó riendo alegremente, tal como hacía muchos años que no le oía reírse.

CAPÍTULO VII

MEIN HERR

Emprendí pues mi solitaria andadura, y al llegar a la villa me encontré con Lady Muriel esperándome junto a la puerta del jardín.

—Supongo que no será necesario *traerle* alegría o *deseársela* —dije al llegar a su lado.

—¡No, en *absoluto*! —me contestó, con una alegre risa infantil—. A la gente se le *da* lo que no tiene, *deseamos* lo que aún no ha llegado. ¡Para mí ya está todo *aquí*! ¡Todo es *mío*! Mi querido amigo —se interrumpió de pronto—, ¿cree usted que el cielo puede empezar en la *tierra* para algunos de nosotros?

—Para *algunos* —respondí—. Para aquellos, tal vez, que son sencillos, como los niños. Usted ya sabe que Él dijo: «Suyo es el reino de los cielos».

Lady Muriel entrelazó sus manos, mirando al cielo sin nubes con una expresión que yo había visto a menudo en los ojos de Silvia.

—Siento como si, para *mí*, ya hubiera empezado —me confesó casi en un susurro—. Siento como si *yo* fuera uno de esos niños felices que Él pidió que se le acercaran, aunque la gente hubiera preferido mantenerles alejados. Sí, Él me ha visto entre toda esa multitud, ha visto el anhelo en mis ojos, me ha llamado para que me acerque a Él. Han *tenido* que dejarme paso. Él me ha tomado en sus brazos. ¡Él ha puesto sus manos sobre mí y me ha bendecido!

Hizo una pausa, jadeante en su perfecta felicidad.

—¡Sí, yo también lo creo!

—Tiene que venir a hablar con mi padre —continuó ella, mientras hablábamos el uno junto al otro al lado de la puerta, mirando hacia el sombreado camino.

Sin embargo, en el mismo momento en que dijo aquellas palabras, la sensación «extraña» me inundó como un torrente: vi a mi querido viejo Profesor acercándose y, lo que era aún más extraño, noté también ¡que resultaba visible para *Lady Muriel*!

¿Qué debía hacer yo? ¿Acaso el mundo de las Hadas había invadido el real? ¿Acaso Lady Muriel era también «extraña» y era por tanto capaz de penetrar conmigo en el mundo de las Hadas? Las palabras estaban en la punta de mi lengua («acabo de ver a un viejo amigo mío acercándose por el camino; si usted no lo conoce, ¿podría presentárselo?»). Cuando pasó la cosa más rara de todas: habló Lady Muriel.

—Acabo de ver a un viejo amigo mío acercándose por el camino —dijo—; si usted no lo conoce, ¿podría presentárselo?

Me pareció despertar de un sueño, ya que la sensación «extraña» se mantenía aún con gran intensidad en mí, y aquella figura parecía cambiar a cada momento como si fuera la imagen de un caleidoscopio: ¡tan pronto era el *Profesor* como, de repente, era otra persona! Cuando llegó a la puerta era desde luego otra persona, y pensé que lo correcto sería que fuera *Lady Muriel*, y no *yo*, la que hiciera las presentaciones. Ella le saludó cariñosamente, y, abriendo la puerta, cedió el paso a aquel viejo venerable, evidentemente alemán, que miraba a su alrededor con gesto de estupefacción, ¡como si también *él* despertara de un sueño!

¡No, desde luego *no* era el Profesor! Mi viejo amigo no *podría* haberse dejado una barba tan magnífica desde la última vez que nos vimos. Y *me* hubiera reconocido, pues yo estaba seguro de no haber cambiado gran cosa en los últimos tiempos. Así las cosas, él me miró vagamente, quitándose el sombrero en respuesta a las palabras de Lady Muriel: «Permítame que le presente a Mein Herr», mientras que yo no pude percibir en sus palabras, pronunciadas con un fuerte acento alemán: «Es para mí un honor conocerle», ninguna señal de haber sido reconocido.

Lady Muriel nos condujo hasta el cenador tan conocido por nosotros, donde se habían llevado ya a cabo todos los preparativos para tomar el té de la tarde, y mientras ella iba a buscar al Conde, nos sentamos en sendos sillones y Mein Herr recogió el trabajo de Lady Muriel, examinándolo a través de sus grandes gafas (una de las cosas que lo hacían parecerse tanto al Profesor).

—De modo que bordando pañuelos, ¿eh? —dijo en tono meditabundo—. De modo que *esto* es en lo que se ocupan las damas inglesas, ¿no es así?

—¡Es el terreno —dije yo— en el que el hombre jamás ha podido superar a la mujer!

En aquel momento regresó Lady Muriel con su padre, y, después de intercambiar algunas palabras amistosas con Mein Herr y una vez que todos habíamos sido adecuadamente servidos, el recién llegado volvió al sugestivo tema de los pañuelos de bolsillo.

—¿Ha oído usted hablar del bolsillo de Fortunatus, milady? ¡Ah, claro! ¿Le sorprendería a usted saber que con tres de estos pequeños pañuelos podría usted hacer el bolsillo de Fortunatus con bastante rapidez y con suma facilidad?

—¿Ah, sí? —preguntó con gran interés Lady Muriel, poniendo un montón de ellos en su regazo y enhebrando la aguja—. ¡Dígame cómo, *por favor*, Mein Herr! ¡No pienso probar otra gota de té hasta que no haya hecho uno!

—En primer lugar —dijo Mein Herr, tomando dos de los pañuelos, extendiendo uno sobre el otro y sujetándolos por dos esquinas—, debe unir estas esquinas superiores, la derecha a la de la derecha, y la de la izquierda a la de la izquierda, y la abertura que quedará entre ellas será la *boca* del bolsillo.

Bastaron unas cuantas puntadas para culminar *aquella* primera fase.

—¿Y ahora, cosiendo los otros tres bordes —sugirió ella—, se acaba la bolsa?

—No, milady; *primero* hay que unir los bordes *inferiores*… ¡Ah, pero no de este modo! —ella había empezado a coserlos—. Dé la vuelta a uno de ellos, y una la esquina inferior *derecha* de uno a la esquina inferior *izquierda* del otro, y cosa los bordes inferiores de la manera que usted posiblemente llamaría la *forma equivocada*.

—¡Ya comprendo! —exclamó Lady Muriel, ejecutando el trabajo con gran habilidad—. ¡Y sale una bolsa muy retorcida, incómoda y con un aspecto exótico, pero la *moraleja* es preciosa!: «¡La riqueza ilimitada sólo se consigue haciendo las cosas de manera equivocada!». ¿Y cómo hemos de unir estas misteriosas…? No, quiero decir *esta* misteriosa abertura. —Esto lo dijo dándole vueltas y más vueltas, con gesto desconcertado, a aquella cosa—. En efecto, tan sólo *hay* una abertura. Al principio me pareció que eran *dos*.

—¿Conocen ustedes el rompecabezas del anillo de papel? —preguntó Mein Herr, dirigiéndose al Conde—. Se coge una tira de papel, uniendo sus dos extremos, tras dar primero la vuelta a uno de ellos, de tal forma que queda unida la esquina *superior* de un extremo a la *inferior* del *otro*.

—Precisamente ayer vi uno —replicó el Conde—. Muriel, hija, ¿no estabas tú haciendo uno para entretener a los niños que habías invitado a tomar el té?

—Sí, conozco ese rompecabezas —dijo Lady Muriel—. El anillo tiene *una* sola superficie, y *un* solo borde. ¡Es algo muy misterioso!

—La *bolsa* también es así, ¿no es cierto? —sugerí—. ¿Acaso no es cierto que la superficie *exterior* de uno de sus lados se continúa con la *interior* del otro?

—¡Así es! —exclamó ella—. Sólo que todavía no es ninguna bolsa. ¿Cómo hemos de rellenar esta abertura, Mein Herr?

—¡Así! —dijo con tono impresionante el viejo, cogiendo la bolsa de sus manos y poniéndose de pie por la excitación del momento—. ¡El borde de la abertura consiste en *cuatro* bordes de pañuelo, y podemos seguirlo de forma continua alrededor de la abertura; bajando por el lado derecho de *un* pañuelo, subiendo por el izquierdo del *otro*, y bajando después por el borde izquierdo del *primero*, y subiendo por el derecho del *otro*!

—¡Es cierto! —murmuró pensativamente Lady Muriel, apoyando su cabeza sobre la mano y mirando atentamente al viejo—. ¡Y eso *demuestra* que tan sólo hay *una* abertura!

Ella tenía un aspecto tan extrañamente parecido al de un niño intentando resolver los problemas de una lección particularmente difícil, y Mein Herr se parecía tanto en aquel momento al viejo Profesor, que me quedé absolutamente ató-

299

nito: la sensación «extraña» se apoderó de mí con toda su fuerza y me sentí tentado de preguntar: «¿Lo comprendes, Silvia?». No obstante, conseguí reprimirme, no sin gran esfuerzo, y dejé que el sueño (si de hecho *era* un sueño) continuara hasta su final.

—Ahora, este *tercer* pañuelo —continuó Mein Herr— tiene *también* cuatro lados, los cuales se pueden seguir de modo continuo alrededor de él. Todo lo que hay que hacer entonces es unir sus cuatro lados a los cuatro lados de la abertura. El bolsillo queda terminado, y su superficie exterior...

—¡Ya lo veo! —le interrumpió ardorosamente Lady Muriel—. ¡Su superficie *exterior* se continuará con su superficie *interior*! Pero esto llevará algo de tiempo. Lo coseré en cuanto acabemos de tomar el té. —Dejó a un lado la bolsa y siguió tomando el suyo—. ¿Por qué lo llama usted el bolsillo de Fortunatus, Mein Herr?

El encantador anciano le dirigió una sonrisa jovial, lo que hizo que se pareciera más que nunca al Profesor.

—¿No lo ve, criatura?... ¿O debería decir milady? Lo que quiera que haya en el *interior* de esa bolsa está también en su *exterior*; y todo lo que haya fuera de ella está en su *interior*. ¡De modo que tiene usted toda la riqueza del mundo en el interior de este pequeño bolso!

Su pupila se puso a dar palmadas de alegría.

—Coseré el tercer pañuelo en cuestión de... *algún* tiempo —prometió—. Pero no pienso desperdiciar el suyo intentando hacerlo ahora. ¡Cuéntenos más cosas maravillosas!

¡Su rostro y su voz me recordaban tan *exactamente* a Silvia, que no pude evitar mirar a mi alrededor, casi esperando ver también a *Bruno*!

Mein Herr empezó a hacer equilibrios con su cuchara sobre el borde de la taza de té, mientras meditaba acerca de aquella petición.

—¿Algo maravilloso, como el bolsillo de Fortunatus? *Eso* le dará, cuando esté hecho, riquezas que jamás habría podido soñar, ¡pero no puede darme tiempo!

A esta afirmación la siguieron unos momentos de silencio, que fue aprovechado muy sensatamente por Lady Muriel para rellenar las tazas.

—En *su* país —empezó con sorprendente brusquedad Mein Herr—, ¿qué pasa con todo el tiempo que se desperdicia?

Lady Muriel puso gesto de gravedad.

—¿Quién puede saberlo? —preguntó como si hablara consigo misma—. ¡Lo único que sabemos es que desaparece más allá de toda posibilidad de recuperación!

—Bueno, pues en *mi*… Quiero decir, en un país que *yo* conozco —empezó el anciano—, lo almacenan, ¡y resulta de lo *más* útil al cabo de los años! Por ejemplo, supongamos que tiene usted por delante una larga y tediosa tarde: nadie con quien hablar, nada que le apetezca hacer, y a pesar de todo aún faltan horas antes de acostarse. ¿Qué hace *usted* entonces?

—Me enfado *muchísimo* —admitió ella, con toda franqueza—, ¡y me entran ganas de tirar cosas por todo el cuarto!

—Cuando eso me… Le pasa a esta gente a la que he visitado, jamás hacen *eso*. Por medio de un proceso breve y sencillo, que no me es posible explicarles, almacenan las horas inútiles, y así, en alguna *otra* ocasión en la que puedan necesitar tiempo extra, las pueden emplear.

El Conde le escuchaba con una sonrisa ligeramente incrédula.

—¿Por qué no puede usted *explicar* el proceso? —preguntó.

Mein Herr tenía preparada una razón bastante convincente.

—Porque en *su* lengua no existen las *palabras* necesarias para transmitir las ideas necesarias. ¡Yo podría explicárselo en… en…, pero no serían capaces de comprenderlo!

—¡No, por supuesto! —exclamó Lady Muriel, prescindiendo graciosamente del *nombre* de aquella lengua desconocida—. Jamás llegué a aprenderla, o al menos, no lo suficientemente bien para hablarla con soltura, ¿sabe? ¡*Por favor*, cuéntenos usted más cosas maravillosas!

—Sus trenes se mueven sin necesidad de motor, tan sólo precisan el mecanismo necesario para poderlos *detener*. ¿Le parece *eso* suficientemente maravilloso, milady?

—¿Pero de dónde sale la *fuerza*? —osé preguntar.

Mein Herr se volvió rápidamente para plantar cara a su nuevo interlocutor. Se quitó las gafas y las limpió, volviéndome a mirar, evidentemente desconcertado. Me di perfecta cuenta de que estaba pensando, al igual que *yo*, que *teníamos* que habernos visto antes.

—Utilizan la fuerza de la *gravedad* —explicó—. ¿Supongo que conocen esa fuerza también en su país?

—Pero eso haría necesario que las vías fueran todas *cuesta abajo* —señaló el Conde—. No es posible que tengan *todas* sus vías férreas cuesta abajo.

—*Todas* —dijo Mein Herr.

—¿Pero no será desde los *dos* extremos?

—Desde los *dos* extremos.

—¡Entonces me rindo! —exclamó el Conde.

—¿No podría usted explicarnos el proceso —preguntó Lady Muriel—, sin tener que emplear esa lengua que yo no soy capaz de hablar con soltura?

—Fácilmente —dijo Mein Herr—. Cada vía consiste en un largo túnel, perfectamente recto, de modo que, lógicamente, su parte *media* está más cerca del centro del planeta que cualquiera de los dos extremos. Los trenes recorren la mitad de su camino cuesta *abajo*, y eso les da impulso suficiente para recorrer la *otra* mitad cuesta *arriba*.

—Gracias. Lo he comprendido perfectamente —dijo Lady Muriel—. ¡Pero la velocidad en el punto *medio* del túnel debe ser algo *terrorífico*!

Mein Herr se sintió evidentemente muy gratificado por la inteligencia y el interés que Lady Muriel mostraba en sus comentarios. A cada momento que pasaba el anciano parecía hablar con más fluidez y con mayor facilidad.

—¿Querría usted saber cuáles son nuestros métodos para *conducir*? —inquirió sonriente—. ¡Para nosotros, un caballo desbocado carece por completo de importancia!

Lady Muriel se estremeció un poco.

—¡Para *nosotros* es un peligro perfectamente real! —dijo.

—Eso es porque sus carruajes van siempre totalmente *detrás* de sus caballos. El caballo echa a correr y su carruaje le sigue. Posiblemente, su caballo haya mordido el bocado. ¿Quién podría detenerle? Va usted como volando, cada vez más rápido e inevitablemente acaba por volcar.

—¿Y suponiendo que *su* caballo se las arregle para morder el bocado?

—¡No importa! Eso no nos preocuparía gran cosa. Nuestro caballo está uncido en el mismísimo centro de nuestro carruaje. Dos de las ruedas están delante de él, y las otras dos detrás. En lo alto del techo está sujeto un extremo de una ancha correa de cuero que pasa por debajo del cuerpo del caballo, y el otro extremo está sujeto a un pequeño… lo que ustedes llaman «polea», creo. El caballo muerde el bocado. Sale corriendo. ¡Vamos, casi volando! ¡A diez millas por hora! Ponemos en funcionamiento nuestra pequeña polea, cinco vueltas, seis vueltas, siete vueltas, y ¡plaf! ¡Nuestro caballo pierde el contacto con el suelo! *Ahora* ya puede galopar todo lo que quiera, pero nuestro carruaje permanece quieto. Nos sentamos y esperamos a que se canse. Después le volvemos a bajar. ¡Nuestro caballo se queda contento, muy contento, una vez que sus patas vuelven a tocar tierra!

—¡Espléndido! —dijo el Conde, que le había estado escuchando con gran atención—. ¿Tienen alguna otra peculiaridad sus carruajes?

—A veces, en las *ruedas*, milord. Por motivos de salud, va uno al mar, para ser zarandeado, revolcado y ocasionalmente ahogado. *Nosotros* hacemos todo eso en tierra: somos zarandeados, revolcados, igual que ustedes, ¡pero *ahogados*, nunca! ¡No hay agua!

—Entonces, ¿cómo son las ruedas?

—Son *ovaladas*, milord. Por lo tanto, el carricoche sube y baja.

—Sí, y da sacudidas hacia atrás y hacia adelante, pero ¿cómo se consigue que se zarandee hacia los lados?

—No van sincronizadas, milord; el *extremo* de una de las ruedas se corresponde con el costado de la opuesta, de modo que primero se eleva un lado del carruaje y después el otro. Por lo tanto, va todo el rato dando sacudidas. ¡Ah! ¡Hace falta ser un buen marinero para montar en uno de nuestros carricoches-barco!

—No lo dudo —replicó el Conde.

Mein Herr se levantó.

—Debo dejarles ahora, milady —dijo consultando su reloj—. Tengo otro compromiso.

—¡Ojalá hubiéramos podido almacenar algún tiempo extra! —exclamó Lady Muriel, estrechándole la mano—. Así podríamos haberle tenido con nosotros un rato más.

—En *ese* caso, me hubiera quedado encantado —replicó Mein Herr—. No obstante, ¡me temo que debo despedirme!

—¿Dónde le conoció? —le pregunté a Lady Muriel cuando Mein Herr se hubo marchado—. ¿Y dónde vive? ¿Y cuál es su verdadero nombre?

—La primera… vez… que le vimos… —replicó reflexionando—. Es curioso, ¡no consigo acordarme *dónde*! ¡Y no tengo ni idea de dónde vive! ¡Y jamás he oído que tuviera otro nombre! Es muy curioso… ¡Jamás se me ocurrió pensar hasta qué punto ese hombre es un misterio!

—Espero poder volver a encontrarme con él —dije—. Me ha parecido un hombre de lo más interesante.

—Asistirá a nuestra fiesta de despedida que celebraremos dentro de quince días —dijo el Conde—. Supongo que podemos contar con usted… Muriel está empeñada en volver a reunir a todos nuestros amigos una vez más antes de que abandonemos este lugar.

Aprovechando que Lady Muriel nos había dejado solos, me explicó que tenía tanta prisa por alejar a su hija de un lugar tan lleno de dolorosos recuerdos para ella, en relación con su ahora cancelado compromiso con el mayor Lindon, que lo habían dispuesto todo para celebrar la boda en un mes, después de lo cual, Arthur y su hija emprenderían un viaje por el extranjero.

—¡No olvide lo del martes! —me dijo mientras nos estrechábamos las manos al despedirnos—. Me encantaría que pudiera usted traer consigo aquellos niños encantadores que nos presentó el verano pasado. ¡El misterio de Mein Herr no es *nada* comparado con el misterio que parece rodearles a *ellos*! ¡Jamás podré olvidar aquellas maravillosas flores!

—Haré todo lo que esté en mi mano por traerles —prometí, ¡pero cómo me las iba a arreglar para cumplir semejante promesa; medité para mis adentros, mientras caminaba hacia nuestros alojamientos, era algo que se me escapaba por completo!

Capítulo VIII

En un lugar sombreado

Los diez días pasaron deprisa, y el día antes de la celebración de la gran fiesta, Arthur me propuso ir paseando hasta la villa a tomar el té.

—¿No sería más adecuado que fuera usted *solo*? —le sugerí—. ¿No le parece que *yo* estaré bastante *de trop*?

—Bueno, considérelo como una especie de *experimento* —me dijo.

—*Fiat experimentum in corpore vili!* —añadió con una graciosa inclinación de fingida cortesía en dirección a su infortunada víctima—. Como sabe, mañana por la noche me veré obligado a soportar el espectáculo de mi dama adorada comportándose amablemente con todo el mundo, *excepto* con la persona adecuada, ¡y podré soportar tal prueba mucho mejor si hacemos un ensayo general!

—Y la parte que a *mí* me corresponde es, por lo visto, la de la persona *equivocada* tipo.

—Bueno, no —dijo Arthur en tono meditativo, cuando emprendimos el camino—. No existe tal papel en las compañías normales. ¿«El Padre Grueso»? No, *ése* no sirve. Ese papel ya está dado. ¿«La Camarera Cantarina»? Bueno, la Primera Dama se encarga de *esa* parte. ¿«El Viejo Gracioso»? No es usted suficientemente gracioso. Al fin y al cabo, me temo que no va a quedar más papel para usted que el de «El Villano Bien Vestido», sólo que —dijo, echándome de reojo una mirada crítica—, no estoy del *todo* seguro acerca del vestuario.

Encontramos a Lady Muriel sola, pues el Conde había salido a un recado, e inmediatamente nos sumimos en nuestra vieja actitud de intimidad en el sombreado cenador donde el servicio de té parecía estar previamente dispuesto. La única novedad en la distribución (que Lady Muriel parecía dar *totalmente* por sentada) era que dos de los sillones estaban situados *bastante* cerca, uno al lado de otro. Y, cosa rara, *yo* no fui invitado a ocupar ninguno de ellos.

—Según veníamos por el camino —empezó diciendo Arthur—, hemos estado poniéndonos de acuerdo acerca de la correspondencia. Sin duda alguna, a él le gustará saber si estamos disfrutando de nuestro viaje por Suiza, y, por supuesto, nosotros deberemos fingir que *así es*.

—Por supuesto —asintió ella obedientemente.

—Y la ropa sucia… —sugerí yo.

—…Es siempre un problema —me interrumpió ella enseguida—; cuando uno va de viaje y no hay armarios en los hoteles. No obstante, la *nuestra* es *muy* manejable, y la empaquetamos cuidadosamente en una bonita maleta de cuero…

—Pero, por favor, no se les ocurra *escribir* —dije— si tienen algo más atractivo que hacer. Me entusiasma *leer* cartas, pero sé muy bien lo engorroso que resulta *escribirlas*.

—Así es, a veces —convino Arthur—. Por ejemplo, cuando uno es tímido con respecto a la persona a la que tiene que escribir.

—¿Se nota eso en la *carta*? —preguntó Lady Muriel—. Por supuesto que cuando oigo *hablar* a alguien… *Usted*, por ejemplo, noto perfectamente cuán *desesperadamente* tímido es. Pero ¿es posible notar eso en una *carta*?

—Bien, por supuesto, cuando se oye a una persona hablar con *soltura*… a *ti*, por ejemplo, se nota perfectamente cuán desesperadamente *no*-tímida eres, ¡por no decir descarada!; pero incluso el más tímido y más irregular de los conversadores puede parecer suelto al redactar cartas. Se puede tomar perfectamente media hora antes de escribir su segunda frase, pero ahí queda, ¡inmediatamente después de la primera!

—Entonces, ¿las cartas no expresan todo lo que *podrían* expresar?

—Eso es así sólo porque nuestro sistema de escribir cartas es incompleto. Un escritor tímido *debiera* poder demostrar que lo es. ¿Por qué no habrá de hacer *pausas* en su escritura, igual que las haría hablando? Podría dejar espacios en blanco, por ejemplo, media página. Y una chica *muy* tímida, si es que *existe* tal cosa, podría escribir una frase en la *primera* hoja de su carta, después podría introducir un par de hojas en blanco, después otra frase en la *cuarta* hoja, y así sucesivamente.

—¡Preveo que *nosotros*… quiero decir, este muchacho tan listo y yo… —me dijo Lady Muriel, evidentemente con el amable deseo de hacerme participar en la conversación— …nos vamos a hacer famosos, aunque, por supuesto, todos nuestros inventos sean ya de propiedad pública, por la creación del nuevo código de reglas para la escritura de cartas! ¡Por favor, inventa algunas más!

—Bien, otra cosa *muy* necesaria es encontrar algún medio de expresar cuándo *no* se nos debe tomar en serio.

—¡Explícate! Sin duda, *tú* no debes encontrar ninguna dificultad en expresar una *total* ausencia de significado.

—Me refería a que, cuando *no* queremos que algo que decimos se tome en serio, deberíamos poder expresar ese deseo. Porque la naturaleza humana está constituida de tal forma, que todo lo que uno escribe con la mayor seriedad es tomado en broma, y todo aquello que uno considera una broma se toma de lo más en serio. ¡O al menos, eso es lo que sucede a menudo cuando escribimos a una *dama*!

—¡Ah! ¡Qué poco acostumbrado estás a escribir a las damas! —comentó Lady Muriel, recostándose en su silla y mirando pensativamente al cielo—. Deberías intentarlo.

—De acuerdo —dijo Arthur—. ¿A cuántas damas puedo empezar a escribir? ¿A tantas como pueda contar con los dedos de mis dos manos?

—¡A todas las que puedas contar con los *pulgares* de *una* sola mano! —replicó con severidad su amada—. ¡Qué muchachito *más* travieso está hecho! ¿Verdad? —preguntó dirigiéndose a mí.

—Es un poco díscolo —convine—. ¿No le estará saliendo un diente?

Mientras tanto, me estaba diciendo a mí mismo: «¡Es casi *exactamente* como oír a Silvia hablándole a Bruno!».

—Sólo desea tomar su té. ¡Empiezo a estar ya muy cansado ante la simple *perspectiva* de la gran fiesta de mañana!

—¡Entonces tendrá que tomarse un buen descanso antes! —replicó ella en tono consolador—. El té no está a punto todavía. Vamos, muchachito, recuéstate bien en tu sillón y no pienses en nada, ¡o, si lo prefieres, piensa en *mí*!

—¡Da igual, da igual! —murmuró somnoliento Arthur, mirándola con ojos de adoración, mientras ella acercaba su silla a la mesa del té para prepararlo—. ¡Tendrá que esperar por su té como un niño bueno y paciente! ¿Quieren que les traiga los periódicos de Londres? —propuso Lady Muriel—. Los vi sobre la mesa al salir, pero mi padre dijo que no había nada en ellos excepto aquel horrible juicio por asesinato.

La sociedad estaba por entonces disfrutando su dosis diaria de emoción al estudiar los detalles de un asesinato particularmente sensacional, ocurrido en un antro de mala vida en el este de Londres.

—No tengo ningún interés en los horrores —dijo Arthur—. Pero espero que hayamos aprendido la lección que nos debería enseñar, aunque somos perfectamente capaces de interpretarlo todo al revés.

—Hablas en clave —dijo Lady Muriel—. Explícate, por favor. Fíjate —dijo, uniendo la acción a la palabra—, ¡estoy a tus pies, como si tú fueras un segundo Gamaliel! ¡No, muchas gracias! —Esto último iba dirigido a mí, que me había levantado para acercar su silla a su lugar original—. Por favor, no se moleste. Este árbol y la hierba forman un sillón muy agradable. ¿*Cuál* es esa lección que siempre se malinterpreta?

Arthur se mantuvo en silencio durante un minuto.

—Me gustaría poder dejar muy claro qué *es* lo que quiero decir —dijo lenta y pensativamente—, antes de decirte nada a *ti*; porque tú *piensas*.

Cualquier cosa que se pudiera parecer a un cumplido era tan poco frecuente en Arthur, que produjo un rubor de placer en las mejillas de Lady Muriel al replicar:

—*Tú* eres quien me da ideas acerca de las que pensar.

—Lo primero que pensaría uno al leer algo acerca de un acto particularmente repulsivo o bárbaro —prosiguió Arthur—, realizado por otro ser humano, sería probablemente que está contemplando una nueva diversión del pecado, y nos parece mirar hacia abajo a ese abismo como si estuviéramos en un lugar más elevado, muy lejos de él.

—Creo que te comprendo. Quieres decir que uno debería pensar no tanto: «Dios, te agradezco el no ser como otros hombres», como: «¡Dios, ten misericordia de mí también, ya que podría ser, si no fuera por tu gracia, un pecador tan vil como él!».

—No —replicó Arthur—. Quería decir mucho más que eso.

Ella alzó la vista rápidamente, pero se retuvo y esperó en silencio a que Arthur continuara.

—Uno tiene que pensar en algún otro hombre, de la misma edad que este pobre desgraciado. Retrotraerse al momento en que ambos empezaron a vivir, antes de que tuvieran el suficiente discernimiento como para distinguir el bien del mal. Entonces, por lo menos, eran iguales ante los ojos de Dios, ¿no es así?

Ella asintió con la cabeza.

—Tenemos pues dos épocas distintas, en las cuales observar a los dos hombres cuyas vidas estamos comparando. En la primera época están, en cuanto a su responsabilidad moral, al mismo nivel: tanto uno como el otro son incapaces de hacer

el bien o el mal. En la segunda época, uno de ellos (claro que estoy eligiendo un caso extremo, para lograr un mayor contraste) se ha ganado la estima y el aprecio de todos los que le rodean: su carácter es intachable, y su nombre será siempre honrado. La historia del otro hombre es una continua serie de crímenes, y finalmente su vida cae en manos de las indignadas leyes de su país. Ahora bien, ¿cuáles han podido ser las causas, en cada caso, de que la condición de cada uno de estos hombres haya llegado a ser la que es en esta segunda etapa? Las hay de dos tipos: una actúa desde el interior y la otra desde el exterior. Estos dos tipos de causas deben ser discutidos por separado, en el caso de que mis disquisiciones no os hayan aburrido ya lo suficiente.

–Todo lo contrario –dijo Lady Muriel–; para mí resulta especialmente agradable discutir una cuestión mediante este procedimiento. Es decir, analizada y expuesta de tal forma que resulta comprensible. Algunos libros que se supone que plantean cuestiones importantes o útiles me resultan intolerablemente tediosos, porque las ideas están expuestas en desorden, en una especie de «revoltijo».

—Eso me anima mucho —replicó Arthur con cara de satisfacción—. Las causas que actúan desde el *interior,* que hacen del carácter de un hombre lo que llega a ser en cada momento, son los sucesivos ejercicios de su voluntad; es decir, los actos mediante los cuales elige hacer esto o aquello.

—¿Hemos de asumir entonces la existencia del libre albedrío? —pregunté para dejar aquel punto bien claro.

—En caso contrario —respondió quedamente—. *Cadit quaestio,* y no tengo más que decir.

—¡Lo asumiremos! —proclamó imperiosamente el resto de la audiencia; la mayoría, podría añadir, al menos desde el punto de vista de Arthur.

El orador continuó hablando.

—Las causas que actúan desde el *exterior* son lo que les rodea, lo que el señor Herbert Spencer llama su «entorno». Lo que quiero dejar bien claro es que un hombre es responsable de los actos de su propia elección, pero *no* es responsable de su entorno. Por lo tanto, si estos dos hombres hacen en una determinada ocasión, y expuestos a tentaciones iguales, los mismos esfuerzos para resistirlas y por elegir el bien, su condición, a ojos de Dios, tiene que ser la misma. Si el queda satisfecho con uno de ellos, lo mismo sucederá con el otro.

—Así es, sin duda, lo veo perfectamente —intervino Lady Muriel.

—Y no obstante, debido a sus diferentes entornos, uno de ellos puede conseguir una gran victoria contra la tentación, mientras que el otro se vea abocado al negro abismo del crimen.

—¡Supongo que no querrás decir que esos dos hombres serían igual de culpables a los ojos de Dios!

—O eso —dijo Arthur—, o tendría que abandonar mi fe en la perfecta justicia de Dios. Pero déjenme exponer otro caso, que explicará lo que quiero decir con mayor claridad. Supongamos que uno de los hombres disfruta de una elevada posición social, y el otro, por ejemplo, podría ser un vulgar ladrón. Supongamos que el primero se ve tentado a realizar algún acto trivial de injusticia, algo que puede hacer con la absoluta seguridad de que jamás será descubierto; algo que con suma facilidad pueda abstenerse de hacer y que sabe perfectamente que es un pecado. Supongamos que el otro se ve tentado a realizar algún crimen terrible a los ojos de los hombres, pero sometido a una presión casi insufrible de las circunstancias. Por supuesto, no *totalmente* insufrible, ya que eso le eximiría de toda responsabilidad. Bien, en este caso, supongamos que el segundo hombre hace mayor esfuerzo por resistir que el primero. Supongamos también que ambos ceden ante la tentación. Yo afirmo que el segundo hombre es, ante los ojos de Dios, *menos* culpable que el primero.

Lady Muriel hizo una larga inspiración.

—Eso trastoca todas las ideas que uno pueda tener del bien y del mal, ¡pero sólo al principio! ¡Supongo que tú dirías que en ese horrible juicio por asesinato es posible que el hombre menos culpable de toda la corte sea el asesino, y que posiblemente el juez que le juzga, cediendo a la tentación de hacer un comentario injusto, habría cometido un crimen que pesaría más en la balanza que toda la carrera criminal del acusado!

—Por supuesto que sí —replicó Arthur con firmeza—. Puede parecer una paradoja, lo admito; pero piensa tan sólo qué gran pecado debe de ser a los ojos de Dios ceder ante una ligera tentación, que podríamos haber resistido con toda facilidad, y hacerlo deliberadamente y a plena luz de la ley de Dios. ¿Qué clase de penitencia podría compensar un pecado como *ése*?

—No puedo contradecir su teoría —intervine—. ¡Pero eso parece ampliar el área posible de pecado en el mundo!

—¿De veras? —preguntó con ansiedad Lady Muriel.

—¡Oh, no es así! —fue la ardorosa respuesta—. Desde mi punto de vista, parece dispersar gran parte de la nube que cubre la historia del mundo. Cuando por primera vez tuve esta visión, recuerdo que salí a los prados, repitiéndome a mí mismo aquel verso de Tennyson: «¡No parecía quedar lugar para la idea del mal!». ¡La idea de que tal vez la culpabilidad real de la raza humana fuera infinitamente menor de lo que yo había imaginado, de que los millones de hombres que yo había considerado hundidos en los insondables abismos del pecado, tal vez ante los ojos de Dios no hubieran ni pecado siquiera, fue mucho más dulce de lo que podría expresar con palabras! ¡La vida me pareció más brillante, más bella cuando tuve esa idea! ¡«Una esmeralda más brillante brilla en la hierba, un zafiro más puro se funde en el mar»! —su voz tembló al concluir y sus ojos se llenaron de lágrimas.

Lady Muriel ocultó su cara con las manos, y se mantuvo en silencio durante un minuto.

—Una idea maravillosa —dijo, alzando finalmente la vista—. ¡Muchas gracias, Arthur, por compartirla conmigo!

El Conde regresó a tiempo de acompañarnos a tomar el té y de darnos las desgraciadas noticias de que se había desatado una epidemia de fiebre en una pequeña aldea de la bahía, una fiebre de un tipo tan maligno que, a pesar de que había surgido tan sólo hacía uno o dos días, había ya más de una docena de personas afectadas, de las cuales, según los informes, dos o tres estaban en grave riesgo.

En respuesta a las apasionadas preguntas de Arthur, que por supuesto se tomó un gran interés científico en el asunto, fue capaz de dar muy pocos detalles *técnicos*, aunque había hablado con el médico local. Parecía, no obstante, ser idéntica a la «plaga» que figura en la historia, *muy* infecciosa y terriblemente rápida.

—Sin embargo, eso no evitará que celebremos mañana nuestra fiesta —dijo a modo de conclusión—. Ninguno de nuestros invitados vive en el distrito infectado, que está, como ya saben, poblado exclusivamente por pescadores; de modo que pueden acudir sin ningún temor.

Arthur se mantuvo en silencio a todo lo largo del camino de regreso, y al llegar a nuestro alojamiento se sumió inmediatamente en sus estudios médicos, relacionados con la alarmante enfermedad de cuya aparición acababa de tener noticia.

Capítulo IX

La fiesta de despedida

Al día siguiente, Arthur y yo llegamos puntualmente a la villa, cuando sólo unos pocos invitados (sería una fiesta de unas dieciocho personas) habían llegado ya, y éstos estaban charlando con el Conde, concediéndonos así la oportunidad de cruzar unas palabras con nuestra anfitriona.

—¿Quién es ese anciano con aspecto de sabio y enormes gafas? —preguntó Arthur—. No creo conocerle, ¿verdad?

—No, no le conoces, es un nuevo amigo —explicó Lady Muriel—; alemán, según creo. ¡*Es* un anciano encantador! Y uno de los hombres más instruidos que conozco. ¡Con *una* excepción, por supuesto! —añadió humildemente al ver a Arthur dar un respingo de ofendida dignidad.

—La joven vestida de azul que está detrás de él, hablando con un caballero de aspecto extranjero, también parece muy instruida…

—No lo sé —dijo Lady Muriel—, pero tengo entendido que es una maravillosa intérprete de piano. Confío en poder escucharla esta noche. Le pedí a ese caballero que la trajera, porque él también es muy *musical*, creo que es un Conde francés, y canta *espléndidamente*.

—Ciencia, música, canto; verdaderamente has organizado una fiesta completa —observó Arthur—. Me siento privilegiado por esta oportunidad de conocer a todas estas estrellas. ¡*Me encanta* la música!

—Sin embargo, el grupo no está completo —se lamentó Lady Muriel—. No ha traído usted a esos encantadores niños —continuó volviéndose hacia mí—. Los trajo un día, el pasado verano, a tomar el té —y de nuevo dirigiéndose a Arthur—: ¡son tan adorables!

—Lo son, *ciertamente* —asentí.

—Pero, ¿por qué no los ha traído con usted? Le prometió a mi padre que lo haría.

—Lo siento mucho —me disculpé—, pero me fue totalmente imposible traerles... —En ese momento tenía la decidida *intención* de acabar ahí la frase, y fue con un asombro tan profundo que no soy incapaz de describirlo, que oí que *continuaba hablando*— ...pero vendrán a reunirse conmigo durante la tarde.

Fueron palabras emitidas por *mi* voz y que parecieron ser pronunciadas por *mis* labios.

—¡Me alegro *mucho*! —replicó Lady Muriel, encantada—. ¡Quiero presentárselos a algunos de mis amigos! ¿Cuándo llegarán?

Me refugié en el silencio. La única respuesta honrada hubiera sido: «¡Yo no hice ese comentario! ¡Yo no dije eso! ¡Además, no es cierto!», pero no tuve valor para hacer semejante confesión. No es difícil *adquirir* fama de lunático, y en cambio sí lo es *deshacerse* de ella; además, parecía evidente que *tal* declaración *tendría* como lógica consecuencia que me colgaran el sambenito de *«lunático inquiriendo»*. Evidentemente, Lady Muriel pensó que no había oído su pregunta, y se volvió hacia Arthur, comentando algún otro tema, de modo que tuve así tiempo de recuperarme de la sorpresa (o de despertarme del fugaz estado «extraño», fuera lo que fuese). Cuando todo a mi alrededor volvió a parecer real, Arthur estaba diciendo:

—Me temo que no tiene solución; *deben* de ser infinitos en cuanto al número.

—Lamentaría tener que creerlo —dijo Lady Muriel—. Y sin embargo, cuando lo piensas detenidamente te das cuenta de que hoy en día no *existen* nuevas melodías. Lo que la gente llama «la última canción» siempre *me* recuerda alguna vieja melodía de mi niñez.

—Llegará el día, si el mundo dura hasta entonces —empezó Arthur—, en que todas las melodías habrán sido compuestas, todos los chistes inventados —Lady Muriel se retorcía las manos como la reina de una tragedia—, y peor aún, ¡todos los libros posibles habrán sido escritos!, pues el número de palabras existentes es limitado.

—Eso no será problema alguno para los *autores* —me permití intervenir—. En lugar de decir: «¿*Cuál* de todos los libros posibles escribiré?», el autor preguntará: «Qué libro escribiré?». Una simple cuestión de términos.

Lady Muriel me dirigió una sonrisa aprobatoria.

—Pero los *locos* siempre escribirán nuevos libros, ¿no? —continuó—. ¡No *podrían* escribir libros sensatos...!

—Es cierto —convino Arthur—, pero el número de sus libros también tendría un límite. El número de *libros lunáticos* es tan limitado como el número de locos.

—Y *ese* número es cada día mayor —dijo un pomposo caballero, al que identifiqué como al pretencioso figurón de la fiesta campestre.

—Eso dicen —replicó Arthur—. Y cuando un noventa por ciento de nosotros estemos trastornados —parecía estar de un extraño y un tanto absurdo humor—, los manicomios cumplirán la función para la que se crean.

—¿Qué es...? —inquirió gravemente el pomposo caballero.

—¡*Acoger a los cuerdos*! —respondió Arthur—. Nos encerraremos allí. Los desequilibrados podrán hacer lo que quieren *fuera*. Harán las cosas de un modo un poco extraño, no lo dudo. Los trenes chocarán continuamente; los buques estallarán; la mayoría de las ciudades serán arrasadas; muchos barcos se hundirán...

—¡Y la mayoría de los hombres acabarán *muertos*! —murmuró el pomposo caballero, que estaba claramente atónito.

—Exactamente —asintió Arthur—. Hasta que haya menos locos que hombres sanos. Entonces saldremos, y ellos entrarán. ¡Y las cosas volverán a la normalidad!

El caballero frunció el entrecejo, se mordió los labios aparatosamente y cruzó los brazos intentando, en vano, comprenderle.

—¡Se está usted *burlando* de mí! —murmuró para sí con iracundo desdén, mientras se alejaba.

Cuando hubieron llegado el resto de los invitados, se anunció la cena. Arthur, naturalmente, se acomodó junto a Lady Muriel, y yo tuve la agradable sorpresa de encontrarme sentado al otro lado, junto a una adusta dama (a la que no conocía y cuyo nombre, como es frecuente en las presentaciones, no había logrado retener y sólo recordaba que era un hombre compuesto), como pareja en el banquete. Sin embargo, parecía conocer a Arthur, y en voz baja me confió su opinión sobre él diciendo que era «un joven muy discutidor»; Arthur, por su parte, parecía dispuesto a mostrarse digno del calificativo que le había sido adjudicado. Cuando ella dijo:

—¡Nunca tomo vino con la sopa! —lo cual no fue una confidencia dirigida a mí, sino a toda la concurrencia, como si fuera un tema de interés general—, Arthur la desafió preguntándole:

—¿*Cuándo* es, a su juicio, el momento en que uno *entra* en posesión de un plato de sopa?

—Ésta es *mi* sopa —replicó severamente—, y la que tiene delante de usted es la *suya*.

–Sin duda –aceptó Arthur–. Pero ¿*cuándo* empezó a ser mía? Hasta el momento en que fue depositada en mi plato, pertenecía a nuestro anfitrión; mientras la servían, digamos que la tenía el camarero en depósito; ¿me apropié de ella cuando la acepté? ¿O cuando la depositaron ante de mí? ¿O tal vez cuando tomé la primera cucharada?

–¡Es un joven *muy* discutidor! –fue todo lo que la anciana dama acertó a decir; pero esta vez lo dijo en voz alta, considerando que la sociedad tenía derecho a saberlo.

Arthur se limitó a sonreír maliciosamente.

–¡No me importaría apostarme un chelín –exclamó– a que el eminente abogado, que se encuentra a su lado –ciertamente, es posible *decir* palabras como si empezaran por letras mayúsculas–, no es capaz de responderme!

–Yo *nunca* apuesto –replicó con severidad.

–¿Ni seis peniques el punto al whist?

–¡*Nunca*! –repitió–. El *whist* es un juego inocente, pero ¡jugar al whist por *dinero*! –exclamó escandalizada.

Arthur volvió a mostrarse serio.

–Me temo que no comparto su opinión –dijo–. Considero que las pequeñas apuestas en el juego de cartas son uno de los actos más *morales* que nunca realizó la sociedad *como* tal.

–¿Qué quieres decir? –preguntó Lady Muriel.

–Que hizo de las cartas el tipo de juego en el que es imposible *hacer trampas*. Observa de qué modo el cróquet está desmoronando la sociedad. Las señoras hacen trampas continuamente, y cuando son descubiertas se ríen y se lo toman a broma. Pero cuando hay dinero de por medio, eso está fuera de toda discusión. Al tramposo no se le considera un hombre de ingenio. Cuando un hombre se sienta a jugar a las cartas y hace trampas a sus amigos por dinero, no se *divierte*, ¡a menos que le haga gracia que le tiren escaleras abajo!

–Si todos los caballeros tuvieran tan mal concepto de las mujeres como usted –comentó mi vecina de mesa–, habría pocas, muy pocas… –Pareció dudar acerca de cómo terminar la frase, pero al fin escogió «lunas de miel» como término adecuado.

–Por el contrario –dijo Arthur, de nuevo con su sonrisa traviesa–, ¡si la gente adoptara mi teoría, el número de lunas de miel, aunque de un nuevo tipo, aumentarían notablemente!

—¿Puedes aclararnos cómo es ese nuevo tipo de luna de miel al que te refieres? —solicitó Lady Muriel.

—Pongamos que X es un caballero —empezó Arthur, en voz ligeramente alta, ya que se había hecho con un auditorio de seis personas, incluyendo a Mein Herr, sentado al otro lado de mi compañera de mesa—. Digamos que X es el caballero e Y, la dama a quien él piensa pedir en matrimonio. Él recurre a una luna de miel experimental. ¡Hecho! La joven pareja, acompañada por una tía abuela de Y, como carabina, emprende un viaje de un mes de duración, durante el cual pasean con frecuencia al claro de luna y charlan, *tête-a-tête*, de modo que cada uno de ellos pueda formarse una idea del carácter del otro mucho más exacta en cuatro *semanas* que en muchos años de frecuentarse bajo las normales restricciones sociales. Y sólo después de su *vuelta* X decide, finalmente, si formulará o no la trascendente pregunta a Y.

—En nueve de cada diez casos —proclamó el pomposo caballero—, no llegará a buen puerto.

—Entonces, en nueve de cada diez casos —replicó Arthur— se habrá evitado un matrimonio inadecuado, ¡y ambas partes se salvarán, por lo tanto, de un desastre innecesario!

—Los únicos matrimonios realmente inconvenientes —observó la anciana dama— son los que carecen de suficiente *dinero*. El amor viene *más tarde*. ¡Pero el dinero es necesario *para empezar*!

Este comentario fue lanzado sobre la sociedad como una especie de desafío general, y como tal fue aceptado por algunos de los oyentes: el *dinero* fue el tema central de la conversación durante un buen rato, y un caprichoso eco de la misma se volvió a oír mientras se servía el postre, los camareros abandonaban la habitación y el Conde puso en movimiento el vino en su recorrido alrededor de la mesa.

—Me agrada comprobar que no ha perdido usted las viejas costumbres —manifesté a Lady Muriel mientras llenaba su copa—. Resulta delicioso volver a experimentar la sensación de paz que nos embarga cuando los sirvientes han abandonado la habitación y uno puede charlar sin miedo a ser escuchado y sin que los platos estén pasando continuamente sobre nuestros hombros. ¡Cuánto más agradable es poder escanciar el vino en la copa de las damas y pasar los manjares a quienes los desean!

—En ese caso, haga el favor de acercarme esos melocotones —pidió un grueso y congestionado caballero, que estaba sentado más allá de nuestro pomposo amigo—. Hace tiempo que, en diagonal, me están apeteciendo.

317

—Sí, es una desagradable innovación dejar que los camareros sirvan el postre y los licores —replicó Lady Muriel—. Por una razón, y es que *siempre* comienzan por el lado contrario, ¡lo que trae mala suerte a los invitados!

—Es preferible que circulen por el lado malo que no que no circulen —observó nuestro anfitrión—. ¿Quiere servirse usted mismo? —dijo dirigiéndose al grueso caballero—. ¿No será usted abstemio, verdad?

—¡Naturalmente que lo *soy*! —exclamó mientras apartaba de sí las botellas—. ¡En Inglaterra se gasta casi el doble en bebida que en ningún otro artículo alimenticio! Lean esta tarjeta —¿qué fanático no anda siempre con el bolsillo repleto de la literatura adecuada al momento?—. Las bandas de diferentes colores representan las cantidades gastadas en diversos artículos alimenticios. Miren las tres más largas. Dinero empleado en mantequilla y queso, treinta y cinco millones; en pan, sesenta millones, en *bebidas tóxicas*, ¡ciento treinta y seis millones! ¡Si de mí dependiera, cerraría todas las tabernas del país! Miren la carta y lean la consigna. *¡Allí es adonde va a parar todo el dinero!*

—¿Ha leído usted la carta antiabstemios? —preguntó Arthur inocentemente.

—¡No señor, no la he visto! —contestó bruscamente el orador—. ¿Qué es?

—Es casi exacta a ésta. Las rayas de colores son iguales. Sólo que la frase «dinero empleado en...» viene sustituida por «cantidad derivada de la venta de», y en lugar de «ahí es donde todo el dinero va a parar», su lema es: «¡De ahí es de donde viene todo el dinero!».

El congestionado caballero frunció el ceño, pero, evidentemente, consideró que no merecía la pena contestar. Así que Lady Muriel cogió el relevo.

—¿Defiende usted la teoría de que es más efectivo predicar la abstinencia siendo abstemio? —preguntó.

—¡Por supuesto! —replicó el colorado caballero—. ¡Aquí se cuenta un caso que me viene al dedillo! —anunció desplegando un recorte de periódico—. Permítanme que les lea esta carta de un abstemio: «Al Editor: Señor, hace tiempo yo era un bebedor moderado y conocí a un hombre que lo era en exceso. Me dirigí a él y le dije: "Deje de beber. ¡Arruinará su salud!" "¿Usted bebe?", me contestó. "¿Por qué no he de hacerlo yo?" "Sí, pero yo sé hasta dónde puedo llegar", dije. Se apartó de mí. "Beba como guste, que yo haré lo mismo. ¡Váyase!" Entonces comprendí que para tener alguna influencia positiva tendría que dejar de beber por completo. ¡Desde aquel momento no he vuelto a probar una gota!». ¡Ya está! ¿Qué tiene que decir a eso? —rió a su alrededor triunfalmente, mientras el recorte pasaba de mano en mano.

—¡Qué curioso! —exclamó Arthur cuando llegó hasta él—. ¿Vio usted, por casualidad, la semana pasada una carta sobre la conveniencia de madrugar? Era extrañamente parecida a ésta.

La pregunta excitó la curiosidad del congestionado caballero.

—¿Dónde apareció? —preguntó con verdadero interés.

—Permítame que se la lea —sacó unos papeles del bolsillo y, abriéndolos, leyó lo que sigue—: «Al Editor: Señor, yo era un moderado dormilón y conocí a un hombre que lo era en exceso. Le aconsejaba: "Deja de dormir tanto. ¡Arruinarás tu salud!", le decía. "Tú duermes, ¿por qué no he de hacerlo yo?" A lo que yo replicaba: "Sí, pero yo sé cuándo debo levantarme". Se apartó de mí. "Duerme lo que quieras y déjame hacer lo mismo. ¡Déjame en paz!", me dijo. Entonces comprendí que para darle ejemplo debía abandonar el sueño. ¡Desde aquel momento no he vuelto a dormir ni pizca!».

Arthur dobló el papel, se lo metió en el bolsillo y pasó el recorte de periódico. Ninguno de nosotros osó reírse. El colorado caballero estaba visiblemente enfadado.

—¡Su paralelismo no se sostiene! —gruñó.

—¡Pues los bebedores moderados siempre lo hacen! —replicó tranquilamente Arthur.

Incluso la severa y anciana dama fue incapaz de contener la risa.

—¡Pero se necesitan otras muchas cosas para lograr una cena *perfecta*! —exclamó Lady Muriel, obviamente ansiosa por cambiar de conversación—. ¡Mein Herr! ¿Cómo se imagina usted una cena perfecta?

El anciano caballero miró a su alrededor, sonriendo. Sus enormes antiparras parecían mayores que nunca.

—¿Una *cena* perfecta? —repitió—. ¡En primer lugar, debería estar presidida por nuestra actual anfitriona!

—¡Eso, *por supuesto*! —le interrumpió ella alegremente—. Pero, ¿*qué más*, Mein Herr?

—Sólo puedo hablar a partir de lo que he visto en mi propio… —empezó a decir Mein Herr—. En cierto país por el que he viajado.

Hizo una pausa de un minuto, mirando al techo con tan soñadora expresión en su rostro, que temí que se le fuera el santo al cielo, lo que, por otra parte, parecía ser su estado normal. Sin embargo, al cabo de un minuto retomó el hilo de la conversación.

—La causa principal de que una cena fracase no es la escasez de carne, ni siquiera de bebidas, sino de *conversación*.

—En una cena *inglesa* —comenté— nunca he visto que escasee la charla.

—Perdone usted —replicó Mein Herr respetuosamente—, pero yo no he dicho «charla», sino «conversación». Todos los pequeños temas, como el tiempo, la política o el cotilleo local, son desconocidos para nosotros. Son insulsos o polémicos. Lo que necesitamos para *conversar* es un tema de gran *interés* y *novedad*. Para asegurarnos de su existencia, hemos intentado varias cosas… Cuadros móviles, criaturas salvajes, invitados giratorios y un humorista giratorio, pero esto último sólo se adapta a *pequeñas* reuniones.

—¡Pongamos algunos ejemplos, por favor! —le pidió Lady Muriel, que estaba ya visiblemente interesada, como la mayor parte de la concurrencia. Y en toda la mesa cesó la charla, y las cabezas se inclinaron hacia adelante, ansiosas por oír la exposición de Mein Herr.

—¡Capítulo primero! ¡Cuadros móviles! —fue anunciado por la argentina voz de nuestra anfitriona.

—La mesa tiene forma de anillo —empezó Mein Herr, en tono bajo y soñador que, sin embargo, era perfectamente audible en medio del silencio—. Los invitados están sentados en la parte más interior, así como en la exterior, habiendo llegado a sus puestos por medio de una escalera de caracol que comunica con la habitación inferior. Por medio de la mesa corre un pequeño raíl, y hay un interminable tren de vagones accionados por un motor. En cada vagón hay dos cuadros, apoyados entre sí. El tren efectúa dos circuitos durante la cena, y cuando ha dado ya la primera vuelta, los camareros vuelven los cuadros de cada vagón, poniéndolos del otro lado. ¡Así, *todos* los invitados ven *todos* los cuadros!

Hizo una pausa, y el silencio se hizo más denso que nunca. Lady Muriel parecía horrorizada.

—Francamente, si esto sigue así —exclamó— tendré que dejar caer algo. ¡Oh!, es por culpa mía, ¿verdad? —en respuesta a una suplicante mirada de Mein Herr—. Estaba olvidando mi deber. ¡Capítulo dos! ¡Criaturas salvajes!

—Encontramos los cuadros circulantes un *poco* monótonos —continuó Mein Herr—. Los asistentes no se sentían inclinados a hablar de arte durante toda la cena; así que probamos con Criaturas salvajes. Entre las flores que, igual que ustedes, colocamos alrededor de la mesa se podrán ver aquí un ratón, allí un escarabajo, aquí una araña —Lady Muriel se estremeció—, allí una avispa; aquí un sapo, allá una serpiente.

—¡Padre! —dijo Lady Muriel con voz apesadumbrada—. ¿Has *oído* eso?

—…así que teníamos mucho de qué hablar.

—¿Y cuando les picaban…? —empezó a preguntar la anciana dama.

—¡Estaban todos encadenados, estimada señora!

La anciana dama hizo un gesto de satisfacción.

—¡Tercer capítulo! —proclamó Lady Muriel—. ¡Invitados giratorios!

—Incluso las Criaturas salvajes resultaron al final monótonas —siguió el orador—. Así que dejamos que los huéspedes escogieran sus propios temas, y para evitar la monotonía, los cambiábamos. Hicimos una mesa forrada por *dos* anillos; el anillo interior se movía despacio, continuamente, junto con el suelo y la fila más interior de invitados. Así, *todos* los invitados del anillo interior se encontraban frente a frente con todos los del exterior. Resultaba un poco confuso, a veces, haber *empezado* a contar una historia a un amigo y *acabarla* con otro; pero *todos* los planes tienen sus fallos.

—¡Cuarto capítulo! —se apresuró a anunciar Lady Muriel—. ¡El humorista giratorio!

—Pensamos que sería un plan excelente, para una reunión *poco* numerosa, preparar una mesa con un agujero en el centro suficientemente grande como para dar cabida a *un* invitado. ¡Aquí situamos a nuestro mejor conversador! ¡Giraba lentamente, y contaba vívidas anécdotas durante todo el tiempo!

—¡No creo que me gustara! —murmuró el pomposo caballero—. ¡Me habría aturdido el dar tantas vueltas! Habría declinado la… —aquí pareció ocurrírsele que quizá la presunción que daba por cierta no estaba avalada por las circunstancias; tomó un apresurado trago de vino, y no hizo más comentarios.

A una señal de Lady Muriel, las señoras abandonaron la habitación.

Capítulo X

Parloteo y mermelada

Cuando hubo abandonado el comedor la última de las señoras, el Conde, situándose a la cabecera de la mesa, ordenó con tono marcial:

—¡Caballeros! ¡Cierren filas!

Y cuando, obedeciendo la orden, nos hubimos dispuesto alrededor de él en un compacto grupo, el hombre pomposo lanzó un suspiro de alivio, llenó su copa hasta el borde, hizo pasar la botella y empezó a dirigirnos uno de sus discursos preferidos.

—Son encantadoras. Encantadoras, sin duda, pero excesivamente frívolas. Nos arrastran, por así decirlo, a un nivel inferior. Ellas…

—¿Acaso no es cierto que todos los pronombres aluden a un *nombre*? —preguntó suavemente el Conde.

—Le ruego que me disculpe —dijo el hombre pomposo con orgullosa condescendencia—. Había pasado por alto el nombre. Las señoras. Lamentamos su ausencia, y no obstante nos consolamos de ella. *El pensamiento queda libre.* Cuando ellas están presentes debemos limitarnos a tratar asuntos *triviales*, como el arte, la literatura, la política y temas por el estilo. Uno puede tolerar el discutir *tales* temas con una dama, ¡pero ningún hombre en su sano juicio… —dirigió una severa mirada alrededor de la mesa, como desafiando a que le contradijeran…— ha osado todavía discutir acerca de VINOS con una dama!

Dio un sorbito a su vaso de oporto y se recostó en el respaldo de su silla, levantando el vaso lentamente hasta ponerlo a la altura de sus ojos, para mirar la bebida al trasluz.

—¿De qué cosecha es, Milord? —preguntó dirigiéndose al anfitrión.

El Conde le dijo una fecha.

–Lo suponía. Pero siempre me ha gustado asegurarme. Tal vez el *tinte* sea algo pálido, pero el *cuerpo* es irreprochable. Y en cuanto a su *bouquet*...

¡Ah, aquel mágico *bouquet*! ¡Cuán vívidamente me traía a la memoria esa palabra mágica cierta escena! El pequeño niño pordiosero dando saltos mortales por el camino, la dulce doncella lisiada en mis brazos, el ama misteriosa y evanescente; todos acudieron en tropel a mí, como si fueran criaturas propias de un sueño. ¡Y a través de este halo mental todavía resonaba, como el sonido de una campana, la solemne voz del gran catador de VINOS! Incluso *sus* palabras habían adquirido un extraño y onírico sentido.

–No –prosiguió. ¿Y *por qué* será, me pregunto yo, que siempre que coge el hilo de una conversación, uno *siempre* comienza con este estéril monosílabo? Después de meditarlo detenidamente he llegado a la conclusión de que el propósito de esto es el mismo que el del colegial cuando, al ver que la suma que está empezando a realizar se ha convertido ya en un galimatías incomprensible, coge desesperado el borrador, lo borra todo y vuelve a empezar desde el principio. Del mismo modo, el desconcertado orador, por el simple medio de negar *todo* lo afirmado hasta el momento, hace borrón y cuenta nueva con toda la discusión y puede «empezar desde el principio» con una nueva hipótesis–. No –prosiguió–. Al fin y al cabo no hay nada como la mermelada de arándanos. ¡Eso es lo que *yo* opino al respecto!

–¡No con respecto a *todas* las cualidades! –intervino un valiente hombrecillo con voz chillona–. En cuanto a la *riqueza* en general de su tono, no digo que *tenga* rival. Pero en cuanto a la *delicadeza* de modulaciones, en cuanto a lo que podríamos llamar los «armónicos» de su sabor, ¡a *mí* que me den la vieja mermelada de *grosella*!

–¡Permítame decir unas palabras! –dijo el hombre grueso de la cara roja, casi ronco de excitación–. ¡Ésta es una cuestión excesivamente importante para permitir que la resuelvan unos meros aficionados! Yo puedo ofrecerles la opinión de un *profesional*, tal vez el catador de mermeladas con más experiencia actualmente en activo. Yo le he visto con mis propios ojos averiguar la edad de una mermelada de fresas con un margen de un *día* de error, ¡y todos sabemos lo difícil que es fechar esa mermelada catándola una sola vez! Bien, pues le planteé la *misma* cuestión que están ustedes discutiendo, y lo que me respondió fue: «La mermelada de *arándanos* es la mejor; en cuanto al *claroscuro* de su sabor, la mermelada de grosellas se presta mejor a esas disonancias resueltas que tan deliciosamente permanecen en nuestro paladar. Pero en cuanto a una maravillosa *totalidad* de azucarada perfección, *¡el primer puesto es para la mermelada de albaricoque, y las demás, a su lado, no son nada!*». Es una buena frase, *¿no creen?*

—¡Una frase certera! —gritó el valiente hombrecito.

—Conozco bien a su amigo —dijo el hombre pomposo—. ¡Como catador de mermeladas no tiene rival! Aun así, no creo…

Aquí se generalizó la discusión y sus palabras se perdieron en un confuso galimatías de nombres, pues todos los invitados empezaron a cantar las alabanzas de sus mermeladas favoritas. Finalmente, entre todo aquel ruido se oyó la voz de nuestro anfitrión:

—¡Reunámonos de nuevo con las señoras! —Aquellas palabras parecieron devolverme al mundo de los vivos, y me quedé convencido de que durante los últimos minutos había estado sumido en un estado «extraño».

«¡Un sueño bien extraño! —me dije a mí mismo mientras subíamos en grupo las escaleras—. Gente adulta discutiendo tan seriamente como si se tratara de una cuestión de vida o muerte, detalles increíblemente triviales de simples *exquisiteces*, ¡que no exigen función humana más elevada que la de los nervios de la lengua y el paladar! ¡Qué espectáculo tan humillante sería presenciarlo en la vida real!»

Mientras nos dirigíamos al salón, el encargado de la casa me trajo a mis pequeños amigos, vestidos con unos trajes de noche de lo más exquisitos y con la expectación marcada en sus rostros, más radiantemente bellos de lo que jamás los había visto, pero no sentí ninguna violenta sorpresa, sino que acepté el hecho con la misma apatía irracional con la que uno se enfrenta a las cosas en un sueño, y tan sólo sentí cierta preocupación acerca de cómo se adaptarían a un medio tan nuevo para ellos, olvidando que la vida en la Corte de Tierrafuera era el mejor entrenamiento que podía haber tenido para moverse en sociedad en este mundo tan sólido.

Lo mejor sería, pensé, presentarles cuanto antes a alguna amable invitada, y elegí a la joven dama cuya habilidad tocando el piano forte había sido tan alabada.

—Estoy seguro de que a usted le deben gustar los niños —dije—. ¿Me permite que le presente a mis dos pequeños amigos? Ésta es Silvia y éste es Bruno.

La joven dama besó graciosamente a Silvia. Habría hecho lo mismo con *Bruno*, pero éste se retiró rápidamente hasta ponerse fuera de su alcance.

—Sus caras resultan nuevas para mí —dijo ella—. ¿De dónde vienes, querida?

Suponía que una pregunta tan inconveniente no tardaría en llegar, y temeroso de que pudiera poner a Silvia en una situación violenta, contesté yo por ella:

—Vienen de bastante lejos. Y sólo pasarán con nosotros esta tarde.

—¿Cómo de lejos está el sitio de donde has venido, querida? —insistió la joven dama.

Silvia pareció confundida.

—Como a una milla o dos, *creo* —dijo con tono dubitativo.

—Una milla o *tres* —intervino Bruno.

—No se debe decir «una milla o tres» —le corrigió Silvia.

La joven dama aprobó con la cabeza.

—Silvia está en lo cierto. No es normal decir «una milla o *tres*».

—Sería normal si lo dijéramos lo suficientemente a menudo —repuso Bruno.

Ahora fue la joven dama quien se sorprendió.

—¡Es muy astuto para su edad! —murmuró—. ¿Unos siete, verdad querido? —añadió en voz alta.

—No *tantos* —respondió Bruno—. Yo soy *uno*. Silvia es *uno*. Eso da *dos*. *Silvia* me enseñó a contar.

—¡Oh, yo no te estaba contando…! —replicó riéndose la joven dama.

—¿Acaso no ha *aprendido* usted a contar? —preguntó inocentemente Bruno.

La joven dama se mordió el labio.

—¡Oh, cielos! ¡Qué preguntas más embarazosas *hace*! —exclamó en un aparte apenas audible.

—Bruno, no deberías… —dijo Silvia en tono de censura.

—¿No debería *qué*? —replicó Bruno.

—No deberías hacer… ese tipo de preguntas.

—¿*Qué* tipo de preguntas? —insistió Bruno con malicia.

—Las que *ella* te dijo que no hicieras —replicó Silvia con una tímida mirada hacia la joven dama, y perdiendo todo su sentido de la gramática a causa de su confusión.

—¡No sabes decirlo! —gritó Bruno. Y se volvió a la joven dama, buscando apoyo a su victoria—. Yo *sabía* que sería incapaz de pronunciar «embrarrasoza».

La joven dama consideró más conveniente volver al problema aritmético.

—Cuando dije *siete* no quería decir «¿cuántos *niños*?», sino «cuántos años»…

—No tengo muchos baños —replicó Bruno.

—¿Y de quién eres? —prosiguió la joven dama, eludiendo hábilmente enzarzarse en una larga discusión.

—¡No, yo no le pertenezco a *nadie* —respondió Bruno—, Silvia me pertenece a *mí*! —y dicho esto, la rodeó con sus brazos, añadiendo—: ¡Ella es muy mía!

—¿Sabías —dijo la joven dama— que tengo una hermana menor en casa, que es exactamente igual a la *tuya*? Estoy segura de que se llevarían muy bien.

—Se serían muy útiles la una a la otra —replicó Bruno pensativamente—. Y no necesitarían espejos para cepillarse el pelo.

—¿Y por qué no, criatura?

—Porque podían hacerse de espejo la una de la otra, por supuesto —exclamó Bruno.

Lady Muriel, que había estado a la expectativa, escuchando tan desconcertante diálogo, lo interrumpió para preguntarle a la joven dama si quería hacernos el honor de interpretar algo al piano, y los niños siguieron a su nueva amiga hasta el instrumento.

Arthur se acercó y se sentó a mi lado.

—Si los rumores son ciertos —me susurró—, esto será una verdadera delicia.

Y entonces, en medio de un silencio expectante, comenzó la audición. Se trataba de uno de esos intérpretes a los que la sociedad califica de «brillantes», y se lanzó inmediatamente a tocar la más bella de las sinfonías de Haydn con un estilo que era claramente el producto de años de paciente estudio bajo la batuta de los mejores maestros. Al principio parecía ser el *summum* de la interpretación al piano forte, pero al cabo de unos minutos empecé a preguntarme a mí mismo con cansancio: «¿Qué le falta? *¿Por qué* no se disfruta?». Me dediqué entonces a escuchar atentamente cada una de las notas; y el misterio quedó desvelado. ¡*Existía* una *corrección* técnica casi absoluta, y nada más! Por supuesto, no había ninguna nota dada en falso: ella conocía demasiado bien la pieza para que sucediera *eso*; pero existía la suficiente irregularidad en el *tempo* para revelar que el intérprete no tenía verdadero «oído» para la música, justo la suficiente falta de articulación en los pasajes más complejos para demostrar que ella no consideraba a su público digno de tomarse grandes molestias. Justo la suficiente monotonía mecánica en el acento como para privar de todo *sentimiento* a las maravillosas modulaciones que estaba profanando. En fin, resultaba simplemente irritante, y cuando hubo tecleado el *finale* y dado el último acorde, como si una vez acabada la pieza no importara cuántas cuerdas de piano pudiera romper, ni siquiera fui capaz de *fingir* que me unía al «oh, *gracias*» estereotipado que surgió como un coro a mi alrededor.

Lady Muriel se acercó hasta nosotros un momento.

—¿No te ha parecido *bello*? —preguntó en voz baja a Arthur, con una sonrisa traviesa.

—¡No, en absoluto! —respondió Arthur. Pero la amable dulzura de su gesto neutralizó la rudeza de su comentario.

—¡Una ejecución semejante…! —insistió ella.

—Eso es lo que se *merece* —replicó tozudamente Arthur—, pero la gente tiene tantos prejuicios contra la pena de…

—¡Estás diciendo sandeces! —exclamó Lady Muriel—. Pero te *gusta* la música, ¿no es así? Tú mismo lo acabas de decir hace un momento.

—¿Que si me gusta la *música*? —repitió para sí mismo suavemente el Doctor—. Mi querida Lady Muriel, hay músicas y músicas. Tu pregunta es poco precisa. Igual podrías preguntar: «¿Le gusta a usted la *gente*?».

Lady Muriel se mordió el labio, frunció el entrecejo y dio un golpe en el suelo con su diminuto pie. Como representación dramática de su mal humor, evidentemente *no* resultó ningún éxito. No obstante, impresionó a *uno* de los presentes, y Bruno se apresuró a interponerse a modo de mediador en la disputa que se adivinaba inminente, al exclamar:

—¡A *mí* me gusta la gente!

Arthur apoyó amorosamente la mano sobre su pequeña y rizada cabellera:

—¿Cómo? ¿*Toda* la gente? —preguntó.

—*Toda* no —explicó Bruno—. Sólo Silvia, y Lady Muriel, y él —señalando al Conde—, y tú, y tú.

—No es correcto señalar a las personas con el dedo —le censuró Silvia—. Es de muy mala educación.

—En el mundo de Bruno —dije—, tan sólo hay cuatro personas que merezca la pena mencionar.

—¡En el mundo de Bruno! —repitió pensativamente Lady Muriel—. Un mundo brillante y luminoso. Donde la hierba es siempre verde, donde la brisa es siempre suave, y donde nunca hay nubes que amenacen lluvia; donde no hay bestias salvajes, ni desiertos…

—*Tiene* que haber desiertos —la interrumpió Arthur con decisión—. Al menos en *mi* mundo ideal.

—Pero ¿qué utilidad puede tener un *desierto*? —dijo Lady Muriel—. ¡*Supongo* que en tu mundo ideal no habrá territorios salvajes!

—¡Por supuesto que *sí*! —dijo Arthur con una sonrisa—. ¡Un territorio salvaje resultaría aún más necesario que una vía de ferrocarril, y *mucho más* importante para la felicidad colectiva que los campanarios de las iglesias!

—¿Pero para qué serviría?

—*Para hacer ejercicios de música* —replicó él—. Todas las jóvenes damas que, careciendo de condiciones para la música, insistieran en aprenderla, serían conducidas cada mañana hasta dos o tres millas al interior de esos territorios. Allí, cada una de ellas encontraría una habitación agradable preparada para ella, junto con un piano forte barato, de segunda mano, en el que pudiera ensayar durante horas, ¡sin añadir ni una innecesaria pizca más de sufrimiento humano al mundo!

Lady Muriel miró a su alrededor con preocupación, temiendo que alguien pudiera haber escuchado aquellas barbaridades. Pero la hermosa intérprete estaba suficientemente lejos como para no poder oírnos.

—En cualquier caso, supongo que estarás dispuesto a admitir que es una muchacha muy dulce —continuó diciendo ella.

—¡Oh, sí, por supuesto! ¡Dulce como el *eau sucrée*, si te parece, y casi igual de interesante!

—¡No tienes remedio! —se lamentó Lady Muriel, volviéndose hacia mí—. Espero que la señora Mills le pareciera una compañera agradable.

—¡Oh, así que *ése* es su nombre…! —dije—. Creí que había algo *más*.

—Y lo hay, y será «bajo su propia responsabilidad» (lo que quiera que pueda significar eso) lo que le pueda pasar si decide usted dirigirse a ella como «la señora Mills». ¡Es «la señora Ernest-Atkinson-Mills»!

—Una de esas aristócratas de quiero y no puedo —intervino Arthur—, que creen que añadiendo a su apellido todos los nombres que les sobran, con guiones intercalados, consiguen que tengan una cierta pátina aristocrática. ¡Como si no fuera ya suficientemente complicado el acordarse de *un* solo apellido!

En ese momento, la habitación empezaba a estar llena, pues los invitados que venían a la fiesta nocturna empezaban a llegar, y, en consecuencia, Lady Muriel tuvo que dedicarse a la tarea de darles la bienvenida, lo que hizo con la más graciosa dulzura que imaginarse pueda. Silvia y Bruno se mantuvieron a su lado, profundamente interesados en tal protocolo.

—Espero que os gusten mis amigos —les dijo—. Especialmente mi querido amigo Mein Herr… ¿qué habrá sido de él, por cierto? ¡Oh sí, ahí está! ¡Aquel anciano caballero barbudo con gafas!

—Es un grandioso anciano caballero —dijo Silvia, mirando con admiración a Mein Herr, que se había sentado en una esquina, desde la cual sus suaves ojos nos sonreían a través de unas gigantescas gafas—. ¡Y qué hermosa barba!

—¿Cómo dice que se llama? —preguntó Bruno en voz baja.

—Se llama «Mein Herr» —respondió Silvia en un susurro.

Bruno sacudió la cabeza impasiblemente.

—¿Cómo dice él *que se* llama, Don Señor?

—Es el único nombre que *yo* conozco —dije—. Pero parece estar muy solo. ¿No os da pena su pelo gris?

—Me da pena él —dijo Bruno, ocupado con su propio rompecabezas—, pero no su *pelo*. Ninguna pena en absoluto. Su *pelo* no siente nada.

—Nos encontraremos con él esta tarde —dijo Silvia—. Habíamos ido a ver a Nero, ¡y lo pasamos de *maravilla* con él volviendo a hacerle invisible! Vimos a aquel encantador caballero cuando regresábamos.

—Bien, entonces vamos a hablar con él, a ver si conseguimos alegrarle un poco —dije—, y tal vez consigamos averiguar cómo dice él que se llama.

Capítulo XI

El Hombre de la Luna

Los niños me acompañaron encantados. Me acerqué al rincón ocupado por «Mein Herr» con uno de ellos a cada lado.

—Espero que no le molesten los niños —interrumpí su meditación.

—«¡La amargada vejez y la juventud no pueden vivir juntas!» —respondió alegremente el anciano, con una encantadora sonrisa—. ¡Miradme atentamente, niños míos! Quizá me consideréis un viejo, ¿no?

A primera vista, aunque su cara me había recordado de forma un tanto misteriosa a la del «Profesor», me había parecido decididamente *más joven*, pero cuando me fijé en la maravillosa profundidad de aquellos grandes y soñadores ojos, sentí, junto con una extraña sensación de respeto, que era incalculablemente *más viejo*. Parecía mirarnos desde alguna pasada era, desde cientos de años atrás.

—No sé si eres un viejo —contestó Bruno cuando ambos, atraídos por la suave voz, se le acercaron un poco más—. Creo que tienes *ochenta y tres* años.

—Un muchacho muy preciso —observó Mein Herr.

—¿Se ha acercado a la verdad? —preguntó.

—Existen razones —replicó suavemente Mein Herr—, razones que no me está permitido explicar, para no mencionar de forma precisa ninguna persona, lugar o fecha. Me permitiré hacer tan sólo un comentario: el período de la vida comprendido entre los ciento sesenta y cinco y los ciento setenta y cinco años de edad es particularmente seguro.

—¿Cómo explica usted eso? —inquirí.

—Usted consideraría que nadar es una diversión muy poco peligrosa si supiera que no muere casi nadie practicándola. ¿Acaso me equivoco al suponer que jamás ha sabido de nadie que muriera entre esas dos edades?

—Entiendo lo que quiere decir —dije—, pero me temo que no pueda usted demostrar que nadar no sea peligroso del mismo modo. No es nada extraño oír que alguien se ha ahogado.

—En mi país —dijo Mein Herr—, jamás se ahoga nadie.

—¿Es que no hay aguas que sean lo suficientemente profundas?

—Por supuesto que sí, pero no podemos hundirnos. Todos somos más ligeros que el agua. Permítame que le explique —añadió, al ver mi gesto de sorpresa—: supongamos que quiere usted obtener una raza de palomas de una forma y un color determinado. ¿No seleccionaría usted año tras año las que más se acercaran al color o la forma que usted desea, desechando las demás?

—Por supuesto, de hecho, eso es lo que lo hacemos —contesté—. Lo llamamos «selección artificial».

—Exactamente —dijo Mein Herr—. Bien, pues *nosotros* lo hemos utilizado desde hace ya algunos siglos, hemos ido seleccionando a los individuos *más ligeros*, de tal forma que ahora, *todo el mundo* es más ligero que el agua.

—¿Entonces ustedes no pueden ahogarse en el mar?

—¡Jamás! Solamente en tierra firme, como por ejemplo al asistir a una obra de teatro, estamos expuestos a ese riesgo.

—¿En un teatro? ¿Cómo puede ocurrir eso en un *teatro*?

—Todos nuestros teatros están *bajo tierra*. Sobre ellos están situados unos grandes depósitos de agua. Si se produce un incendio, se abren los grifos, y en cuestión de un minuto el teatro queda inundado hasta el mismísimo techo. De ese modo, el fuego queda extinguido.

—Y *también* el público, supongo.

—Ése es un problema secundario —respondió Mein Herr despreocupadamente—. Tienen el consuelo de saber que, se ahoguen o no, son más ligeros que el agua. Todavía no hemos llegado a conseguir que la gente sea más ligera que el aire, pero estamos *haciendo lo posible* y es de esperar que en cuestión de unos mil años más o menos…

—¿Qué hacéis entonces con la gente que pesa demasiado? —preguntó solemnemente Bruno.

—Hemos aplicado el mismo proceso —continuó Mein Herr, sin atender a la pregunta de Bruno— para otras muchas finalidades. Nos hemos dedicado a seleccionar *bastones*, conservando siempre los que *mejor* funcionaban, hasta que hemos conseguido algunos que ¡pueden andar ellos solos! ¡Hemos ido seleccionando algodón hasta que hemos conseguido uno más ligero que el aire! ¡No se puede imaginar usted lo útil que resulta! Lo llamamos «imponderal».

—¿Para qué lo utilizan?

—Bueno, sobre todo para *empaquetar* artículos, de los que van por paquete postal. Les hace pesar *menos que nada*, ¿comprende?

—¿Y cómo saben en Correos cuánto deben cobrarles?

—¡Ahí está la belleza de nuestro sistema! —gritó exultante Mein Herr—. ¡*Nosotros* les cobramos a ellos; nosotros no *les* pagamos! Yo he sacado frecuentemente hasta cinco chelines por mandar un paquete.

—¿Y su gobierno no se opone?

—De hecho, *sí* se opone, pero sólo tímidamente. Dice que a la larga resulta muy caro. Pero la cosa está clara como el día: de acuerdo con sus propias reglas, si yo mando un paquete que pesa una libra más que nada, tengo que *pagar* tres peniques. Por lo tanto, si pesa una libra menos que nada debo cobrar tres peniques.

—¡*No cabe duda* de que es un artículo útil! —exclamé.

—Aun así, incluso el «imponderal» tiene sus desventajas —continuó—. El otro día compré un poco y lo metí en mi *sombrero* para llevarlo a casa, ¡y el sombrero se me fue volando!

—¿Tenías cosa de ésa en tu sombrero *hoy*? —preguntó Bruno—. Silvia y yo te vimos hoy por la carretera, ¡y tu sombrero iba volando altísimo! ¿No es así, Silvia?

—No, eso fue otra cosa —respondió Mein Herr—. Estaban cayendo algunas gotas de lluvia, de modo que puse mi sombrero en la punta de mi bastón como si fuera un paraguas, ya sabes… Cuando iba por la carretera —continuó, dirigiéndose a mí—, me alcanzó un…

—…¿Un chaparrón? —preguntó Bruno.

—Bueno, más bien *parecía* el rabo de un perro —respondió Mein Herr—. ¡Fue una cosa de lo más curiosa! Algo se restregó afectuosamente contra mi rodilla. Miré hacia abajo. ¡Y no vi *nada*! Tan sólo, como a una yarda de distancia, el rabo de un perro meneándose.

—¡Oh, *Silvia*! —murmuró Bruno, en tono de reproche—. ¡No terminaste de hacerle visible!

—¡Lo siento *tantísimo*! —se lamentó Silvia con cara de contricción—. Había pensado frotárselo sobre el lomo, pero como teníamos tanta prisa… Lo acabaremos mañana, ¡pobre bicho! ¡A lo mejor no le dan de cenar hoy!

—¡*Por supuesto* que no! —dijo Bruno—. ¡Nadie da huesos a la cola de un perro!

Mein Herr miraba a uno y otro totalmente atónito.

—No entiendo nada —dijo—. Me acababa de perder y estaba consultando un mapa de bolsillo, y no sé cómo se me había caído un guante. ¡Y de repente aparece la *cosa* invisible aquella que se había restregado contra mi rodilla, trayéndomelo!

—¡Por supuesto! —dijo Bruno—. Le encanta recoger cosas.

Mein Herr tenía tal cara de sorpresa, que pensé que sería mejor cambiar de tema.

—¡Hay que ver lo útil que resulta un mapa de bolsillo! —comenté.

—Ésa es otra cosa que hemos aprendido de *su* nación —me explicó Mein Herr—, a hacer mapas. Pero hemos llegado mucho más lejos en ese arte que *ustedes*. ¿Qué escala cree usted que sería la *mayor* que pudiera ser útil?

—Alrededor de las seis pulgadas por milla.

—¡Sólo *seis* pulgadas! —exclamó Mein Herr—; nosotros llegamos muy pronto a las seis *yardas* por milla. Luego intentamos llegar a las *cien* yardas por milla, ¡y finalmente tuvimos la idea más grandiosa de todas: llegamos a hacer un mapa del campo con la escala de una *milla por una milla*!

—¿Lo han usado muy a menudo? —pregunté.

—¡Aún no lo hemos desplegado nunca! —dijo Mein Herr—. Los granjeros protestaron. ¡Dijeron que cubriría todo el campo y que quitaría la luz! De modo que ahora usamos como mapa el propio campo, y le aseguro que da un resultado casi igual de bueno. Ahora déjeme que yo le haga *otra* pregunta. ¿Cuál sería el *mundo* más pequeño que estaría usted dispuesto a habitar?

—¡*Yo* lo sé! —gritó Bruno, que seguía atentamente la conversación—. ¡Me gustaría un mundo muy pequeño, muy pequeño, lo suficiente para Silvia y yo solos!

—Entonces tendríais que estar en lados opuestos de él, ¡y por lo tanto *nunca* verías a tu hermana!

—Tampoco tendría que ir a *clase* —repuso Bruno.

—¡No querrá usted decir que han estado experimentando en *ese* sentido! —dije yo.

—No exactamente *experimentando*. No pretendemos saber construir planetas, pero un científico amigo mío que ha hecho varios viajes en globo me asegura que ha visitado un planeta tan pequeño, ¡que podía recorrerlo a pie en veinte minutos! Había habido una gran batalla, justo antes de su visita, que había terminado de una forma un tanto extraña: el ejército vencido salió huyendo a toda velocidad, y en muy pocos minutos se halló cara a cara con el ejército victorioso, que regresaba a casa. El caso es que se asustó tanto al verse entre *dos* ejércitos, ¡que se rindió al instante! Por supuesto, esto les hizo perder la batalla, aunque, de hecho, habían matado a todos los soldados del otro bando.

—Los soldados muertos no pueden huir —dijo con muy buen juicio Bruno.

—«Muertos» es un término técnico —replicó Mein Herr—. En el pequeño planeta del que estoy hablando, las balas estaban hechas de una sustancia blanda y negra que dejaba una marca en todo cuanto tocaba. Así, después de una batalla, no había más que contar cuántos soldados de cada bando estaban «muertos», lo cual quiere decir «marcados en la *espalda*», porque las marcas en el pecho no contaban.

—Entonces, no se podía «matar» a nadie, a menos que saliera huyendo, ¿no es eso? —intervino yo.

—Mi amigo el científico encontró una solución mejor que *ésa*. Les explicó que si las balas fueran disparadas en *dirección contraria, alrededor del mundo,* darían al enemigo por la espalda. A partir de entonces, los *peores* tiradores fueron considerados los *mejores* soldados; y los *peores de entre los peores* siempre ganaban el primer premio.

—¿Y cómo averiguaban quién era el peor de los peores?

—Es muy sencillo. El *mejor* tirador posible es, como usted bien sabe, el que es capaz de hacer blanco sobre lo que está exactamente delante de él. Luego, lógicamente, el *peor* tirador posible será el que sea capaz de hacer blanco sobre lo que está exactamente *detrás* de él.

—¡Extraña gente la de ese pequeño planeta! —exclamé.

—¡Ya lo creo! ¡Y tal vez lo más extraño de todo era su forma de *gobierno*. En *este* planeta, según me han contado, una nación consiste en cierto número de súbditos y un rey, ¡pero en el pequeño planeta del que les hablo consistía en un cierto número de *reyes* y un solo súbdito!

—Usted dice que le «han contado» lo que pasa en *este* planeta —dije yo—. ¿Podría yo tal vez aventurar la opinión de que es usted, a su vez, un visitante de algún *otro* planeta?

Bruno dio palmas de excitación.

—¿Eres tú el Hombre-que-está-en-la-Luna? —gritó.

Mein Herr pareció sentirse incomodado.

—Yo *no* estoy en la Luna, mi querido niño —dijo evasivamente—. Volviendo a lo que decía: yo opino que *ese* sistema de gobierno debe dar *buenos* resultados. Dése usted cuenta: sin duda alguna, los reyes dictarían leyes que se contradecían las unas a las otras, de forma que el súbdito jamás podría ser castigado, ya que *hiciera lo que hiciera,* estaría obedeciendo *alguna* ley dictada por algún rey.

—¡Y también, hiciera lo que hiciera, estaría desobedeciendo *alguna* ley! —gritó Bruno—. ¡De modo que *siempre* merecería ser castigado!

Lady Muriel, que pasaba en aquel momento, alcanzó a oír la última palabra.

—¡Nadie va a castigar a nadie *aquí*! —dijo, cogiendo a Bruno en brazos—. ¡Esto es Villa Libertad! ¿Les importaría dejarme a los niños un rato?

—Los niños nos abandonan, ¿lo ve usted? —le dije a Mein Herr, mientras ella se los llevaba—. ¡De modo que nosotros, los viejos, debemos hacernos compañía los unos a los otros!

El anciano suspiró.

—¡En fin! Somos viejos *ahora*, y a pesar de todo yo también fui niño una vez, o por lo menos eso me gusta creer.

No pude evitar pensar que *sí* que parecía una idea un tanto rara, a la vista de su pelo blanco y ralo y de su larga barba, el que hubiera *podido ser* niño alguna vez.

—¿Le gusta la gente joven? —pregunté.

—Los *hombres* jóvenes —me contestó—. No necesariamente los *niños*. Yo solía dar clase a hombres jóvenes, hace ya muchos años, en mi querida y vieja universidad.

—¿Cómo ha dicho que se *llamaba*? —dejé caer.

—No lo he dicho —respondió suavemente el anciano—, y aunque se lo dijera, tampoco le diría nada. ¡Le podría contar a usted historias extrañas de todos los cambios de los que he sido testigo allí! Pero me temo que eso sería abusar de su paciencia.

—¡No, *en absoluto*! —exclamé yo—. Adelante, se lo ruego. ¿Qué clase de cambios?

Pero el anciano parecía más dispuesto a hacer preguntas que a responderlas.

—Dígame —dijo, apoyando con seriedad la mano en mi brazo—, dígame una cosa. Aunque yo sea un extranjero en su tierra, y sepa poco de *sus* métodos de educación, aun así, algo me dice que nosotros estamos más avanzados que *ustedes* en el eterno ciclo del cambio, y que muchas de las teorías que *nosotros* hemos desarrollado y hemos visto fallar las desarrollarán también *ustedes*, con un mayor entusiasmo, y ¡también las verán fallar, para su amarga desesperación!

Resultaba extraño ver cómo, según iba hablando, y sus palabras fluían con más y más libertad, con una cierta elocuencia rítmica, sus facciones se iluminaban como con una luz interior, y la totalidad de su persona parecía transformada, como si hubiera rejuvenecido cincuenta años en tan sólo un instante.

Capítulo XII

Música de hadas

Rompió el silencio en que nos sumimos a continuación la voz de la joven meló-
mana, que se había sentado cerca de nosotros y estaba conversando con uno de los
invitados recién llegados.

—¡Caramba! —dijo con tono de sarcástica sorpresa—. ¡*Vamos* a escuchar algo nuevo en lo que a música se refiere, me temo!

Miré a mi alrededor para ver a qué se refería, y quedé casi tan sorprendido
como ella: ¡Lady Muriel acompañaba a *Silvia* hasta el piano!

—¡Inténtalo, querida! —le estaba diciendo—. Estoy segura de que tocas muy bien.

Silvia se volvió a mirarme, con lágrimas en los ojos. Intenté sonreír para darle ánimos, pero era evidente que era una gran tensión para los nervios de una niña
tan totalmente desacostumbrada a ser el centro de tantas miradas, y estaba asustada
y apurada. A pesar de todo, salió a flote su perfecta dulzura. Pude ver que estaba dispuesta a olvidarse de su desazón y a hacer todo lo que en su mano estuviera para
dar gusto a Lady Muriel y a sus amigos. Se sentó al piano y empezó a tocar al instante. El tiempo y la expresión, hasta donde yo podía juzgar, eran perfectos; pero
tocaba tan suavemente, que al principio era casi imposible oír una sola nota de lo
que estaba tocando por encima del murmullo de las conversaciones, que no se habían apagado aún.

Sin embargo, al cabo de un minuto se cesaron los murmullos, haciéndose un
silencio absoluto, y todos nos quedamos sentados, extasiados y conteniendo la respiración, escuchando una música que ninguno de los presentes lograríamos olvidar jamás. Casi sin rozar las teclas al principio, tocó una introducción en tono
menor, como una encarnación de la penumbra; uno sentía como si las luces fue-

ran disminuyendo de intensidad, y como si una neblina se arrastrara por la sala. Entonces, a través de la creciente oscuridad, brillaron las primeras notas de una melodía tan bella, tan delicada, que uno contenía la respiración por miedo a perderse una sola nota. Una y otra vez, la música volvía al patético tono menor con el que se había iniciado, y cada vez que la melodía irrumpía a la fuerza, por así decirlo, a través del sudario de oscuridad hasta la luz del día, era aún más deliciosa, más mágicamente dulce. Bajo el etéreo toque de la niña, el instrumento parecía gorjear como un pájaro: «Despierta mi amor, mi bella —parecía cantar— ¡y ven conmigo! ¡Pues, fíjate, el invierno ha terminado, terminaron las lluvias y se han ido; las flores brotan sobre la tierra; ha llegado el tiempo del canto de las aves!». Era fácil imaginar que uno oía el repiqueteo de las últimas notas desprendidas de los árboles por alguna brisa pasajera, que veía los primeros refulgentes rayos del sol rasgando las nubes.

El Conde atravesó muy excitado el cuarto.

—¡No *consigo* acordarme —exclamó— del nombre de la *ópera*! ¿Cuál es su título, mi querida niña?

Silvia se volvió a mirarle con una expresión de éxtasis. Había dejado de tocar, pero sus dedos se paseaban aún nerviosamente sobre el teclado. Todo su miedo y su timidez habían desaparecido, y tan sólo quedaba el puro deleite de la música, que había encogido nuestros corazones.

—¡El título! —repitió impacientemente el Conde—. ¿Cómo se llama esa ópera?

—No sé lo que es una ópera —respondió Silvia casi en un susurro.

—¿Entonces, cómo llamas al *aire*?

—No sé cómo se llama —contestó Silvia, mientras se levantaba del piano.

—¡Pero esto es maravilloso! —exclamó el Conde, siguiendo a la niña y dirigiéndose a mí como si yo fuera el responsable de aquel prodigio musical, y, por lo tanto, *tuviera* que conocer el origen de su música.

—¿Le ha oído usted tocar esto antes, o debería decir «antes de esta ocasión»? ¿Cómo llama usted a ese aire?

Negué con la cabeza, pero pude escapar a más preguntas, gracias a Lady Muriel, que se acercó a solicitar una canción del Conde.

El Conde extendió sus manos excusándole, e inclinó la cabeza.

—Pero milady, ya he voceado, quiero decir ojeado, todas sus canciones, ¡y no habrá ninguna adecuada para mi tono de voz! ¡No son para voz de bajo!

—¿No querría usted repasarlas? —imploró Lady Muriel.

—¡Le ayudaremos! —le dijo Bruno en voz baja a Silvia—. ¡Vamos a conseguirle lo que *tú* ya sabes!

Silvia asintió con la cabeza.

—¿Quiere que le busquemos una canción? —le dijo dulcemente al Conde.

—*Mais oui!* —exclamó el hombrecillo— ¿Crees que podréis?

—¡Claro que podemos! —dijo Bruno, mientras, tomando cada uno una mano del encantado Conde, le acompañaron a la sala de música.

—¡Aún hay esperanza! —dijo Lady Muriel por encima del hombro, mientras les seguía.

Me volví hacia Mein Herr con la esperanza de reanudar nuestra interrumpida conversación.

—Decía usted que… —empecé, pero en ese momento Silvia reapareció para llamar a Bruno, que había regresado a mi lado, con una desusada expresión de seriedad.

—Haz el favor de venir, Bruno —le pedía—. ¡Sabes que ya casi lo hemos encontrado! —Después, en un susurro, añadió—: El relicario está ya en mi *mano*. ¡No podía sacarlo mientras ellos me pudieran ver!

Pero Bruno se apartó de ella.

—El hombre ése me ha llamado cosas —dijo con dignidad.

—¿Qué cosas? —pregunté con cierta curiosidad.

—Le pregunté —explicó Bruno— qué tipo de canción le gustaba, y él dijo: «*Una* canción para *un* hombre, no para una mujer». Y yo le dije: «¿Quiere que Silvia y yo le busquemos la canción del señor Tottles?», y él respondió: *«Un reptil»*, y yo no soy ningún reptil, ¿sabe usted?

—¡Estoy segura de que él no pretendía ofenderte! —exclamó Silvia con convicción—. Eso es algo en francés, ya sabes que él no sabe hablar inglés tan bien como…

Bruno empezó a ablandarse visiblemente.

—¡Claro que no sabe lo que se dice, siendo francés! ¡Los franceses *jamás* pueden llegar a saber el inglés tan bien como nosotros!

Y Silvia consiguió por fin que la acompañara.

—Encantadores muchachos —dijo el viejo, quitándose las gafas y limpiándolas cuidadosamente.

Después volvió a ponérselas y se quedé mirando con una sonrisa de aprobación cómo los niños revolvían el montón de partituras, y alcanzamos a oír las palabras de reprobación de Silvia.

—¡No estamos escardando lana, Bruno!

—Realmente, esto ha sido una larga interrupción a nuestra charla —dije—. ¡Retomemos el hilo, por favor!

—¡Encantado! —respondió amablemente el anciano caballero—. Estaba muy interesado por lo que usted…

Hizo una pausa y se pasó la mano por la frente, con un gesto de desazón.

—Voy perdiendo la memoria —murmuró—. ¿Qué estaba diciendo? ¡Ah, sí! Usted me tenía que contar algo. Sí. ¿A qué tipo de maestros valoran ustedes más, a aquellos cuyas palabras son fáciles de comprender, o a los que les sumen en la confusión?

Me sentí obligado a admitir que, generalmente, admirábamos más a los profesores a los que no conseguíamos entender del todo.

—Justo —dijo Mein Herr—. Así es como se empieza. Bien, *nosotros* también pasamos por esa etapa, hace unos ochenta años, ¿o tal vez noventa? Nuestro profesor más prestigioso se iba haciendo cada vez más incomprensible con cada año que pasaba, y cada año que pasaba nuestra admiración por él crecía más. ¡Del mismo modo que *sus* amantes del arte consideran a la *neblina* el carácter más hermoso de un paisaje, y lo admiran con gran deleite cuando, al fin y al cabo, no ven nada! Le voy a contar cómo acabó todo aquello. Nuestro ídolo impartía lecciones de filosofía moral. Bien, pues sus alumnos no conseguían encontrarle ni pies ni cabeza a todo aquello, pero se lo aprendían todo de memoria, y cuando llegaban los exámenes, lo escribían, a lo que los catedráticos respondían exclamando: «¡Espléndido, qué profundidad de conceptos!».

—¿Y para qué servía eso *después* a aquellos jóvenes?

—¿No lo comprende? —replicó Mein Herr—. ¡Ellos se convertían, a su vez, en profesores, y *ellos* volvían a repetir todas aquellas cosas, y *sus* alumnos las escribían, y los catedráticos las aceptaban, y nadie tenía ni la más remota idea de qué significaba todo ese galimatías!

—¿Y cómo se acabó esa situación?

—Del siguiente modo: un hermoso día nos despertamos y nos encontramos con que no había nadie que supiera ni una *palabra* de filosofía moral. De modo que eliminamos la asignatura, los profesores, las clases y todo lo demás. Así, si alguien quería aprender algo acerca de ello, tenía que hacerlo por sus propios medios, y al cabo de aproximadamente veinte años había ya un cierto número de personas que de verdad sabían algo del asunto. Ahora dígame otra cosa. ¿Durante cuánto tiempo preparan ustedes a un joven antes de examinarlo en sus universidades?

Se lo dije, tres o cuatro años.

—¡Exacto, lo mismo que hacíamos *nosotros*! —exclamó—. Les metíamos cuatro cosas en la cabeza, y justo en el momento en que empezaban a asimilarlas, se las sacábamos otra vez. Dejábamos secos nuestros pozos antes de que estuvieran llenos siquiera hasta la cuarta parte, cosechábamos nuestros frutales cuando estaban en plena flor, aplicábamos la severa lógica aritmética a nuestros pollos, mientras aún dormían pacíficamente dentro del huevo. Sin duda alguna, el ave madrugadora es la que coge la primera lombriz, pero si el ave en cuestión se levanta tan escandalosamente temprano que la lombriz está aún profundamente enterrada, *entonces*, ¿qué posibilidades tiene de obtener su desayuno?

—No muchas —admití.

—¡Ahora fíjese bien lo que resulta de todo esto! —prosiguió muy animado—. Si ustedes quieren sacar agua de sus pozos tan pronto, y supongo que me dirá que eso es lo que *tienen* que hacer...

—Tenemos que hacerlo —admití—. En una nación tan superpoblada como la nuestra, solamente los exámenes de oposición, competitivos...

Mein Herr levantó las manos al cielo violentamente.

—¿Cómo, *otra vez*? —gritó—. ¡Creía que eso había terminado hacía cincuenta años! ¡Oh, el árbol del mal de los exámenes de oposición! Bajo su sombra mortal todo genio creativo, toda investigación exhaustiva, toda la incansable diligencia de toda una vida, por medio de la cual nuestros antecesores produjeron tales adelantos en el conocimiento humano, lenta pero inevitablemente se marchitarán, dejando en su lugar un sistema de cocina, en el que la mente del hombre será una salchicha, y todo lo que nos preguntaremos será qué cantidad de basura indigestible podrá albergar en su interior.

Siempre, después de estas explosiones de elocuencia, parecía írsele el santo al cielo por un momento, y sólo conseguía mantener el hilo de la conversación por medio de alguna palabra suelta.

—Sí —insistió—, nosotros pasamos por esa etapa de la enfermedad, ¡que fue grave, puedo asegurarlo! Por supuesto, tal como era el examen, nosotros tratábamos de contestar solamente lo que ellos deseaban, y la *gran* finalidad a la que había que atender era que el candidato no supiera absolutamente *nada* más que lo imprescindible para el examen. No pretendo decir que se consiguiera *del todo*, pero uno de mis propios alumnos, perdone el narcisismo de un pobre viejo, estuvo muy cerca de conseguirlo. Después del examen enumeró los pocos conocimientos que tenía, pero que *no* había podido incluir en su examen, y le puedo asegurar que eran triviales, caballero; absolutamente triviales.

Expresé débilmente mi sorpresa y deleite, ante lo que el anciano hizo una reverencia con una sonrisa de satisfacción, y siguió hablando:

—Por aquel entonces, nadie había atinado a encontrar el sistema mucho más racional de esperar las chispas individuales del genio, y de recompensar cuando surgían. Tal y como estaban las cosas, habíamos convertido a nuestro desafortunado alumno en una jarra de Leyden, le habíamos cargado hasta las pestañas, y después le aplicábamos el borne de un examen de oposición, y lográbamos una magnífica chispa, ¡que muy a menudo quebraba la jarra! ¿Y *eso* qué importaba? Le etiquetábamos CHISPA DE PRIMERA CLASE y lo guardábamos en su estantería correspondiente.

—¿Pero el sistema más racional…? —sugerí.

—¡Ah, sí! *Eso* vino después. En lugar de premiar el estudio de una sola vez, solíamos pagar cada buena respuesta en el momento en que surgía. ¡Qué bien recuerdo aquellos días, cuando daba mis clases con un montón de monedas sobre la mesa! Decía: «Muy buena respuesta, señor Jones». (Eso suponía un chelín, en la mayor parte de los casos.) «Bravo, señor Robinson.» (Eso suponía media corona.) Ahora le contaré el resultado de *aquello*. ¡No asimilaban ni un solo dato si no era cobrando! Y cuando llegaba del colegio un muchacho listo, ¡cobraba más por aprender que nosotros por enseñarle! Luego surgió una chifladura aún más insólita.

—¿Cómo, otra más? —exclamé yo.

—La última —dijo el viejo—. Le debo de haber agotado con mi inacabable historia. Todas las facultades querían a los chicos listos, de modo que adoptamos un sistema que habíamos oído que era muy popular en Inglaterra: ¡las facultades competían la una contra la otra, y los muchachos se dejaban llevar por el mejor postor! ¡Menudos pavos éramos! Imagínese: de *un modo u otro*, tenían que ir a la universidad. ¡No teníamos por qué haberles pagado! ¡Y así todo el dinero se nos iba en conseguir que los muchachos listos fueran a una universidad en lugar de ir a otra! La competencia era tan acerba que, al final, los pagos en dinero no eran suficientes. Cualquier universidad que deseara asegurarse a un muchacho particularmente listo tenía que acecharle en la estación y perseguirle por las calles. El primero que le tocara tenía derecho a él.

—Esa caza del estudiante, según iban llegando, debe de haber sido un asunto de lo más curioso —dije—. ¿No me podría dar una idea de cómo se desarrollaba?

—Encantado —dijo el viejo—. Le describiré a usted la última cacería que se llevó a cabo antes de que ese deporte, pues era considerado uno de los *deportes* de la época, lo llamábamos «caza de cachorros», fuera finalmente abandonado. Yo mismo fui testigo de ella, pues casualmente pasaba por allí en aquel momento, y estuve, como lo llamábamos, «presente en la muerte de la presa». ¡Es como si lo estuviera viendo! —continuó en un tono de excitación, mirando al vacío con sus grandes y soñadores ojos—. Parece como si hubiera sido ayer; y el caso es que ocurrió hace… —se detuvo de pronto, y el resto de las palabras se convirtieron en un murmullo inaudible.

—¿*Cuántos* años ha dicho usted que hacía? —pregunté muy interesado por la perspectiva de conseguir al menos *algún* dato concreto sobre su historia.

—Muchos años —contestó—. El episodio de la estación había sido, según me contaron, de una gran animación. Se habían reunido ocho o nueve rectores de uni-

versidad a las puertas, pues no se dejaba entrar a nadie, y el jefe de estación había hecho una raya en el pavimento e insistía en que todos ellos tenían que ponerse detrás de ella. ¡De golpe se abrieron las puertas! ¡El joven pasó entre ellos como una exhalación, y corrió como un rayo calle abajo, mientras los directores lanzaban *alaridos* de excitación al verle! ¿El *árbitro*? Dio la salida del modo establecido: «*¡Semel! ¡Bis! ¡Ter! ¡Currite!*», ¡y empezó la caza! ¡Oh, créame usted, era un espectáculo hermoso! En la primera esquina perdió el diccionario griego; más adelante, su manta de viaje; después, varios artículos pequeños. Después su paraguas; finalmente, cayó lo que supongo sería de más valor para él: su bolsa de mano; pero el juego había terminado, el decano esférico de... de...

—¿De *qué* facultad? —pregunté.

—...de una de las facultades —continuó— había puesto en práctica la teoría, que había descubierto él mismo, de la velocidad acelerada, y le capturó justo enfrente de donde yo estaba. ¡Jamás olvidaré aquel forcejeo salvaje y sin cuartel! Pero pronto acabó todo. ¡Una vez caído en aquellas manos grandes y huesudas, no había posibilidad de escapatoria!

—¿Puedo preguntarle por qué al referirse a él le llama el decano *«esférico»*? —inquirí yo.

—El epíteto se refiere a su *forma*, que era perfectamente *esférica*. ¿Sabe usted que una bala, otro ejemplo de esfera perfecta, al caer recorriendo una línea absolutamente recta, se mueve con velocidad acelerada?

Asentí con la cabeza.

—Bien, mi esférico amigo, como me siento orgulloso de llamarle, se dedicó a investigar las *causas* de este fenómeno, y descubrió que eran *tres:* una, porque es una *esfera* perfecta. Dos, porque se mueve en *línea recta*. Tres, porque su dirección *no es hacia arriba*. Cuando se cumplen estas tres condiciones el resultado es la velocidad acelerada.

—Eso no es del todo correcto —dije yo—, si me perdona usted que disienta. Supongamos que aplicamos la teoría al movimiento *horizontal*. Si se dispara una bala horizontalmente…

–…no se mueve en *línea recta* –dijo con suavidad, concluyendo la frase por mí.

–Eso es –dije–. ¿Qué hizo entonces su amigo?

–El siguiente paso era aplicar la teoría, como usted sugiere, al movimiento *horizontal*. Pero un cuerpo en movimiento, que siempre tiende a *caer*, necesita un *apoyo constante*, si es que ha de moverse a lo largo de una línea verdaderamente horizontal. Se planteó la cuestión: «¿Qué podría dar *apoyo constante* a un cuerpo en movimiento?», y su respuesta fue ¡las piernas! ¡Ése fue el descubrimiento que inmortalizó su nombre!

–¿Qué era…? –sugerí.

–No lo había mencionado –fue la amable respuesta de mi muy poco complaciente interlocutor–. Su siguiente paso fue uno muy obvio. Se puso a dieta de empanadillas de sebo hasta que su cuerpo se convirtió en una esfera perfecta. *Entonces* salió a realizar su primera carrera experimental, ¡que estuvo a punto de costarle la vida!

–¿Cómo fue *eso*?

–Bueno, pues verá, él no tenía ni idea de lo *tremenda* que era la nueva fuerza de la naturaleza que entraba en juego. Empezó demasiado rápido. ¡En muy pocos minutos se encontró moviéndose a una velocidad de cien millas por hora! ¡Y si no hubiera tenido la presencia de ánimo de cargar contra un pajar, que desperdigó por toda la región, no cabe duda ninguna de que hubiera abandonado el planeta al que pertenecía y se habría perdido en el espacio para siempre!

–¿Y por qué aquélla resultó ser la *última* cacería de cachorros? –pregunté.

–Pues verá, el caso es que desencadenó una disputa un tanto escandalosa entre las dos facultades. *Otro* decano tocó al joven, tan al mismo tiempo que el *esférico*, que no hubo forma de saber quién le había tocado primero. La disputa acabó por aparecer contada en los periódicos, y no nos hizo ningún bien; finalmente, las cacerías de cachorros se acabaron. Ahora le voy a contar qué es lo que nos curó de aquella asombrosa chifladura que nos aquejaba, la de apostar los unos contra los otros para conseguir a los estudiantes listos como si fueran artículos en subasta pública. Justamente en el momento en que esta chifladura estaba en su punto álgido, y cuando una de las facultades había llegado al extremo de ofrecer una beca de mil libras *per annum*, uno de nuestros turistas nos trajo el manuscrito de una vieja leyenda africana. Casualmente, tengo una copia de la misma en el bolsillo. ¿Quiere que se la traduzca?

–Adelante, se lo ruego –dije yo, aunque empezaba a sentir un terrible sopor.

Capítulo XIII

Lo que quería decir Tottles

Mein Herr desenrolló el manuscrito, pero, para mi sorpresa, empezó a *cantarlo* con una voz sonora y suave, que parecía reverberar por toda la estancia.

«¡Mil libras *per annum*
No están nada mal, desde luego!»
Gritaba Tottles. ¡Y yo les digo así, sin más,
Que un hombre podría muy bien casarse con ellas!
Decir «el esposo necesita a la esposa»
No es manera de ver las cosas
«El máximo gozo de la vida de la mujer
Está en el hombre», dijo Tottles (y lo decía en serio).

El éxtasis de la luna de miel llegó a su fin:
La pareja por fin se ha acomodado,
La mamá política compartirá su hogar
Y velará por su felicidad.
«Vuestros ingresos son más que suficientes:
¡Adelante, mis niños!», y ellos fueron.
«¡Tengo una cierta impresión de que toda esta diversión
No puede durar!», dijo Tottles (y lo decía en serio).

Alquilaron una pequeña casita de campo,
También una casa en Covent Garden.

Vivieron una vida de golpecitos en la puerta.
Sus conocidos empezaron a llamar de ese modo.
En su casa de Londres pasaba más o menos lo mismo
(costaba trescientas, limpias, el alquilarla).
«¡La vida es un juego muy divertido!»
Gritó alegremente Tottles (y lo decía en serio).

Satisfecho con su vida austera
(a menudo repetía esta frase cuando iba a Gunter's)
Compró un muy útil yatecito.
Una docena de cazadores en buen uso,
La pesca de un Loch de los Higlands
Un velero para recorrerlo.
«¡El sonido de ese "och" gaélico
Me puede!», dijo Tottles (y lo decía en serio).

Llegado a este punto, con uno de esos sobresaltos convulsos que le despiertan a uno
en cuanto se queda dormido, me di cuenta de que las profundas notas musicales que
me emocionaban *no* procedían de Mein Herr, sino del Conde francés. El anciano
aún estaba repasando el manuscrito.

—¡Le ruego que me excuse por haberle hecho esperar! —dijo—. Me estaba cerciorando de que conocía todas las palabras necesarias en inglés. Pero ya estoy a punto —y me leyó la siguiente leyenda:

En una ciudad situada en el mismo corazón de África, y que rara vez es visitada
por el turista occidental, la gente siempre había comprado huevos (una necesidad diaria en un lugar donde la dieta se componía de batidos de huevo) a un mercader que
iba a sus puertas una vez por semana. Las gentes siempre pujaban frenéticamente, de
modo que se organizaba una subasta muy animada siempre que aparecía el Mercader,
y por el último huevo de su cesta no era raro pagar dos o tres camellos, más o menos.
Así, los huevos iban encareciéndose semana tras semana. Y a pesar de todo, seguían
bebiendo sus batidos de huevo y preguntándose adónde iba a parar su dinero.

Y llegó un día en que se sentaron en conciliábulo. Y comprendieron lo borricos que habían sido.

Y al día siguiente, cuando llegó el Mercader, sólo *un* hombre salió a recibirle.
Y le dijo:

—Oh, vos, el de la nariz ganchuda y los ojos saltones; vos, el de la inconmensurable barba, ¿cuánto me pedís por esos huevos?

Y el mercader le respondió:

—Podría dejárselos a vuestra merced por diez mil piastras la docena.

Y el Hombre se rió para sus adentros y dijo:

—¡Le ofrezco *diez* piastras por docena y nada más, oh, descendiente de su distinguido abuelo!

Y el mercader se mesó la barba y dijo:

—Hum, esperaré la llegada de sus amigos.

De modo que se quedó esperando. Y el Hombre esperó junto a él. Y ambos esperaron juntos.

—Aquí se interrumpe el manuscrito —dijo Mein Herr, mientras volvía a enrollarlo—, pero fue suficiente para abrirnos los ojos. Vimos lo necios que habíamos sido al comprar a aquellos estudiantes igual que esos salvajes compraban sus huevos, y abandonamos aquel sistema. Si tan sólo hubiéramos podido abandonar al mismo tiempo todas las *demás* modas que habíamos copiado de ustedes, en lugar de llevarlas a sus conclusiones lógicas... Pero no fue así. Lo que echó a perder a mi nación y me llevó a abandonarla fue la introducción (nada menos que en el ejército) de su teoría de la dicotomía política.

—¿Sería mucho pedir —le dije— que me explicara a qué se refiere usted al hablar de la «teoría de la dicotomía política»?

—¡En absoluto! —fue la cortés respuesta de Mein Herr—. Disfruto bastante hablando cuando consigo un contertulio tan bien dispuesto a escuchar. Todo empezó, entre nosotros, con el informe que nos trajo uno de nuestros más eminentes hombres de estado, que había pasado algún tiempo en Inglaterra, sobre el modo en que estaban organizadas las cosas allí. Era una necesidad política (eso nos aseguró, y nosotros le creímos, aunque hasta aquel momento nunca lo habíamos considerado así) que hubiera *dos* partidos en todos los asuntos y para todos los temas. En *política*, los dos partidos que ustedes habían considerado necesario instituir se llamaban, según nos contó él, Whigs y Tories.

—Eso debió ocurrir hace ya algún tiempo, me imagino —señalé.

—*Fue* hace bastante tiempo —admitió él—, y era así como se resolvían los asuntos de la Nación Británica. Corríjame si he malinterpretado algo, pero me limito a repetir lo que nuestro viajero nos contó. Estos dos partidos, enzarzados en una hostilidad crónica el uno hacia el otro, se turnaban en el Gobierno, y el partido que en un momento dado *no* estaba en él era llamado la «Oposición», ¿es correcto?

—Ése es el nombre correcto —dije yo—. Siempre ha habido, desde el momento en que tuvimos un parlamento, *dos* partidos, uno «dentro» y otro «fuera».

—Bien, pues la función de los de «dentro» (si me permite llamarlos así) era la de hacer todo lo posible por el bienestar nacional en asuntos tales como declarar guerras o hacer la paz, firmar tratados comerciales y cosas por el estilo, ¿correcto?

—Correcto —asentí.

—Y la función de los de «fuera» era (o así nos dijo nuestro viajero, aunque al principio nos costaba trabajo creerlo) dificultar que los de «dentro» tuvieran éxito en cualquiera de estos asuntos.

—¡*Hacer la crítica y corregir* su gestión! —maticé—. ¡Sería *antipatriótico* dificultar la labor del Gobierno cuando estuviera haciendo cualquier cosa por el bien de la Nación! ¡Siempre hemos considerado que un *patriota* es el más grande de todos los héroes, y que una actitud *antipatriótica* es el peor de los males!

—Disculpe un momento —me interrumpió cortésmente el viejo caballero, sacando su agenda—. Tengo algunos informes de la correspondencia que mantuve con nuestro turista, y, si usted me lo permite, intentaré refrescarme la memoria, aunque estoy de acuerdo con usted. Es, como usted dice, uno de los peores males de la humanidad —y en este punto, Mein Herr empezó a cantar de nuevo:

> ¡Pero, oh, el peor de los males humanos
> (Descubrió el pobre Tottles) son las «pequeñas facturas».
> Y sin dinero en el banco,
> ¿Qué tiene de extraño que los ánimos decayeran?
> Aun así, mientras se le iba el dinero
> Él se preguntaba en qué demonios se lo podría gastar ella.
> «¡Me cuestas veinte libras a la semana,
> *Por lo menos!*», gimió Tottles (y lo decía en serio).
>
> Ella suspiró. «Los saloncitos, ¿sabes?»
> En realidad a mí no se me había ocurrido,
> pero mamá dijo que debíamos hacerlo;
> Que seríamos unos Don Nadie sin ellos
> Y aquella diadema de diamantes para mi pelo
> Te juro que pensé que me la había regalado ella.
> Hasta que hace un momento llegó la factura.
> «¡Víbora!», gritó Tottles (y lo decía en serio).
>
> La pobre señora T no pudo aguantar más
> Y cayó al suelo desmayada.
> La mamá política, con inmensa angustia,
> Intentó, en vano, despertar a su hija.

«¡Rápido! ¡Coge esta caja de sales!
No la regañes, James, o te arrepentirás,
Ella es, con todos sus defectos, una buena muchacha.»
«¡Ella sí!», gimió Tottles (y lo decía en serio).

«¡Fui un borrico! —gritó Tottles—.
Al elegir por esposa a su hija.
¡Fue usted la que nos empujó a esta vida!
¡Es usted la responsable de esta catástrofe!
No es capaz de proponer nada
Que pueda evitarla de alguna forma…»
«Entonces, ¿para qué vamos a discutir?»
«¡A callar!», gritó Tottles (y lo decía en serio).

Una vez más, me desperté sobresaltado, y me di cuenta de que no era Mein Herr quien cantaba. Estaba aún consultando sus informes.

—Es exactamente como me contó mi amigo —prosiguió después de ojear varios papeles—. *Antipatriótico* es precisamente la palabra que usó al escribirme, y *dificultar* es precisamente la palabra que él usó en su respuesta. Permítame que le lea un fragmento de su carta:

Puedo asegurarle —me dice— que, por muy antipatriótico que pueda parecer, la función reconocida de la «Oposición» es la de dificultar por todos los medios permitidos por la ley la acción del Gobierno. Este procedimiento es llamado «Obstrucción Legítima», ¡y el mayor triunfo del que puede disfrutar la «Oposición» es poder señalar que, gracias a su «Obstrucción», el Gobierno ha fracasado en todo lo que ha intentado hacer por el bien de la Nación!

—Su amigo no lo ha expresado *del todo* bien —dije yo—. Sin lugar a dudas, la Oposición se alegraría, de poder señalar que el Gobierno había fallado *por su propia culpa*, pero *no* que hubiera fallado a causa de su *Obstrucción*.

—¿Usted cree? —preguntó con suavidad—. Permítame ahora le lea este recorte de periódico que mi amigo me mandó junto con su carta. Es parte de un reportaje acerca del discurso de un hombre de Estado que, en aquel momento, era miembro de la «Oposición».

Al cerrarse la sesión, manifestó que él consideraba que no había motivos para estar descontentos con los resultados de la campaña. Habían batido al enemigo en todos los frentes. Pero la persecución debía continuar. No tenían más que perseguir a un enemigo ya desorganizado y desmoralizado.

—Ahora bien, ¿a qué momento de la historia de su Nación cree usted que se refería el orador?

—Comprenda usted que la cantidad de guerras en que hemos combatido *con éxito* durante el último siglo —dije con el calor del orgullo británico— es *excesivamente* grande para que yo pueda, con un mínimo de probabilidades, adivinar cuál se estaba desarrollando en aquel momento. No obstante, citaré *«India»* como la más probable. El motín estaba, sin lugar a dudas, prácticamente aplastado en el momento en que el discurso fue hecho. ¡Qué magnífico y viril discurso debió de ser! —exclamé con una explosión de entusiasmo patriótico.

—¿Usted cree? —preguntó en tono triste—. El caso es que, por lo que me cuenta mi amigo, el «enemigo desorganizado y desmoralizado» en cuestión eran los hombres de Estado que estaban en aquel momento en el poder; que *persecución* aludía simplemente a «Obstrucción», y que las palabras *«batido al enemigo»* querían indicar que la *«Oposición»* había conseguido dificultar que el Gobierno pudiera llevar a cabo el trabajo que la Nación les había encomendado.

Me pareció que lo mejor sería no poner objeciones ni hacer comentarios.

—*Nos* pareció un poco raro, al principio —prosiguió después de esperar cortésmente durante un minuto mi réplica—. Pero, una vez que nos hicimos a la idea, nuestro respeto por su Nación era tal, que la aplicamos a todos los aspectos de la vida. Fue el *«principio del fin»* para nosotros. ¡Mi país no volvió a levantar cabeza! —y el anciano caballero suspiró profundamente.

—Vamos a cambiar de tema —propuse—. ¡No se torture usted, se lo ruego!

—¡No, no! —exclamó, haciendo un esfuerzo por recuperarse—. ¡Me gustaría poder acabar de contar mi historia! El siguiente paso (después de haber reducido a nuestro Gobierno a la impotencia), y después de haber anulado toda posibilidad de llevar a cabo una legislación útil, lo que no tardamos demasiado en conseguir, fue introducir lo que nosotros llamábamos «el Glorioso Principio Británico de la Dicotomía» en la *agricultura*. Convencimos a muchos prósperos agricultores de que dividieran a sus trabajadores en dos partidos y de que los enfrentaran el uno al otro. Se les llamaba, como a nuestros partidos políticos, los «dentros» y los «fueras». La misión de los «dentros» era realizar toda la labor de arar, sembrar o lo que fuera necesario, que les fuera posible en el día, y por la noche se les pagaba de acuerdo con lo que habían conseguido *hacer*. La labor de los «fueras» era la de ponerles trabas, y a *ellos* se les pagaba de acuerdo con el grado en el que habían conseguido *dificultar* la labor. Los granjeros vieron que sólo tenían que pagar la mitad de los sueldos que pagaban anteriormente, y no se dieron cuenta de que la cantidad de trabajo realizado era sólo la *cuarta* parte del que se realizaba hasta entonces, de modo que aceptaron el plan con bastante entusiasmo. *¡Sólo inicialmente!*

—¿Y luego? —pregunté.

—Bueno, después ya no les hizo tanta gracia. En muy poco tiempo, las cosas se hicieron rutinarias. No se trabajaba en *absoluto*. Así, los «dentros» no recibían paga alguna, y los «fueras» recibían el salario máximo. Hasta que prácticamente estuvieron arruinados, los granjeros no empezaron a darse cuenta de que los muy golfos habían acordado hacerlo así, repartiendo después la paga entre todos ellos. ¡Mientras la cosa duró, había espectáculos verdaderamente divertidos! Por ejemplo, yo he visto a menudo a un trabajador con su arado y dos caballos haciendo todo lo posible por moverlo hacia *delante*, mientras el trabajador de la oposición, con tres borricos enganchados al lado opuesto del arado, hacía todo lo posible por moverlo *hacia atrás*. ¡Y el arado no se movía ni una pulgada en *ninguna* dirección!

—¡Nosotros nunca hemos hecho nada ni remotamente parecido a *eso*! —protesté.

—Porque ustedes son menos *lógicos* de lo que nosotros éramos —respondió Mein Herr—. *A veces* tiene sus ventajas el ser un borrico… ¡Oh, le ruego que me disculpe! No pretendía hacer una alusión *personal*. Todo esto ocurrió hace *mucho* tiempo, ¿sabe usted?

—¿Sirvió para algo el Principio de la Dicotomía? —pregunté.

—Absolutamente *para nada* —confesó inocentemente Mein Herr—. Se puso a prueba durante un período *muy* corto de tiempo en el *comercio*. Los tenderos *se negaban* a aceptarlo, después de haber puesto a prueba el sistema de tener a la mitad de los dependientes ocupados en recoger y llevarse los artículos que la otra mitad intentaba exponer en el mostrador. ¡Se quejaban de que a los clientes no les gustaba!

—No me extraña —comenté.

—Bueno, pues tuvimos a prueba el «Principio Británico» durante algunos años. Y al final resultó… —su voz súbitamente cayó hasta convertirse casi en un susurro, y grandes lágrimas empezaron a rodar por sus mejillas— …resultó que nos vimos abocados a una terrible guerra, en la que aventajábamos ampliamente en número al enemigo. Pero ¿qué podíamos esperar cuando sólo la *mitad* de nuestros soldados combatían, mientras la otra mitad intentaba detenerlos? Una aplastante derrota, una verdadera desbandada. Esto, a su vez, provocó una revolución, y la mayor parte del Gobierno fue desterrada. Yo mismo fui acusado de traición por haber defendido con tanto ahínco el «Principio Británico». Todas mis posesiones me fueron requisadas y... y... ¡fui condenado al destierro! «Ahora que el mal ya está hecho», me dijeron, «¿tal vez sería usted tan amable de abandonar el país?». Estuve a punto de morir de pena, ¡pero tenía que marcharme!

El tono melancólico de su voz se transformó en un lamento, el lamento se transformó en un cántico, el cántico se convirtió en una canción, aunque esta vez no fui capaz de distinguir si era Mein Herr quien cantaba o alguna otra persona.

«Y ahora que el mal está ya hecho, ¿tal vez
sería usted tan amable de hacer sus maletas?
Ya que dos (su hija y su hijo)
Son Compañía, pero tres no son nada.»

Vamos a empezar a hacer un cursillo sobre el ahorro:
Cuando haga falta un cambio, yo lo inventaré.
«¡No creas que vas a poder meter tu mano en
Esta tarta!», gritó Tottles (y lo decía en serio).

Cuando la música descendió de volumen, hasta llegar el silencio, Mein Herr volvió a hablar en su tono habitual.

–Una pregunta más –dijo–: ¿me equivoco al pensar que en *sus* universidades, aunque una persona puede estar en ellas durante treinta o cuarenta años, le examinan, de una vez por todas, al final de los tres o cuatro primeros años?

–Así es, en efecto –admití.

–Entonces, para todos los efectos, ¡ustedes examinan a una persona al *principio* de su carrera! –exclamó el anciano, más para sí mismo que para mí–. ¿Qué garantía tienen ustedes de que *retenga* los conocimientos por los que ustedes le han apremiado?... ¡De antemano, como diríamos nosotros!

–Ninguna –admití, un tanto desconcertado por la orientación de sus comentarios–. ¿Cómo se aseguran *ustedes* de ello?

—Examinando a la persona al final de sus treinta o cuarenta años de carrera, no al principio —respondió amablemente—. En términos generales, los conocimientos que posee entonces son del orden de la quinta parte de los que tenía al principio, pues el proceso de olvidar se desarrolla con gran regularidad y uniformidad, y el que *menos* ha olvidado consigue los *máximos* honores y las mayores recompensas.

—Entonces ¿le pagan cuando ya no necesita el dinero? ¡Y le hacen vivir sin *nada* durante la mayor parte de su vida!

—Ni mu ho menos. Él hace sus pedidos a los comerciantes: ellos le suministran sus pedidos iurante cuarenta, a veces hasta cincuenta años, por su cuenta y riesgo. Entonces é consigue su pensión, que en sólo *un* año le da lo que una de *sus* pensiones da n cincuenta, y entonces puede pagar sin ningún problema todas sus facturas, incuso con los correspondientes intereses.

—¿Y suponiendo que no consiga obtener su pensión? Eso debe ocurrir alguna vez, upongo.

—En efecto, ocurre ocasionalmente —ahora le tocaba a Mein Herr el turno de hacer admisiones.

—¿Qué pasa, en estas ocasiones, con los comerciantes?

—Ellos ya tienen hechos sus cálculos. Cuando se hace evidente que una persona se está volviendo ignorante o estúpida, a veces se niegan a seguir mandándole suministros. ¡No tiene usted idea del entusiasmo con el que un hombre empieza a dar brillo a sus olvidadas ciencias o lenguas, cuando su carnicero acaba de cortarle el suministro de carne de ternera y de carnero!

—¿Quiénes le examinan?

—Los jóvenes que acaban de terminar, desbordantes de conocimientos. A usted le resultaría un espectáculo curioso —continuó— ver a unos muchachos examinando a personas tan mayores. Conozco el caso de un chico que se vio en el brete de tener que examinar a su propio abuelo. Sin duda, debió de ser un poco doloroso para ambos. El viejo caballero era calvo como una *bola de billar...*

—¿Cómo de calvo viene a ser eso? —No tengo ni idea de cómo se me ocurrió hacerle tal pregunta.

Tuve la sensación de estar perdiendo facultades.

Capítulo XIV

El picnic de Bruno

—*Calvo* como un calvo —fue la no menos desconcertante respuesta—. Ahora Bruno, te voy a contar una historia.

—Y yo te contaré a ti una historia —replicó Bruno, empezando a toda prisa por miedo a que Silvia se le adelantara—: érase una vez un Ratón, un Ratón chiquiti-to, chiquitito... ¡Un Ratón tan chiquitín! Jamás se había visto un Ratón tan dimi-nuto...

—¿Y no le pasaba nunca nada al Ratón, Bruno? —le pregunté—. ¿No tienes nada más que contarnos acerca de él, aparte de lo pequeñito que era?

—Nunca le pasaba nada —replicó solemnemente Bruno.

—¿Por qué? —preguntó Silvia, sentada, con la cabeza apoyada en el hombro de Bruno, esperando pacientemente la ocasión de empezar *su propio* relato.

—Era demasiado pequeño —exclamó Bruno.

—¡*Eso* no es ninguna razón! —dije yo—. Por muy pequeño que fuera, siempre le podrían pasar cosas.

Bruno me dirigió una mirada de conmiseración, como si pensara que yo era demasiado tonto para entenderlo.

—Era extremadamente pequeño —insistió—. ¡Si le hubiera pasado cualquier cosa, se habría muerto de *tan* pequeño como era!

—¿No te parece que ya está bien de lo pequeño que era? —intervino Silvia—. ¿No has inventado nada más acerca de él?

—Aún no.

—¡Pues no deberías empezar un cuento hasta que hayas inventado algo más! Ahora, como un buen niño, cállate un rato y escucha *mi* cuento.

Y Bruno, agotadas sus facultades imaginativas, por haber empezado con demasiada prisa, se resignó calladamente a escuchar.

—Cuenta el del otro Bruno, por favor —dijo con tono engatusador.

Silvia le rodeó el cuello con los brazos y empezó:

—El viento susurraba entre los árboles…

—¡Eso es de mala educación! —la interrumpió Bruno.

—No te preocupes por la etiqueta ahora —dijo Silvia—. Era la caída de la tarde, un atardecer agradable y con luna, y los búhos ululaban…

—¡Haz que no sean búhos! —rogó Bruno, acariciando la mejilla de Silvia con su manita gordezuela—. No me gustan los búhos. Los búhos tienen los ojos grandes. ¡Haz que fueran gallinas!

—¿Te dan miedo sus enormes ojos, Bruno? —pregunté yo.

—A mí no me da *miedo* nada —contestó Bruno, con el mayor tono de indiferencia que pudo—. Son feos, con esos ojos tan grandes. Yo creo que si lloraran, las lágrimas serían tan grandes como… ¡tan grandes como la luna! —Y se echó a reír alegremente—. ¿Los búhos lloran alguna vez, Don Señor?

—Los búhos no lloran nunca —respondí gravemente, intentando imitar el modo de hablar de Bruno—. No tienen motivos para estar tristes, ¿sabes?

—¡Oh, por supuesto que tienen motivos! —exclamó Bruno—. Siempre están muy tristes porque sienten remordimientos después de haber matado a los pobres ratoncitos.

—Pero no lo sentirán cuando estén *hambrientos*, supongo.

—¡No tienes ni idea de búhos! —dijo Bruno desdeñosamente—. Cuando tienen hambre, sienten *muchísimo* haber matado a los ratoncitos; porque si no los hubieran matado, tendrían también algo para cenar, ¿lo entiendes?

Era evidente que Bruno estaba poniéndose en un estado de ánimo peligrosamente imaginativo, de modo que Silvia le atajó diciendo:

—Ahora voy a continuar con mi cuento: así pues, los búhos, quiero decir, las gallinas, estaban buscando a ver si encontraban algún suculento ratoncillo para la cena.

—¡Haz que sea un lindo conejo! —exclamó más animado Bruno.

—¡Pero no es un buen consejo matar ratones! —protestó Silvia—. ¡Yo no puedo hacer que lo *sea*!

—¡Yo no he dicho «consejo», so tonta! —contestó Bruno con un brillo malicioso en los ojos—. He dicho conejos, de los que corretean por el monte.

—¿Un conejo? Pues desde luego podría ser un conejo, si así lo deseas. Pero no deberías introducir tantos cambios en mi cuento, Bruno! ¡Una gallina *jamás* podría comerse a un conejo!

—Quizá querría probar a ver si podía comérselo.

—Está bien, quería ver si podía… ¡Oh, vamos, Bruno, eso es una tontería! Será mejor que vuelva a hacer que sean búhos.

—¡Está bien, pero entonces haz que no tengan los ojos tan grandes!

—Vieron a un niño pequeño —prosiguió Silvia, negándose a hacer más correcciones—. Y el niño les pidió que le contaran un cuento. Y los búhos ulularon y salieron volando…

—No se dice *«volando»*, se dice *«vuelando»* —susurró Bruno. Pero Silvia no le hizo caso.

—Y se encontró con un león. Y le pidió al León que le contara un cuento. Y el león dijo «sí», que aceptaba hacerlo. Y mientras el León le estaba contando el cuento, le fue mordisqueando parte de la cabeza.

—¡No digas mordisqueando! —suplicó Bruno—. Sólo las cosas pequeñas mordisquean. Cosas pequeñas y afiladas, con aristas…

—De acuerdo, Bruno, entonces le «mordosqueó» —dijo Silvia—. Y cuando acabó con toda la cabeza, el niño se levantó y se fue sin darle ni siquiera las gracias.

—Eso es muy poco cortés —dijo Bruno—. Si no podía hablar, por lo menos podía haber inclinado la cabeza en señal de reconocimiento… No, claro, eso tampoco. ¡Pero podía haberle estrechado la *mano* al León!

—Oh, casi se me olvida esa parte —se corrigió Silvia—: sí que le dio la mano al León. Regresó y le dio muchas gracias al León por haberle contado el cuento.

—Entonces, ¿volvió a crecerle la cabeza? —preguntó Bruno.

—Oh, sí, le volvió a crecer al cabo de un minuto. ¡Y el León le pidió excusas y juró no volver a mordosquear cabezas de niños nunca más!

Bruno pareció muy satisfecho que los acontecimientos se desarrollaran de este modo.

—¡Eso es lo que yo llamo un cuento *verdaderamente* bonito! —exclamó—. ¿No cree usted, Don Señor?

—Mucho —dije—. Me gustaría escuchar otro cuento acerca de ese niño.

—Y a mí —dijo Bruno, acariciando una vez más la mejilla de Silvia—. *Por favor*, cuéntanos el del picnic de Bruno: ¡y sin leones que *mordosqueen*!

—¿Tanto te asustan? —preguntó Silvia.

—¡*Asustarme!* —replicó indignado Bruno—. ¡No es por *eso!* Es porque «*mordos-quear*» es una palabra muy gruñona…, cuando uno tiene la cabeza sobre el hombro de quien la dice. Cuando ella dice eso —me espetó— su voz corre por los dos lados de mi cara, llegando hasta mi barbilla… ¡y me *hace* unas cosquillas! ¡Seguro que bastaría con eso para que me creciera la barba!

Explicó esto con una gran seriedad, pero evidentemente pretendía hacer un chiste, de modo que Silvia se rió con una deliciosa y musical risita, y apoyó su suave mejilla sobre el pelo rizado de su hermano, como si fuera una almohada, mientras seguía contando su cuento.

—Así, pues, el niño…

—No era yo, ¿sabes? —la interrumpió Bruno—. ¡Y no tienes por qué hacer como si lo fuera, Don Señor!

Fingí respetuosamente que estaba haciendo lo posible por que no lo pareciera.

—…era un niño bastante bueno…

—¡Era un niño *muy* bueno! —le corrigió Bruno—. Y nunca hacía nada sin que se lo hubieran ordenado…

—¡*Eso* no significa que necesariamente fuera un buen niño! —exclamó despreciativamente Silvia.

—¡*Sí* que lo significa! —insistió Bruno.

Silvia lo dejó correr.

—De acuerdo, era un niño *muy* bueno. Y siempre mantenía su palabra, y tenía un armario muy grande…

—Donde mantenía todas sus promesas —apostilló Bruno.

—Sí. Mantenía todas sus promesas —dijo Silvia, con una traviesa mirada—. ¡No era como *otros* niños que yo conozco!

—Tenía que mantenerlas con *sal*, por supuesto —dijo Bruno con toda seriedad—. Uno no puede mantener su palabra si no es con sal. Y tenía guardado su cumpleaños en el segundo cajón.

—¿Durante cuánto tiempo lo guardó? —pregunté—. Nunca he podido tener los míos guardados durante más de veinticuatro horas.

—¡Pero hombre, si un cumpleaños *se queda* por sí mismo durante ese tiempo! —gritó Bruno—. ¡No sabes cómo guardar un cumpleaños! ¡Este niño del cuento tuvo el suyo guardado un año entero!

—Y en ese momento empezaba el siguiente, de modo que *siempre* era su cumpleaños.

—Así es —dijo Bruno—. ¿*Tú* recibes regalos en *tu* cumpleaños, Don Señor?

—A veces —respondí.

—Cuando eres *bueno*, supongo.

—Bueno, de hecho ser bueno *es* una especie de regalo, ¿no? —dije yo.

—¡Una especie de regalo! —se mofó Bruno—. ¡A mí más bien me parece una especie de *castigo*!

—¡Oh, Bruno! —interrumpió Silvia, con voz casi apenada—. ¿Cómo *puedes* decir eso?

—Pero es que lo *es* —insistió Bruno—. ¡Fíjate, Don Señor! ¡Esto es ser bueno! —dijo, sentándose totalmente envarado y poniendo cara de absurda solemnidad—. Primero tiene *uno* que sentarse erguido como palos...

—Como *un* palo —le corrigió Silvia.

—Como *palos* —insistió con firmeza Bruno—. Después uno tiene que poner las manos juntas... *así*. Después viene lo de: «¿Por qué no te has peinado? ¡Ve a peinarte *inmediatamente*!» Y después... «Oh, Bruno, ¡no debes deshojar las margaritas!» ¿Aprendiste también *tú* ortografía con las margaritas, Don Señor?

—Me gustaría saber qué le pasó a ese niño con su *cumpleaños* —dije.

Bruno reanudó el cuento al instante:

—Bueno, pues el Niño dijo: «Hoy es mi cumpleaños» y entonces...¡estoy muy cansado! —dijo interrumpiéndose bruscamente y apoyando la cabeza en el regazo de Silvia—. Silvia se lo sabe mejor que yo. Silvia está más *adultecida* que yo. ¡Sigue tú, Silvia!

Silvia, pacientemente, retomó el hilo de la historia.

—Entonces el Niño dijo: «Hoy es mi cumpleaños. ¿Qué podría hacer para conservarlo?». Todos los niños buenos... —Silvia apartó la cara de Bruno y fingió, con grandes aspavientos, *que* me hablaba al oído—. Todos los niños *buenos*, los niños que se aprenden las lecciones casi a la perfección, siempre guardan sus cumpleaños, ¿sabes? De modo que *este* niño guardó el suyo.

—Podéis llamarle Bruno, si queréis —dijo como sin darle importancia el pequeño—. No era *yo*, pero hace más interesante el cuento.

—De modo que Bruno se dijo: «Lo más apropiado sería organizar un picnic para mí solo en lo alto de la colina. Y me llevaré un poco de leche y un poco de pan, y unas cuantas manzanas, pero en primer lugar y por encima de todo, quiero un poco de *leche*». Así que, antes que nada, Bruno cogió un cubo de leche...

—¡Y fue a ordeñizar a la Vaca! —intervino Bruno.

—Sí —dijo Silvia aceptando humildemente aquel nuevo verbo—.Y la Vaca dijo: «¡Muu!, ¿qué vas a hacer con toda esa leche?».Y Bruno respondió: «Por favor, señora, la necesito para mi picnic».Y la Vaca dijo: «¡Muu!, supongo que no pensarás hervirla».Y Bruno dijo: «¡No, por supuesto que no! ¡La leche recién ordeñada está tan buena y tan templadita que no necesita hervirse!».

—No necesita ser hervida —dijo Bruno, a modo de una nueva versión.

—Así que Bruno puso la leche en una botella.Y entonces dijo: «¡Ahora quiero algo de pan!» Así que se fue al Horno y sacó una hogaza deliciosa y calentita.Y el Horno…

—¡Muy ligera y esponjadita! —le corrigió impacientemente Bruno—. ¡No deberías comerte tantas palabras!

Silvia se excusó humildemente.

—Una hogaza deliciosa y calentita, muy ligera y esponjadita.Y el Horno dijo…

Aquí Silvia hizo una larga pausa.

—En realidad, no sé qué suele decir un Horno cuando quiere empezar a hablar.

Ambos niños me dirigieron una mirada suplicante, pero lo único que *yo* pude decir fue:

—¡No tengo ni idea! ¡*Yo* nunca he oído hablar a un Horno!

Nos mantuvimos en silencio durante uno o dos minutos, y entonces Bruno dijo en un susurro:

—Horno empieza con «ho».

—¡*Buen* niño! —exclamó Silvia—. Tiene una ortografía *muy* buena. *¡Es más listo de lo que él cree!* —añadió en un aparte dirigiéndose a mí—. Así que el Horno dijo: «Ho, ¿qué vas a hacer con todo ese pan?».Y Bruno dijo: «Por favor…». ¿Qué es un horno, caballero o señora? Dijo mirándome en busca de una respuesta.

—*Ambas cosas*, supongo. —Me pareció que era la respuesta más segura.

Silvia aceptó la sugerencia al instante.

—Y Bruno dijo: «Por favor, cabañora, lo necesito para mi picnic».Y el Horno dijo: «¡Ho! ¡Espero que no habrás pensado en *tostarlo*!». Y Bruno respondió: «¡*Por supuesto* que no! ¡El pan recién horneado es tan ligero y tan esponjoso que no necesita tostarse!».

—Que nunca hace falta tostarlo —la corrigió Bruno—. ¡Me gustaría que no usaras frases tan cortas!

—Así que Bruno puso el pan en la cesta, y dijo: «¡Ahora necesito unas cuantas manzanas!». Así que cogió la cesta y fue al Manzano y recogió unas magníficas manzanas maduras. Y el Manzano dijo…

Aquí sobrevino otra larga pausa. Bruno adoptó su característica actitud de tamborilearse la frente con los dedos, mientras Silvia miraba hacia el cielo con aire de concentración, como si esperar a que los pájaros, que cantaban alegremente entre las ramas que nos cubrían, le pudieran dar alguna pista. Pero no sirvió de nada.

—¿Qué *dice* un manzano cuando quiere hablar? —preguntó en voz baja Silvia a los pájaros, totalmente desesperanzada.

Finalmente, siguiendo el ejemplo de Bruno, me aventuré a decir:

—¿No empieza siempre «manzano» con «ma»?

—*¡Por supuesto que sí!* ¡Qué *listo* eres! —exclamó encantada Silvia.

—De modo que el Manzano dijo: «¡Ma!, ¿qué vas a hacer con todas esas manzanas?». Y Bruno respondió: «Por favor, señor, las necesito para mi picnic». Y el Manzano dijo: «ma!, ¿no pensarás hornearlas, supongo?». Y Bruno dijo: «¡*Por supuesto que no!* ¡Las manzanas maduras son tan dulces y agradables que no hace falta hornearlas!»…

—Nunca hace falta… —Empezó a decir Bruno, pero Silvia corrigió sin darle tiempo a acabar.

—Nunca hace ninguna falta para nada hornearlas en absoluto por ningún concepto. Así que Bruno puso las manzanas en la cesta, junto con el pan y la botella de leche. Y así salió a hacer su picnic en lo alto de la colina, para él solo…

—No es que fuera un glotón ¿sabes? —dio Bruno dándome palmaditas en la mejilla para llamarme la atención—. Lo que pasa es que no tenía hermanos ni hermanas.

—Debe de ser muy triste no tener *hermanas*, ¿no? —dije.

—No sé qué decirte —dijo pensativamente Bruno—. Al menos no tenía que estudiar ninguna lección. De modo que no le importaba.

Silvia continuó:

—Así que, mientras andaba por el camino, oyó detrás de él un ruido muy raro, una especie de ¡Zump! ¡Zump! ¡Zump! «¿Qué podrá ser eso?», se preguntó Bruno. «¡Oh, claro, ya lo sé!», se respondió enseguida. «¡No es más que el tictac de mi reloj!»

—¿*Era* el tictac de su reloj? —me preguntó Bruno con ojos que prácticamente brillaban de travieso deleite.

—¡Por supuesto que sí! —contesté. Y Bruno se rió entusiasmado.

—Entonces Bruno se puso a pensar. Se dijo: «¡No!, no *puede* ser el tictac de mi reloj porque yo no *tengo* reloj».

Bruno levantó ansiosamente la cabeza para mirarme y ver cómo reaccionaba yo. Agaché la cabeza y me metí el dedo en la boca, lo que pareció encantar al pequeño.

—De modo que Bruno siguió andando y un poco más adelante volvió a oír aquel ruido tan raro, ¡Zump! ¡Zump! ¡Zump! «¿Qué podrá ser eso?», se preguntó Bruno. «¡Oh, claro, ya lo sé!», dijo. «¡No es más que el Carpintero reparando mi carretilla!».

—¿*Era* el Carpintero reparando su carretilla? —me preguntó Bruno.

Yo me animé y dije con un tono de convicción absoluta:

—¡*Tenía* que serlo!

Bruno rodeó el cuello de Silvia con sus brazos.

—¡Silvia! —dijo con un susurro perfectamente audible—. ¡Dice que *tenía* que serlo!

—Entonces Bruno pensó un poquito más y dijo: «¡No! ¡No puede ser el Carpintero reparando mi carretilla porque yo nunca he tenido ninguna carretilla!».

Esta vez hundí la cara en mis manos, totalmente incapaz de enfrentarme con la mirada triunfal de Bruno.

—Así que Bruno siguió adelante un pequeño trecho del camino. Y entonces volvió a oír aquel ruido tan extraño. ¡Zump! ¡Zump! ¡Zump!, de modo que decidió volverse a ver *qué* era, ¡y era nada menos que un gran león!

—Un enorme león —la corrigió Bruno.

—Un león enorme. Y Bruno se asustó muchísimo, echó a correr…

—¡No señora, no estaba *asustado*! —interrumpió Bruno (era evidente su preocupación por mantener la buena reputación de su tocayo)—. Salió corriendo para poder ver bien al león, porque quería saber si era el mismo que se dedicaba a *mordosquear* las cabezas de los niños pequeños; y porque quería saber cómo era de grande.

—De acuerdo, pues salió corriendo para ver cuán grande era. Y el León salió trotando lentamente detrás de él. Y el León le llamó, diciendo con una voz muy dulce: «¡Niño, niño! ¡No tienes por qué asustarte de *mí*! No soy más que un viejo león, y muy *cariñoso*. *Nunca mordosqueo* cabezas de niños pequeños, aunque lo hice cuando era joven». Así que Bruno dijo: «¿*De verdad* que no, Señor? ¿Entonces qué come usted?». Y el León…

—¿Ves cómo no estaba asustado? —me dijo Bruno volviendo a darme palmaditas en la mejilla—. Se acordó de llamar «señor» al León, ¿lo ves?

Yo dije que sin duda esa era la mejor prueba para saber si una persona estaba o no asustada.

—Y el León dijo: «Oh, como pan con mantequilla, y mermelada de cerezas, y de naranja, y de pasas…».

—…¡y de *manzanas*! —añadió Bruno.

—Sí, «y de manzanas».Y Bruno le dijo: «¿Quiere usted venir conmigo a mi picnic?» Y el León le dijo: «¡Oh, sí, me gustaría *muchísimo*!» Y Bruno y el León siguieron su camino juntos. —Silvia se detuvo de repente.

—¿Eso es todo? —pregunté desilusionado.

—No *exactamente* —respondió maliciosamente Silvia—. Hay una o dos frases más, ¿no es así, Bruno?

—Sí —respondió éste con un descuido que era evidentemente fingido. Un par de frases más.

—Y mientras caminaban, miraron por encima de un seto y vieron nada menos que a un Corderito negro. Y el Corderito se asustó muchísimo. Y salió corriendo…

—¡Éste sí estaba *verdaderamente* asustado! —añadió Bruno.

—Y salió corriendo. Y Bruno salió corriendo detrás de él. Y gritaba: «¡Corderito! ¡No tienes por qué asustarte de *este* León! ¡Nunca mata nada! Come cerezas y mermelada de naranja…».

—¡Y *manzanas*! —dijo Bruno—. ¡*Siempre* te olvidas de las manzanas!

—Y Bruno dijo: «¿Quieres venir con nosotros a mi picnic?» y el Corderito dijo: «¡Oh, sí, me gustaría *muchísimo* ir, si mi mamá me deja!». Y Bruno dijo: «¡Vamos a preguntárselo!». Y se fueron a ver a la vieja Oveja. Y Bruno dijo: «Por favor, ¿puede venir su Corderito a mi picnic?». Y la Oveja dijo: «Sí, si ya ha aprendido todas las lecciones». Y la Ovejita dijo: «¡Oh, sí, mamá! ¡Ya las he aprendido *todas*!».

—¡Haz que no tuviera que estudiar! —le rogó encarecidamente Bruno.

—¡Oh! ¡Eso no puede ser! —le respondió Silvia—. ¡No puedo saltarme todo lo de las lecciones! Y la Oveja Mayor dijo: «¿Te sabes ya el ABC? ¿Te sabes la A?». Y la Ovejita dijo: «¡Oh, sí, mamá! ¡Fui al prado de las Aes y les ayudé a hacer A!». «¡Muy bien, hija mía! ¿Y te sabes ya la B?» «¡Oh, sí, mamá! ¡Fui al panal de las Bes y una B me dio miel!» «¡Muy bien, hija mía! ¿Y te sabes ya la C?» «¡Oh, sí, mamá! ¡Me fui a la costa y vi a todos los barcos navegando por la C!». «!Muy bien, hija mía! Entonces puedes ir al picnic de Bruno.»

—Así pues, se pusieron en camino, y Bruno iba entre los dos para evitar que el Corderito viera al León…

—Le daba *miedo* —explicó Bruno.

—Sí, temblaba mucho y empezó a ponerse cada vez más pálida, y antes de que llegaran a lo alto de la colina ya era una Ovejita *blanca*, blanca como la nieve.

—¡Pero *Bruno* no tenía miedo! —insistió Bruno—. ¡De modo que él siguió siendo negro!

—¡No, no *siguió* siendo negro! ¡Siguió siendo de color *rosa*! —se rió Silvia—. Yo no te besaría así si fueras negro.

—¡*Tendrías* que hacerlo! —dijo Bruno—. Además, Bruno no era *Bruno*, ¿sabes? Quiero decir, Bruno no era *yo*, quiero decir… ¡No digas tonterías, Silvia!

–¡No volveré a hacerlo! –se disculpó humildemente Silvia–. Y mientras se iban andando, el León dijo: «Oh, os voy a contar lo que hacía cuando era un león joven. Me escondía detrás de los árboles, a la espera de niños pequeños. –Bruno se acurrucó junto a Silvia–. Si se acercaba un niño pequeño que estuviera en los huesos, normalmente le dejaba ir. Pero si se acercaba un niño gordito y jugoso…

Bruno no pudo aguantar más:

–¡Haz que no fuera jugoso! –rogó medio llorando.

–¡Tonterías, Bruno! –exclamó Silvia–. ¡Estoy a punto de terminar…! «Si aparecía un niño gordito y jugoso, saltaba sobre él y me lo zampaba. ¡Oh, no tenéis ni *idea* de lo delicioso que es un niño gordito y jugoso!» Y Bruno dijo: «Oh, si no le importa, señor, ¡*no* hable de engullir niños pequeños! ¡Me da *escalofríos*!

El Bruno de verdad se estremeció, solidarizándose con el héroe del cuento.

–Y el León dijo: «¡Oh, está bien, entonces no hablaremos de ello! Os contaré lo que pasó el día de mi boda».

–*Esta* parte ya me gusta más –dijo Bruno, dándome palmaditas en la mejilla para mantenerme despierto.

–«Hubo un desayuno de bodas maravilloso. En *un* extremo de la mesa había un gran pastel de ciruelas. Y en el otro extremo había un delicioso *Cordero* asado. ¡Oh, no os hacéis *idea* de lo delicioso que es un buen Cordero asado!», y el cordero dijo: «Oh, si no le importa, señor, ¡*no* hable de Corderos asados! ¡Me da escalofríos!», y el León dijo: «¡Oh, está bien, entonces no hablaremos de ello!».

Capítulo XV

Los pequeños zorros

—Cuando llegaron a lo alto de la colina, Bruno abrió la cesta y sacó el pan, las manzanas, la leche, empezaron a comer y a beber. Y cuando se hubieron bebido toda la Leche, y comido la mitad del pan y la mitad de las manzanas, el Cordero dijo: «¡Oh, tengo las patas pringosas! ¡Quisiera lavarme las patas!». Y el León dijo: «Muy bien, baja hasta el pie de la colina y vete a lavártelas en aquel arroyo de allí. ¡Te esperamos aquí!»

—¡Y nunca regresó! —me dijo Bruno al oído con voz solemne.

Pero Silvia le había oído.

—¡No se debe hablar al oído, Bruno! ¡Vas a estropear el cuento! Y cuando hacía ya mucho rato que se había ido el Cordero, el León le dijo a Bruno: «¡Vete a ver qué le ha pasado al bobo del Cordero! Debe de haberse perdido». Y Bruno corrió colina abajo, y cuando llegó al arroyo, vio al Cordero sentado en la orilla, ¡y a su lado estaba sentado nada menos que un viejo Zorro!

—¿Quién si no podía estar sentado a su lado? —dijo Bruno pensativamente—. El caso es que *había* un viejo Zorro sentado a su lado.

—Y el viejo Zorro le decía —continuó Silvia, cediendo por una vez en aquel detalle gramatical—. «Sí, querido, ¡serás muy feliz con nosotros si te decides a venir a visitarnos! ¡Tengo tres zorritos y queremos muchísimo a los corderitos!» Y el Cordero dijo: «Pero ustedes nunca se los comen, ¿verdad, señor?», y el Zorro respondió: «¡Oh, no! ¿Cómo dices?, ¿*comernos* nosotros a un cordero? ¡Ni *soñarlo*!». Y el Cordero dijo: «Entonces iré con usted». Y se fueron cogidos de la mano.

—Ese zorro era extremadamente perverso, *¿no cree?* —me susurró Bruno.

—¡No, no! —dijo Silvia, escandalizada ante tan violento lenguaje—. ¡No era tan malo!

—Bueno, quiero decir que no era agradable —corrigió el pequeño.

—Así que Bruno volvió a buscar al León. «Oh, venga rápido!», dijo: «El Zorro se ha llevado al Cordero a su casa. Estoy *seguro* de que piensa comérselo». Y el León dijo: «¡Correré más rápido de lo que jamás haya corrido!», y juntos bajaron la colina a toda prisa.

—¿Usted cree que cogieron al Zorro, Don Señor? —me preguntó Bruno.

Negué con la cabeza, pues no tenía ganas de hablar, y Silvia continuó:

—Cuando llegaron a la casa, Bruno miró por la ventana, y vio a los tres pequeños zorros, sentados a al mesa, con sus delantales y con las cucharas en la mano…

—¡Las cucharas en la mano! —repitió Bruno entusiasmado.

—El Zorro tenía un cuchillo enorme y estaba preparándose para matar al pobre Corderito…

—¡No tiene de qué asustarse, Don Señor! —me tranquilizó Bruno, con un apresurado susurro.

—Y cuando estaba a punto de hacerlo, Bruno escuchó un gran rugido… —El verdadero Bruno me cogió de la mano agarrándose fuertemente.

—¡El León derribó la puerta, y en un momento había arrancado la cabeza al viejo Zorro de un mordisco! Bruno entró saltando por la ventana, y dio saltos por toda la habitación gritando: «¡Hurra, hurra! ¡El viejo Zorro está muerto! ¡El viejo Zorro está muerto!».

Bruno se levantó bastante excitado.

—¿Puedo hacerlo ahora? —preguntó.

En este aspecto, Silvia ya había tomado una decisión.

—Espérate hasta más tarde —dijo—. Ahora vienen los discursos, ¿no lo recuerdas? Siempre te han gustado los discursos, ¿*no es* así?

—Sí, es cierto —dijo Bruno, sentándose de nuevo.

—El discurso del León: «Ahora tú, Corderito estúpido, vete a casa con tu madre y no vuelvas a hacer caso a los zorros viejos. Y sé bueno y obediente». El discurso del Cordero: «¡Oh, sí señor, así lo haré, señor!». Y el Corderito se fue.

—¡Pero no hace falta que te vayas tú! —explicó Bruno—. ¡Ahora viene lo mejor!

Silvia sonrió. Le gustaba tener un público tan atento.

—El discurso del León a Bruno: «¡Ahora, Bruno, coge a esos pequeños zorros y llévatelos a casa contigo y enséñales a ser unos zorritos buenos y obedientes! ¡No como esa cosa malvada que no tiene cabeza!».

—Que no tiene ninguna cabeza —apostilló Bruno.

—El discurso de Bruno al León: «¡Oh, sí, señor, así lo haré, señor!» Y el León se marchó a su casa.

—¡Ahora cada vez se pone mejor! —me susurró Bruno—. ¡Ya hasta el final!

—El discurso de Bruno a los pequeños zorros: «Ahora, pequeños zorros, vais a recibir vuestra primera lección sobre cómo portarse bien. Voy a meteros en la cesta, junto con las manzanas y el pan, y no os comeréis las manzanas, ni el pan, ni *nada*… hasta que lleguemos a mi casa. Entonces cenaremos todos». El discurso de los pequeños zorros a Bruno: los pequeños zorros no dijeron nada de nada. Así que Bruno metió las manzanas en la cesta, junto con los pequeños zorros y el pan…

—Se habían bebido toda la leche —explicó Bruno en voz baja.

—…y echó a andar en dirección a su casa.

—Estamos acercándonos al final —dijo Bruno.

—Y cuando hubo recorrido un pequeño trecho, se le ocurrió mirar en la cesta para ver qué tal iban los pequeños zorros.

—De modo que abrió la cesta… —dijo Bruno.

—¡Oh, Bruno! —exclamó Silvia—. ¡No eres tú el que está contando el cuento! De modo que abrió la cesta y, ¡oh sorpresa!: ¡no quedaba ninguna manzana! Así que Bruno dijo: «El Mayor de los pequeños zorros, ¿has sido tú el que se ha comido las manzanas?». Y el Mayor de los pequeños zorros dijo: «¡No, no!» —Es imposible dar una idea del tono en el que Silvia exclamó: «¡No, no, no!». Lo más cerca que puedo llegar a describirlo es que fue como si un joven y excitado patito hubiera intentado graznar esas mismas palabras. Era demasiado rápido para parecerse a un graznido y, a pesar de todo, demasiado áspero para parecer cualquier otra cosa.— Entonces dijo: «Segundo pequeño zorro, ¿te has comido *tú* las manzanas?». Y el Segundo pequeño zorro dijo: «¡No, no, no!». Entonces dijo: «El más Joven de los pequeños zorros, ¿te has comido *tú* las manzanas?». Y el más Joven de los pequeños zorros *intentó* decir: «¡No, no, no!, pero tenía la boca tan llena que sólo pudo decir: «¡Guauch! ¡Guauch! ¡Guauch!». Y Bruno le miró la boca. ¡Y su boca estaba llena de manzanas! Y Bruno sacudió la cabeza y dijo: «¡Oh, cielos! ¡Qué criaturas más malas son estos zorros!».

Bruno escuchaba con gran atención, y cuando Silvia hizo una pausa para recobrar el aliento, preguntó con voz entrecortada:

—¿Y el pan?

—Sí —continuó Silvia—, ahora viene lo del pan. Así que volvió a cerrar la cesta, y siguió andando otro trecho y, de repente, se le ocurrió echar otra ojeada. ¡Y héteme aquí que el pan había desaparecido!…

—¿Qué *significa* héteme? —preguntó Bruno.

—Chitón —dijo Silvia—. Y dijo Bruno: «El Mayor de los pequeños zorros, ¿te has comido tú el pan?». Y el Mayor de los pequeños zorros dijo: «¡No, no, no!» «Segundo de los pequeños zorros, ¿te has comido tú el pan?» Y el Segundo de los pequeños zorros sólo pudo decir: «¡Guauch! ¡Guauch! ¡Guauch!». Y Bruno le miró la boca ¡y tenía la boca llena de pan!

—Podría haberse atragantado —dijo Bruno.

—Así que Bruno dijo: «¡Válgame, válgame! ¿Qué *puedo* yo hacer con estos zorros?». Y siguió andando otro pequeño trecho.

—Ahora viene la parte más interesante —me susurró Bruno.

—Y cuando Bruno volvió a abrir la cesta, ¿qué creéis que vio?

—¡Nada más que *dos* zorros! —se apresuró a gritar Bruno.

—No deberías haberlo dicho tan pronto. De todas formas, *de hecho*, no vio más que *dos* zorros. Y dijo: «El Mayor de los pequeños zorros, ¿te has comido tú al más Joven de los pequeños zorros?» Y el Mayor de los pequeños zorros dijo: «¡No, no, no!». «Segundo pequeño zorro, ¿te has comido *tú* al más Joven de los pequeños zorros?» Y el Segundo pequeño zorro intentó con todas sus fuerzas decir: «¡No, no, no!», pero sólo pudo decir: «¡Güeuchk! ¡Güeuchk! ¡Güeuchk!». ¡Y cuando Bruno le miró la boca vio que estaba medio llena de pan y medio llena de zorro!

Bruno no dijo nada durante la pausa en esta ocasión. Estaba empezando a jadear un poco, ya que sabía que se acercaba el momento crítico.

—Y cuando casi había llegado a su casa, volvió a mirar en la cesta y vio…

—Sólo vio… —empezó a decir Bruno, pero de pronto se sintió generoso y me miró—. ¡*Esta* vez puedes decirlo *tú*, Don Señor! —me susurró.

Era una generosa oferta, pero yo no quería privarle de aquella satisfacción.

—Adelante, Bruno —le animé yo—. Tú lo dices mucho mejor.

—¡Sólo-vio-un-zorro! —exclamó con gran solemnidad Bruno.

—El Mayor de los pequeños zorros —dijo Silvia, olvidando el estilo narrativo en su excitación—, ¡te has portado *tan bien* que me cuesta trabajo creer que tú hayas sido desobediente, pero *me temo* que te hayas comido a tu pequeña hermana. Y el Mayor de los pequeños zorros dijo: «¡Güiguauch! ¡Güiguauch!». Se atragantó y se ahogó. ¡Y Bruno le miró la boca y estaba *realmente* lleno!

Silvia hizo una pausa para tomar aliento, y Bruno se recostó entre las margaritas, mirándome con expresión de triunfo.

—¿No te ha parecido *grandioso*, Don Señor? —me preguntó.

Hice todo lo posible por adoptar un tono de experto.

—¡Es grandioso! —dije—. ¡Pero resulta terrorífico!

—Puedes sentarte un poco más cerca de mí si quieres —me ofreció Bruno.

—Así que Bruno se fue a su casa —continuó Silvia—, y llevó la cesta a la cocina y la abrió. Y vio… —Esta vez Silvia me miró a *mí*, como si pensara que me había tenido muy abandonado y que me merecía que me dejaran intentar adivinar al menos *una* cosa.

—¡No lo sabe! —gritó Bruno con gran excitación—. ¡Me temo que *tendré* que decírselo yo! ¡No había… *nada* en la cesta!

Me puse a temblar como un azogado, y Bruno aplaudió encantado.

—¡*Está* asustado, Silvia! ¡Cuenta el final!

—Así que Bruno dijo: «El Mayor de los pequeños zorros, ¿es que te has comido a *ti mismo*, pequeño Zorro malo?».Y el Mayor de los pequeños zorros dijo: «¡Güiguauch!» Y entonces Bruno comprendió que en la cesta sólo quedaba su *boca*. ¡Así que cogió la boca, y la abrió y la sacudió y la sacudió, y al final consiguió sacar al Pequeño zorro de su propia boca! Y entonces dijo: «¡Vuelve a abrir la boca, pequeño zorro malo!».Y sacudió y sacudió.Y al final consiguió sacar al Segundo pequeño zorro.Y entonces dijo: «¡Ahora abre *tú* la boca!» ¡Y sacudió y sacudió! ¡Y sacudió hasta que salieron el más Joven de los pequeños zorros y todas las manzanas, y todo el pan!

»Y Bruno puso entonces a todos los pequeños zorros contra la pared, y les dirigió un pequeño discurso: «Ahora, pequeños zorros, habéis empezado muy mal y tenéis que ser castigados. En primer lugar, vais a subir al cuarto de los niños, lavaros la cara y poneros unos delantales limpios. Después oiréis sonar la campana anunciando la cena y bajaréis. ¡Y *no cenaréis*, sino que recibiréis una buena *paliza*! Después os iréis a la cama. Por la mañana oiréis de nuevo la campana anunciando el desayuno. ¡Pero *no desayunaréis*, sino que recibiréis una buena *paliza*! Entonces tendréis que ir a clase.Y, a lo mejor, si os portáis *muy* bien, cuando llegue la hora de la comida, podréis comer algo. ¡Y se habrán terminado las palizas!».

—¡Qué bueno! —le dije a Bruno en un susurro.

—Una cosa moderada —me corrigió Bruno con voz grave.

—Así que los pequeños zorros subieron corriendo al cuarto de los niños.Y en breve Bruno fue al recibidor e hizo sonar la gran campana. «¡Tilín, tilín, tilín! ¡La cena, la cena, la cena!» Y los pequeños zorros bajaron corriendo, ansiosos de tomar su cena! ¡Con delantales limpios! ¡Con las cucharas en la mano! ¡Y cuando llegaron al comedor, había un mantel blanquísimo sobre la mesa! Pero sobre él no había nada más que un gran látigo. ¡Y recibieron una paliza *enorme*!

Me llevé el pañuelo a los ojos y Bruno se apresuró a trepar sobre mi rodilla, acariciándome la mejilla.

—¡Ya sólo queda *otra* paliza, Don Señor! —me dijo en voz baja—. ¡No llores más que cuando no lo puedas evitar!

—Y temprano, a la mañana siguiente, Bruno volvió a hacer sonar la gran campana: «¡Tilín, tilín, tilín! ¡El desayuno, el desayuno, el desayuno!». ¡Y los pequeños zorros bajaron corriendo! ¡Con sus delantales limpios! ¡Con las cucharas en la mano! ¡Nada de desayunar! ¡Sólo el gran látigo! Después tuvieron clase —siguió diciendo

Silvia a toda prisa, ya que yo aún tenía los ojos cubiertos con mi pañuelo–. Y los pequeños zorros ¡se portaron muy bien! Y se aprendieron las lecciones al derecho y al revés, e incluso de cabeza. Y finalmente, Bruno volvió a hacer sonar la gran campana: «¡Tilín, tilín, tilín! ¡La comida, la comida, la comida!». Y cuando bajaron los pequeños zorros…

–¿Tenían puestos los delantales limpios? –preguntó Bruno.

–¡Por supuesto! –dijo Silvia.

–¿Y cucharas?

–¡*Sabes* perfectamente que sí!

–¡No podía estar *seguro*! –exclamó Bruno.

–…Bajaron muy despacito. Iban diciendo: «¡Oh, no habrá nada de comer! ¡Sólo estará el látigo!». Pero cuando entraron al comedor ¡vieron que había una comida de lo más *espléndida*!

–¿Había bollos? –gritó Bruno dando palmadas.

–Bollos, y pastel, y…

–¿Y mermelada? –preguntó Bruno.

–Sí, mermelada, y sopa… y…

–¡Y *ciruelas escarchadas*! –añadió Bruno una vez más.

Silvia pareció quedar satisfecha.

–¡Y desde entonces, siempre *fueron* unos zorritos de lo más buenos! Se sabían las lecciones a las mil maravillas y nunca hacían nada que Bruno les hubiera dicho que no hicieran, y nunca se volvieron a comer los unos a los otros, ¡y *nunca se volvieron a comer a ellos mismos*!

La historia acabó tan bruscamente, que casi me quedé sin aliento; no obstante, hice lo posible por dedicarles un bonito discurso de agradecimiento.

–¡Sin duda ninguna ha sido muy… muy… muy así, qué duda cabe! –me pareció oírme decir.

Capítulo XVI

Más allá de estas voces

—¡No he entendido bien lo que ha dicho! —fueron las siguientes palabras que llegaron a mis oídos, pero, desde luego, no era la voz de Silvia, ni la de Bruno, al que todavía podía ver entre la maraña de invitados, de pie junto al piano, escuchando cantar al Conde.

Era Mein Herr quien hablaba:

—¡No he entendido bien lo que ha dicho! —repitió—. Pero no dudo que usted acepta *mi* punto de vista. *Muchas* gracias por su amable atención. ¡No queda más que un verso por cantar!

Estas últimas palabras no sonaron con la amable voz de Mein Herr, sino con el tono de bajo profundo del Conde francés. Y, en el silencio subsiguiente, la última estrofa de Tottles reverberó a través de la habitación.

> Y al fin la pareja se fue a vivir
> A un tranquilo alojamiento
> Fuera de la ciudad.
> Llorosa y sumisa la esposa
> Acepta una vida sencilla y modesta.
> Pero aun así, de rodillas pide una gracia:
> «¡Cariñito mío, no te ofendas!
> Puede que mamá venga para estar dos o tres…»
> «¡JAMÁS!», aulló Tottles. (Y lo decía en serio.)

Al final de la canción hubo un coro de agradecimientos y felicitaciones que llegaban de todas las partes de la habitación, a las que el cantante, halagado, respondió haciendo profundas reverencias en todas direcciones.

—Es para mí un gran privilegio —le dijo a Lady Muriel— haber tenido la ocasión de conocer una canción tan extraordinaria. ¡Su acompañamiento es tan extraño y misterioso que es como si se hubiera inventado una nueva música! Volveré a tocarla para que comprenda a qué me refiero.

Volvió al piano, pero la partitura había desaparecido. El sorprendido cantante registró en el montón de partituras que había sobre una mesa cercana, pero tampoco estaba allí. Lady Muriel se unió a la búsqueda. Pronto se unió más gente; empezó a crecer la excitación.

—¿Qué *puede* haber pasado con ella? —exclamó Lady Muriel.

Nadie lo sabía. Sólo una cosa era segura: nadie se había acercado al piano desde que el Conde había acabado el último verso de su canción.

—¡No se preocupe! —dijo él de muy buen humor—. Puedo tocarla de memoria.

Se sentó al piano y empezó a teclear indeciso, pero no le salía nada ni remotamente parecido a la melodía que habíamos escuchado unos minutos antes. Entonces también él empezó a excitarse.

—¡Pero qué cosa más rara! ¡Cuánta singularidad! ¡Que pueda yo haber olvidado no sólo la letra, sino incluso la melodía…! Es bastante singular, ¿no es cierto?

Todos estuvimos de acuerdo.

—Fue aquel delicioso niñito el que me la encontró —sugirió el Conde—. ¿No será *él* el ladrón?

—Por supuesto que sí —exclamó Lady Muriel—. ¡Bruno! ¿Dónde estás, querido?

Nadie respondió. Parecía ser que los niños se habían desvanecido tan brusca y misteriosamente como la canción.

—¿Estarán bromeando? —exclamó alegremente Lady Muriel—. ¡Esto no es más que un juego del escondite *ex tempore*! ¡Ese pequeño Bruno es todo un diablillo!

Por la mayor parte de nosotros la idea fue bien acogida, ya que algunos de los invitados empezaban a ponerse nerviosos. Se inició, con gran entusiasmo, un registro a fondo: las cortinas fueron abiertas y sacudidas, se abrieron los armarios, y las otomanas fueron vueltas del revés; pero el número de escondites posibles resultó ser muy limitado, y la búsqueda llegó a su fin casi en el mismo momento de empezar.

—Deben de haber salido corriendo mientras nosotros estábamos ocupados escuchando la canción —sugirió Lady Muriel dirigiéndose al Conde, que parecía el más agitado de todos–, y sin duda han encontrado el camino de vuelta al cuarto del encargado de la casa.

–¡Pues no habrá sido por esta *puerta*! –protestó airado un grupo de tres caballeros que habían estado agrupados en torno a la puerta (de hecho uno de ellos había estado apoyado en ella) durante la última media hora, según ellos mismos declararon–. ¡*Esta* puerta no se ha abierto desde que empezó a interpretar la canción!

Esta afirmación vino seguida de un incómodo silencio. Lady Muriel no aventuró ninguna otra conjetura, sino que examinó en silencio todas las ventanas, que se abrían igual que las puertas. Todas resultaron estar perfectamente cerradas desde el interior. Sin haber agotado aún todos sus recursos, Lady Muriel tocó entonces la campanilla.

–Dígale al encargado de la casa que venga –dijo–. Y que traiga las ropas de paseo de los niños.

–Aquí las tiene, milady –dijo obsequioso el encargado, entrando al cabo de otro minuto de silencio–. Yo había pensado que la joven damita vendría a mi cuarto a

ponerse sus botas. ¡Aquí tienes tus botas, querida! —añadió alegremente, buscando con la mirada a los niños.

No hubo respuesta, y se volvió hacia Lady Muriel con una sonrisa de circunstancias:

—¿Los pequeñines se han escondido?

—En este momento no les veo —replicó un tanto evasivamente Lady Muriel—. Puede dejar aquí sus cosas, Wilson, *yo* les vestiré cuando decidan irse.

Los dos sombreritos y la chaqueta de paseo de Silvia pasaron de mano en mano entre las señoras, provocando muchas exclamaciones de deleite. Sin duda alguna, había una cierta embrujadora belleza en ellos. Incluso las pequeñas botas recibieron comentarios de admiración.

—¡Qué cositas tan elegantes! —exclamó la joven dama aficionada a la música, casi acariciándolas mientras hablaba—. ¡Y qué pies tan diminutos deben de tener!

Finalmente, las ropas fueron apiladas en la otomana del centro, y los invitados, resignados a no volver a ver a los niños, empezaron a despedirse y a abandonar la casa. Ya sólo quedaban ocho o nueve, a los que el Conde explicaba por vigésima vez que él se había estado fijando en los niños mientras cantaba el último verso de la canción; que después había echado una mirada en torno a la habitación para apreciar el efecto que había tenido la «nota de pecho» entre el público, y que cuando volvió a mirarles ambos habían desaparecido; cuando empezaron a oírse exclamaciones de desconsuelo por todas partes, el Conde acabó su historia a toda prisa para poder unirse al escándalo.

¡Toda la ropa de paseo había desaparecido! Después del desastroso fracaso de la búsqueda de los *niños* se llevó a cabo una segunda y muy poco animada búsqueda de sus ropas. Los invitados que quedaban parecieron muy contentos de poderse marchar, dejándonos solos al Conde y a nosotros cuatro.

El Conde se dejó caer entonces sobre una poltrona, jadeando un poco.

—¿Quiénes *son* estos adorables niños, por favor? —dijo—. ¿Por qué vienen y se van de esta forma tan poco común? ¿Cómo es posible que la partitura se desvaneciera…; que los sombreros, las botas desaparecieran? ¿Cómo es posible, por favor?

—No tengo ni la menor idea de dónde puedan estar —fue todo lo que pude decir al encontrarme transformado en el objeto de las súplicas de todos los reunidos.

El Conde parecía estar a punto de hacer más preguntas, pero se contuvo.

—Se está haciendo algo tarde —dijo—. Le deseo una buena noche, milady. Me voy a mi lecho, a soñar, si es que no estoy soñando ya —dijo, abandonando el cuarto apresuradamente.

—¡Quédense un poco más! —le pidió el otro Conde cuando yo ya estaba a punto de seguir los pasos del Conde francés—. ¡Quédense un poco más! *Usted* no es un invitado, ¿sabe? ¡Un amigo de Arthur se puede considerar aquí como si estuviera en su propio *hogar*!

—¡Gracias! —dije, mientras con instinto típicamente británico agrupábamos nuestras sillas en torno a la chimenea, a pesar de que no estaba encendida.

Lady Muriel se había puesto el montón de partituras sobre las rodillas para buscar, una vez más, la canción tan insólitamente extraviada.

—¿No siente usted a veces una especie de deseo insuperable —dijo, dirigiéndose a mí— de tener algo más que hacer con sus manos, mientras habla, que sujetar un cigarrillo y tirar la ceniza de vez en cuando? ¡Oh, ya sé lo que me vas a decir! —se interrumpió para dirigirse a Arthur, que parecía a punto de intervenir en la conversación—. La majestad del pensamiento desborda el trabajo de los dedos. El severo pensamiento de un hombre, *junto* con el tirar la ceniza de un cigarrillo, da un total equivalente a las triviales fantasías de una mujer, aun *añadiéndole* los más elaborados bordados. *Eso* es lo que piensas, ¿no es así? Sólo que mejor expresado.

Arthur miró su radiante y traviesa cara, con una sonrisa grave y cargada de ternura.

—Sí —dijo con resignación—. Eso es exactamente lo que pienso.

—El descanso del cuerpo y la actividad de la mente —repuse— es lo que consideran algunos escritores como la culminación de la felicidad humana.

—¡Cuando menos, un cuantioso reposo *corporal*! —replicó Lady Muriel, mirando a las tres figuras recostadas en torno a ella—. Pero en cuanto a lo que ustedes llaman actividad de la *mente*...

—Es... un privilegio *reservado* a los jóvenes médicos —dijo el Conde—. Nosotros, los viejos, no tenemos derecho a ser activos. «¿Qué puede hacer un hombre viejo sino morirse?»

—Un montón de cosas, supongo —replicó con convicción Arthur.

—Bueno, es posible. ¡Aún me lleva ventaja en muchas cosas! No solamente es cierto que en *su* vida está amaneciendo, mientras que la mía llega al ocaso, sino que además tiene *interés* por la vida. No sé por qué no puedo evitar envidiarle. Tiene por delante muchos años antes de llegar a perder *eso*.

—Y aun así, muchos intereses humanos sobreviven al hombre, ¿no es cierto? —dije.

—Así es, sin duda, en muchos casos. Y en *algunas* formas de la ciencia; pero sólo en *algunas*, creo. Por ejemplo, las matemáticas: *eso* parece poseer un interés sin límites. Uno no consigue imaginar ninguna forma de vida ni ninguna raza de seres inteligentes para los que las verdades matemáticas pudieran carecer de significado. Pero mucho me temo que la medicina sea un asunto distinto. Suponga usted que descubre una cura para una enfermedad considerada incurable hasta el momento. Indudablemente, eso es algo maravilloso, por lo menos de momento, con indudable interés, posiblemente le pudiera reportar fama y dinero. Y después, ¿qué? En unos cuantos años, se podría lograr un mundo en el que no existiera la enfermedad.

—¿Para qué sirve entonces su descubrimiento? Milton hace que Jeovah prometa demasiado. «De tanta gloria como hay en los cielos espera tu recompensa.» ¡Triste consuelo para aquel cuya «gloria» concierna a materias que habrán dejado de tener significado!

—Por lo menos, uno no podría tener gran interés en hacer *nuevos* descubrimientos médicos —dijo Arthur—. No veo forma de evitar *eso*, aunque lamentaría mucho tener que abandonar mis estudios favoritos. No obstante, la medicina, la enfermedad, las penas, el pecado…; me temo que todo esté relacionado. ¡Destierre usted el pecado y desterrará todo lo demás!

—La ciencia *militar* constituye un ejemplo aún más claro —intervino el Conde—. Sin el pecado, la guerra sería imposible. No obstante, cualquier mente que haya tenido algún marcado interés por algo, no pecaminoso en *sí mismo*, sin duda alguna podrá encontrar algún tipo de trabajo que le resulte atractivo en el más allá. Quizá Wellingon no tenga más *batallas* que combatir, y a pesar de todo:

> No dudamos que, para una persona tan recta,
> habrá algún otro y mejor trabajo que llevar a cabo,
> que el realizado cuando luchó en Waterloo,
> ¡y saldrá siempre victorioso!

Recitó estos versos solemnemente, como si los apreciara de veras; y su voz, como si fuera música lejana, se fue desvaneciendo hasta desaparecer. Al cabo de un minuto o dos continuó:

—Si no se han aburrido ustedes aún de escucharme, me gustaría contarles cuál es la idea acerca de la vida futura que me ha tenido preocupado durante años, como si fuera una especie de pesadilla. No consigo liberarme de ella por mucho que lo piense.

—Por favor, hágalo —contestamos Arthur y yo casi al unísono.

Lady Muriel dejó a un lado el montón de partituras y cruzó las manos sobre su regazo.

—La idea que para mí ha dejado en la sombra a todas las demás —continuó hablando el Conde— es la de la *eternidad*, que comprende, tal y como se podría suponer, el *agotamiento* total de todos aquellos temas que tienen interés para los humanos. Por ejemplo, tomemos las matemáticas puras, una ciencia que es independiente de lo que nos rodea en este momento. Yo las he estudiado un poco por mi cuenta. Tomemos, por ejemplo, el tema de los círculos y las elipses, lo que llamamos «curvas de segundo grado». En una vida futura sería tan sólo una serie de años (o de cientos de años, si así lo prefieren) lo que tardaría un hombre en descubrir *todas* sus propiedades. Entonces *podría* dedicar su atención a las curvas de tercer grado. Supongamos que en esto invirtiera diez veces más (dense ustedes cuenta de que disponemos de un tiempo ilimitado). Me cuesta trabajo creer que su *interés* en el tema pudiera llegar incluso hasta éstas; y aunque no hay límite en el grado de las curvas que podría estudiar, no cabe duda de que el tiempo necesario para hacer desaparecer *toda* la novedad y el interés en éstas sería absolutamente *finito*. Y lo mismo se puede aplicar a todas las demás ramas de la ciencia. Y cuando me traslado con el pensamiento a lo largo de unos cuantos miles o millones de años y me imagino como poseedor de toda la ciencia que una persona pueda asimilar, me pregunto a mí mismo: «¿Y ahora qué? Ahora que ya no hay nada más que aprender, ¿puede uno descansar satisfecho con su propio *conocimiento* durante toda esa eternidad que le queda aún por vivir?». Ha sido para mí una idea extenuante. A veces he pensado que uno *podría*, en este caso, decir: «Es mejor *no* ser», y rezar por conseguir la *aniquilación* personal, el nirvana del que hablan los budistas.

—Y sin embargo, eso no es más que la mitad del problema —aduje yo—. Además de trabajar para *uno mismo*, ¿no estaría también el ayudar a los *demás*?

—¡Sin duda, sin duda! —exclamó Lady Muriel con tono de alivio, mirando a su padre con ojos brillantes.

—Sí —dijo el Conde—, siempre que *hubiera* alguien que necesitara ayuda. Pero, contando con siglos y siglos por delante, sin duda, todas las distintas razones creadas llegarían finalmente al mismo nivel de *saciedad*. Y *entonces,* ¿qué es lo que se puede esperar?

—Conozco bien esa sensación de hastío —dijo el joven doctor—. He pasado por todo esto, y en más de una ocasión. Permítame que les cuente cómo veo yo todo esto. Yo me imagino a un niño pequeño, entretenido con sus juguetes en el suelo de su cuarto, y aun así, capaz de *razonar* y de poder imaginarse a sí mismo treinta años más adelante. ¿No se diría a sí mismo, acaso: «De aquí a entonces ya estaré harto de jugar con ladrillos y bolos. ¡Qué aburrida será la vida!»? Mientras que si nosotros nos lo imaginamos dentro de treinta años, le vemos convertido en un gran hombre de Estado, lleno de intereses y alegrías infinitamente más intensas de las que jamás le podría haber deparado su vida infantil, alegrías totalmente inconcebibles para su mente de entonces, alegrías que ningún lenguaje infantil podría describir con la menor precisión. Entonces, ¿no podría ser que nuestra vida dentro de un millón de años tenga la misma relación con respecto a nuestra vida actual que la vida de un hombre tiene con respecto a la de un niño? Y del mismo modo que uno podría intentar, en vano, explicarle a aquel niño, en su lenguaje de ladrillos y bolos, el significado de «política», tal vez todas esas descripciones del paraíso, con su música y sus fiestas, y sus calles de oro, podrían ser solamente un intento de describir en *nuestras* propias palabras cosas para las que en *realidad* no tenemos palabras. ¿No cree usted que en *su* imagen de la otra vida, de hecho está usted trasplantando a ese niño a la vida política, sin dejar ningún margen para que el niño pueda crecer?

—Creo que entiendo bien lo que quiere decir —dijo el Conde—. La música del paraíso *puede* ser algo que esté más allá de nuestra capacidad de comprensión. ¡No obstante, la música de la tierra es muy dulce! Muriel, hija, cántanos algo antes de que nos acostemos!

—Sí —la animó Arthur, levantándose a encender las velas que había en el piano vertical, desterrado del salón para dejar sitio a uno de media cola—. Aquí hay una canción que nunca te he oído cantar.

> ¡Te saludo, alegre espíritu
> Jamás fuiste un ave
> Que desde el cielo o cerca de él
> Derramará todo su corazón sobre nosotros!

Miró la hoja que había extendido ante ella.

—Y nuestra breve vida —continuó el Conde—, en comparación con la inmensidad del tiempo, ¡es como un día de verano para un niño! Uno se va cansando mientras va transcurriendo el día —añadió con cierta tristeza en su voz—, y uno llega a desear acostarse. Llega a añorar aquellas palabras siempre bien recibidas. «Vamos, niño, es hora de acostarse».

Capítulo XVII

¡Al rescate!

—¡Aún no *es* hora de acostarse! —protestó una vocecilla adormilada—. Los búhos aún no se han acostado, ¡y no pienso acostarme si antes no me cantas algo!

—¡Pero, Bruno! —exclamó Silvia—. ¿No sabes que los búhos acaban de levantarse? En cambio, las *ranas* se han ido a la cama hace ya años.

—Pero *yo* no soy una rana —replicó Bruno.

—¿Qué quieres que cante? —le preguntó Silvia, eludiendo hábilmente la discusión.

—Pregúntale a Don Señor —dijo perezosamente Bruno, poniendo las manos detrás de su rizada cabeza y recostándose en su hoja de helecho, hasta que estuvo a punto de doblarse bajo su peso—. Ésta no es una hoja cómoda, Silvia. Búscame una que sea más cómoda. ¡Por favor! —añadió en el último momento, en respuesta al gesto de advertencia de Silvia—. ¡No me gusta estar con los pies para arriba!

Era algo bonito de ver el cuidado maternal con el que el hada niña cogió en sus brazos a su pequeño hermano, y lo dejó sobre otra hoja más resistente. Le dio un golpecito cariñoso para que se meciera, y la hoja continuó moviéndose vigorosamente, como si contuviera algún oculto mecanismo. Desde luego, no era obra del viento, ya que la brisa del atardecer se había apaciguado hacía ya rato, y ni una sola hoja se movía sobre nuestras cabezas.

—¿Por qué se mueve así esa hoja, si las otras no se mueven? —le pregunté a Silvia. Ella se limitó a sonreír dulcemente, moviendo la cabeza.

—No sé *por qué* —respondió—, pero siempre lo hace cuando tiene encima un hada niño. *Tiene* que hacerlo.

—¿Y la gente puede ver cómo se mueve la hoja sin ver al hada que hay sobre ella?

—¡Por supuesto! —me contestó Silvia—. Una hoja es una hoja, y todo el mundo puede verla, pero Bruno es Bruno, y a *él* no pueden verle, a menos que, como tú, sean *extraños*.

Fue entonces cuando comprendí por qué uno veía a veces, al atravesar un bosque en una tarde apacible, una hoja de helecho meciéndose rítmicamente, y sólo una. ¿No lo han visto ustedes nunca? Traten de ver si consiguen distinguir al hada que hay durmiendo sobre ella la próxima vez que les ocurra, pero no *cojan* la hoja por ningún motivo; ¡dejen que el pequeño siga durmiendo!

Durante todo este rato, Bruno iba adormilándose cada vez más.

—¡Canta, canta! —murmuró inquieto; Silvia me miró en busca de instrucciones.

—¿Qué debo cantar? —me preguntó.

—¿Podrías cantarle aquella canción de cuna de la que me hablaste en una ocasión? —sugerí—. La que había pasado por la liadora mental, ya sabes a la que me refiero. Creo que se titulaba *El pequeño hombre que tenía una pequeña escopeta*.

—¡Pero si ésa es una de las canciones del *Profesor*! —exclamó Bruno—. Me gusta ese hombrecillo, y me gusta la forma en que le hicieron, como a un tentetieso.

Y con esto dirigió una amorosa mirada a un amable viejecillo que estaba sentado al otro extremo de su hoja, y que inmediatamente empezó a cantar, acompañándose con una exótica guitarra, mientras que el caracol sobre el que estaba sentado movía sus cuernos al ritmo de la música.

El hombrecillo era más bien enano…
No era ningún cabezota grande y robusto,
Y miraba cansadamente a los cangrejos
Que su esposuela había adornado para su té.
«Ahora alcánzame, mi dulce átomo, mi escopetuela,
Y arroja al aire el zapatuelo para que nos dé suerte,
Déjame ir a toda prisa hasta la rivera del arroyuelo
Para cazarte un pato.»

Le alcanzó su pequeña escopetuela.
Lanzó al aire el viejo zapatuelo para que les diera
      suerte,
Y anda ocupada preparando un buñuelo
Para darle la bienvenida cuando vuelva con su pato.
Él recorre deprisa el camino, sin malgastar una
      palabruela,
Aunque sus pensamientos siguen con él, pegados
      como la cera,
Hasta el lugar donde el bellísimo pajarzuelo
Grazna en silencio.

Donde acecha la langostuela, y el cangrejuelo
Se arrastra lenta y cansinamente;
Donde el delfín hace su casa, y la barbaduela
Hace largas y ceremoniosas visitas;
Donde la ranuela busca la larvuela;
Donde la rana es perseguida por el pato,
Donde el patuelo se ve cazado por el perruelo…
¡Así va la suerte del mundo!

Él ha cargado su arma con bala y pólvora,
Sus pasos son silenciosos como el aire,
Pero las voces se hacen cada vez más fuertes,
Y aúllan, y chillan y gritan.
Se erizan delante de él, y a sus espaldas.
Revolotean por encima de su cabeza y por debajo
        de él,
Agudos chillidos y toscas risas,
¡Extraños lamentos de dolor!

Resuenan fuera de él, y dentro de él,
Vibran a lo largo de sus bigotes y de su barba,
Sacudiéndole como si fuera un tentetieso,
Con burlas jamás imaginadas.
«¡Venganza! —gritan— ¡contra nuestro enemigüelo!
¡Que el hombrecillo gima por nuestros males!
¡Empapémosle, de cabezuela a piecezuelos
Con canciones de cuna!»

Tendrá que meditar acerca del «hey! Diddle! Diddle!»,
Acerca de la vaca que saltó por encima de la luna;
Delirará con el gato y el violín,
Y el plato que se fugó con la cuchara;
Y su alma se enternecerá con la araña,
Que cuando Miss Muffet estaba bebiendo a sorbitos su
      suero,
Se sentó tiernamente a su lado,
¡Y le hizo salir corriendo asustada!

La música de la locura del verano
Le aguijoneará con mil picaduras,
Hasta que en un éxtasis de traviesa tristeza,
Gemirá con oscuro deleite.
Éste le cubrirá como las neblinas de la mañana,
Con perogrulladas blandas y empalagosas,
Como puede ser el recubrir de inmortales adornos,
¡La canción del camarón!

Cuando el negro destino del patuelo esté decidido,
En un momento le arrastraremos hasta su casa,
y el banquete, tan fácilmente conseguido,
Se convertirá en capullos de rosa y arroz.
En una explosión de pragmática creatividad,
Él luchará con el destino, y triunfará.
Pero no tiene ni un amigo digno de mención
¡De modo que pegadle de nuevo!

¡Le ha pegado un tiro, menudo encanto!
Y las voces han abandonado a su presa.
No se oye ni un atisbo de burlas o gruñidos,
Mientras lo lleva a casa para su mujer.
Después, masticando alegremente el buñuelo
Que su esposa tan hábilmente le había preparado,
Vuelve a toda prisa al arroyuelo
¡Para ir a buscar al macho!

—Se ha dormido —dijo Silvia, remetiendo cuidadosamente el borde de una hoja de violeta que había extendido sobre él, a modo de manta–. ¡Buenas noches!

—Buenas noches —contesté.

—¡Bien puede usted decir: «Buenas noches»! —dijo riendo Lady Muriel, levantándose y cerrando el piano mientras hablaba–. ¡Cuando ha estado usted cab…cab… cabeceando todo el rato que he estado cantando en su honor! ¿De qué se trata? —me preguntó imperiosamente.

—¿Algo acerca de un pato? —aventuré–. Bueno, ¿acerca de un ave de algún tipo? —me corregí, advirtiendo al instante que al menos eso seguro que no era.

—*¡Algo acerca de un ave de algún tipo!* —repitió Lady Muriel, con todo el hiriente sarcasmo que su dulce voz era capaz de expresar–. ¡De modo que ésa es forma de hablar del Sky-Lark de Shelley!, ¿no? Cuando el poeta subraya precisamente: *«¡Te saludo, alegre espíritu! ¡Jamás fuiste un pájaro!»*.

Nos precedió hasta el cuarto de los fumadores, donde, contra todas las costumbres sociales y todos los instintos de la caballerosidad, los tres reyes de la creación reposaban tranquilamente en mecedoras bajas y permitían que la única dama presente se deslizara graciosamente entre nosotros, atendiendo a nuestros caprichos en forma de bebidas refrescantes, cigarrillos y fuego. No, fue sólo *uno* de los tres el que tuvo la caballerosidad de ir más allá del tan manido «gracias», citando la exquisita descripción del poeta, de cómo Geraint, al ser atendido por Enide, se sintió impulsado a «Inclinarme y besar el suave y pequeño pulgar / Que cruzaba el plato cuando ella lo colocaba ante mí» y a unir la acción a la palabra, una audaz libertad por la que, debo reconocerlo, *no* fue reprendido como le hubiera correspondido.

Ya que a nadie le venía a la cabeza ningún tema de conversación, y puesto que los cuatro estábamos en magníficas relaciones los unos con los otros (las únicas relaciones, opino, sobre las cuales se puede mantener cualquier tipo de amistad que merezca el nombre de *Íntima*), relaciones que suponían el no tener necesidad alguna de hablar por hablar, nos mantuvimos en silencio durante un buen rato.

Finalmente, rompí el silencio preguntando:

—¿Hay alguna noticia acerca de la fiebre de la bahía?

—Nada desde esta mañana —respondió el Conde, con gesto de gravedad–. Pero éstas fueron bastante alarmantes. La fiebre se extiende a gran velocidad; el médico de Londres se ha asustado y ha abandonado el lugar, y el único disponible que queda ni siquiera es médico en realidad, es un farmacéutico, y médico, y dentista, y no sé cuántas cosas más en una sola persona. El futuro se presenta negro para esos pobres pescadores… y peor todavía para las mujeres y los niños.

—¿Cuántos hay en total? —preguntó Arthur.

—Hace una semana había casi un centenar —dijo el Conde—, pero desde entonces ha habido veinte o treinta muertos.

—¿Y cómo andan de servicios religiosos?

—Hay tres hombres de coraje con ellos —contestó el Conde, con una voz temblorosa por la emoción—. ¡Unos héroes tan valerosos como cualquiera que jamás haya ganado la Cruz Victoria! Estoy convencido de que ninguno de los tres abandonará jamás el lugar por salvar su vida. Está el cura; su mujer está con él. No tienen hijos. Después está el sacerdote católico romano. Y también está el pastor wesleyano. Se dedican fundamentalmente a sus propios fieles, pero tengo entendido que a los que están muriendo les gusta tener a *cualquiera* de los tres. ¡Qué pequeñas parecen las barreras que separan a los cristianos de los cristianos, cuando tiene uno que enfrentarse a los grandes hechos de la vida y a la realidad de la muerte!

—Así tiene que ser y así es como debe ser… —empezó a decir Arthur, cuando sonó la campanilla de la puerta principal, súbita y violentamente. Oímos abrirse apresuradamente la puerta principal del cuarto para fumadores, y apareció el viejo encargado de la casa con aspecto de estar un poco asustado.

—Milord, hay dos señores que desean hablar con el doctor Forester.

Arthur salió inmediatamente, y le oímos preguntar alegremente:

—¿Y bien, mis queridos amigos? —sin embargo, la respuesta fue menos audible; lo único que yo pude entender claramente fue: «Diez desde que amaneció, y dos más justo…».

—¿Pero no disponen ustedes de un doctor? —oímos decir a Arthur, y después una voz grave, que no habíamos escuchado anteriormente, replicó: «Ha muerto, señor. Hace tres horas».

Lady Muriel se estremeció y ocultó la cara entre sus manos, pero en ese momento la puerta delantera se cerró silenciosamente, y no pudimos oír nada más. Durante algunos minutos nos mantuvimos en silencio; entonces el Conde abandonó la habitación, y regresó poco después para decirnos que Arthur se había ido con los dos pescadores, dejando recado de que volvería al cabo de una hora más o menos.

Efectivamente, al final de ese intervalo —durante el cual se dijo muy poco, ya que ninguno de nosotros parecía tener humor para hablar—, la puerta delantera volvió a chirriar sobre sus oxidadas bisagras, y se oyeron pasos en el pasillo, que difí-

cilmente hubieran podido ser reconocidos como los de Arthur de tan lentos e inseguros que eran: como los de un ciego recorriendo su camino a tientas.

Cuando entró se detuvo ante Lady Muriel, apoyando pesadamente las manos sobre la mesa, y con una extraña mirada en sus ojos, como si estuviera andando dormido.

—Muriel… mi amor… —hizo una pausa, y sus labios temblaron, pero al cabo de un minuto continuó con más tranquilidad—. Muriel… cariño… ellos… me *necesitan*… en la bahía.

—¿*Tienes* que ir? —preguntó suplicante ella, levantándose y poniendo las manos sobre los hombros de él, y mirándole con sus grandes ojos llenos de lágrimas—. ¿Tienes que ir *tú*, Arthur? Puede significar... la muerte.

Él le devolvió la mirada sin vacilar.

—*De hecho*, significa la muerte —respondió en un áspero susurro—, pero... cariño... *me llaman*, e incluso mi propia vida... —se le quebró la voz y quedó en silencio.

Durante un minuto, ella no dijo nada, se quedó mirando al vacío con impotencia, como si incluso las emociones fueran inútiles en ese momento, mientras sus facciones temblaban debido al gran dolor que la embargaba. Entonces pareció tener una súbita inspiración, que iluminó su cara con una extraña y dulce sonrisa.

—¿*Tu* vida? —preguntó—. No puedes entregarla. ¡No es *tuya*!

Arthur había conseguido ya recobrarse, y pudo responder con firmeza:

—Muy cierto —dijo—. No es *mía*. ¡Es *tuya*, mi futura esposa! Y tú... ¿me prohíbes *tú* que vaya? ¿No me dejarás libre, querida?

Sujeta aún a él, recostó suavemente la cabeza sobre su pecho. Jamás había hecho una cosa así en mi presencia anteriormente, y por ello advertí cuán emocionada debía de estar.

—Te *dejaré* libre —respondió suave y calmadamente— de ir con Dios.

—Y con los pobres de Dios —susurró él.

—Y con los pobres de Dios —añadió ella—. ¿Cuándo ha de ser, mi dulce amor?

—Mañana por la mañana —replicó él—. Y todavía tengo mucho que hacer hasta entonces.

Nos contó cómo había pasado la hora que había estado ausente. Había visitado la vicaría y lo había dejado todo a punto para que la boda se celebrara a las ocho de la mañana siguiente (no existía ningún obstáculo legal, pues ya hacía algún tiempo que había obtenido una licencia especial) en una pequeña iglesia que todos conocíamos bien.

—Mi viejo amigo —dijo señalando en mi dirección— actuará como testigo; no creo que tenga inconveniente. Tu padre estará presente para entregarte a mí, y... y... ¿te importaría prescindir de las damas de honor, querida?

Ella asintió. Le faltaban las palabras.

—De este modo podré ir gustosamente a realizar la labor de Dios, sabiendo que somos *uno* y que estamos juntos en el *espíritu*, aunque no lo estemos físicamente , ¡y que estamos aún más juntos cuando rezamos! Nuestras *oraciones* ascenderán juntas...

—¡Sí, sí! —gimoteó Lady Muriel—. Pero no debes quedarte más tiempo, cariño mío. Vete a casa y descansa. Mañana necesitarás todas tus energías…

—Sí, me iré —dijo Arthur—. Llegaremos aquí a primera hora de la mañana. Buenas noches, querida.

Seguí su ejemplo y abandonamos la casa juntos. Mientras andábamos de regreso a nuestros alojamientos, Arthur suspiró profundamente un par de veces, y pareció estar a punto de hablar, pero no le encontró las palabras, hasta el momento en que entramos en la casa y encendimos las velas, al llegar a la puerta de nuestros dormitorios. Entonces dijo Arthur:

—¡Buenas noches, viejo amigo! ¡Que Dios te bendiga!

—¡Que Dios te bendiga! —respondí desde lo más profundo de mi corazón.

A las ocho de la mañana estábamos de nuevo en el recibidor, y nos encontramos a Lady Muriel y al Conde, junto con el viejo vicario, esperándonos. Fue un grupo extrañamente triste y silencioso el que recorrió el camino de ida y vuelta hasta la pequeña iglesia, y no pude evitar pensar que parecía más que asistiéramos a un funeral que a una boda: de hecho, para Lady Muriel *era* más parecido a un funeral que a una boda, hasta tal punto estaba afectada por el presentimiento (que nos confesó más tarde) de que su nuevo marido se dirigía hacia la muerte.

Después desayunamos, y al cabo de un tiempo que a todos nos pareció excesivamente corto, se presentó el vehículo que iba a llevar a Arthur, primero a su alojamiento a recoger lo que pensaba llevarse con él, y después hasta lo más cerca posible de la aldea. Uno o dos pescadores irían a recogerle a la carretera, para acarrear sus pertenencias el resto del trayecto.

—¿Seguro que llevas todo lo necesario? —preguntó Lady Muriel.

—Desde luego, por lo menos todo lo necesario como *médico*. Mis necesidades personales son escasas. Ni siquiera pienso llevar nada de mi propio vestuario. En mi alojamiento me espera un traje de pescador. Llevaré solamente mi reloj, algunos libros, y… espera… *hay* un libro que me gustaría añadir a mi lista, un Evangelio de bolsillo… para usar a la cabecera de los que estén enfermos o muriéndose…

—¡Llévate el mío! —exclamó Lady Muriel, y corrió escaleras arriba para traérselo—. Sólo lleva inscrito «Muriel» —dijo al regresar con él entre las manos—. ¿Quieres que escriba?

—No, querida —dijo Arthur, cogiéndoselo—. ¿Qué mejor que eso *podrías* escribir? ¿Acaso podría algún otro nombre señalarlo más claramente como de mi propiedad? ¿Acaso *tú* no eres mía? ¿Acaso no eres —dijo con su viejo tono juguetón, como diría Bruno— mi *muy mía*?

Nos dedicó una larga y cariñosa despedida al juez y a mí, y abandonó la habitación acompañado sólo por su esposa, que estaba aguantándolo todo con coraje, y que *exteriormente* al menos parecía menos afectada que su anciano padre. Esperamos dentro de la habitación durante un minuto o dos, hasta que el sonido de las ruedas nos anunció que Arthur partía, y aún entonces esperamos a que los pasos de Lady Muriel, subiendo a su cuarto, se perdieran en la distancia. Sus pasos, habitualmente tan ligeros y alegres, sonaban lentos y cansados, como los de una persona que sigue su camino bajo una enorme carga de tristeza y desesperanza, y yo me sentía tan desesperado y casi tan abatido como ella.

«¿Querrá el destino que volvamos a vernos *otra vez* nosotros cuatro en este mundo?», me pregunté a mí mismo, mientras andaba de regreso a mi casa. Y el sonido de una lejana campana pareció responderme: «¡No, no, no!».

Capítulo XVIII

Un recorte de periódico extracto del *Fayfield Chronicle*

Sin duda nuestros lectores habrán seguido con interés los reportajes que hemos ido publicando últimamente acerca de la terrible epidemia que, desde hace ya dos meses, ha venido afectando a la mayor parte de los habitantes del pequeño puerto pesquero situado junto al pueblo de Elveston. Los últimos supervivientes, tan sólo veintitrés en número, de entre una población que apenas hace tres meses superaba los ciento veinte habitantes, fueron trasladados el último miércoles, bajo la autoridad de la junta local, al hospital del condado, y el lugar es ciertamente una auténtica «ciudad de muertos», sin una sola voz que rompa su silencio.

El grupo de rescate lo formaban seis robustos personajes, pescadores de la vecindad, dirigidos por el médico residente del hospital, que se había trasladado hasta el lugar con tal propósito, a la cabeza de un convoy de ambulancias. Los seis hombres habían sido seleccionados (de entre un número mucho mayor que se había prestado voluntario para esta pacífica «empresa desesperada») por su fuerza y excelente estado de salud, pues la expedición se consideraba, incluso ahora que la enfermedad parece estar remitiendo, no exenta de peligro.

Se adoptaron todas las medidas de precaución que podía ofrecer la ciencia contra el peligro de contagio, y los pacientes fueron cuidadosamente transportados en camillas, uno por uno, colina arriba, e introducidos en ambulancias, provistas de una enfermera del hospital, que esperaban en la carretera. Las quince millas que dista el pueblo del hospital fueron recorridas a la velocidad de un hombre a pie, ya que algunos pacientes estaban en una situación excesivamente delicada para soportar las sacudidas del viaje, y éste duró toda una tarde.

Los veintitrés pacientes son nueve hombres, seis mujeres y ocho niños. No ha sido posible identificarlos a todos, pues algunos de los niños (que se han quedado sin ningún familiar) son aún bebés. Dos hombres y una mujer no son capaces de dar respuestas racionales, debido a que sus funciones mentales están completamente alteradas. Entre una gente en mejor situación económica se podría haber esperado que existieran nombres bordados en las ropas, pero en este caso no existe tal cosa.

Junto a los pobres pescadores y sus familias había tan sólo cinco personas desaparecidas. Se comprobó, más allá de toda duda, que esas cinco personas deben darse por muertas. Es un triste placer el registrar los nombres de estos verdaderos mártires (¡que, sin duda alguna, merecen entrar en la gloriosa lista de los héroes de Inglaterra!). Son los siguientes:

El reverendo James Burgess, M. A., y su esposa, Emma. Él era el párroco de la Bahía, no llegaba a los treinta años de edad y llevaba tan sólo dos años casado. Se encontró una nota escrita en su domicilio con la fecha de sus muertes.

Junto a ellos pondremos el honorable nombre del doctor Arthur Forester, quien, tras la muerte del médico local, se enfrentó noblemente al mortal peligro, en lugar de dejar a esta pobre gente sin asistencia en aquel último momento de sus vidas. No se halló ninguna nota escrita con su nombre, pero el cadáver fue fácilmente identificado, a pesar de estar vestido con un traje vulgar de pescador (que se sabía que había adoptado cuando fue a aquel lugar), por medio de una copia del Nuevo Testamento, regalo de su esposa, que se encontró junto a su corazón y sobre la que había cruzado sus manos. No se consideró prudente transportar el cadáver para enterrarlo en otro lugar, y consecuentemente fue inmediatamente enterrado, junto con otras cuatro personas encontradas en diferentes casas y con la debida reverencia. Su esposa, cuyo nombre de soltera era Lady Muriel Orme, se había casado con él la misma mañana en la que emprendió su sacrificada misión.

Seguidamente inscribimos al reverendo Walter Saunders, pastor wesleyano. Se cree que su muerte debió de tener lugar hace dos o tres semanas, pues se encontraron escritas en la pared de la habitación que se sabe que ocupaba las palabras MUERTO EL CINCO DE OCTUBRE. La casa estaba cerrada, y aparentemente no había entrado nadie desde hacía algún tiempo.

Finalmente —y sin que eso suponga situarlo detrás de los otros cuatro en cuanto a su sacrificio y devoción al deber— registramos el nombre del padre Francis, un joven cura jesuita, que llevaba tan sólo algunos meses en el lugar. No llevaba muchas horas muerto cuando el grupo de exploración encontró su cadáver, que fue identificado, más allá de toda duda, por su traje y por el crucifijo, que, como en el caso del Testamento del joven doctor, tenía firmemente apretado sobre el corazón.

Desde su llegada al hospital, dos hombres y un niño han muerto. Aún hay esperanzas para el resto, aunque hay dos o tres casos en los que la fuerza vital parece al límite, y sólo queda «esperar en contra de toda esperanza» que finalmente se produzca su recuperación.

Capítulo XIX

Un dúo de hadas

Ese año (¡tan repleto de emociones para mí!) llegaba a su término, y aquel corto y ventoso día apenas daba luz suficiente para reconocer los viejos objetos cotidianos, tan impregnados de gratos recuerdos, mientras el tren tomaba la última curva, entrando en la estación, y el grito de «¡Elveston! ¡Elveston!» resonaba por todo el andén.

Era triste regresar a aquel lugar y sentir que jamás volvería a ver la alegre sonrisa de bienvenida que hacía tan pocos meses me había acogido en aquel mismo lugar. «Y aun así, si le encontrara aquí —murmuré, mientras seguía al mozo de cuerda que llevaba mi equipaje, sintiéndome muy solo— y él me extendiera súbitamente la mano, y me preguntara mil cosas acerca del hogar, a mí no, no, no me parecería extraño.»

Después de dar las instrucciones necesarias para que mi equipaje fuera trasladado a mi antiguo alojamiento, caminé solo para hacer una visita, antes de aposentarme definitvamente, a mis queridos amigos (pues así era cómo les consideraba, aunque hiciera tan sólo seis meses que les conocía) el Conde y su hija, recientemente enviudada.

El camino más corto, como muy bien recordaba, consistía en atravesar el patio de la iglesia. Empujé el pequeño portillo y pasé lentamente por entre las solemnes lápidas silenciosas de los difuntos, pensando en los muchos que, a lo largo del último año, habían dejado de estar entre nosotros para ir a «formar parte de la gran mayoría». Unos pocos pasos pusieron ante mi vista el objeto de mi búsqueda. Lady Muriel, vestida de riguroso luto, con la cara oculta por un largo velo de crespón, estaba arrodillada ante una pequeña cruz de mármol, alrededor de la cual colocaba una corona de flores. La cruz estaba situada sobre una porción de terreno lisa, sin ningún montículo de tierra que rompiera su uniformidad, y advertí que no era más que una cruz *in memoriam* de uno, cuyos restos reposaban en algún otro lugar, incluso antes de leer la sencilla inscripción:

En Memoria de
Arthur Forester, M. D.
cuyos restos reposan junto al mar,
cuyo espíritu ha vuelto a su Creador.
ningún hombre ha podido dar más amor
que el hombre que ha dado la vida por sus amigos.

Al ver que me acercaba, ella levantó su velo y se adelantó para saludarme con una apacible sonrisa y con mucho más control de sí misma del que yo hubiese esperado.

—¡Me recuerdas los viejos tiempos! —exclamó con voz de genuino placer—. ¿Has visto ya a mi padre?

—No —le respondí—. Me dirigía a hacerlo y entré por aquí porque consideré que éste era el camino más corto. Espero que se encuentre bien. ¿Y tú, cómo te encuentras? ¿Estás ya mejor?

—No mucho, me temo. Pero no me encuentro peor, lo que siempre es un cierto alivio. Sentémonos aquí y hablemos tranquilamente un rato —propuso luego.

Su calma, que casi parecía indiferencia, me cogió de sorpresa. Difícilmente podía yo imaginarme el intensísimo control que estaba ejerciendo sobre sí misma.

—Este lugar es tan tranquilo —continuó diciendo—. Vengo aquí todos los días.

—Sí, es un lugar muy apacible —asentí.

—¿Recibiste mi carta?

—Sí, pero retrasé mi respuesta. Es tan difícil de explicar... por *escrito*...

—Lo sé. Fue muy delicado por tu parte. Estabas con nosotros cuando le vimos por última... —hizo una pausa y siguió hablando más deprisa—. Fui hasta la bahía varias veces, pero nadie sabe en cuál de aquellas enormes tumbas reposa su cuerpo. No obstante, me enseñaron la casa donde murió: eso me sirvió de algún consuelo. Estuve en la misma habitación en la que... en la que... —intentó en vano continuar. La copa se había colmado, y su explosión de dolor fue la más terrible que

yo haya presenciado nunca. Ignorando por completo mi presencia, se dejó caer sobre la hierba, hundiendo en ella su cara, con los brazos rodeando la pequeña cruz de mármol–. ¡Oh, mi amor! ¡Mi amor! –sollozaba–. ¡Y pensar que Dios tenía prevista para ti una vida tan hermosa!

Me sorprendió oír, repetidas en labios de Lady Muriel, las palabras que el niño al que había visto llorar amargamente dijo ante el cadáver de una liebre. ¿Acaso alguna misteriosa influencia habría pasado de aquel dulce espíritu de hada, antes de su regreso a la Tierra de las Hadas, hasta aquel espíritu humano que tanto le había querido? La idea parecía demasiado disparatada para ser cierta. Pero, ¿acaso no hay «más cosas en el cielo y en la tierra de las que jamás soñara nuestra filosofía»?

—Dios *quería* que fuese hermosa —susurré—. ¿Y acaso no lo *fue*? ¡La voluntad de Dios siempre se cumple!

No me atreví a decir más; me levanté y la dejé a solas. En el portón de entrada a la casa del Conde me quedé esperando, observando la puesta del sol, que me trajo a la memoria cientos de recuerdos, algunos alegres, algunos tristes, hasta que Lady Muriel se reunió conmigo.

Ya estaba más tranquila.

—Pasa, por favor —me dijo—. Mi padre se alegrará de verte.

El anciano caballero se levantó de su silla con una sonrisa para darme la bienvenida, pero su autocontrol era mucho menos firme que el de su hija. Las lágrimas se deslizaron por sus mejillas en cuanto estrechó mis dos manos, apretándolas con calor.

Mi corazón estaba excesivamente embargado de emoción para que yo fuera capaz de hablar, y nos mantuvimos sentados en silencio durante un minuto o dos. Entonces, Lady Muriel tocó la campanilla para que nos trajeran el té.

—¡*Tú sueles tomar* el té de las cinco, no lo he olvidado! —me dijo con aquel tono dulce y juguetón que yo tan bien recordaba—, ¡aunque no *puedas* imponer tu malévola voluntad sobre la ley de gravedad para hacer que las tazas desciendan hasta el espacio infinito un poco más rápidamente que el té!

Este comentario fue el que marcó la pauta de nuestra conversación. Por un acuerdo tácito, en esta nuestra primera reunión después de su gran tragedia evitamos los temas dolorosos que ocupaban nuestros pensamientos, y charlamos como niños despreocupados que jamás hubieran conocido el dolor.

—¿No te has preguntado nunca —empezó Lady Muriel, a propósito de nada en particular— cuál es la *principal* ventaja de ser un hombre y no un perro?

—Pues no —dije—, pero supongo que ser un perro también tendrá sus ventajas.

—Por supuesto —replicó ella, con la fingida gravedad que tan bien le sentaba—. ¡Pero la mayor ventaja de ser un *hombre*, me parece a mí, consiste en tener bolsillos! Se me ocurrió esto (se *nos* ocurrió, debería decir, pues mi padre y yo regresábamos de dar un paseo) ayer mismo. Nos cruzamos con un perro que llevaba un hueso. ¿Para qué lo podría querer? No te sabría decir. Desde luego, no tenía nada de *carne*…

Me embargó la extraña sensación de que todo esto ya lo había oído antes, o al menos algo exactamente igual en alguna otra ocasión, y casi estaba esperando que dijera: «Quizá pensaba hacerse un abrigo para el invierno». No obstante, lo que dijo fue:

—Y mi padre intentó explicarlo haciendo un paupérrimo chiste acerca del *uso público*. Bien, pues el perro dejó el hueso en el suelo, *no* porque le disgustara el chiste, lo que hubiera demostrado que era un perro de buen gusto, sino sólo para dar descanso a sus mandíbulas. ¡Pobre animal! ¡Me *dio* tanta pena! ¿No querrías unirte a mi Asociación Caritativa para Suministrar Bolsillos a los Perros? ¿Qué te parecería llevar el bastón en la boca?

Eludiendo la difícil cuestión de la *raison d'être* de un bastón, en el caso de no tener *manos*, mencioné una curiosa anécdota, de la que había sido testigo en cierta ocasión, acerca de la inteligencia de un perro. Un caballero, acompañado de una señora y un niño, con un gran perro, estaban en el extremo de un *malecón* sobre el que yo estaba paseando. Con la intención, supongo, de entretener a su niño, el caballero puso su paraguas en el suelo junto con el parasol de la dama, y después acompañó al pequeño grupo al extremo opuesto del *malecón*, desde donde mandó al perro a recoger aquellos artículos abandonados. Yo estaba observándoles con cierta curiosidad. El perro vino corriendo hasta donde yo estaba, pero se encontró con una inesperada dificultad al recoger las cosas. Con el paraguas en la boca, ésta quedaba tan abierta que era incapaz de coger el parasol. Al cabo de dos o tres intentos fallidos, hizo una pausa para reconsiderar el problema.

Dejó entonces el paraguas en el suelo y cogió primero el parasol. Como, por supuesto, éste no le hacía abrir tanto la boca, pudo coger también el paraguas, y salió galopando triunfalmente. No cabía duda de que había desarrollado toda una línea de pensamiento lógico.

—Estoy completamente de acuerdo contigo —asintió Lady Muriel—, pero, ¿no es cierto que los autores canónicos condenan ese punto de vista, considerando que equivale a poner al hombre al mismo nivel que los animales inferiores? ¿No es cierto que ellos marcan una línea muy definida entre la razón y el instinto?

—Por supuesto, ése *era* el punto de vista ortodoxo hace una generación —convino el Conde—. La verdad de la religión parecía estar al borde de mantenerse o de caer junto con la afirmación de que el hombre todavía puede considerar como suyos ciertos monopolios, como, por ejemplo, la *utilización del lenguaje* que nos capacita para aprovechar el trabajo de muchos por medio de la «división del trabajo». Pero la creencia de que disfrutamos del monopolio de la *razón*, hace ya tiempo que ha caído. Y aun así, no se ha producido ninguna catástrofe. Como algún antiguo poeta dijo: «Dios permanece donde estaba».

—La mayor parte de los creyentes estarían de acuerdo *ahora* con el obispo Butler —intervine yo—, y no rechazarían una línea de razonamientos, incluso aunque les llevara a la conclusión de que los animales tienen algún tipo de *alma*, que sobrevive a su muerte.

—¡Cómo quisiera tener la seguridad de que *eso* es cierto! —exclamó Lady Muriel—. Aunque sólo fuera por el bien de los pobres caballos. A veces he pensado que si hubiera algo que pudiera ser capaz de hacerme dejar de creer en un Dios perfectamente justo sería el sufrimiento de los caballos, que no son culpables de nada, y que además no tienen ninguna compensación.

—Eso es sólo parte de la gran adivinanza —dijo el Conde—; por qué los seres inocentes *tienen* que sufrir. *Es* una verdadera prueba para la fe, pero no creo que sea una prueba *definitiva*.

—Los sufrimientos de los *caballos* son producidos fundamentalmente por la crueldad del *hombre* —dije yo—. De modo que *esto* es simplemente un ejemplo más de los muchos posibles acerca de cómo el pecado causa sufrimientos a los demás, aparte de al pecador. ¿No les parece más difícil explicar el caso de los sufrimientos que un animal produce a otro? Por ejemplo, un gato jugando con un ratón. Partiendo del supuesto de que no tienen ninguna responsabilidad *moral*, ¿no es acaso ése un misterio mayor que el de un hombre que monta un caballo hasta extenuarlo?

—Yo opino que sí lo *es* —dijo Lady Muriel, dirigiendo una muda súplica a su padre.

—¿Qué derecho tenemos a asumir semejante cosa? —se preguntó el Conde.

—*Muchos* de nuestros problemas religiosos no son más que deducciones hechas a partir de cosas que asumimos sin más. La mejor respuesta a la mayor de ellas es, en mi opinión, «fijaros, no sabemos nada». Hace un momento usted mencionó la «división del trabajo» —continué—. ¿No le parece que ésta llega a un maravilloso grado de perfección en un panal de abejas?

—Tan maravilloso, tan absolutamente sobrehumano… —empezó el Conde— y tan totalmente inconsecuente con la inteligencia que manifiestan en otros aspectos, que no tengo ninguna duda de que es *puramente* instinto, y *no*, como dicen algunos, un alto grado de raciocinio. Fíjese en la absoluta estupidez de la abeja cuando intenta encontrar salida a través de una ventana abierta. ¡No lo *intenta*, en ningún sentido razonable de la palabra: se limita a golpear una y otra vez contra el cristal! ¡Si un cachorro se comportara así le consideraríamos un *imbécil*, y sin embargo se nos pide que creamos que su nivel intelectual es superior al de sir Isaac Newton!

–¿Cree usted que el instinto *puro* no supone *raciocinio* alguno?

–No se trata de eso –respondió el Conde–. Yo mantengo que el trabajo realizado en un panal de abejas supone un raciocinio de *primera* magnitud. Pero ese raciocinio no es propio de la *abeja*. Es *Dios* quien ha creado toda esa organización, y se ha limitado a implantar en el cerebro de la abeja las *conclusiones* de su proceso de razonamiento.

–Pero ¿cómo es posible que sus mentes trabajen tan *coordinadas*? –pregunté.

–¿Con qué derecho pensamos que, de hecho, *tienen* mentes?

–¡Un inciso, un inciso! –exclamó Lady Muriel, con un tono triunfal, impropio de su amor filial–. Tú mismo has dicho hace un momento «la mente de las abejas».

–Pero *no* dije *«mentes»*, querida mía –contestó suavemente el Conde–. Creo que la solución más probable al misterio de las abejas tal vez sea que las abejas *tengan tan sólo una mente entre todas ellas.* Nosotros podemos ver a menudo cómo una sola mente da vida a una colección extraordinariamente compleja de extremidades y órganos, *cuando se unen.* ¿Cómo podemos afirmar que es necesario ese contacto material? ¿Acaso no es posible que sea suficiente el estar próximos? ¡Si así fuera, un enjambre de abejas no es más que un único animal, cuyas extremidades no están totalmente unidas!

–Una idea desconcertante –observé yo–, y que requiere al menos una noche de descanso para ser comprendida en toda su magnitud. Tanto la razón como el instinto me dicen que es hora de que regrese a casa. Así pues, ¡buenas noches!

–Te «guiaré» parte del camino –se ofreció Lady Muriel–. Hoy no he dado mi paseo habitual. Me sentará bien, y tengo cosas que decirte. ¿Te parece que vayamos por el bosque? Será más agradable que si vamos por los prados, aunque ya *esté* oscureciendo un poco.

Nos desviamos del camino para entrar bajo la sombra de unas ramas que se entrelazaban, formando una estructura arquitectónica de una simetría casi perfecta, agrupadas en preciosos arcos o formando, hasta más allá de donde llegaba la vista, inacabables naves y presbiterios, y más naves, como si de una catedral fantasma se tratara, hecha según las alucinaciones de un poeta bajo los efectos de la luna.

–Siempre que vengo a este bosque –empezó a decir ella, después de un rato de silencio (el silencio parecía ser lo más natural en aquella oscura soledad)–, empiezo a pensar en hadas. ¿Puedo preguntarte una cosa? –añadió como dudando–. ¿Tú crees en las hadas?

Mi primer impulso de contarle las experiencias que yo había tenido en ese mismo bosque fue tan intenso, que tuve que hacer un verdadero esfuerzo para retener las palabras que inmediatamente acudieron a mis labios.

—Si cuando dices «crees», te refieres a «¿crees en la *posibilidad* de su existencia»?, mi respuesta es «sí». En cuanto a si *existen de verdad*, por supuesto, necesitaría pruebas de ello.

—El otro día dijiste —continuó— que, en caso de existir pruebas fehacientes, aceptarías *cualquier cosa,* salvo que fuera una imposibilidad *a priori*. Y me parece recordar que mencionaste a los *fantasmas* como ejemplo de un fenómeno *demostrable*. ¿Crees que las hadas podrían ser un caso similar?

—Sí, así lo creo. —Una vez más, me costó un verdadero esfuerzo reprimir mi deseo de contarle más, pero aún no tenía la certeza de estar ante un oyente propicio.

—¿Y no tienes ninguna teoría sobre el lugar que ocuparían en la Creación? Por favor, cuéntame qué opinas de ello. ¿Tendrían ellos, por ejemplo (y en el supuesto de que existieran), algún tipo de responsabilidad moral? Quiero decir —y su tono ligero y despreocupado se convirtió en un tono de profunda seriedad— ¿serían capaces de *pecar*?

—Son capaces de razonar… quizás a un nivel inferior que el de los hombres y las mujeres. En mi opinión, nunca llegan a superar las facultades de un niño pequeño, y, desde luego, tienen un cierto sentido de la moral. Un ser semejante, sin *libre albedrío*, sería un absurdo. Así pues, me siento inducido a llegar a la conclusión de que *son* capaces de pecar.

—¿Crees en ellos? —dijo encantada, haciendo un movimiento repentino, como si hubiera estado a punto de dar una palmada—. Entonces, ¿tienes alguna razón para hacerlo?

Yo aún intentaba mantener oculta la revelación que estaba seguro de que era ya inminente.

—Creo que hay *vida* en todas partes, y no sólo *material*, no sólo la que es perceptible por nuestros sentidos, sino también una forma inmaterial e invisible. Nosotros creemos en la existencia de una esencia inmaterial en nosotros mismos, llamémosla «alma» o «espíritu», o como queramos. ¿Por qué no pueden existir entonces otras esencias del mismo tipo a nuestro alrededor, que no estén ligadas a un cuerpo visible y *material*? ¿No es cierto que Dios creó este enjambre de alegres insectos para que bailaran en un rayo de sol durante una hora de alegría, con el único propósito, al menos que nosotros podamos deducir, de aumentar el total de alegría inconsciente? ¿Dónde debemos pues trazar la línea de demarcación, y decir: «Ha hecho todo esto, pero nada más»?

—¡Sí, sí! —insistió ella, observándome con ojos brillantes—. Pero ésas son razones para no *negarlo*. Y parece tener más razones, además de éstas, ¿no es cierto?

—Bueno, sí —dije, sintiendo que ya podía contarlo todo sin problemas—. Y difícilmente podría encontrar un lugar más adecuado y un momento más oportuno para decirlo. ¡Yo les he *visto*, y en este mismo bosque!

Lady Muriel no hizo más preguntas. Silenciosamente, siguió caminando a mi lado, con la cabeza inclinada y las manos estrechamente entrelazadas. Tan sólo, de vez en cuando, se aceleraba su respiración al ir yo desgranando mi historia, como un niño que jadea de placer. Le conté lo que jamás había revelado a ninguna otra persona acerca de mi doble vida. Y más aún, de la doble vida de aquellos dos queridos niños (pues la *mía* podría no haber sido más que un efímero sueño).

Cuando le hablé de las cabriolas de Bruno, ella se rió alegremente; y cuando le hablé de la dulzura y de la bondad y del confiado cariño de Silvia, aspiró profundamente, como el que oye al fin las maravillosas noticias que su corazón ha deseado oír durante largo tiempo, y sus lágrimas de alegría corrían una tras otra por sus mejillas.

—Siempre deseé conocer a un ángel —susurró, en voz tan baja, que apenas la oí—. ¡Me alegro tanto de haber conocido a Silvia! Mi corazón se quedó prendado de ella en cuanto la vi… ¡Escucha! —se interrumpió de pronto—. ¡Esa que canta es Silvia ! ¡Estoy segura! ¿No reconoces su voz?

—He oído cantar a *Bruno* en más de una ocasión —dije—, pero nunca he oído cantar a Silvia.

—Yo sólo la he oído cantar *una* vez —dijo Lady Muriel—. El día que nos trajiste unas misteriosas flores. Los niños se habían ido corriendo al jardín, y cuando vi llegar a Eric por el mismo camino, me fui a la ventana para darle la bienvenida. Y en ese momento, Silvia estaba cantando, bajo los árboles, una canción que yo jamás había oído antes. La letra decía algo así como. «Creo que es el amor, siento que es el amor». Su voz sonaba distante, como en un sueño, pero era bella hasta el punto de desafiar toda posible descripción. Dulce como la primera risa de un niño, o como la primera visión de los blancos acantilados cuando uno regresa a *casa* tras años de trabajo agotador. Una voz que parecía llenarle a uno de paz y de pensamientos celestiales… ¡Escucha! —dijo, volviéndose a interrumpir en su excitación—. ¡Ésa *es* su voz, y ésa es la canción!

Yo no podía distinguir ni una palabra, pero tuve la onírica impresión de que había música en el ambiente, y parecía crecer a cada momento, como si se acercara a nosotros. Nos mantuvimos en silencio, y no tardaron en aparecer los dos niños viniendo hacia nosotros a través de un arco creado por las ramas de los árboles. Ambos tenían un brazo sobre el hombro del otro, y el sol poniente formaba un halo alrededor de sus cabezas, como el que aparece en las imágenes de los santos. Estaban mirando en nuestra dirección, pero evidentemente no nos habían visto, y pronto me di cuenta de que Lady Muriel había entrado en un estado que a *mí* me era muy familiar; es decir, que ambos éramos «*extraños*», y, en consecuencia, aunque nosotros podíamos ver a los niños con perfecta claridad, a *ellos* les resultábamos invisibles. La canción terminó en el momento en que les vimos, pero, para mi satisfacción, Bruno se apresuró a decir:

—¡Vamos, cantémosla de nuevo, Silvia! ¡Nos *ha* salido tan bien!

—Muy bien —respondió Silvia—, pero la empiezas tú, ¿de acuerdo?

Así que Bruno empezó a cantar, con aquella dulce y aguda vocecilla infantil que yo tan bien conocía:

> Dime, ¿cuál es el hechizo que, cuando sus crías pían,
> atrae al ave hasta su nido?
> ¿O despierta a la cansada madre, cuyo niño llora,
> para acogerle en sus brazos y arrullarlo hasta que se duerma?
> ¿Cuál es la magia que hechiza al alegre bebé que tiene en brazos,
> hasta que arrulla con la voz de una paloma?

A esto siguió la más extraña de todas aquellas experiencias, que señalaron para mí aquel maravilloso año, cuya historia estoy escribiendo. La experiencia de oír cantar a Silvia por *primera vez*. Su parte era muy corta, tan sólo unos versos, y los cantaba tímidamente y muy bajito, de forma que era casi inaudible, pero la *dulzura* de su voz era simplemente indescriptible; no he oído música sobre la tierra que se le pudiera comparar:

> Es un secreto, así que digámoslo en voz baja.
> Y el nombre de ese secreto es amor.

Su voz produjo en mí una repentina congoja, que parecía estar a punto de partirme el corazón. (Sólo en otra ocasión había sentido algo parecido, y aquella vez fue al *contemplar* lo que entonces encarnaba mi idea de la belleza absoluta… Fue en una exposición en Londres, donde, al abrirme camino por entre la multitud, me hallé de repente frente a un niño de belleza sobrehumana.) Después se me inundaron los ojos de ardientes lágrimas, como si fuera posible llorar desde lo más profundo del alma de puro placer. Y finalmente me embargó una sensación de temor reverencial que casi era pánico, una sensación como la que debió de sentir Moisés al oír las palabras: «Descalza tus pies de tus zapatos, porque el terreno que en este momento pisas es tierra sagrada». La imagen de los niños empezó a hacerse vaga e indeterminada, como si fueran refulgentes meteoritos. Mientras tanto, sus voces vibraban al unísono, con exquisita armonía, al cantar:

> Porque creo que es amor,
> Porque siento que es amor,
> ¡Porque estoy seguro de que no puede ser sino amor!

En este momento volví a verles claramente de nuevo. Bruno volvió a cantar solo:

> Dime, ¿de dónde procede la voz que, cuando truena la ira,
> Manda que cese la tempestad?
> ¿Que anima al alma humillada con un doloroso deseo,
> con la añoranza
> Del fraternal abrazo de paz?
> ¿De dónde procede la música que llena todo nuestro ser,
> que vibra a nuestro alrededor, por debajo y por encima?

Silvia cantó entonces con más ánimo: las palabras parecían arrastrarla, sacarla de sí misma:

> Es un secreto, nadie sabe cómo viene ni cómo se va:
> ¡Pero el nombre del secreto es amor!

Y el estribillo sonó fuerte y claro:

> Porque creo que es amor,
> Porque siento que es amor,
> ¡Porque estoy seguro de que no puede ser sino amor!

De nuevo oímos la delicada vocecilla de Bruno, cantando solo:

> Dime, ¿de quién es el arte que pinta la colina y el valle,
> Formando un cuadro tan agradable a la vista?
> ¿Quién espolvorea la verde campiña de sol y sombra
> Hasta que los corderillos saltan de alegría?

Y volvió a surgir aquella voz clara, cuya angelical dulzura me resultaba casi imposible de escuchar:

> Es un secreto preservado de los corazones crueles y fríos,
> Pero que cantan los ángeles celestiales,
> Con notas que vibran claras para aquellos que pueden oírlas
> ¡Y el nombre del secreto es amor!

Aquí Bruno se sumó una vez más, cantando:

> Porque creo que es amor,
> Porque siento que es amor,
> ¡Porque estoy seguro de que no puede ser sino amor!

—¡*Ha sido* bonito! —exclamó el pequeño cuando pasaban por delante nuestro, tan cerca, que nos retiramos un poco para dejarles pasar, y nos pareció que no teníamos más que extender una mano para poder tocarles; pero ni siquiera lo intentamos.

—¡No serviría de nada intentar detenerles! —expliqué, mientras desaparecían en las sombras—. ¡Ni siquiera podían *vernos*!

—No serviría de nada en absoluto —asintió con un suspiro Lady Muriel—. ¡Me hubiera *gustado* volverme a encontrar con ellos en forma material! Pero no sé por qué siento que *eso* jamás será posible. ¡Han desaparecido de *nuestras* vidas! —Volvió a suspirar, y ninguno de los dos dijo nada más hasta llegar a la carretera principal, en un punto cercano a mi alojamiento.

—Bien, aquí nos separamos —dijo—. Quiero estar de vuelta antes de que oscurezca, y tengo un amigo en una casa de campo al que quiero visitar antes. ¡Buenas noches, mi querido amigo! Espero verte pronto… ¡y a menudo! —añadió con un afecto caluroso, que me llegó directamente al corazón–. «¡Porque pocos son a los que consideramos queridos!»

—¡Buenas noches! —contesté yo—. Tennyson dijo eso acerca de un amigo que tenía más merecimientos que yo.

—¡Tennyson no sabía de qué hablaba! —contestó descaradamente, con un toque de su antigua alegría infantil, y seguimos cada uno nuestro camino.

Capítulo XX

Jamón y espinacas

El recibimiento que me dispensó mi patrona fue más cordial de lo normal, y, aunque con una extraña delicadeza se abstuvo de mencionar al amigo cuya compañía había hecho tanto por alegrar mi vida, yo me sentía seguro de que lo que le hacía estar tan particularmente pendiente de hacer todo lo posible por asegurar mi comodidad y por hacerme sentir como en casa era una bien intencionada compasión por mi soledad.

El atardecer me pareció largo y tedioso, y aun así permanecía levantado, observando cómo se apagaba el fuego, y dejando que mi imaginación transformara las rojas brasas en formas y caras pertenecientes a escenas largo tiempo ya pasadas. En cuanto aparecía la sonrisa pícara de Bruno, que brillaba por un instante y desaparecía, la sustituía las rosadas mejillas de Silvia. Y a continuación, la alegre y redonda cara del Profesor, sonriendo complacido.

—¡Bienvenidos, pequeños! —parecía decirles.

Después, la roja brasa, que en aquel momento encarnaba al querido y viejo Profesor, empezaba a oscurecerse, y con su menguante brillo, las palabras parecían desvanecerse en el silencio. Tomé el atizador y con un par de hábiles movimientos conseguí reavivar el mortecino fuego, mientras mi imaginación, que no se hacía rogar, volvió a cantarme las mágicas palabras que tanto me gustaba oír.

—¡Bienvenidos, pequeños! —repitió la alegre voz—. Les dije que ibais a venir. Vuestros cuartos están a punto. Y el Emperador y la Emperatriz… Bueno, ¡supongo que están más contentos que otra cosa! De hecho, Su Alteza la Emperatriz dijo: «Espero que lleguen a tiempo para el banquete». Lo dijo con esas mismas palabras, ¡puedo asegurarlo!

—¿Uggug asistirá al banquete? —preguntó Bruno, y los dos niños parecieron incómodos ante tan desagradable posibilidad.

—¡Por supuesto que sí! —se rió el Profesor—. Es su *cumpleaños*, ¿no lo sabíais? Se beberá a su salud, y todo ese tipo de cosas. ¿Qué sería del banquete sin *su* presencia?

—Algo mucho más agradable —replicó Bruno, pero lo dijo en voz *muy* baja, y sólo Silvia pudo oírle.

El Profesor volvió a reírse.

—¡Será un alegre banquete, ahora que habéis venido *vosotros*, mi pequeño hombrecito! ¡*Me* alegra tanto volver a veros!

—Me temo que hemos tardado mucho en volver —comentó educadamente Bruno.

—Bueno, sí, es cierto —asintió el Profesor—. Sin embargo, ahora que estáis aquí eso no tiene importancia. Será como un *pequeño* consuelo. —Y prosiguió enumerando los planes para el día—. Primero viene la conferencia —dijo—. En *eso ha insistido* mucho la Emperatriz. Dice que después del banquete la gente habrá comido tanto, que tendrán demasiado sueño como para asistir a ella, y tal vez esté en lo cierto. Sólo habrá un pequeño *aperitivo*, cuando empiece a llegar la gente. Es casi una sorpresa que le tenemos preparada a la Emperatriz, ¿sabes? Desde que está… bueno, desde que no es *tan* inteligente como antes, hemos descubierto que es importante prepararle pequeñas sorpresas. *Después* viene la conferencia…

—¿Cómo? ¿La conferencia que llevaba preparando… desde hace tanto tiempo? —preguntó Silvia.

—Sí, esa misma —admitió el Profesor—. *Me ha costado* un poco de tiempo concluirla. Tengo tantas otras ocupaciones. Por ejemplo, soy médico de la Corte. Tengo que mantener a todos los reales sirvientes con buena salud… ¡y eso me recuerda! —gritó tocando la campanilla nerviosamente—. ¡Hoy es el Día de la Medicina! Sólo damos la medicina una vez a la semana. Si la diéramos a diario, las botellas *pronto* estarían vacías.

—¿Y qué pasa si se ponen malos durante los *otros* días? —preguntó Silvia.

—¿Cómo? ¿Enfermos otro *día*? —se escandalizó el Profesor—. ¡Oh, eso no podría ser! ¡El sirviente que se pusiera malo en un día equivocado sería despedido *inmediatamente*! Ésta es la medicina de *hoy* —continuó, tomando una jarra grande de un estante—. Yo mismo la prepararé esta mañana a primera hora. Pruébala —ofreció a Bruno, alcanzándole la jarra—. ¡Mójate el dedo en ella y pruébala!

Bruno hizo lo que se le pedía, e hizo una mueca de repugnancia tan exagerada, que Silvia exclamó alarmada:

—¡Bruno, no hagas eso!

—¡Es muy extraordinariamente desagradable! —se quejó Bruno, cuando su rostro volvió a su expresión normal.

—¿Desagradable? —dijo el Profesor—. ¡*Por supuesto* que lo es! ¿Qué clase de Medicina sería, si no fuera *desagradable*?

—Agradable —replicó Bruno.

—Iba a decir… —el Profesor vaciló, atónito por la rapidez de la respuesta de Bruno— …¡que *eso* no podría ser! La medicina *tiene* que ser desagradable, ¿sabes? Sé buen chico y coge esta jarra y llévala a la sala de los sirvientes —le dijo al lacayo que vino en respuesta al toque de la campanilla—. Es su medicina para *hoy*.

—¿Cuál de ellos debe tomársela? —preguntó el lacayo, llevándose la jarra.

—¡Oh, todavía no he decidido *eso*! —exclamó el Profesor con viveza—. Dentro de un rato bajaré y ya veremos. ¡Dígales que no empiecen hasta que yo llegue! ¡Es realmente *maravilloso* —dijo, volviéndose a los niños— el éxito que he tenido curando enfermedades! Aquí tenéis algunos de mis informes —cogió del estante un montón de pequeños trozos de papel, sujetos en grupos de dos o tres—. Fijaros en este montón, por ejemplo. «Cocinero de segunda, número trece, recuperado de su fiebre común *(Febris Comunis)*.» Y ahora fijaos en este papelito que tiene sujeto: «Le di al Cocinero de segunda número trece una doble dosis de medicina». Es como para enorgullecerse, *¿no* es cierto?

—¿Pero qué le pasó *primero*? —preguntó Silvia, con cara de desconcierto.

El Profesor examinó cuidadosamente los papelitos.

—Acabo de darme cuenta de que no están *fechados* —dijo, con aire un tanto desanimado—, así que me temo que no puedo decírtelo. Pero pasaron *ambas* cosas: de *eso* no hay duda. La gran cosa es la *medicina*, ¿sabes? Las *enfermedades* son mucho menos importantes. Tú puedes conservar una *medicina* durante años y años, pero ¡nadie quiere conservar una *enfermedad*! Por cierto, venid a echar un vistazo al estrado. El Jardinero me pidió que lo visitara. Será mejor que vayamos antes de que oscurezca.

—¡Estaremos encantados de hacerlo! —exclamó Silvia—. Vamos, Bruno, ponte tu sombrero. ¡No hagas esperar al querido Profesor!

—¡No encuentro mi sombrero! —respondió tristemente el pequeño—. Estaba jugando con él y se ha escapado rodando.

—A lo mejor ha entrado por *ahí* —sugirió Silvia, señalando hacia un armario oscuro, cuya puerta estaba entreabierta. Bruno entró corriendo a mirar, y al cabo de un minuto salió de nuevo lentamente, con expresión muy seria, y cerró cuidadosamente la puerta del armario.

—No está ahí dentro —dijo con una solemnidad tan poco habitual en él, que despertó la curiosidad de Silvia.

—¿Qué *hay* ahí dentro, Bruno?

—Telas de araña… y dos arañas… —respondió pensativamente Bruno, contando con los dedos— …y la cubierta de un libro ilustrado… y una tortuga, y un platillo de nueces, y un anciano.

—¡Un anciano! —exclamó el Profesor, trotando a través del cuarto, muy excitado—. ¡Oh, cielos, debe de ser el Otro Profesor, que lleva tanto tiempo perdido!

Abrió de par en par la puerta del armario, y ahí estaba el Otro Profesor, sentado en una silla con un libro sobre sus rodillas, tomando una nuez del platillo, que había cogido de un estante, poniéndolo a su alcance. Se volvió a mirarnos, pero no dijo nada hasta que se hubo comido la nuez. Entonces hizo la vieja pregunta:

—¿Está ya listo el discurso?

—Empezará dentro de una hora —dijo el Profesor, eludiendo la pregunta—. Antes tenemos que sorprender a la Emperatriz. Después viene el banquete…

—¡El banquete! —gritó el Otro Profesor, levantándose de pronto y llenando al hacerlo el cuarto de una nube de polvo—. Será mejor que… me cepille un poco. ¡Hay que ver cómo me he puesto!

—¡*Sí* que necesita un buen cepillado! —exclamó el Profesor, con aire crítico—. Aquí está tu sombrero, pequeño hombre. Me lo había puesto yo por error. Había olvidado que ya llevaba *uno* puesto. Echemos un vistazo a la plataforma.

—Ahí está ese agradable viejo Jardinero, y aún sigue cantando —exclamó Bruno encantado— como cuando salimos al jardín. Seguro que ha estado cantando esa misma canción desde que nos marchamos.

—¡Por supuesto que sí! —replicó el Profesor—. No hubiera estado bien el dejarla.

—¿No estaría bien *qué*? —preguntó Bruno, pero el Profesor decidió que sería mejor no haber oído la pregunta.

—¿Qué está usted haciendo con ese erizo? —le gritó al Jardinero, al que encontraron en equilibrio sobre un solo pie, susurrando una melodía y haciendo rodar un erizo arriba y abajo con su otro pie.

—Bueno, quería averiguar qué comen los erizos: así que voy a quedarme con este erizo… para comprobar si le gustan las patatas…

—Sería mejor que se quedara con una patata —dijo el Profesor—, para ver si los erizos se la comen.

—¡Eso sería lo correcto, sin duda! —exclamó encantado el Jardinero—. ¿Vienen ustedes a ver el estrado?

—¡Eso es! —contestó alegremente el Profesor—. Y los niños han regresado, ¿ve?

El Jardinero les echó un vistazo con una sonrisa. Después les guió hasta el pabellón, y mientras andaba, iba canturreando:

> Volvió a mirar, y vio que era
> Una doble regla de tres:

«Y todo su misterio —dijo—
Está claro como el día para mí.»

—Lleva *meses* cantando esa canción —dijo el Profesor—. ¿No acaba todavía?

—Sólo falta una estrofa —contestó tristemente el Jardinero.

Y con las lágrimas deslizándose por sus mejillas, cantó la última estrofa:

> Creyó encontrar un argumento
> Que demostraba que él era el Papa:
> Volvió a mirar y descubrió que era
> Una pastilla de jabón de colores
> «¡Un hecho tan horroroso —dijo débilmente—
> Extingue toda esperanza!»

Ahogándose en sollozos, el Jardinero se adelantó apresuradamente unas cuantas yardas al resto del grupo, para ocultar su emoción.

—¿Vio *él* la pastilla de jabón de colores? —preguntó Silvia mientras le seguíamos.

—¡Oh, sí, por supuesto! —respondió el Profesor—. Esa canción cuenta su propia historia, ¿sabes?

Apreciaron las lágrimas de la siempre presente compasión de Bruno.

—¡Lamento que no sea el Papa! —se quejó—. ¿No te da a *ti* pena, Silvia?

—Bueno… no sé qué decirte —replicó Silvia, en tono extraordinariamente vago—. ¿Cree usted que le haría feliz? —le preguntó al Profesor.

—No haría nada feliz al *Papa* —dijo el Profesor—. ¿No os parece *precioso* el estrado? —preguntó cuando entramos en el pabellón.

—¡He puesto una viga debajo! —dijo el Jardinero, dándole unas afectuosas palmaditas mientras hablaba—. Y ahora es tan robusta, que podría bailar encima un elefante loco.

—¡*Muchísimas* gracias! —contestó con entusiasmo el Profesor—. No sé exactamente si será necesaria… pero es bueno saberlo…

Ayudó a los niños a subir al estrado.

—Como veis, aquí hay tres sillones, para el Emperador, la Emperatriz y el príncipe Uggug. ¡Pero faltan dos sillas más aquí! —dijo mirando al Jardinero—. ¡Una para Lady Silvia y otra para el pequeño animal!

—¿Podría yo ayudar en el discurso? —preguntó Bruno—. Puedo hacer algunos trucos de magia.

—Bueno, no es exactamente un discurso *mágico* —explicó el Profesor, disponiendo algunas máquinas de curioso aspecto sobre la mesa—. No obstante, ¿qué sabes hacer? ¿Has atravesado alguna vez una mesa, por ejemplo?

—¡Casi a diario! —respondió Bruno—. ¿No es *verdad*, Silvia?

El Profesor quedó evidentemente sorprendido, aunque intentó no demostrarlo.

—Esto habrá que estudiarlo —dijo para sí mismo, sacando un bloc—. En primer lugar... ¿qué tipo de mesa?

—¡Díselo! —susurró Bruno a Silvia, echando los brazos alrededor de su cuello.

—Díselo tú —dijo Silvia.

—No puedo —se disculpó Bruno—. Es una palabra *huesuda*.

—¡Tonterías! —se rió Silvia—. Sabes decirlo perfectamente si te lo propones. ¡Ánimo!

—Tabla... —empezó Bruno—, ésa es una parte.

—¿*Qué* dice? —gimió desconcertado el Profesor.

—Quiere decir la tabla de multiplicar —explicó Silvia.

El Profesor pareció molesto, y volvió a cerrar su bloc.

—¡Oh, eso es otra cosa *muy* distinta! —dijo.

—Siempre son cosas muy distintas —replicó Bruno—, ¿*no es cierto*, Silvia?

Un fuerte sonido de trompetas interrumpió la conversación.

—¡Cielos, han *empezado* las atracciones! —exclamó el Profesor, llevando a los niños a toda prisa a la sala de recepciones—. ¡Se nos ha hecho muy tarde!

En un rincón del salón había una pequeña mesa, sobre la que había un pastel y vino, y allí encontramos al Emperador y a la Emperatriz esperándonos. El resto del salón había sido desprovisto de muebles para hacer sitio a los huéspedes. Me impresionó ver el gran cambio que unos pocos meses habían producido en los rostros de la imperial pareja. La expresión habitual del *Emperador* era ahora una mirada vacuna, mientras que sobre la cara de la *Emperatriz* aparecía de vez en cuando una sonrisa inexpresiva.

—¡Por fin habéis venido! —comentó enfurruñado el Emperador, cuando los niños y el Profesor ocuparon sus asientos. Era evidente que estaba de *muy* mal humor, y no tardamos en conocer los motivos. Consideraba que los preparativos para la fiesta imperial no estaban a la altura de su rango—. ¡Una mesa de vulgar caoba! —gruñó, señalando despreciativamente hacia ellos con el pulgar–. ¿Por qué no se mandó hacer de oro, por ejemplo?

–Eso hubiera llevado mucho tiempo… –empezó a decir el Profesor, pero el Emperador le interrumpió.

–¡Y el pastel! ¡De vulgares ciruelas! ¿Por qué no ha sido hecho con… con… –se interrumpió de nuevo–. ¡Y el vino! ¡No es más que un madeira viejo! ¿Por qué no han hecho traer…? ¡Y luego, esta silla! ¡Eso es lo peor de todo! ¿Por qué no es un trono? ¡Uno *podría* excusar las otras comisiones, pero no *puedo* soportar lo de la silla!

–¡Lo que *yo* no puedo soportar –intervino la Emperatriz, asintiendo ardientemente con la opinión de su furioso marido– es la *mesa*!

–¡Puf! –bufó el Emperador.

–¡Es lamentable! –respondió con cortesía el Profesor, en cuanto tuvo ocasión de hablar. Después de un momento de reflexión, reforzó su afirmación–: ¡*Todo* –dijo, dirigiéndose a la sociedad en general– es pero que *muy* lamentable!

Surgió un murmullo por todo el salón que decía:

–¡Eso, eso!

Hubo una pausa un tanto violenta; evidentemente el Profesor no sabía cómo empezar. La Emperatriz se inclinó hacia delante y le susurró:

–¡Cuente algún chiste, Profesor; ya sabe usted, para que la gente se sienta cómoda!

–¡Es cierto, es cierto, señora! –replicó humildemente el Profesor–. Este joven muchachito…

–¡*Por favor*, no haga chistes sobre mí! –exclamó Bruno.

–No lo haré –dijo el bondadoso Profesor–. No era más que una cosita acerca de la boya de un barco, una broma inocente… pero no tiene importancia.

Al llegar aquí se volvió hacia la multitud, y se dirigió a ella con voz potente:

–¡Aprenderos la A! –exclamó–. ¡La B! ¡La C! ¡Y la D! ¡*Entonces* os sentiréis cómodos!

Una estrepitosa carcajada surgió de la multitud, y después, gran cantidad de murmullos de confusión.

–¿*Qué* ha dicho?

–Creo que algo sobre las abejas…

La Emperatriz sonrió absurdamente y empezó a abanicarse. El pobre Profesor la miró con timidez. Evidentemente, había vuelto a llegar al tope de sus facultades, y esperaba recibir otra pista. La Emperatriz volvió a susurrarle.

—Un poco de espinacas, Profesor; ya sabe usted, a modo de sorpresa.

El Profesor hizo señas al Cocinero Jefe, y le dijo algo en un susurro. A continuación, el Cocinero Jefe abandonó el salón, seguido de todos los demás cocineros.

—Es difícil poner las cosas en marcha —le comentó el Profesor a Bruno—. Pero una vez que nos pongamos en camino, todo irá bien, ya lo verás.

—Si lo que pretenden es sorprender a la gente —dijo Bruno—, lo mejor que pueden hacer es meterles una rana viva en la espalda.

En ese momento entraron en fila todos los cocineros, con el Cocinero Jefe al final de la comitiva y acarreando algo, que los demás intentaban ocultar agitando banderas a su alrededor.

—¡Son sólo banderas, Su Alteza Imperial! ¡Sólo banderas! —repetía al colocarlo delante de ella. Cuando fueron apartadas todas las banderas, el Cocinero Jefe levantó la tapadera de un enorme plato.

—¿Qué es? —preguntó en un susurro la Emperatriz, poniéndose el anteojo—. ¡Oh! ¡Son *espinacas*!

—Su Alteza Imperial ha sido sorprendida —explicó el Profesor a los ayudantes; algunos de ellos aplaudieron. El Cocinero Jefe hizo una reverencia, dejando caer una cuchara sobre la mesa como por accidente, justo al alcance de la Emperatriz, y miró hacia otro lado simulando como que no la veía.

—¡Yo *estoy* sorprendida! —declaró la Emperatriz dirigiéndose a Bruno—. ¿Y tú?

—Ni una pizca —respondió Bruno—, yo le oí… —pero Silvia le tapó la boca con la mano y habló en su lugar.

—Me parece que está un poco cansado. Desea que empiece el discurso.

—Lo que deseo es la *cena* —la corrigió Bruno.

La Emperatriz tomó la cuchara con expresión ausente e intentó ponerla en equilibrio sobre el dorso de su mano, dejándola caer en el plato; y cuando la sacó estaba llena de espinacas.

—¡Qué curioso! —exclamó, llevándosela a la boca—. ¡Sabe igual que las espinacas de verdad! ¡Pensé que se trataba de una imitación! ¡Pero ahora me parece que son reales!

—No por mucho tiempo —dijo Bruno.

La Emperatriz había comido ya bastantes espinacas, y no sé cómo —no pude darme cuanta de cuál fue exactamente el procedimiento—, de pronto estábamos todos en el pabellón, y el Profesor se disponía a iniciar el tan largamente esperado discurso.

Capítulo XXI

El discurso del Profesor

—En la ciencia, como en la mayor parte de las cosas, al fin y al cabo, normalmente lo mejor es *empezar por el principio. También es cierto que, en algunas* otras es mejor empezar por el *otro* lado. Por ejemplo, si queremos pintar de verde a un perro, *tal vez* lo mejor sea empezar por la *cola*, ya que por *ese* lado no muerde. Y *así…*

—¿Puedo ayudarle *yo*? —le interrumpió Bruno.

—¿Ayudarme a *qué*? —preguntó el Profesor, alzando la vista por un momento, pero manteniendo el dedo sobre el libro del que estaba leyendo para no perder el hilo de su perorata.

—¡A pintar al perro! —gritó Bruno—. Usted puede empezar por la *boca*, y yo…

—¡No, no! —exclamó el Profesor—. Aún no hemos llegado a los experimentos. De modo que —dijo volviendo a su libro— les explicaré los axiomas de la ciencia. Después les mostraré algunos especímenes. Luego explicaré uno o dos procesos, y finalmente haré unos cuantos experimentos. *Un axioma*, como ustedes saben, es algo que se acepta sin discusión. Por ejemplo, si yo digo: «¡Aquí estamos!», eso sería aceptado, y por otra parte, es una frase expresión adecuada para *empezar* una conversación. De modo que sería un *axioma*. Y suponiendo que yo dijera: «¡Aquí no estamos!», *eso* sería…

—…¡una mentirijilla! —le interrumpió de nuevo Bruno.

—¡Oh, *Bruno*! —le censuró Silvia en un susurro—. Si el Profesor lo dice, sería un *axioma*.

—…Eso sería aceptado si la gente fuera bien educada —continuó el Profesor—, de modo que sería *otro* axioma.

—*Podría* ser un *axioma* —insistió Bruno—: pero no sería *verdad*.

423

—El desconocimiento de los *axiomas* —continuó el conferenciante— es un gran inconveniente en la vida. ¡Se pierde tanto tiempo teniendo que repetirlos una y otra vez! Por ejemplo, tomemos el axioma: «Nada es más grande que sí mismo»; es decir: «Nada puede contenerse a sí mismo». A menudo hemos oído decir: «Estaba tan excitado que era incapaz de contenerse». ¡*Por supuesto* que era incapaz! ¡La *excitación* no tenía nada que ver con eso!

—Oiga, mire usted —dijo el Emperador, que empezaba a mostrarse inquieto—. ¿Cuántos ejemplos de axiomas piensa mencionar? ¡A *este* paso, no vamos a llegar a los experimentos hasta la semana de mañana!

—¡Oh, no, mucho antes que *eso*, se lo aseguro! —explicó el Profesor, mirándole alarmado—. Sólo quedan... —consultó de nuevo sus notas— *dos* más, que son realmente *necesarios*.

—Léalos, y pasemos de una vez a los *especímenes* —gruñó el Emperador.

—El *primer* axioma —leyó el Profesor a toda prisa— consiste en estas palabras: «Todo lo que es, es». Y el segundo consiste en estas palabras: «Todo lo que no es, no es». Veamos los especímenes. La primera bandeja contiene cristales y otras cosas —la aproximó a él y volvió a consultar sus notas—. Algunas de las etiquetas... debido a una adherencia defectuosa... —aquí volvió a detenerse y examinó cuidadosamente la página con su anteojo—. No logro leer el final de la frase —dijo—, pero *quiero decir* que las etiquetas se han despegado y que las cosas se han entremezclado...

—¡Permita que yo las vuelva a pegar! —se ofreció Bruno, y empezó a lamerlas como si se tratara de sellos, y a pegarlas sobre los *cristales* y las demás cosas.

El Profesor se apresuró a poner la bandeja fuera de su alcance.

—*Podrías* pegarlas en los especímenes *equivocados* —dijo.

—No debería usted tener ningún especiementa *equivocado* en la bandeja —dijo atrevidamente Bruno—. *¿No es verdad*, Silvia?

Pero Silvia se limitó a mover la cabeza. El Profesor no le oyó. Había cogido una de las botellas y estaba leyendo cuidadosamente la etiqueta con ayuda de su anteojo.

—Nuestro primer espécimen... —anunció, mostrando la botella— es... es decir, se llama... —aquí volvió a examinar la etiqueta, como si pensara que podría haber cambiado desde la última vez que la miró—. Se llama agua pura, agua común, el líquido que regocija...

—¡Hip! ¡Hip! ¡Hip! —gritó el Cocinero Jefe.

–…¡Pero *no* embriaga! –concluyó rápidamente el Profesor, justo a tiempo de cortar el «¡hurra!» que parecía ya inminente.

–Nuestro segundo espécimen –continuó, abriendo cuidadosamente un frasco pequeño– es… –En ese momento abrió el frasco e inmediatamente salió corriendo un gran escarabajo, y con un zumbido de ira salió del pabellón–… es, o más bien, debería decir –dijo mirando con pesar el bote vacío–, era un curioso tipo de escarabajo azul. ¿Alguien se fijó, por casualidad en los tres puntos azules que tiene bajo cada ala?

Naturalmente, nadie se había fijado.

–¡Oh, qué vamos a hacer! –dijo el Profesor con un suspiro–. Es una pena. ¡A menos que se fije uno en ese tipo de cosas en el *momento* adecuado, es muy fácil no advertirlas! El *siguiente* espécimen, pueden estar seguros, ¡por lo menos no se irá volando! Es, en pequeño (o quizá sería mejor decir, en *largo*) un *elefante*, como podrán ustedes observar… –Aquí hizo señas al Jardinero para que subiera a la plataforma, y con su ayuda empezó a montar lo que parecía una enorme perrera, con unos cortos tubos saliendo de los costados.

–Hemos visto *elefantes* en otras ocasiones –se quejó el Emperador.

–Sí, ¡pero no a través de un *megaloscopio*! –replicó triunfante el Profesor–. Como ustedes bien saben, no se puede ver adecuadamente una *pulga* sin un cristal de *aumento* (lo que conocemos como *microscopio*). Pues bien, de igual modo, no se puede observar adecuadamente un *elefante* sin un cristal *minimizante*. En cada uno de estos pequeños tubos hay uno. ¡Y *esto* es un *megaloscopio*! El Jardinero traerá ahora el siguiente espécimen. Por favor, abran las *dos* cortinas que hay en aquel extremo y hagan pasar al elefante.

Se produjo un movimiento general hacia los costados del pabellón, y todos los ojos se volvieron hacia el extremo abierto, esperando ver al Jardinero, que había salido cantando: «¡Creyó ver a un elefante que tocaba un pífano!». Se produjo un breve silencio, y después se pudo oír de nuevo su ronca voz en la distancia:

–«Volvió a mirar.» Vamos, muévete. «Volvió a mirar y vio que era.» ¡Soo, atrás, atrás! Y vio que era una carta de su… ¡Hagan sitio! ¡Aquí llega!

Y entró andando, o anadeando (es difícil saber cuál sería la más correcta palabra, un Elefante, sobre las patas traseras, y tocando un enorme pífano, que sujetaba con sus patas delanteras.

El Profesor abrió una gran puerta que había en el extremo del megaloscopio, y el inmenso animal, a una indicación del Jardinero, dejó caer el pífano y entró obedientemente dentro de la máquina, y el Profesor cerró inmediatamente la puerta.

—¡Ahora el espécimen está listo para ser observado! —anunció—. Es exactamente del tamaño del ratón común. *¡Mus Communis!*

Se produjo una carrera alborotada hacia los tubos, y los espectadores observaban encantados cómo la minúscula criatura enrollaba juguetonamente su trompa alrededor del dedo extendido del Profesor, situándose finalmente en la palma de su mano, mientras él lo sacaba cuidadosamente para mostrárselo al grupo imperial.

—¿No les parece una *monada*? —dijo Bruno—. ¿Puedo acariciarlo, por favor? ¡Lo haré con mucha precaución!

La Emperatriz lo inspeccionó solemnemente con ayuda de su anteojo.

—Es muy pequeño —dijo finalmente—. Más pequeño de lo que suelen ser los elefantes, ¿no es cierto?

El Profesor dio un respingo de agradable sorpresa.

—¡Oh, es *verdad*! —murmuró para sí mismo. Después, en voz más alta, y volviéndose al público, anunció—: ¡Su Alteza Imperial ha hecho una observación de lo más sensata! —En respuesta, aquella enorme multitud gritó de júbilo.

—El siguiente espécimen —dijo el Profesor después de posar al pequeño elefante cuidadosamente sobre la bandeja— es una *pulga*, que procederemos a aumentar de tamaño para poder observarla. —Tomó un pastillero de la bandeja y avanzó hasta el megaloscopio, dio la vuelta a todos los tubos, y vació la caja de pastillas en un pequeño agujero que había en el costado—. En este momento tiene el tamaño del caballo común. *¡Equus Communis!*

Se produjo otra escandalosa carrera para mirar a través de los tubos, y el Pabellón se llenó de gritos de deleite que hicieron prácticamente inaudible la voz preocupada del Profesor.

—¡Mantengan la puerta del microscopio *cerrada*! —gritaba—. ¡Si se escapara esa criatura con el *tamaño* que tiene ahora, sería…!

Pero el mal ya estaba hecho. La puerta se había abierto, e inmediatamente el monstruo había salido y estaba pisoteando a los aterrorizados espectadores, que no paraban de gritar de pánico.

—¡Abran esas cortinas! —ordenó el Profesor sin perder los estribos.

Cuando lo hicieron, el monstruo encogió las patas y, con un tremendo salto, desapareció en el cielo.

—¿Dónde *está*? —preguntó el Emperador, frotándose los ojos.

    —Supongo que en la provincia vecina —replicó el Profesor. ¡Ese salto debe de haber sido, *por lo menos*, de cinco millas! Lo siguiente consiste en explicar uno o dos procesos. Pero, por lo que veo, ya casi no hay espacio para trabajar… El pequeño animal me estorba un tanto…

    —¿A quién se refiere? —le preguntó en voz baja Bruno a Silvia.

    —¡Se refiere a *ti*! —le contestó Silvia—. ¡Silencio!

    —Ten la amabilidad de moverte hasta *este* rincón —dijo el Profesor a Bruno. Bruno desplazó apresuradamente su silla en la dirección indicada.

    —¿Crees que me he movido con el suficiente enfado? —preguntó.

    Pero el Profesor estaba de nuevo absorto en su conferencia, que leía de su libreta de apuntes.

    —Ahora les explicaré el proceso de… Lamento decir que se ha corrido la tinta. Vendrá ilustrado por una serie de… de… —en este punto consultó sus notas duran-

427

te algún tiempo y finalmente dijo–: Parece ser que son «experimentos» o *«especímenes»*...

–Que sean *experimentos* –le atajó el Emperador–. Ya hemos visto suficientes *especímenes.*

–De acuerdo –asintió el Profesor–. Veamos, ahora, algunos experimentos.

–¿Puedo hacerlos *yo*? –preguntó Bruno.

–¡No, por Dios! –el Profesor pareció consternado–. ¡De veras que no sé qué podría pasar si lo hicieras *tú*!

–¡Tampoco nadie sabe qué pasará si los hace *usted*! –replicó Bruno con un tono impertinente.

–El primer experimento requiere una máquina que tiene dos botones, sólo *dos*; pueden ustedes contarlos si lo desean.

El Cocinero Jefe se adelantó, contó los botones y se retiró satisfecho.

–Ahora *podríamos* apretar los dos botones a la vez, pero no es ésa la forma de hacerla funcionar. O *podríamos* poner la máquina cabeza abajo, ¡pero tampoco *ésa* es la manera de hacerla funcionar!

–¿Cómo *hay* que hacerlo? –preguntó Bruno, que estaba escuchando con mucha atención.

–¡Ah, sí! –dijo con una voz que parecía anunciar el título de un capítulo–. ¡La forma de hacerlo! ¡Con permiso! –y colocó a Bruno sobre la mesa–. Divido el sujeto –comenzó– en tres partes...

–¡Creo que mejor me iré abajo! –susurró Bruno a Silvia–. ¡No parece que sea divertido que le dividan a uno!

–¡No tiene cuchillo, niño tonto! –susurró Silvia a modo de respuesta–. ¡Estate quieto! ¡Romperás los frascos!

–Lo primero que hay que hacer es coger los botones –dijo, poniéndolos en manos de Bruno–. Luego...

En ese momento hizo girar la manivela, y con un «¡oh!» estentóreo Bruno dejó caer ambos botones, y empezó a frotarse los codos. El Profesor lanzó una risita de satisfacción.

–Tuvo un efecto sensible. ¿*No es* así? –preguntó.

–¡No, no tuvo ningún efecto sensible! –replicó Bruno indignado–. Fue un efecto muy estúpido. ¡Me cosquilleó los codos, me golpeó la espalda y me hizo crujir el pelo, y además me hizo zumbar los huesos!

–¡Estoy segura de que *no*! –exclamó Silvia–. Te lo estás inventando.

—Qué sabrás tú. Tú no estabas aquí para verlo. Nadie puede meterse en mis huesos. No cabe.

—Nuestro segundo experimento —anunció el Profesor, mientras Bruno regresaba a su sitio sin dejar de frotarse los codos pensativamente— consiste en la producción de ese fenómeno tan raramente-visto-pero-muy-admirado, ¡la luz negra! Todos hemos visto luz blanca, luz roja, luz verde y así sucesivamente, ¡pero nunca, antes de este maravilloso día, ha sido vista la *luz negra* por más ojos que los míos! Esta bolsa —dijo, poniéndola cuidadosamente sobre la mesa y cubriéndola con un montón de mantas— está llena de ella. La cree del siguiente modo: cogí una vela encendida, la metí en un armario oscuro y cerré la puerta. Por supuesto, el armario se llenó de *luz amarilla*. A continuación cogí una botella de tinta negra y la vertí sobre la vela, ¡y pude observar que cada partícula de luz amarilla se volvía *negra*! Ése, sin duda, ha sido el momento más maravilloso de mi vida. Después llené una caja de ella. Y ahora, ¿a alguien le gustaría meterse debajo de las mantas para observarla?

Esta propuesta fue acogida con un denso silencio. Finalmente, Bruno se atrevió a decir:

—Yo me ofrezco a hacerlo si no vuelve a cosquillearme los codos.

Una vez satisfecho acerca de este punto, Bruno gateó debajo de las mantas, y al cabo de un minuto o dos, volvió a salir, muy acalorado y polvoriento, y con el pelo enormemente alborotado.

—¿Qué viste en la caja? —preguntó Silvia ávidamente.

—¡No vi *nada*! —replicó Bruno con tristeza—. ¡Estaba demasiado oscuro!

—¡Ha descrito exactamente el aspecto de la cosa! —exclamó el Profesor entusiasmado—. ¡A primera vista, la luz negra y nada son tan parecidos que no es de extrañar que no fuera capaz de distinguirlas! Pasemos ahora al tercer experimento.

El Profesor bajó del estrado y nos guió hasta donde había un poste enterrado firmemente en la tierra. Junto al poste había una cadena con un peso de hierro enganchado a su extremo, y del otro lado salía un diente de ballena, con un anillo en su extremo.

—¡Se trata de un experimento *extraordinariamente* interesante! —anunció el Profesor—. Debo advertirles que llevará algún *tiempo*, pero eso no tiene mayor importancia. Ahora observen. Si yo desenganchara este peso y lo dejara suelto, caería al suelo. Supongo que estarán de acuerdo en *eso*.

Nadie puso ninguna objeción.

—Y si yo doblara esta pieza de hueso de ballena en torno al poste, así, y pusiera el anillo sobre este gancho, así, se mantendrá doblada; pero si yo la desenganchara, se volvería a enderezar. ¿Están ustedes de acuerdo en *eso*?

De nuevo hubo unanimidad.

—Pues bien, supongamos ahora que dejamos las cosas tal como están durante un buen rato. La fuerza del *hueso de ballena* se agotaría, y permanecería doblada aunque la soltara. Entonces, ¿*por qué* no pasaría lo mismo con el *peso*? El *hueso de ballena* se acostumbra hasta tal punto a estar doblado, que ya no es capaz de volver a *enderezarse*. Y, ¿por qué no se acostumbra el *peso* a estar colgado y sigue *cayéndose*? ¡Eso es lo que *yo* quiero averiguar!

—¡Eso es lo que *nosotros* queremos averiguar! —repitió la multitud a coro.

—¿Cuánto tiempo tendremos que esperar? —refunfuñó el Emperador.

—Bueno, yo *creo* que con mil años será suficiente para *empezar* —dijo el Profesor tras consultar su reloj—. Entonces desengancharemos el peso cuidadosamente, y

430

si *sigue* mostrando (como puede ocurrir) una *cierta* tendencia a caer, lo colgaremos de nuevo durante *otros* mil años.

La Emperatriz tuvo entonces uno de esos relámpagos de sentido común que continuamente sorprendían a cuantos la rodeaban.

—Quizá, mientras, habrá tiempo de hacer otro experimento —sugirió.

—¡*Sin duda alguna* que lo habrá! —respondió encantado el Profesor—. ¡Volvamos al estrado y procedamos con el cuarto experimento! Para este experimento utilizaré un cierto alcali o ácido, no me acuerdo muy bien cuál es. Verán qué pasa cuando lo mezclo con algo... —en ese punto cogió una botella y la miró dubitativo—, cuando lo mezcle con... con algo...

—¿Cómo se *llama* la sustancia? —le interrumpió el Emperador.

—No recuerdo el *nombre* —respondió el Profesor—. Y la etiqueta se ha despegado.

Vació la botella rápidamente en el interior de la otra botella, y las dos botellas volaron en pedazos con una violenta explosión, tirando por los suelos todas las máquinas y llenando el pabellón de un humo negro y espeso. Me puse en pie presa del pánico, y me encontré en pie ante mi solitaria chimenea, en la que el atizador había volcado las tenazas y la pala, que a su vez habían derribado el cazo, llenando la habitación de vapor. Suspiré apesadumbrado y fui a acostarme.

Capítulo XXII

El banquete

«La pesadumbre puede durar toda una noche, pero por la mañana llega la alegría.» A la mañana siguiente yo era una persona nueva. Incluso el recuerdo de mi pedido amigo y compañero era soleado y alegre, como el clima que sonreía a mi alrededor. No quise molestar a Lady Muriel y a su padre visitándoles temprano, y di un paseo por el campo. Regresé hacia mi casa cuando los bajos rayos del sol me advirtieron que el día se acercaba a su fin. De regreso pasé ante la cabaña donde vivía el viejo cuya cara siempre me recordaba el día que vi por primera vez a Lady Muriel, y eché un vistazo al interior mientras pasaba, curioso por saber si todavía viviría allí. Sí, el viejo aún estaba allí. Estaba sentado en el porche, con el mismo aspecto que cuando le vi por primera vez en Fayfield Junction; ¡parecía que sólo hubieran pasado unos días!

—¡Buenas tardes! —le saludé, deteniéndome.

—¡Buenas tardes, caballero! —respondió con alegría—. ¿Quiere usted pasar?

Entré y me senté en el banco del porche.

—Me alegro de verle con tan buen aspecto —comenté—. La última vez pasaba por aquí en el momento en que Lady Muriel salía de la casa. ¿Sigue ella visitándole?

—Sí —contestó lentamente—. No se ha olvidado de mí. No suelo echar de menos su linda cara durante muchos días seguidos. Recuerdo muy bien el primer día que vino, después de que nos encontráramos en la estación de ferrocarril. Me dijo que había venido a disculparse. ¡Adorable criatura! ¡Imagínese! ¡A disculparse!

—¿A disculparse, por qué? —pregunté—. ¿Qué pudo haber hecho *ella* que mereciera tal cosa?

—Bueno, la cosa ocurrió de este modo, ¿comprende? Estábamos los dos esperando al tren en el cruce y yo estaba sentado en el banco. El Jefe de Estación vino y *él* hizo que me levantara para dejar sitio a la Señora, ¿comprende?

—Recuerdo todo eso —dije—, estaba allí ese día.

—¿Estaba usted? Bueno, pues me pidió perdón por aquello. ¡Imagínese! ¡Perdón a *mí*! ¡A un viejo bueno para nada como yo! ¡Oh! Desde entonces, ha venido a verme muchas veces. Ayer mismo estuvo aquí, sentada, como quien dice, donde está usted ahora, ¡y con un aspecto más dulce y más agradable que un ángel! Me dijo: «Ahora ya no tiene usted a su Minnie para cuidarle». Minnie era mi nieta, señor, y vivía conmigo. Murió hace un par de meses, o quizá fueran tres. Una buena chica; y bonita, también. ¡Oh, qué triste y solitaria es la vida sin su compañía!

Se cubrió la cara con las manos, y esperé en silencio a que se repusiera.

—Así que me dijo: «¡Hábleme acerca de su Minnie!», me dijo. «¿No le preparaba Minnie el té?», me dijo. «¡Ay!», dije yo. Y ella preparó té. «¿Y no le encendía Minnie la pipa?», dijo ella. «¡Ay!», dije yo, y me encendió la pipa. «¿Y no le traía Minnie el té al porche?» Y yo le dije: «Querida, estoy empezando a pensar que eres la mismísima Minnie». Y ella lloró un poco, ambos lloramos un poco…

De nuevo permanecí un rato en silencio.

—Mientras yo fumaba mi pipa, ella estuvo hablando conmigo, amable y encantadora. ¡Que el cielo me ampare si no estuve a punto de creer que Minnie había vuelto! Y cuando se levantó para marcharse, le dije: «¿No quiere usted darme la mano?». Y ella me respondió: «No». Me dijo: «¡No puedo *darle* a usted *la mano*!», gritó.

—Lamento que dijera *eso* —dije, pensando que era la única ocasión que había visto a Lady Muriel manifestar el orgullo de su rango.

—¡Pero no crea usted que era por *orgullo*! —dijo el viejo, adivinando mi pensamiento—. Ella me dijo: «¡*Su* Minnie nunca le daba *la mano*», me dijo. «Y ahora *yo soy* su Minnie», me dijo. Y me puso sus adorables brazos alrededor del cuello y me besó en las mejillas. ¡Que el Dios del cielo la bendiga! —El pobre viejo se vino abajo por completo y fue incapaz de decir nada más.

—¡Que Dios la bendiga! —repetí—. ¡Y que tenga usted buenas noches! —estreché su mano y seguí mi camino.

—Lady Muriel —me dije a mí mismo en voz baja mientras regresaba a casa—. ¡No cabe duda de que sabes cómo disculparte!

Sentado de nuevo ante mi solitaria chimenea, intenté recordar la extraña visión que había tenido la noche anterior, y conjurar entre las rojas brasas el rostro del que-

rido Profesor. «Esa negra que sólo tiene una pequeña punta roja le iría que ni pintada», pensé. Después de tal catástrofe estaría sin duda cubierta de manchas negras, y él diría: «El resultado de *esa* combinación, ¿lo han advertido ustedes? ¡Fue una *explosión*! ¿Quieren que repita el experimento?».

–¡No, no! ¡No se moleste! –fue el grito generalizado.

Todos salimos a toda prisa hacia el salón del banquete, donde el festín ya había empezado.

No se perdió ni un minuto en servir la comida, y con gran rapidez los invitados encontraron sus platos repletos de cosas sabrosas.

435

—Siempre he estado convencido —empezó a decir el Profesor— de que es una buena norma comer algo ocasionalmente. La gran ventaja de las fiestas con cena. —se interrumpió súbitamente—. ¡Oh, pero si está aquí el Otro Profesor! —exclamó—. ¡Y no queda ningún sitio libre!

El Otro Profesor entró leyendo un libro enorme, que mantenía a corta distancia de los ojos, por lo que, al cruzar el salón tropezó, salió disparado por los aires y cayó de narices en el centro de la mesa.

—¡Qué lástima! —exclamó el bondadoso Profesor, ayudándole a levantarse.

—No habría sido *yo mismo* si no hubiera tropezado —dijo el Otro Profesor.

El Profesor pareció escandalizado.

—¡Prácticamente, *cualquier cosa* habría sido mejor que *eso*! —exclamó—. No está nada bien —añadió en un aparte a Bruno— ser otra persona, ¿no crees?

—No tengo nada en mi plato —replicó Bruno.

El Profesor se puso las gafas, para comprobar que los *datos* eran correctos desde un principio; después volvió su alegre cara de pan hacia el desafortunado propietario del plato vacío:

—¿Qué más querrías tomar, mi pequeño amigo?

—Bueno —respondió Bruno con tono dubitativo—. Me gustaría tomar un poco de pastel de ciruelas, por favor… mientras me lo pienso.

—¡Oh, Bruno! —susurró Silvia—. Es de mala educación pedir de un plato antes de que llegue tu turno.

—Pero quizá —respondió Bruno también en un susurro— se me olvide pedirlo luego. *De hecho*, a veces se me olvidan cosas —añadió al ver que Silvia estaba a punto de susurrarle algo más. *Esto* fue algo que Silvia se sintió incapaz de contradecir.

Mientras, habían traído una silla para el Otro Profesor que situaron entre la Emperatriz y Silvia. Silvia se encontró con unos vecinos de mesa bastante poco interesantes; de hecho, fue incapaz de recordar si le había hecho más de *un* solo comentario durante todo el banquete, y el que le hizo fue: «¡Qué gran tranquilidad da un diccionario!». Luego le contaría a Bruno que le daba tanto miedo el viejo que no se atrevía a decir nada más que «sí, señor», a modo de respuesta, y a eso había reducido toda su conversación. Acerca de esto, Bruno expresó la opinión de que *aquello* no merecía el nombre de «conversación».

—¡Tendrías que haberle planteado una adivinanza! —añadió triunfalmente—. ¡*Yo* le planteé al Profesor *tres* adivinanzas! Una fue la que tú me contaste esta mañana: «¿Cuántos peniques hay en dos chelines?»; otra fue…

—¡Oh, Bruno! —le interrumpió Silvia—. No era una adivinanza.

—Sí lo era —replicó Bruno.

Para entonces un camarero había servido ya a Bruno un plato lleno de *algo* que le hizo olvidar el pastel de ciruelas.

—Otra de las ventajas de las fiestas con cena —explicó alegremente el Profesor, sin dirigirse a nadie en concreto— es que le ayudan a uno a *ver* a sus amigos. Siempre que uno quiera *ver* a una persona, lo mejor que puede hacer es ofrecerle una cena. La misma regla puede aplicarse a los ratones.

—Este gato es muy bueno con los ratones —dijo Bruno inclinándose para acariciar a un ejemplar notablemente robusto que acababa de entrar en la habitación y se estaba restregando afectuosamente contra la pata de su silla—. Por favor, Silvia, pon un poco de leche en tu plato. ¡El gatito está sediento!

—¿Por qué tiene que ser en *mi* plato? —se quejó Silvia—. ¡Tú también tienes uno!

—Sí, ya lo sé —dijo Bruno—, pero en el *mío* quería darle un poco *más* de leche.

Silvia pareció quedar poco convencida, pero aun así ella *jamás* se negaba a hacer lo que su hermano le pedía, de modo que llenó su plato de leche y se lo alcanzó a Bruno, que se bajó de la silla para ofrecérselo al Gato.

—Con tanta gente, el ambiente está muy caldeado —le dijo el Profesor a Silvia—. Me pregunto por qué no pondrán unos cuantos bloques de hielo en la parrilla. Si bien en invierno se llena de trozos de carbón y uno se sienta a su alrededor disfrutando del calor, ¡qué agradable sería llenarlo ahora de bloques de hielo para sentarse a su alrededor y disfrutar del frescor!

A pesar del calor, Silvia se estremeció un poco ante tal propuesta.

—*Afuera* hace mucho frío —dijo—. Hoy casi se me congelan los pies.

—¡Eso es culpa del *zapatero*! —replicó con una sonrisa el Profesor—. ¡No sé cuántas veces le he dicho que *debería* hacer botas con pequeños armazones de hierro debajo de las suelas para poner lámparas! Pero es incapaz de *pensar*. *Nadie* pasaría frío si se les ocurriera *pensar* en estos pequeños detalles. Yo, por ejemplo, siempre utilizo tinta caliente durante el invierno. Es *algo* que se le ha ocurrido a muy poca gente, y sin embargo no podría ser más sencillo.

—Sí, muy sencillo —dijo educadamente Silvia—. ¿Ha bebido ya bastante leche el Gato? —Esto iba dirigido a Bruno, que había recuperado el plato vacío sólo a medias, pero Bruno no oyó la pregunta.

—Alguien está rascando la puerta —dijo, y volvió a bajarse de la silla para dirigirse cuidadosamente a mirar a través de la mirilla.

—¿Quién era? —preguntó Silvia.

—Un ratón —respondió Bruno—. Echó un vistazo y vio al Gato. Dijo: «Ya vendré otro día». Y yo le dije: «No tienes de qué asustarte. Es un gato *muy* amable con los ratones». Pero él dijo: «Debo resolver unos asuntos muy importantes». Y añadió: «Volveré mañana». Y dijo: «Saluda al Gato de mi parte».

—¡Qué gato más gordo! —exclamó el Lord Canciller, inclinándose por delante del Profesor, para dirigirse a su pequeño vecino—. ¡Resulta asombroso!

—Ya era muy gordo cuando entró —dijo Bruno—, así que sería mucho más asombroso si en un minuto hubiera adelgazado.

—Supongo que por eso no le diste el resto de la leche —sugirió el Lord Canciller.

—No —dijo Bruno—. Recogí el plato porque parecía que no le gustaba.

—A *mí* no me lo parece —dijo el Lord Canciller—. ¿Qué te hizo pensar eso?

—Gruñía con la garganta.

—¡Oh, Bruno! —exclamó Silvia—. ¡Ronroneaba! ¡Es como expresan que están *contentos*!

Bruno no pareció muy convencido.

—No me parece una buena manera —objetó—. ¡A ti no se te ocurriría pensar que *yo* estaba contento si me pusiera a hacer ese ruido!

—¡Qué muchacho tan singular! —murmuró para sí el Lord Canciller. Pero Bruno le oyó.

—¿Qué significa «un muchacho *singular*»? —le susurró a Silvia.

—Quiere decir *un* solo muchacho —le susurró Silvia—, y *plural* quiere decir dos o tres.

—¡Pues me alegro mucho de *ser* un muchacho singular! —exclamó enfáticamente Bruno—. Sería *horrible* ser dos o tres muchachos. A lo mejor no querrían jugar conmigo.

—¿Por qué *habrían* de hacer tal cosa? —preguntó el Otro Profesor, saliendo súbitamente de una profunda ensoñación—. Podrían estar dormidos, ¿no?

—No podrían, si *yo* estuviera despierto —replicó astutamente Bruno.

—¡Oh, ya lo creo que podrían! —protestó el Otro Profesor—. Los niños nunca se acuestan todos al mismo tiempo, ¿sabes? Así que a estos muchachos… ¿Pero de quién hablamos?

—¡*Nunca* se acuerda de empezar por preguntar eso! —les dijo el Profesor a los niños en voz baja.

—¡Del resto de *mí*, por supuesto! —exclamó triunfalmente Bruno—. En el supuesto de que yo fuera dos o tres niños.

El Otro Profesor suspiró y pareció hundirse de nuevo en sus ensoñaciones; pero de pronto se le iluminó el rostro y se dirigió al Profesor:

—Hemos terminado, ¿verdad?

—Bueno, la cena no ha concluido —dijo el Profesor con una sonrisa de circunstancias—, y… hay que soportar este calor. Espero que le guste la cena tal como es, y que no le importe el calor, tal como no es.

La frase *sonaba* bien, pero por algún motivo yo no acababa de entenderla, y el Otro Profesor no parecía estar en mejores condiciones que yo.

—¿Tal como no es *qué*? —preguntó.

—No hace todo el calor que podría hacer —replicó el Profesor, agarrándose a la primera idea que le pasó por la mente.

—¡Ah, *ahora* entiendo lo que usted quiere decir! —comentó graciosamente el Otro Profesor—. Está bastante mal expresado, ¡pero *ahora* lo comprendo! Hace trece minutos y medio —continuó, mirando a Bruno y luego a su reloj— tú dijiste: «Este Gato es muy bueno con los ratoneses». Debe de ser un animal muy singular.

—Así *es* —dijo Bruno, después de observar un buen rato al Gato para ver cuántos era.

—Pero, ¿cómo puedes saber que es bueno con los ratoneses, o, mejor dicho, los *ratones*?

—Porque *juega* con los ratones —respondió Bruno—, para que éstos se diviertan, ¿sabes?

—Eso es precisamente lo que no sé —insistió el Otro Profesor—. Según tengo entendido, ¡juega con ellos para *matarlos*!

—¡Oh, eso no es más que un eventual *accidente*! —empezó a decir Bruno con tal ardor, que era evidente que aquélla era una dificultad que ya le había planteado al Gato—. Él me contó todo eso mientras se bebía la leche. Me dijo: «Enseño nuevos juegos a los ratones. A los ratones les encantan». Me dijo: «A veces ocurren pequeños accidentes, otras veces los ratones se matan ellos solos». Me dijo: «Siempre me da *mucha* pena que los ratones se maten». Me dijo…

—Si de veras le diera *tanta* pena —dijo Silvia un tanto desdeñosamente— no se *comería* a los ratones una vez muertos.

Evidentemente, Bruno ya había tenido en cuenta este escollo en la exhaustiva discusión sobre ética que acababa de mantener:

—Me dijo… —omitía siempre, como algo superfluo, sus intervenciones en la conversación, y se limitaba a ofrecernos las respuestas del Gato—. Me dijo: «Los ratones muertos *nunca* se resisten a ser comidos». Me dijo: «No tiene ningún sentido desperdiciar unos ratones tan buenos». Dijo: «"Voluntaria" nosequéotracosa». Me dijo: «Y puede llegar el momento en que tengas que decir: "¡Cómo me gustaría tener ahora a ese ratón que en su momento desdeñé!"». Dijo…

—¡No pudo tener *tiempo* para decir tantas cosas! —le interrumpió Silvia indignada.

—¡Tú no sabes cómo hablan los gatos! —le replicó despectivamente Bruno—. ¡Los gatos hablan *muy* deprisa!

Capítulo XXIII

EL CUENTO DEL CERDO

El apetito de los invitados parecía estar ya casi satisfecho, y Bruno tuvo la osadía de decir al Profesor, cuando éste le ofreció por cuarta vez una porción de pastel de ciruelas:

–¡Creo que con tres he tenido suficiente!

El Profesor dio un respingo, como si le hubiera dado un calambre.

–¡Caramba! ¡Casi olvido lo más importante de la velada! El Otro Profesor nos contará una historia de un cerdo, quiero decir, una cerdistoria –se corrigió a sí mismo–. Tiene dos versos de introducción al principio y al final.

–No puede tener versos de introducción al *final*. ¿O sí? –intervino Silvia.

–Espera a haberla oído –dijo el Profesor–; entonces lo entenderás. Dudo incluso de que no tenga también algo en el *medio*.

Aquí se puso en pie y de inmediato se hizo el silencio en todo el salón del banquete: evidentemente, esperaban el discurso.

–Damas y caballeros –empezó a decir el Profesor–, el Otro Profesor va a ser tan amable de recitarnos un poema. Su título es: «La historia de un cerdo». ¡Nunca antes había sido recitado! –Alborozo general entre los comensales–. ¡Nunca volverá a ser recitado!

Un auténtico frenesí de excitación y gritos de júbilo recorrió el salón. El Profesor trepó a la mesa para dirigir las aclamaciones, con sus lentes en una mano y con una cuchara en la otra.

El Otro Profesor se levantó y empezó a recitar:

> Pequeñas avecillas cenan
> bien y recelosas,

ocultas en una musgosa celda;
ocultas, digo, con camareros
deslumbrantes con sus polainas.
Tengo un cuento que contar.

Pequeñas avecillas dan de comer
a unos jueces mermelada,
rica en jamón a la parrilla;
rica, digo, en ostras
encantando sombreados claustros.
Eso es lo que soy.

Pequeñas avecillas enseñan
a sonreír a unas tigresas,
carentes de toda astucia;
a sonreír, digo, no a fingirlo
formando un semicírculo con la boca.
Ésa es la forma adecuada.

Pequeñas avecillas duermen
entre los alfileres,
donde el que pierde gana;
donde, digo, estornuda
siempre, como y cuando le apetece.
Y así empieza el cuento.

Había un Cerdo que se sentaba solitario
junto a una bomba estropeada;
día y noche gemía sus penas,
hubiera conmovido incluso a un corazón de piedra
de verle retorcerse las pezuñas y gemir,
porque era incapaz de saltar.

Un camello le oyó gritar,
un camello con una joroba.
«¡Oh!, ¿será acaso dolor? ¿O será la gota?
¿Qué son todos estos berridos?»
Y el Cerdo le respondió, con hocico tembloroso:
«¡Es porque no puedo saltar!»

El Camello le miró de arriba abajo, con ojos soñadores.
«Me parece que eres demasiado gordo.
Jamás conocí a un cerdo tan ancho,
que se balanceara de esa forma de lado a lado,
que pudiera, por mucho que lo intentara,
hacer nada menos que saltar.»

«Y aun así, fíjate en esos árboles, a dos millas de distancia,
todos arracimados en un macizo.
Si fueras capaz de ir trotando dos veces al día hasta allí,
sin detenerte nunca a descansar ni a jugar,
en un futuro lejano (¿quién sabe?)
Tal vez puedas saltar.»

Aquel Camello se fue, y le dejó allí,
junto a la bomba estropeada.
¡Oh, qué horrible era la desesperación del Cerdo!
Sus berridos de angustia inundaban el aire.
Se retorcía las pezuñas, se mesaba el pelo,
porque no podía saltar.

Una rana que pasaba por allí,
una forma reluciente y estilizada,
le inspeccionó con sus ojos de pescado,
y dijo: «¡Oh, Cerdo!, ¿qué te hace llorar de este modo?»
Y amarga fue la respuesta de aquel Cerdo:
«¡No puedo saltar!»

La Rana sonrió con una mueca de júbilo,
y se golpeó el pecho con profundo eco.
«¡Oh, Cerdo! —dijo—. Hazme caso,
y verás lo que has de ver.
En este mismo instante, y por una minúscula compensación,
te enseñaré a saltar.»

«Puedes encontrarte débil a causa de las muchas caídas,
y amoratado por tantos golpes;
pero si aun así perseveras,
empiezas practicando con algo pequeño,
concluyendo con una tapia de diez pies,
tarde o temprano verás que puedes saltar.»

El Cerdo levantó la mirada con un alegre respingo:
«¡Oh, Rana, eres una joya!
Tus palabras han curado las heridas de mi alma.
Vamos, fija tus honorarios y cumple con tu cometido;
reconforta un corazón destrozado,
enseñándome a saltar.»

«Mis honorarios serán una chuleta de carnero,
mi objetivo, esta bomba estropeada.
¡Observa con qué gracia
me planto encima de ella!
Ahora dobla tus rodillas y pega un saltito,
porque es así como se salta.»

El Cerdo se levantó y corrió a toda velocidad,
y chocó con la bomba estropeada;
cayó de costado como un saco vacío,
quedó tumbado patas arriba,
mientras que todos sus huesos hacían «crac» al unísono.
Fue un salto fatal.

Una vez recitado este verso, el Otro Profesor se fue hasta la chimenea y metió la cabeza por el tiro. Al hacerlo perdió el equilibrio, cayó de cabeza sobre la parrilla y se atascó tan firmemente en ella que tardó un buen rato en poder sacarla de nuevo.

—Pensé que querrías saber cuánta gente había en la chimanía —dijo Bruno.

Y Silvia dijo:

—*Chimenea,* no chimanía.

Y Bruno dijo:

—¡No digas sandeces!

Todo esto mientras el Otro Profesor estaba siendo liberado.

—¡Debe de haberse tiznado usted la cara! —exclamó solícita la Emperatriz—. ¿Me permite que pida un poco de jabón?

—No, se lo agradezco —dijo el Otro Profesor, sin atreverse a mirarla—. El negro es un color perfectamente respetable. Además, el jabón serviría de poco sin algo de agua…

Manteniéndose de espaldas a la concurrencia, siguió adelante con los versos introductorios:

Pequeñas avecillas escriben
Libros interesantes
Para que los lean los cocineros;
Leer, digo, no asar.
La letra de imprenta, cuando se tuesta
Pierde su buen color.

Pequeñas avecillas están tocando
La gaita en la playa,
Donde roncan los turistas:
«¡Gracias! –exclaman–. ¡Es emocionante!
¡Por favor, acepten este chelín!
¡Y déjenlo de una vez!»

Pequeñas avecillas están bañando
En nata a unos cocodrilos
Es como un sueño feliz;
Parecido, pero no tan duradero;
Los cocodrilos, en ayunas,
¡No son lo que parecen!

El Camello pasó, cuando ya oscurecía el día
Cerca de la bomba estropeada.
«¡Oh, roto corazón! ¡Oh, rotos miembros!
Hace falta —se dijo a sí mismo el Camello—
Algo más parecido a un hada, y más delgado,
¡Para poder llevar a cabo un salto!»

El Cerdo yacía inerte como una piedra,
No podía mover ya ni un dedo.
Tampoco, a decir verdad, volvió a gemir, al parecer,
Ni a retorcerse las pezuñas y a gemir,
Por no poder saltar.

La Rana no hizo ningún comentario, pues
Estaba más desolada que un vertedero.
Sabía que el resultado de aquello sería
Que jamás cobraría.
Y sigue allí sentada, sumida en su tristeza,
Sobre aquella bomba estropeada.

—¡Una historia muy triste! —exclamó Bruno—. Empieza con tristeza y termina con más tristeza aún. Creo que voy a llorar. Por favor, Silvia, préstame tu pañuelo.

—No lo tengo aquí —susurró Silvia.

—Entonces no lloraré —dijo Bruno haciendo gala de su temple.

—Todavía quedan más versos de introducción —anunció el Otro Profesor—. Pero tengo hambre.

Se sentó. Se cortó una buena porción de pastel, la puso en el plato de Bruno y se quedó mirando el suyo, vacío, con mirada atónita.

—¿De dónde has sacado ese pastel? —le preguntó Silvia a Bruno.

—Me lo ha dado él —respondió Bruno.

—¡No deberías pedir más cosas! ¡Sabes que tengo razón!

—Yo *no* lo pedí —protestó Bruno, tomando otro bocado—. Él me lo *dio*.

Silvia se quedó pensando en esto durante un momento, y finalmente vio la forma de salir del brete.

—Bueno, ¡pues pídele que te dé un poco para *mí*!

—¡Parece que disfrutáis con este pastel! —les interrumpió el Profesor.

—¿Quiere eso decir «masticar»? —le preguntó Bruno a Silvia en voz baja.

Silvia asintió con la mirada.

—Quiere decir «masticar» y «que nos *gusta* masticar».

Bruno dedicó su mejor sonrisa al Profesor.

—*Sí* que disfruto —respondió.

El Otro Profesor cogió al vuelo la última palabra.

—Y espero que estés *divirtiéndote*, mi joven amigo.

La cara de estupor de Bruno le hizo dar un pequeño respingo.

—No, ¡*por supuesto* que no! —exclamó.

El Otro Profesor pareció quedar totalmente desconcertado.

—¡Bueno, bueno! —dijo—. ¡Prueba un poco de vino de prímula! —y llenó un vaso que ofreció a Bruno—. Bébete esto, mi querido niño, ¡y serás otro hombre!

—¿Quién seré? —preguntó Bruno, a punto de dar el primer sorbo.

—¡No preguntes tanto! —le susurró Silvia, con la intención de ahorrarle al pobre anciano más sorpresas—. ¿Qué te parece si intentamos que el Profesor nos cuente una historia?

—¡*Por favor*, hágalo! —exclamó Bruno con entusiasmo—. ¡Algo acerca de tigres…, y de abejorros…, y de petirrojos, y todo eso!

—¿Por qué tienen que aparecer animales en todos los cuentos? —preguntó el Profesor—. ¿Por qué no sólo sucesos, o circunstancias?

—¡Oh, *por favor*, invénteme un cuento como ése! —insistió Bruno.

El Profesor no se hizo rogar.

—Érase una vez que una coincidencia paseaba con un pequeño accidente, y se encontraron con una explicación, una explicación *muy* anciana, tan vieja que estaba ya bastante encorvada, y más bien parecía un acertijo…

—¡Siga, *por favor*! —exclamaron dos niños al interrumpirse de pronto el relato.

—Me parece que he empezado un tipo de cuento muy difícil de inventar —confesó el Profesor—. ¿Por qué no nos cuenta Bruno uno primero?

Bruno estuvo encantado de aceptar la sugerencia.

—Érase una vez un Cerdo, un acordeón y dos frascos de mermelada de naranja…

—Ya tenemos los *dramatis personae* —murmuró el Profesor—. Muy bien, ¿y después?

—Después el Cerdo empezó a tocar el acordeón, y a uno de los frascos de mermelada de naranja no le gustaba la canción, y al otro frasco de mermelada de naranja sí le gustaba… ¡Me temo que voy a acabar confundiéndome con estos dos frascos de mermelada de naranja, Silvia! —susurró apurado a Silvia.

—¿Qué os parece si recito ahora los otros versos de introducción? —propuso el Otro Profesor.

Pequeñas avecillas ahogan
Con bollos a unos Baronets,
Que han aprendido a disparar con escopeta;
Que han aprendido, digo, a hacer astillas
A los salmones en invierno
Sólo por divertirse.

Pequeñas avecillas esconden
Crímenes en fundas para alfombra,
Con la ayuda de felices ciervos machos;
con la ayuda, digo, aunque a golpes,
pues nuestras amigas son devoradas
Cuando la memoria flaquea.

Pequeñas avecillas saborean
El oro y la gratitud,
Pálidas con el frío;
Pálidas, digo, y arrugadas
Cuando repican las campanas,
Y nuestro cuento llegue a su fin.

—Lo que tenemos que hacer ahora —comentó alegremente el Profesor al Lord Canciller, en cuanto se extinguieron los aplausos dedicados a la recitación del Cuento del Cerdo— es brindar por el Emperador.

—¡Por supuesto! —exclamó solemnemente el Lord Canciller, poniéndose en pie para dar las instrucciones precisas—. ¡Llenen sus copas! —ordenó con voz de trueno.

Todos le obedecieron.

—¡Brindemos por nuestro Emperador! —Se oyó un gorgoteo por todo el salón—. ¡Tres hurras por el Emperador!

Esta solicitud fue seguida por el sonido más tenue que imaginarse pueda, pero el Canciller, haciendo gala de una admirable presencia de ánimo, anunció enseguida:

—¡El Emperador nos dirigirá unas palabras!

Casi antes de que acabara de anunciarle, el Emperador empezó su discurso:

—Aunque no ambicioné nunca ser Emperador, todos vosotros deseáis que lo sea, sabéis lo mal que ha llevado las cosas el último alcaide…, él os perseguía con el mismo entusiasmo que vosotros habéis demostrado, os incordiaba con demasiados impuestos…; ya sabéis quién es el más adecuado para ser Emperador, pues mi hermano era un irresponsable…

No puede saberse cuánto tiempo podría haber durado este curioso discurso, pues en ese momento un violento huracán sacudió el palacio hasta sus mismos cimientos, abrió de golpe las ventanas, apagó algunas lámparas y llenó el aire de extrañas nubes de polvo que adoptaban formas parecidas a palabras.

Sin embargo, la tormenta se aplacó tan rápidamente como había surgido. Las batientes de las ventanas volvieron a cerrarse, el polvo se desvaneció; todo volvió a como había estado, salvo el Emperador y la Emperatriz. La mirada vacua, la sonrisa anodina, habían desaparecido de sus rostros; todos pudieron comprobar cómo dos seres extraños habían vuelto a ser lo que fueron.

El Emperador continuó con su discurso como si tal cosa:

—Tanto mi mujer como yo nos hemos comportado como un par de estúpidos bellacos. No merecemos otro nombre. Cuando mi hermano se marchó, perdisteis al mejor alcaide que jamás hayáis tenido. Y yo, por mi parte, he estado haciendo todo cuanto he podido para engañaros y conseguir que me nombrarais Emperador. ¡A mí! ¡Que no tengo ni el cerebro suficiente para ser limpiabotas!

—¡Estás loco…! —exclamó, nervioso, el Lord Canciller.

Ambos discursos se interrumpieron al sonar una llamada a la puerta principal.

—¿Qué es eso? —se preguntaron todos los presentes.

La concurrencia empezó a correr de un lado a otro. La excitación crecía por momentos. El Lord Canciller, olvidándose del protocolo, salió corriendo hacia el salón de abajo, y regresó al cabo de un minuto pálido y sin aliento.

Capítulo XXIV

El regreso del Pordiosero

—¡Sus Altezas Imperiales! —dijo cuando se repuso—. ¡Es otra vez el viejo Pordiosero! ¿Le soltamos los perros?

—¡Tráiganlo aquí! —ordenó el Emperador.

El Canciller no podía dar crédito a lo que oía.

—¿*Aquí*, Su Alteza?

—¡Tráiganlo aquí! —insistió el Emperador.

El Canciller recorrió de nuevo el salón, y al cabo de un minuto la multitud se apartaba para dejar paso al pobre viejo Pordiosero.

Su aspecto era lamentable: vestía unos harapos salpicados de barro, su pelo cano y su larga barba estaban revueltos enmarañados y en desorden. Y, aun asi, andaba muy erguido, con pasos orgullosos, como si estuviera habituado al mando, y además, lo que resultaba lo más sorprendente, Silvia y Bruno le acompañaban, cogidos uno de cada una de sus manos y mirándole con ojos de verdadero cariño.

Todos estaban pendientes de cómo recibiría el Emperador al osado intruso. ¿Le tiraría escaleras abajo? No, para su sorpresa, el Emperador se arrodilló ante el Pordiosero, y murmuró:

—¡Discúlpanos!

—¡Discúlpanos! —repitió la Emperatriz, arrodillándose junto a su esposo.

—¡Levantaros! —ordenó el desterrado—. ¡Yo os perdono!

Todos los invitados vieron con asombro el extraordinario cambio en aquel Pordiosero. Lo que hasta entonces habían parecido sucios harapos y salpicaduras de barro resultaron ser en realidad las vestiduras de un rey, bordadas en oro y con piedras preciosas. Todos hicieron una profunda reverencia cuando reconocieron al Hermano Mayor, el verdadero Guardián.

–¡Hermano mío! ¡Hermana mía! –empezó a decir el guardián, con una clara voz–. No he venido a perturbaros. Sigue al mando, como Emperador, y sé sensato en tu mandato. Porque yo he sido elegido Rey del País de los Elfos. Mañana regresaré allí, sin llevarme nada vuestro, excepto… excepto… –su voz tembló, y con un gesto de inefable ternura puso su dos manos, en silencio, sobre las cabezas de los dos pequeños.

Cuando se recuperó de la emoción, hizo señas al Emperador para que se volviera a sentar. El resto de los comensales también volvió a sentarse, haciendo un hueco para el Rey de los Elfos entre sus dos niños, y el Lord Canciller volvió a levantarse para proponer el siguiente brindis:

–Un brindis para el héroe del día… ¡Oh, si no está aquí! –se interrumpió aturdido.

¡Todos habían olvidado al Príncipe Uggug!

–Espero que se le haya anunciado el banquete –dijo el Emperador.

–¡Por supuesto! –replicó el canciller–. *Ése* es el deber del Bastón de Oro de Guardia.

–¡Que el Bastón de Oro se acerque! –ordenó gravemente el Emperador.

El Bastón de Oro se acercó.

–Yo atendía a Su Gordura Imperial –empezó a explicar el oficial–. Le comuniqué la celebración de la conferencia y el banquete…

–¿Y qué pasó? –preguntó el Emperador, pues aquel pobre parecía demasiado asustado para continuar.

–Su Gordura Imperial tuvo a bien ponerse obstinado. Su Gordura Imperial tuvo a bien darme un puñetazo en las orejas. Su Gordura Imperial tuvo a bien decir: «¡Y a mí que me importa!».

–«Qué me importa» acabó mal –le susurró Silvia a Bruno–. No estoy muy segura, pero me *parece* recordar que acabó sus días en la horca.

El Profesor les oyó.

–*Ese* resultado –dijo– no fue más que un caso de confusión de identidades.

Ambos niños parecieron no comprenderle.

–Sí. El caso es que «Qué-me-importa» y «Me-importa» eran gemelos. «Me-importa» mató al gato. Y cogieron a «Que-me-importa» por error y le colgaron a él en su lugar. Así que «Me-importa» todavía sigue vivo. Pero es muy desgraciado al recordar a su hermano.

–Gracias –dijo Silvia–. Es muy interesante. ¡Incluso me parece que eso lo explica *todo*!

—Bueno, no *todo*, en realidad —replicó modestamente el Profesor—. Existen un par de dificultades científicas...

—¿Qué impresión le causó a usted Su Gordura Imperial? —preguntaba mientras el Emperador al Bastón de Oro.

—Creo que Su Gordura Imperial estaba cada vez más...

—¿Más *qué*?

Todos los presentes contuvieron la respiración en espera de la respuesta.

—¡Más PICAJOSO!

—¡Hay que buscarlos *ahora mismo*! —exclamó el Emperador. Y el Bastón de Oro salió corriendo como una exhalación. El Rey de los Elfos parecía triste.

—¡Es inútil, es inútil! —murmuró para sí mismo—. ¡No tiene amor, no tiene amor!

Pálido, tembloroso, sin habla, el Bastón de Oro regresó con paso cansino.

—Y bien —dijo el Emperador—, ¿por qué no te acompaña el Príncipe?

—Es fácil de adivinar —dijo el Profesor— que Su Gordura Imperial debe de estar preocupado.

—¿Qué significa esa palabra? —le preguntó Bruno.

Pero el Profesor no le hizo ni caso, pues estaba escuchando atentamente la respuesta del Bastón de Oro.

—¡Por favor, Su Alteza! Su Gordura Imperial está… —fue incapaz de decir una palabra más.

La Emperatriz se levantó angustiada.

—¡Vamos con él! —gritó. Y todo el mundo salió corriendo hacia la puerta.

Bruno saltó de su silla.

—¿Podemos ir también nosotros? —preguntó animado.

Pero el Rey no oyó su pregunta, debido a que el Profesor le estaba hablando.

—¡*Preocupado*, Su Majestad! —le decía—. ¡Eso es lo que le pasa!

—¿Podríamos ir a verle? —insistió Bruno.

El Rey asintió con un gesto, y los niños salieron corriendo. No tardaron en regresar, andando despacio y con expresión de gravedad.

—Y bien —dijo el Rey—. ¿Qué le pasa al Príncipe?

—Está… como *usted* dijo —empezó Bruno mirando al Profesor—. Esa palabra rara —y miró a Silvia en busca de ayuda.

—Puercoespín —dijo Silvia.

—¡No, no! —le corrigió el Profesor—. *«Pre-ocu-pado»* es como se dice.

—No, es *puercoespín* —dijo Silvia—. No es esa otra palabra. Y, por favor, ¿le importaría acompañarnos? Está toda la casa patas arriba.

—¡Y será mejor que se traiga un cristal o una lente de patas arriba! —exclamó Bruno.

Nos levantamos a toda prisa, y seguimos a los niños escaleras arriba. Nadie se fijó en *mí*, pero esto no me sorprendió, pues hacía tiempo que me había dado cuenta de que era invisible para todos ellos, incluso para Silvia y Bruno. Por el pasillo que conducía a la habitación del Príncipe se movía arriba y abajo una excitada multitud, y la babel de voces que se alzaba era ensordecedora. Tres robustos hombres estaban apoyados contra la puerta del cuarto, intentando cerrarla, pero algún gran animal que había en el interior constantemente volvía a abrirla. Antes de que los hombres pudieran volverla a cerrar, me pareció ver la cabeza de una furiosa bestia salvaje de ojos grandes y fieros y rechinantes dientes. Su voz tenía algo del rugido de un león, de los mugidos de un toro, y de vez en cuando chillaba como lo haría un loro gigante.

—¡No identifico esa voz! —gritó el profesor muy excitado—. ¿Qué es? —preguntó a los hombres que empujaban la puerta.

—¡Puercoespín! —respondió un coro de voces—. ¡El Príncipe Uggug se ha convertido en un puercoespín!

—¡Un nuevo espécimen! —dijo complacido el Profesor—. Por favor, permítame entrar. ¡Ha de ser etiquetado inmediatamente!

Pero los fornidos hombres le impidieron el paso.

—¡Etiquetarlo, nada menos! ¿Pretende usted que le devore?

—¡Olvídese de los especímenes! —le censuró el Emperador abriéndose paso entre la multitud—. ¡Y explique cómo podemos retenerle!

—¡Necesitamos una jaula grande! —respondió el Profesor—. ¡Traigan una jaula grande —dijo a nadie en particular—, con fuertes barras de acero, y una portezuela que se deslice arriba y abajo, como las de las ratoneras!

No parecía probable que nadie pudiera disponer de tal cosa; no obstante, le trajeron una inmediatamente. Por extraño que pueda parecer, había una en la galería.

—¡Sitúelo ante la puerta y levanten la portezuela!

—¡Ahora las mantas! —gritó el Profesor, una vez obedecida su primera orden—. ¡Menudo experimento más interesante!

Por fortuna había un montón de mantas a mano, y en cuanto el Profesor dejó de hablar ya estaban todas desdobladas y dispuestas a modo de cortinas todo alrededor de la jaula. El Profesor las dispuso rápidamente en dos hileras, de modo que formaran un pasillo oscuro que condujera desde la puerta hasta la jaula.

—¡Abran la puerta! ¡Ahora!

Lo único que tuvieron que hacer en realidad los tres hombres fue dar un salto, e inmediatamente el temible monstruo abrió la puerta de golpe y, con un alarido parecido al silbido de una locomotora de vapor, se lanzó al interior de la jaula.

—¡Bajen la portezuela!

Todos volvieron a respirar tranquilamente cuando el puercoespín estuvo en el interior de la jaula. El Profesor se frotó las manos con entusiasmo.

—¡El Experimento ha sido un éxito! —proclamó—. Ahora, sólo es cuestión de darle de comer tres veces al día zanahorias ralladas y...

—Deje ahora el asunto de la comida —le interrumpió el Emperador—. Volvamos al banquete. Hermano, ¿quieres abrir tú la marcha?

Aquel hombre viejo, acompañado por sus niños, encabezó la procesión que se dirigió de nuevo al salón.

—¡Ved cuál es el destino de una vida sin amor! —señaló a Bruno, cuando volvieron a sus sitios.

—Yo siempre he amado a Silvia —respondió Bruno—, ¡así que yo nunca acabaré siendo tan picajoso!

—*Está* picajoso, ciertamente —dijo el Profesor, que había cogido al vuelo el final de la frase—, pero no olvidemos que, por muy puercoespinesco que esté, ¡sigue corriendo sangre real por sus venas! Cuando termine el banquete, le llevaré un pequeño obsequio al Príncipe Uggug… Sólo para consolarle, ¿comprendes? No puede ser nada agradable tener que vivir enjaulado.

—¿Qué le regalará por su cumpleaños? —preguntó Bruno.

—Un platito de zanahorias ralladas —replicó el Profesor—. En cuanto a regalos de cumpleaños, *mi* lema es ¡poco gasto! Calculo que debo de haber ahorrado unas cuarenta libras al año regalando… ¡ah!, ¡*qué* punzada!

—¿Qué le pasa? —preguntó preocupada Silvia.

—¡Mi viejo enemigo! —gimió el Profesor—. Lumbago, reumatismo, todo eso. Creo que me acostaré un momento. Y salió renqueando del salón.

—¡Se recuperará! —exclamó alegremente el Rey de los Elfos—. ¡Hermano! —dijo, volviéndose al Emperador—, hay algunos asuntos que me gustaría dejar resueltos esta noche. La Emperatriz puede ocuparse de los niños.

Los dos hermanos se marcharon cogidos del brazo.

Los niños le parecieron a la Emperatriz una compañía un poco triste. No parecían saber hablar más que de «el querido Profesor», y «qué pena que esté tan enfermo», hasta que finalmente ella se le ocurrió hacer una proposición afortunada:

—¡Vayamos a verle!

Los niños se cogieron ilusionados de las manos que ella les ofrecía, y nos fuimos al estudio del Profesor, donde le encontramos acostado en el sofá, cubierto con mantas y leyendo un pequeño manuscrito.

—¡Notas sobre el volumen tercero! —murmuró al vernos entrar. En una mesa junto a él, estaba el libro que buscaba la primera vez que le vi.

—¿Cómo se encuentra usted, Profesor? —preguntó la Emperatriz.

—¡Tan fiel a Su Alteza Imperial como siempre! —respondió con voz débil—. ¡Todo lo que siento, salvo el lumbago, es lealtad!

—Precioso sentimiento —observó la Emperatriz con lágrimas en los ojos—. Pocas veces se puede oír una cosa tan bonita como ésa, ¡ni siquiera el Día de los Enamorados!

—Le llevaremos de vacaciones a la costa —propuso Silvia tiernamente—. ¡Le sentaría a usted tan bien! ¡Y el mar es tan enorme!

—¡Una montaña es más enorme! —replicó Bruno.

—¿Enorme el mar? —dijo el Profesor—. ¡Podría meterse en una taza de té sin ningún esfuerzo!

—*Parte* de él —le corrigió Silvia—. Harían falta unas cuantas tazas para contenerlo *todo*.

—Y *entonces*, ¿dónde está lo enorme? —preguntó—. Mientras que una montaña… bueno, ¡en realidad se la podría llevar uno en una carretilla, sólo sería cuestión de años!

—No resultaría muy digno los trocitos metidos en la carretilla —admitió Silvia.

—Pero cuando los unieras… —empezó a decir Bruno.

—Cuando seáis mayores —le interrumpió el Profesor—, comprenderéis que no es tan fácil reconstruir una montaña. Se aprende al vivir, ¿sabéis?

—Tampoco sería preciso que fuera la *misma* montaña, ¿no? —adujo Bruno—. ¿No bastaría con que *yo* viviera y *Silvia* aprendiera?

—¡No *puedo* aprender si no estoy viva! —respondió Silvia.

—¡Pues yo *puedo* vivir sin aprender! —replicó Bruno—. Y si no, ¡probemos!

—A lo que me refería… —empezó a decir el Profesor, muy desconcertado— … era a… que tú no lo sabes *todo*.

—¡Pero *sí* sé todo lo que sé! —insistió el pequeño—. ¡Sé un montón de cosas! Todo, excepto lo que *no* sé. Y Silvia sabe el resto.

El Profesor suspiró, desesperado.

—¿Sabes qué es un Boojum?

—¡Yo lo sé! —gritó Bruno—. ¡Sirve para arrancar a la gente de sus botas!

—Se refiere a *Bootjack* —explicó Silvia en un susurro.

—No se puede arrancar a la gente de sus *botas* —dijo el Profesor.

—¡Claro que *sí*! —se mofó Bruno—. A no ser que estén *muy* apretadas.

—Érase una vez un Boojum… —empezó el Profesor—. He olvidado el resto. Pero tenía una moraleja. Que también creo haber olvidado.

—¡*Yo* le contaré una fábula! —propuso Bruno inmediatamente—. Érase una vez una Langosta y una Urraca, y un Maquinista. Y la moraleja es que es conveniente levantarse temprano…

—¡Eso no es nada interesante! —protestó Silvia—. No deberías contar la moraleja antes que la historia.

—¿Cuándo inventaste esa fábula? —preguntó el Profesor—. ¿La semana pasada?

—¡No! —replicó Bruno—. Hace mucho menos tiempo, ¡inténtelo otra vez!

—Me rindo —dijo el Profesor—. ¿Cuándo?

—¡No la he inventado todavía! —exclamó triunfalmente Bruno—. ¡Pero se me *ha* ocurrido una preciosa! ¿Quieren oírla?

—Si ya has *acabado* de inventarla —dijo Silvia—. Y que la moraleja sea «intentarlo de nuevo».

—No —replicó Bruno—. ¡La moraleja es «*no* intentarlo de nuevo»! Érase una vez un precioso hombre de porcelana, que estaba sobre una chimenea. Y ahí estaba, y ahí continuaba, y un día se cayó, y no se hizo ni un rasguño, nada de daño. Decidió intentarlo de nuevo. Y la siguiente vez que se cayó se hizo mucho daño, y se desconchó.

—¿Pero cómo pudo volverse a subir a la chimenea, después de caerse la segunda vez? —preguntó la Emperatriz (era la primera pregunta sensata que hacía en toda su vida).

—¡*Yo* le puse allí! —respondió Bruno.

—En tal caso, me temo que tú debes de saber algo acerca de sus caídas —dijo el Profesor—; ¿no serías tú quien le empujó?

—No *mucho*, era un hombre de porcelana *precioso* —añadió deseando cambiar de tema cuanto antes.

—¡Venid, hijos míos! —les reclamó el Rey de los Elfos, que acababa de entrar en la habitación—. Tenemos que hablar un rato antes de que os acostéis.

Estaban ya a punto de salir, cuando llegaron a la puerta, se soltaron de sus manos y corrieron hasta el Profesor para desearle buenas noches.

—¡Buenas noches, Profesor, buenas noches! —Bruno estrechó solemnemente la mano del anciano, que le miró con una sonrisa cariñosa, mientras Silvia se inclinó para posar sus dulces labios sobre su frente.

—¡Buenas noches, pequeños! —les dijo el Profesor—, podéis iros a meditar. Todo yo —murmuró ya casi dormido, mientras salíamos del cuarto—, todo lo que en mí no es *Bonhommie*, ¡es meditación!

—¿*Qué* ha dicho, Bruno? —le preguntó Silvia en cuanto estuvo segura de que ya no podían oírle.

—*Creo* que dijo: «Todo lo que en mí no es bonedisease es reumatismo». ¿Qué son esas llamadas?

Silvia se detuvo y escuchó con gesto de preocupación. Parecía como si alguien estuviera dando patadas a una puerta.

—¡*Espero* que el puercoespín no se haya escapado! —exclamó.

—¡Vamos! —se apresuró a decir Bruno.

Capítulo XXV

De la muerte surge la vida

El ruido de los golpes, o las llamadas, eran cada vez más fuertes, y no tardó en abrirse una puerta en algún lugar cerca de nosotros.

—¿Ha dicho usted «pase», señor? —me preguntaba la casera.

—¡Oh, sí, sí, pase usted! —respondí—. ¿Ocurre algo?

—Acaban de traer una nota para usted, señor, el hijo del panadero. Dijo que pasaban por aquí, y decidieron entregársela.

Eran sólo cinco palabras:

> Por favor, ven inmediatamente.
> Muriel

El corazón me dio un vuelco de terror. «¡El Conde está enfermo! —me dije—. ¡Quizás al borde de la muerte!», e hice mis preparativos para salir cuanto antes.

—¿Malas noticias, señor? —me preguntó la casera, mientras me seguía hasta la puerta—. El chico me dijo que habían recibido una visita inesperada...

—¡Eso espero! —dije.

Sin embargo, yo sentía más temor que esperanza; pero al entrar en la casa me alivió ver unas maletas con las iniciales E. L. «¡Eric Lindon! —pensé, medio tranquilizado y medio molesto—. ¡No veo por qué me llaman por eso!»

Lady Muriel se reunió conmigo en el pasillo. Sus ojos brillaban, pero era con la excitación de la alegría, más bien que de la pena.

—¡Tengo una sorpresa para ti! —me susurró.

—¿Está aquí Eric Lindon? —pregunté intentando sin suerte ocultar un deje de amargura. «Las carnes asadas del funeral fueron fríamente servidas después en la mesa del banquete de bodas», me repetí a mí mismo. ¡Qué injusto había sido con ella!

—¡No, no! —se apresuró a contestar—. Sí, Eric está aquí, pero… —su voz tembló—, ¡pero hay alguien *más*!

No hubo más preguntas. La seguí al interior. Allí, sobre la cama, yacía él, pálido y avejentado, una sombra de lo que había sido mi viejo amigo, que había regresado desde más allá de la muerte.

—¡Arthur! —exclamé. Fui incapaz de decir nada más.

—¡Sí, aquí de nuevo, viejo amigo! —murmuró, intentando sonreírme cuando le cogí la mano—. *Él* —dijo señalando a Eric, que permanecía a su lado— me salvó la vida. *Él* me hizo volver. Después de a Dios, debemos agradecérselo a Eric, Muriel, esposa mía.

Estreché la mano a Eric en silencio, y luego al Conde, y nos fuimos a un rincón del cuarto, donde pudiéramos hablar sin molestar al enfermo, que permanecía, silencioso y feliz, asido a la mano de su mujer y mirándola con unos ojos que brillaban con la luz profunda e intensa del amor.

—Ha estado delirando hasta hoy —explicó Eric en voz baja— y aún no está del todo bien. Verla a *ella* le ha dado nueva vida.

Nos contó en tono pretendidamente desenfadado —yo sabía cómo detestaba expresar sus emociones— cómo había insistido en regresar al pueblo infectado para ocuparse de un hombre al que el doctor había deshauciado, pero que él creía que *podría* recuperarse si lo llevaban al hospital; cómo fue incapaz de reconocer a Arthur, y cómo le había reconocido un mes más tarde al visitar el hospital. También nos contó cómo el doctor había prohibido que hiciera público su descubrimiento, expresando su opinión de que cualquier emoción intensa podría acabar con su vida inmediatamente, cómo había permanecido en el hospital, cuidando al enfermo noche y día, y todo esto narrado con la estudiada indiferencia de quien relata actos normales entre dos amigos.

¡Y se trataba de su rival!, del hombre que le había arrebatado el corazón de la mujer a la que amaba.

—Está anocheciendo —dijo Lady Muriel, levantándose y dirigiéndose a la ventana—. ¡Mirad el cielo! ¡Qué bellos colores púrpura! Mañana será un día espléndido…

La habíamos seguido y formábamos un pequeño grupo, hablando en voz baja, en medio de la creciente oscuridad, cuando dimos un respingo al oír al enfermo, murmurando algo que no pudimos entender.

—Se ha vuelto a ir —susurró Lady Muriel, volviendo junto al lecho. Nosotros también nos acercamos un poco.

—¿Qué recompensa podría yo dar al Señor —decía con voz trémula— por todo lo que Él me ha dado? Recibiré la copa de la salvación y llamaré... —su debilitada memoria le falló, y su hilo de voz desapareció.

Lady Muriel se arrodilló junto al lecho, alzó uno de los brazos de su marido y lo apretó contra ella, besando cariñosamente la maltrecha mano que tan indiferentemente yacía en su amoroso abrazo. Pensé que se me ofrecía una buena oportunidad de marcharme sin obligarla a pasar por las formalidades de una despedida al Conde y a Eric. Eric me siguió escaleras abajo, acompañándome hasta fuera de la casa.

—¿Es la vida o la muerte? —le pregunté, en cuanto estuvimos a distancia suficientemente de la casa para no ser oídos.

—¡Es la *vida*! —respondió con énfasis—. Los doctores están de acuerdo en *ese* respecto. Todo lo que necesita ahora, según dicen, es descanso y tranquilidad absoluta, y unos buenos cuidados. No hay duda de que el descanso y la tranquilidad los hallará aquí. Y en lo que a los cuidados se refiere, bueno, creo que es *posible*... —intentó que su voz temblorosa adquiriera un tono juguetón—, incluso es posible que esté razonablemente bien cuidado, en su actual alojamiento.

—¡No me cabe la menor duda! —exclamé—. Un millón de gracias por decírmelo.

Pensando que ya estaba todo dicho, extendí mi mano para desearle buenas noches. Él la estrechó con calor, y añadió, sin mirarme a la cara:

—Hay otra cosa que quería contarle: pensé que le gustaría saber que... que ya no... que ya no pienso lo mismo que la última vez que nos vimos. No es que... que pueda aceptar las creencias cristianas... por lo menos, todavía no..., pero todo esto ha sido muy extraño. Y ella había rezado, ¿sabe? Y yo había rezado. Y... y —su voz se ahogó, y sólo pude entender las palabras—: «Hay un Dios que responde a nuestras súplicas». Me he convencido de ello.

Volvió a estrechar mi mano y se marchó. Nunca le había visto tan emocionado.

Caminé lentamente hacia mi casa, sumido en un remolino de alegres pensamientos. Mi corazón desbordaba alegría y agradecimiento. Lo que tanto había deseado, y por lo que había rezado, parecía haber sucedido al fin. Y aunque lamentaba las indignas sospechas que había albergado acerca de Lady Muriel, me consolé pensando que sólo fue un pensamiento pasajero. Ni siquiera Bruno hubiera sido capaz de subir las escaleras con un paso más resuelto que el mío, cuando subí a tientas en medio de la oscuridad, sin detenerme a encender la luz de la entrada, pues sabía que había dejado encendida la lámpara de mi cuarto. Pero no era una *luz* de una lámpara cualquiera la que vi al entrar. Una nueva, extraña y soñadora sensación de alguna extraña brujería había invadido el lugar. Una luz, más brillante y más dorada que la que ninguna lámpara podría dar jamás inundaba la habitación, entrando a través de una ventana, que, no sé por qué, nunca había advertido antes, e iluminando a tres figuras indistintas, que poco a poco cobraron mayor definición. Había un hombre viejo y grave, vestido de rey, en una poltrona, y dos muchachitos, un niño y una niña, permanecían de pie junto a él.

—¿Conservas la joya, hija? —preguntaba el anciano.

—¡Oh, *sí*! —exclamó Silvia—. ¿No imaginarías que podría perderla u olvidarla *jamás*? —Desató la cinta que rodeaba su cuello, mientras decía esto, y puso la joya en manos de su padre.

Bruno la miraba sin ocultar su admiración.

—¡Qué brillo tan hermoso! —dijo—. ¡Es como una pequeña estrella roja! ¿Puedo cogerla?

Silvia asintió con la cabeza, y Bruno la acercó a la ventana, sujetándola en alto contra el fondo del cielo, cuyo azul, progresivamente más oscuro, estaba ya tachonado de estrellas. Luego regresó corriendo.

—¡Silvia! ¡Mira esto! —exclamó muy excitado—. Al ponerla ante la luz del cielo puedo ver a través de él. Y el cielo no parece rojo en absoluto! ¡Y todas las palabras son distintas! ¡Mira!

Silvia también se había excitado bastante con todo aquello, y ambos levantaron la joya ansiosamente, y deletrearon al unísono: TODOS AMARÁN A SILVIA.

—¡Es la *otra* joya! —exclamó Bruno—. ¿No lo recuerdas, Silvia? ¡La que tú *no* cogiste!

Silvia la tomó de sus manos, con un gesto de sorpresa, y empezó a moverla arriba y abajo contra la luz.

—Es azul de *una* manera —murmuró pensativa—, y roja de la *otra*. Pensé que había dos… ¡Padre! —exclamó de pronto devolviéndole la gema—. ¡Me parece que siempre fue la *misma* joya!

—Entonces, tú misma fuiste quien la eligió de entre *ella misma* —comentó Bruno dubitativo—. Padre, ¿*podría* Silvia elegir una cosa de entre ella misma?

—Sí, hijo mío —le respondió el anciano a Silvia, sin comprender la capciosa pregunta de Bruno—. Siempre *fue* la misma gema, pero tu elección fue la correcta.

A continuación, volvió a atar la cinta alrededor del cuello de Silvia.

—SILVIA AMARÁ A TODOS. TODOS AMARÁN A SILVIA —murmuró Bruno, de puntillas para besar la «pequeña estrella roja»—. ¡Cuando *la* miras, es roja y ardiente, como el sol en el ocaso, y cuando miras *a través* de ella, es tan suave y azul como el cielo límpido!

—El cielo de Dios —dijo Silvia.

—El cielo de Dios —repitió el pequeño, mientras miraban la noche cariñosamente abrazados—. Oh, Silvia, ¿qué hace que el cielo sea de un azul tan *bello*?

Los dulces labios de Silvia parecieron disponerse a hablar, pero su voz sonaba débil y muy lejana. La visión empezaba a desvanecerse ante mí, pero, en aquel último y desconcertante momento, creí advertir que no era Silvia, sino un ángel quien miraba a través de aquellos ojos oscuros y cándidos, y que no oía la voz de Silvia, sino la de un ángel que susurraba:

ES EL AMOR

ÍNDICE

Silvia y Bruno

Silvia y Bruno, Conclusión

Esta edición de *Silvia y Bruno*,
de Lewis Carroll,
ilustrada por Harry Furniss
se terminó de imprimir
el 14 de octubre de 2002